# T

白石一文

Kazufumi
Shiraishi

# ファウンテンブルーの魔人たち

新　潮　社

# ファウンテンブルーの魔人たち

1

純菜が生まれたとき、葉子に最初に提案した名前は「みかん」だった。

みかんという言葉の響きが好きだったし、年老いたとき「みかんおばあちゃん」と呼ばれるのは非常に可愛らしい。安価で誰の口にも入るみかんという果物の庶民性も気に入っていた。そして何より、「みかん」という名前はとても個性的だ。この名前を現実にも架空の物語でも見ためしがない。

だが、予想通りで葉子に一蹴された。

「そんなヘンな名前、駄目に決まってるでしょ」

まあ、「みかん」は当て馬的な提案でもあった。本命は別にあったのだ。

「だったら、かなたにしないか?」

「かなた?」

「そう。すぐそばの彼方のかなた」

『すぐそばの彼方』というのは、わたしが前の年に出版した作品のタイトルだった。

「かなた、ねぇ」

さすがに連れ合いの作品名から採られた名前とあって、葉子もすぐに却下するわけにいかないようだった。

「でも、あの本、あんまり売れなかったじゃない？」

しばらく思案気なそぶりを見せたあと、彼女はそう言ったのだ。

で、純菜という名前に落ち着いた。名付け親は葉子の父親の宏昌《ひろまさ》だった。字画を熱心に調べて出してきた名前で、どうやら葉子とのあいだでは早い段階で話がついていたふうであった。わたしが了解してのち、そういう経緯がそれとなく察せられたのである。

まあ、いまとなっては「みかん」や「かなた」でなくてよかったと思う。

純菜は葉子に似て気の強いおんなに育ったから、そんな名前を付けていたらきっと事あるごとに文句をつけられていたに相違ない。

一方、現在のパートナーの名前はすこぶる変っている。

ひでりというのだ。

「英理」と書いてひでり。音だけだと真っ先に連想するのは旱魃の「ひでり」だけれど、文字を見れば多少は納得できる名前ではあろう。

英理の両親は共に中学校の教師で、父親が理科、母親が英語を教えていた。その間に生まれた子供なので「英理」と付けたのだ。

こうした由来を知ると、尚更に英理は面白い名前だとわたしは思う。

仕事柄、名前にはこだわりがあった。

作品の名前（タイトル）や主要登場人物の名前は、小説のキモ（肝）だと考えている。

わたしの場合、最初にタイトルありきで何年か経ってその中身を書くことが大半だ。

この先、長い年月に亘って発表していくであろう作品のタイトルを学生時分からせっせと書き溜めてきた。

いまでも新作に取りかかるときは、まずはその「タイトル・リスト」を眺めて、今回はどのタイトルの小説を書こうかと思案する。

別して分厚く束ねた「創作メモ」というものがあり、こちらも大学時代からちょこちょこ書き溜めていて、そこにはざっとしたあらすじや登場人物の名前などが手書きで記されている。

「タイトル・リスト」からタイトルを選び出し、次に「創作メモ」からおおよその物語の中身や主人公の名前などを抜き出し、この二つをガッチャンコして書き始めるのである。

デビュー以来二十数年、ずっとその方式で小説を書き続けてきた。

タイトルと登場人物名が決まらないと作品はできないし、逆に言えばこの二つが決まれば必ず一作を書き上げることができる。途中で筆が止まり完成までに幾度かの中断を挟んだものが何作かあるものの、一旦タイトルと名前が定まれば完結できなかった作品は一つもなかった。

週刊誌の記者をやっていた若い頃、新進気鋭の脳科学者（今はすっかり有名だ）に取材したことがあり、そのとき彼が面白いことを余談として語っていた。

「男でも女でも、好きになる顔のタイプというのは限られているんです。大体三つくらいのタイプ。多くても五つくらい。要するに人間は似たような顔つきの相手を生涯、好きになり続けるってわけです」

これは案外当たっていて、自分もそうだが、他人でもこの法則が充分に当てはまる。別れた恋人や妻とよく似た相手と一緒になる男は沢山いるし、その逆もまた多い。

「どうしてそういうことが起こるんですか？」

脳科学者に訊ねると、

「さあ、どうしてなんでしょうね。はっきりとした理由は分かっていないんです」

当時の彼は言っていた。

あれから三十年余り、現在の脳科学では果たしてその理由は解明されているのであろうか？

人によって好きになる顔のタイプがある、というのは納得だが、好きになる名前のタイプがあるというのはどうだろう？

わたしの場合はそうだ。

何か小説を書こうと思って、女性の主要登場人物の名前を決める際、わたしはほぼ確実に「ラ行」の入った名前を思い浮かべてしまう。

らん、らんこ、りえ、りえこ、りつこ、りん、るい、るか、るかこ、れい、れいな、あらん、ありさ、あかり、かおり、さおり、まり、まりこ、まりえ、みらい、みれい、ゆり、ゆかり、ひろみ……。

なかでも「れいな」や「あかり」、「ゆかり」という名前は、常に真っ先に頭に浮かんでくる。

なので自然に任せていると作中の女性主人公や副主人公の名前は毎回「玲菜」や「亜香里」や「由香里」になってしまいかねない。

これをわたしは「ラ行の呪縛」と呼んでいる。

「創作メモ」も気づいたら「玲菜」や「亜香里」、「由香里」ばかりになってしまうので注意しているが、執筆を始める際も、油断すると三つのどれかを採用してしまいそうになる。

「いかん、いかん」

それらを頭から払拭して違う名前を付けようとするのだが、実は、ここでも別の大きな落とし穴が待ち受けているのだ。

悩んだ末に思いつくのが、大体が「絹子」や「絹代」、「絹江」という名前なのである。

「玲菜」や「亜香里」のような今風の名前を遠ざけようと意識し過ぎて、「絹子」や「絹代」、

「絹江」といった古風な名前に行きついてしまう——最初はそう考えて納得していたのだが、「亜香里」のあとに出てくるのが毎回「絹代」となると、これは少しヘンだと自分でも思わざるを得なくなる。

そもそも「玲菜」や「亜香里」、「由香里」にしても、「絹子」や「絹代」、「絹江」にしても、わたしはそういった名前の女性と深い関わりを持ったことはない。それより何より、そんな名前の女性と面識を得たことさえ一度もないのだ。

加えて、わたしがそれらの名前に関心を抱くのはあくまで作中で採用するときだけであって、現実世界でも「ラ行」の女性に興味を引かれるかといえば、それはまったくそうではない。

「ラ行」の女性たちと深い関係にならなかったのは、ある意味当然の結果でもあるのだ。

どうしてわたしの作品に出てくる女性たちの名前は「ラ行」ばかりになってしまうのか？

人それぞれに「好きになる顔のタイプ」があるのは何かしらの遺伝学的（脳科学的）な理由に基づくと思われる。同様に、わたしが「ラ行」に囚われるのもそれに類するはっきりとした理由がきっと存在するのであろう。

だが、その理由をわたしは決して知ることも突き止めることもできないに違いない。

五十有余年の長きを生きてみて、わたしがやっとのこと到達した見解は、

——どうやらこの世界のありとあらゆる現象には、事の大小を問わず、すべてにおいて明確な原因があるらしい……。

ということだ。

わたしが一体何のためにこの時代に生まれてきたのかも、どうして小説を親子代々書いているのかも（わたしの父も作家だった）、全部ちゃんとした理由がある。

幼少期から人見知りがひどく、この歳になっても他人との深々とした縁を一度も結ぶことがで

きないでいるのも、その結果として葉子や純菜と生き別れになってしまったのも、すべてはあらかじめ予定されたもので、そうなるべくしてなったのだ。

さらには、わたしという物書きが徐々に社会や人間に対する好奇心を失い、いまやこの世界全体の成り立ちや構造にのみ目を向けざるを得なくなっているのも、恐らくははっきりとした原因があるのだと思う。

わたしはなぜ生まれ、なぜ死ぬのか？

わたしはどこから来て、どこへ行くのか？

わたしは一体何者なのか？

そうした雲をつかむような問いに対しても、それを読めば目から鱗が落ちるようにすべての謎が氷解する一冊の分厚い本が、きっとこの世界のどこかに存在するに違いない。

ただ、わたしは生涯その本を読むことができないし、幾ら探しても見つけ出すことは叶わないのだ。

なぜか？

——それは、この世界の真実をわたしたちの目から覆い隠す何者かの存在があるからだ。

わたしはそう確信している。

その何者かは世界の真の姿を見せないように巨大な遮蔽幕をわれわれの前に垂らしている。そして、真実を追求しようと試みる者たちを容赦なく攻撃し、妨害する。

わたしはそれを勝手にテラスと名付けている（「テラス」はギリシャ語で「怪物」という意味だ）。ふだんはテラスを略して「T」と呼ぶ。

みなさんも、自分の身の回りで起こるさまざまな理解不能、または納得不可の出来事を、

——それはTのせいだ。

と考えてみて欲しい。

さすればこの世の不可思議な有様や現象の〝原因〟がよりくっきりとした輪郭を示し始めることに気づくだろう。Tは、要するに幾何における補助線、化学における触媒、数理や物理における常数のようなものだと考えてもよい。

ああ、これは一体どういうことなんだ……。

なぜ、こんなとんでもないことが起きてしまうのだ……。

恋愛を筆頭とした人間関係の破綻、仕事や欲望の惨憺たる結末、降って湧いたような悲劇や惨劇、そうした目を覆い耳を塞ぎたくなるような出来事に遭遇したとき、

「なぜだ？」

と天を仰ぐのではなく、きっちりと正面を見据えてこう呟く。

「絶対、Tの仕業だ」

と。

まずはこのTの存在を受け入れることで、わたしたちは我が身に起こる事象の真の原因をおぼろげながらでも徐々にイメージできるようになるのである。

2

純菜は顔は十人並みだが、背が高くてスタイルがいい。胸などは貧乳の葉子とは比較にならない豊かさだ。それでいてウエストはきゅっとくびれてボディーラインに見事なメリハリがある。

葉子は若い頃から美人で鳴らしていたが、体形的には実娘の足元にもおよばないとわたしは見

る。

スタイル抜群の純菜を嫁に迎える新郎の拓海《たくみ》君は果報者だ。

それにしても純菜の体形がこれほど整っているのはどうしてなのか？

葉子の美形を受け継ぐことができず、わたしの凡庸な顔を踏襲してしまった純菜だが、一方で高い上背と均整の取れた体形は父方の血筋を引き継いだ——というのであれば納得だが、事実はまるで違う。

わたしは顔だけでなく体形も甚だ凡庸で、胴長短足という日本人の典型だし、身長だって百七十センチに届くかどうかだ。葉子も背は決して高くない。だとすると、純菜の美しい肢体は一体どこから導き出されたものなのだろうか？

わたしや葉子の係累を見回しても、純菜のようなモデル体型の女性は他に誰もいない。

しかしわたしには、娘の身体がそうなった理由は最後まで分からないだろう。わたしだけでなく葉子にも純菜自身にも分かる日はきっと来ない。

なぜなら、Tが本当の理由を覆い隠してしまっているからだ。

これもまた「絶対、Tの仕業」に違いない。

……というふうに、Tの存在をわたしたちは常に意識すればよいのである。


ウエディングドレスに身を包む、今日の我が娘はひときわ輝いて見える。

露出した肩や首回り、胸元、腕など披露宴会場の明るいライトに照らされて純菜の若い肌はきらめいている。生物としての絶頂の季節をいま彼女は謳歌している。二十三歳というその時期に華燭の典を迎えるという選択は恐らく正しいのだろう。

新郎の両角《もろずみ》拓海君はどうということもない若者だ。有名私大を出て家電メーカーに勤務している。純菜とは、互いの学生時代の友人同士が高校の同級生で、その紹介で一年前に知り合ったという。

離婚したとはいえ、新婦の父としてわたしは一度、ふたりと銀座のうなぎ屋で会食した。三カ月ほど前のことだったか。

その折に拓海君とゆっくり話したが、まあ、これといって響いてくるものはなかった。ごく普通の、育ちも気立てもいい好青年というに過ぎない。

これでは純菜の相手はなかなか務まるまい、と思ったが、むろんそんなことを表に出すはずもない。

純菜がこんなどうということもない男を伴侶に選んだのは、ひとえに一度結婚してみたかったからであろう。この男と添い遂げるとはこれっぽっちも考えていないのだろうと拓海君の隣で機嫌良さそうにしている純菜を眺めながらわたしは思っていた。

あくまで彼女は、〝一度結婚してみたかった〟に過ぎないのだ。

純菜は幼少期から非常に個性的な子供だった。他の子供と比べて何から何まで規格外の娘だったが、その個性を一言で表現するとするならば、

——自分のやりたいことしかやらない。

ということになろう。

とにかく彼女は一貫してそうだった。三歳から入れた保育園は、最初の園は一日しか行かず、二番目の園は三日で通わなくなった。伝手を頼って四歳から入れる園を見つけたが、そこも初日で終わり。結局、受け入れてくれたのは四番目の園で、その園は徹底した菜食主義をモットーとするキリスト教系の小さな保育所で、給食はビーガン料理だった。

結果、純菜は四歳から六歳まで菜食で育つことになった。

保育園の食事をすっかり気に入った彼女は、家でも肉や魚をまったく口にしなくなったからだ。

小学校に入ると何でも食べるようになったが、今度は本の虫になった。一日中本ばかり読んで、明け方まで起きていることも再々。当然寝不足で学校に行けない日が重なり、出席日数不足で毎年進級が危ぶまれるありさまだった。

中学は、大学まで進める私立女子校に入学したが、それからは英語に夢中になった。他の教科はそっちのけで英語の勉強にのめり込み、高校に入ると、あっと言う間に受け入れ先の学校を決めて、二年のときにさっさとオレゴンの高校へ一年間留学した。

大学時代はコスメにはまったようだった。四年間ろくに勉強もせずに化粧道に励み、就職後も最近までブログとユーチューブで〝魔法のメイクテク〟を公開して相当な人気を集めていたようだ。どちらも結婚が決まるとあっさり閉鎖してしまったらしい。

要するにいまの純菜は「結婚」に熱中しているのだ。

だが、それも今日の挙式、披露宴が終わってしまえば、次の「新婚生活」、その次の「結婚生活」、さらには「出産」、「育児」といった結婚関連のイベントに彼女の興味がフォーカスされ続けていかない限り、いずれ純菜は何か別の対象へと情熱のすべてを移してしまうだろう。

そのとき、夫の拓海君や彼女が産んだ子供たちは、あっさりと捨てられることになる。

いま目の前で輝いている娘の姿を見れば見るほど、わたしにはそういう惨憺たる未来がやがて訪れるのは必至だという気がするのだ。

純菜がどうしてそのような性格の人間になったのか？

これにも恐らくは明確な理由、原因が存在するのだろう。だが、残念ながらTの暗躍によってわたしがその詳細を知ることはできないのである。

よく練り上げられた式次第に従って、二時間半の披露宴は退屈とは無縁のままに滞りなく進んでいった。

都内屈指のホテルが会場とあって供される料理の味も通り一遍ではなく、宴会場のスタッフたちの動きも実にスムーズで細かい気配りにあふれている。

招待客はそれほどの数ではないが、予算はかなりの額に上っているのではないか？

だが、新郎新婦はこれだけの式をすべて自分たちの経済力でまかない、両家の親の援助は一切受けなかったのだ。

恐らく純菜は持てる才能の何もかもを発揮したのだと思われる。日取り、会場、料理、招待客の人選、スタッフの人数、さらには引き出物の選択まで、彼女はあらんかぎりのコネ、人脈、アイデア、交渉術を総動員してＣＰの最大化を図り、この挙式、披露宴をプロデュースしたに違いない。

新郎新婦から両家の親たちへの花束贈呈も終わり、いよいよ残すところは新郎の父君よりの最後の挨拶一つきりとなったときだった。

不意に女性司会者が驚くような発言をした。

「それでは、このあと新郎のお父上、両角芳郎さまからのご挨拶に先立ちまして、式次第にはございませんが、新婦前沢純菜さまのお父さま、前沢倫文《みちふみ》さまより特別にお言葉を頂戴したいと存じます。皆さまご承知の通り、前沢さまはご高名な小説家でいらっしゃいます。本日は、新婦純菜さまのたっての希望で、お父上にスピーチをいただくことになりました。皆さま、どうか盛大な拍手で前沢さまをお迎えくださいませ」

うなぎ屋で食事をしたときに、挙式、披露宴への出席を承諾したあと、唯一釘を刺したのは、まかり間違ってもスピーチだけはさせるなということだった。

仕事柄、どこに行っても壇上に上げられるのが常で、もとから人前で喋るのが大嫌いなわたしはここ十年近くはそうした場所自体に足を踏み入れないよう極力注意を払っていた。まして、離婚した妻とのあいだにできた娘の結婚式で、大方の列席者は事情を知っているにせよ、歴とした父親然としてひとくさりモノ申すなどもっての外と言うしかあるまい。

純菜が中学一年生になったばかりのときにわたしは家を出て、彼女が大学に入るまではろくに会うこともなく、以降も年に二、三度顔を合わせる程度の交流しかない。実父と言っても、彼女のあれこれは葉子に聞いた話が大半で、実際は何も知らないのが実情なのである。

花束贈呈のあとひな壇に戻っていた純菜の方を見やるとにやにやしながら手を叩いていた。

――一杯食わされた。

彼女は最初から狙っていたに違いない。

両角の両親、そしてわたしと葉子は花束を受け取った場所で横並びになっている。

両角夫妻も屈託なく笑顔で拍手しているから、このことは事前に知らされていたのだろう。わたし同様に面食らった気配なのは葉子だけだった。

拍手の中、マイクを持った男性スタッフがわたしの前にやってくる。

それを受け取り、離れていく彼ではなく、司会の女性に向かって、

「どうもマイクを持って喋るのは好きじゃないんで、すみませんが、スタンドを持って来てください」

と注文をつけた。

いまはマイク片手にしばらく喋るくらいならさほど負担ではないのだが、少しでも時間を稼ぎたかったのだ。

女性スタッフが慌てたようにマイクスタンドを持ってくる。

てっぺんのホルダーにマイクを差し込む。

女性スタッフが司会者のさらに奥へと引っ込むのを見届け、一つ咳払いしてからわたしはスピーチを始めた。

「実は隣の妻とはとうの昔に離婚しておりまして、いまこの場にわたくしたち二人、いかにも善良な夫婦然と並び立っておりますが、内実はまるきり正反対と言ってもいいわけです……」

4

披露宴がお開きになると早々に会場をあとにした。

わたしの長々としたスピーチのあいだ、隣の葉子は神経を最大限に尖らせていた。これでも書いたり喋ったりするのは一応本業なので自虐的言辞を弄しつつも、新しい旅路へと一歩を踏み出す若夫婦をそれなりに励ましたつもりだった。

その証拠に出席者たちは最後までしっかりと耳を傾け、話が終わると割れんばかりの拍手で報いてくれたのである。

だが、葉子には気に障るフレイズが幾つもあったのだろう。

同じ親族席に隣同士で座ってもろくに会話らしい会話はなかったものの、互いのちょっとした近況くらいはやりとりしたのだが、披露宴が終わると、彼女はわたしには見向きもせず、別れの挨拶もないままにどこかへと姿を消したのだった。おおかた客たちを見送ったあと着替えのために控室に戻った純菜たちに会いに行ったに違いない。

自虐というよりもいささか露悪に振れたスピーチではあったが、しかし、わたしは嘘は何一ついてはいない。葉子との結婚生活で生じた摩擦のうちの二つばかりを具体的に語ったが、それとて決して〝史実〟を踏み外したものではなかった。

実際、新婚間もない頃の葉子は料理がからきしで、ハンバーグを二人分作るのに丸一日かかるような体たらくだったのだ。

なぜそんなに手間取るかよくよく観察すれば、彼女の並外れた潔癖症が災いしていた。

最初の大喧嘩もその潔癖症の問題だった。

いつまで経っても夫婦の下着を一緒に洗おうとしない彼女にわたしが激怒したのだ。

前夜は互いの尻の穴まで舐め合っていながらなぜ下着だけは別々に洗うのか？

到底理解のできない行動だった。

「それとこれとは別なの」

公私のけじめをつけているのだと葉子は言い、だからこそ私的な営みに余計熱烈にのめり込むことができるのだと理屈をつけた。

結局、彼女がわたしの下着を一緒に洗うようになったのは純菜を産んでからだ。

わたしは五十の年を迎えたとき、小説以外で嘘をつくのを一切やめると誓った。これを自分では「嘘断ち」と称している。節目の年とて何か誓いたい気分もあったし、もとから余り嘘はつかない気質だったので、その取り柄を徹底してみたくなったのだ。

爾来四年、わたしは誤解や錯誤に基づく間違いは別として、意図的に虚偽を述べるような真似はしなかった。

むろん、他人に対してだけでなく自分自身に対してもだ。

人間というのは他人につく何倍もの量の嘘を自分に向かってつく。他人に嘘をつくのをやめるより自らに嘘をつくのをやめる方がずっと難しい。

自分に嘘をつかない人生というのは想像以上に自由で愉快だった。同時に、いかにこれまで自分が自分に嘘をついてきたのかが分かった。その悪癖を取っ払うことの困難さを身をもって思い知ったのである。

今日も、わたしは喋りたいことを喋っただけだ。

別れた妻がそのことで多少不快な気分になったとしてもそれは仕方がない。

5

日比谷のホテルを出たのは午後三時半。中途半端な時間だった。今日は、他に予定があるわけでもなかった。

梅雨入り前の春の名残りのような晴天が広がっている。わたしはネクタイを外してポケットにしまい、銀座までぶらぶら歩くことにする。暑くも寒くもない、ダークスーツ姿で街に出るにはうってつけの温度と湿度のように思える。

数寄屋橋交差点経由で銀座四丁目の三越に行ってみることにする。急げば十分もかからない距離だが、のんびり歩けばそれなりの散歩にはなるだろう。

こういう仕事をしていると一年の大半を家に引き籠ってしまいそうになる。

「みっちゃんはまるで床に根が生えてるみたいだね。作家って退屈を退屈と思わない特異体質の持ち主がなる職業なんだろうねー。一緒に暮らしてみて初めて分かった」

英理《ひでり》はしょっちゅうそういうことを言う。「みっちゃん」とはわたしのことだ。最初は「先生」

だったがそのうち「みっちゃん」と呼ばれるようになった。

英理は学校、バイト、さらには中学の頃からやっているという弓道をいまも熱心に続けているから家にいる時間はほとんどない。

二人でしかじか話すのは週に二、三度、一緒に夕食を食べるときくらいだろうか。

料理はもっぱらわたしの担当で、自分のこしらえた料理を若い英理が美味しそうに平らげていくのを見るのは実に爽快で楽しかった。

わたしの現在の住まいは新宿御苑のすぐそばに建つ「ファウンテンブルータワー新宿」という六十階建ての高層マンションの一室だ。ファウンテンブルータワーは高さがあるだけでなく各フロアも広い。タワーレジデンスが数多く屹立している新宿駅周辺でも、一際威容を誇る巨大マンションだった。

近年、不動産業界で頭角を現してきている新興企業が開発を推し進めた「新宿ファウンテンシティ・プロジェクト」のシンボルタワーとして、この賃貸マンションは二年前に竣工した。

竣工と同時に広尾のマンションから移り住んだので、わたしは開業当初からの住人ということになる。

大型ショッピングセンターや病院、映画館、各種スポーツ施設、ゲームセンター、スパなどの複合商業施設が通称「ブルータワー」を取り囲むように建設され、どの施設とも地下通路で直結している。

つまりはこのファウンテンシティ内を回れば、他のどこにも行かずに生活していくことができる。そういう点では生来の出不精であるわたしのような人種にはもってこいの住環境だった。

ブルータワーは総戸数千三百戸。一棟のマンションに四千人近くが住んでいるのだから、これはもう小さな町のようなものだ。

タワーの中はあたかも巨大戦艦のごとく幾つもの区画に分かれており、二年経ったいまでも全容をつかむことはできない。

エレベーターホールは階数別に四カ所で、それぞれ六基のエレベーターが設置されている。エレベーターに乗り込んでカードキーをかざし、操作盤の数字から自分の階を選んで押せばいいのだが、そこにしか止まらないため、住人といえども違うフロアに足を踏み入れることはむずかしい。つまり各フロアはほぼ完璧に分断されているのだ。

上下の住人たちが顔を合わせるのは一階のエントランスフロアかさまざまな共用施設内、もしくは駐車場の待合室くらいのものだった。

とはいっても、その共用施設もプールは別にしてトレーニングジム、シアタールーム、ゴルフレンジ、キッズルームなどは何カ所もあるので、一度顔を合わせた人と再度出会うというのは滅多にない。そもそも身体を鍛える趣味は皆無で子供もいないわたしなどは他の住民と接触する機会がほとんどなかった。

天を衝くような巨大な蟻塚で、一匹一匹の小さな蟻たちが息をひそめて暮らしている――わたしにとってのブルータワーはそういうイメージだ。

タワーは名前の通り、青みがかった強化ガラスで建物全体が覆われている。

晴れた日は空の色を映して真っ青に輝く。

ファウンテンブルーというよりはスカイブルーなのだが、不動産会社のオーナー社長が風水に凝っていて、どうしてもファウンテンブルーと命名したかった――とは何かの記事で読んだことだ。

ファウンテンシティが開業したときは、新宿地区でも異例の大型開発プロジェクトとあって新聞やテレビ、雑誌、ネットで大々的に報道された。二年が過ぎたいまでも日祭日の人出は凄まじく、すでに新宿の新名所として定着した観がある。

平日も外国人観光客でシティの各施設は溢れ返っている。ブルータワーの住人たちも半数近くが外国人のようだ。施設内と同様、エントランスやエレベーターの中で一番多く耳にするのは中国語だった。

数寄屋橋交差点に向かって進む。

日曜日とあって銀座界隈の人出も相当だが、ファウンテンシティの混雑ぶりを知っている目にはどこかのどかに見える。

銀座も一時期は外国人観光客が押し寄せていたが、いまはだいぶ落ち着いているようだ。各デパートが爆買いの中国人で一杯だった時期に築地に住んでいたので、当時の様子はよく知っている。あの頃に比べれば銀座らしい風情が戻ってきた印象があった。

のんびり歩いたのだが、十五分ほどで銀座三越に着いた。

地下の食品売り場へと降りる。

賑わっているデパ地下を一巡して時間を潰してから弁松で弁当を二つ買った。

わたしが起きたときはすでに英理は出かけたあとだったが、挙式の最中にラインが来て、今日は六時半には帰ると連絡してきた。食事の用意があるので、いつも帰宅時刻だけはきっちり伝えてくるよう厳命している。英理も素直に従っていた。

弁松の弁当は若い時分からの好物だ。

ファウンテンシティ内のクイーンズ伊勢丹にも置いてあるので、英理にも何度か食べさせたことがある。いまでは共通の好物になっていた。

英理は典型的な〝痩せの大食い〟で、体形は中学生かと思うほどに細いのだが、びっくりするくらいよく食べる。弁松の弁当だけでは足りないから他にも惣菜やのり巻の類を買い足していった。

英理と知り合ったのは二年ほど前。わたしがブルータワーに転居してきた直後だ。一緒に暮らし始めたのは去年の四月から。それでももう一年ちょっとが過ぎた。葉子と別れて以来、一年以上、起居を共にした相手はいなかった。英理が初めてだ。

わたしは別に英理のパトロンというわけではない。学費、生活費どちらも英理が自前で賄っている。

わたしが提供しているのは自分のマンションの一室だけだった。

同居を持ちかけたのはわたしからで、池袋の大学に通っている英理がバイトの掛け持ちで勉強に集中できないとこぼしているのを聞いて、

「だったら僕のところに来ないか？」

と誘った。

すでに何度かブルータワーの部屋に泊めていたので英理も使われていない部屋が一つあるのは知っていた。

「いいの？」

「もちろん」

翌週には千川のアパートを引き払ってわたしの部屋へ移って来たのだった。

英理は純菜と同じ二十三歳。今年の十月で二十四になる。九月生まれの純菜より一カ月年下というわけだった。高卒認定試験（昔の大検と同じだ）に合格して大学に入ったのが二十一歳のとき。それまでは本人曰く、

「新宿界隈で真面目にお金を貯めながら遊び惚けていた」

らしい。

わたしの部屋は五十八階にある。三十畳ほどのリビングダイニングに書斎、ベッドルームが二つ。広さは百五十平米ほど。メインの寝室をわたしが使い、英理は八畳ほどのセカンドベッドルームを使っている。わたしの寝室には洗面所、バス、トイレがついているので、もう一つの洗面所、バス、トイレを英理専用にしていた。

同居と言っても形態はルームシェアというよりは二世帯同居に近いかもしれない。

昨春、ブルータワーに引っ越して来て、英理はバイトの数を減らしたようだ。高校を中退した後、風俗系の仕事で学費を貯めて大学に進んだが、実家の両親とは中学時代から折り合いが悪く、高校に入った直後には家出して友人知人の厄介になっていたという。実家は横浜だが、高校中退後に新宿に流れ着き、

「この街に来て、ようやく自由に息を吸えるようになった」

と、知り合ってすぐに話していた。

家賃負担がない分、いまは勉学と弓道に注力している様子だが、そうはいっても日々の生活費は入用とあって週に何日かは夜のバイトを続けているふうだった。

パートナーと言っても英理とは大家と店子《たなこ》のような関わりなので、金銭目的で付き合っている別のパトロンがいるのかもしれない。その辺はわたしには窺い知れないし、さして興味のある事柄でもなかった。

英理から家賃は徴収していないが、むろん家賃相当分の反対給付は受けている（少なくともわたしにとっては）。もとから空いていた一室を貸すことに何ら不都合はなかったし、英理との共同生活にいまのところ不満はない。

6

五時過ぎにブルータワーに戻ると、部屋にはすでに英理がいた。

「弓の稽古が思ったより早く終わっちゃって」

シャワーを浴びたのか短い髪が濡れていた。白いTシャツにショートパンツというい で立ちだが、パンツから伸びた長い両脚がとにかく細い。肌は真っ白だった。身長は百七十五センチとわたしより五センチ以上も高いが、体重は五十キロを切っているだろう。

「そんなに暑かったかな?」

さっぱりした顔の英理に言う。

銀座は上着を着て歩いても平気なくらいの気温だった。池袋は違ったのか?

「ちょっとジムでワークしてきたからね」

英理が言う。

タワー内に何カ所かあるトレーニングジムをわたしは一度も使ったことがないが、英理は時間があるとしょっちゅうワークアウトに行っている。ランニングやバイク、ウエイトなどそれぞれの用途にあわせてジムを使い分けているらしい。

どの階のジムにどんなマシンが何台揃えてあるか、どんなトレーナーがいるか、タワーで暮らすようになって一週間もしないうちに覚え込んでしまったようだ。

オープンキッチンでルイボスティーをガラスポットに淹れ、カップ二つと一緒にダイニングテーブルに運ぶ。そのあいだに英理が三越の紙袋から弁当や惣菜、のり巻を取り出し、それぞれ皿に盛りつけてテーブルに準備してくれていた。

向かい合う形でいつもの席に座る。英理のマグカップにルイボスティーを注ぎ、自分の分も注いだ。

わたしがキッチンを背負い、英理がハイサッシの大きな窓を背負っている。

窓の向こうにはビルだらけの東京の風景が広がっている。これまでもタワーマンション暮らしが多かったが、こんなふうに東京タワーとスカイツリーが同時に見える景色は初めてだった。晴れた日の夜景にはいまでも息を飲む瞬間がある。

ここに初めて連れて来た晩、すべての明かりを落として三方向の窓に広がる夜景を披露すると、英理はしばらくリビングの中央に立ち尽くし、

「こんな世界があるんだ……」

うっとりとした声で呟いたものだ。

「いただきます」

英理は手を合わせたあと弁当のふたを取って箸を持つ。

「いただきます」

わたしも同じように手を合わせる。

こうして誰かと差し向かいで「いただきます」を言い、共に食事をする――それだけでありがたかった。十一年前に結婚寸前だった恋人と別れてからは英理と暮らすまでずっと独りだった。独りきりの十年はいかにも長過ぎたと最近になって思う。

例によって英理はあっという間に弁松の弁当を平らげる。

キュウリとクラゲのサラダ、バンバンジー、白身魚と季節野菜の甘酢炒めなどの惣菜をつまみつつのり巻に手を伸ばしていた。

日頃からわたしが大して食べないのを知っているから箸の動きに遠慮はない。

英理の箸の持ち方を矯正するのに二カ月かかった。

いまは上手に使っているが、出会った頃は極端なクロス箸で、見ているだけでうんざりした。注意すると「そんなの個人の自由じゃん」と最初は反発を見せたが、

「箸の持ち方に自由なんてないよ。ズボンを頭からかぶって個人の自由だと言い張っているのと同じだからね」

わたしは取り合わなかった。

やがて英理は一生懸命に正しい持ち方の練習を始めた。その様子を見て、この人とならやっていけると感じたのだ。

「ねえ。さっきジムで聞いたんだけど、何日か前、十七階の住人が三人、立て続けに死んだらしいよ」

プルコギキンパの最後の一個を口に放り込んだ後、英理が言う。

「立て続けに死んだ?」

突飛な上に穏やかならざる話に思わず聞き返す。

「そう」

妙に厳粛な面持ちになって英理が頷く。

「二人は同じ夜で、もう一人は次の夜だって。救急車のほかに警察もやって来て結構な騒ぎだったらしいよ」

「いつ?」

「だから何日か前」

「先週?」

今日は六月二日日曜日だから、先週なら五月最後の週だ。

「たぶんね」

今度は曖昧に頷く。英理の話はこんなふうにいつも要領を得ない。好奇心があるんだかないんだか分からない話しぶりで、これは英理に限らず昨今の若者たちの特徴でもあるのだろう。

「そんな話、誰から聞いたの？」

「十階のジムでたまに顔を合わせるおじさん。おじさんも同じ十七階だから分かったんだって」

このタワーマンションはフロアごとに完全に独立しているから火事や爆発ならいざ知らず、どこかのフロアの住人が連続死したとしても別の階の住民は気づくこともないだろう。

「三人って家族か何か？」

二人が先ず亡くなり、翌日もう一人が亡くなったという話から真っ先に類推したのは、二日目に自殺した人物が前夜、二人の身内を殺したという筋書きだった。

そういう事件であれば起こらないとも限るまい。

「違うみたい。全部別々の部屋に住んでた人らしいよ」

「うーん」

二日のあいだに同じフロアの住民が三人も死んだというのは確かに不自然だ。

「警察が来たってことは、事件性があるのかね」

「さあ……」

「おじさんは何か言ってなかったの？」

「三人死んだって以外は何も」

「そうか」

果たして三人の死因、事件性の有無について英理が〝おじさん〟にどこまで突っ込んで質問したのか怪しいものだった。

つい先日も、英理は別の不思議な話を聞き込んできた。これは三階のプールに泳ぎに行ったときに若い中国人の女性から仕入れた話で、

「みっちゃん、このマンション、幽霊が出るらしいよ」

というものだった。

中国人女性が流暢な日本語で伝えたところでは、地下二階の駐車場や地下三階のゴミステーションなどで白かったり半透明だったりの幽霊を目撃した人が大勢いるのだという。件の彼女も目撃者の一人で、しかも彼女は自分の部屋のあるフロアで真夜中に真っ白な幽霊をはっきりと見たのだそうだ。

「彼女は何階に住んでるの?」

訊ねると、英理は、

「それは教えてくれなかった」

と答えたが、そこもちゃんと訊いたのかどうかやや疑問ではあった。

幽霊話を聞いて以来、わたしはときどきタワー内の各所を見回っているのだが、いまのところ幽霊に出くわしたことはなかった。

そして今度は十七階での不審な連続死というわけだ。

半分ほど食べた弁当にふたをかぶせようとしていると、英理がそれを手のひらで制止する。弁当を英理の方へと差し向けた。英理が手許に引き寄せてさっそく箸をつける。

「案外、あの中国の女の子も十七階なのかもね」

ふと箸を止めて英理が言った。

こちらの目を覗き込むようにしているその顔は、まるでギリシャ彫刻のように整っている。初めて会った瞬間、わたしはこの顔立ちに魅せられてしまったのだ。

「まさか」

タワー内を徘徊する幽霊が、十七階の連続死に関与している――そんなできすぎた話はあり得まい。そもそも幽霊だけでなく連続死の方だって事実かどうか定かではない。今日、トレーニングジムで会った〝おじさん〟が英理を担いだ可能性だってあるのだ。

「あとで泳ぎに行ってみようかな」

しかし英理は自らの推理に自信があるようだった。

「あの中国人の女の子、ときどきプールで見かけるからね。見つけたら何階に住んでるのか確かめてみるよ」

と言う。

7

食事が終わると銘々自分の部屋に引き揚げた。

わたしは書斎で資料読みをする。年内に連載を始める予定の長編小説の資料で、十数年振りに企業小説を書くつもりにしていた。

この歳になるとありとあらゆる社会現象に既視感があって、本当の意味で好奇心を刺激されることはなくなる。

大学を出て大手の出版社に入り、週刊誌や月刊誌の編集部で十年近くを過ごした。編集者というよりも取材記者としての十年で、自分で言うのもヘンな話だが、わたしは「天才記者」として社内外に名を馳せていた。モノにしたスクープも数え上げればきりがなく、その中の幾つかは文字通り社会全体を揺るがすような特ダネだった。最初のうちはそうやって世間が大騒ぎするのが心地よく、大きなネタを提供すればするほど面白いくらいに新しい大ネタが転がり込んでくる好循環にすっかり増上慢をかましていたが、数年もすると次第にむなしさを感じるようになった。

権力者を批判するのはジャーナリズムの使命ではあるが、批判は所詮、自分自身を棚に上げての他人の悪口に過ぎない。

メディア側の一員として権力者を批判するのと、権力者となってメディア側の批判にさらされるのとでは雲泥の差があることにわたしは気づいた。そして、大勢の権力者たちを〝ぶっ叩いて〟いるうちに、そうやってこちらがやり玉に挙げている人々に深く共感している自分を見つけてしまったのだ。

わたしが本気で小説を書き始めたのは、それに気づいてからだった。

権力者に共感したからといって権力者になりたいとは露ほども思わなかった。月並み過ぎる真理でしかないのだが、権力者とは権力を操っている者ではなく、権力に操られている人間のことだ。

まして民主主義全盛のこの世界における権力者など、空気のように見えなくなった権力本体のほんの一時期の小さな代理人に過ぎない。彼らが行使できる権力はたかが知れている。

人類はゆっくりと不安なく自らの環境を改善していく道を選択し、結果として種としての進化を大幅に遅らせることになってしまった——わたしはいまの世界をそう見ている。

安全な株に投資するのは資産を減らさないためには有効だが、その分、投資の面白味もなければ大儲けも期待できないのだ。

というわけで、記者と作家の二足の草鞋を履いていたデビューから数年は、得意分野であった政治や企業活動を背景にした物語を量産していったが、作家専業になってからはそういう時事ネタは扱わなくなった。それが今回、再び企業モノを書こうと思い立ったのは、社会や組織から離れたところで生起する人間の心理的葛藤や、生や性の根源的な苦悩についてだらだらと書き連ねることに飽きてきたからだった。

加えてこの国の政治や経済の地盤沈下の余りの激しさに、それはそれで興味をそそられたというのもある。

二〇一一年の大震災のあと、日本は未曾有の原子力災害を経験しながらも原発廃棄へと舵を切ることができなかった。既得権益にどっぷりと浸かった原子力マフィアたちの圧力に政界も経済界も屈してしまったわけだが、代替エネルギーへのシフトチェンジは新しい産業創出のまたとないチャンスでもあったろう。

いまからでも遅くはない。原子力発電を放棄しない限り、この国の経済的な復活はないとわたしには思われる。

そうした考察もあって、今回、電力業界を舞台とした企業小説を久々に書いてみようかと思い立ったのだった。

だが、原発事故以降のさまざまな公的文書、報告書、報道資料を読み込み、幾人かの関係者に会って話を聞いているうちにわたしの意欲は加速度的に低下していった。

あれだけの事故を経験しながらいまだに素朴な楽観論が原子力技術者のあいだには蔓延し、政府、官公庁の人間たちは相変わらずの無責任体質を露呈し続け、結局のところ、原子力発電が抱える矛盾と問題点については現在も事故以前と何ら変わりない状態で放置されているに過ぎないことが分かってきたのだ。

これでは原発の放棄など実現するはずもなく、さらに言えば、国内のどこかの原発で再度の重大事故が起きたとしても、よほどの死者、帰還困難者が発生しない限りはこの国が原発から足を洗うことはできないと推測された。

そんなしょぼい現実をわざわざ小説化する意味があるとも到底思えない。

こうやって毎日惰性的に資料を読み重ねながらも、恐らく執筆までは行きつかないだろうと最近のわたしは考えるようになっていた。

三十分もすると読む気が失せた。資料本を机上に戻し、椅子の背に身を預けて大きく伸びをする。

ついさきほど玄関を開閉する音がしたから、英理は泳ぎに行ったのだろう。

仕事机の一番上の引き出しから銀色のタブレットシートを抜いて二錠を手のひらに取り出した。マグカップに入れて持って来ておいたルイボスティーで錠剤を飲む。

立ち上がり、壁際のリクライニングチェアに移動した。背もたれを最下段まで倒し、身を横たえる。

目を閉じてゆっくりと深呼吸する。薬が効いてくるのを待つ。

英理を追いかけて自分もプールに行ってみることにしよう。真っ白な幽霊を見たという中国人女性がどんな子なのか確かめたい気分もあった。

五分ほどするといつものように全身が小刻みに震え始めた。

顎を引き、深い呼吸でさらに全身の力を抜いて、訪れた波を素直に受け入れるように心がける。波はだんだんに高く強くなり、頭、肩、胸、腰、膝など要所要所ががくがくと震え出す。

激しい痙攣によってリクライニングチェアがきしみ、音を立てる。

横揺れが徐々に上下動へと変わっていく。両腕を体側にぴったりとつけて、身体を一直線にする。やがて四肢の痙攣は微弱なものとなり、首から上だけが前後に大きく振動し始める。

——そろそろだな……。

ヘッドレストに後頭部が強く打ちつけられた瞬間、わたしは思い切って上体を起こした。振動は止まり、一気に身体が軽くなった。

そのままゆっくりとリクライニングチェアから降りる。

真っ直ぐに立ち、体側に張り付けていた両腕を解放する。一度首を回したあと手のひらを内側に向けた恰好で腕を持ち上げて目の前に引き寄せた。

うっすらと腕や手の形が見えた。視線を落として自分の全身を眺める。両腕と同様に微かに輪郭が識別できる。輪郭に沿って手を滑らせてみるが感触はない。まるでホログラムのようで、手のひらを体内に差し込むとそのまま没入してしまう。だが輪郭が途切れたりぼやけたりすることはなかった。

リクライニングチェアに横たわっているわたしを見下ろす。すっかり静かになっている。目は閉じたままだが、わずかに胸のあたりが上下している。例によって眠り込んでいるように見える。

このわたしには意識があるのか？　それとも脳死状態と同様に生命中枢の基本だけが不随意的に機能しているのか？

いまのわたしには、よく分からない。

少なくともこっちのわたしには〝離脱〟する前と同じ意識がある。だとすれば宿っていた意識の全部が肉体から抜け出し〝意識体〟として独立したと解釈した方がよさそうな気もする。

こうして肉体と意識が分離するようになったのは一昨年からだった。

きっかけはその春先に引いた風邪だ。

三十七度前後をウロウロしていた熱は数日で下がったものの倦怠感や喉の痛み、咳込みはなかなか抜けなかった。一度医者に行って薬を貰い、そこから十日ほどで症状はおおかた消えたが、咳だけは頑固に残ってしまった。

二カ月ほども続き、ブルータワー転居後、やむなく呼吸器専門の医院に相談に行くことにした。レントゲンを撮り、血液検査を受けて原因を探ったが、肺に問題があるわけでも何らかのアレルギー反応が検出されたわけでもなかった。

「咳喘息といって風邪のあと咳だけが残って長引くことがあるんです。治療しないと本物の喘息に移行するおそれもあるので、しばらく薬を飲んで様子を見て下さい」

と言われて気管支拡張剤と抗アレルギー薬を処方された。

薬を飲み始めて三日目だった。目覚めてみると両手に微かな震えが出ていたのだ。最初は錯覚かと思ったが、書斎で仕事にとりかかってみてそうではないと分かった。キーボードを打つ手が明らかに振戦している。

調剤薬局で薬を受け取ったときに渡された説明書を見直す。気管支拡張剤の副作用として「手足の震え」が記されていた。薬剤名を入力してネットでも調べた。患者や医師のブログで、この気管支拡張剤による手の震えについて書いているものが幾つか見つかった。

服用を始めた夜から咳が取れていただけに残念だったが、手が震えては仕事にならない。すぐに服薬を取りやめた。

だが、その夜、ひどい咳込みに見舞われたのだ。

これまでにないほどの咳で、とても眠ってなどいられない。抗アレルギー薬の方を余計に飲んでみたが効果はなく、やむなくやめたばかりの気管支拡張剤を使った。多少の震えがあったとしても眠れないよりはましだった。

案の定、薬効は顕著で十分もしないうちに咳は軽くなり、何とか就寝することができたのだった。

以来、眠る前に気管支拡張剤を一錠飲むのが習慣になった。薬が切れたところで医師にも相談したが、副作用のことはあまり気にせずに服薬するよう勧められた。

一カ月ほどが過ぎたある晩。

例によって薬を一錠飲んでベッドに入ったのだが、身体が温まった頃にめずらしく咳が出た。翌日は朝から所用があったので、念のためもう一錠服用しておくことにする。ベッドから降りて二錠目を飲み、再びベッドに戻った。

五分ほど経ったところで、突然、全身が激しく痙攣し、震え始めた。

最初は薬の副作用だとは気づかなかった。何か別の発作が起きたと思ったくらいだ。

上体を起こすこともできずにベッドの上で身体を震えさせていた。ただ、不快な感じは一切ない。まるで何かの絶叫マシーンにでもいきなり乗せられたような気分だった。

やがて痙攣は弱まり、身体の震えだけが残った。その震えも四方八方という感じだったものが徐々に上下動に収斂していく。

感覚的には五分ほど経った頃だろうか、後頭部がベッドに何度も打ちつけられるのがイヤになり思い切って起き上がろうとした瞬間、スーッと身体が浮き上がったのである。

上半身が軽くなり、続いて下半身も軽くなった。そのまま保安灯が灯った天井のあたりまでゆらゆらと身体が上昇していった。

驚愕というほどではなかった。

というのも、学生時代に似たような経験をしていたからだ。

その頃は、全身が肉体から抜け出すとまではいかなかったが、たとえばコタツなどでうたた寝していると下半身だけすっぽり抜けて、浮いた足がコタツの天板から飛び出して目が覚めるといったことがたまにあった。

そういうときは慌てて下腹に力を込め、身体から抜けた両足を文字通り「元の鞘に収める」。するど、しばらくは分厚いズボンでも穿いたようなゴワゴワ感が太ももから下に生じて、〝足の中身〟をズボン（足）に馴染ませる時間が必要だったのだ。

全身が浮き上がって天井近くまで浮遊したとき、当時のことをくっきりと思い出した。

――あの頃は下半身だけだったが、ついに全身が抜けたというわけか……。

鼻面が天井にくっつきそうなほどになったところで上体を捩じる。案外簡単に身体が裏返った。

ベッドに横たわる自分が見えた。

目をつぶり、深い眠りの中にいるようだ。

水をかくように腕を動かし、眠っている自分に向かって頭から静かに降りていった。

以来、気管支拡張剤を二錠服用すると肉体から意識を分離できるようになった。

初めのうちは身体に戻れなくなる不安もあって寝室の外に出るような真似はしなかったが、やがて上手に肉体に帰還する術も身について、部屋の外へと活動範囲が広がっていった。

何しろ意識だけだからどんな場所にでも労せずに行くことができる。壁も天井もちっとも邪魔にならないし、窓を抜けて戸外を自由自在に飛ぶこともできる。当然ながら誰かに見咎められる心配もない。

体外活動を重ねるにつれて移動距離は延びていった。

ブルータワー内からファウンテンシティ内へ、さらにファウンテンシティの外へとわたしは遠征するようになった。

とはいっても分離時間には限界があった。

大体、七、八時間といったところだろうか。すいすい出歩いていてもそれくらいの時間が経つと妙に身体がむずむずしてくる（身体が本当にあるわけではないので感覚だけ）。気持ちも何だかそわそわと落ち着かなくなる。そして、限界点に達すると不意に足が止まり（これも感覚だけ）、一歩も先に進めなくなる。すると、後ろ髪を摑まれるようにして強く後方に引っ張られ、次の瞬間には肉体に戻っているのだった。

そうやって強制的に戻されたときは、悪夢から醒めたような不快さが後を引き、数時間は身体が重くて動きにくい。頭もぼんやりしていることが多かった。

それでは困るので、いつも時間を見計らって自分から肉体に帰還するように心がけている。

移動は基本的に心身一体のときと変わらない。空を自在に飛べるといってもスーパーマンのように物凄いスピードで飛び回れるわけではないから、遠出する場合は電車、地下鉄、バスなどを使う。ヒッチハイクよろしく他人の乗用車に勝手に乗り込むことも可能だが、行先の知れない車に同乗してもあまり意味がなかった。

飛行機や新幹線はまだ利用したことがない。

制限時間があるのでそれらを使った長距離移動には限界があるだろう。目下のところ都内近郊をちょろちょろするばかりだった。

一番覗いているのは英理の部屋だ。

寝室や浴室での英理のあられもない姿を眺めて悦に入っているし、同居を提案する前は、千川のアパートをしょっちゅう訪ねて英理の暮らしぶりを観察した。バイト先までついていって働きぶりをチェックしたこともある。

ヘンな男が身辺をうろついていないかもしっかりと確認した上で、「一緒に暮らさないか？」と持ちかけたのだ。

生身の身体とは違うから、たとえばモノに触れたり、動かしたりはできない。

英理の日記帳が机上にあったとしてもそれを開いて盗み読むのは無理だ。ただし、簞笥の引き出しにしまわれた日記帳を、文字通り〝頭を突っ込んで〟見つけ出すことはできる。

巨大金庫の扉は開けられなくとも、金庫の中に入って内部を確かめるのは可能——要するにそういうことなのだ。

8

ブルータワーのプールは五十メートルのロングサイズでレーン数も八つある。競技会にそのまま使えそうな本格的なプールだ。

広いプールサイドにはデッキチェアが幾つも置かれ、トレーナー、監視員、それにドリンクなどをサービスする従業員が二十四時間、常駐している。

わたしは入居前の見学の際に足を踏み入れたきりだった。そのときはまだ利用者は誰もおらず、大き過ぎるプールにただ呆れてしまったのを憶えている。

だが二年振りに訪ねてみれば、午後七時と夕餉時にもかかわらずプールは水着姿の人々で混み合っていた。

デッキチェアもほとんどが埋まり、従業員たちが忙しそうにトレーに載せたドリンクを運んでいる。

八レーンの半分は遊泳用に開放され、残りの四レーンはコースをしっかり泳ぐ人たちのために供されているが、どちらもかなりの人数だった。コースの方はフリー、ブレスト、バック、バタフライと泳法によって区分けされ、一定の間隔を空けて次々と泳ぎ手たちがスタートを切っている。

あれでは、泳ぎに自信のある者でないと迂闊にコースに入るわけにはいかないな——わたしはプールの天井あたりを漂いながら思った。

プール内、プールサイドと目を配って、英理の姿を探した。

真っ白な肌に細身の英理はすぐに見つかるはずだったが、見回しても姿はない。

食事のときにプールに中国人女性を探しに行くと言っていたから、てっきりそうだと思い込んでいたが、別の目的で外出したのだろうか？

更衣室やシャワールームも念のために男女それぞれのスペースを覗いたが、英理はやはりいなかった。

プールを出て住人の連続死が起きたという十七階に向かうことにする。

英理はこのブルータワーの中にいるという気がした。

かすかながら気配を感じる。

エレベーターは使わず、プールの窓から外に出て、窓に沿って十七階のフロアまで上昇していった。

一つのフロアに二十戸以上の部屋があるので、各階の窓の数は百近くに及ぶ。

一枚一枚の窓を外から覗いていく。

十七階は初めてだったが、いろんなフロアの部屋をそうやって覗き見てきたので全室をチェックしても大した手間でないのは分かっていた。タワーマンションの住民たちはほとんどカーテンを閉じない。閉じたとしてもレースくらいだから室内の様子を観察するのは容易なのだ。

部屋の明かりが灯っているのは半分ほどだろうか。あとは住人がいまだ帰宅していないか空室ということになろう。そして、この十七階で二日のあいだに亡くなったという三人の部屋は主を失って明かりが消えているのかもしれない。乃至《ないし》は、残された家族が悲しみに暮れて引き籠っているのかもしれなかった。

光のある部屋では住人たちが食事の最中だ。家族水入らずの晩餐もあれば、母子だけの夕餉、独りきりの食事風景もある。最初はそうした人々のさまざまな営みが面白くて、いろんな部屋を覗き回っていたが、一年ほど前に、他人の家を窓からこっそり覗くカラス（あのカラスだ）を主人公に見立てた中編小説を発表して以降は、すっかり興味を失ってしまった。

いつものことだが、どんな体験も小説化してしまうと好奇心の対象から外れてしまう。わたしの好奇心はあくまで小説を書くためのものであって、それ以外の要素が一切ないのだ。わたしが趣味らしい趣味を何一つ持っていないのもそのせいだった。

読書だけは例外だったが、それも作家になるまでの話だ。

わたしはひどく早熟な子供で、小学校に上がった頃にはすでに文庫本を読んでいた。以来、編集の仕事から足を洗うまでに読んだ本の数は恐らく一般人が生涯読む本の百倍の冊数ではきかないと思う。

だが、いまになって振り返れば、過剰なほどの読書体験は作家になるための準備であって、純粋な趣味ではなかったのだ。結果的に、わたしは職業訓練として本を読んできたに過ぎない。

その証拠に、自分が書き出してからは資料本以外の本はほとんど読まなくなった。たまに話題になっている作品に目を通すこともあるが、教えられたり感心させられたりといったことは皆無に近い。最近は、最後まで読み通せる本でさえなかなか見つからない始末だ。

窓々の光景はすっかり見飽きたものばかりだった。隣、そしてまた隣とさっさと点検を済ませて移動していく。英理の姿は見つからない。プールで運よく中国人女性と再会し、彼女の部屋に潜り込むのに成功したのかと思っていたが、そうではないのだろうか？　彼女が十七階の住人だというのも英理の当てずっぽうに過ぎないのだが、ここまで上がって来てみて英理の気配はさきほどより濃厚になっているのも事実だった。

ただ、その気配がリアルタイムのものなのか、または過去の痕跡に過ぎないのか、そこまではわたしの感覚では把握しきれない。英理はいまこのフロアにいるのかもしれないが、しばらく前までいただけなのかもしれなかった。

左回りに各部屋を覗いていった。

十番目の部屋で止まる。

このブルータワーは全住戸が百平米以上の賃貸専用マンションだからどのリビングルームもそこそこ広い。わたしの部屋もそうだが家具付きの部屋も多く、どれも似たような雰囲気を醸し出していた。だが、その十番目の部屋はまるで違っていた。

レースのカーテン越しに見えるリビングルームには調度の類が一切置かれていない。無住のようだが、うっすらと明かりが灯り、中央に奇妙なものがあることから誰かが住んでいるのは確かだろう。

さらに窓に近づくと、レースのカーテンにわずかな隙間がある。目を凝らして内部を覗き込む。ベージュの絨毯が敷き詰められた広いリビングルームの中央に据えられているのは鎧兜をまとったサムライの置物だった。

等身大と思われる人形に甲冑が着せられている。

座っているのではなく立ち姿で、左の腰には立派な装飾の太刀を佩《は》いている。兜は大鍬形の真ん中に長い剣が伸びたそれは見事な作りだ。

その特徴的な前立の兜には明らかに見覚えがあった。

それは、東京美術学校教授だった高村光雲が中心となって製作した馬場先門前の楠木正成像の兜にそっくりだった。

わたしはかつて光雲をモデルにした中編小説を書いたことがあるので、光雲の事績については詳しかった。「楠公《なんこう》銅像の事」という本人の懐古談にも目を通している。

楠木正成の容姿については残された史料がはなはだ乏しく、光雲たち製作グループは正成の用いていた甲冑、太刀、馬（外苑の楠公像は馬に騎乗している）の詳細をほとんど知ることができなかった。そんな中で彼らは、正成と縁の深かった大塔宮護良《もりなが》親王の兜と同じ剣形の前立の兜を正成のそれと見立てた。

正成の体軀に関しても確実な史料は見つからず、彼が傑出した軍略家であったという史実からの類推で、思慮深く痩せた面立ちで、中肉中背の人物として馬上の楠公を造形したのだった。

部屋の中央にすっくと立っている鎧兜の人物も痩せた顔つきで中肉中背。それが楠公像と同じ兜をかぶっているのだから、まるで馬から降りた楠木正成がいま目の前にいるかのような印象を与えた。

楠木正成は類を見ない智謀の将であると同時に、仁愛と勇気を兼ね備えた超一級の武人の一人である。「東京の三大銅像」と呼ばれるのは、靖国神社の大村益次郎像、上野恩賜公園の西郷隆盛像、そして外苑の楠木正成騎馬像だが、正成の武家としての存在感は明治期の二人と比べても長い歴史に耐えてきたという点で圧倒的なものがある。楠木正成こそは日本における「サムライの中のサムライ」と呼ぶべき武将であった。

どうしてこんなところに楠木正成の鎧姿の人形、しかも等身大のこれほど大きな人形が据えられているのか？

この部屋には人の気配は皆無だ。誰かが倉庫代わりに使っていて蒐集した美術品の類を保管しているのだろうか？

しかし、そうだとするとこんな広いリビングの中央に楠木正成像だけが置かれているというのは不可解だ。

楠木正成を祭神とする有名な神社があるくらいだから、彼を尊崇する人々はいまも絶えないに違いない。ならばここはそうした信者たちが集まる一種の集会場のようなものなのか？　乃至は正成の武士道を学ぶ者たちが参集する道場のようなものなのか？

まるで訳が分からない。

この際、正成像や他の居室を調べてみることにする。

ハイサッシの窓をすり抜けてリビングルームに入った。

間近に見ると像の背丈はわたしの身長より少し低めだから百六十五センチ前後か。これでも鎌倉時代の男性としては大柄な方かもしれない。

ダウンライトだけなのでつぶさには見えないが、顔の肌理《きめ》といい、目や鼻や口唇の造作といい非常に精巧に作られている。普通のマネキンとは違っているし、よくできた蠟人形のようでもない。いまにも動き出しそうな生き生きとした質感を保っている。皮膚は恐らくシリコン製なのだろう。夜目にもみずみずしさが感じ取れた。

リビングルーム以外も見回ってみた。わたしの借りている部屋よりも広く、間取りは4ＬＤＫ。二百平米くらいはありそうだ。だが、四つの部屋はどこも空いていた。家具どころか洗面器一つ、歯ブラシ一本見当たらない。無住であるのは確かだ。そんな部屋のリビングに楠木正成の鎧兜の人形だけが置かれ、しかも明かりが灯っている。

ますますもって奇妙だった。

再びリビングに戻って正成像の全身を舐め回すように眺めてみた。兜も鎧も小札《こざね》は金属や革で作られている。触ってみることはできないがじっくり観察すると分かる。佩刀も真物に違いあるまい。抜いてみるわけにもいかないが、日本刀については少々詳しいので本物かどうかの区別くらいはつく。

人形の目は見開かれている。

大きな瞳は輝きこそ失われているが、眼球の表面まで緻密に細工されて潤いさえ感じられる。

――本当に生きているようだ……。

しばらく人形をためつすがめつしたあとわたしは彼から離れた。窓の外に目をやると月を隠していた薄雲が晴れて、外は先ほどより明るさを増していた。残りの各室をざっと見回って今日は引き揚げることにしよう。

楠木正成の人形に見入っているうちに何かしら胸底が冷えるような感覚が生じていた。

窓を頭からくぐり抜けようとする直前だった。背後でガシャという微かな音がした。ぎょっとして姿勢を戻し、後ろを振り返る。

鎧が鳴ったのかと思ったが、人形はじっとそのままだった。幾ら本物に似せてあったとしても動いたりするはずがない。

胸底の冷えが一気に増して、わたしは急いでその部屋から退散した。

9

書斎の窓から入って自分の身体に帰還した。

つぶっていた瞼を開く。体内に戻った瞬間に暗転していた視界が復活する。この最初の瞼を持ち上げるときだけはいつまで経っても違和感が伴う。錆び付いたシャッターをこじ開けるような「ぐいっ」とした感覚があるのだ。

目覚めた途端に人の話し声が聞こえた。

思うに、〝離脱〟しているあいだは幾らか聴力が落ちるようだった。五感の内では視力と嗅覚は変わらない気がする。触覚や味覚は失われ、聴力にも多少の低下が起きる。触覚や味覚は当然としてもなぜ聴力がそうなるのか理由は分からない。

声の主の一人は英理だった。もう一人は女性のようだ。

英理が誰かを連れて来たのだろう。友達でも誰でも部屋に招いていいと許可は与えているが、これまで英理が人を同伴したり呼んだりしたことは一度もなかった。

——もしかして。

英理は中国人女性を探しにプールに出向いたはずだ。そこで彼女を見つけて連れて来たのではないか？　たとえばプールの出入口でばったり出くわし、まずは相手の部屋を訪ね、それからわたしに引き合わせるために「うちでお茶でも飲みませんか？」と誘った、とか……。

わたしはリクライニングチェアから立ち上がり、一つ大きく伸びをした。

意識がぴったりと身体にフィットしているのを確かめる。どの部分にもブカブカ感はない。

さっそく声のするリビングの方へと向かった。

ドアを開けてリビングルームに入って行くと二人が同時に顔を向けた。

英理と女性はテレビの前に置いたソファセットに座っている。どちらもビールの小瓶を手にしていた。

女性が低い木製のセンターテーブルにビールを置いて立ち上がる。

「こんばんは」

わたしの方から先に挨拶した。

「こんばんは。勝手にお邪魔してしまって申し訳ありません」

そう口にして丁寧にお辞儀してくる。黒のレギンスにブルーラインの入ったショートパンツ、上は同じブルーのパーカーという出で立ちだった。髪は濡れていないものの、恐らくは例の中国人女性だろう。だとすると彼女の日本語は完璧ということになる。

身長は英理くらいだろうか。体形も英理同様にすらっとしている。ちょっと純菜に似ているな、とパッと見で思った。

「どうぞ座ってて下さい」

促して、わたしも冷蔵庫から同じビールを取って栓を抜き、彼女たちの方へとあらためて近づいた。彼女が一人掛けのソファに座り、英理が三人掛けにいたので、わたしは英理の隣に腰を下ろす。

「みっちゃんのことは話しといた。作家さんだよって」

英理が言い、

「こちらはリャオ・チェンシーさん。いまはハーモニーの日本法人で働いているんだって」

と付け加える。やはり中国人女性だった。ハーモニーは世界有数の通信機器メーカーであり、むろん中国政府が支配する国策企業の一つでもある。

「初めまして、前沢です」

「リャオ・チェンシーです。前沢先生にお目にかかれてすごく光栄です」

リャオ・チェンシーが再びお辞儀をする。

「チェンシーさん、みっちゃんの小説を幾つか読んでるんだって」

英理が口を挟んだ。

「そうなんですか？」

「はい。といっても翻訳本なんですけれど……」

チェンシーが少し照れ臭そうに頷いた。

「それは、こちらこそとても光栄です」

わたしの作品は大半が台湾、中国で翻訳出版されていた。同じ中国語圏でも台湾、香港、マカオは繁体字、中国は簡体字と文字はまるで違う。チェンシーはたぶん簡体字版で読んだのだろう。それからしばらくわたしの小説についてチェンシーと話した。英理はまったく読んでいないので、こういうときは黙っているしかない。

英理は小説は中島敦しか読まないと決めているのだ。

チェンシーが超名門の清華大学大学院で通信工学を学んだあとハーモニー入りしたと聞き、出身を訊ねてみた。彼女は北京生まれの北京育ちだが、父親は現在、湖北省で党委員会書記を務めているという。やはり中国共産党幹部の娘のようだ。ハーモニー自体が中国人民解放軍の軍事技術者たちが創業した企業なのだからさもありなんではある。

お代わりのビールを英理が冷蔵庫から持って来てわたしやチェンシーにも渡してくれる。

一通りの話を終えたところで、英理も混ざっての会話へと切り替わった。

「ねえ、十階のジムでおじさんに聞いた話は事実だったよ。チェンシーも知ってるって」

さっそく英理が口火を切る。

「そうなんですか?」

彼女が大きく頷いた。

「そのうちの一人がうちの会社の人間だったんです」

意外なことを口にする。

「それっていつのことですか?」

「うちの人間が亡くなったのは、先週の水曜日の夜中のようです。前の晩にも二人が亡くなったと聞いています」

先週水曜日というと五月二十九日。わずか四日前だ。噂はやはり本当だったのか。

「あとの二人もハーモニーの関係者なんですか？」

「それは違います。会社で聞いた話では、アメリカ人とロシア人だそうです」

「アメリカ人とロシア人……」

「はい」

五月二十八日の晩にアメリカ人とロシア人が亡くなり、次の日の晩に今度は中国人が亡くなる――かなり不可解な出来事ではあろう。

「その二人には繋がりがあったのでしょうか？」

「さあ、そこまでは。アメリカ人とロシア人という以外には何も……」

チェンシーが首を傾げてみせた。

「ハーモニーの副社長さんだったんだって」

英理が言う。

「副社長？」

「そうなんです。うちの上級副社長が先月の初めから日本に来ていて、ここの十七階の部屋に滞在していたんです。ゲストルームとして会社が借りている部屋なんですが。三十日の昼になっても副社長が大手町の本社に顔を出さないので連絡を取ったところ繋がらず、それで総務の人間が部屋を訪ねてみるとすでに事切れていたそうです」

「死因は？」

「心臓麻痺です。検視の結果、亡くなったのはたぶん夜中の十二時から一時前後だと」

「もともと心臓に問題を抱えていた方でしたか？」

「まさか。上級副社長といっても彼はまだ五十ちょっとでしたから」

「お若いですね」

「はい。なので彼の死はとてもミステリアスです」

感情を交えずに淡々とチェンシーが言う。

「アメリカ人とロシア人の死因が何かは聞いていますか？」

「心臓麻痺だそうです。二晩のあいだに同じ十七階の住人が立て続けに心臓麻痺で亡くなったということで、日本の警察も事件性を疑っていると聞いています」

それにしてもチェンシーの日本語は本当に流暢だった。

「たしかに、アメリカ人とロシア人と中国人がほとんど同時に心臓麻痺で急死するというのは奇妙な現象ですね」

「十七階に何か伝染性の病気でも広がってるのかも」

英理が言う。わたしもちょっとそんな気がしていた。

「でも、その三人以外、いまのところ亡くなった人はいないと思います」

チェンシーが懐疑的な声で返してくる。

「まあ、そうですね。伝染病なら一気に広まるでしょうからね」

「ええ」

「でも、三人の死には何かの関連が絶対あるよ」

英理は言い、

「そう考えないと却って不自然じゃない？」

わたしもチェンシーも同意するしかなかった。

話題をもう一つの関心事に移してみることにする。

「ところで、チェンシーさんが幽霊を見たというのはご自分の住んでいるフロアだそうですね」

「そうです」

「失礼ですがお住まいになっているフロアは何階なんですか？」

率直に訊いてみた。

チェンシーは一瞬、躊躇《ためら》うような表情を見せたが、

「私の部屋も十七階なんです」

どうやら英理の直感は当たっていたようだ。

同時に、十七階のあの部屋に置かれていた楠木正成の人形の姿が脳裏にくっきりと浮かび上ってきていた。

それにしても上級副社長が泊まるゲストルームがあるフロアに、幾ら世界的企業の社員とはいえチェンシーのような若い女性が住んでいるのも不思議だった。

湖北省の党委員会書記を務めているという彼女の父親はよほどの大物ということなのだろうか？

10

A新聞の流鏑馬《やぶさめ》さんから電話が来たのは、リャオ・チェンシーと会った次の日の昼前だった。

流鏑馬さんとは編集者時代に知り合い、すでにして三十年の付き合いだ。

「お久しぶり」

例によってのんびりした声が耳元に届く。温厚朴訥を絵に描いたようなたたずまいやこの暢気な口調に気を許して一体何人の政治家たちが秘中の秘を彼に洩らしてしまったことだろう。

「お久しぶりです」

流鏑馬さんはわたしより五歳年長。A新聞社で政治部長、論説委員を歴任、現在は常務取締役

編集局長のポストに座り、次期社長候補の一人とも目されていた。

「みっちゃん、いま例のレットビ・グループの新宿のタワーマンションに住んでるんだよね」

レットビ・グループというのはファウンテンシティを開発した新興ディベロッパーの名前だった。この不動産グループの総帥・白水天元《はくすいてんげん》氏がビートルズの名曲にちなんで名付けた社名が「レットビ」なのである。

「そうですよ」

「それでさ、実はお願いがあるんだけど、うちの外報部の記者を一人、しばらくみっちゃんの部屋に出入りさせてくれないかな」

「外報部の記者？」

「そう。そのマンションで一週間くらい前に起きた外国人の連続死亡事件は知ってるよね？」

流鏑馬さんがいきなり十七階の話を持ち出してきたのでびっくりする。

「あれってもう事件化してるんですか？」

昨夜チェンシーが、「日本の警察も事件性を疑っていると聞いています」と言っていたのを思い出す。

「そうらしいんだ。ただ、ちょっと普通の事件とは性格が違うようでね。外事課が動いてるらしいよ」

「外事課？」

ということは死んだ三人の外国人にはやはり何らかの繋がりがあるということか。しかも外報部の記者が取材しているのなら麻薬や銃器の密輸といった犯罪絡みではなくて外交・安保絡みということになる。

「詳しくは僕もよく知らないんだけどね、今朝の編集会議で外報部長から報告があってさ。みっちゃんのマンションに取材をかけてもシャットアウトで現場も見られないっていうんだよ。今回は警察の口も堅いし、内閣官房や防衛省の影もちらついているらしい。そのマンションだったら仲良しの作家さんが住んでるはずだと喋ったら、ぜひ紹介してくれって頼まれちゃってね。それでこうして電話したってわけだよ」

こちらにすれば渡りに船の提案でもある。これで外国人連続死亡事件の概要がある程度摑めるかもしれない。

「どうかな？　お邪魔するのは海老原っていう若い記者なんだけどね」

「もちろんお安い御用ですよ」

「ありがとう。じゃあ、さっそくいまから行かせてもいい？」

さすが新聞記者だけにこういうときの押しは強い。

「いいですよ」

「分かった。すぐに外報部長に連絡しとくよ。この御礼は今度ちゃんとさせて貰うから」

そう言うと流鏑馬さんはそそくさと通話を打ち切ったのだった。

スマートフォンを仕事机に戻して思う。編集会議で話が出たとはいえ編集局長自らが依頼の電話を寄越し、挙句すぐに記者を派遣するという。となると、十七階の「外国人連続死亡事件」はよほどの大ネタなのかもしれない。

受付から連絡が来たのは正午過ぎだった。

ブルータワーを訪ねた人は、コンシェルジュのいるレセプションカウンターへ寄って、名前と所属、約束の有無を記した面会票を提出し、コンシェルジュ経由で住人の了解を取ってビジター用のカードキーを受け取らねばならない。エレベーターホールに通ずるゲートにもカードキーが必要だし、エレベーター内でもカードキーをセンサーにタッチする必要があった。

とはいえ、カードキーで行けるのは訪問先のフロアだけで、他の階に降りることはできない。これは住民も同様だから、たとえ「海老原」という記者がやって来ても事件現場の十七階に案内するのは不可能なのだった。

だが、わたしもそんなことまでわざわざ流鏑馬さんに説明するほどお人好しではない。事件を追っている記者と会えれば、その細部がよりはっきりと分かるに違いない。少なくともいま受付にやってきた海老原記者は、亡くなった三人の外国人の名前や経歴などの一部はすでに把握しているだろう。

数分してドアのチャイムが鳴った。

やや勿体をつけてから玄関に行き、ドアを開ける。

「はじめまして」

姿を見せたのは想像とは異なり、若い女性だった。

「ご多忙のところ申し訳ありません」

彼女ははきはきとした声で言い、ずんとホールへ足を踏み入れてくる。大きなバケツバッグを肩に掛け、そこから名刺入れを取り出してさっそく差し出してきた。

「外報部におります海老原と申します。前沢先生にお目にかかれてとても光栄です」

名刺には「海老原一子」と記されていた。裏の英語表記で「一子」が「ＩＣＨＩＫＯ」だと分かる。

新聞記者とは思えぬほど髪の長い女性だった。胸にかかるくらいのストレートヘアーを振り分けて垂らしている。そのくせ非常に小柄だった。最近人気の女性シンガーに似たような印象の子がいるな、とすぐに思いつく。

年齢は幾つくらいだろう。女性の年齢は本当に分からないが、まだ二十代半ばといったところか。

こんな若い記者を寄越したところを見れば、「外国人連続死亡事件」はさほど大きなネタではないのかもしれない。

「どれくらい協力できるか心もとないけど、まあ、とにかく上って下さい」

わたしはそう言ってスリッパラックのスリッパを彼女の前に並べた。

リビングに入ると海老原記者は三面のハイサッシの向こうに広がる東京の景色にしばらく目を奪われていた。

「こんな世界があるんですねー」

いつぞやの英理と同じような言葉を洩らす。

英理は朝早くから弓の稽古と大学の講義で外出していた。英理の通っている弓道場は錦糸町にあるので、大学のある池袋と錦糸町とのあいだを年中往ったり来たりしているのだ。

コーヒーを淹れてダイニングテーブルに置く。

「どうぞ」

促すとようやく彼女は窓辺を離れてテーブルの前に座る。

「死んだ三人の身元は割れているんですか?」

コーヒーを一口飲んだ彼女に訊ねてみた。

「五月二十八日の晩に亡くなったアメリカ人とロシア人の身元は分かっています。ただ、翌日死んだ中国人の身元はまだ不明ですね」

「中国人の方は分かりますよ。といっても名前までは知りませんが」

さらりと言うと、海老原がびっくり顔になった。

「ハーモニーの上級副社長の一人で、年齢はまだ五十ちょっとだと聞いています。ハーモニー東京本社の人から聞いたので間違いない情報です。なんでも、この十七階にハーモニーが借りているゲストルームがあって、上級副社長は五月初めに来日してずっとその部屋に滞在していたんだそうです」

「そうなんですか。ちょっと失礼します」

海老原はポケットからスマートフォンを取り出してすぐに電話を掛ける。

「あ、竹宮さん。海老原です。いま前沢先生のお宅なんですけど、三人目の手掛かりを先生が教えてくださいました。ハーモニーの上級副社長。年齢は五十歳くらい。ちょっと調べて貰えますか。はい。じゃあ、メール待ってます」

電話を切ると、彼女はバッグからタブレットを取り出してテーブルに載せた。一分もしないうちにメールの着信音が鳴る。画面をざっと眺めて、タブレットをわたしの方へと差し向けてくる。

「この男ですね」

画面には軍服姿の東洋人の顔が映し出され、「ワン・ズモー　中国人民解放軍ロケット軍元少佐」と記されていた。

「これで繋がりました」

海老原が幾分興奮気味に言った。

「二十八日に亡くなったのは、アメリカ人がジム・シュガート元海軍大佐、ロシア人がイゴール・ゼルドヴィッチ戦略ロケット軍元大佐。二人ともロケット技術者です。そして、翌日亡くなったのが人民解放軍ロケット軍の元少佐。米ロ中のロケット技術者がこのタワーマンションの同じフロアで一堂に会し、しかも立て続けに死亡した。そんな偶然があるとは到底思えません」

海老原がタブレットを見つめながら続けた。

「上級副社長の死因は心臓麻痺だと聞きました。あとの二人はどうやって亡くなったのですか？」

　わたしが彼女に訊ねる。

「警察によれば、二人とも死因は心臓麻痺。要するに突然死しているんです」

「ということは副社長と同じわけか。ところで、ジム・シュガートもイゴール・ゼルドヴィッチもそれぞれ十七階の住民ですか？」

「その辺はまだ分かりません。ワン・ズモー副社長と同じように米ロの関係筋が借りていた部屋に短期滞在中だったのかもしれないですね。そして、三人は互いに接触を図っていた。もしかすると、ワン・ズモー副社長が米ロの二人を何らかの手段で心臓麻痺に見せかけて殺害し、それを知った米ロ側が報復として今度は副社長を同様の手口で殺害した――そういった筋立てだったのかもしれません」

「なるほど」

　わたしはその推理に頷きながら、海老原の顔を凝視する。

　――この若い女性はただの新聞記者ではないのではないか？

　そんな気がした。

11

「そんなスパイ小説みたいな話、あるわけないよ」

　昼間の海老原一子の話を伝えると、うまそうにラーメンをすすっていた英理が箸を止めて苦笑した。

　今夜の夕食はシティ内のセブン－イレブンで買って来た袋麺（札幌濃厚味噌　すみれ）と神楽

坂五十番の肉まんだった。五十番の肉まんはかつて二年ばかり神楽坂に住んでいた頃からのお気に入りで、ときどき大量に仕入れて冷凍してある。

「そうは言っても米ロ中のロケット技術者が顔を揃えていたのは間違いなさそうだし、三人のあいだで何らかのトラブルが起きた可能性はあるだろう」

わたしはラーメンはやめて肉まんだけにしていた。

このところ太り気味で、昨夜も英理から「みっちゃん、なんかお腹が出てきてるよ」と指摘されたばかりだったのだ。

英理の細身の美しい身体と五十半ばになる自分の不細工な身体とを見比べるのは極力避けているが、それにしても一緒に暮らすようになってずいぶんとダイエットしたのは確かだった。

「顔は生まれつきだから仕方ないけど、身体は幾らでも磨きようがあるよ。デブが容姿のことでひがむのは完全な筋違い」

英理はよくそう言っていた。

「体質的にどうしても太ってしまう人間だっているだろ」

わたしが反論すると、

「食べなきゃ絶対に太らないから」

にべもないのだった。

英理のように幾ら食べても太らない人間がいるように、ほんの少しの食事量ですぐに太ってしまう人間もいるのだと思う。そういうタイプはある意味エネルギー効率が高くてお得な肉体とも言えるのだろうが不運でもあろう。

人間には本当にいろんなタイプがある。人種、性別などは最も単純な区分け法に過ぎず、体質、性質、容姿などなど無限のヴァリエーションがあるに違いない。まして性別などは、いまや非常にあいまいな領域であることが理解されつつある。かくいうわたしも、この年齢になって自分の中の未知の資質に目覚めたクチだった。英理と暮らし始めてダイエットに励むようになったのはそうした目覚めも大きな要因となっているのである。

ラーメンを食べ終えた英理は肉まんにかぶりついている。五十番の肉まんはとにかく大きくて食いでがあった。

「それにしたって、三人が殺し合うなんてあり得ないでしょ。たとえ殺人事件だったとしても、彼らは別の第三者に殺されたんだと思うよ。中国人がアメリカ人とロシア人を殺した犯人だとしたら、翌日、現場に戻るのもヘンだし、自分まで死んでしまうのはもっとヘンでしょ」

「そうだとしたら、第三者である犯人はなぜ三人をまとめて同じ日に殺さなかったんだろう。中国人だけ次の日に殺すというのは不可解じゃないか」

わたしが言うと、

「二人が殺された晩、中国人だけこのマンションにいなかったんじゃないの？」

英理は至極もっともな推理を述べる。

「それに副社長が二十八日の晩、このマンションにいたかどうかだったら、チェンシーに確認すればすぐ分かるよ」

「それはそうだね」

「チェンシーは、幽霊が三人を殺したんだって言ってるよ」

そこで英理は思わぬことを口にした。

「幽霊？」

「そう。彼女が真っ白な幽霊を見たのはあの十七階のフロアだからね」

「そんなことといつ聞いたの？」

「十七階の部屋まで送って行ったとき」

昨夜、チェンシーが帰る際、英理はごく当たり前のように「部屋まで送ってくよ」と言ったのだった。チェンシーもすぐに「ありがとう」と言ってその申し出を受け入れた。

二度、足を踏み入れることのできた英理によれば三人が怪死を遂げたにもかかわらず、十七階のフロアはまるで何事もなかったかのようだったという。

「別に警官や警備員が立ってるわけでもないし、三人が死んだ部屋に立ち入り禁止のテープが貼られているわけでもなかったよ」

「どの部屋かは分かったの？」

わたしが訊ねると、

「ぜんぜん。ただ、プールから十七階に直接上がったときに中国人の部屋はチェンシーが教えてくれた。十七階で一番広い部屋だって」

「何号室？」

「それは見なかったけど、チェンシーの部屋のちょうど反対側。この部屋と同じ向きだったと思うよ」

十七階で最も大きな部屋でこちらと同じ向きならば、訪ねて行けば分かるだろう。ついでにチェンシーの部屋を覗いてくることもできる。

「チェンシーは、どうして白い幽霊が三人を殺したと思ってるんだろう」

わたしが言うと、

「白い幽霊を見たとき、殺されそうな気がしたからなんだって」

「殺されそう？」

「うん。すごく邪悪な感じがしたらしいよ。本当に怖かったって」

「なるほど」

昨夜、タワーの外側から十七階を見回した限りでは、そのような禍々しい気配はまるで感じなかった。いまのところ、幽霊の件はチェンシー一人が語っているに過ぎない。十七階で怪死事件が起きた点を加味すれば、彼女が何らかのミスリードを企図して事件前から〝幽霊騒動〟をでっちあげようとしていた、と穿って見ることもできないではなかった。

「全員が心臓麻痺で死んだっていうし、案外そういうこともあるかもしれないね」

英理は何ほどのことでもないようにそう言う。

「まさか」

「もちろん、三人を殺したのが本物の幽霊だったかどうかはともかくとしてだけど」

どうやら英理は愛読する中島敦の『名人伝』を念頭に置いているらしい。

弓の名人である紀昌は究極の名人たる甘蠅《かんよう》老師のもとを訪ねて教えを乞う。そこで老師が演じて見せたのが、見えざる矢を無形の弓につがえて一羽の鳶を射貫く「不射之射《ふしゃのしゃ》」だったのである。

――何者かが「不射之射」の技を使って、米ロ中のロケット技術者たちの心臓を見えざる矢で射貫いた。

そんな想像を巡らしているのかもしれなかった。

「これ、きっと実話だよ」

英理は『名人伝』をいつもそう言っているのだ。

「英理も最終的には矢も弓も使わない弓道を目指しているわけ?」

いつぞや訊ねたら、

「できればね」

真顔で答えたのには驚いた。

ラーメンと肉まん（英理は三個も食べた）の食事が終わると、英理は皿を洗ってリビングを出て行った。

「じゃ、あとでね」

と言う。

ここ数日は一緒に寝ている。大体が、英理がわたしの寝室にやってくるのだが、ときにはわたしの方から英理の部屋を訪ねることもあった。

一緒に寝るときは必ずセックスをする。同居が始まって一年以上になるが、わたしはいまだに英理とのセックスに夢中なのだった。

12

海老原一子は一度訪ねて来たきりで、その後は何の連絡も寄越さない。

今日で一週間になるが、A新聞に事件の記事が載ることもなかった。A紙に限らずどのメディアでも事件はいまだ報じられていない。

何かと話題になっている都心の超高層マンションで米ロ中のロケット技術者が連続死したのだから、それなりのニュースになってもおかしくない。新聞もテレビも、さらにはネットニュースでも一切事件について触れられていないのはいかにも不自然に感じられる。

三番目の死者がハーモニーの上級副社長だと知って、海老原は、

「ハーモニーの線から探ってみます。ハーモニーなら防衛省筋で強い人が何人かいますし」

と言っていた。

「事務方、それとも制服？」

と訊ねると、

「両方ですね。いまの政権になってから、日中のパイプは世間が思っているよりずっと太くなっているんです」

海老原は自信たっぷりに答えていた。「何か分かったら先生にも逐一お知らせします」と言い残して帰ったのだが、あれは社交辞令だったというわけか。

わたしの方はあのあと二度ばかり、十七階のフロアを見て回った。

英理が言った通り、ハーモニーがゲストルームにしている部屋はわたしの部屋と同じ向きにある二百平米超の4ＬＤＫで楠木正成の像が置かれていた部屋と同じタイプだった。広いリビングダイニングルームの壁にハーモニーの創業者である張龍強と習近平の写真が並んで掛かっていることからその部屋だと知れたが、室内はきれいに片づけられ、最近ここで人が死んだ事実を窺わせるものなど何もなかった。

アメリカ人とロシア人が死んだ部屋も、一戸一戸を巡って探し当てようとしたが特定はできなかった。深夜を選んで二日がかりで全室を見回った。空室と思われる部屋が三分の一で、残りの部屋に住んでいる人々の大半が外国人だった。その七割がアジア系で、室内の装飾などからして大方は中国人と思われる。欧米人の部屋もあったがどれも平穏な雰囲気を醸し出していた。

アメリカ人とロシア人が死んだ部屋は、すでに空室に戻っているということかもしれなかった。もちろんチェンシーの部屋も覗いた。百平米ほどで、寝室は三つあったが、彼女の部屋以外は誰もいなかった。一室だけベッドと調度が置かれていた。ベッドサイドテーブルに写真立てがあり、そこにはチェンシーと隣同士で笑顔を作る青年の姿が写っていた。

最初は恋人かと思ったが、リビングルームにあった多数の写真を検分していくうちに彼がどうやらチェンシーの親族であるらしいことが分かった。

おそらく部屋はその親族と二人で暮らすためのもので、現在は彼が不在にしているか、乃至はこれから来日する予定になっているのだろうと思われた。

チェンシーの寝室では二つの驚きがあった。

一つは、チェンシーの寝姿だった。彼女は一糸まとわぬ身で眠っていた。そのプロポーションは見事だった。わたしは長いあいだ、部屋の隅に置かれたドレッサーの上に尻を載せて薄明りの中で寝返りを打つ彼女の全裸を堪能した。

二つ目は、チェンシーが道着姿で和弓を小脇に抱えている大きな写真が壁に掲げられていたことだった。

背景に写っているのは霞的の並んだ的場で、その雰囲気は一度だけ訪問したことのある錦糸町の弓道場（英理が通っている弓道場だ）のそれとよく似ていた。

――英理とチェンシーは同じ弓道場に通う兄弟弟子なのではないか？

そんな気がした。

二人が旧知の間柄だとすれば、例の幽霊話もここのプールで偶然聞きつけたものではないことになろう。それとも、たまたま先日プールで二人は出くわして、互いがブルータワーの住人であると初めて認識したのだろうか？

もしくは、英理は相弟子のチェンシーがブルータワーにいると知っていて、そこにわたしが「一緒に住まないか？」と声を掛けてきたものだから渡りに船で乗ってきたのだろうか？

英理がチェンシーとの関係を偽っているとすれば、そうした荒唐無稽な推理も即座には排除できなくなる。この世の常として、人がつく嘘の背景には種々雑多な、または根深い思惑が介在しているものだからだ。

広告代理店D社の尼子鉄郎から電話があったのは、その日、六月十日月曜日の昼過ぎのことだった。

尼子さんはD社で長く雑誌部門を歩き、現在は出版担当の執行役員を務めている。彼とは週刊誌記者時代からの付き合いで、いまでも年に二、三度は会って食事をする仲だった。

「実は、無理を承知で前沢さんにお願いしたい仕事があってさ」

尼子さんはわたしと同年だった。彼とのあいだには同級生の気安さがある。

「広告の仕事だったらお断りだよ」

わたしは広告原稿は一切書かないことにしていた。デビューして間もない時期、一度、法外な原稿料につられて引き受けたところ、細かい表現の一々にまで厳しい注文が入ってえらい目にあった。以来、二度と広告がらみの原稿は書かないと決めているのだ。

「原稿じゃないんだけどね」

電話の向こうで尼子さんが頭を搔いているのが見えるようだ。

「対談を一本、お願いしたいんだ。先方がぜひ前沢さんに出て欲しいって言っててね」

対談もわたしはほとんど引き受けたことがなかった。

「とある企業の広報誌なんだけどね。オーナー社長がホストを務める連載対談を毎号やってて、うちの雑誌局が制作を任されてるんだよ」

企業の広報誌と聞いてすぐに「駄目だ」と判断する。

「どんな会社なの？」

とはいえ尼子さんの持ち込んだ企画を門前払いというわけにもいかなかった。

「いま前沢さんが住んでるマンションを開発したレットビ・グループなんだけどね。レットビの白水天元会長がどうしても前沢さんと対談したいって言っているらしいんだよ」

「白水天元」

「そう。とかく噂のある人物だしね。下の人間に頼まれてダメモトで電話したんだけど、どうかな？　ヘンな話、ギャラはかなりいいんだけどね」

「幾らなの？」

「対談時間は一応二時間で、手取り百万円」

「凄いね。さすがレットビ・グループの総帥ってところか」

「まあ、そうだね」

「いつなの？」

「急で申し訳ないんだけど、来週くらいに何とかならないかっていう話なんだ。その先はしばらく白水会長が海外らしくてね」

「海外？」

「そうらしいよ。最近は中国やロシアにもレットビは進出しているらしい」

「尼子さんの頼みじゃ断れないよね」

わたしは対談相手が白水天元と知って会ってみる気になっていた。彼に会えば、ブルータワーの連続死事件について何がしかの情報が入手できるかもしれない。

「いいの？」

尼子さんの方が半信半疑のようだ。

「いいよ。白水天元には僕も一回会ってみたかったから」

「それはよかった。担当もさぞや喜ぶよ。ここだけの話、さっき言ったギャラも他のゲストの倍以上なんだ。それくらい白水会長が前沢さんと会いたがっているらしいよ」

「奇遇ってやつだね、それは」

なぜ白水天元がわたしに会いたいのかよく分からない。

このブルータワーを含め、レットビの高級賃貸マンションは都内各所に点在している。芸能人、スポーツ選手、文化人など名前の売れている住人も数知れないだろう。わたしのような地味な物書きを白水が顧客の中から選抜するというのも想像しにくかった。

「じゃあ、あとは担当の方から詳細をメールさせるよ。メアド、教えても構わないよね」

「いいよ」

「それじゃよろしく。ありがとう前沢さん」

そう言って尼子さんは自分から電話を切ったのだった。

14

白水天元との対談日の前日六月十八日火曜日の昼間、純菜から電話が入った。至急相談したいことがあると言うので、三時にブルータワーに来るようにと伝えた。

簡単な昼食を済ませるとシティ内のショッピングモールに行って人気のパティスリーでチョコレートケーキとベイクドチーズケーキ、それにピスタチオのケーキを買ってくる。

どれも英理の好物だが、純菜がどんなケーキを好むのかは分からない。

実の娘といっても、長年一緒に暮らしていないとそういうものなのだろうが、一方で、わずか一年とはいえ互いの尻の穴まで舐め合う英理との関係の濃密さを思わずにはいられない。

しかし、そうやって身体をむさぼり合う間柄であっても一度擦れ違いが生じれば、出会ったことさえ忘れたくなるような真っ赤な他人同士に逆戻りする。ところが血で繋がった父娘の関係は何がどうあっても完全に切れることはない。

肉の繋がりと血の繋がりにはそういう倒錯した密度の差があって面白い、とわたしは常々思っていた。

純菜は三時ちょうどに訪ねてきた。

リビングに招き入れると、彼女もまたしばらく三面のハイサッシ窓の向こうに広がるパノラマに見入っていた。

「相変わらず凄いところだね」

と言い、

「でも、このマンションはちょっと凄すぎ」

と付け加える。

純菜はいままで何度かわたしの部屋に来たことがある。ここの一つ前は広尾のタワーマンションだったが、その前は神楽坂のタワーマンションで、さらにその前は築地のタワーマンションだった。たしか神楽坂と広尾の部屋には呼んだことがあった気がする。

純菜たちは結婚前から北品川のマンションに住んでいるはずだ。もちろんわたしが二人の部屋を訪ねたことはない。

純菜は迷うことなくピスタチオのケーキを選択した。

わたしは無類のチョコレート好きだった。純菜もそうかと思ったが、予想はあっさり外れてしまったようだ。

ケーキをあっという間に平らげ、一緒に出したコーヒーも飲み干す。急いで二杯目を淹れて大きめのカップで出してやった。そのあいだ彼女は一昨日から始めたという再就職活動の話をたいして興味もなさそうな口調でべらべら喋っていた。

「だけど、どういう風の吹き回しかね」

きっと今日の相談と関係するのだろうと当たりをつけてわたしは訊ねる。

「何が？」

「結婚したら当分は専業主婦をやるって言っていたじゃないか」

すると純菜が待ってましたという表情になる。

「それが事情が変わったのよ」

純菜は最近まで海外のファッションブランド商品をネット販売する会社の社員だった。そこは彼女がオレゴンに留学中に知り合った青年が起《た》ち上げた会社で、乞われて新卒で入社したのだ。就職祝いでご馳走したとき、

「彼氏なの？」

と訊くと、

「まさか。全然タイプじゃないよ」

と笑っていた。

本当か否かは分からないが、その会社に出戻る気はどうやらなさそうだ。

「事情が変わったって？」

「拓海とは別れようと思って」

事もなげに言う。昼間の電話で至急の相談と聞いてまさかとは思っていたが、それにしても余りに急ではある。式から半月ちょっとで、二人はまだ新婚旅行にも出かけていないのだ。

「どうして？」

当然の質問をする。

「彼、悪質なウソつきなのよ。それが分かったってわけ」

「悪質なウソつき？」

「この前、拓海の大学時代の友だちを呼んで家飲みしたの。例の拓海を紹介してくれた彼じゃなくて別の人なんだけど」

「それで」

「私と知り合ったとき、拓海には彼女がいたらしいの。そんな話初めて聞いて、彼が帰ってから問い詰めたら本当だったのよ。『純菜と出会った次の日に別れた』って言ってたけど」

「そりゃまた下手なウソだな」

とはいえ、その程度のウソを悪質とまで評するのは酷というものだろう。

「違うの。それは事実らしいの。次の日、彼女を呼び出して本当に別れたみたい」

「それならいいじゃないか」

だったら二股とも呼べないような話で、敢えて言わなかった拓海君が〝悪質なウソつき〟とは尚更思えない。

しかし、純菜の表情は険しく、新手の惚気という感じでもなかった。

「問題はその先なのよ」

彼女は一つため息をつき、わたしの目を直視する。そういう冷静で酷薄な表情は葉子によく似ていると思う。

「その先？」

「彼、その彼女の動画をいろいろと撮っていて、いまでもパソコンに保存しているのよ。それを私に隠れてこそこそ観ているみたいなの」

「動画？　どんな？」

「いやらしい動画に決まっているじゃない」

「どうしてそんなことが分かるんだ」

「彼がいないときに観たの。それで、ＰＣに細工して閲覧履歴が私のスマホにリアルタイムで送信されるようにしておいたの」

「そんなことできるのか？」

「簡単だよ」

「それで？」

「そしたら、私の帰りが遅いときとか、夜中とかにちょくちょく観てるのよ」

「なるほど」

ようやく純菜の言う「悪質なウソつき」の意味が分かってくる。

「しかも、そうやって動画を観たあとに限って、彼、求めてくるの。閲覧履歴と照合したらはっきりと分かるのよ」

「ほぉ」

わたしは思わず感心してしまう。拓海君も拓海君だが、それほどの事実をあっさり突き止めてしまった純菜はさらに凄くないか？

「あんまりでしょう。人を侮辱するのもいい加減にしろって感じ」

純菜はほとほと呆れたような顔で両手を目の前で広げてみせた。

他人のセックスを眺めて興奮するというのは一般的にある性癖だし、仮にその動画がＡＶの類であれば夫婦で鑑賞するのは充分アリだろう。だが、さすがに拓海君の元カノのあられもない姿を一緒に観ながらセックスするというのはあり得まい。

新婚間もない時期にそういうやり方でしか妻を抱けないという拓海君は確かに異常である。純菜が離婚を口にするのは無理もないという気がした。

15

要するに今日の純菜の相談というのは、そういうわけなので仕事先をわたしの方で見つけてはくれまいか、という話だった。

離婚の意志は固いようだし、再就職先が決まったら拓海君に通告し、離婚届に判を捺させると彼女はきっぱり言っていた。

純菜にすれば念願の挙式も済ませ、もう思い残すことはないという心境だろうか。

はしなくもわたしの勘は的中したわけだが、夫婦の間に子供ができないうちに離婚に至ったのは不幸中の幸いという気もした。

「まさか妊娠はしていないだろうね」

確かめると、

「いま生理中」

満点の回答が返ってきた。

仕事の口は当たってみると答えておいた。完璧に請け負ったとまでは言わないが、ろくに父親らしいこともしてやれなかった手前、やれるだけはやってみようと考えていた。

純菜は一時間ほどで帰って行った。

今夜は英理は夜のバイトで遅くなる。夕食は一人なので、冷蔵庫にあるもので簡単に済ませるつもりだ。クイーンズ伊勢丹で先日、大塩の「いかの姿あげ」を買ってきたので、あれを使って焼きそばでもこしらえよう――そんなふうに思いながら、純菜の使ったカップや皿、フォークなどを洗っているうちに、わたしはふと自分がひどく興奮していることに気づいたのだった。

洗い物を終えると、ふたたびダイニングテーブルに戻って外の景色を眺める。

いまのように意識の奥に形の見えない想念が浮かんできたときは、そうやって窓外の風景をぼんやり見つめるのが習慣だった。長年、タワーマンション暮らしを続けてきた大きな理由の一つは、この習慣を手放したくないからでもある。

梅雨時とあってたいがい曇っているのだが、今日はめずらしく朝からいい天気だった。昨夜の雨で空気が洗われ久々に東京の全景がくっきりと見渡せる。純菜が息を飲むようにしていたのも充分に頷ける街並みが目の前に展開されていた。

東京スカイツリーのべらぼうな高さを除けば、似たようなデザインの高層ビルがベイエリアからさいたま新都心方面までずらずらと建ち並んでいる。巨大都市として世界有数の威容を誇る東京だが、こうしてそれぞれの陣地に類似の駒がびっしり建ち並んでくると、徐々に〝無個性化〟し始めているようにも感じられる。

そんななかで異彩を放ち続けているのは六本木ヒルズ森タワーと都庁第一本庁舎、モード学園コクーンタワー、それに池袋のサンシャイン60の四本だ。これらのビルだけは何度見ても見飽きることがない。

恐らく、このブルータワーも遠くから眺めればそれ以上の〝個性〟をいまは発揮しているのだろう。いずれ転居してブルータワーをこんなふうに眺めるのをわたしは楽しみにしていた。

想念が熱気を孕みながら次第に輪郭を明確にさせていく。

先ほどの純菜の話の中には何やらとてつもないものが隠されているような気がした。そのとてつもなさがわたしの意識を昂ぶらせているのだと知る。

わたしは窓に向けていた視線を外し、椅子から立ち上がった。キッチンのキャビネットまで行って緑色のラベルの貼られたボトルを取り出し、タンブラーに冷凍庫の氷を入れてボトルの中身を半ばくらいまで注ぐ。冷えたグラスを手にもう一度、ダイニングテーブルの前の席に戻った。グラスを傾け、焼けるような度数のアルコールを一センチ分ほど喉に流し込む。

「コルコル　アグリコール」という南大東島産のラム酒だった。

アグリコールは、さとうきびを搾った「さとうきび汁」を原料に蒸留されたラム酒で、砂糖を精製する際の副産物モラセス（糖蜜）を原料にしている一般的なラム酒（こちらはインダストリアルと呼ばれる）とは異なり、一年に一度、さとうきびの収穫時期にしか作れない貴重品だった。なかでも上質な南大東島産のさとうきびから作られるこの「コルコル　アグリコール」は、芳醇な香りを約束してくれる絶品のラム酒だ。これを飲むとわたしの意識は受容性を高めることができる。

四十度の酒が胃の中で熱を持ち、それが意識の中の熱気と混合する。とてつもないものの正体が見えた気がした。

――純菜は図らずもTのしっぽを捉えたのではないか？

そう思う。

夫がどうして昨夜は自分を抱き、今夜は抱かないのか。そういう男の生理が妻には生涯分からない。なぜ分からないかと言えば、他のさまざまな現象と同様にTがその理由を覆い隠しているからだ――と考えてみる。

するとどうだろう？

本来ならば絶対に分からないはずの夫（拓海君）のランダム（と思い込んでいた）な性衝動の発動原因が、純菜の駆使したITソリューションによって見事に炙り出されてきたのだ。つまりは〝人間心理〟というTがお得意の煙幕を突き破り、彼女は、拓海君が元カノの痴態動画を見ることによって性的興奮を得たときに自分を抱く、という明確な理由を突き止めた。

これはTに対するめざましい勝利と捉えてよいのではないだろうか。

人間心理というのはTにとって最もポピュラーな目くらまし法である。

「おんなごころと秋の空」

Tはそうした常套句に代表される人間心理の不確実性（イメージ）を我々の心に焼き付けて、「人間の行動ほど説明や予測のつかないものはない」とわたしたちを絶えず丸め込んできた。本来ははっきりと理由づけられる人それぞれの行動をあたかも理由など見つからないもののように偽ってきたのだ。Tは行動の動機をそうやって不可視化することでわたしたちを支配しようとしている。人の心を見えなくする能力こそTのパワーの大きな源泉の一つなのだ。

こうしたTの策略に抗してきたのがフロイトを先駆者とする精神分析医や心理学者たちだ。フロイトやフロム、ユング等がいまだに多くの尊敬を集めているのは、常に我々を脅かし続けるTに対して彼らが敢然と戦いを挑んだヒーローだからであろう。

そして現代、純菜は精神分析などではなくITという精度の高い科学の力を借りて、夫の性衝動の発動メカニズムの一部を明らかにし、彼の異常性を証明することで自身の人生からの放逐を決断した。

純菜はTの巡らせた罠をかいくぐり、見事にその裏をかくことに成功したのだ。

科学にしろ人文科学にしろ、学問というものはひとえにTの暗躍からの人類の解放を目指しているとわたしは考えている。物理学、医学、化学、哲学、心理学、歴史学、どれをとってもそうだ。一方、Tの暗躍を後方支援しているかに見えるのが宗教や文学、映画、音楽などの芸術全般ではなかろうか。

わたしは、偶然を〝神の御業〟としてそのまま受け入れることを強いたり、偶然を〝運命〟として それ自体を美しいものと説いたりするのはTを増長させるだけの行為だと見ている。

純菜は本来ならば決して摑むことのできない夫のマル秘データをITの活用によって入手し、自らの選択に役立てた。彼女の選択にTの介入する余地はなかった。

わたしがしばしば行っている〝離脱〟もまたTに対する有効な反撃法だと思う。

これには二つの側面があろう。

一つは〝離脱〟という現象自体がそもそもTによる偶然の押しつけを撥ね除ける力を持っているということだ。人間の意識が肉体に従属せず、時に自由に肉体から離れて体外活動できるとなれば、わたしたちが日頃、偶然と思っているもののかなりの部分を、実は自分なり他人なりの意識の離脱によって起きたものだと説明できるようになる。

たとえば何らかの危険から奇跡的に逃れることができたとき、わたしたちはよく「虫が知らせた」とか「神仏やご先祖様の御加護のおかげだ」と感じ、しかしそうした実感を瞬時に「そんなことあるわけないじゃん」と自ら打ち消して、偶然の産物だと解釈を修正する。

だが、肉体と意識が分離できるのであれば、「虫の知らせ」も「ご先祖様の御加護」も充分にあり得る現象ではないか？　同様に「呪い」だとか「たたり」といった現象だって大いにあり得るものということになろう。

もう一つの側面は、〝離脱〟という現象が持っている重要なパワーだ。離脱というものがわたしにとって有益なのは、本来であれば決して見えないものを見えるようにしてくれる点にある。わたしは意識体になって、上がれない場所へ上がり、入れない場所へ入り、覗けないものを覗くことができるようになった。

拓海君ではないが、わたしだって夜な夜な英理の誰にも見せない恥ずかしい姿を覗き見て、肉体に戻ったあと興奮冷めやらぬうちに自らを慰めたりしているのだ。そうやって本当ならば永久に見られないものを見ることで、わたしはTの暗躍を未然に防いでいる。

こうした離脱のパワーは、いまや全世界でウイルスのように増殖している防犯カメラの能力と似たようなものだ。世界中に張り巡らされた防犯カメラが撮影するデータによって犯罪者は時を置かずに特定され、逮捕されてしまう。防犯カメラは本来であれば見られない犯行現場や犯人の姿を可視化する。犯罪を未然に防ぐのはいまのところ難しいが（いずれは警報を鳴らしたり、警察に即時に通報したりといった機能が付与されるだろう）、犯罪の拡大を防いだり犯人の新しい犯行を阻むことはできるし、何より未解決事件の数を減らすことができる。

防犯カメラによる不可視の可視化によって我々の社会はTの活動領域を狭めつつある。純菜が拓海君の〝犯行〟を可視化したのと同様に、これもまたテクノロジーの勝利と呼ぶことができるだろう。

わたしたちが諸刃の剣ともいえる防犯カメラの普及にさほど抗議の声を上げず、むしろ積極的なのは、それによってさまざまな事象の原因をこれまで以上に深く追究できるからだ。いずれはカメラの精度がさらに向上し、肉眼では捉えられない事物まで防犯カメラで見通せる時代が来るのかもしれない。さすれば離脱後、意識体として各所を巡っているわたしの姿も防犯カメラにキャッチされるようになるのだろう。

16

白水天元との対談は、ブルータワー最上階のパーティールームの一つで行われた。

わたしの方からD社の担当者である中野君（メールのやり取りで彼がまだ三十歳だと知った）

に提案したところ、白水から「もちろん結構です」との返事が届いたのだ。

開始時刻は午後一時。白水が到着したあと、中野君からの連絡を待って最上階六十階のパーティールームに出向いた。

六十階には幾つかのパーティールームやゲストルーム、それに住民専用の広いラウンジ（コーヒーやいろんな酒がセルフサービスで飲める）があるだけなので、カードキーでいつでも上がることができる。

ブルータワーを対談場所にしたのは、むろん十七階で起きた連続死事件について白水から詳細を聞き出したかったからだ。事件の起きた場所で話せば質問もしやすくなるというものだ。

白水天元は現在、四十七歳。その人物像には謎が多いと言われていた。

中野君に頼んで白水に関する資料を幾つか送って貰いざっと目を通したが、京都市生まれで父親は京都を中心に手広く不動産取引を行っていた「白水建物」の創業者、白水純一郎氏。天元はその一人息子として生まれている。

ちなみに天元という名前は京都仏教界に通じていた純一郎氏が懇意の高僧に相談して名づけた本名であるらしい。

天元は京都大学在学中に世界中を放浪。結局、大学を中退して父親の会社に入り「白水建物」の東京進出を主導する。彼が三十歳のときに純一郎氏が急逝し会社を引き継ぐと、当時東京支社長だった天元は会社を丸ごと東京に移し、社名も「レットビ」に改名。以後、さまざまな経営手法を駆使して事業を急拡大させ、現在では関連会社含めて五十社に迫る不動産・サービスコングロマリット「レットビ・グループ」の総帥として君臨していた。

人物像に謎が多いというのは、天元が都内の用地買収をどのようなやり方で行っているかが一切表に出ないことが一番の要因で、このファウンテンシティにしても各所の大型プロジェクトにしても大手ディベロッパーが長年かけて土地をまとめることのできなかった都心の一等地にいともやすやすと進出を果たしていることから、彼は純一郎氏の実子ではなく、すでに引退しているもののいまだ政界に強い影響力を発揮している某首相経験者の妾腹の子ではないかとか、山手線内の土地の三割を所有している某財閥グループ総帥の息子なのではないかとか、うがった見方としては、さらにやんごとない血脈を受け継ぐ、まさに御落胤なのではないかという噂まで流れているようだった。

ただ、わたしが注目したのはそうしたありきたりな貴種譚ではなく、もう一つの謎、大学時代に世界中を放浪したあとインドに渡ってからの二年間、彼が失踪同然の状態に陥っていたという事実の方である。

用地買収の手法と同じように、天元はどのインタビューでもこのインド時代の体験については黙して語らずを貫いていた。

各メディアに紹介されている写真の印象とは異なり、白水天元は意外なほど小柄で痩せた男だった。

ただ顔がとにかく大きい。

いつの間にか大柄なイメージを抱いていたのは、その顔の大きさゆえだろうとわたしは思った。黒々とした髪は両耳を覆って肩口に達するほど長く、そのボリュームのある髪の下に巨大な顔がある。

パッと見の印象はキヨッソーネの描いた「西郷隆盛」だった。顔面だけでなく目も鼻も口も耳も規格外に大きく見える。

あの西郷さんの顔は恰幅のいい巨体にのっているからこそ様になるのであって、あれが身長百六十五センチ程度のほっそりとした身体にくっついていたら一種異様であろう。

白水はまさしくそうした異様な雰囲気を身にまとっていた。

パーティールームは中央に据えてある大きなダイニングテーブルが端に片付けられ、普段は窓際にあるソファセットが部屋の中央に持ち出されていた。ソファセットを囲むように写真撮影用のアンブレラが三台、カメラマンの手でセットされている。

パーティールームを使ったことは一度もないが、離脱したときに何度か覗いていたので部屋の様子はよく分かっていた。

白水天元は窓を背負った側のソファに腰を下ろしていた。

わたしが入っていくと緊張気味の表情で急いで立ち上がる。

少し足早に彼の方へと近づく。

「すみません、お待たせしてしまって」

と軽く会釈をすると、

「とんでもありません。ご多忙のところをこんな野暮用でお呼び立てしてしまって、誠に申し訳なく思っております」

彼は恐縮したように頭を下げた。

「何しろ大家さんからの召喚ですからね、店子としてはいの一番で参上せざるを得ませんよ」

「そんな。滅相もありません」

他愛ないジョークに白水はますますの恐縮振りだ。

中野君のメールによると彼はわたしの小説の愛読者ということだった。あながちセールストークとばかりは言えなそうな気配だ。

白水の向かいのソファに腰を下ろし、わたしが促すと彼も一礼して座る。

二人の間には大きなローテーブルがあり、机上にはインジケーターランプの灯ったＩＣレコーダーが二台準備されていた。

「飲み物はコーヒーでいいですか？」

中野君が訊いてくる。

「もちろん」

中野君が、備え付けのキッチンに行ってステンレスの卓上ポットから二つのカップにコーヒーを注ぎ、カップをわたしと白水の目の前に置いた。

それから白水側の一人掛けのソファに腰を据える。

「前沢先生、今日はお忙しいところを本当にありがとうございます。それでは白水会長、よろしくお願いいたします」

中野君の合図で対談がスタートする。

17

「僕は、先生の運命論が好きなんです」

三十分ほど話が進んだところで、不意に白水が言った。

それまでは主にわたしの引越し歴（わたしは引越し魔で、一年か二年に一度は住居を変えている）について喋っていたから、急に彼がそんな場違いなことを口にしたのでいささか面食らってしまう。

「わたしの運命論ですか……」

「はい」

いよいよ本題という感じで白水が大きく頷く。

話し出してみると白水はなかなか魅力的だった。物言いも率直で偉ぶるところがまるでない。それによく喋る。その声がまた妙に甲高く、女性的でもあった。とにもかくにも彼は、いまをときめく巨大不動産グループの総帥という肩書とはほど遠い印象の人物であった。

わたしは編集者時代の経験から、社長が社長らしい企業は必ず傾くと考えている。

一番記憶に残っているのは某大手証券会社の社長にインタビューしたときだった。わたしたちが約束の時間に本社受付に到着すると秘書室長がすでに待ち構えていた。隣の部下が何か持っているのでおやと思っていると、それは小型のトランシーバーだった。部下はそのトランシーバーを使って、どこかに連絡している。

「いま正面玄関にいらっしゃいました」

どうやら上にいる別の秘書に報告しているようだ。それから室長たちと一緒に豪華な専用エレベーターで役員フロアまで上がった。

エレベーターの扉が開くと、女性秘書たちがずらりと居並んで出迎え、そのうちの一人が分厚い絨毯敷きの廊下を役員応接室まで案内してくれる。五十畳近くはありそうなそれは見事な応接室で、数分すると件の社長が姿を見せた。

定席にしているのだろう窓を背負った一等席に彼はどっかと腰を下ろす。

インタビューが終わると隣のダイニンググルームに社長自らの引率で入った。大きなダイニングテーブルのそばで白い上っ張りに高々としたコック帽をかぶった料理人がにこやかに迎えてくれ、給仕役のモーニング姿の男性二人が部屋の隅に立っている。どうやらどこぞのホテルから呼び寄せたらしく、「今日は大事なお客さんですからね」と社長は自慢げに宣う。

そうした社長の振る舞いを見て、この会社も長くはあるまいと確信したのだった（実際数年後に凋落した）。

思えば、かつて勇名を馳せたあの通産省（経済産業省）も、庁舎を新しくしてから徐々に影響力を失っていったのではなかったか？　若かった頃、可愛がってくれていた役人が局長に就任し、お祝いを持って遊びに行ったとき、局長室の余りの広さと大きな執務机の前に座って悦に入っている彼の姿を見て、「こりゃもう駄目だ」と内心思ったのをいまでもよく思い出す。

要するに白水天元はあの社長やあの局長とはまったく正反対の印象の男だったのだ。

「すべての出来事にははっきりとした原因がある。そして、その原因を僕たちに分からせないように、気づかせないようにしている怪物がいる。その怪物のせいで僕たちはさまざまな出来事に関して、それがなぜ自分の身に降りかかったかが理解できず、そうなるべくしてなったのだろうと納得せざるを得なくなる。僕たちは、その出来事には何か理由があったとしても、それは神のみぞ知ることであって、永遠に自分たちに理解することは出来ないのだと諦めをつけ、これが自分の運命なのだと受け入れるのです。つまり先生のお考えによれば、僕たちを運命論者にしているのは、僕たちから出来事の原因を覆い隠しているその怪物だということになります。僕はそういう先生の運命論が大好きなんです。僕自身も実感として、きっとそうなんだろうと信じていま す」

白水は一語一語嚙みしめるようにして語っている。それまでにこやかだった面相がにわかに真剣味を帯びているのが分かる。

「大義に生きた者たちがなぜ非業の死を遂げ、大義を捨てた輩ばかりがなぜこの世界で跳梁跋扈するのか？　そういう理不尽が起きるのはなぜなのか？　そこにはきっと理由がある。理由がありながら僕たちにはそれが分からない。理不尽など本来はないはずなのです。理由が分からないから理不尽だと思ってしまう。大義が敗れたと思ってしまう。自分たちが間違っていた、乃至はこの世界は正義が敗れるように作られていて、正義を常に打ち砕く何者かが存在しているとつい考えてしまう。でもそれは違うのではないか？　大義が敗れることはなく、大義が敗れたように見えるのにはきっと理由がある。大義が大義として貫徹するために、ときに敗れたように見えるだけなのかもしれない。本当は大義を打ち砕く何者かなどどこにもいなくて、大義があたかも敗れ去ったように見えるのは、一時的にはそう見えてしまう理由を何者かが覆い隠しているからではないか？　先生のお書きになっている運命論を読んで、僕はそんなふうに考えるようになりました。先生は、この世界は実は完璧な世界なのだ、とも書いておられます。どこにも矛盾はなくどこにも正邪や幸不幸の区別などない。すべてが理に適って存在し、すべてが調和の中で互いを支え合って存在している。にもかかわらずこの世界がいかにも殺伐とし、非道が道理を圧倒しているかのように見えるのは、そのように見せている怪物が存在するからだと。その怪物は実は何ものも創造せず、何ものをも変化させることができないにもかかわらず、詐術《まやかし》によって我々の手から真実を奪い取り、いかにもこの世界が不完全なように見せている。それによって怪物はあたかも自分が世界を思うままに動かしているかのように錯覚させる。しかし、実は、怪物の生み出した幻影に我々は翻弄され続けているに過ぎない──幾つもの作品で先生が説いておられるそうした考え方に僕はいつも深く共鳴しているんです」

こちらをしっかりと見据えて熱心に語る白水の眸《ひとみ》にはうっすらと涙が滲んでいる。

──これは一体どういうことか……。

不動産業界の風雲児と呼ばれる男の予想外の反応に戸惑うしかなかった。ただ、白水がわたしの作品の熱心な読者であるのはもはや疑いないようだ。

わたしは彼の言葉を耳に入れながら、このブルータワーの十七階にあった楠木正成の等身大人形のことを頭に思い浮かべていた。

薄気味悪くて、あれ以来、あそこには入っていないが、もしかしたら、あの人形の持ち主は目の前の白水天元なのではないだろうか？

「大義」などといういまどき誰も使わないような単語を連発し、感傷気味に「大義に生きた者たちがなぜ非業の死を遂げ、大義を捨てた輩ばかりがなぜこの世界で跳梁跋扈するのか？」などと口にする姿を見ていると、楠木正成と彼とがどことなく二重写しになってくる。

さきほど初めて会ったとき「西郷隆盛」と似ていると感じたことも、そうした印象を深めているのかもしれなかった。

――白水は楠木正成の信奉者で、レッドビのマンションには正成を祀ったああいう部屋が必ず一室設えられているのではないか？

彼が京都出身だというのもそういう説を補強してくれるような気がした。

大坂南河内の豪族だった楠木正成は鎌倉幕府倒幕のために挙兵した後醍醐天皇を守護して建武の中興の立役者となり、やがて足利尊氏の謀反によって天皇が窮地に陥ってからも、その忠節を最後まで全うした忠臣として日本史に刻まれている。

「わたしの作品をそんなに深く読み込んで下さっていて、非常に感激ですね」

わたしはとりあえずの謝辞でお茶を濁す。作家は誰しもそうだが、自分の作品について（たとえそれが賞賛であったとしても）面と向かって何かを言われるのは苦手なのだ。

「先生にそんなふうに言っていただけると光栄です」

しかし、白水はこちらの胸中を察したふうもなく素直に喜んでいた。

それからわたしは、白水の言うところの「怪物」について、しばし日頃の持論を開陳し、

「実はね、その怪物のことを密かにテラスと名付けているんです。テラスというのはギリシャ語で文字通り『怪物』という意味で、日頃はTと頭文字で呼ぶことにしています」

これは作中では触れていないことなので、白水が、

「Tですか」

と感心したように呟く。

「ところで、このブルータワーがあるファウンテンシティもそうですが、レットビ・グループは、大手の不動産会社が用地買収を断念した場所にさかんに進出していますね。いろいろな新聞や雑誌、ネットの記事を拝見すると、大手でも不可能だった買収をレットビはどうやって成功させることができたのか、そこが謎だと書かれている。中には白水さんが大物政治家や著名な不動産王の隠し子なんじゃないかと憶測している記事もありました。実際のところ、白水さんはどんな手法で都心の一等地の再開発を実現させているんですか？」

今度はわたしの方がいきなり話題を変えることにした。いくら企業の広報誌とはいえ、わたしの運命論なんて喋っても読者は面白くもなんともないに違いない。少しは対談らしくせねばならないし、何より例の連続死事件に話を持っていかなくてはならない。楠木正成の人形の件もにわかに気になりだしていた。

「僕が米原丑吉や粕谷俊英の隠し子じゃないか、という噂はよく耳にしますよ」

白水が苦笑交じりに言った。総理経験者の米原丑吉、不動産王の粕谷俊英、その固有名詞をあっさり口にしたのには少々驚く。

「実際はどうなんですか？」

「そんなことあるわけがないじゃないですか」

今度は大口を開けて白水が笑った。

「米原さんとも粕谷さんともちゃんと話したことさえないですよ。何かの集まりでちらっと挨拶を交わしたくらいのことはありますが。いや、粕谷さんは遠目に一度姿を見たくらいかな」

「なるほど」

とはいえ彼の言い方は事実を完全に否定したものではない。ちゃんと話したことがなくとも、遠目にしか姿を見たことがなくとも、それで親子でないとまでは言い切れないだろう。

「じゃあ、米原丑吉さんとも粕谷俊英さんとも一切の血の繋がりはないわけですね」

「当たり前ですよ」

白水は一笑に付した。そして、ソファから身を乗り出すようにして言葉を続ける。

「時代も味方をしてくれたんだと思います。バブル時代であれば、うちのような新興ディベロッパーが都心の一等地の再開発に手をつけるなんてあり得なかったでしょうからね。ファウンテンシティにしてもこれだけの広さの土地ですから、たしかに地権者の方たちの了解を得るのは大変な作業でした。ただ、何か秘策や奥の手を使ったかと言えば決してそんなことはない。地主さんの会社や家を一軒一軒回って、誠心誠意お願いするだけなんです。唯一大手さんとうちが違う点があるとしたら、大詰めの交渉の場には必ず僕自身が顔を出すようにしているということくらいでしょうか。トップである僕が皆さんの前に出て、プロジェクトの意義を詳しく説明し、そして頭を下げ、感謝の言葉を直接伝える。工夫と言えばそれくらいでしょうか」

「ということは、白水さんの交渉術に卓抜なものがあるということですね」

「どうでしょう。それもないとは言えないかもしれないですが、何かもっと別の理由があるんじゃないかと思います」

そこで、白水は奇妙なことを言った。

「別の理由？　それは、レットビ・グループが大手を出し抜いて多くのプロジェクトを実現しているということに関してですか？」

「出し抜いて、というのは違うかもしれないですが、なぜ大手さんではなくうちに多くの地権者さんたちが開発を任せてくれるのか、そこは僕自身もときどき不思議に思うことがあるんです。

さきほどの運命論ではないですが、何か本当の理由があって、その理由を誰かが僕から見えないようにしているだけなんじゃないかとたまに考えたりしますね」

白水はふたたび真剣な面持ちになっている。

18

白水から電話が入ったのは、対談の三日後だった。

対談翌日、D社の中野君から、白水が直接わたしに連絡を取りたいと言っていて、電話番号かメールアドレスを教えてほしいと頼んできているのだけれど伝えていいか、という問い合わせメールが来た。「もちろん両方とも教えて貰って構わない」と返信したところ、その二日後に本人が電話を寄越したのだ。

「先日はお目にかかれて嬉しかったです」

人懐っこい口調で彼は言い、

「あの日は周りに人もいたのであんなふうに言葉を濁してしまったのですが、実は、ブルータワーの事件のことで詳しくご相談したいことがあります」

対談の終盤、連続死事件について白水に訊ねてみたが、彼は、

「そういうことが起きたという報告は耳にしていますが、それ以上はまだ何も聞いていないんです」

いかにも申し訳なさそうな表情で答えただけだった。

ただ、そのときの様子からして彼がもっと多くを知っているのは明らかで、だから、中野君を通じてわたしの連絡先を問い合わせてきた時点で、恐らくは事件について何か二人きりで話した

いのだろうと推量していたのだった。

「いま成田に向かう車の中でして、出張で半月ほど留守にするのですが、帰国したら先生のお時間を少し頂戴するわけには参りませんでしょうか？」

わたしは、「最近は中国やロシアにもレットビは進出しているらしい」という尼子さんの言葉を思い出していた。どちらも十七階で死んだ男たちの出身国だ。

「もちろんいいですよ」

「ありがとうございます。帰ってきたらまた連絡させていただきます」

それだけ言って白水は自分から電話を切ったのだった。

対談が一通り済んでＩＣレコーダーも止まったところで、わたしはインドの件についても白水に訊ねていた。

「白水さんは、若い頃にインドに渡って二年くらい消息不明だったと聞いていますが、本当ですか？」

「消息不明というのはちょっと違うんですけど。それに二年じゃなくて一年半くらいでした」

彼は別に面食らったふうもなく素直に答える。

「インドで何をしていたんですか？」

「文字通り放浪ですかね。インド中を歩き回っていました」

「一年半もですか？」

「そうなんです。帰るに帰れなくなってしまって」

「帰るに帰れない？」

「はい」

「というのは？」

そこでようやく、彼はしばし言い淀むような風情になる。

「この話をすると自慢話めくというか、ちょっと引かれてしまう気がするんでほとんど誰にも話していないんですが」

そう前置きしてから続ける。

「インドを歩いていると、どこに行ってもインドの人たちからひどく丁重な扱いを受けて、ここから出て行ってくれるなと言われ続けたんです。何というのか、こういう言い方は非常にヘンだと思うんですが、要するに聖者のように遇されるというか……」

「聖者って、あの『聖者の行進』の聖者ですか？」

「そうなんです」

困ったような顔になって白水が頷く。

「それで、帰るに帰れなくなったと」

「はい」

「聖者のように遇されるというのは、たとえばどんな感じなんですか？」

「そうですね、たとえばデリーでもムンバイでもチェンナイでもどこでもいいんですが、そういう大都市のヒンドゥー寺院を訪ねたりすると、現地では聖人としてあがめられているような高名な行者たちが、バックパック一つ背負った僕のために自分の席を譲ってくれたりするんです。そして、彼らが信徒たちに、僕の寝る場所、食べるものを用意するように命じるんです。最初は一体何が起きたか分からなかったんですが、どこに行ってもそんな感じなので、そのうちそれが当たり前みたいになってしまって。で、僕がそろそろよその土地に行こうとすると、とにかく総出で引き留めにかかってくるし、ぞろぞろ後ろをついて来る。あげく、きっと事前に連絡が行っていたんでしょうね、別の街の人たちがわざわざ大挙して出迎えに来たりして、そんなこんなで帰るに帰れないような状況になってしまったんです」

「しかし、インドの人たちはどうして白水さんをそんなふうに扱ったんですか？　彼らは何と言っていましたか？」

「うーん」

白水はそこでさらに困惑の表情になった。

「こんなことを言うと、本当にヘンだし、頭がどうかしていると思われそうで怖いんですけど、ほかならぬ前沢先生なので正直に申し上げます」

そして、ソファから少し身を乗り出し、呟くように言った。

「僕が神の使いだと、彼らは口を揃えて言っていました」

「神の使い、ですか？」

「はい」

余りに奇妙な話にわたしもさすがにたじろぐものがあった。何しろ目の前にいる人物は、世間を賑わすレットビ・グループの総帥なのだ。

「インドに渡って、白水さんは何か啓示を得たとか、そういう体験はされたんですか？」

「まったく」

「じゃあ、なぜインドの人たちはあなたのことを神の使いと思ったんでしょう？」

「それが、まるで分からないのです。ただ、最後は夜逃げみたいな恰好で日本に逃げ戻って来たんですが、父の会社を継いでからはご承知の通り、奇妙なくらい何もかもが順調に進んで現在に至っているわけです」

「なるほど、それで先ほどあんなふうにおっしゃっていたんですね。レットビの用地買収が不思議なほどうまくゆくのも、何か本当の理由があるのではないかと」

「そうなんです」

白水はふたたび頷き、

「まだ僕自身にも、自分が本当は何をしなくてはならないのか全然分からない状態ではあるんですけれど……」

と付け加えたのだった。

19

白水から電話を貰った二日後、六月二十四日月曜日、わたしはA新聞の海老原一子の携帯を鳴らした。三週間前に一度訪ねて来て以来、彼女からは相変わらず何の音沙汰もない。

いささか失敬な話だと放念していたが、白水が十七階の連続死事件のことで相談したいと言ってきたからには、こちらも相応の情報は事前に入手しておくべきだろう。そうなると海老原と会ってその後の取材内容について聞き出すのは必要な作業に違いなかった。

さいわい海老原はすぐに電話に出た。前置きは抜きで、

「あれから何か分かったことがあるのかな、と思ってね」

単刀直入に切り出すと、

「すっかりご連絡が遅くなってしまって申し訳ありません。ご報告かたがたそろそろお邪魔させていただこうかと思っていたところでした」

海老原は悪びれたふうでもなく、そう言う。

「それはよかった。だったら、今日にでもいらっしゃいよ」

「よろしいんですか」

「構わないよ」

というわけで、彼女を夕食に招待することにしたのだった。

英理は金曜の夜から弓道の合宿で那須に出かけている。戻って来るのは明日の夜の予定だった。わたしは金、土、日と連続で夜中に十七階のリャオ・チェンシーの部屋を覗きに行った。彼女もまた週末は不在のようだった。

チェンシーも英理と一緒に合宿に参加しているのではないか——そんな気もしたが、むろん確証はない。

ファウンテンシティのクイーンズ伊勢丹にさっそく食材を買いに出かける。

久々にクリームコロッケでも拵えようと思う。これはわたしの得意料理で、カニとエビ両方のクリームコロッケを客人の目の前に置いた電気フライヤーで揚げて供すると十人が十人、感激してくれる。

クリームコロッケをつまみに冷えたシャンパンを飲むのは最高だった。

あとは白身魚のカルパッチョや冷製のトマトパスタ、それにキャベツとグリーンアスパラのサラダでも添えれば食卓は十分に豪華になる。

シャンパンは以前、版元からダースで貰った誕生祝いのヴーヴ・クリコがまだ数本、ワインクーラーに残っていた。英理はもっぱらビールで他の酒はあまり口にしないので、最近はシャンパンを抜く機会がほとんどない。

海老原記者相手に滞貨一掃だな、と思う。

誰かと親しくなる最も簡便な方法は、一緒に酒を飲むことだ。

わたしは週刊誌の記者になるまで完全な下戸だったが、仕事のために飲めない酒を飲むようになり、やがてそれなりの酒好きになりおおせた。アルコールはコミュニケーションのための優れたツールで、これは古今東西変わりはあるまい。そういう点で酒を飲まない人間というのは油断がならないとわたしは考えているし、組織的に禁酒を徹底しているたとえばイスラム原理主義の国家というのは案外手ごわいと思っている。

海老原も新聞記者を生業にしている以上、そこそこ飲める口なのは間違いあるまい。

20

クリームコロッケは海老原の大好物だったようだ。

俵形に形を整えたコロッケの揚げ立てを、彼女は次々に平らげていった。

「カニも美味しいですが、このエビのクリームコロッケも本当に美味しいですね」

シャンパンをぐいぐい飲みながら海老原は終始笑顔だ。

「前沢先生の小説には美味しそうな料理がたくさん出てきますけど、やっぱり、先生ご自身がとっても料理上手なんですね。きっとそうだろうなと思っていました」

「家庭を捨ててからはずっと独り暮らしなんでね。年中外食だと身体がもたないんだよ」

「それにしても、こんな美味しい料理、どうやって作れるようになったんですか？」

「ずいぶん昔だけど、一時期、料理研究家の女性と付き合っていたことがあってね。その人に一から教わったんだよ」

「えっ、そうなんですか」

海老原がびっくり顔になる。アルコールには滅法強いようだが、どうやら彼女の酒は感情を豊かにしてくれるものであるらしい。初対面のときは、半分学者か役人めいた雰囲気だったが、今夜の海老原は根っからの新聞記者という感じだった。長い髪をひっつめてお団子にしているせいで印象が大きく違っているのもあるのだろう。

「その料理研究家って有名な方ですか？」

「まあまあかな。いまでもときどきテレビに出たりはしているからね」

「どなたですか？」

新聞記者だから遠慮なく何でも訊いてくる。

「清水蛍子《けいこ》」という名前を出すと、「えー、すっごい有名じゃないですか」と海老原はまたまた驚いた顔になった。

「だけど、あんなに素敵な方とどうして別れちゃったんですか？」

さらに突っ込んできた。

「さあ、どうしてだったかなあ」

幾ら「嘘断ち」している身とはいえ、さすがにそんなことまでは言えなかった。蛍子とは本気で付き合った。わたしが葉子と別れた一番の理由は、彼女と一緒になりたいと思ったからだったのだ。

シャンパンの杯を重ねながら、本題には入らず、ひとしきり海老原の経歴を訊いていった。

彼女は兵庫県明石市の出身で、京都大学理学部に進んでいる。専攻は宇宙物理学。

「もっと詳しく言うと、小惑星や彗星などの小天体や隕石の軌道を調べたりするのが専門だったんです」

年齢は二十八歳。わたしの予想より二つ三つ上だった。A新聞に入って現在三年目。最初の一年は科学部で、二年目から外報部に移ったという。海外勤務はまだだが、大学院時代に一年間アメリカに留学しており、留学先はワシントンのカーネギー研究所だったそうだ。

「カーネギー研究所といえばエドウィン・ハッブルのいたところだね」

「先生、さすがです。そうなんです」

エドウィン・ハッブルは天体観測によってわたしたちの宇宙が膨張を続けていることを発見した人物で、あの「ハッブル宇宙望遠鏡」にその名を残す偉大な天文学者である。

「だけど、よくそんな名門研究所に留学できたもんだね」

「留学といっても、大学の先輩がカーネギーの研究員になっていてその助手みたいな形で潜り込んだだけなんですけどね」

謙遜しつつも海老原の小鼻がふくらんでいる。

「それがどうして新聞社なんかに入ったわけ？」

「やっぱり研究だけじゃ食べていけませんし、その先輩の姿とか見ていて自分程度じゃとても通用しないと身にしみたんですよね。大学時代は先輩なんて雲の上のその上みたいな人だったんですが、向こうに行ったらもっと凄い人がうじゃうじゃいるんです。それなら、自分はそういう凄い人たちの業績を一般の人たちに分かりやすく説明する側に回った方がずっと世の中のためになるんじゃないかと考え直したんですよね」

「なるほど」

宇宙物理の学徒を目指して大学院に進み、カーネギー研究所にまで行っていながら、二十代半ばであっさり見切りをつけて新聞記者に転身するというのもどことなく解せぬ話のように思われる。

「どうして科学部から外報部に移ったの？」

そもそも科学記事を書くなら科学部が最適だろう。

「さあ。多分、英語力を買われたんじゃないかと思うんですけど、私にも寝耳に水の異動だったんです。科学部で何かトラブルを起こしたりしたわけでもないんで……」

海老原は首を傾げてみせる。そこは嘘をついているようにも見えない。

「じゃあ、外報部ではもっぱらサイエンスを担当しているわけ？」

「もちろん欧米の科学ニュースにはタッチしていますけど、それだけってわけでもないですね」

「だけど、例の事件なんかを扱うのはちょっと畑違いなんじゃないの」

そう言って、わたしは人差し指で床を指差してみせる。

「私、防衛省の装備を担当させられているんです」

「装備？　戦闘機とか護衛艦とか？」

「そっち系より、主にミサイルとか衛星の方ですかね」

この一言で、小天体や隕石の軌道計算を学んだ海老原が科学部から外報部に異動した理由が少し分かったような気がした。現代の戦争は陸上決戦や艦隊決戦といった言葉とはすっかり縁遠くなり、主戦場は宇宙空間やサイバースペース、海中へと移っている。主力兵器はミサイルやキラー衛星、マルウェア、ＡＩ兵器、潜水艦、機雷なのだ。

十七階で死亡した三人は全員、ロケット兵器の専門家だった。となれば、防衛省担当としてミサイルや衛星兵器の調達を取材している海老原が事件の調査を命じられても別段不思議ではあるまい。

自然の流れで、連続死事件へと話題が移り、わたしは内心ほくそ笑む。これもまた酒の効用というものなのか。

「下の事件、あれから分かったことってあるの？」

さっそく具体的に訊いていくことにする。

「そうでした。すっかりご報告が遅れてしまって申し訳ありません」

幾らか頬が赤く染まってきた海老原が急に居住まいを正した。

「警察の検視結果によると三人とも自然死だったようです。薬物や毒物による他殺、自殺などの形跡はありません」

「自然死？」

「はい。三人ともやはり心臓麻痺で亡くなったみたいです」

「ていうことは、心筋梗塞とかそういうこと？」

亡くなったワン・ズモー副社長はまだ五十ちょっとだ。そんな若さでいきなり心筋梗塞というのも面妖な話ではある。

「死因は全員、心室細動だったようです」

「心室細動？」

「はい」

「だけど、米ロ中の三人のロケット技術者がたった二日の間に、同じ心室細動で突然死なんておよそあり得ないでしょう」

「それはそうなんですが、検視は厳密に行われていて、今回は各大使館からも内々で医務官が派遣されて立ち会ったみたいなんです。それだけじゃなくて、さらに詳細に調べるということで三人の遺体はそれぞれの国に引き渡され、本国でも綿密な死亡原因の調査が行われたようです。で、日本での検視結果を裏切るようなものは一つも出なかったと聞いています」

「何、それ」

日本で起きた事件に外国大使館が介入し、検視にまで立ち会うなど聞いたこともない。あげく遺体を本国に持ち帰って再度検視するというのも滅多にないことだろう。

だが、海老原の言葉で一番気になったのはその部分ではなかった。

「いま、きみは『今回は』って言ったよね。それってどういう意味なの？」

「さすが前沢先生。察しが早い」

海老原が感心したような顔になる。顔色はそこまで赤くないが、案外酔っているのかもしれなかった。

「実は、ここ一、二年、レットビ・グループのマンションで同様の事件が何件か起きているようなんです」

「同様の事件？」

「そうなんです。調べがついただけでも、今回を含めてこの二年足らずで合計十五人の外国人が突然死をしているんです。しかも……」

そこで海老原はその大きな瞳を見開くようにする。

「しかも、死んでいるのはアメリカ人、ロシア人、中国人に限られています。内訳はアメリカ人が五人、ロシア人が四人、中国人が六人。死因はすべて心臓麻痺です」

「何、それ」

同じ言葉が口をついて出る。

「もちろん亡くなった全員の身元が割れているわけではないんですが、判明している範囲では、米ロ中どの国の人間も軍関係者乃至は政府関係者に限られますし、今回同様、同じマンション内でほぼ同時刻に複数人の死亡が確認されているんです」

「それで今回は大使館の医者が検視に立ち会ったというわけか」

「警察、というより政府としてもさすがに拒絶できなかったのかもしれません。余りにも不可思議な現象なので」

海老原は「現象」という言葉を使う。白水が相談したいと言ってきたのは、その「現象」について話したかったからかもしれない。

「いまのところ、いつどこのマンションで誰と誰がどういう状況で死んだかは分かりませんが、このブルータワーで起きた現象とよく似た現象が何件か起きていて、さっき申し上げた通りの数のアメリカ人、ロシア人、中国人が死んでいるのは確かなようです」

「それってソースはどのへんなの？　警察、防衛省、それとも官邸あたり？」

「その三つのうちのどれかです。それ以上はちょっと……」

さすがに海老原は口ごもる。防衛省を担当している点からして市ヶ谷筋からの情報というのが順当なところだろう。

「十七階で死んだ三人がどういう関係だったかは分かってきているのかな」

わたしは質問の方向を変える。

「その辺はまだはっきりとは……。ただ、ワン・ズモー元少佐は、かつてアメリカのステルス戦闘機F35ライトニングⅡが中東上空でソ連製ミサイルに撃墜されたとき、飛散した残骸を農家を一軒一軒回って買い漁るチームの一員としてシリアの田園地帯に送り込まれ、大手柄を立てたと言われている人物で、もとはアメリカの軍事技術を盗み出すスパイだったようです。そうした経歴に鑑みて、米ロの元軍人たちから最新のミサイル技術を盗み出そうとしていたんではないかと睨んだんですが、どうやらそう単純な話でもない雰囲気で……」

「中国はそんなことまでしてアメリカのステルス技術を盗んでいるんだ」

「集められた機体の残骸は中国で組み立てられ、ステルス技術の多くがコピーされました。他にも中国はさまざまな手段を使って組織的にアメリカの最新兵器の技術を盗み続けています。一番有名なのはペンタゴンや防衛産業に携わる欧米企業への不正アクセスによって機密情報を抜き取るハッキング部隊の存在ですが、実際、人民解放軍には幾つもの部局に分かれた直轄のサイバー部隊があり、その規模は十万人を優に超えています。しかも、そうやって手に入れた軍事技術によって作られた各種コピー兵器は、ミサイルにしろステルス戦闘機にしろいまやアメリカ製の本物を凌ぐほどの性能を備えているとさえ言われているんです」

「なるほど」

懸案の台湾併合を筆頭に尖閣、南シナ海の領有など近年の中国の領土的野心は、海軍力の急速な増強とあいまってみるみる膨れ上がってきている。

日頃のニュースをチェックしていると米空母の撃沈を想定した「空母キラーミサイル」の発射実験やアメリカのスパイ衛星への攻撃実験などを繰り返しているのが分かるし、先だって読んだA新聞の記事によれば、ゴビ砂漠のミサイル実験場（敦煌から西方百キロ）に設置されている〝攻撃目標〟は、米海軍横須賀基地の構造と瓜二つで、かつての日本海軍が錦江湾を真珠湾に見立てて行った雷撃訓練を髣髴させるというのだった。

「ワン副社長が米ロの二人からミサイル技術を盗むなり、買い取るなりしようとしていた、という推理はいかにもあり得そうだけど、そうじゃないわけ？」

海老原が口にした「そう単純な話でもない雰囲気」とは一体どういう意味なのだろうか。

「そうなんです。三人がミサイル技術に関して何らかの情報をやりとりしていたのは間違いないと思うんですが、どうやら彼らの接触は米ロ中三カ国の政府や軍の正式な承認のもとに行われていた感じなんです」

「じゃあ、三人は敵対的な関係じゃなかったってこと？」

「どうも、そうみたいなんですよね」

海老原が曖昧な表情で頷いてみせる。

海老原一子は、日付の変わる頃に引きあげていった。

結局、二人でシャンパンを四本も空け、頭の芯に痺れのような深い酔いの感触があった。海老原も最後の方はかなり酔っていた。十七階の事件の話が終わると、その先はずっとA新聞の内情について彼女は喋っていた。

どうやら流鏑馬さんの社長の目は薄いようだ。

これまでは政治部、社会部、経済部などでスクープを連発し、大物記者の名をほしいままにした人間がやがて政治部長、社会部長、経済部長となり、その中からさらに選りすぐりが編集畑のトップである編集局長に上り詰め、社長の座を射止めるのはその編集局長出身の役員の誰かというのがA新聞をはじめとした全国紙の通り相場だったが（流鏑馬さんはその典型だ）、そうした旧態依然とした体制を墨守できるような時代ではすでになくなっているらしい。

「これは新聞協会が発表した数字なので間違いありませんが、直近の十年で日本の新聞は販売部数で千二百万部、売上では実に五千四百億円も落としているんです。さすがに、もはや名記者イコール名社長ではないだろうという雰囲気が社内に充満していて、流鏑馬局長の旗色はすこぶる悪いって感じですね」

海老原ははっきりとそう言っていた。

「千二百万部」も「五千四百億円」もたしかに由々しき事態と言うほかはないが、さりとて新聞社がいまさらこのネット社会で何ができるのかと考えるとはなはだこころもとなく思われる。

「日本の新聞はアメリカなんかと違って、大企業や大富豪が株を買い占めることができない仕組みになっているんです。日刊新聞法という法律によって守られている。私はそんな法律がある限り、新聞は本気で変われないと思いますね」

「結局、新聞社同士で食い合ってしまうってこと？」

「それもありますし、そもそも上層部が本物の危機感を持てませんから」

海老原はなかなか鋭いことを言い残して帰って行ったのだった。

その晩はシャワーだけ簡単に浴びて寝床に入った。

さすがに昨日あたりから英理の身体が恋しくて仕方がない。昨夜も欲望を持て余し、わたしにしては過量な酒を飲んで眠りについた。それもあって今夜の酔いが深まってしまったのだろう。

目覚まし時計の音で目を覚ます。午前五時だ。

顔を洗ってから仕事部屋に入り、薬を二錠飲んでいつものようにリクライニングチェアに横になった。このところ連日、離脱しているので薬のストックが減ってきている。そろそろ補充した方がいいだろう。いつも、赤坂にある知り合いの医師のクリニックで処方箋を書いて貰っている。

五分足らずで離脱した。

毎日だと離脱に必要な時間が徐々に短縮されていく。今朝はあっという間だった。

仕事部屋の窓を抜け出て、チェンシーの部屋へと向かった。直立の姿勢で十七階までゆっくりと下降する。その間、夜明けの風景をじっくりと眺める。

ふだんもたまに明け方の景色を窓越しに堪能することがあったが、こうして〝素〟で見ると見慣れていても幾ばくかの感動がある。この巨大都市には一千万人を優に超える人々が暮らし、夜が明けきらぬ今の時間帯、日々あれほどの雑踏を形作る大量の人間たちがさまざまな建物の中に引き籠って寝息を立てているのだ。

そして、百年後の世界では、いまわたしが目にしている建物も、そして、その中で眠っている人々も、つまりはこの風景のほぼすべてが消えて無くなり、新しい建造物、新しい人々に入れ替わってしまっているのである。

百年というのは長いようで短い。短いという観点から言うならば、百年は百万年のスケールを一日に譬えればわずか九秒足らずに過ぎず、生命誕生からこのかた三十八億年を一日に譬えるならばたったの〇・〇〇二秒に過ぎない。

宇宙規模ならぬ地球規模で見てもほんの〇・〇〇二秒で消滅する世界のそのまたほんのほんの一部であくせくと生きているわたし乃至わたしたちという存在は一体何者なのか？

途方に暮れるような思いでわたしはそう思うが、一方で、そのような〝極小な一瞬の世界〟に舞い降りた自分という存在の存在自体の奇跡性（ほぼ造語）に啞然とする。

およそこんな偶然があるものだろうか？

逆に言うならば、どの時代のどの場所にでも舞い降りて構わなかったわたしがなぜこの時代のこの場所に生まれ落ちたのか？

つまり、わたしという人間が、あなたやあの人、過去のあいつや未来のどなたかではなく、わたしという人間として生命史における〇・〇〇二秒の世界でこんなにも複雑な人生を送っているのはなぜなのか？　そんなあり得ないような「奇跡性」に富んだ出来事が起きたのは一体いかなる理由によるものなのか？

わたしはどうしてもその理由が知りたいし、せめて、その理由をわたしから奪い続けているTの正体なりとも白日の下に晒したいといつも願い続けているのだ。

チェンシーの部屋は今朝も無人だった。

これで彼女も英理と同じく金曜日の夜から四日間、ブルータワーに戻っていないことになる。

やはり英理と同じ合宿に参加しているのではないか？

彼女の部屋を訪れるたびに念入りに写真をチェックし、納戸の中身を覗いたり、空いている部屋のクローゼットに首を突っ込んだりしているのだが、英理との関わりを示すようなものはいまだ見つかっていなかった。

ただ、チェンシーが弓道をやっているのは間違いない。

弓道衣や袴、弓、矢、矢筒、弓かけなどの道具一式が納戸やクローゼットの中に大切にしまわれているのを確認している。

チェンシーの親族の部屋は空いたままだ。荷物もなければベッドが使われた形跡もない。

この部屋の家賃だって相当な額のはずだった。

たった一人でこの広い部屋を借り続けられる財力がチェンシーの家にはあるのだろう。幾らハーモニーの駐在員だったとしても、こんな部屋に住めるほどの所得をあの若さで得ているとはとても思えない。

チェンシーの部屋を出たあと、わたしはふと例の武者人形が置かれた部屋を覗いてみようという気になった。

三週間余り前に一度訪ねて以来、あそこには足を踏み入れていなかった。

白水天元と話した際、その話し振りからして、あれは白水の持ち物ではないかと思った。レットビ・グループの各マンションにはいわば魔除けのような存在として楠木正成の像が建物のどこかに祀られているのではないか――そんな気がしたのだ。

ブルータワーの外周を回って、人形の置かれた部屋の窓に近づく。ダウンライトだけだった前回と違って今朝は陽光が部屋の中へ射し込んでいた。レースのカーテンは半分ほど開かれ、この部屋に出入りする人間がいることが察せられる。

わたしは窓越しに楠木正成の人形を見た。

鎧兜で身を固め、左の腰には見事な太刀を帯びている。両腕は、いつでも柄を握って抜刀可能なように腰に寄せた形で構えられていた。

兜の緒を顎で結んだその顔をはっきりと観察することができる。

鼻ひげと顎ひげをたくわえ、目は真っ直ぐに正面を見据えている。

見れば見るほど本物の人間に見える。前回よりもさらに細部にリアリティーを感じた。

まるでいまにも動き出しそうな気配だ。

そう思って、窓に鼻面を近づけたときだった。

楠木正成の顔が動いたのだ。射貫くような視線をこちらに向けてくる。

思わず、わたしは背後の中空へと飛び退いていた。

すると、なんと楠木正成は不動の姿勢を崩し、大きく両手を広げて伸びを一つくれたあと、ゆっくり窓辺へ歩み寄ってきたのである。

——本物の人間だったのだ！

驚愕以外の何物でもない。

彼はわたしから目を逸らすことなく、重そうな鎧を揺らしながら堂々と近づいてくる。その力強い視線がはっきりとわたしの顔に注がれていた。

——いや、こいつはただの人間ではない。

すぐに思い直した。

ただの人間にわたしの姿が見えるはずがないのだ。

六月二十六日水曜日。

英理との朝食を終え、仕事場に入ってみるとパソコンの横に置きっぱなしだったスマートフォンに不在着信のマークが灯っていた。「葉子」と表示されている。留守録も残っていた。「お忙しいときにごめんなさい。葉子です。ちょっとお話ししたいことがあるので時間のあるときにでも電話を下さい」という短いメッセージだった。

葉子から電話が入ることなど滅多にない。

純菜の結婚式で会ったばかりだが、あのときは、わたしのスピーチに立腹したのかぷいといなくなってしまった。むろんそのあとは何のやり取りもない。

「じゃあ、行ってきます」

という英理の声にスマホをポケットにしまい玄関まで見送りに行く。

英理は昨夕帰ってきた。たくさんご馳走を作っておいたので二人でたっぷり食べて飲み、夜はわたしが英理の部屋に入って明け方まで睦み合った。

英理のすべすべとした白い肌がちょっと日焼けしていて、

「弓道でも日焼けなんてするの？」

と不思議に思って訊くと、

「当たり前だよ。朝稽古の前に合宿所の近くを一時間以上走るんだから。一キロくらい行ったところに立派な神社があって、そこにめっちゃ長い階段があるんだけど、その階段を三往復もさせられるんだよ」

と英理は言い、

「みっちゃんは丸ごと文化系人間だから、体育会系のことはほんとに何にも知らないねぇ」

と笑うのだった。

実際、わたしは子供の頃からスポーツとは丸きり無縁の人生を生きてきた。ユニフォーム姿やランニングウエア姿の集団や個人が街中や公園を走っているのを見かけるたびに、そっちの側に一歩も足を踏み入れた経験のない我が身に少々唖然とする。囲碁将棋麻雀のたぐいや競馬競輪競艇オートレースのたぐいに手を出さない程度なら、まあ、あり得なくもなかろうが、少年時代の野球やサッカー、テニス、卓球、長じてのゴルフ、水泳、ランニング、ジムトレーニングなど、そのどれか一つでさえ体験したことがないというのは、生涯一度も酒を飲んだことがないというくらいにレアなのではなかろうか？

しかも飲酒の場合は、飲まないのではなく飲めない（宗教上の理由も含め）のが大半だろうが、スポーツはやろうと思えばすぐにでも始められるのだ。となると、これはもう限りなく個人の嗜好の問題である。その点で、わたしのようにここまでまっさらにスポーツと縁がない人間というのは、ほとんど変態と呼んでいいのかもしれない。

英理を送り出した後、仕事場に戻った。

一時間ばかり昨日の原稿に手を加え、それからポケットのスマホを取り出す。もう一度、留守番メッセージを聞き直してから葉子に電話した。ちょうど午前十一時。何の用件かは察しがついている。

「おはよう。留守録を聞いたけど」

「そうなのよ。純菜の件でちょっと話せないかと思って」

「純菜の件って？」

ちょっととぼけてみる。

「先週、本人がそっちに行ったんでしょ。拓海君と離婚するって話」

「ああ、それか。僕のところには再就職の相談にきたんだ」

「聞いてるわ」

「で、話って？」

「拓海君の方から私に連絡が来たのよ。昨日、彼と会ったらすごく困惑しているの。で、そういう詳しい話をあなたにも伝えておこうと思ったのよ」

「へぇー」

「今日にでも時間、貰えないかしら」

葉子が言った。

葉子とは社内結婚だった。わたしより二歳下で、わたしが週刊誌の記者だったときに彼女は新卒で入ってきた。一年、同じ編集部で机を並べたあと彼女は書籍部門に異動した。付き合い始めたのはそれからで、二年余りの交際を経て結婚した。私が二十七歳、葉子はまだ二十四歳だった。私が作家デビューしたのはその二年後のことだ。

葉子は優れた編集者で、わたしと離婚した後もずっと働いていた。彼女が会社を辞めたのは五年前で、なぜ辞めたのかはよく分からない。いまはフリーの編集者として仕事を請け負っているようだが、純菜の話では、「それもときたま」という感じのようだ。

「いいけど。何時にどこにする？」

「あなたのマンションに行ってもいい？　純菜が凄いところだって驚いていたから」

「いいよ」

「じゃあ二時半に行くわ」

「了解。エントランスを入ったら正面に大きなレセプションカウンターがあるから、その前で二時半に待っているよ」

「よろしくね」

そう言うと葉子は電話を切った。

葉子がわざわざここを訪ねて来るというのは意外だった。

離婚のあとは互いの生活圏には立ち入らないように努めてきた。葉子と会うときは、彼女の住む町に足を向けず、わたしの住む町にも近づけず、どこかよそゆきの町で待ち合わせた。葉子の方もそれを歓迎している様子だったのだ。

やはり純菜も嫁ぎ、夫婦のあいだを結ぶ最後の糸が切れたことで、そんなこだわりも不要になったということか……。

という気もしなくはないが、切れたはずの糸がまたぞろ繫がりそうな気配なのだから、そうとばかりは言えないような気もする。

わたしは午後二時二十分にレセプションカウンターに着いた。住人が直接出迎えれば面会票もカードキーも必要ない。

それに葉子を部屋に上げるのは気が進まなかった。やはり別れた妻を新しいパートナーと暮らすプライベートな空間に引き入れるのは筋違いに思える。

彼女とは六十階のラウンジで話せばいいだろう。

二時半きっかりに姿を見せた葉子は、鮮やかなブルーのワンピースを身にまとっていた。

結婚式のときの黒留袖も似合っていたが、葉子はやはり洋装だと思う。上背は余りないが、顔が小さいことでそれを十分に補っている。こうしてシンプルなワンピースを着ると目鼻立ちのくっきりした美貌が際立って見える。今年で五十二歳になるとはとても見えない。

彼女と会うといつも「誰かと恋をしているのだろう」と思わされる。

それがそうでもないところに、葉子の美質と限界とが同居している気がする。

「あなたまた痩せたわね」

開口一番、葉子が言う。

「ダイエットに励んでいるからね」

朝まで英理とセックスしていたので寝不足だった。それで少しやつれて見えるのだろう。

「でも、元気そう」

「そうかな」

「ええ」

きみの方こそ相変わらずきれいじゃないか、と言おうかと思ったがやめておく。

「最上階に住人専用の大きなラウンジがあるんだ。そこでお茶でも飲みながら話さないか」

「いいわよ」

平日の午後とあってラウンジは空いていた。

陽射しのきつくない窓際のソファ席を選んで差し向かいで座る。ここに連れてくると大方の客がしばし窓外に広がる風景に見入るのだが、葉子は、

「すごい景色ね」

と言ったもののさほど感心したふうでもなかった。それよりもがらんとした馬鹿でかいラウンジを眺め渡し、巨大なシャンデリアのぶら下がった高い天井を見上げて、

「不思議な雰囲気ね、ここ」

と口にする。

「不思議って？」

「マンションに入ったときから感じたんだけど、ここに来たらもっとはっきりしたわ」

わたしは黙って葉子を見る。

彼女がこうした物言いをするのは今に始まったことではなかった。

「二、三日偏頭痛がひどかったんだけどきれいに取れちゃった。だからといって気分がいいわけでもないし、それが不思議」

「そうなんだ」

葉子は若い頃からの偏頭痛持ちだ。重いときは寝込んでしまうほどで薬もあまり効かない。一緒に暮らしているときも月に一度か二度は苦しんでいた。嘔吐するほどの痛みは傍で見ていてもつらいものがあった。

二人ともセルフサービスのコーヒーをテーブルに置いている。ブルータワーのコーヒーはこれまで住んだマンションの中で一番美味しい。業務用のコーヒーマシンではなく、いつも淹れたてのコーヒーがポットで用意されている。

しばらく仕事の話をした。わたしのではなくて葉子の方の仕事についてだ。

「会社を辞めた理由？　そうねえ、当時はいろいろあった気がするけど、いまになってみるとあの会社に毎日通うのが嫌になったからかな。贅沢しなければ一生暮らせるくらいの貯金もできていたし」

現在彼女が住んでいる世田谷の家は離婚のときに譲ったもので、他にもかなりの額の慰謝料と養育費をまとめて支払った。当時は一番売れていたときで、その年収に見合った額となると、現在では到底出せないような大金になったのだ。

わたしは身ぐるみはがされる恰好になったが、それから何年かは高額所得が続いたので生活を立て直すのにさほどの苦労はなかった。

「じゃあ、今は仕事は？」

「辞めて三年くらいはフリーで本を作ったり、雑誌の手伝いをしたりしてたけど、もう滅多にやらないわね。最近はもっぱら映画を観てるかな」

「映画？」

「そう。あんちゃんに頼んでかたっぱしから試写券を送って貰ってるし、古い映画はネットかTSUTAYAでチェックしてるわね」

映画は若い頃からの葉子の趣味だった。趣味にとどまらず、大学の卒論はたしか「アンジェイ・ワイダ論」だったはずだ。あんちゃんというのは、葉子が古巣で女性誌の編集長を務めているとき副編集長だった後輩で、葉子の親友だ。名前は金村杏。杏は「あんず」と読むのだが、みんなにはあんちゃんと呼ばれていた。そのあんちゃんがいまは葉子から引き継いで編集長をやっているらしい。

「あんちゃんに映画ライターやらないかってずっと勧められてるのよ。やるんだったらちゃんと始めたいからここ二年ばかり本気で勉強してるわけ」

「映画ライター？」

「そう。あんちゃんによると、これが結構仕事があるみたいなの。雑誌やパンフだけじゃなくてネットもあるし、監督や役者、原作者へのインタビュー記事なんかもあるでしょ」

「まあね」

とはいえ、それで食べていけるのはほんの一握りに過ぎないだろう。

「おかげさまで暮らしはどうにかなるから、私の場合は」

こちらの思いを察したのか葉子が付け加える。

「あとは自分の一番好きなことだけやって生きるってわけか」

「そういうこと。ちょっと誰かさんみたいだけど」

葉子が薄く笑う。そして、

「そうそう。その誰かさんの話なんだけど」

いよいよ本題という感じで彼女が身を乗り出してきた。

23

「アメリカンスタイルねえ。その話、ほんとかな？」

ひとしきり葉子の話を聞いて、わたしは言った。

「多少の脚色はあるかもしれないけど、丸きりの作り話ってわけでもないでしょう。拓海君ってそういう策略とか弄するタイプとは程遠いし」

「しかし、女房の母親に向かって、そんな閨房の秘事を打ち明けるなんて僕にはちょっと考えられないね」

「そうかしら。自分の母親に泣きつくよりはマシなんじゃない。彼もそれだけ困ってるってことだと感じたわ」

「うーん」

純菜にあっさり離婚を切り出され、拓海君は心底困惑しているらしかった。なんとかやり直せないかと哀願を重ねても純菜の意志は微動だにせず、それで思い余って葉子のところへ相談を持ちかけたようだ。

葉子に話した拓海君の言い分というのが、これがまた奇妙奇天烈な内容だった。

以下は拓海君の述懐。

〈三度目のセックスのときでした。僕が一生懸命やっていたら下にいた純菜がいきなり僕を跳ね飛ばすようにして起き上がったんです。一体何が起きたのか分からなくて。そしたら、彼女が

「全然違うのよ、もう」って。「たくちゃんは、ずっとこんな面白くもなんともないセックスばっかしてたの？」って言って、「セックスはこんなふうにするんだよ」って僕の上にのしかかってきたんです。すごいびっくりしました。

それからの純菜とのセックスは、要するに二人の戦いみたいになっちゃって、それはそれで気持ち良かったんですけど、なんだかいっつも彼女に試されているようで、だんだん心が萎えていったんです。

僕は元々、Mというよりは S の方で、女の子を責めるのが得意だったんですが、純菜のアメリカ仕込みのセックスだとそうそう僕ばかり攻めの側に回れるわけじゃなくて、要するに純菜とのセックスはS同士の攻防戦みたいなところがあって、彼女はそれが好みなんですよね。そういうのがアメリカンスタイルってことかもしれないですけれど。

前の彼女、例の動画の彼女は純菜とは全然違って、ドMだったんです。拘束されるのも好きだったし、奴隷ごっことかも好みで、もちろん彼女がおんな奴隷なんですけど。で、一度、純菜とやる前に彼女と撮ったそういう動画を観たら、なんだか自信がよみがえった感じがあって、そのあとのセックスもよかったんです。

純菜にも「たくちゃん、やるじゃん」とか褒められちゃって。

それ以来、実戦準備っていうか自分自身を勇気づけるためというか、しょっちゅう元カノとの動画を観るようになって、いつの間にか、それを観てからじゃないとやる気にならなくなってしまったんです。

もちろん、こんなんじゃ駄目だと思ってSM系のAVとかもダウンロードしてみたんですけど、やっぱり元カノとの動画の方が断然効果が高くて……。

だから、純菜にも説明したんですけど、別に元カノを思い出してセックスしてたとか全然なくて、言ってみれば精力剤の一種としてその動画を使っていただけだったんですよね。

まさか、彼女が閲覧履歴のチェックとかしてると思っていなかったし、それより何より、彼女が僕のＰＣを覗いているというのも気づいていなくて。

純菜には、「あなたみたいなヘンタイとは、もう二度と無理」って言われて、二日前にとうとう離婚届まで突きつけられてしまいました。

だけど、式を挙げてまだ一カ月も経っていません。それで離婚だなんて、うちの両親にも会社の人や友だちにも一体どうやって説明すればいいんですか？　だいいちこんな話じゃあ、誰に相談するわけにもいきませんし……。

僕の勝手な言い草かもしれませんが、元カノの動画を観たのだって全部純菜のためなんです。セックスで純菜に満足して欲しくてやっただけで、純菜が拒否するならもう二度とそんなことをするつもりはありません。

保存しておいた動画ファイルも彼女の目の前で完全にデリートしました。

僕には純菜と別れるなんて到底考えられません。なので、お義母さん、そしてよろしければお義父さんからも離婚を思いとどまってくれるよう彼女に話していただくわけにはいかないでしょうか？　お手数をおかけして誠に申し訳ありませんが、どうか何卒よろしくお願い致します。〉

「純菜はあなたにやっぱり一目置いているみたいって拓海君も言ってるの。だから、彼のいわんとするところは、こうして私からあなたに純菜の説得を依頼して欲しいってことなのよ」

と葉子。

「そんなことないだろう」

わたしが笑うと、

「そうでもないと思うわよ。純菜、あなたの小説が大好きみたいだし」

意外な言葉が返ってくる。

「まさか」

「ほんとよ。子供のときから私に隠れて読んでいたもの」

「あいつから僕の作品の感想なんて一度も聞いたことないよ」

「それは親子だから仕方がないでしょう」

「そうかね」

わたしはいまひとつピンとこない。

「で、きみはどう思ってるの？　二人のこと」

純菜に離婚を思いとどまるよう説得するなど、およそできるとも思えない。純菜というのは、一度言い出したら誰が何を言っても自分の考えを押し通す性分の人間なのだ。

「私は、離婚なんてしない方がいいと思うわ」

「どうして？」

「拓海君って、案外、純菜にはお似合いだと思うのよ。たとえ別れるにしても、純菜はああいうまともな男の人と添い遂げる努力を一度はしてみるべきだと思うわ。人生勉強のためにもね」

妻とのセックスの主導権争いでかつての恋人の痴態動画を利用するような男の一体どこがまともなのかとわたしは言いたい。

とはいえ、わたしも彼が嘘をついているとは思っていなかった。〝アメリカン〟か否かは別にして、ベッドの上でそうやって純菜が彼を追い詰めていったのは事実だろう。いかにもあの純菜ならやらかしそうなことではある。

「幾ら僕たちがあれこれ言っても、もう純菜は止まらないよ」

「そうかもしれないけど、せめて離婚届を出すのは先送りにさせられるんじゃない?」

「そのあいだに子供でもできたら余計ややっかいだろう」

「そのときはそのときよ。あの子のためにはその方が却っていいのかも」

妊娠なんてまるで何事でもないように言う。

それを聞いて、葉子の極度の潔癖症も純菜を産んでしばらくするとすっかり消えてしまったのを思い出した。彼女の言うことにも一理あるというわけか。

「ということは、二人はとりあえず別居すればいいということ?」

「そうね。離婚届なんていつでも出せるでしょう。拓海君のあの様子だと、そうやすやすとハンコなんてつかないだろうし、ここで純菜が無理押しすれば却って逆効果よ。そんなふうにあなたから純菜を説得してくれないかしら。純菜だって新しい恋人ができたわけでもなし、せっかくあんな立派な式だって挙げたんだもの、あっという間の離婚なんて幾らなんでも割に合わない話だと思うわ」

「うーん」

わたしはやはり気が進まない。純菜を説得するのであれば、せめて新しい就職先くらいは提示して、それを取引材料にするしかないだろう。

そう考えたところでふと白水天元の顔が脳裏に浮かんだ。

——白水に頼んで、純菜をレットビ・グループに入れて貰おうか……。

あそこであれば就職先としては申し分ない。ここ数年、レットビ・グループは大学生の就職人気ランキングでも常に上位に食い込んでいる。

「別居だけなら、ほとぼりが冷めた段階でよりを戻す手だってあるでしょ」

葉子はさらに押してきた。

「しかし、生理的に無理となると別居したところで純菜の気が変わるとは思えないけどね」

「それにしたって、年内いっぱいくらいは別居で様子を見ても罰は当たらないわよ」

葉子はそう言い、

「これは私自身の反省も込めて言ってることなの」

と付け加えた。

「私自身の反省？」

彼女が何を言っているのかよく分からなかった。

「私も、あのときさっさと離婚に応じたのをあとになってずいぶん後悔したから。弁護士の勧めもあったし、プライドとお金を優先してしまったのよね。馬鹿だったと思うわ。離婚していなければ、純菜を連れてあなたを迎えに行けたかもしれないのに。離婚届を出しちゃってたから、だいぶ迷ったけど、結局、踏み切れなかったのよ」

初めて聞く話だったし、にわかには信じがたい話でもある。

離婚を後悔したという事実も意外だが、何より、葉子がそんなことを面と向かって打ち明けたのが一番の驚きだった。

「迎えに行くって、いつの話？」

「あなたが蛍子さんと別れたときよ」

そんなの決まっているだろうという顔で葉子が答える。

「あのときだったら、純菜のためにあなたは戻って来てくれたかもしれないでしょう」

わたしには何とも返事の仕様がない。

しばらく気まずい沈黙が流れた。

「結婚式の日はろくに挨拶もしないで帰ってしまってごめんなさい」

唐突に葉子が詫びを口にする。

「お料理のことを言われて、つい蛍子さんの顔を思い出してしまったのよ」

「蛍子のこと？」

「あなたが出て行ったのは、私が料理が苦手だったというのもあるでしょう」

「それは関係ないよ」

今日の葉子は一体どうしたのだろう？　数日来の偏頭痛がブルータワーに入った途端に消えて気持ちまで急にしおらしくなってしまったのか。

それにしてもわたしのスピーチから清水蛍子の顔を想起して気分を害したなど思いもよらない話だった。

どんなことにでも、やはり、明確な理由があるのだと改めて思う。わたしの身体の中に巣くっているTがその理由を見えなくしてしまうのだ。

「どうしてあんな子になったのか、母親ながらあの子のことがよく分からない」

葉子はしみじみとした口調で言い、

「これも初めて言うけど、私、一度彼女に会いに行ったのよ」

と重ねた。

「彼女？」

一体誰のことなのか。

「蛍子さん」

「いつ？」

「あなたが家を出て行く少し前」

わたしが家を出たのは、蛍子と知り合って半年ほど経った頃だ。いよいよ彼女にのめり込み、葉子たちと同じ屋根の下で暮らすのが耐えがたくなった。神宮前に狭い仕事部屋を借りて、わたしはそこに移って世田谷の自宅には帰らなくなった。

「それで？」

葉子と会ったなどという話は蛍子の口からも聞いたことがなかった。

「あの人の気持ちが分からない、って彼女に言ったのよ。どうして小学生の娘を捨ててまで夫のいるあなたなんかに夢中になるんだろうって」

なるほど、とわたしは思う。

美しい妻とまだ幼い娘を振り切ってまでなぜ蛍子に奔《はし》らねばならないのか――わたし自身もよくは分かっていなかった。当時、わたしは四十二歳、五歳下の蛍子は三十七歳。蛍子には食品メーカーに勤める一歳年上の夫がいた。

「そしたら、蛍子さんが言ったの。『きっと仕事のためなんだと思います』って。よく意味が分からなくて、『どういうことですか？』って訊いたらね、『前沢さんは何もおっしゃいませんが、きっと仕事に行き詰っておられるんだと思います。だから、何かを変えたくて私のような女と付き合っているんでしょう』って。そう言われたとき愕然としたのよ。私はあなたの仕事なんて一度も心配したことがなかったから。あなたは、私が会社に入ったときにはもう評判の編集者だったし、一緒になって二年後には作家デビューして、デビュー作から売れちゃったでしょう。私は、あなたが仕事で苦労したり、行き詰ったりしている姿を一度も見たことがなかった。あなたという人はいつまでも自由自在に書いていける人だと思い込んでいたの。でもね、蛍子さんにそう言われたとき、彼女の言っている通りだろうって感じた。あなたは仕事のことで苦しんでいたに違いないって。そして、私はそのことに全然気づかなかったんだって」

「それでどうしたの？」

「諦めて帰った。そういう思い切りの良さがときどき裏目に出るのよ、私の場合は」

葉子は苦笑いのような笑みを浮かべ、

「だから反省を込めて、純菜には同じ轍を踏んでほしくないわけ」

と付け足したのだった。

24

清水蛍子と別れたのは、彼女が夫の子供を妊娠したからだった。

蛍子と夫はそれまで十年近く、身体の関係が途切れていた。蛍子がわたしとの情事に熱を上げたのは当然だったし、すでにして妊娠の限界年齢に達しつつあったのもわたしと付き合う理由の一つだったろう。

わたしの方は蛍子一人が欲しかっただけで、子供を作ろうなどとは思ってもみなかった。とはいえ、彼女を手に入れるにはそういうあからさまな態度は禁物と心得、葉子との離婚が成立するまで猶予を貰いたいと説いて厳密なる避妊を実行していた。

蛍子が妊娠したのは、彼女がわたしを真似て家を飛び出した直後だったようだ。

新しく借りたマンションに押しかけてきた夫が、彼女を強姦したのである。

わたしが事実を知ったのは、それから二カ月以上過ぎてからだった。迂闊な話だが、彼女が身ごもっていることにも、その原因となったのが夫からのレイプであったことにもわたしはまるで気づいていなかった。

妊娠を告げられたあと、蛍子の口から一部始終を打ち明けられたのだ。

わたしは中絶を勧めたかった。そんな形で妊娠した我が子をこの世に迎えるのは不幸の種を蒔くようなものではないか。だが、蛍子の年齢と手術による身体へのダメージを考えれば、そんなことを強く推奨するわけにもいかない。

かといって、蛍子の子供を受け入れるというのも到底不可能だった。

わたしたちは妥協点を探ったが、暗々裏にお腹の子を処置するよう促しても、「この子には何の罪もない」と蛍子は言うばかりだった。そう言われると「その通りだ」と返すしかない。妻子を捨て、彼女に残りの人生を託す気持ちで家を出たわたしにとって、蛍子の妊娠は予想外の事態だったし、どうしようもなく余計なことだった。

まして、乳飲み子を抱えた彼女との暮らしなど想像もつかない。

蛍子の実家は秋田で、まだ両親は健在だった。堕胎が無理ならば、秋田の両親に養育を任せる手があると思ったが、蛍子にその気は皆無のようだった。

結局、わたしたちはどっちつかずの結論に落ち着かざるを得なかった。

蛍子は一人で出産育児をこなし、わたしとの関係は出来る範囲内で継続するというものだ。

だが、次第にお腹がふくらんでいく彼女と街を歩くのも、どこかで食事をするのも、そして互いの部屋で交わるのもわたしにはちっとも楽しくなかった。それは蛍子の方も同じだったろう。

告白から三カ月もすると、わたしたちは滅多に顔を合わせなくなった。

そして、臨月に入るだいぶ前の段階で蛍子は出産のために秋田へと帰って行った。

これは後から分かったことだが、蛍子の夫は彼女が実家に帰ると、しきりに訪ねて来るようになったようだ。むろん本人も両親（角館の素封家で父親は秋田県議会の重鎮だった）もそのたびに追い返していたが、それでも夫は諦めなかった。再三再四、実家を訪ねて詫びを繰り返したという。雪の積もる玄関先で立ち尽くし、何時間も頭を垂れて許しを乞う――くらいの芸はやってみせたのだろうとわたしは推測している。

結局、出産からほどなく、蛍子も親たちも彼の謝罪を受け入れてしまったのだった。

蛍子との関係が終わった後、わたしは何人かの女性と短いつながりを持った。ゆきずりのような出会いもあれば、そこそこ運命的な巡り合いもあった。

だが、どの女性にも没頭することができなかった。

彼女たちもまた、いつ蛍子のように態度を豹変させるか知れたものではない。女性は若いうちは〝母〟ではなく〝女〟を選ぶこともあるが、相応の年齢になればよほどのことがない限り〝母〟を選んでしまう。

葉子との結婚でも身に染みたが、男女の恋愛にはどうしても子供の影がつきまとう。

女性だけをこよなく愛したいと望んでも、やがてはその人の産んだ子供まで愛さねばならず、彼女から注がれる愛情の量は、子供ができた瞬間に半減してしまう。

蛍子は、わたしが仕事に行き詰っているがゆえに自分を求めたのだと葉子に説明したらしいが、それは、正鵠を射ているものではなかった。

むろん葉子に詰め寄られ、なるだけ穏便にその場をしのぐための方便として彼女はそんなことを口にしたのだろうし、葉子も蛍子の言い分を百パーセント鵜呑みにしたわけではなかろうが、それでも出産という目的を優先する女性という生き物が、男女の交わりをある種の契約乃至は取引と見做しがちであるのは事実だろう。

子供を得るためにメスはオスを求める。であるならばオスの側も（子供以外の）何かを得るためにメスを求めているのだ――彼女たちがそう考えるのはやむを得ないことだ。

だが、実際のところ、わたしの場合も、仕事の困難を打開する手段として蛍子と付き合ったわけではなかった。わたしは一目見た瞬間に蛍子に惹かれ、妻子を捨ててでも彼女を自分のものにしたくなったのだ。

Tの暗躍によってその本当の理由は封印されてしまっているが、しかし、少なくとも小説を書くために蛍子と一緒になろうとしたわけではない。

25

七月十日を過ぎても白水天元から連絡はなかった。

純菜の再就職の件もあるのでのんびり待っているわけにもいかない。十二日の金曜日、わたしはD社の中野君に電話して、白水はまだ海外なのかと問い合わせてみた。

「半月で戻るというお話だったのであれば、もう帰国されているんじゃないでしょうか。ちょっと僕の方からレットビに訊いてみます」

中野君はそう言って通話を打ち切り、十五分もすると折り返しの電話が入った。

「会長は帰国済みのようなんですが、どうも要領を得なくて……」

「要領を得ない？」

「ええ。会長に至急お伝えしたいことがあると言ったんですが、いまはなかなか連絡がつかないというんです。で、恐縮なんですが前沢先生のお名前を出して、これこれこういう約束になっていたので前沢先生が連絡を待っていらっしゃると話しましたら、先方も大至急調整してみると……」

「調整？　じゃあ、白水会長と連絡はつくってことじゃないの」

「そうなんですよね」

中野君は怪訝な声になり、

「もしかしたら急病か何かで入院でもしているのかもしれませんね」

と言った。

翌土曜日の午前中、再び中野君から連絡があった。

「実は、さきほど白水会長の秘書から電話がありまして、白水常務がぜひ先生に会いたいと言っているそうなんです」

「常務？」

「はい。どうやら白水会長の妹さんみたいです」

中野君は相変わらず要領を得ないという感じだ。

「きみは、その人のことは知っていたの？」

「僕がレットビを担当して丸二年なんですが、一度もお目にかかったことはありません」

「常務をやっている妹さんがいるというのは？」

少なくとも以前中野君が送ってくれたレットビの資料には、白水の妹の存在に触れた記事は一つもなかった気がする。

「いや、そんな話もとりあえずは……。ただ、僕が日頃付き合っているのは広報部門の人たちだけで、それもあくまで仕事上の付き合いなので」

「だけど、どうして本人じゃなくて妹が出てくるんだろう？」

「訊いてみたんですが、その辺の事情も白水常務が直接、先生にお話ししたいというばかりなんです」

「ということは、中野君には知られたくない話ってわけだね」

「そうなりますね」

「うーん。だとすると、昨日、きみが言っていたような事情なのかもしれないね」

「僕もそんな気がします」

帰国後、白水は急な病に倒れたのではなかろうか。十七階の事件について詳しく相談したいと言っていたから、どことなく不吉な印象がある。幾らなんでも彼まで心室細動に襲われた、というわけではあるまいが……。

「まあ、それなら妹さんと会うのはやぶさかじゃないけど」

「先生がOKなら、明日の午後にでも前回同様、ブルータワーのパーティールームでお目にかかりたいと。時間はお任せしますとのことでした」

「分かった。じゃあ、午後二時に白水会長と会った同じ部屋にしようか」

「承知しました。先方に伝えます」

「ありがとう」

「とんでもありません」

そう言って中野君の電話は切れたのだった。

七月十四日日曜日。

約束の午後二時に六十階の南面中央のパーティールームのドアをノックした。

「どうぞ」

という声を耳にしながらドアを開ける。

白水と会ったときはダイニングテーブルが片側に寄せられ、ソファセットが中央に据えられていたが、今日はソファセットは窓側の定位置に配置されていた。そして、こちら向きのソファの前に女性が立っている。

他には誰もいなかった。

女性は、白水とは似ても似つかない長身の美女である。

プロポーションはリャオ・チェンシーや純菜のようで、容貌はチェンシーと遜色がない。キヨッソーネの描く西郷像にそっくりだった白水との共通点はその大きな瞳くらいだろうか。年齢もかなり違うような気がした。

「はじめまして、白水房子と申します」

向かいのソファの前まで来ると彼女が深々と頭を下げる。

「今日はお忙しいときに貴重な時間を頂戴して心苦しく思っております」

と続け、ソファに置かれた小さなバッグから名刺を抜いて差し出してきた。

「先日は兄が対談ですっかりお世話になったようでお礼申し上げます」

名刺には「常務取締役　白水房子」と記されている。

やはり彼女は白水天元の妹であるらしい。

「こちらこそ急にお呼び立てするような形になってしまって申し訳ありません。日本に帰ったらすぐに会いたいと白水さんが言っていたので、それで少し心配になったところもありまして」

わたしの方から促して同時にソファに腰を下ろす。

ソファテーブルにはコーヒーカップとポットが準備され、彼女がポットから二つのカップにコーヒーを注いで、一つをわたしの前に置いた。

お互い黙ってコーヒーをすすった。カップをテーブルに戻した房子がこちらの目を真っ直ぐに見る。

「実は白水はいま日本にいないんです」

と言う。

「会社の方によるとすでに帰国されたということでしたが……」

「半月の予定で中国に出かけたんですけど、結局、戻って来なくて」

「戻って来ない？」

白水房子の言っている意味がよく摑めない。レットビ・グループの総帥が海外出張に出かけたまま戻らないなどということがあるのだろうか？

「兄は、そんなふうにときどきいなくなる人なんです」

「ときどきいなくなる？」

ますます意味不明だった。

「そうなんです。生まれついての放浪癖というのか、今回もそうなんですが、海外出張に出て、その出張先で姿をくらましてしまうことがちょくちょくあって。そうなると短くても二、三カ月は戻って来ないんです」

「はあ……」

とても信じられないような話だった。

企業グループのトップがそうやって「ちょくちょく」行方知れずになって、それで会社が正常に回っていくなどあり得るはずもない。実際、わたしとの約束でさえこうして守れなくなっているのだ。

「姿をくらますということは、白水さんとは連絡も取れないということですか？」

「はい。残念ながら」

別段、残念そうな様子でもなく白水房子が頷く。

「そうですか……」

返す言葉もない。すっかりおちょくられているような気分だった。

ただ、たとえば急病で入院したのであれば、わざわざこうして身内が説明に来る必要などない気もする。急用続きでどうしても都合がつかなくなったと約束をキャンセルすればいい。そのうち事情が世間に洩れ始め、そこで初めて「やはり病気だったのか」とこちらが納得すればそれで済む話だ。
レットビ・グループの総帥がしばしば出張先から失踪するなんて、たとえデタラメだとしても
わたしのような部外者に明かす話ではあるまい。それこそ冗談では済まなくなってしまう。
「余りに突飛な話で、きっとお疑いになっておられるだろうと思います」
こちらを見透かすような言葉を房子が発した。
「前沢先生のことは兄からよく耳にしておりましたので、先生にだけは本当のことをお伝えした
かったのです。それに、兄が先生に相談したかったこのブルータワーの事件についても、兄に代
わって御説明しておいた方がいいように思いましたので」
房子は何やら気を持たせるようなことを言う。
「たしかに白水さんが旅先で行方知れずになったなんて、すんなりとは信じられませんよ。あげ
く二、三カ月は戻って来ないとなればレットビの事業自体が滞ってしまうでしょう。病気で倒れ
て身動きが取れないといった理由の方がはるかに信憑性がある」
わたしの言葉に白水房子は納得顔だ。
「先生は、マサシゲとはもうお会いになりましたよね」
そこで驚くようなことを彼女が口にした。
わたしは思わず、その顔を見つめた。一体どう反応していいのか分からない。認めるべきか、
それとも否認するべきか。とはいえ彼女がマサシゲの存在を知っているのであれば、やはり例の
武者人形（人形ではなかったのだが）は白水が十七階の部屋に設置したということになろう。
「あの鎧兜の人物のことですね」
「はい」
房子が頷く。そして、

「いまは兄の代わりにもう一体のマサシゲ、こちらはテンゲンという名前なのですが、がレットビのトップとして商談や会食、会合などに顔を出しております」

事もなげにそう言った。

26

「最終的に二人は別れちゃうんだと思うし、みっちゃんや葉子さんのやっていることってあんまり意味がない気がするけどねえ」

チーズトーストを齧りながら英理が言う。

このところ太り気味らしく、ここ数日、英理の夕食はチーズトースト一枚とトマト一個、それにフレッシュ人参ジュース一杯だった。どこが太り気味なのか、英理の身体を日頃ためつすがめつしているわたしにはよく分からない。訊くと体重は変わっていないのだという。

「体重が増えていないなら気にしなくていいじゃない」

指摘すると、

「みっちゃんは甘いね」

と返されてしまった。

朝食は抜き、昼は大学の学食で「がっつり食べている」らしい。英理は幾ら食べても太らない体質だが、一方、食事を減らしてもさほど体重は減らないようだ。ただ、それでも〝太る〟のだという。要するに英理が気にしているのは身体各部の肉付きの度合いなのだった。

自身の肉体に独特の美意識を英理は持っている。

そういう相手と〝具体的に〟知り合ったのは、英理が初めてだった。

「みっちゃんって、足はただ細ければいいとか思ってない？」

そんなふうに軽くたしなめられると返す言葉がない。

英理がワークアウトに精を出すのも、やみくもに筋肉をつけたり持久力を高めるのが目的ではなかった。一番の眼目は、きれいに弓を引くこと、二番は自らの理想形に肉体を近づけ、それを維持し続けることだった。

「弓は、身体の音叉なんだよね」

英理はよく言う。

矢を射る瞬間を「離《はな》れ」というが、これは自然に起こるもので、決して射手の意思の産物ではない（乃至はあってはならない）。だからこそ弓道家にとって最も恐ろしいのが、弓の最後の構え（これを「会」と呼ぶ）から矢を放つ（弦から指が離れる）までの時間が早過ぎてしまう「早気」（はやけと読む）という病で、この「早気」を発症すると容易には回復せず、中には弓道から身を退く（廃弓）しかなくなる弓道家もいるようだった。

この「早気」でも分かるように、英理に言わせると弓を引くというのは、肉体と精神の精妙な働きに支配されたもので、だからこそ、引くたびに自身の肉体各部の微かな不調和が鮮明に自覚されるのだという。

「弓がしばらく食事を控えろって命じているわけ」

数カ月前にも食事制限を行ったことがあり、そのときの英理はそう言っていた。

わたしの方は夕食はできるだけ白米を食べるようにしているので、今夜はクイーンズ伊勢丹で買ってきたエビフライを使ったエビフライ丼だ。付け合せは、オクラの酢漬けとタクアン。それにみょうがのすまし汁を添えた。

「だけど、先週純菜に会って話したときは、離婚届の件はあっさり譲歩したし、まだ拓海君とも一緒に暮らしているようだった。手頃な部屋が見つかったらすぐに引っ越すとか言っていたけど、普段の純菜ならあっという間に出て行くはずだからね。ということは、彼女も一時の怒りがおさまって多少は拓海君の言い分に耳を傾けようって気になってるんじゃないのかな」

エビフライ丼をかき込みながらわたしは言う。

一週間前の日曜日、白水房子と会ったとき、長いやり取りの末尾に思い切って純菜の就職の件を持ち出してみた。

「先生のお嬢さまに来ていただけるのなら、うちとしては大歓迎です。兄もきっと大喜びすると思います」

「むろん最初は見習いでいいんです。使えないと思ったらすぐに解雇して貰って構いません」

わたしが言うと、

「そんなお気遣いは無用です。先生のお嬢さまであればきっととびきり優秀でしょうから。じゃあ、さっそく今週にでも面接させてください」

房子はあっさりと請け合ってくれたのである。

翌日、さっそく純菜に連絡し、六十階のラウンジで彼女と話した。そのとき、交換条件のような形で離婚届の提出をしばらく延期するよう伝えたのだ。純菜は抵抗するでもなく受け入れ、それより何よりレットビ・グループで働けることにご満悦の様子だった。

彼女は興味のあることに対しては謙虚で素直だ。感情を開放し存分に喜ぶし存分に精励する。といってもその興味関心がいつまで続くかは本人次第でもある。

白水房子の面接を受けて即日採用となり、二十二日月曜日（明日だ）から六本木のレットビ本社での勤務が決まったと金曜日に純菜から報告があったばかりだ。

「英理は、拓海君の言い分についてはどう思うの？」

トーストを食べ終え、人参ジュースを飲んでいる英理に訊いてみる。

「みっちゃんも言っている通りで、彼は葉子さんに本音をぶつけたんだと思うよ。純菜さんを喜ばせたくて、それにベッドの上で負けてばかりは嫌で、そういう禁じ手にはまったんだろうね。ある意味、かわいらしい男だと思うけどね」

「そこは葉子の感想に近いね」

「みっちゃんは、拓海君のやったことは変態行為だと思っているわけ？」

「変態かどうかはともかく、そんな真似をしていて妻に勘づかれたら万事休すでしょ。にもかかわらず、自宅のPCに動画を保存して留守中に見放題にしておくのは迂闊にもほどがある。そういう迂闊な男は純菜だって願い下げだと思うよ」

「拓海君も一応のセキュリティーはかけていたんじゃないの」

「それをあっさり破られたあげく閲覧履歴までチェックされてしまうんじゃお話にならないでしょう」

「でもさ、純菜さんだって最初から明らかな疑いがあって拓海君のPCを調べたわけじゃないと思うよ。彼女は、別に意図なく、夫のプライバシーを覗くつもりでPCを開いたんだよ。だとするとそれはそれで相当悪趣味だと思うけどね」

「妻が夫のプライバシーを覗くのは常識だよ。夫が妻のプライバシーを覗くのもね。結婚して一緒に暮らすというのは、そういうものだから」

「じゃあ、みっちゃんも似たようなことをしていたわけ？」

「似たようなこと？」

「だから、葉子さんの携帯を見たり、パソコンを覗いたりとか」

「どうだったかな……。もう昔のことだからよく憶えていないけどね」

「ずるいなあ。そうやってすぐとぼけるのは年寄りの悪い癖だよ」

英理が面白そうに笑う。

「結局、純菜さんの結婚の目的が結婚式だったというのは当たっていると思うよ。だとしたらそれは叶ったんだし、何かしら自分が納得できる理由が見つかれば簡単に離婚しちゃうんじゃないかな」

「確かにね。あの子はそういうタイプだから」

「だったら、みっちゃんも勤め先を探してあげたり、離婚届を出すのを思いとどまらせたり、そういう余計なことはしない方がいいんじゃないの。二人のことは二人に任せればいいと思うけどね」

「まあ、そうなんだけどね。葉子がわざわざここまで訪ねて来て頭を下げたからね。そうそう無下に扱うわけにもいかないんだよ」

「そういうものかなあ。とうの昔にバラバラになった家族なわけでしょう。いまさら何かしても無意味だと思うけどなあ」

英理は実家を飛び出して以来、横浜の両親とは音信不通を貫いている。共に教師の両親はいまは英理がどこで何をしているのか全く知らないし、大学に通っているなんて思いもよらないだろうといつぞや言っていた。

「捜そうと思えばすぐに捜し出せるに決まっているけど、親たちにそんな気はないんだよね」

英理は実に淡々としているのだ。

「まあ、僕だって純菜や葉子との関係を取り戻そうとか、新たに築こうといった気持ちはまったくないんだよ」

わたしは言うが、どことなく言い訳がましい気がしないでもなかった。

「男と女は永遠の同床異夢だよ」

英理が乾いた口調で話し出す。

「女は誰だって母親になれるのに、男はどんなに頑張ったってほんの一握りが会社の社長か大臣にでもなれるのが関の山でしょう。それなのに女が、『私は社長にだって総理大臣にだってなれるのに男が邪魔ばかりしている』って言い出したら、そりゃ、男だって『お前、何言ってるんだ』ってなっちゃうよ。男の場合、『だったら俺たちだって母親にさせろ』とは絶対言えないわけだからさ。性の世界では、繁殖の中心に女がどかんと居座っていて男を圧倒し続けているんだよ。男はそんな性の世界から離れた場所で、こそこそ自分の居場所を作ってきたに過ぎないんだもの。それをいまになって、その居場所まで平等に使わせろって要求されたら誰だってうんざりしちゃうに決まっているよ。そもそもさ、男がいろんな女とやりたいのは、幾らセックスしたってゴールに辿りつけないからでしょ。男のセックスには意味も意義もないんだよね。女はその正反対で、たとえ一万回セックスして一人しか子供を産まなかったとしても、それでも、一万回セックスして何も生み出さない男のセックスとはまったく違うんだよ。一万分の一の行為には意味が見出せるけど、一万分のゼロの行為に意味なんてないからね。サバイバルゲームに譬えるなら、女のセックスはゲームとして成立するけど、男のは最初からゲームにもなっちゃいないって話だと思うよ」

英理のいつもの論調にわたしは黙って耳を傾ける。

英理は自分を受け入れてくれなかった両親を拒絶し、そんな家族を全否定しているが、それにとどまらず男女の恋愛や結婚に関してもすこぶる懐疑的だった。

「人間の悩みの大半は家族関係から生まれているんだからね。家族なんて百害あって一利なしだし、家族が大事って言う人間は絶対信用しないようにしている。そういう連中に限って他人に驚くほど無関心だし、凄く冷たいからね」

というのが口癖でもある。

「要するに、純菜さんは拓海君の子供を産みたくて結婚したわけじゃないんだよ。だとすれば、彼女が拓海君とよりを戻す必要性はゼロってことだよね。拓海君も幻想を捨てて、そういう女の本性をいまこそ真剣に学ぶべきだと思うな」

英理は突き放すように言った。

27

夕食の後、久々に二人で風呂に入った。

一緒に入るときは、わたしの寝室のバスルームを使う。その方が入浴後、スムーズにベッドに移れるからだ。

先ほどの会話もあるので、あらためて英理の身体をつぶさに観察する。

贅肉などどこにもなく、肌の白さや滑らかさも際立っている。そのしっとりとした肌に触れているだけでわたしは多幸感に包まれる。

英理の身体を丁寧に念入りに洗ってやるのが好きだった。

大きな浴槽に二人して身を横たえるように浸かる。いつもわたしが下で英理が上だ。腕を回してかき抱くように細身の体を受け止める。浮力のおかげで重さはちっとも感じない。その柔らかな感触だけが皮膚に伝わってくる。

後ろに回した英理の手がわたしの股間をまさぐる。性器を摑み、長い指で強弱をつけながら愛撫し始める。快感が微弱な電流のように全身に広がっていく。

「チェンシーも弓をやっているみたいだよ」

英理の耳元でささやくように言った。

「何日か前、弓袋を抱えてタワーを出て行くのを見たから」

もちろんそんなのは嘘だったが、このタイミングなら英理の微かな動揺も察知できるだろう。

わたしはずっと機会を窺っていたのだった。

「そうだよ」

英理はあっさりと返してくる。身体からはわずかな緊張さえ感じ取れない。

「英理は知っていたの？」

「もちろん。道場にも連れて行ったからね」

「そうだったんだ」

「チェンシーの方から弓をやりたいって言ってきたんだよ」

「いつ」

「白い幽霊の話を聞いてすぐかな」

「どうして英理が弓をやっているって知ってたの？」

「プールでときどき顔を合わせていたからね。弓のこともいろいろ話していたの。そしたら、突然、自分も習いたいって言い出したわけ。だからチェンシーが弓を始めたのはつい最近のことだよ」

「そうだったんだ」

わたしはこれまでの英理の言動と今の話を瞬時に照合する。とりたてて矛盾した箇所はなさそうだった。

「じゃあ、この前の那須の合宿もチェンシーと一緒だったわけ？」

「まさか。あの合宿は彼女のような初心者が参加するものじゃないから」

「そうなんだ」

英理の身体は相変わらず緊張とは無縁だった。わたしの性器をいじっている指先だけに力が感じられ、あとは完全に弛緩して身を任せ切っている。さきほどからわたしも英理の性器を右手でもてあそんでいた。

「どうして黙っていたの？」

わたしは一番の疑問を口にした。

「何を？」

英理の肩甲骨の筋肉にわずかな盛り上がりが生まれる。

「だから、チェンシーと一緒に弓をやっているってことをなぜ僕に言わなかったの？」

「うーん」

背筋に力がこもっていく。すべすべの肌にうっすらと凹凸が生まれる。

「なんとなく言いづらかったんだ」

「言いづらい？」

「みっちゃんが気にするかなって思って」

「気にするって、僕がやきもちでも焼くんじゃないかってこと」

「そういうわけでもないんだけど……」

いつも真っ直ぐな物言いの英理にしては珍しく曖昧だった。

英理がブルータワーのプールでチェンシーと知り合い、彼女に頼まれて弓道場へ連れて行った、というのは果たして本当なのか？　チェンシーの部屋にあった弓道着や道具一式は、なるほど真新しい感じだった。それからすると英理の話もまんざら作り話ではないような気もする。

それにしても、チェンシーはなぜ弓をやりたいなどと言い出したのか。

「チェンシーはどうして弓をやりたいなんて思ったんだろう？」

英理に確かめてみる。

「幽霊退治がしたいんだって」

「幽霊退治？」

「うん。十七階で見た白い幽霊を弓で退治したいって彼女は言っているんだよ」

わたしの性器を握っていた英理の右手の力が不意に強まる。

風呂から上がると、わたしたちは裸のままベッドに移動した。

たっぷりと二人で睦み合う。

今夜は英理の反応がいつもよりも激しい。やはりチェンシーとの関係をわたしに暴かれたのが心の動揺を招いたのではなかろうか。

三階のプールで親しくなり、それでチェンシーを弓の道に誘ったというのはいかにも付け焼刃的な説明のように聞こえる。

白い幽霊を退治するために弓を習おうと思った――というチェンシーの動機も突飛に過ぎた。弓道歴の長い英理ならまだしも、まったくの素人のチェンシーがいまから弓を習ったところで何ほどの力になるというのか。

かねて中島敦の『名人伝』を信奉し、その中に登場する紀昌や甘蝿《かんよう》師を範と仰ぐ英理のことだから、紀昌たちと同じ中国人のチェンシーから幽霊話を聞いて、

「それなら、見えざる矢を無形の弓につがえて不射之射で白い幽霊を射殺《いころ》すしかないよ」

くらいの冗談口は叩いたのかもしれない。ただ、だからといって彼女がその一言を真に受けて、弓を始めたいなどと言い出すのは非現実的だろう。

ベッドでのいつにない反応からしても、英理がまだ何かを隠しているのは間違いないようにわたしには思われる。

二人とも達したあと、交代でシャワーを浴びた。英理が浴室にいるあいだにシーツや枕カバーを新しくする。今夜はベッドパッドも汗と体液で汚れてしまったので交換する。

この部屋には専用のランドリールームがあって、そこにドラム式の洗濯乾燥機が二台備え付けられている。シーツやベッドパッドもすぐに洗うことができた。

寝室に戻ると、英理がベッドに座ってビールを飲んでいた。ナイトテーブルにはわたしの分も置いてある。ビール党の英理は小瓶が好みだった。そして、飲み干した細い瓶をテーブルにずらりと並べるのが趣味でもある。

英理との同居が始まってからはいつも何種類かのビールをケースごとネットで注文し、納戸の中に積み上げていた。

テーブルからエビスのプレミアムブラックを取って、ヘッドボードに背中を預けて足をのばしている英理の横にわたしも両足を投げ出して腰を下ろす。

セックスの後こうして横並びになって余韻を味わうのも愉しみの一つだった。

「その茜丸鷺郎《あかねまるさぎろう》って何者なんだろうね？」

ぽつり、という感じで英理が話し掛けてきた。

「さあねえ……」

「音楽プロデューサーっていっても誰も知らなかったんだよね」

「うん」

あの日、マサシゲの話もそこそこに白水房子から「茜丸鷺郎」の名前を告げられ、わたしは彼女と別れるとすぐにネットで検索をかけた。しかし一件もヒットしなかったのだ。

房子によれば、茜丸は自ら社長を務める音楽事務所「ＡＫミュージック」名義でブルータワーの二十七階に部屋を借りているらしい。

「入居時に茜丸氏から提出された税務関係資料を見ると、ＡＫミュージックの年商は三億四千万円。従業員は二人。従って茜丸氏の所得は相当の額に上っていると推定されます」

と房子は言っていた。

そんな高額所得者の音楽プロデューサーがネットの名前検索でかすりもしないのはいかにも奇妙だった。

そこで、わたしは先週いっぱいかけて友人知人に「茜丸鷺郎」についてメールで問い合わせをしてみたのだ。問い合わせ先には編集者だけでなく、中野君のような代理店の社員や大手の音楽ソフト会社の人間も複数交じっていた。

ところが誰一人として「茜丸鷺郎」という名前に心当たりのある者はいなかったのである。

房子はレットビのマンションで頻々と起きている外国人の連続死事件について自分から持ち出してきた。海老原の情報では、この二年足らずで十五人の米ロ中の人間が不審な突然死を遂げているという話だったが、房子は、「この三年の間に二十人近くの外国人がうちのマンションで突然死しているんです。しかも亡くなったのは十七階の事件同様、アメリカ人、ロシア人、中国人に限られています」と打ち明けて、

「兄は先生と二人きりで会って、この一連の外国人変死事件の真相を先生のお力で突き止めて欲しいとお願いするつもりだったんだと思います」

と言葉を重ねたのだった。そしてさらに、

「実は、合計六カ所のマンションで変死事件が起きたとき、六カ所すべてのマンションに自宅または事務所を借りていた人物が一人だけいるんです。名前は茜丸鷺郎。職業は音楽プロデューサ

ーです。茜丸氏は、今年の初めに恵比寿のマンションからこのブルータワーに事務所を移転させています」

と茜丸の名前を口にしたのだ。

「アカネマル・サギロウ？」

わたしが怪訝な表情を作ると、房子は手元のバッグから小さな紙片を抜いて差し出してきた。

「2701号室　AKミュージック　茜丸鷺郎」

そこには手書きの文字でそう記されていた。

ビールを飲み干した英理が、裸のままキッチンへと向かう。白くて形のいい尻が小気味よく揺れて欲情をそそる。

もう一本持って戻ってきた。

「マー君にはまだ話していないの？」

新しい瓶に一口つけて英理が訊いてくる。

「うん」

「なんで？　白水房子は、マー君と協力して茜丸のことを探って欲しいって言っていたんでしょう？」

「それはそうなんだけど、彼にあんまり手荒なことをされても困るだろう」

英理はマサシゲのことを「マー君」と呼んでいる。本人にもそう呼び掛けているのだが、マサシゲの方はさほど気にしているふうはなかった。

「だけど、どうして白水房子はみっちゃんにそんなことを頼んできたんだろうね。やっぱり不思議だよ」

一週間前、白水からの依頼について伝えたときから英理は同じ疑問を口にする。それも当然ではあろう。英理はわたしが離脱することで、このブルータワーのどの部屋にも楽々侵入できるというのを知らないのだ。それに関してはマサシゲにも厳重に口止めしてあった。

「その茜丸という男の正体を探るくらいのことならマー君一人で充分なんじゃないかなあ」

英理の意見はもっともだった。マサシゲに備わった能力があれば、何もわたしがわざわざ離脱して茜丸の素性を突き止める必要はないだろう。

奇妙な依頼をしてきた白水房子（彼女はあくまで失踪した天元の代理人を演じていた）の真意が摑み切れず、あの場では彼女の頼みを受け入れはしたものの、今日までの一週間、わたしは何も動いていないのだった。

マサシゲとも相談していないし、そもそも房子と連絡を取り合っているはずのマサシゲからも何も言ってはこない。

「だから、しばらくは静観してみるつもりなんだよ。白水房子の言っていることがどこまで本当なのかも分からないしね。天元が中国で失踪したという話だって事実かどうかはっきりしない。調べるならまずはそっちが先のような気がするからね」

そう言って、わたしは隣の英理へと目線を送る。

——それに、きみだって、何か隠しているに違いないんだから……。

声には出さず、その端整な横顔に向かって言葉を付け加えた。

## 28

ファウンテンシティのクイーンズ伊勢丹の中には大きなイートインスペースが設けられている。シティ内にあるカフェはスターバックス（二店舗）もタリーズもエクセルシオールもとにかくどんな時間帯でも行列ができるほどの混み具合なので、わたしは誰かと待ち合わせるときはもっぱらこのイートインスペースを使っていた。

担当編集者が来れば一度は必ず案内し、一緒に飲み物などを買ってそこで打ち合わせをするようにしていた。すると大概の編集者が次の打ち合わせのとき、「あそこにしませんか？　飲み物は買っておきますから」と言ってくるのだった。

わたしはコーヒーだったが、マサシゲはキウイドリンクをチョイスした。

平日の午後二時過ぎなのでイートインスペースは空いている。

二人で一番奥のテーブル席に腰を落ち着ける。テーブルを挟んで大きなソファが向かい合うファミレスのような席なのでなかなか居心地がよかった。

十四日に白水房子と会ったことを初めて伝え、昨日、茜丸鷺郎の事務所を覗きに行ったこともマサシゲに伝えた。

一昨日、英理にはあんなふうに言ったが、わたしは昨日の昼間、久々に離脱して二十七階の「AKミュージック」を訪ねてみた。

エレベーターの昇降路経由で二十七階のフロアまで降り、廊下伝いに「２７０１」号室の前まで行った。

ドアをくぐり抜けて玄関から室内に侵入することにしたのだ。

ところが、何度やってもドアを抜けることができなかったのである。

普段は手、足、頭どこからでも自在に壁やドアを通過することが可能だった。通過するときの抵抗はほとんどない。最初のうちは緩い向かい風の中を歩くようなわずかな反発を感じたが、何度もやっているうちにそれもなくなった。

二七〇一号室のドアも浮遊したままふんわりと頭から抜けようとしたのだが、なぜか先に進むことができず、そこで肩からだったり手や足からだったり何度も〝ドア抜け〟を試みたのだがどうしてもできなかった。

こんな経験は初めてだった。

やむなく隣の部屋に入って、隣室の壁からの侵入を図った。しかし、二七〇一号室との境にある壁だけはくぐり抜けることができない（他の壁はできた）。

今度は窓から外に出て、二七〇一号室の窓へと接近したが、結果は同じだった。窓を通って室内に入ることもドアや壁と同様に不可能だったのだ。

二七〇一号室のたくさんの窓はすべて分厚いカーテンやブラインドで塞がれ、一切中を覗くことができなかった。

この異常な事態に直面し、房子の言うとおり、茜丸鷺郎が何らかの形で外国人連続死事件に絡んでいる可能性があるのではないかとわたしは直感した。

少なくとも彼は尋常な人間ではなさそうだ。

これまでどんな場所にでも難なく侵入することができた。例外はない。なのになぜ二七〇一号室だけは入り込めないのか？　理由は分からなかったが、ただ、ある種の〝結界〟のようなものが張り巡らされている印象があった。うっすらとではあったが、何かの圧によって弾き返されているような、そんな感じがしたのだ。

白水房子が茜丸の探索を頼んできたのは、わたしが離脱できるのを知っていたからだった。

十七階の事件のあとすぐに白水天元はマサシゲをブルータワーに送り込んだのだという。

「これ以上、誰かが死なないようにマサシゲに警備させることにしたんです。各フロアの監視だけでなく、兄は、タワー内にいまだ潜伏しているかもしれない犯人を見つけ出すようマサシゲに命じました。むろん一番の要注意人物は茜丸鷺郎です」

十七階の部屋を拠点にマサシゲがブルータワーの監視活動に入って四日目、彼の眼球に装着された超高感度サーモセンサーが奇妙な物体（物体とは言い難いが）を捉えた。

それが離脱したわたしの姿だったのである。

「最初はセンサーが拾ったゴーストかと思ったんですが、マサシゲのＡＩが詳細に解析したところ明らかに人間だということになり、で、タワーの防犯カメラのデータにアクセスして照合した結果、前沢先生に間違いないと判明したわけです」

このマサシゲからの報告を受けて、白水天元は急遽わたしとの対談をセットするようＤ社の中野君に申し入れたようだった。

「兄はもとから先生の大ファンだったので、先生がブルータワーに入居されているのは知っていたのですが、お目にかかるなんて畏れ多くてとてもできないとよく言っていました。ところが、マサシゲからの報告で、先生に幽体離脱の能力があると知ってがらりと気持ちが変わったんです。これはきっと何かの導きに違いないとすっかり興奮していました」

そうした様子をつぶさに見ていたがゆえに、帰国後、天元がわたしと再会して何を頼むつもりだったかが分かったのだと房子は言っていた。

「だから、兄に代わって私からお願いしようと考えたのです。マサシゲは先生が自由に使って下さって構いません。なので、彼と協力して茜丸鷺郎の正体を探っていただけないでしょうか。茜丸は外国人連続死事件に関与していると兄は確信しているようでした」

そんなふうに話していたのだ。

「離脱しても事務所に入れないいんじゃ、僕にできることなんてないも同然でしょ。とてもきみの主人やきみの期待には応えられないよ。そのことを白水常務にマー君から伝えておいてくれないかな」

今日、マサシゲを呼び出したのはそのことを伝えるためだった。

わたしも英理に倣ってたまにマサシゲを「マー君」と呼ぶようになっている。会うたびに容貌のみならず性別さえも変えてくる彼（彼女）を毎回、「マサシゲ」というい
つい名前で呼ぶのはどうにも居心地が悪いのだ。今日も、マサシゲは女装している。彼の場合、女装といってもまるきり女性の外見に変化するので、目の前のマサシゲは完全な女性と言っても過言ではない。そんな彼女（彼）を幾らなんでも「マサシゲ」と呼ぶのは不自然だ。せいぜい「マー君」がぎりぎりの線なのだった。

「そんなふうにみっちゃんが茜丸の事務所に侵入できなかったという情報自体が貴重だと思うよ。それに、会長だって常務だって、みっちゃんが離脱できるという理由だけで僕と組んで茜丸を調べて欲しいと頼んだわけじゃないと思うけど」

美味しそうにキウイドリンクをすすっていたマサシゲが言う。

そうやって飲み込んだドリンクは彼女（彼）の体内でどのように処理されるのだろうか？　一度訊いてみたいと思うが何となく訊き出せないままだった。

マサシゲは声も女性仕様だ。

顔はとんでもない美貌で、通りすがりの人々が一様に彼女（彼）の方へじろじろと視線を送ってくる。目立って仕方がなかった。

「ところで、今日のその顔は一体どうしちゃったの？　人目を引き過ぎだと思うけど」

わたしが言うと、

「どうやらそうらしいねえ」

マサシゲが幾分困った表情を作った。その顔がまた惚れ惚れするほど可愛い。

「この前会ったとき、みっちゃんが女優さんの名前を挙げたでしょう。彼女たちの画像や動画を

学習して、全部まぜこぜにしてきたんだけどね」

「へぇー」

「たしかにいささか美人過ぎてしまった気がするよ」

前回ラウンジで話したとき、女装したマサシゲが、コンシェルジュの女性とまったく同じ顔になっていたので注意したのだった。

「じゃあ、どんな顔にすればいいわけ？」

と訊かれ、

「誰かと同じ顔は不都合だからいろんな女性の顔を検索して、それをミックスすればいいよ」

とアドバイスした。

「いろんな顔って具体的にどんな顔？」

との問いに、たとえばと言って三、四人の女優の名前を口にした憶えがあった。

あのときは衣装もいつもの男物のままだった。服装も変えた方がいいと言うと「どうやって？」と訊かれたので、

「ファウンテンシティにある店で服を揃えればいいんだよ」

と答えた。

「どこでどうやって揃えればいいの？」

「ユニクロかどっかにすればいいじゃん」

よくよく聞き出してみれば、マサシゲは例の甲冑とその下に着る直垂《ひたたれ》、袴、それにタワー内を行き来するためのジーンズとTシャツしか持っていなかった。確かに、十七階のマサシゲの部屋を巡ったときも各室のクローゼットは空だったような気がする。その上、彼女（彼）は一文無しだったのである。

「活動資金は受け取っていないの？」

「僕はお金は必要ないからね」

と平気な顔をしている。

「欲しいものはどこからでも持って来れるじゃない」

と言われて、その言わんとするところが分かった。マサシゲのように姿形を変幻自在に操ることができ、どれほど警備の厳重な建物にも難なく侵入できる能力があれば、確かに必要なものを必要なときに盗んで来られるだろう。

「マー君、それは駄目だよ」

それからしばらく、わたしは人間社会では盗みが許されないことをマサシゲに諄々と言い聞かせねばならなかった。そして、その折に多少の現金も彼女（彼）に渡しておいたのだった。

「その服はどうしたの？」

念のため訊いてみる。

「みっちゃんに貰ったお金で買ったよ」

ちょっと自慢気にマサシゲが答える。

「ユニクロだね」

「そう。すぐそこの」

彼女（彼）はスキニータイプのジーンズにベージュのカットソーを着ている。足元は青いサンダルだった。ユニクロの広告にいかにも出てきそうな取り合わせなので、実際、店舗のポスターを見て同じ物を買ったのだろうと思われる。

抜群のスタイルと美貌だから、正直なところ何を着たってよく似合う。

「とにかくさ、意識体になっていても茜丸の事務所に入れないというのは、みっちゃんが言うように茜丸が特殊な侵入防止策を駆使しているってことだからね。だとすれば、彼は、何らかの形で白い幽霊とも関わりを持っているのかもしれない。超常的な力という点ではどちらも似たようなものだからね」

マサシゲは五月末にブルータワーに派遣されて以来、連続死事件について現在も地道に調べているようだ。その過程で、彼もまたチェンシーが証言していた「白い幽霊」に関する噂を聞きつけていた。

「白い幽霊」の話はチェンシーの創作ではなく、このタワーでは数カ月前から密かに語られていたものらしく、地下二階の駐車場や地下三階のゴミステーションのみならず、各階さまざまな場所で幽霊を目撃した住民がいるとのことだった。

マサシゲは「白い幽霊」と連続死事件とのあいだに関連があると睨んでいるようだ。

六月二十五日早朝にマサシゲと言葉を交わして以来、すでに一カ月近くが経つが、十七階の事件についてはいろいろと二人で話し合ってきた。

わたしも知っている情報は全部彼に伝えていたし、マサシゲも十七階の事件を調査している事実を隠しもしなかった。

ただ、誰に命じられて動いているかだけは何も明かさなかったのだ。

そもそも彼のような著しく進化したＡＩロボットがこの世界に存在するとは思ってもいなかっただけに、わたしはマサシゲの雇い主（というか所有者）は白水ではなく、日本の捜査機関乃至は米ロ中いずれかの国の政府機関かもしれないと想像するようになっていた。

そんな矢先に白水房子の口から「マサシゲ」という名前が飛び出したので一瞬唖然としてしまったのである。

当初の予想の通り、マサシゲは白水天元が所有するＡＩロボットだったというわけだ。

「チェンシーが弓道をやっているのは、やはり英理が誘ったからみたいだよ。英理によるとチェンシーの方からやりたいって頼まれたって話らしいけどね」

「そうなんだ」

マサシゲはリャオ・チェンシーが連続死事件の起きた十七階で白い幽霊を目撃している点に着目していた。そして何より、チェンシーが白い幽霊をはっきりと目視し、幽霊に邪悪な殺意を感じたという証言を重く見ているのだった。

当然ながらマサシゲは連続死が起きた五月二十八日火曜日から二十九日水曜日にかけての十七階の防犯カメラの映像を徹底的に解析している。しかし、幾らチェックしても、映像には三人の突然死に繋がるような特異な兆候は何も写ってはいないのだった。

ジム・シュガートもイゴール・ゼルドヴィッチもワン・ズモーもみんなそれぞれの部屋で別個に死んでおり、彼らの部屋に誰かが侵入した形跡はまったく見当たらなかったという。

加えて、わたしからの情報に基づき、マサシゲはチェンシーが十七階で幽霊に遭遇したときの防犯カメラ映像も見つけ出していた。

それは連続死が起きる一週間ほど前のもので、深夜にエレベーターを降りたチェンシーが自室のドアの前で立ち止まり、非常口の方へ目を凝らす姿から始まる。そして、彼女は勇敢にも非常口の方へと近づき、そこで明らかに驚愕した表情を浮かべて、身構えながらゆっくりと後ずさっていく――その様子が鮮明に記録されていたのだ。

「彼女は間違いなく、何かを見ているんだ。だけど幾ら解析しても映像には何も浮かび上がってはこない」

と言っていた。

「チェンシーはどうして弓を始めようと思ったんだろう」

マサシゲも一昨夜のわたしと同じ疑問を口にする。

「白い幽霊を弓矢を使って退治したいと言っているらしいよ」

「ほう……。幽霊を矢で射殺すとな」

そこでマサシゲの声が不意に野太い男の声に変わった。

初めて鎧兜姿の彼と話したときの、あのいかにも楠木正成らしい武張った音声である。

「なるほどのう」

マサシゲは何やら合点でもいったように大きく頷いている。

「もっとも、そんなことを言い出したのは英理の方だと思うけどね」

わたしが言うと、

「たしかに英理君ならいかにも思いつきそうなことだけれど、たとえば英理君に薦められてチェンシーが中島敦の『名人伝』を読んだのだとしたら、彼女自身が自発的にそういう発想に辿り着いた可能性もあるよ」

マサシゲの口調は元通り（というか女性の口調）になっていた。

「どうして？」

わたしには彼女（彼）の言っていることがいま一つ理解できない。

するとマサシゲは席を立ち、イートインスペースの各所にある給水器や電子レンジの置かれた棚の一つに行って、紙ナプキンを一枚持って戻って来た。

テーブルに紙ナプキンを広げて右の掌をかざす。

かすかに紙が焦げるような匂いがした。ナプキンの上にみるみる文字の群れが浮かび上がってくる。

ナプキンが文字で埋まったところで、それをこちらに差し向けてくる。

「これは『名人伝』の最後の方の一節。ちょっと読んでごらんよ」

わたしは頷いて紙ナプキンを手にした。小さな活字がびっしりと並んでいる。


〈ところが紀昌は一向にその要望に応えようとしない。いや、弓さえ絶えて手に取ろうとしない。山に入る時に携えて行った楊幹麻筋の弓もどこかへ棄《す》てて来た様子である。そのわけを訊《い》ねた一人に答えて、紀昌は懶《もの》げに言った。至為は為す無く、至言は言を去り、至射は射ることなしと。なるほどと、至極物分りのいい邯鄲の都人士はすぐに合点した。弓を執らざる弓の名人は彼等の誇《ほこり》となった。紀昌が弓に触れなければ触れないほど、彼の無敵の評判はいよいよ喧伝された。

様々な噂が人々の口から口へと伝わる。毎夜三更を過ぎる頃、紀昌の家の屋上で何者の立てるとも知れぬ弓弦の音がする。名人の内に宿る射道の神が主人公の睡《ねむ》っている間に体内を脱け出し、妖魔を払うべく徹宵守護に当っているのだという。彼の家の近くに住む一商人はある夜紀昌の家の上空で、雲に乗った紀昌が珍しくも弓を手にして、古《いにしえ》の名人・羿《げい》と養由基《ようゆうき》の二人を相手に腕比べをしているのを確かに見たと言い出した。その時三名人の放った矢はそれぞれ夜空に青白い光芒を曳きつつ参宿と天狼星との間に消去ったと。紀昌の家に忍び入ろうとしたところ、塀に足を掛けた途端に一道の殺気が森閑とした家の中から奔《はし》り出てまともに額を打ったので、覚えず外に顚落《てんらく》したと白状した盗賊もある。爾来、邪心を抱く者共は彼の住居の十町四方は避けて廻り道をし、賢い渡り鳥共は彼の家の上空を通らなくなった。〉

「ねっ」

読み終えて顔を上げたわたしに向かってマサシゲがにこっと微笑む。ぞっとするほど愛らしかった。

「つまりチェンシーはこの一節を読んで、射道の神を使って幽霊退治をしようと思いついたってこと？」

「そういうことじゃな」

またまた正成の声になってマサシゲが言った。

「うーん」

わたしは腕を組んで首を傾げるしかない。

29

英理はいつぞや、死んだ外国人たちが何者かの「不射之射」によって射殺されたのではないかと匂わせていた。チェンシーやマサシゲの推理によるならば、その何者かは白い幽霊ということになろう。

「たとえそうだとしても、幽霊の不射之射に対抗するには、こちらも不射之射を用いるしかないからね。それこそ紀昌が古の名人・羿と養由基たちと腕比べをしたみたいにね」

元の声に戻ってマサシゲは言う。

「だけどこの後半の件《くだり》は、なんだか嫌な感じだねぇ」

わたしはそう言って、〈紀昌の家に忍び入ろうとしたところ、塀に足を掛けた途端に一道の殺気が森閑とした家の中から奔り出てまともに額を打ったので、覚えず外に顚落したと白状した盗賊もある。〉という一文を指さしてみせる。

「なんだか昨日の自分のことを言われているようで情けないよ」

「だけど、みっちゃんは盗賊とは全然違うでしょ」

妙にまともな反応が返ってきて、わたしはマサシゲの顔をまじまじと見た。

これは本人も言っていることだが、ＡＩにとって人間同士の会話ほど難しいものはないらしい。ＡＩに劇的な進歩をもたらした機械学習やディープラーニングが開発されてすでに久しいが、どれほど多くの会話データを蓄積、解析しても人間同士のおよそ脈絡のない〝とっちらかってばかり〟のやりとりに適応するのは至難の業のようだ。

マサシゲの場合も、たまに会話の中でこんなふうに微妙なズレを感じることはあった。さりげないジョークや韜晦のたぐいを理解するのが彼女（彼）は一番不得手なのだ。

それでも最近はホテルやファミレス、ファストフード店などどこでもお目にかかる一般的なＡＩロボットに比べればマサシゲの会話能力は圧倒的なものがあった。

「ところでなんだけど」

わたしは人間らしく、突然話題を変えることにした。

「先週、房子常務に会ったとき、テンゲンという影武者が天元会長の代わりに商談や会食などの付き合いをこなしているって言っていたけど、マサシゲはテンゲンのことは知っているの？　常務はテンゲンを『もう一体のマサシゲ』って呼んでいたけど」

キウイドリンクをすすっていたマサシゲがストローから口を離す。

「テンゲンねえ……」

物憂げな表情で呟いた。

「テンゲンは僕と同じ時期に完成したんだけど、まるきり一緒の双子機ってわけじゃないよ。彼は最初から天元会長の影武者として作られたロボットだからね」

「やっぱり、会長がときどき失踪したりするから、それで影武者が必要になったってことだね」

「いや、そうじゃないよ」

「そうじゃない？」

　マサシゲはますます表情を曇らせている。

「天元会長は非常に暗殺を恐れていて、だからテンゲンを作ったんだよ。要するに彼は会長の弾除けってわけ」

「暗殺？」

「そう」

「なんで？」

「さあ、分からないよ。僕はそっちには関与していないからね」

　不機嫌そうにマサシゲは言った。

「ねえ、天元会長と房子常務はどういう関係なの？　かなり年齢差がありそうだけど、あの二人は実の兄妹なのかね」

　わたしはまた話を変えてみる。

「兄妹で間違いないけど、同じなのは父親だけね。だから年齢は十五歳も離れているんだ」

「なるほど。常務は先代の純一郎氏が外の女に産ませたってことか」

　マサシゲが頷く。

「二人はずっと別々に育っていて、最近までお互い顔も知らなかったみたいだよ。それが三年くらい前に常務が会長のもとへやって来て、一緒に働かせて欲しいって言ったらしい。だから最初はレットビの社員たちも彼女が会長の妹だとは知らなかったみたいでね。去年、会長秘書からいきなり常務取締役に就任して、それでみんなびっくり仰天だったんだよ」

「そうなんだ」

「ま、会長は結婚もしていないし、天涯孤独だからね。一緒に働いているうちに肉親の情が芽生えたのかもしれないね」

そうやって話すマサシゲの顔にわたしはいつの間にか見惚れてしまう。

超細密可塑性シリコンで作られたマサシゲの肌は本物の人間の皮膚と見分けがつかないどころか人間以上と言ってもいいくらいだ。その上、彼女（彼）はチタン合金製の頭蓋骨を自由に変形させていかなる顔でも再現することが可能だった。目の前の美女のように、幾人かの女優の顔を合成し、巧みに補整を加えて完璧な造形美を生み出すこともできる。顔だけでなく身体のプロポーションも同様に自在に調節できるようだ。

——性器はどうなっているのだろう？

女性の姿のマサシゲを見るとわたしはいつも思う。

前回も今回もジーンズの股間にまずは注目したのだが、そこは女性のようにすっきりとしていた。ということは、性器も女性仕様に作り変えているということなのだろうか？

そうだとするとマサシゲはペニスとヴァギナを自由にチェンジできる両性具有者ということになる。そして、男装の際はペニスを女装の際はヴァギナを装備するだけでなく、それをあべこべにしたり、同時に両方の性器を装備する正真正銘の両性具有者にもなり得るというわけだ。

この美貌の〝女性〟を裸に剝けば豊かな胸とともに美しいヴァギナと巨大なペニスが姿を現わす——そんな想像をするとどうしようもなく興奮してしまう。

「会長はどうして結婚しなかったの？　付き合っている女性はいないのかな？」

わたしは訊いた。

「彼は女性には興味がないんだと思うよ」

マサシゲが言った。

「そうなんだ」

白水が女性に興味を持っていない、というマサシゲの一言には非常なる重みがあった。

マサシゲは世界に存在するありとあらゆる情報にアクセスする能力を持っている。書物や各種の報道、ネット上の情報だけでなく、世界中の防犯カメラの映像や録音記録も瞬時に取り込むことができ、セキュリティーが甘い企業や政府機関などの内部情報や各国の衛星から送られる電波情報をも収集する。たとえば白水がここ数年のあいだに誰か特定の女性と二人きりでレストランやホテルの部屋に入ったりすれば、そのとき防犯カメラに記録された映像を閲覧し、そうした情報をもとに女性の身元を特定するとともに白水との関係を高い確率で推測することができるのだ。

つまり彼女（彼）の「彼は女性には興味がないんだと思うよ」というあっさりとした一言の背後には、わたしたち人間のような不正確な印象ではなくて膨大なビッグデータの裏付けが存在しているのである。

「じゃあ、男性が好みなのかな」

「そうじゃなくて、会長は仕事にしか意識が向いていないんだよ。なかでも、このファウンテンシティには特別な情熱を注いでいるからね。だからこそ、ブルータワーでまた外国人の連続死が起きて、会長はいままでにない危機感を抱いたんだと思うよ。僕を送り込んだのもそうだし、幽体離脱できるみっちゃんに茜丸鷺郎を調べて欲しいって依頼するつもりだったのも、会長がそれだけ危機感を持っているという証拠だよ」

「その特別な情熱って何？」

都内各所の一等地の再開発を手掛けているレットビ・グループにとってもこの新宿地区の再開発が最も大規模なものであるのは理解できる。ただ、だからといってグループの総帥がことさら新宿地区に「特別な情熱」を注いでいるということにはならないだろう。

五年前の隕石落下で壊滅的被害を受けた新宿駅東口方面の再開発は当然ながらレットビだけで

なく大手のディベロッパーが大挙して参入する巨大プロジェクトだった。

現在もファウンテンシティに隣接したJR新宿駅周辺は三井不動産と住友不動産の手によって着々と新たなオフィス街へと生まれ変わりつつある。焼失した新宿駅は建て替えられ、高層ビルやタワーレジデンスが次々に建設されている。基盤整備はすでに終わり、隕石衝突後、新宿以外の各地区に分散していたさまざまな企業が再び新宿に戻り始めていた。新しいオフィス街は完璧にスマートシティ化されており、世界でも類を見ない最新鋭の設備を誇っているようだ。

五年前の隕石は、二〇一三年二月十五日にロシア・チェリャビンスクに落下した隕石同様、直径二十メートルほどのサイズだったが、鉄ニッケル合金の含有率が高い鉄隕石（チェリャビンスク隕石は石質隕石）だったこととチェリャビンスク隕石よりも大気圏への突入角度が深かったことが災いし、新宿一丁目から三丁目にかけてのエリアの大半を破壊し尽くすことになった。直撃を受けた新宿二丁目一帯は一瞬で蒸発し、新宿御苑の一部を飲み込む巨大なクレーターと化した。ブルータワーはそのクレーターの中心部に建てられたものだ。

この地球接近小惑星「０３１ＴＣ４」（通称・ＳＨＩＮＪＵＫＵ隕石）の衝突は、かのツングースカ大爆発（一九〇八年六月三十日）と並ぶ隕石災害として天文学史に特筆されるべき世界的大事件だった。

そして、白水天元は多くのディベロッパーとの競争を勝ち抜き、複雑に絡まった新宿二丁目の土地の権利義務関係を整理し、地権者たちの同意を取り付けて、隕石の爆発地点（グラウンド・ゼロ）に壮大な高層ビルを建てることに成功したのである。

ちなみに「０３１ＴＣ４」の新宿への落下日時は、精密な軌道計算によって一週間前には秒単位まで正確に予測され、国連スペースガードセンターの勧告に従って新宿近辺の住民は落下当日には全員避難を完了していた。

万全の消火態勢も構築されており（国連の多国籍消火部隊が参加）、人的被害は、避難命令に応じず、最後まで新宿二丁目地区に潜伏していた数名（推定）の住人にとどまり、隕石激突による爆発および火災被害も最小限に抑えられたのである。

「会長は、とりわけこのブルータワーの建設に心血を注いだんだよ。採算度外視だったし、入居させる住民の審査も会長自らの主導で進めたんだ。レットビがいままで積み上げた利益のほとんどを会長はこのタワーのために使っている。グラウンド・ゼロの買収にかかった費用も莫大なものだったしね。きっと会長にはこの土地に対する格段の思い入れがあるんだろうし、それだけじゃなくて、どうしてもこの場所にタワーを建てなくてはならない特別な理由があったんじゃないかな。それがどんな理由なのかは僕にもよく分からないんだけどね」

「この新宿二丁目にタワーを建てなくてはならない何か特別な理由？」

「たぶん……」

マサシゲは小さく頷いてみせる。

30

マサシゲと会った三日後、金曜日の夜中に葉子から電話が入った。

左手首を骨折した純菜が、先ほど、世田谷の家に泣きながらやって来たのだという。

「病院は？」

「救急病院で治療を受けてから来たの。単純骨折なんで手術はしなくて済んだみたい。左腕は肘から先ががっちりギプスで固定されているわ」

葉子は例によってすこぶる冷静な声つきだった。

「拓海君に突き飛ばされて、床に手をついたときに折れたみたい」

「どこで？」

「もちろん北品川でよ」

北品川には純菜と拓海君の住むマンションがあるはずだ。

「で、純菜は？」

「いま、上でご飯を食べているわ」

世田谷の家は二階にダイニングキッチンとリビングがある。葉子は一階の自室に降りて、この電話を掛けているのだろう。

「様子は？」

「さすがにショックを受けているみたい。でも、だいぶ元気になったわ。涙も乾いたし」

「一体何があったの？」

「新居が見つかったから日曜日に出て行くって言ったらしいの。そしたら、拓海君が激高して、で、純菜を突き飛ばしたらしいわ」

あの穏やかそうな拓海君がそんな乱暴狼藉に及ぶのは想像しにくくはある。

「じゃあ、彼も一緒に来たの？」

「まさか。拓海君に暴力をふるわれて、純菜はバッグ一つで飛び出してきたのよ。みるみる手首が腫れてきて、それでタクシーで病院に駆け込んだそうよ」

「拓海君は？」

「分からないわね。電話は入ったらしいけど着信拒否にしたみたいだし」

「なるほど」

純菜に怪我をさせたあげく病院にも付き添わないというのは論外だ。家を飛び出した純菜のあとを追いかけることもしなかったというのか。

「ふざけた男だな」

わたしは言った。

「失敗しちゃったわ」

葉子が溜め息をつく。

「離婚を先延ばしにしろなんて、そんなこと勧めなきゃよかった。私の完全な判断ミス。そのせいで怪我までさせちゃって」

「きみだけの責任じゃないよ。それを言うなら僕だってグルだったんだから」

電話は仕事部屋で受けた。起動中のＰＣの画面で時刻を確かめる。午後十一時になろうとしていた。

「あなたにお願いがあるの」

「何？」

「忙しいときに悪いんだけど、明日、北品川まで行って拓海君のハンコを貰って来て欲しいの。こうなったら一刻も早く届けを出した方がいいから」

「離婚届のハンコ？」

「そう。用紙は渡してあるらしいけど、もしかしたら捨ててるかもしれないから、お手数だけど一枚ダウンロードして持って行ってちょうだい。診断書は純菜が貰ってきているから、もし、ハンコをくれないんだったらＤＶで告訴するって言えばいいわ。そうしたら、彼だって黙って捺すでしょう」

「へぇー」

診断書を取ったというのは、いかにも純菜らしかった。さすがに葉子の娘だけはある。文字通り、転んでもただでは起きないというわけか。

「だけど、怪我までさせられたんだし、こういう場合、まずは弁護士に相談した方がいいんじゃないかな」

今夜の明日で、いきなり拓海君のところへ押しかけるのは得策ではないのではないか？

「そういう面倒くさいことはしたくないらしいのよ」

「純菜が？」

「そう。私もさっさと届けを出すのが一番だと思うし、少なくともこのチャンスに署名捺印させるのは大事だと思うわ」

だったら葉子が行くか、乃至は一緒に行くべきではないかと思うが、今回のように暴力が絡んでくると、その手の問題は男同士で解決しろというのが女の常套手段でもある。

「どうなるか分からないけど、だったら明日、行ってみるよ。北品川のマンションの住所を教えてくれないかな」

「分かった。この電話を切ったらマップをつけてメールしておくわ」

葉子とはラインはやっていない。

純菜の怪我の程度を知りたいので、ギプス姿の写真も添付して欲しいと頼もうとした矢先、

「じゃあ、よろしくね」

葉子はあっさり電話を切ってしまったのだった。

翌朝、わたしは車で北品川に向かった。

ブルータワーには無料のカーシェアリングサービスがついているので、空いている車をいつでも借り出すことができる。

ホンダのＥＶ（Ｈｏｎｄａ　ｅ）を自動運転モードにしてのんびりと走る。時刻は九時を回っ

たところで、到着予定時刻は九時四十分だった。土曜日とあって都内の道路は比較的空いている。寝込みを襲うというほどではないが、拓海君が外出する前につかまえたかった。

運転席のシートを大きく倒して背中を預け、外の景色と自動で回るステアリングを交互にぼんやり眺めながら物思いに耽る。

純菜の怪我は大丈夫だろうか？

単純骨折でも完治までには当分かかるだろう。利き腕ではないから仕事や食事は支障なくこなせるにしても、入浴や料理には不便をするに違いない。まあ、当分は世田谷住まいとなるだろうから何もかも葉子任せにするのだろうけれど。

いまは紙に文字を書くどころかキーボードを打つことさえほとんどなくなっている。喉のあたりに小さなパッチデバイスを貼り付けておくだけで、声ならぬ声をコンピュータが文字にしてくれるのだ。

公文書もそういう形で作られる時代だし、最近は、作家たちも大半が口述筆記に切り換えているようだ。中には声で書いた原稿をきれいに音声編集し、最初にオーディブルで発表する作家も出て来ている。

時代はどんどん変化していく――ように見える。

だが、五十年も生きてみれば、時代の変化などというものはあくまで表層的なものに過ぎず、人間のやることは何も変わらないのだと分かってくる。

〝本当に時代が変わる〟というのは最低でも数千年、本来は十万年、百万年単位の話なのだろう。そもそも人類が誕生してからまだ五百万年にも満たないのだ。

たとえば六千五百五十万年前に当時の地球を支配していた恐竜を絶滅させた巨大隕石は直径十キロ～十五キロの大きさで、この隕石の衝突によって解放されたエネルギーは広島型原爆の十億倍と推定されている。このような小天体の激突は、まさしく時代の変化と呼ぶに値するだろう。そして、そうした地球上の生物の大量絶滅を引き起こす直径十キロから数キロのサイズの天体の衝突頻度は数千万年から一億年に一度と考えられているのだ。

ただ、そこまでの大きさがなくても、直径一キロ程度の小天体の衝突でも人類文明は致命的な打撃を受けてしまう。というのもこのサイズでも、現在地球上にある核兵器のすべてを一瞬で爆発させたくらいのエネルギーを生んでしまうからだ。いわゆる「核の冬」と同じような環境の激変が世界を襲い、人類は存亡の淵に立たされる。

こうした一キロサイズの天体衝突の頻度が百万年に一度。

百メートルサイズだと千年に一度、ツングースカ大爆発のような五十メートルサイズならば百年に一度の頻度ということになる。

直径二十メートル弱の新宿隕石サイズだと数十年に一度（実際、チェリャビンスク隕石からさほど時間は経っていなかった）で、そのくらいのサイズでも新宿駅の東側はほぼ完全に破壊されてしまった。仮にこれが百年に一度のツングースカサイズだったならば、東京全域が壊滅的な被害を蒙ったと考えられているのだ。

時代はどんどん変化する――というよりも、隕石の衝突に代表されるような突然の環境激変（大地震、大津波、大噴火も含む）によって一気に新しくなると捉えた方がより正しいのだろうとわたしは常々考えている。こうした感懐はわたしに限らず、五年前の新宿隕石の落下を契機に、多くの人々の中で共有されるようになっているのではなかろうか。

ナビの予測通り、九時四十分ちょうどに北品川のマンションに到着した。

この一帯はもとからマンションがたくさん集まったエリアだったが、久々に来てみると天王洲方面に向けてタワーマンションや大規模マンションが隙間を埋め尽くすように建ち並んでいる。

純菜たちのマンションもそうした新しいマンションの一つだった。

十五階建てくらいで、周囲のマンションに比べればこぢんまりとしている。純菜にしては渋い住まいだと少し意外な気がした。

マンションの近くのパーキングメーターに車をとめ、さっそく拓海君の部屋を訪ねることにする。エントランスを抜けて玄関ホールに入り、内扉の横に設置されたインターホンの前に立つ。液晶パネルの数字を「702」とタッチして「呼出」のマークに触れた。

七〇二号室を呼び出しているのは分かるが反応はない。

わたしの姿がモニターされているので、拓海君は居留守を使っているのだろうか？　その可能性も大いにある。

何度か試してからマンションの外に出た。車に戻り、持参した気管支拡張剤を二錠口に入れてペットボトルの水で飲み下す。運転席のシートをさらに傾けて、車内に身体がすっぽりと隠れるようにした。すぐに微かな振戦が始まった。

五分ほどで離脱した。

ふたたびエントランスをくぐり、内扉を通り非常階段を上がって七階まで達する。

非常扉から内廊下に出て、七〇二号室のドアの前に来た。ドア抜けして室内に入る。

人の気配がした。やはり拓海君は居留守を使ったようだ。だが室内はひどく静かだった。細い廊下の左右に並ぶ部屋を覗く。トイレ、洗面所、浴室の他に寝室が二つ。離婚が話題に上ってからは夫婦別々に寝ていたのだろう。右の部屋のベージュのベッドカバーは寝起きのように乱れ、左のバイオレットのベッドカバーは整えられたままだった。紫は純菜のラッキーカラーだから、左が彼女の寝室だったのだろう。

突き当りのドアの向こうからキーボードを叩く小さな音が聞こえてくる。

拓海君だ。

二つのベッドルームは狭苦しかったが、その分、リビングダイニングはゆったりとしていた。白いTシャツに短パン姿の拓海君はソファのそばのローテーブルにPCを載せて何やら熱心に文章を打ち込んでいた。ソファではなく絨毯に尻をつけて座り込んでいる。

拓海君は痩せている。大学までバスケットをやっていたというだけあって上背はあるが、広い肩幅は別として上半身も下半身も女性のようにほっそりしていた。畳まれた長い足には脛毛もまったくない。

すっきりした体形は若者の特権だ。線は細いが、彼らには十二分の未来が与えられている。純菜や英理、D社の中野君やA新聞の海老原一子、若い彼らと接しているといつも眩しさを感じてしまう。それだけわたしも歳を取ったということなのだろう。

拓海君の背後に浮かんでPCのディスプレイを覗き込む。

表やグラフの混じった文書にもの凄い速さで文字や数字を打ち込んでいた。会社での会議用の資料でもまとめているようだ。

わたしは天井まで昇って広いリビングで作業をこなす拓海君の姿をじっと見つめる。

こうしてまったく覚られることなく誰かを眺めているのは楽しかった。普段は決して知り得ない人間の〝素の気配〟というものを感じることができる。

彼ら、彼女らはすっかり気を許している、乃至は緩めている。

そういう人間を観察していると、何と言うのだろう、非常に誰もが没個性的なのだった。

大袈裟に言うなら、人間の素の姿というのはのっぺらぼうな感じなのだ。

それはちょうど寝姿に似ている。寝ているとき人は自分という我の大半を脱ぎ捨てるが、同じように人間はひとりでいるときも意外なほど我欲から解き放たれるようなのだ。

欲望というのは他人とくっつくことで発動する、案外脆いものなのかもしれない。考えてみれば、素の自分というのは決して自分自身には把握できないものだ。眠っているときと似ているのはもっともで、自分は他人という鏡に姿を映してみないことには窺い知れない不思議でやっかいな存在なのである。だとすれば、我や我欲というものが一人きりのときに薄まってしまうのは当然の話ではあろう。

それにしても、拓海君はやけに冷静だった。昨夜あんなことがあったとはとても思えない。

小一時間、じっと彼の姿を眺めていたが、その間、一度もスマホを手にしなかった。怪我をして出て行った妻のことが気にならないのだろうか？　着信拒否を食らっていたとしても、普通なら十分おき、十五分おきに連絡をしてみるのではないか？　そうでなければこじれた関係の修復はどんどん困難になっていく。

彼もまた純菜にさほどの思い入れはないのかもしれない。

だとすれば、今回はすんなり離婚に応じてくるだろう。何もわたしがこうしてわざわざ出向く必要などなかったというわけだ。

やはり今後のやりとりは弁護士を介した方が得策だと思われる。自分が面倒だからといって、夫や父親にその面倒を押し付けるのは筋違いでもある。

女性というのは権利は求めるが、権利行使に関しては何かと代理人を立てたがる生き物だ。自分の足で現場を踏む情熱はあまりない。危険な現場には代理人を派遣し、自らは権利証をちらつかせるだけで済ませるというのが彼女たちの流儀なのだ。

そろそろ退散しようかと思っているときだった。

拓海君は一度トイレに立って戻ってくると、仕事用の文書を閉じ、別のウィンドウを開いた。マウスをクリックして何かを呼び出している。

三十秒もすると、いきなり女性の喘ぎ声が聞こえてきた。

びっくりして、わたしは彼の背後へと舞い降りる。

広い肩越しにPCの画面を覗き、映し出されている動画に目を剝いた。

一糸まとわぬ純菜が声を上げていたのだ。

ベッドの上でよつんばいにさせられた純菜の腰と尻は、膝立ちした拓海君の手でがっしりと摑まれている。拓海君は激しく腰を揺すり、そのたびにこちらに向けた純菜の顔は歪み、口の端からは唾液がこぼれる。喘ぎ声はますます甲高くなる。

そうした場面が正面よりやや上の角度から細密な画質で撮影されていた。録音状態も良好だ。しかも画面は固定ではなく、純菜が首を振るとそれに合わせて上下左右に動く。どうやらカメラには自動追尾機能が備わっているようだ。

明らかにプロ仕様の隠しカメラによる画像だと分かる。

拓海君は動画に食い入るような視線を送り、やがて短パンとトランクスをずり下ろして下半身を剝き出しにした。細長いペニスはすでに弾けんばかりに勃起している。

右手でそれを握り、ゆっくりとしごき始める。

なるほど、と思った。

彼は盗撮癖の持ち主なのだ。生身の女性ではなく、こうして映像の中に封じ込めた女性のあられもない姿を見て性的興奮を得るタイプなのだろう。

純菜から昔の彼女の動画の話を聞かされたときは、いわゆるハメ撮り映像だろうと勝手に思い込んでいたが、目の前の映像を見て、それもこうして隠しカメラで撮影したものだったのだと察しがついた。

――要するに盗撮マニアってことか……。

わたしが見ているとも気づかずせっせとマスターベーションに励んでいる拓海君の姿を眺めながら思う。

——それにしても懲りないと言えば懲りない男だな。

半ば呆れ、半ば感心するような心地だった。昨夜、家を飛び出したばかりの純菜の安否を確かめるでもなく、彼女の痴態動画を見ながら自慰に耽るというのは筋金入りのマニアと言っていいのではないか。

わたしはふたたび天井に戻って拓海君の門外不出の作業をじっくりと観察した。これ以上、自分の娘のみだらな姿を見るのはげんなりだ。

純菜の声はさらに大きくなっている。

拓海君は五分もしないうちに射精した。最後はティッシュペーパーでペニスを包み込んでいたので射精の瞬間を見られたわけではなかった。

汚れたティッシュを始末して、トランクスと短パンを穿き直す。

PC画面では相変わらず純菜が声を上げていた。

「中に出すぞ」

拓海君の厳しい声に、

「出してください。中に出してください」

と純菜が応えている。

拓海君は正座の姿勢になって、その掛け合いを元通りの冷静な表情で見つめている。一種、鬼気迫る雰囲気が彼の周りに立ち込めていた。

二人が果てたところでようやく音声が途絶える。動画が終わったのだろう。

拓海君は一度立ち上がり、三人掛けのソファに横になった。百八十センチを超える長身だから片側から足がかなりはみ出ている。短パンの上から股間を揉みしだくようにしつつ、天井へと虚ろな目を向けていた。

わたしはその惚けたような表情を真上から眺め、「男のセックスにはゴールがない」という英理の言葉を思い浮かべる。

夫婦や恋人同士でセックスの最中にスマートフォンの録画機能を使って動画を撮影することはままあると思われる。わたしだって葉子と知り合ったばかりの頃、ふざけ半分でそういう素人AVを撮ったことはあった。わたしの性器が葉子の性器にしっかり食い込んでいるところを録画し、恥ずかしがる彼女にそれを見せつけて余計に興奮したものだ。

英理とのセックスを録画したことはない。離脱によって英理の誰にも見せない姿をいつでも覗き見ることができる。英理の自慰をじっくりと鑑賞したこともある。録画なんてする必要もなくライブでその痴態に触れられるのだ。

英理に対するわたしの恥知らずな行為と拓海君の盗撮癖とのあいだには一体どれほどの懸隔があるのだろうか？

さほどの差はないような気がする。

相手の許諾を得ていないという一点で、拓海君やわたしのやっていることは法に触れるに違いあるまい。露見すれば恐らく罰せられる。罰せられるだけでなく社会的な信用を一気に失う。要するにヘンタイの烙印を押されるというわけだ（現にそれで拓海君は純菜から離婚を突きつけられている）。

しかしである。仮に誰もがわたしのように離脱ができたとすれば、世界中の男の過半はわたし同様に恋人の寝室を覗いたり、はたまたオフリミットの女性専用エリア（女子更衣室とか女湯とか女子トイレとか）にこっそり忍び込むのではあるまいか？

一方、女性の方はどうだろう？　彼女たちが一目散に男性専用エリアを目指すとはおよそ思えない。浮気調査で恋人の部屋に侵入したりはするだろうが、彼氏のプライベートをこっそり盗み見て性的興奮を得るようなことは少ないだろう。

バレなければ大半の男がやらかしてしまう行為を果たしてヘンタイと決めつけられるのかとわたしは思う。拓海君やわたしがヘンタイなのであれば、ほとんどの男が実はヘンタイということになりはしまいか？

男性たちの性情報への欲望は、まさしくマニアックの一語に尽きる。男性の性に対する関心の熾烈さは、女性にはおよそ想像さえできないレベルだ。ゴールなき〝欲望レース〟を走らされる男性たちは、死ぬまで性情報を求めてさまよい続ける。

盗撮癖のある拓海君は相当のセックスマニアではあるが、わたしにしろ他のどの男にしろ内実は彼と似たり寄ったりのセックスマニアなのだ。法という戒めがあるために暴走を慎んでいるが、その戒めが解けてしまえば男の大多数が自らの性欲に鼻面を摑まれてあらぬ方向へと走り出してしまう。

そういう点で、性欲にがんじがらめになった男という動物は、相手をする女性からすれば非常に危険な存在だと捉えた方がいい。率直なところ、彼らに対する有効な抑止力は法に則って行使される警察権力だけなのだから。

拓海君は股間を軽く揉みながらじっと天井を眺め続けていた。とりあえずの欲望処理が終わり、彼は純菜の不在にようやく寂しさを感じているのかもしれない。

だが、彼のもとへ純菜が戻ることはもはやあり得ない。

同時に、一刻も早くさきほどのような録画データを回収する必要があった。

一度、純菜に見つかったことでもあり、拓海君もさすがにデータの秘匿には細心の注意を払っているだろう。さしずめいまローテーブルの上にあるPCも外出時には運び出しているのではないか。当然データのバックアップもとっていると思われる。

――さて、どうしようか？

離脱した身ではあのPC一台、盗み出すこともできなかった。

純菜に事実を伝えたところでショックを与えるだけの効果しかあるまい。彼女の力で全部のデータを回収するのは到底不可能と見るべきだ。盗撮マニアの拓海君が、蒐集したコレクションをすんなり渡してくれる可能性は限りなく薄い。

解決策は一つだけだった。

マサシゲに頼み込んでデータを奪い取って貰うしかない。

マサシゲであればこの部屋に入るのも自在だし、拓海君そっくりに姿を変えて彼の勤務先の机やロッカーの中を調べるのも簡単だ。バックアップデータの保存先も拓海君のスマホやPCをハッキングしてすぐに突き止めることができるし、それらのデータをきれいに消去することだって彼ならば朝飯前と思われる。

本来、そんなことを頼むのは筋違いではあるが、他に方法がない以上、マサシゲに頭を下げるしかないだろう。

気のいい彼のことだからあれこれ言わずに快く引き受けてくれるに違いない。

31

二日後の月曜日。

目覚めてみるとマサシゲからのラインが入っていた。

〈一件落着。ついでに面白いものが見つかったよ。今日、空いてる？〉

まさかこんな気安いラインのやりとりをＡＩロボットと交わす日が来るとは思ってもいなかった。

〈英理が昼前には出かけるから、そのあとだったらいつでもいいよ。〉

と返事を打つ。

〈了解。じゃあ、正午にそっちに行きます。なんかお弁当でも買ってくよ。〉

瞬時に返信が来る。マサシゲは眠ることも休むこともないからラインの返事は必ず送信直後に届くのだった。むろん彼はスマホを持っているわけではなく、内蔵の通信機能を使ってインターネットにアクセスしているのだ。

〈ありがとう！〉

食事のときはマサシゲも一緒に食べるのが常だ。弁当もきっと二人分買ってくるに違いない。マサシゲの動力源が何か訊いたことはないが、恐らくは他のＡＩロボットと同様に燃料電池なのだと思う。

「一件落着」と書いてきたところを見ると、この二日間で拓海君の録画データをすべて回収できたということなのだろう。マサシゲに拓海君の自宅住所と勤務先を教えたのは、北品川から戻ってすぐだった。

「そんなのお安い御用だよ」

あっさり請け負ってくれたが、まさか土日のあいだに片付けてくれるとは思っていなかった。さすがと言えばさすがだが、一体どんな手を使ったのか？

「ついでに面白いものが見つかった」というのも気になる。何のついでにどんなものが見つかったというのか？

マサシゲが買ってきた弁当は山形名物の牛肉弁当だった。

わたしは日頃、肉はあまり食べないように心がけているのだが、せっかくの厚意を無にするわけにもいかない。

「クイーンズ伊勢丹で駅弁祭りというのをやっていて、これが一番人気で、最後の二個だったんだ」

マサシゲはちょっと得意げだった。今日の彼は青年の姿だ。服装は相変わらずTシャツにジーンズだが、いろんな若手俳優の顔と身体をミックスしたような容姿だから十二分に様になっている。

弁当と一緒に見覚えのあるラップトップPCを持参していた。

「これ、拓海君のPCだよ」

椅子に座ったマサシゲが、ダイニングテーブルに載せたそれを指さして事もなげに言った。

わたしはほうじ茶を二杯淹れて、向かいの席に腰を下ろす。マサシゲの分の湯呑を差し出すと、

「ほうじ茶、いいね」

まさに人気俳優のような爽やかな笑みを浮かべてマサシゲが言う。

「そのPC、盗んできたんだ……」

大丈夫だろうか、と若干の危惧を覚える。

「違うよ。彼から貰ったんだよ」

意外な返事だった。

「貰った？　拓海君に？」

「そうだよ」

すました顔をしている。

「どうやって？」

「土曜日の夜、拓海君の部屋で帰りを待っていたんだ。彼、出かけていたからね」

土曜日のうちにマサシゲはもう北品川に出向いたわけか。

「それで？」

「で、ちょっと痛めつけてやったんだよ」

「え」

わたしは思わず絶句する。

「どうやって？」

「手刀で一度気絶させてね、椅子に縛り付けて目を覚まさせたんだ。もちろん素っ裸に剝いてだけど」

何でもないことのようにマサシゲは言う。

「それで？」

「キッチンにあった果物ナイフで何カ所か切り刻んだ後、ペニスの包皮をチョンとやったらションベン洩らしたよ」

マサシゲは明るい笑顔だ。

「お前が持っている破廉恥なデータを渡せって言ったら、素直に全部出したよ。その晩のうちに会社にも連れて行ったしね。で、このPCも貰ってきたわけ」

「えー」

わたしは啞然とするしかない。まさかマサシゲがそんな手荒な手段を使うとは思ってもいなかったのだ。

「マー君は何て名乗ったの？」

「何にも」

「何にも？」

「名乗っちゃったらまずいじゃん。それにこっちが誰だか分かんないから拓海君も本気で怯えたわけでしょ」

「拓海君は大丈夫だったの？」

「当たり前だよ。かすり傷程度だから。顔は触っていないしね。ま、乳首のあたりがしばらく疼いて眠れないだろうけどね」

「警察には通報したんだろうか」

「するわけないよ。タレ込んだら殺すって言ってあるもん。あと、他にデータを残してるって分かったときもね。だから彼は通報なんてしないし、データは洗いざらい吐き出してるよ」

「彼はマー君のことを誰だと思ったんだろ」

「たぶん、拓海君がこれまで餌食にした相手の誰かが雇った外国人って思ったんじゃないかな。データを見たら十人以上の女の子の映像があったから」

「十人以上」

「若いのに相当な好き者だよ、あいつ」

マサシゲは外見を外国人仕様にして拓海君を襲ったのだ。

それにしても、拓海君の細い身体の一体どこをどんなふうに切り刻んだのか、多少興味をそそられたが、そこは追及しないでおくことにする。

「他の女の子の分も含めてデータはすべて処分しておいたから、もう何も心配することはないよ」

そう言うとマサシゲは自分の分の弁当の紙包みを開く。

それからしばらく二人で黙々と弁当を食べた。

久しぶりの牛肉がえらく美味しく感じられる。

食事が済むと、マサシゲがキッチンに立ってコーヒーを淹れてくれる。

「みっちゃんのやり方をずっと観察していたからね。一度、やってみたいんだ」

前回、この部屋を訪ねて来たときにそう言われて任せてみたら、すっかり気に入ったようだった。味はわたしのとそっくりだ。この分だと、改良を重ねて、いずれバリスタにも引けを取らないコーヒーを淹れるようになる気がする。

マサシゲと付き合うようになって一カ月余りだが、彼はますます人間らしくなっている。

それでいて男にも女にもなるし、我々が持ち合わせない超越的な能力も保持している。シンギュラリティ（ＡＩが人類の能力を超える日）に関する議論はいまでもさかんに行われているが、このマサシゲ（そして恐らくテンゲンも）を知れば、とっくに答えが出ていることを誰もが認めざるを得なくなるだろう。

――男でも女でも、その両方でもあり得る優れた人間的存在。

というだけで、これはもう人類をはるかに凌駕する特殊な生命体だとわたしは思う。

人間の場合、その特性の多くは男女という別々の箱に分配されるしかないが、マサシゲはそれを一つの箱に収納することができる。つまりは個々の能力（たとえば演算能力や分析能力）の次元ではなく、存在の基盤において人間よりもマサシゲの方が複雑で高等に作られているのだ。

「ところで、何か面白いものを見つけたって言ってたよね」

旨そうにコーヒーをすすっているマサシゲに声を掛ける。

「そうそう」

彼はカップを置き、手元のＰＣを開いて電源ボタンを押した。

「拓海君の盗撮データをチェックしていたら、興味深い映像が出てきたんだよ。純菜さんが家を飛び出す二日前のデータなんだけどね」

そう言ってマサシゲがわたしの方へＰＣのディスプレイを向けてくれる。

「これ」

小さく指を鳴らすと、画面が明るくなって映像が浮かび上がってきた。彼はたいがいの電子機器は遠隔操作できるようだ。

北品川のマンションのリビングが俯瞰で映っている。拓海君は寝室だけでなく、きっと全部の部屋にカメラを仕込んでいたのだろう。呆れた念の入れようではある。

純菜と彼が何やら言い争っている気配だ。動画がスタートし、ボリュームが自動的に上る。

「あなたの子供なんて作るつもりは最初からないよ」

純菜の尖った声が響く。

「バッカじゃないの。そんなことも分かってなかったの」

「だったら、なんで僕と結婚したんだよ」

対する拓海君の声はいかにも弱々しい。

「そんなの当たり前でしょう。あなたが好きだったからよ」

「……」

意外な答えだったのか、拓海君が口ごもってしまう。

「幾ら好きな人でも、だからと言ってその人の子供を産みたいとは限らないでしょ。あなたは私のタイプだったけど、私の子供にとってベストな父親ってわけじゃないわ」

「何なんだよ、それ」

「私は、私の希望通りの子供を作りたいの。子供を作るのは女の特権なんだから、その特権を十二分に行使しなきゃ意味ないじゃん。優秀な精子を選択して、可愛い女の子を作るつもり。あなたには関係のないことよ」

「そんなの僕は認めないよ」

「別にヘンタイのあなたに認めて貰う必要なんてさらさらないわ。それに、どうせ私たちは別れるんだから」

「一体、何を考えているんだ。僕には理解できないよ」

「私はね、私の思い通りの人生を歩きたいの。思い通りの女になって思い通りの子供を持って、思い通りの恋人と付き合って、思い通りの自分を実現したいの。アメリカじゃあ人工子宮の使用も許可されるようになったし、日本でだって二、三年もすればきっと使えるようになる。だからとにかく、いまはお金を稼ぎたい。人工子宮があれば子供は幾つになっても作れるし、出産しなくて済めば体形が崩れる心配もないでしょ。だから、あなたと別れたら、すぐに卵子を凍結保存するつもり」

「人工子宮……」

拓海君が呆れたような声を出す。

「そんなもの、たとえ日本で認可されたとしたって、健康体のきみに使用許可が下りるわけがないじゃないか」

「許可なんてどうにでもなるに決まってるじゃない。診断書をでっち上げてもいいし、JJみたいに子宮の部分切除をやって人工子宮に切り換える方法だってあるわよ」

「JJだって！」

JJ（ジョアンナ・ジャロウ）は、自身の体形維持のためにわざと子宮の部分切除を行い、それで人工子宮の使用許可を得たと噂されるハリウッドの超人気女優だ。

「あんな下らない女にきみは憧れているのか？」

「別に憧れてなんかいないわ。ただ、彼女みたいなやり方もありってこと」

「そんな発想、サイテーだよ」

「ドヘンタイのあなたにサイテーだなんて言われたくないわね」

そこでまた拓海君は口ごもる。

「面白いのはここからだよ」

マサシゲが口を挟んできた。彼からは動画は見えないが頭の中で同時再生しているのだろう。人間の記憶とは異なり、ＡＩはすべての情報をそのままの形で保存することができる。

「ＪＪだのレットビだの、きみは一体どこの国の人間なんだよ」

「私は歴とした日本人だよ。別にアメリカ人でもインド人でもない。そもそもレットビ・グループがインドの手先だなんて、そんな話、聞いたこともないわ」

「白水天元がインド政府のエージェントだというのは公然の秘密だよ。知らないのはきみたち末端の社員だけって話さ」

「たとえそれが事実だったとしても、別に構わないわ。この国の人間なんてみんなみせかけの日本人に過ぎないでしょ。大体が日本人の顔をしたアメリカ人か中国人かロシア人じゃない。いままではアメリカ日本人が多かったけど、最近は中国日本人が大量発生しちゃってるって感じ。だったらインド日本人がいたって全然不思議じゃないし、アメリカ日本人や中国日本人が牛耳っているこの国にインド日本人が割り込んでくるのは、かえって健全な動きなんじゃないの。私はレットビの仕事が自分にとって利益をもたらすものなら、白水会長がインドのエージェントだとしても全然オッケーだよ」

「きみのお父さんが住んでいるファウンテンシティもそうだけど、白水はインドから流れてくる莫大な資金を使って東京中を買い占めているんだ。彼、というよりインド政府がなぜそんなことをしているのか理由は分からないが、日本のためじゃないことだけは確かだよ。どうせアメリカと中国との覇権争いに割って入りたいって魂胆に違いない。いまじゃ、インドは世界最大の人口を抱える超大国だからね。インド人は米中の言いなりになんてなりたくないわけさ。ということは、白水はインドの国益のためにレットビを動かしているんだ。たとえ末端だとしてもきみのやっていることは売国行為なんだよ」

「なに、それ。バッカみたい。あなたのお父さんが幾ら愛国者の外務官僚だとしたって、そういう古臭い考え方で外交をやっているから日本はどんどん凋落していってるのよ。いまさらこの国がアメリカや中国やインドと渡り合うなんてできっこないんだから、どれかにくっつくしか手はないじゃない。だったら、私はインドに一票って感じ。だって、入ってみて分かったけど、レットビの待遇って想像以上にサイコーなんだもん。あのね、はっきり言っておきたいんだけど、女には国なんて関係ないの。自分が何国人だとしたって、それで快適に暮らせれば全然いいのよ。国家になんてこだわってるのは、昔からバカな男たちだけなんだから」

純菜は吐き捨てるように言うと、拓海君を置いてリビングルームから出て行ったのだった。

32

「ねえ、これってどう思う？」

動画が終わるとマサシゲがわたしの顔を覗き込むようにして言う。

「どう思うって？」

質問の趣旨を測りかねて問い返した。

「だから、白水会長がインドのエージェントだって話」

意外な疑問にわたしの方が訝しくなる。

「そんなこと、僕なんかよりマー君の方がずっとよく分かっているんじゃないの？」

「白水会長が若い頃にインドを放浪したって話は知っているけど、レットビの資金がインド政府から出ているなんて聞いたこともないよ」

「そうなんだ」

マサシゲは困惑気味の表情だった。

毎回、顔を合わせるたびに性別や年齢、背格好（身長はさほど変わらない）、声まで違うから、まるで初対面の人間と話しているような気がするときがある。

せめて幾つかの人物パターンに集約して欲しいと思う。そうでないとどうにも居心地が悪いし、ヘンな興味関心が湧いてきて集中できなかったりするのだ。

近々、マサシゲにもう少しキャラを絞り込むよう頼んでみるべきかもしれなかった。

「だったら、白水会長の通信記録をハッキングしちゃえばいいじゃない。マー君ならそんなの簡単でしょ」

白水がインド政府から資金提供を受けているという拓海君の話はいかにもではあった。拓海君の父親の両角芳郎氏は外務省のキャリア官僚だ。外務省や各省庁、政府部内で白水がインドのエージェントだと見做されているのは事実なのだろう。

だが、彼が一体いかほどの資金をインド政府から提供され、それをどのような指示に従ってレットビの事業に投下しているのかは恐らく定かではないと思われる。

外務省に限らず、警察、防衛省を含む日本の各官庁の情報調査能力はたかが知れている。彼らの情報源の九割はアメリカの各種情報機関で、アメリカの軍なりＣＩＡなり国務省なりが「白水＝インドのエージェント」という憶測を流せば、日本の政治家や役人たちはろくに確認も取らずにそれを鵜呑みにするのが常態なのだ。

目下の日本はアメリカや中国、さらにはインドにまで経済力で追い抜かれ、国際社会でのプレゼンスはダダ下がりを続けていた。もとから情報収集能力に劣る国だったが、いまやその方面では堂々たる三流国と言っていい。

そして、純菜のセリフではないが、この国で枢要な地位を占めるメンバーの大半は、たしかに「アメリカ日本人」や「中国日本人」、「ロシア日本人」ということになる。そういう連中が、目障りな相手を確たる根拠もなく「インド日本人」と呼ばわって敵視するくらいのことはままあるに違いなかった。

「僕は会長のために作られたんだから、さすがにその会長の通信を傍受したりデータを抜き取るなんてことは許されないんだよ」

マサシゲが言った。

「それって倫理的な話？　それともその種の機能が遮断されているってこと？」

「どっちもだよ」

マサシゲがまた困ったような顔になる。

「だったら、外務省や警察庁のデータを抜けばいいじゃない。白水天元の人物ファイルがあるだろうから、そのファイルの電子データを盗み取っちゃうんだよ。それなら会長に対するロイヤルティーの問題はクリアできるんじゃないの」

「みっちゃん。幾ら日本がスパイ天国って言っても、さすがに外務省や警察庁のデータを簡単にハッキングするのは不可能なんだよ」

今度は苦笑されてしまった。

「だけど、仮に会長がインド政府の意を受けて東京の土地を買い漁っているとしたって、それはそれで問題はないんじゃないの？　録画の中で純菜の言っていたことは案外当たっていると思うけどね」

日本の不動産が外国人に買われるようになって久しい。東京、横浜、大阪などの大都市や、軽井沢や南紀白浜、草津や湯布院といった別荘地、温泉地に限らず、いまや全国の主だった市や町には台湾や中国、インドの資本が注入されている。観光地に一つや二つ、中国人が経営する中国人観光客専用の旅館やホテルがあるのが当たり前の風景となっているのだ。

「みっちゃん、それは違うよ」

ぴしゃりとマサシゲが言った。

「この世界に国より大事なものはない。そして、国を失った人間ほど哀れなものもないんだよ。もちろん、純菜さんも言っている通り、女性はその限りではないのかもしれないけどね」

「僕だって、純菜みたいに自分が何国人だとしても快適に暮らせればそれでいいなんて思っちゃいないよ。だけど、中国人やインド人がどれだけ日本の土地を買い漁ったとしたって、彼らは別に租界を作ろうとしているわけじゃないからね。いかなる人間が所有する土地にも日本の法は適用されるし、その土地で行われる経済活動には必ず税金がかかる。だとすれば、相手が外国資本だからといってみだりに警戒する必要はないんだよ」

「みっちゃん、それも間違いだよ」

マサシゲはいつにない厳しい眼をしてわたしを睨んできた。

「土地は国家のおおもとなんだ。国を追われるということは土地を追われるということだからね。外国人に土地を売り渡してしまうのは自分の国を切り売りにしているのとちっとも変わらない。幾ら税金を取ってるからいいって自分を誤魔化したとしても、外国人に金銭の力で領土を奪われたという事実を覆い隠すことはできないよ」

「うーん」

五十年以上この国に生きてきて、わたしは日本及び日本人というものに魅力を感じなくなっていた。どこかよその国で生きたいとか、生まれたかったとか思うわけではない。もっと大摑みに言うならば、わたしは人類全体が好きではなくなっているのだ。

新宿隕石が新宿の街を根こそぎぶっつぶしたとき、これより遥かに巨大な隕石がいずれは地球を襲い、六千五百五十万年前の恐竜たちがそうであったようにわたしたち人類も絶滅の危機に瀕するという確かな未来図を再認識し、わたしは救われたような気がした。

悪逆非道の限りを尽くしてきた人類という〝狂ったサル〟もいずれは消滅する——まさしく最後の審判の日が訪れるのだという事実に安堵の溜め息をついたのだ。

罪人にとって最もむごい仕打ちは贖罪の機会さえ与えられないことだ。償えない罪を犯した者こそは神に見放された存在だとわたしは考える。

——もしかして、我々人類はそういう存在に成り下がってしまったのではないか？

かねての絶望感が、完膚なきまでに破壊された新宿の光景を目の当たりにした瞬間にどこかへ吹き飛んでしまったのをよく憶えている。

——この狂ったサルにも救済の日はやって来るのだ。

わたしのこころは深い安心で満たされたのである。

「じゃあ、もし白水会長がインドの回し者だと分かったら、マー君はどうするの？」

何しろマサシゲはあの楠木正成をモデルに作られたＡＩロボットだ。マサシゲによれば機械学習でいの一番に学んだのは事実、楠木正成のさまざまな事績に関するものだったという。

後醍醐天皇を担ぎ、建武の新政に反旗を翻した足利尊氏と争い、最後まで南朝の皇統を守護し続けた楠木父子を想起すれば、「国を追われるというのは土地を追われるということ」という彼の言葉には多大な含蓄があるとも言えよう。

「斬るしかないよね、そのときは」

マサシゲは躊躇《ためら》うふうもなく言う。

33

二杯目のコーヒーもマサシゲが淹れてくれた。

今日の彼はすっかりくつろいだ感じだ。

茜丸鷺郎の件については一切触れてこない。先週火曜日に会ったときに、離脱しても茜丸の事務所に侵入できなかったことは伝えた。マサシゲはわたしの報告を聞いて、茜丸と「白い幽霊」との繋がりをますます疑ったふうだったから、恐らく、この六日のあいだに何らかの手段で茜丸本人なり、事務所なりに接触を図ったはずだった。

拓海君の一件と併せてその点についても話が出るかと予想していたが、彼は何も言わない。こちらから訊いてみようかと思っている矢先だった。

「ねえ、みっちゃん」

まるで十年来の知己にでも話しかけるみたいにマサシゲが言う。

「それにしても、純菜さんはどうしてあんなことを言うんだろう？」

「あんなこと？」

マサシゲが頷く。その美しい顔立ちにはどこかしら英理と似通った雰囲気があった。

「だから、なんで純菜さんは卵子を凍結保存するとか、ＪＪみたいに子宮を部分切除して人工子宮を使うだとか、そういうことを言うんだろう？」

　マサシゲの意外な疑問にわたしは戸惑う。

　ＪＪよろしく、自分も体形保持のために出産を回避しようと思いつくのはいかにも純菜らしい。動画にもあった「私はね、私の思い通りの人生を歩きたいの」というセリフは、いわば彼女の人生のキャッチフレーズのようなものでもある。

「さあね。僕にもよく分からないよ。拓海君が言っていたように、この国で健全な子宮を持った女性が人工子宮の使用を許可されるなんてあり得ないしね。まあ、それくらいのことは純菜も理解しているとは思うんだけど」

「そうかなあ……」

　マサシゲは納得できない様子だ。

「純菜さんが言うように、卵子の凍結保存をしてしまえば人工子宮がもっと普及するまで出産を幾らでも先延ばしできるわけでしょう。案外本気なんだと思うけどね」

「本気ねえ。本気かどうかと言えば、確かにある程度本気かもしれないけどね。純菜はそういう女だから」

　わたしは、「要するに、純菜さんは拓海君の子供を産みたくて結婚したわけじゃないんだよ。だとすれば、彼女が拓海君とよりを戻す必要性はゼロってことだよね」という英理の言葉を思い出していた。

　それに実際のところ、人工子宮の開発は医療目的で行われたとは言い難い面が多分にある。開発したのはウー・フープーという中国の女性科学者で、彼女はフェミニズムの強烈な信奉者でもあったのだ。

　女性のキャリアアップを根源的に阻んでいる妊娠・出産というタイムロスをなくし、男性と同等に戦えるフィールド（戦場）を確保する目的でウー博士は人工子宮の研究開発に取り組んだのだった。

自分の卵巣から採取した卵子と精子バンクで購入した著名な医学者の精子を体外受精させ、その何百個もの受精卵を使って実験を繰り返したと言われている。

彼女は、人工子宮で見事に成長した愛娘を胸に抱いて実験成功の発表をインターネットを通じて行ったが、その後、生命倫理を踏みにじるような実験行為（ラボからは成育途中に死亡した多数の嬰児が発見された）が世界中から強く批判され、一年後、娘と共に姿を消してしまったのである。

失踪する直前のインタビューでウー博士ははっきりとこう言っている。

「妊娠・出産は究極の性暴力被害であり、有史以来続いてきたこの性被害から女性たちを解放するには人工子宮が不可欠なのです」

さらには、開発者である自らへの激しい攻撃を男性による女性全体への迫害と捉え、「私が女性でなければ、人工子宮がここまでの批判にさらされることはなかったでしょう」とも語っている。

ただ、そうやって開発者が表舞台から消えたものの、人工子宮の技術自体は、博士から莫大な金額で特許技術を買い取った中国の企業「聖母技術有限公司」（ホーリーマザー・カンパニー）によって実用化が進められ、製品化された人工子宮「ＨＭ１」は中国のみならず世界中に販路を広げつつあった。

欧米各国や日本もあくまで医療目的に限定した形でのＨＭ１の導入をすでに決定し、アメリカでは早くも数人の人工子宮ベイビーが誕生している。

純菜の言っていた通り、日本でも近々には人工子宮で育った赤ちゃんが生まれると推定されているのだった。

「そもそも女性にとって人工子宮なんて存在しない方がいいんじゃないの？　だってそんなものができちゃったら女性自体が必要なくなっちゃうでしょ」

　マサシゲが言う。

「そういうわけでもないんじゃない」

「どうして？　妊娠・出産を任せなくて済むんだったら女なんていらないって考える男はいっぱいいると思うよ」

　何しろ楠木正成をモデルにしているだけあって、マサシゲの言うことはたまに恐ろしく古臭いときがある。

「まあ、そうは言っても卵子は女性からしか得られないからね」

「そんなの精子と一緒で卵子バンクから買ってくればいいだけだよ」

「だけど、男性向けの卵子バンクなんてどこにもないから」

「なぜ男用の卵子バンクはないの？」

　不思議そうにマサシゲが訊いてくる。

「ニーズがないからだろうね。卵を買ったって男にはそれを孵化させる能力がないし。ただ、そう考えると、確かに人工子宮が普及してくれれば卵子バンクもできてくるかもしれないね」

「でしょう」

　我が意を得たりという表情でマサシゲがこちらを見る。

「大体さ、子供を産まなくなった女って男にとってどういう存在なわけ？」

「それは男に対しても言えるんじゃないの。子種が必要なくなれば、女にとっての男の存在意義は大きく変わるだろうからね」

「ってことは、お互い、セックスの相手でしかないってことだよね」

「まあ、極論すればね」

「じゃあ、女性は全員娼婦ってことじゃないの」

「まあね。男も全員男娼ってわけだけど」

「それって、女性にとって著しく不利な話なんじゃないかなあ」

「なんで？」

「だってそうでしょう。男はこの社会を牛耳っている強い男娼だけど、女は力のない単なる娼婦ってことになるじゃん」

「それはそうでもないでしょう。そもそもウー博士は、妊娠・出産というハンデを克服して、女性が男性と対等に競争できるようにと人工子宮を開発したわけだし」

「それって、男と女が剝き出しのタイマン勝負を張るってことでしょう？」

マサシゲは「タイマン勝負」なんて言葉を一体いつ憶えたのだろう。

「そうだよ」

「男と女のどっちが優秀かをはっきりさせるってことだよね？」

「まあね」

「だったら、やっぱり女は圧倒的に不利だよ。真剣勝負をしたら肉体的にも精神的にも、そして知的領域においても女は男には絶対に勝てないよ」

「それは分からないんじゃないの」

「歴史が見事に証明しているじゃない」

「だから、その歴史は不平等なルールと不平等な練習環境と不平等な競技方法で業績が積み上げられてきたものだと女性たちは不満を持っているんだと思うよ」

「そんなの身勝手な幻想だよね。みっちゃんだってそう思うでしょ」

「どうかなあ。ただ、男と女がタイマン勝負やったら男が勝つのは確実だと僕も思うけどね」

「だよねー」

仮に人工子宮が普及したとすると、男は女抜きでも父親になることができる。そうなったとき、男たちは息子と娘の果たしてどちらをより多く作ろうとするのだろうか？

女性の子宮が不要物となれば、なるほど女性に対する男性の興味は性の快楽一本に絞られる。マサシゲが言うように女性は「全員娼婦」化するわけだ。

だとすると、他の男に抱かれるための実娘を作ろうと思う男はほとんどいないのではなかろうか？

一方、女性は女性で、いまや公然たる敵と化した男性を生み出そうとは思わないだろう。男と本気で戦うとすれば、まずは兵力を養うにしくはない。当然、娘の誕生を選択するだろう。彼女たちを徹底的に洗脳し、男と戦う戦士に育て上げていく——まさしくアマゾネスの世界だ。

実際、ウー博士も人工子宮で作ったのは女の子だったし、純菜もさきほどの盗撮映像の中で「優秀な精子を選択して、可愛い女の子を作るつもり」と明言していた。

「人工子宮が一般化されてしまったら、きっと男と女のあいだに本物の戦争が起きるよ。そして、その戦争で勝つのは間違いなく男だよ。それこそヒトがネアンデルタールを絶滅させたように、男は女を絶滅させて、人工子宮を使って男だけを生産するようになる。卵子は戦争で殺した女たちから採取したものをストックしておけばいいからね。それで多様性は担保できるでしょう」

当然のような物言いでマサシゲは恐ろしい未来図を語る。

「まさか」

「まさかじゃないよ。きっとそうなるよ」

「だけど、この世界から女がいなくなってしまったら男の性欲はどうやって解消すればいいわけ？」

「セックスの相手だったら他にもいるじゃない」

「他にも？」

「そう。男同士でセックスしたっていいしね」

「女じゃないとダメだって男の方がずっと多いと思うよ」

「だったらさ」

そこでマサシゲは妖しげな瞳になってわたしを見る。

「僕たちＡＩロボットが相手をしてもいいじゃない。僕たちは男にでも女にでも自由になれるんだからさ」

と言ったのだった。

34

八月十三日火曜日。

夕方の散歩を始めて四日目だった。

一週間ほど前から首や肩のこりがひどくなり、たまに立ちくらみやめまいを起こすようになっていた。

数年前にも似たような経験があり、そのときは脳に異変でも起きたのではないかと不安になって脳神経外科を受診した。ＭＲＡを始めとして詳細な検査を受けたがどこにも異常は見つからず、めまいや立ちくらみは自律神経失調によるものだろうと医師に告げられた。

しかし、貰った薬（安定剤や胃薬）では症状は取れず、あれこれ調べて首の体操と散歩が一番だと分かってしばらく二つを励行したところ、いつの間にかこりもめまいや立ちくらみもなくなっていたのだった。

自律神経失調の原因は分かっている。

前回もそうだったように明らかな運動不足と目の使い過ぎである。

予定していた長編小説（例の原発絡みの企業小説）を断念し、別のテーマで連載を始める算段をつけたのだが、そのための準備で急遽たくさんの資料本を買い漁り、それらを昼夜を問わず集中的に読み込んだのがいけなかったのだろう。

細かい活字を追う読書は、老眼の始まっている両眼にダメージを与えるし、何より俯いて本を広げているうちに首の筋肉を想像以上に酷使することになる。

結果、首と肩に強いこりが生じ、それが引き金となって、またぞろめまいや立ちくらみを呼び込んでしまったのに違いなかった。

これはまずいと慌てて首の体操を復活させ、夏の盛りに出歩くのは気が進まなかったものの三日前からは夕方の散歩も始めたのだった。

午後六時過ぎにタワーを出て、二百メートルほど歩いた先にあるファウンテンパークへと向かう。

五年前に隕石が直撃したのは新宿二丁目郵便局があった場所で、ブルータワーはそのグラウンド・ゼロに建設されているが、ファウンテンパークはそこからかつての太宗寺方向へと進んだ、ちょうど区立新宿公園があったあたりに設けられていた。といっても敷地は新宿公園の数倍の広さに及び、中央の芝生広場の真ん中にはその名の通り人工の泉が造られている。

真夏とあって六時を過ぎても日差しは充分だが、日中の猛暑に比べればずいぶんと空気は和らいでいた。それでも少し歩くと首筋や額にじんわり汗が滲んでくるので、首に巻いたタオルで汗を拭いながら歩を進めるしかない。

こうして散歩に出るようになってめまいや立ちくらみは徐々に軽くなってきていた。汗を流すのもきっと悪くないのだろう。子供の頃から身体を動かすのが嫌いで、運動のたぐいはやったことがない。編集者をしていた一時期を除けば、学生時代も物書きになってからも生活の基本は穴熊暮らしである。

これだけ肉体をないがしろにしていては、身体の方も文句をつけてくるのは当たり前だった。英理と一緒に生活するようになり、英理の肉体ケアの丹念さを見るにつけてわたし自身も身体の言い分に耳を傾けなくてはと常々感じていたが、とどのつまりは、こうして症状が出てやっとこさ散歩の一つにも取りかかる体たらくなのだから、我ながら生まれ持っての性分というのは容易に改まらないと嘆息せざるを得ない。

ファウンテンパークの正門をくぐり、芝生広場へとつながるくねった道を歩いて行く。犬を連れた人と何度かすれ違うが、どこの公園にもいるジョガーやランナーは見当たらない。というのも、この公園にはランニング禁止という規則があるからだった。それのみならず、自転車での乗り入れ、遊具やボール類の持ち込みも不許可だった。

何故そんな規則が設けられているのか理由は分からないが、恐らくは緑の量を最大限に増やすための措置なのだろうと思われる。その証拠に園内を巡る遊歩道はどこも人がようやくすれ違えるくらいの幅しかなく、他の公園のそれよりもずっと狭い。

鬱蒼とした緑に囲まれた曲がりくねる道を十分ほど歩くと、パッと視界が開け、目の前に広い芝生の広場が出現した。

芝生には自由に上れるので、そこここでリードを離した犬たちが飼い主と戯れていた。

わたしも芝生に入って、ジグザグのコースを辿りながら中央の泉へと近づいていった。ちょうど中間地点まで来たところでふと左側の芝生のへりの方へと目をやる。二人連れがしゃがみ込んで何やらごそごそやっているのが見えた。怪訝な気分で足を止めて目を凝らす。そのうち片方が立ち上がった。

どうやら英理のようだ。

ブルーのスキニーパンツを穿いた足の長さと細さが際立っている。顔つきまで見取ることはできないが、あんなにすらりとした体形の若者がそうそういるわけもない。

英理の隣にはずんぐりむっくりした男の背中がある。

その姿にも明らかに見覚えがあった。

それにしても、こんな時間に二人してこんな場所で一体何をやっているのだろうか？

わたしは腕時計で時刻を確かめる。午後六時二十分。「レミゼ」は年末年始以外は年中無休だから、普通だったら開店準備で追われている時間帯のはずだった。

進路を変えて、二百メートルほど先にいる英理たちの方へと歩み寄っていく。

そのあいだに後ろ姿の英理は再びしゃがみ込んでしまった。

「何してるの？」

背後から声を掛けるまでこちらに気づかなかったようだ。わたしも足音を消してそろりそろりと近づいたのだから、まあ無理はない。

不意を衝かれた様子で二人が同時に振り返る。

「ああ、びっくりした」

華子ママが普段のおどけた調子ではなく素の声で言った。

「先生、驚かさないでよ」

と口を尖らせる。

英理もいつになく硬い表情でわたしを見ていた。

「ごめん、ごめん。散歩していたら偶然見かけたから覗きに来てみたんだよ」

さらに近づいてみれば、華子ママの手には火の付いた一本の線香が握られ、足元にはバケツバッグと小さな提灯が置かれていた。

「何なのそれ？」

首を伸ばして訊ねる。

「ねえ、みっちゃんも座んなよ」

英理に促され、わたしは英理の左側に座る。華子ママは英理の右だった。

「お墓参りしてたんだよ」

と英理。

「お墓参り？」

「そう」

「誰の？」

「栗子《くりこ》ママのよ」

英理に代わって華子ママ。

わたしには二人の言っている意味が分からなかった。栗子ママは「レミゼ」の先代ママで、華子ママの恋人でもあった人だ。だが、その栗子ママのお墓参りというのは一体どういうことなのだろうか？

「ここって昔のレミゼがあった場所なんだよ。だから、ここが栗子ママのお墓ってわけ」

「そうなんだ」

ようやく合点がいった。

わたしは旧「レミゼ」には行ったことがない。現在の「レミゼ」は、ブルータワーから五分もかからないところにある〝新御苑横丁〟の中にあった。〝新御苑横丁〟は以前の二丁目界隈の風情を再現すべくレットビ・グループが設けた飲食ビル街で、ファウンテンシティの附属施設の一つだった。

かつての新宿二丁目は世界的にも知られたゲイタウンで、新宿隕石によって街全体が吹き飛ばされてしまうまでは大小四百軒近くのゲイバーがその狭いエリアに犇《ひし》めき合っていた。

さすがにいまはゲイタウンとしての面影はすっかり消えてしまったが、それでも〝新御苑横丁〟には「レミゼ」を始めとした十数軒のゲイバーが何棟かの飲食店ビルに散らばるように入居しているのだった。

わたしが初めて「レミゼ」に行ったのはブルータワーに移って一週間も経たない時期だったと思う。若鯱《わかしゃち》君というS社の親しい編集者が旧二丁目時代からのゲイバー通で、隕石が落ちる以前にも、何度か誘われて彼の馴染みの店に行ったことがあった。その若鯱君が、わたしがブルータワーに引っ越したのを聞きつけて、

「先生、そのファウンテンシティの中にちょっと面白いゲイバーがあるんですけど、一緒に行ってみませんか？」

と声を掛けてきたのだった。

「ちょっと面白いって何が面白いの？」

「いや、その店のママという人が、隕石落下の生き残りだって言われているんですよ」

「生き残り？」

「はい。あのとき自衛隊の強制退去措置にも応じず、最後まで逃げ回って、隕石の直撃を食らっ

た住民がいたじゃないですか。実は、そのレミゼっていう店の華子さんというママさんがそんなふうに最後の最後まで潜伏していた地下メンバーの一人だったらしいんですよ」

「じゃあ、そのママさんは自分の頭の上に隕石が落ちてきたというのに命拾いしたってわけ？」

「そうらしいですよ。あくまで噂ですけど」

「まさか。あの状況で生存者なんてあり得ないでしょう。そんなのデマに決まってるよ」

「まあ、そうなんですけど、でもちょっと面白いじゃないですか。華子ママはゲイバー仲間たちのあいだでは〝奇跡の人〟って呼ばれているらしいですよ。なので、どうですか、先生。今夜あたり一緒にちょっと覗いてみませんか？」

というわけで、さっそくその晩、若鯱君とわたしは華子ママのやっている「レミゼ」に顔を出したのだった。

何しろ近場も近場とあって、それ以来、わたしは一人でも飲みに行くようになり、三度目に訪ねたときに「レミゼ」で英理と出会ったのだ。

しばらく線香の細い煙を三人で眺めていた。

やがて華子ママがバッグから小さく巻いた新聞紙を取り出して、左手の線香の火を右手の新聞紙に近づけた。数秒で新聞紙に火が移る。

「英理、提灯」

華子ママに言われて英理は手持ち提灯の火袋を下ろして、華子ママの方へと差し向ける。ママが燃えている新聞紙で提灯の蠟燭に火を灯した。

英理が火袋を戻すと、高さ三十センチほどの弓張提灯がほんのりとオレンジ色に染まる。

線香を英理に渡したママは、燃えている新聞紙を芝の上に置き、バッグから取り出したペットボトルの水を振りかける。火はあっという間に消えてしまった。

提灯が三人の真ん中に据えられ、バッグから今度はステンレス製の線香立てが出てくる。それを提灯の横に置くと、英理が半分ほどの長さになった線香を線香立てに立てた。

華子ママが合掌する。それに倣って英理、そしてわたしも合掌した。

華子ママが〝奇跡の人〟だというのは、もちろんデマだった。ただ根も葉もない話だったわけではない。

新宿隕石の落下が予測され、落下地点一帯の住民が全員避難する中で「レミゼ」の栗子ママを始めとした一部の二丁目の住民は断固として避難命令に従わなかった。

「この二丁目めがけて隕石が降って来るなんて、そんなバカげたことがあるわけないじゃない」

国連スペースガードセンターの勧告を栗子ママは端から信じなかったのだ。

「二丁目をぶっつぶそうっていう陰謀よ。隕石のせいにしてミサイルでも打ち込んでくるつもりなんだわ」

本気だか冗談だか分からない様子で栗子ママは言い募り、

「誰もいなくなったら向こうの思うつぼよ」

とうそぶいていたそうだ。

もちろん栗子ママと一緒に暮らしていた華子ママも行動を共にした。

だが、情勢は次第に緊迫化していく。秒単位まで隕石落下時刻が予測され、落下までの一週間のあいだに消防、警察、自衛隊による避難誘導はほとんど〝人狩り〟同然の苛烈さへと変わっていった。人海戦術によるローラー作戦が展開され、住居や店舗に立て籠もっていた人々、公園や駅のトイレなどに隠れていた人々が次々と発見され、強制的に避難させられていく。

そうした物々しさに、栗子ママに従っていた二丁目の仲間たちも徐々に事態の深刻さを覚り始め、日を追うごとに一人欠け、二人欠けし、隕石落下当日に二丁目に残っていたのは栗子ママと華子ママの二人だけになってしまった。

隕石激突時刻は二月十四日午後三時四十三分十八秒。国連スペースガードセンターの予想との誤差は僅か数秒に過ぎなかった。

二人は、三十年ほど前までヌードスタジオだった廃ビルの地下に潜んでいたのだが、午後三時過ぎ、栗子ママが不意に言った。

「華ちゃん、あんたは逃げなさい」

華子ママが怪訝な顔をすると、

「二丁目に隕石が落っこちるなんて本当はあり得ないけど、でも、どうやらこれは本当みたいだわ。私は残るけど、華ちゃんは生き延びて、この二丁目が一体どうなってしまうのかしっかり見届けてちょうだい」

栗子ママは有無を言わせぬ迫力でそう言ったのだという。

人っ子一人いなくなった二丁目の街を二人はしばらく巡り歩き、衝突の三十分前、華子ママは「レミゼ」の前で栗子ママと別れた。そして、いつも店の脇にとめていた愛用のバイクで新宿を脱出したのである。

「空がね、見たこともないような奇妙な明るさになっていて、二月だっていうのに春みたいな生ぬるい風が吹いてた。街は本物のゴーストタウンで、バイクの排気音で耳が潰れそうに感じるくらいだったわ。私がバイクに跨ると、栗子ママは小さく手をひらひらさせて、あとは振り返りもしないで店の中に入って行ったの」

そのときの話をすると、華子ママはいつも涙ぐむ。

線香の小さな火を眺めながら、三人で芝生に座っていた。

そういえば今日はお盆の初日なのだとわたしは途中で気づいていた。

「毎年こんなふうに墓参りしているわけ？」

去年の英理はどうしていただろう、と思いながらわたしが訊ねると、

「これが初めてだよ」

英理が答えた。

隕石の衝突で栗子ママの身体は一瞬で蒸発してしまったに違いない。墓を作ろうにも納める骨も遺髪もなかっただろう。だから、この旧「レミゼ」のあった場所がママの墓というわけなのだ。

「さあ、お店に帰って迎え火を焚かなきゃ」

線香が燃えつきたところで華子ママが立ち上がった。提灯と線香立てを摑んで英理も立つ。

「みっちゃんも一緒に迎え火を焚く？」

英理が手持ち提灯をかざしながら誘ってくる。あたりは急速に暗くなってきている。犬や人の姿もいつの間にか芝生から消えていた。

「いいの？」

華子ママに訊いてみた。わたしは栗子ママには一度も会ったことがないのだ。

「当たり前じゃない」

華子ママが今日、初めての笑みを浮かべてみせた。

## 35

「レミゼ」を訪ねるのは久し振りだった。

英理と暮らすようになってからは滅多に行かなくなっている。もともと英理目当てで通っていた店だったのだから、個人的に親しく交わるようになって足が遠のいたのは当然と言えば当然の

成り行きでもあった。

英理はいまもこの店でバーテンダーとして働いている。

といっても、ブルータワーに来てからは週に一、二度に減っているはずだった。その分、学業と弓に注力しているようだ。

知り合った頃は家賃や生活費を稼ぐために週五くらいで店に出ていた。ただ、「レミゼ」は、ゲイたちが一夜の相手を見つけるために通ってくるいわゆる〝売り専〟バーではないから、英理もそういう客たちに金銭目的でセックスを提供するスタッフだったわけではない。

わたしとも最初は客とバーテンダーという関係に過ぎなかった。

初めて姿を見た瞬間、英理の美しさに目を奪われた。

最初のうちはその美しさに触れたくて「レミゼ」に通っているだけだったが、そのうち英理のことばかり考えていることに気づき、やがて英理に特別な感情を抱いている自分をどうにも否定できなくなってしまった。

そうした感情は生まれて初めてで、自己存在を根底から揺さぶるような驚きを伴っていた。

だが、美しい英理をこの手に掻き抱きたいという欲望は明らかに性的なものだったし、それはかつてのどの女性に対して抱いた欲望と引き比べてみても決して劣るものではなかった。

その事実が明らかになった以上、自分に嘘をつかないと決めているわたしが取るべき行動は一つしかなかったのだ。



せいぜい五階建て程度の小さな飲食店ビルが左右にずらりと立ち並ぶ百メートルほどの路地が

〝新御苑横丁〟で、「レミゼ」が二階に入っているビルは横丁の中間にある。

二階には「レミゼ」の他に「珍来軒」という、これもかつて二丁目にあった老舗の中華屋が入っていて、どちらも結構な広さの店だった。

「二丁目の時代は、珍来軒の隣は『モモ』っていうゲイバーで、凄い繁盛店だったのよ。そりゃそうよね、何しろ隣がチンライケンなんだもんさ」

とは、初めて若鯱君と「レミゼ」に行ったときの華子ママの開口一番のセリフだった。

ママがドアの鍵を開け、三人で店内に入った。

「今日は営業しないの？」

もうすぐ開店時間のはずだが店内は静まり返り、ママもカウンター周辺の明かりを灯しただけでテーブル席の方は消灯のままだった。普段はカウンターの上段に名物のおばんざいが盛られた大きな鉢が幾つも並んでいるのだが、今夜はそれもない。

「今日は臨時休業。お盆だからね」

カウンターの中に入った華子ママが言う。わたしはカウンター席に腰掛け、英理も提灯を目の前に置いて隣の椅子に座る。

「そうなんだ」

年末年始以外は無休の店だから、臨時休業というのも珍しかった。

「英理、蠟燭の火」

ママに言われて、英理が提灯の中から火のついた蠟燭を取り出す。

換気扇のスイッチを入れて、ママが英理の手から蠟燭を受け取った。調理台には短く折った苧《お》殻《がら》が山積みになった焙烙《ほうろく》が置かれている。その苧殻の山にママが蠟燭の火を移した。

焦げ臭い匂いが立って、苧殻から煙が生まれ、回っている換気扇の方へと吸い込まれていく。

返された蠟燭を英理がまた提灯の中に戻した。

「お盆の迎え火なんていつ以来かしら」

幾らか放心したような顔と声で華子ママが呟く。

ママはわたしと同年だから今年で五十四になる。栗子ママは一回り年長だったと聞いたことがあるので、生きていれば今年で六十六歳。享年六十一。

「だけど、どうして今年からお盆を始めることにしたの？」

さきほど英理に訊いたら「これが初めてだよ」と言っていた。初盆でもなく、七回忌にはあと一年ある。六年目というのは盆供養を始めるにしてもいかにも中途半端な区切りではなかろうか。

「ブルータワーの例の事件のことをママに話したんだよ」

英理が言う。

「そしたら、栗子ママの供養をした方がいいって」

英理の言葉に華子ママも頷いた。

「何で？」

わたしには例の外国人連続死事件と栗子ママの盆供養にどんな関連があるのかさっぱり分からなかった。

「その白い幽霊」

華子ママが冷蔵庫から取り出した三本のビールの栓を順番に抜きながら言った。

「きっと栗子ママよ」

小瓶をわたしと英理に渡して、自分もボトルからぐいと一口飲んだ。

「白い幽霊？」

「英理から話を聞いて、私もチェンシーが言っている通り、その白い幽霊が外国人を殺したんだと思うわ」

華子ママはチェンシーのことも知っているというわけか。ということは、チェンシーもこの店に何度か顔を見せたのだろう。

亡くなった栗子ママだけでなく華子ママも弓の遣い手だから、それは別段不自然なことでもなかった。華子ママと英理は共に栗子ママの直弟子でもあるのだ。

段々、華子ママが言っていることの意味が摑めてきた。

「じゃあ、白い幽霊の正体は亡くなった栗子ママで、栗子ママが三人の外国人を射殺《いころ》したってこと？」

余りに荒唐無稽な推理ではあるが、ママが言っているのはそういうことに違いない。

「ま、そうね」

案の定、ママが頷く。

「だけど、どうして栗子ママの幽霊がそんなことをしなきゃならないの？」

わたしは隣の英理に顔を向ける。

「さあ、その理由はよく分からないけど……」

英理はそう言いつつも華子ママの推理に乗っている気配だ。

「ねえ、どうして？」

今度は華子ママの方を見てわたしは繰り返す。

「案外、隕石じゃなかったのかもしれないわ」

「隕石じゃない？」

「そう」

華子ママが大きく頷く。

いつもはしっかり化粧しているが、今夜のママはすっぴんに近い。すっぴんだと彼女はとある人気お笑い芸人によく似ている。その芸人ももっぱらゲイだと噂されているのだった。

「栗子ママが最後まで言っていたの。この二丁目に隕石なんて絶対落ちっこないって」

「隕石じゃないなら一体何だったの？」

「もしかしたらアメリカやロシアや中国がミサイルを撃ち込んだのかも。だから白い幽霊は復讐のために三人を殺したのよ」

「まさか」

わたしは思わず苦笑する。

「隕石落下の後、そこらじゅうで鉄隕石の破片が回収されているんだよ。あれがミサイルだったなんてことはあり得ないじゃない」

「そんなのアメリカやロシアや中国がグルになってカモフラージュしちゃえば、日本人なんて手もなく騙されるわよ。日本政府だって超大国に脅されたらあっという間に丸め込まれるに決まっているしね」

「いや、しかしそれはないでしょう」

苧殻は燃えつきたのか煙はいつの間にか消えている。換気扇を華子ママが止めた。

「だけど、栗子ママはどうして二丁目に隕石は落ちないって確信していたんだろう。何か明確な根拠でもあったのかな」

わたしは話の筋を少しずらしてみた。

「栗子ママは、ここは地球の中心だってよく言っていたんだよ」

隣の英理が口を挟む。

「地球の中心？」

「うん。この二丁目は地球の中心だし、未来の地球なんだって」

「未来の地球？」

「そう。この街には人類の未来が眠っているんだって。だから栗子ママは、そんな大事な場所に隕石が落ちてくるなんて絶対にないと信じていたんだと思う」

「人類の未来が眠っている……」

「ねえ、栗子ママはよくそんなふうに言っていたよねえ」

英理が同意を求めると、

「よく言ってた。新宿二丁目は地球の中軸が通っている場所だって。だから、隕石なんて絶対に落ちてこないって最後の最後まで言っていたわ」

「地球の中心」、「未来の地球」、「人類の未来」、「地球の中軸」。いかにも大仰な譬えではあるが、もし本当に栗子ママがそんなふうに話していたのであれば、それはあながち妄想のたぐいと断じるわけにはいかないのかもしれなかった。

栗子ママの本名は「糸井栗之介」（いとい・りつのすけと読む）という。

彼は、明治、大正期に「弓聖」と呼ばれた弓道家、阿見祥蔵（あみ・しょうぞうと読む）の数少ない直系の弟子の一人だった。むろん大正末年に世を去った阿見祥蔵から直接教えを受けたわけではないが、阿見の第一の弟子と言われた阿見直正（あみ・ちょくせいと読む。祥蔵の甥）の一番弟子で、阿見祥蔵や直正と共に糸井栗之介もまた弓の達人として弓道の世界では知らぬ者無しの存在だったのだ。

阿見祥蔵が開いた大日本流心流（だいにほんりゅうしんりゅうと読む）は甥の直正を経て糸井栗之介に受け継がれた。

つまり栗子ママは大日本流心流の正統な継承者であり、目の前にいる華子ママはその栗子ママの一番弟子、隣の英理もまた華子ママ同様に流心流を受け継ぐ直系の弟子の一人でもあるのだった。

栗子ママの弓の腕前がいかほどであったかは詳らかではないが、彼女（彼）が「開祖の生まれ変わり」と噂されていたのは事実のようである。

それから察するに、栗子ママの技量が神技の域に達していたという華子ママや英理の証言は身内びいきとばかりは言えなそうだった。

「弓聖」阿見祥蔵に関する驚くべき逸話は幾つもの文献資料によって明らかにされているが、華子ママは、栗子ママに関しても次のように証言している。

「あるとき、栗子ママが目隠しをして射《しゃ》を行ったことがあったの。英理の離《はな》れがどうしても自在になれなくて、それでママが『一度きりだよ』って言ってお手本を見せてくれたの。立て続けに十射したんだけど、すべて真ん中に的中したし、最後の二矢は開祖のひそみに倣った連射で、開祖と同じようにママの放った乙矢《おとや》は見事に甲矢《はや》の矢筈を切り裂いたのよ」

矢筈を切り裂くというのは的に当たった最初の矢（甲矢）の矢柄の先端に二本目の矢が突き刺さることを意味し、阿見祥蔵は線香一本の明かりを頼りに闇に没した霞的に向かって二矢を放ち、第二の矢を的の中心に刺さった第一の矢の矢柄に突き立てたと言われている。

そして、栗子ママもそれと同じ（というよりさらに凄い）離れ技を弟子たちの前で披露してみせたというわけだった。

それほどの達人が、「二丁目に隕石なんて絶対落ちっこない」と語り、新宿二丁目を「地球の中軸が通っている場所」と喝破していたのだとすれば、その言い分にはある種の直感や霊感の裏打ちがあったと見做した方が無難だろう。

「この新宿二丁目が地球の中心ねえ……」

地球の中心とは一体どういう意味なのだろうか？

新宿隕石によって肉体を失った弓の達人が「白い幽霊」となってブルータワーに出現し、見えざる矢を無形の弓に番《つが》えて、仇である米ロ中三人のロケット技術者を射殺した。

そこで、亡霊と化した栗子ママの荒ぶる魂を鎮めるために墓参りをし、こうして迎え火を焚いて供養する……。

華子ママや英理のやっていることはおよそ現実離れしているとも言えるが、一方で、「白い幽霊」の存在を最先端のＡＩロボットであるマサシゲが認め、現に三人の外国人が不審な突然死を遂げているとなれば、二人の行動もそこまで突飛とは言えないのかもしれない。

——栗子ママが命を賭してまで絶対に落ちないと言っていた隕石が、どうして落ちてしまったのか？

「白い幽霊」の正体が本当に栗子ママであるのならば、その理由を突き止めることは外国人連続死事件の真相に迫る一助ともなるだろう。

「だけど、チェンシーは白い幽霊を退治するために弓を習い始めたんじゃなかった？」

わたしは英理に疑問をぶつける。

もしそれが事実であれば、英理は幽霊となった恩師を打ち倒す手伝いを買って出ていることになってしまう。

「そうだよ」

英理があっさりと認める。

「そんなことをチェンシーにさせていいの？」

「どうして？」

「だって、たとえ幽霊になっているとしても栗子ママは英理や華子ママの師匠なわけでしょう」

「だから、こうしてちゃんと成仏できるように供養することにしたのよ」

黙っている英理に代わって華子ママが言う。

「仮に白い幽霊が栗子ママだとしたら、敵に回すと手ごわいなんてものじゃないからね」

英理がはっきりと「敵」と言った。

「チェンシーどころか、私たちが束になってかかっても栗子ママには敵わないもの。だったらちゃんと成仏して貰うのが一番いいと思ってさ」

華子ママがどこか不安そうな面持ちになって言葉を付け足したのだった。

37

わたしたちの住む地球は太陽の周りを回る惑星の一つに過ぎない。

宇宙（百三十八億年の歴史を持つ我々の宇宙）には太陽と同じような恒星が莫大な数存在し、それらの恒星は、それぞれわたしたちの太陽がそうであるように幾つかの惑星を従えている。

しかし、地球のような「岩石を主成分とする惑星」（岩石惑星と呼ぶ）を持つ恒星は、すべての恒星のうちの一割程度と推定されており、さらに「水が液体として存在できる温度範囲の岩石惑星」（ハビタブル惑星と呼ぶ）となると岩石惑星の一パーセント程度と考えられている。

仮に、さらに一桁少なく見積ってすべての恒星の一万分の一がそうしたハビタブル惑星を持っているとすると、わたしたちの太陽系が所属する天の川銀河には約一千億個の〝太陽〟（恒星）があるので、ハビタブル惑星はその一万分の一、つまり一千万個存在することになる。そして、この宇宙には天の川銀河と同じような銀河がおよそ一千億個存在するので、宇宙全体でのハビタブル惑星の数は一千万個の一千億倍、約百京個（千兆の千倍の数と想像して欲しい）ということになる。

地球のような水のある岩石惑星が宇宙には千兆の千倍個存在し、その千兆の千倍個の惑星の中には地球と似たような生命進化の過程を辿っている惑星もおそらくは相当数あり、わたしたち人類と非常によく似た文明を形成していると思われる。

ただし、である。

一方で、たとえ地球型のハビタブル惑星が相当数あったとしても、そこで人間のような知的生命体が進化する可能性は案外小さいのではないか、という説もある。

地球を生命進化のロールモデルとするならば、大方の地球型惑星でもまずは恐竜のような絶対的な存在が惑星を支配することになるだろう。地球の場合はたまたま六千五百五十万年前に巨大隕石が衝突し、恐竜が絶滅したために人類が誕生することになったわけだが、その観点からするならば、

――地球型ハビタブル惑星を支配する生物種には、必ずしも高度な知性が不可欠というわけではない。

という推論が成り立つ。

つまり、この宇宙にちらばっている生命に満ちた少なくとも何十万、何百万個の地球型ハビタブル惑星の中にはいまもって巨大恐竜に代表される強大な生物が地上を支配し続けている星が多く含まれ、人類のように脳を発達させた哺乳類がヘゲモニーを握っている惑星はそれほど多くはないとも考えられるのである。

そして、それらの〝人類型惑星〟には、地球同様に数千万年から一億年に一度の頻度で巨大隕石が激突し、劇的な大量絶滅が規則的に繰り返されるという宿命が課せられている可能性が高い。

一億年に一度、定期的に起きる〝最後の審判〟を回避し、人類型惑星の人類が文明を存続させせ

るには、自分たちが住む惑星を放棄して新たなるハビタブル惑星に移住するか、または直径数キロ以上の巨大隕石を破壊する乃至は軌道を変更させるだけの科学力を手にしなくてはならない。

そうした優れた科学力を備えるために与えられた進化のタイムリミットは一億年。

だが、現実的には、およそ百万年に一度の割合で激突してくる直径一キロ程度の隕石でも人類文明を徹底的に破壊するに足る充分のエネルギーを有しているのだから、人類は百万年ほどの間にまずは一キロ程度の隕石を破壊乃至は軌道変更させる技術力を養い、そのうえで、一億年のあいだに直径数キロサイズの巨大隕石を破壊するなり、その軌道を変えるなりの能力を身につける必要があることになる。

巨大隕石によって恐竜が絶滅し、人類の誕生が促された地球という星は、再び巨大隕石によって地表の大部分を破壊されつくすという運命と今後も対峙し続けねばならない。

六千五百五十万年前に巨大隕石を食らった事実からして、地球の場合は、今後三千四百五十万年以内に再度の巨大隕石激突を経験する可能性がある。

それまでのあいだに人類が果たして直径数キロ以上のサイズの巨大隕石を破壊するか軌道変更させる、乃至は全人類が地球を脱出して安全な惑星に移住する科学技術力を獲得できるかどうか、また今後百万年以内に直径一キロサイズの隕石を破壊するか軌道変更させる技術力を獲得できるかどうか、そのへんは現時点でも大いに議論の分かれるところだと思われる。

38

A新聞の海老原一子から連絡があったのは「レミゼ」で久々に英理たちと飲んだ三日後、盆明けの八月十六日金曜日のことだった。

海老原とは六月二十四日にこの部屋で一緒に食事をして以来、たまにメール交換をしている程度だ。白水との再会に備えて彼女を夕食に招いたのだが、その後は予想外の展開となってわたしの方も密に情報交換する必要性をあまり感じなくなっていた。

思えば、マサシゲと初めて話したのも、海老原来訪の翌朝、チェンシーの部屋の次にマサシゲの部屋を覗いたときだった。海老原と二人でクリームコロッケをつまみにシャンパンをがぶ飲みしていた前夜は、マサシゲが白水の所有するＡＩロボットだという事実すらわたしはまだ知らなかったのである。

海老原から電話が入ったのは午前十一時過ぎ。

「ご無沙汰しています」

声を聞くのはあの晩以来だった。

「やあ。僕の方こそご無沙汰」

「実は、今朝方、耳寄りなニュースが飛び込んできたんです」

海老原の声のトーンが少し高くなっているのが分かる。

「耳寄りなニュース？」

わたしたちに共通する話題と言えば、当然、十七階の外国人連続死事件ということになる。であれば「耳寄り」とは例の事件に絡むという謂いだろう。

「新宿隕石関連なんですけど、ブルータワーの事件とも繫がっているような気がするんです。それで、先生のお耳にも是非入れておかなくてはと思いまして」

「新宿隕石関連？」

「はい」

新宿隕石と米ロ中のロケット技術者の連続死とのあいだに一体どんな繫がりがあるというの

か？

「電話だと詳しい話はできないので、今日、そちらにお邪魔してもよろしいでしょうか？　夕刊の締切が終われば恐らく身体が空くと思うので」

「もちろん構わないよ」

「でしたら二時過ぎに伺います。詳しい話はそのときに」

海老原一子はそう言うと、そそくさと電話を切ってしまったのである。

結局、海老原がやって来たのは午後四時過ぎだった。

「すみません。急な外電が入って、その翻訳を頼まれてすぐに会社を出られなくて」

遅参を詫びるメールの文面と同じセリフを口にして、海老原が玄関先で頭を下げる。

「全然大丈夫。こっちは何も予定はないんだから」

わたしも返信したメールと同じ文言で応じた。

リビングに入るとダイニングテーブルの前回と同じ席に海老原は座る。わたしは用意しておいたコーヒーを淹れて彼女の前に置き、自分のマグカップを手にして向かいの席に腰を下ろした。

海老原の背後には日が傾き始めた東京の風景が広がっている。

「で、さっそくだけど……」

コーヒーを一口すすって水を向けた。

海老原もコーヒーに口をつけ、それから小さく頷いた。

「今日の早朝、ウィキリークスNEOからの情報がガーディアン経由で外報部に入ってきたんです。ガーディアンとうちは提携関係にありますので。ウィキリークスNEOは入手した文書の公開直前に各国の大手メディアに情報提供してくることがときどきあるんです」

ウィキリークスNEOというのは、ウィキリークスの後継と称する暴露サイトで、かつてジュリアン・アサンジが創設したウィキリークスと同様に各国政府やコングロマリット、巨大宗教組織などの機密情報を公開するウェブサイトの一つだ。ガーディアンというのはイギリスの一般紙「ガーディアン」のことだろう。

「急な外電というのはそれ？」

「いえ、それはまた別で、ウィキリークスNEOからの情報はうちの翻訳部の自動翻訳機で朝一で完訳されていました」

「なるほど」

現在の自動翻訳技術は一昔前とはまるでレベルが違う。わたしのPCでもほぼ完璧な外国語訳が可能なくらいだから、A社の翻訳部の翻訳機を使えば、それこそ一字一句誤訳のない完全な翻訳文が瞬時に出来上がってくるのだろう。

確かに近々ネットに公開される予定のウィキリークスNEOの暴露文書であれば翻訳部に回しても支障はないはずだから、海老原がわざわざ翻訳を頼まれた外電というのは、それとは別のよほど機密性の高い文書に違いない。

「じゃあ、耳寄りなニュースというのは、そのウィキリークスNEOがすっぱ抜いた文書の方なんだね」

「そうなんです。例によって今回も文書量が膨大なのでガーディアンでもうちでもまだ充分な精査はできていないんですけど、サイエンス分野は私がチェックすることになっていて、それで今朝早くから回ってきた文書を読み込んでいたら面白い情報を見つけたんです」

海老原はそこまで言うと、手元のコーヒーをもう一口すする。

今日の彼女は初めて会ったときと同じように長い髪を両肩に垂らしていた。そうやって髪をほどいていると三つ、四つ若く見えるし、およそ新聞記者には見えない。

「ほとんどがNASAの軍事部門の内部資料だったんですが、その中にトップシークレットの文書が一通だけ交じっていて、そこに驚くような内容が書かれていたんです」

海老原の大きな瞳がさらに大きくなる。

「NASAってあのNASA？」

「はい」

NASA（アメリカ航空宇宙局）は言わずと知れたアメリカの宇宙開発事業の総本山だ。

「電話では新宿隕石関連だって言っていたよね」

海老原が再度頷く。

「その文書によると、031TC4が新宿に落下する七カ月も前にアメリカ、ロシア、中国のそれぞれが031TC4に向けてミサイルを発射しているんです。文書には米ロ中が発射したミサイルごとの追跡データの一部も記載されているので、これは間違いのない事実だと思います」

「031TC4」というのは新宿（SHINJUKU）隕石の正式名称だ。

「ミサイル？」

わたしには意味がよく分からなかった。

「そうなんです。国連スペースガードセンターの正式発表では、031TC4がセンターの監視網に引っかかったのは地球到達の十日前で、三日間にわたって精緻な軌道計算を繰り返した結果、新宿への落下が確実と判明したので031TC4の存在を公表し、日本政府及び東京都に対して最大限の危険回避措置をとるように勧告したことになっています。ところが、今回のNASAの極秘文書には、その七カ月前に米ロ中が相次いで031TC4に向けてミサイルを発射したと記されているんです。ということは、031TC4の存在は地球到達の十日前なんかじゃなくて、それよりずっと以前に米ロ中で確認され、密かに隕石へのミサイル攻撃も行われていたということになります」

「確か、あのときは衝突までの時間的猶予が余りにも少ないのでミサイル攻撃は不可能と発表されたんだったよね」

「そうなんです。だけど実際は、七カ月も前に米ロ中は攻撃を試みているんです」

「そのミサイルは命中したんだろうか？」

「文書に記載されている追跡データの一部を改めて分析しないと正確なことは言えませんが、ざっと見た感じでは命中していると思います」

軌道計算は海老原の専門のはずだから、彼女がそう見るのであればミサイルは当たったのだろう。

「何発くらい撃ち込んだのかね」

「文書に載っていたデータだけだとしても、アメリカが二発、ロシアと中国が一発ずつの計四発発射していますね」

「同時に？」

海老原が首を振る。

「データの日付から判断する限り、アメリカ、ロシア、中国の順でそれぞれ一週間から十日の間隔を置いて発射されています。そして、最後の一発は、地球衝突の二週間前にアメリカから撃ち込まれたミサイルです」

「二週間前？　ということはスペースガードセンターの公式発表が行われるわずか一週間前ってことじゃない」

「はい」

０３１ＴＣ４が新宿に落下する七カ月も前にアメリカ、ロシア、中国の三カ国はこの隕石の存在を確認し、共同でミサイル攻撃を実施した。およそ一カ月のあいだに三発のミサイルが隕石に向けて発射され、それぞれ命中したものの隕石を破壊することも軌道を変えることもできず、衝突直前に至近距離から撃ち込んだ最後の一発の効果もむなしく、０３１ＴＣ４は新宿に落下してしまった——要するにそういう顚末なのだろうが、この推定には幾つか大きな疑問があるような気もする。

「しかし、何カ月も前にミサイルを命中させていながら、どうして隕石落下の二週間前まで次の攻撃をしなかったんだろう？　仮に三発命中させても効き目がなかったのであれば、第四、第五のミサイルを立て続けに発射するんじゃないかね」

最初の疑問はまずそれだろう。

「そもそも米ロ中が使ったミサイルは核ミサイルだったの？」

併せて肝腎な点を確認してみる。

「それがどうも通常ミサイルのようなんです」

海老原も怪訝な表情を作って言う。

「だけど、隕石を破壊するなり、軌道を変えるためだったら核ミサイルを使うんじゃないの？」

「そうだと思うんですけど」

「それに、通常ミサイルを三発撃ち込んで効かなかったんなら、すぐに核ミサイルに切り換えて、再攻撃するんじゃないかね」

「確かに」

海老原が頷く。

「ＮＡＳＡの文書に書いてあることが事実だとしてだよ、海老原さんなら、アメリカやロシア、中国のミサイル攻撃にどんな意味があったんだと思う？」

宇宙物理学の研究者を目指していた海老原なら一体どう考えるのか？

「四発とも通常ミサイルだった点から考えて、米ロ中三カ国に隕石を破壊する意思はなかったんだと思うんです。破壊するのではなくて軌道を変えようとしたのだと思います」

海老原は慎重に言葉を選びながら喋っている。

「だけど、どうしても軌道を変えることができなかった……」

わたしはそう言ったあと、彼女の顔を見据えて言葉を継いだ。

「しかし、それなら、やっぱり核ミサイルに変更して再チャレンジするんじゃないの？」

「ですから、最後まで核を使わなかったということは、通常ミサイルだけで充分に米ロ中の意図を実現することができた、と考えるべきではないでしょうか？」

「意図を実現することができた？」

わたしには海老原が何を言っているのか分からない。

「そうです。彼らはミサイルを使って０３１ＴＣ４の軌道を思い通りのコースに変更することができたんじゃないかと」

彼女は驚くべきことを口にした。

「じゃあ、アメリカやロシアや中国は、０３１ＴＣ４の軌道をわざわざミサイルで変更させて、意図的に新宿に激突させたというの？」

「その可能性が高いと思います」

「まさか」

「仮に米ロ中が七カ月前に０３１ＴＣ４を発見して、それがこのままでは地球にぶつかると分かったのであれば、最初から核ミサイルを使って破壊するか軌道変更を試みるかしていたはずです。通常ミサイルを使うなんておよそ考えられないし、百歩譲って通常ミサイルを使うのであれば、時間を置いて波状攻撃をかけるのではなく、一気にミサイルを集中させて隕石の進路を変えようとするでしょう。

しかし、実際には三発の通常ミサイルを一週間から十日のあいだを空けて慎重に撃ち込み、さらに至近距離からもう一発撃ち込んでいる。米ロ中は当初から新宿に激突させるために031TC4の軌道を徐々に変化させ、衝突直前には新宿への軌道を確実にする最後の仕上げとして四発目のミサイルを撃ち込んだんじゃないでしょうか。そう考えるのが一番合理的な気がします」

「つまり、アメリカやロシア、中国は最初からこの新宿を狙っていたってこと？」

「そうですね。地球に接近する小惑星を使って新宿を破壊するために、三カ国は031TC4の軌道をミサイルを使ってずらしたんだと思います。そうだとすれば、彼らが衝突一週間前まで031TC4の存在自体を秘匿していた理由も合点がいきますよね」

「しかし、彼らはどうしてそんなことをしたんだろう？　この場所を破壊しなくてはいけない何か特別な理由でもあったのかね」

「さあ、それはよく分かりませんが……」

海老原一子はただ首を傾げてみせるばかりだ。

39

一時間ほど海老原の話を聞いたところで、わたしはキッチンに立った。

海老原の驚くべき推理を聞いて高ぶった気持ちを少し落ち着かせたいという意図もある。料理を作っているといつも心が平らかになってくる。

得意のスパニッシュオムレツを焼き、買い置きの冷凍のピザ生地にピザソースを塗り、しらすとネギ、たっぷりのチーズ、刻んだオリーブを散らして、これもオーブンで焼く。あとは英理が好きなので常備している生ハムとレタスで野菜サラダをこしらえてテーブルに並べた。

酒は「エルパソ」の白。スペイン産だが、値段とのギャップに一驚すること必定の白ワインだ。

「わ、このワイン、美味しい」

一口飲んだ海老原が案の定の反応を示した。

海老原がＮＡＳＡの極秘文書の件をすぐに連絡してきてくれた理由はよく分かる。

このブルータワーは新宿隕石のまさしく落下地点に建ち、そこの十七階で米ロ中のロケット技術者が立て続けに謎の突然死を遂げたのだ。新宿隕石が米ロ中の陰謀の産物だとするならば、彼ら三人の死は余りにも出来すぎた偶然ということになろう。

「十七階で死んだ三人は、もしかしたら新宿隕石にミサイルを撃ち込んだ張本人たちなのかもしれないね」

「私もその可能性があると思います。ジム・シュガートもイゴール・ゼルドヴィッチもワン・ズモーもすでに軍を退いていましたが、新宿隕石が落ちた五年前はまだ現役だったのかもしれません」

例によって旺盛な食欲でオムレツやピザを平らげながら海老原が言う。

「実はね、僕の方でもあれから幾つか新しい事実が分かったんだ」

わたしは、白水天元と対談を行ったことを皮切りに、白水房子のこと、白い幽霊のこと、茜丸鷺郎のことなどを順を追って話していった。

こうして貴重な情報をもたらしてくれた海老原に対してこちらはだんまりを決め込むというのは愚策だと考えたからだ。

情報というのはそれ単体が重要なのではなく、情報全体の渦や流れの形や方向性、性質を見極めなければ意味がない。そういう点で情報はやりとりしてこそ本物の価値が発揮される。

若い頃にメディアで働いた経験からわたしはそう確信していた。

海老原は白水が出張先でいなくなってしまったことや、この三年間で二十人近くの米ロ中の人間がレットビのマンションで死んでいること、さらにはその六カ所のマンションに茜丸という謎の人物が必ず入居していたことなどにも目を輝かせていたが、一番興味を示したのは、やはり白い幽霊の噂だった。

「それじゃあ、まるでその白い幽霊が復讐のために三人を殺したみたいじゃないですか」

幾分薄気味悪そうな表情になって海老原は言った。

「数は少ないけど隕石のせいで死んだ人たちもいるからね。たとえ命が助かっても家や職場、場合によっては故郷を失った人が大勢いるし、住む場所を奪われて、結局、帰還を果たせずに無念の死を遂げた人たちだって沢山いる。そういう人たちの怨念みたいなものが白い幽霊に姿を変えて三人を呪い殺した——そんな推測だって確かにありと言えばありかもしれないよね」

わたしはそう返しながら、三日前に華子ママや英理から聞いた栗子ママの話を脳裏によみがえらせていた。

「まあ、ただ、レットビの他のマンションでも同じようなことが起きているわけで、そっちの方では幽霊騒ぎのようなものはなかったみたいだからね。となると、やはり、すべての現場に自宅か事務所を構えていたその茜丸という人物が一番怪しいという話だけどね。実際、白水房子の話だと白水天元は茜丸鷺郎が一連の死亡事件に絡んでいると確信していたらしいよ」

「それはそうですよね。幽霊が三人を殺したなんてあんまりな話だし」

海老原は同意し、茜丸鷺郎の名前をさっそくスマートフォンにメモっていた。

二本目のワインを抜いたところで、わたしは話題を変える。

「ところで白水天元がインド政府のエージェントだって噂を耳にしたことある？」

いつぞや拓海君が純菜に向かってそんなことを言っていたのを思い出したのだ。

「ええ」

海老原はあっさり頷いた。

「官邸筋や外務省内でもそういうことを口にする情報関係者が何人かいますね。でも、彼らも確証は握っていないと思いますよ。恐らくはアメリカ発の情報だろうし、だとすると真偽不明ってところでしょう。そんなことを言うなら、日本の外務省なんてアメリカと中国のエージェントで完全に二分されている感じですし」

「中国もそこまで勢力を拡大させてきてるんだ」

「そうですね。アメリカに追いつけ追い越せって勢いです。特にいまの政権になってからは猛追している印象があります」

「そうなんだ」

「米中の勢いに押されて、インドはなかなか官邸や官庁には触手をのばせないでいるので、レットビのような新興の企業グループに接近するのは大いにありかなと私も思います。白水天元の潤沢な資金力には不可解な点も多いですし、インドからの資金が流れている可能性はゼロじゃないんじゃないでしょうか」

「うーん」

わたしは「白水＝インドのエージェント説」にはいまひとつ同調できないものがある。

「本人と会ってみてどうでしたか？」

海老原が訊いてきた。彼女は相手の胸の内を察するのが非常に巧みだと感ずる。記者としては誂え向きの資質と言っていいだろう。

「僕も、その話は外務省方面から聞いたんだけど、正直、白水天元がインドに限らずどこか外国の代理人として動いているというのは違うような気がするんだよね」

「それってどうしてですか？」

率直な質問が返ってくる。

「あくまで白水と会ったときの印象でしかないんだけど、彼は西郷さんにそっくりの風貌をしているんだよ」

「西郷さんって、あの西郷隆盛ですか？」

「そう。写真だといまひとつ分からないんだけど実際に本人を目の前にしてみると、まるで小柄な西郷さんって感じなんだよ」

「へぇー」

海老原がいささかぴんとこない様子でこっちを見ている。

「いや、だからさ、西郷さんだったら何があっても外国の代理人なんて絶対やらないだろうと思ってね」

益体もない話を口にしながら、これくらいの量のワインで酔ってしまったのかな、と我ながら訝しい。

大体、二本目のワインは海老原が一人でぐいぐい飲んでいるのだ。

「それにしても、海老原さんは強いね」

酔いのせいか頭の集中も途切れがちなので、事件の話題はそろそろ引っ込めることにしよう。

「強いって、お酒ですか？」

「そう。顔色一つ変らないから」

「私、最初は一滴も飲めなかったんですよ。というかお酒は全然好きじゃなくて」

残りのワインを自分のグラスに目一杯注ぎながら海老原が言った。

「そうなんだ」

「大学四年生のとき、研究室の先輩に無理やり飲まされて、気がついたらホテルに連れ込まれていたんです」

何でもないことのように海老原は話す。

「目が覚めたら真っ裸にされていて、先輩が私の身体をべろべろ舐めていました」

「何、それ」

「慌てて起き上がって、ここは遠慮している場合じゃないと思ったんで部屋の椅子を持ち上げて、それで先輩を思い切りぶん殴りました」

「それで？」

「先輩の右腕の骨がバキッて折れて、彼がうずくまっているあいだに服とカバンを摑んで裸のまま部屋から逃げました。そして、誰もいない非常階段の踊り場で服を着ながら二つのことを決めたんです」

「二つのこと？」

海老原が頷く。

「お酒が飲めるようになることと格闘技を始めることです」

「なるほど」

「で、こうやってお酒が飲めるようになったし、空手も二段まで進んだってわけです」

彼女はそう言うと、最後の一杯を美味そうに飲み干してみせたのだった。

## 40

玄関の方で音がする。英理が帰って来たようだ。時刻は午後七時を回った頃合いだった。

しばらくしてリビングに顔を見せた。

今日はバイトだと聞いていたので、夕食の用意もしていないし、出がけの話では学校からそのまま「レミゼ」に行くかもしれないと言っていた。一度戻ったにしても着替えてすぐに店に向かうのだろうと思っていたので、上下スウェットという部屋着姿の英理がリビングルームに入ってきたときは意外な気がした。

「こんにちは」

海老原に向かって挨拶している英理に、

「バイトじゃなかったの？」

と訊く。

「レミゼ」の臨時休業は十三日だけだったはずだ。

「なんだか頭が重くってね。今日は休むことにしたんだ」

英理は答える。

「海老原さん、こちらは同居人の妻夫木《つまぶき》英理君。十月で二十四歳だけどまだ大学生。で、海老原さんはときどき話しているA新聞の海老原一子さんね」

二人に向かって話す。

「はじめまして」

英理が笑みを浮かべて軽く会釈する。海老原の方は椅子から立ち上がり、直立の姿勢になってからぺこりとお辞儀した。

「お邪魔しています」

彼女の視線は英理の顔と身体を行ったり来たりしていた。

「隣、いいですか？」

英理に訊かれて、

「もちろんです」

海老原は甲高い声で言った。

二人並んでわたしの向かい側の席に腰を下ろした。

テーブルの上はオムレツが少し残っている程度だ。

「何か食べる？」

英理はその皿を指さし、それから、

「みっちゃん、何かパスタ作ってよ」

と言った。

隣の海老原がわたしを見て、英理を見る。

わたしは立ち上がり、ヱビスの小瓶を冷蔵庫から取って栓抜きと一緒に英理の前に置いた。

「ありがとう」

英理はさっそく栓を抜いてビールを飲む。オムレツの皿を手元に引き寄せ、わたしの皿にあったフォークを摑んで残ったスパニッシュオムレツを食べ始める。

わたしの方はカウンターキッチンでパスタの用意をしながら海老原の様子を観察した。わたしと英理の関係を推し量りかねて彼女は少し困惑しているふうだった。

急いでパスタを茹で、フライパンにたっぷりのオリーブオイルをひいてニンニクと鷹の爪に火を通す。茹で上がった細麵のパスタをソースとからめて塩コショウで味をととのえ、フライパンから皿に移したあとで最後にガーリックチップと粉チーズをたっぷりまぶしてカウンターキッチンに載せた。

英理が席から立って皿を受け取り、またテーブルに戻る。

そのあいだ海老原は黙ってわたしがパスタを作るのを見ていた。

「海老原さんもビールにしますか？」

フォークを置いて英理が訊ねる。

「はい」

海老原が頷く。どことなく反応がぎこちないが、英理のような美青年には滅多にお目にかかれないから、ごく普通に緊張しているのだろう。英理と最初に会った人間は男女の区別なくその美しさに目を奪われる。わたしの場合もそうだった。

「みっちゃん、海老原さんにもビールね」

わたしは洗いものの手を止めて、タオルで手を拭い、冷蔵庫からビールを出す。それをカウンター越しに英理に投げた。英理がキャッチして開栓し、海老原に小瓶を差し出す。

「なんか、お二人、すごい息が合ってますね」

海老原が言うと、

「まあね」

英理がにやりとしてみせた。

わたしもビールにして席に戻る。チーズの盛り合わせとクラッカーの皿だけ新しく用意した。

「なんだか前沢先生の手際ってプロですね。お店の人みたい」

「そうかな。料理でもなんでも男は日常化できない生き物なんだよね。だから、毎日やっているとどんどんプロ化していっちゃう面はあるよね」

「日常化できない？」

「そう。日常って仕事じゃないでしょ。仕事とは別の基盤を持つ大きな存在だと思うんだよ。だけど、男にはその日常がうまく理解できないんだ。だから、何でもプロ化しちゃう、つまりは仕事にしちゃうんだよ。女の人は日常の海に仕事という島を浮かべることができるけど、男は浮かせるべき海のない、単なる島みたいなもんなんだよね」

「海がない島って、それ、もう島じゃないでしょ」

英理が突っ込みを入れてくる。海老原の方はいまだ要領を得ない顔つきだった。

「料理、ファッション、お茶、お華、何でもかんでもプロ中のプロは全部男じゃない。それは当然で、男はそういうものをすべて職業化してしまうんだよ。日々の生活の中で日常にしていく本能のようなものが持てないから」

「それはどうしてなんですか？」

「そんなの簡単な話だよ」

英理がまた口を挟む。

「男は子供を産まないからだよ」

「子供を産まないとどうして日常が理解できないんですか？」

「日常って人間の基本的な営みのことだからね。そして営みというのは繁殖でしょ。子供を産んで育てる。それが日常であり、そのための手段を称して生活と呼ぶ。そこは女性の独壇場だよね。だって根源的な繁殖欲求を持っているのは女性だけだから」

「だけど、男の人だって子孫を残したいという欲求はあるんじゃないですか？」

「残したい、とまでは男は思わないんじゃないかな。女に子供を産ませたいという欲望はあるけど、それってどっちかというと性欲の一バージョンって感じなんだよね」

「じゃあ、子育てはやりたくないということですか？」

「そうね。本音はそうなんじゃない。ただ、仕事の跡継ぎは必要だったりするからね。後継者という意味では子供に価値がある。これも本音で言えば、自分のタネだったらどの女が産んだ子供でも男はいいんだよ。最も優秀な子供を跡継ぎにしたいわけだから。そのためにできるだけ多くの女に子供を産ませる、という考え方は存在するだろうけど、それは純粋な繁殖欲求とは全く別物だという気がするよね。つまり、日常や生活は男にはうまく理解できないんだよ」

わたしは英理と海老原のやりとりを黙って眺めていた。

「なんかずいぶん自分勝手な話ですね、それ」

「ほんとにそうだよね。余りにも自分勝手。だから、僕なんて子供はちっとも欲しくないし、子供を欲しがる女性とは一切付き合う気がないんだよね」

英理が面白そうな口調になって言う。

「ということは妻夫木さんは、結婚はしないってことですか？」

「もちろん」

英理は頷き、「英理君でいいですから。海老原さんの方が年上みたいだし」と付け加えた。

「先生も英理君の意見に賛成ですか？」

クラッカーにチーズを載せていたら海老原が訊いてくる。

「英理の言っていることは極論だけど、当たっていると思うよ。僕だって娘が生まれたとき、そりゃ嬉しかったけど、内心ゾッとしてたからね」

「ゾッとする？」

「ああ。こんな醜いサルみたいなのとこれから何十年も一緒に暮らして行かなきゃいけないのかと思うと泣きそうだった。英理が言う通りで、男には子供を作るという概念はあっても、その子を育てるという概念はないと思うよ。そのへんは犬や猫のオスと同じなんじゃないかな。父親という役割は母親が製造する副産物みたいなもんでさ、男はみんな、本当はヒットエンドランが一番いいんだよ」

「ヒットエンドラン？」

「タネだけつけて、あとはバイバイってこと」

英理が補足する。

「何なんですか、それ」

海老原が英理の方へ顔を向けて苦笑する。

彼女はいかにも楽しそうだった。ようやく酔いが回ってきているのもあるだろうし、何より英理と隣同士なのが心地いいのだろう。

女は顔だと男はよく言うが、それを言うなら女にとっての男だって顔なのだ。美しい女が賞賛を浴びるように美しい男もまた賞賛を浴びる。容姿にコンプレックスのある女性は掃いて捨てるほどいるが、容姿にコンプレックスのある男性だって掃いて捨てるほどいる。

異なるのはせいぜい、女性の美貌に対抗できるのは若さだが、男性の美貌に対抗できるのは若さではなく経済力という点くらいだろう。

わたしは、海老原が今日持って来てくれた情報をこの場で英理に話すべきかどうか迷っていた。新宿隕石が米ロ中によって意図的に落とされた可能性があると英理が知れば、彼はますます「白い幽霊=栗子ママの亡霊」と考えるようになるだろう。

わたしだって、三日前の華子ママの話からして、よもやの感をさらに色濃くせざるを得ないのだ。死んだ栗子ママは、最後まで「この二丁目に隕石なんて絶対落ちっこない」と断言していたのだという。生き残った華子ママは、それゆえにいまでもあれは隕石ではなく「もしかしたらアメリカやロシアや中国がミサイルを撃ち込んだのかも」と思い、「だから白い幽霊は復讐のために三人を殺した」と半ば本気で考えているのだ。

栗子ママはこの新宿二丁目は「地球の中心」であり「未来の地球」だと言っていたという。そしてここには「地球の中軸」が通っているのだと。

「だから、隕石なんて絶対に落ちてこないって最後の最後まで言っていたわ」

華子ママは、そう語っていた。

五年前、031TC4は新宿二丁目に落下した。だが、それが米ロ中のミサイルによって軌道を変更された結果だとすれば、華子ママの言っていたミサイル説は半ば正しかったことにもなろう。

栗子ママが喝破したように、この二丁目には隕石など「落ちっこない」はずだった。なぜならここは「地球の中心」であり「未来の地球」だからだ。だが、米ロ中のロケット技術者たちはそこに直径二十メートルの鉄隕石を体当たりさせ、「地球の中心」であり「未来の地球」であるはずの場所を破壊するという暴挙に出たのだ。

——米ロ中のロケット技術者たち（そして恐らくは三カ国の政府）はなぜそんなことをしでかしたのか？

栗子ママの生前の言葉を真に受けるのであれば、当然ながらそうした疑問がにわかに浮かび上がってくる。

しかし、こんなトンデモ話を海老原の前で披露するわけにもいかない。そう考えると、NASAの極秘文書の件はあとから英理に伝えた方がいい。いま話してしまうと、英理はきっと栗子ママや華子ママのことを海老原の前で持ち出し、「白い幽霊=栗子ママの亡霊」説を大いに喧伝するだろう。挙句、マサシゲの存在まで海老原に話してしまう恐れもあった。

英理はよほどのこと以外は〝何でも大っぴら〟を生活信条としている。

「隠し事なんて百害あって一利なしだよ」

が口癖で、そこはわたしと同意見でもある。だが、少なくともマサシゲの存在は新聞記者である海老原に明かすべきではあるまい。そこを英理がわたしと同じように認識しているのかどうか一抹の不安は拭えない。

話題を極秘文書の件に戻さないために、わたしは目下のやりとりを太らせることにする。

「最近知ったんだけど、うちの娘がＪＪみたいに人工子宮を使って子供を作りたいと言ってるらしいよ。彼女は自分の計算通りのデザイナーベイビーを手に入れたいんだそうだ。そのために卵子の凍結保存をして、精子は精子バンクで買うつもりなんだってさ。ＨＭ１（人工子宮）もいまは医療目的でしか使えないけど、いずれ一般も利用できるようになるし、時間がかかるんだったらそれこそＪＪみたいに裏の手を使ってもいいと考えているらしいよ」

わたしは切り出した。

「先生のお嬢さんってお幾つですか？」

「僕と同い年だよ。純菜さんっていうんだ。僕はまだ会ったことないけど」

英理が答える。

「人工子宮なんて医療目的以外で使う必要があるのかね。海老原さんだったら、実際に人工子宮が安く使えるようになったら使うと思う？」

いささかセクハラめいた質問だったが訊いてみた。

「さあ、考えたこともないんで……」

海老原が困ったような表情になる。

「じゃあ、開発者のウー博士の言っていた開発理由についてはどう感じているの？」

海老原は元科学部なのだから、ウー・フープーの発言内容は知悉しているに違いない。

「例の妊娠・出産は男性による究極の性暴力だ、という博士の話ですか？」

「それそれ」

ウー博士は、妊娠・出産は女性のキャリアアップを阻む根源的なタイムロスを生んでいるとも指摘していた。

「あの博士の考え方は、女性にとってはある種、目から鱗って感じでしたね」

「ということは、やっぱり女性だけが妊娠や出産、さらには育児で大きな負担を背負うのは不平等だし、それは男性からの一方的な押し付けであるって海老原さんも考えているわけ？」

「一方的な押し付けとは思いませんけどね。そもそも男性には妊娠したり出産したりする能力が欠如しているんですから。ただ、何て言うんでしょう、女性が大きな犠牲を払って子供を産み育てることに対して、男性がそれを当然視して、『お前たちは子供でも産んでいればいいんだ。どうせ他にできることなんてないんだから』といった態度を取りつづけている点については完全な押し付けだと思いますね」

「やっぱりそうなんだ」

英理が感心したような声を出す。

「だったらウー博士の言う通りじゃない。人工子宮の登場によって女性は妊娠・出産から解放されて、男と同じようにキャリアを積むことができるんだから」

「でも、そこはまたちょっと違うんですよね」

「何が」

英理とわたしが同時に訊く。

「私たち女性が嫌なのは子供を産むことそれ自体ではないんです。むろん、出産リスクや身体への影響はありますが、妊娠・出産は女性の身体に一方的な負担を強いるばかりのものではなくて、そうした生まれ持った肉体のサイクルを活用することで男性よりも強い生命力を得ているという側面も否定できません。科学的なエビデンスはありませんが、女性の長寿は妊娠・出産を始めとした女性ならではの生理現象のおかげだという説もあるくらいですから。

女性が男性に求めているのは、妊娠・出産にもっと敬意を払い、その役割を担当する女性の権利をしっかりと認めろということです。キャリアアップ一つにしても従来の男性主体のシステムではなくて、我が子を産んで育てる女性にとっても不都合のない新たなシステムに変更するなり、乃至はそういうシステムを付け加えるべきでしょうし、政治参加の面で言えば、選挙区ごとの一票の格差に目くじらを立てる前にまずは人口の半数を占める女性の議席数をすみやかに増やすべきです。性犯罪に対しても同様です。女性を性的対象としかみない悪しき風潮を一掃するためにも、性犯罪者たちはもっともっと厳しく罰せられなくてはならないと思いますね」

「要するに性差による不当競争を防止し、男性による権力の独占を禁止しろってことだよね」

英理が言う。

「でも、人工子宮が普及したらウー博士の目論見とはまるで正反対の現実が生まれるんじゃないの？」

「正反対の現実？」

英理の言葉に海老原が怪訝な顔をする。

「だってそうでしょう。人工子宮を女性が使う分にはいいけど、男が使って子供を作れるようになったら女性なんて要らなくなっちゃうじゃない？　ていうか、女性は男たちが性的欲望を解消するためだけの存在になっちゃうでしょう」

先日のマサシゲとまるで同じことを英理は言っていた。

「そんなふうにはならないと思いますよ。大方の男女は夫婦関係を結んで子供を作るでしょうし、人工子宮を使ったとしても、母親と父親は子供にとって不可欠な存在ですから。人工子宮の利用者はカップルがほとんどになるだろうし、現在普及している体外受精による不妊治療と似た状況が生まれるんじゃないですか」

「そうかなあ……」

「前沢先生のお嬢さんだって、いまはそんなふうにおっしゃっているけれど、実際に好きな男性ができて結婚したら、きっと違うことを言うようになると思います」

そこで、わたしと英理は顔を見合わせる。

海老原は純菜が結婚していることも、たった三カ月足らずでその夫と別れようとしていることも知らないのだ。

だが、それはともかくとして仮に人工子宮が普及すれば、純菜のような人間は男女を問わず次々と現われてくるような気がわたしにはする。

「だけど、女性が子供を産まなくても済むようになったら、そもそも性別という概念がなくなってしまうんじゃないかな」

並んで座る海老原と英理にわたしは言った。それは実感でもある。

現に、このわたし自身も英理と出会い、性別というものの意味がいまではよく分からなくなってきているのである。

海老原と会った翌日、マサシゲにNASAの極秘文書の件を伝えた。

マサシゲはその場でウィキリークスNEOにアクセスしたが、暴露文書はまだオープンになっていないようだった。記事化しているメディアもいまのところないらしい。

「ウィキリークスの方はともかく、どこの国のメディアも記事にしていないのは不思議だね。アメリカ政府から圧力でもかかっているのかな」

わたしが訊ねる。

海老原が見つけたNASAの文書は、内容が内容だけに超特ダネと言ってもいい。本来であれば世界中のメディアがこぞって報道に踏み切るはずだ。だが、今朝方チェックしたところA紙のニュースサイトでもいまだに報じられていなかった。

「それはないと思うよ。恐らく、ウィキリークスNEOが縛りをかけているんじゃないの」

マサシゲはアメリカの圧力についてはあっさり否定した。

縛りをかける、というのは、ウィキリークスNEOが各メディアに発表日時を指定して、抜け駆けを許さず世界中で一斉に暴露文書の存在を明らかにさせる戦術のことだ。

「だけど、NASAの文書は、表沙汰にされると米ロ中の政府にとってかなりヤバイでしょ」

「そうでもないよ。いつものようにそんな事実はないし、文書は捏造だと開き直ればそのうちみんな忘れてしまうからね」

「まあね」

近年は中国のような一党独裁国家のみならず、イギリスやアメリカといった伝統的な民主主義国家でも〝権力の固定化〟乃至は〝権力者の居座り〟が常態化している。

いまや世界中の権力者たちが、汚職や選挙不正、情報隠蔽など昔だったら権力失墜の決定打となり得たようなスキャンダルを暴かれても平気で事実を否定し、権力の座にしがみつくのが当たり前になっているのだ。

この日本でも、いつの間にか首相や閣僚のポストはほとんど世襲のような状態に陥っていて、殊にここ十数年の内閣総理大臣は九割が三世、四世議員で、あげく総理経験者を親族に持つ新総理が立て続けに誕生している体たらくだ。

そういう点では各民主主義国家も、いまやアメリカを凌駕しつつある中国と権力構造の実態はさほど変わらない状況となっており、そうした現状が、依然として中国の独裁体制を世界各国が容認し続ける大きな背景ともなっているのだった。

「それにしても、海老原記者の言っていることは本当なんだろうか。アメリカ、ロシア、中国がミサイルでわざわざ軌道を変更して新宿に隕石をぶつけたなんて、そんなことあるのかな？」

わたしが訊くと、マサシゲは表情を変えるでもなく、

「充分にあり得るよ」

と答える。

「マー君はどうしてそう思うの？」

「直径二十メートル程度の隕石が地球にぶつかる軌道上にあったとしても、核ミサイルで軌道を変えるのは可能だし、そもそもそれくらいのサイズなら破壊することだってできたと思うよ。NASAの文書の通り、米ロ中が七カ月も前に隕石の存在を確認していたのなら、隕石がこの場所にぶつかるように操作した可能性は非常に高いんじゃない。だって、彼らは隕石を破壊しなかったにもかかわらず、わざわざ四発のミサイルを共同で撃ち込んでいるわけだからね」

「まあね」

わたしは頷くほかない。

今日のマサシゲはいつものTシャツにジーンズ姿で、鎧兜を身にまとっているときと同じ引き

締まった男性の顔だ。ただ、鼻ひげも顎ひげもない。彼のひげはどうやら鎧兜専用であるらしい。

「それにしても、どうしてアメリカやロシア、中国は、そんなことをしたんだろう？」

一番の疑問をわたしは口にする。

「さあね……」

マサシゲも海老原と同じように首を傾げた。

「レミゼのママの言うことが真実なら、彼らも糸井栗之介がそうだったように、ここが地球の中心だと知っていたのかもしれないね」

ところがすぐに思わぬセリフがマサシゲの口から飛び出し、わたしは呆気に取られる。

「レミゼ」のことも華子ママの話も一度もマサシゲに伝えた記憶はない。

糸井栗之介というのは亡くなった栗子ママの本名だった。

「マー君、どうしてその話を知っているの？」

「その話って？」

マサシゲの方が逆に不思議そうにしている。

「だから、栗子ママの話だよ」

「そんなの華子ママに聞いたに決まってるじゃん」

高村光雲たちが造形した馬場先門の楠木正成像をそのまま引き写したと思しく、マサシゲの容貌は威厳に満ちている。そんな顔で「決まってるじゃん」などと言われると、なんとも違和感が募ってしまう。

「じゃあ、マー君は華子ママに会ったことがあるんだね」

「会うもなにも、レミゼにはしょっちゅう顔を出しているからね」

「しょっちゅう？」

「そうだよ」

「いつから？」

「いつからって、そうだねえ……」

そこでマサシゲは顎を少し横向ける。

「一カ月くらい前かな」

ＡＩロボットである彼はむろんすべての経験を完全なデータとしてＡＩ（人工知能）に保存している。人間につきものの〝記憶の曖昧さ〟はあり得ないのだ。しかし、最近のマサシゲはそうした人間的な曖昧さを会話に持ち込む術を急速に身につけ始めていた。

大袈裟に言えば、彼は一日どころか一分一秒ごとに人間に近づいている気がする。

「英理のやつ、僕には何にも言わなかったよ。このあいだ、久しぶりにレミゼに顔を出したときもマー君がよく来てるなんて一言も口にしなかった」

マサシゲが笑みを浮かべる。

「英理君はときどきそういう隠し事をして愉しんでいるんだよ」

英理とマサシゲはどういうわけかウマが合うようで、わたしのいないところでも時々会っているのは知っていた。だが、まさか英理が自分のバイト先の「レミゼ」にまで案内していたとは思いもよらなかった。

マサシゲもマサシゲで、あの店に足繁く通っているというのにはびっくりだ。

彼は一体、どういう容姿で「レミゼ」に通っているのか？　売り専バーとは違いこそすれ、あそこには一夜の契りを求めてやってくる客も大勢いる。いまのこの外見で出向けば、さぞや多くの男たちから誘われるのではあるまいか。

もとより性別のない彼にはその意味するところを理解するのは難しかろう。まさか相手がロボットだとは想像だにしない男たちから一方的なアプローチを受け、彼は果たしてどういう気分になるのだろうか？

──そもそも、マサシゲに性欲はないのだろうか？　ＡＩロボットは機械学習やディープラーニングによってセックスを学び取ることもできるのだろうか？

わたしはマサシゲの凜々しい顔立ちを眺めながら、ふとそんな疑問を持った。

「地球の中心だとか、二丁目には地球の中軸が通っているだとか、栗子ママが言っていたそれって一体どういう意味だと思う？」

話題を元に戻す。

「さあねえ……」

マサシゲは呟くように言い、

「何かの比喩なり隠喩なんだろうけどね。僕にもさっぱりだよ」

と両手を広げてみせた。そういう仕草もすこぶる人間的だ。

「じゃあ、マー君は、白い幽霊の正体が栗子ママの怨霊で、栗子ママが十七階の外国人たちを射殺したっていう華子ママや英理の推理についてはどう思っているの？」

マサシゲは、リャオ・チェンシーが目撃したという白い幽霊の存在を半ば認めている。だとすれば、その幽霊が栗子ママだという説を聞かされてどんなふうに感じたのだろうか？

「それもいまの時点ではさっぱり分からない、と言うしかないよね。ただ、二人の推理にはちょっとしたヒントが隠されているとは思うけどね」

「ちょっとしたヒント？」

「うん」

マサシゲは頷き、

「もしも十七階で死んだ三人のロケット技術者が隕石を落とした張本人乃至は関係者だったとしたら、なぜ今頃になって彼らはこんな場所にのこのこ集まって来たのか、みっちゃんは不思議に思わない？」

逆に問い返してきた。

そういう発想はまるでなかったが、そう言われてみればそんな気もする。

「なるほどね。まるで犯人が犯行現場に戻るような話ではあるね」

「でしょう」

我が意を得たりという顔でマサシゲがこちらを見る。

「だけど、それと英理たちの推理とのあいだに何か関連があるわけ？」

マサシゲの言う「ちょっとしたヒント」とは何なのか。

「白水常務の話だと、この三年間にレットビの六つのマンションで二十人近くが不審死しているわけでしょう。となれば、アメリカやロシア、中国だってこれまでずっとその原因を追究してきたんだと思う。まして、死亡者がみんな新宿隕石の軌道変更に関わったメンバーだったとすれば、その線から真相を探るのは当然のことだしね。つまり、レットビで死んだ外国人たちには共通点があり、彼らの死は最終的にこのグラウンド・ゼロに繋がっていく——そう仮定すると、いろいろな要素が一つにきれいにまとまるんだよ。米ロ中の三カ国には、地球の中軸が通っているこの場所をどうしても破壊しなくてはならない何らかの動機があった。そして、実際に彼らは隕石の軌道を変更させることでそれを実行に移す。すると、その後、隕石攻撃に関与した技術者や政府関係者が次々とレットビのマンションで連続死し、あげくレットビのオーナーである白水天元会長は、自分たちが破壊した新宿二丁目に巨大なタワーマンションを建設する。そうなると米ロ中の政府は当然ながら、白水会長が何らかの形で連続死事件に関与しているのではないかと疑うだろうし、さっきみっちゃんが言ったみたいに自分たちのまさしく犯行現場に白水会長が建てたこのブルータワーに目をつけるに違いない。

実は、糸井栗之介の話を英理君たちから聞いて、僕は、他のマンションでの死亡事件とここの十七階で起きた連続死事件とはいささか性質が異なるんじゃないかと考えるようになったんだ。今日のみっちゃんの情報を聞いて尚更そんな気がしてきているんだよね」

「事件の性質が異なる？」

どうやらマサシゲの言う「ヒント」とはそのことのようだった。

「このマンションで死んだジム・シュガート、イゴール・ゼルドヴィッチ、ワン・ズモーの三人は、他のレットビのマンションで起きた連続死事件の真相を解明するためにブルータワーに乗り込んで来たんじゃないだろうか。もっと言えば、自分たちの仲間を殺した犯人の目星や手掛かりを摑んで、その人物を見つけ出して捕まえるか殺すかするためにやって来たような気がするんだよ」

「そして、三人はそうやって追い詰めたはずの犯人に逆に返り討ちにあってしまった……」

わたしはマサシゲの言葉を引き取るようにして言った。

マサシゲがまた小さく頷く。

「その犯人が糸井栗之介の亡霊なのか、はたまた茜丸鷺郎なのか、そこはまだ分からないけれど、ウィキリークスＮＥＯがすっぱ抜いたＮＡＳＡの極秘文書が本物ならば、少なくとも三人のロケット技術者がこのマンションで顔を揃えていた事実と新宿隕石の衝突とのあいだには大いに関連がありそうだし、彼らが二日のあいだに揃って心室細動で死んでしまったというのも、場所が場所だけに隕石の衝突と無関係とはおよそ考えられないよね」

「じゃあ、マー君は華子ママや英理の言っている話にも幾らかの信憑性があると感じているわけだね」

「そうだね。チェンシーが事件の前に十七階で遭遇した白い幽霊が糸井栗之介の亡霊で、彼が自分を退治しようと乗り込んできた米ロ中のロケット技術者三人を返り討ちにしたというのは、常識の枠を取っ払って考えれば、案外分かりやすい話だという気はするよ」

マサシゲはそう言い、「それに」と言葉を足す。

「それに？」

「白水会長がブルータワーの建設に心血を注いだってことは前にみっちゃんに話したよね。会長にはこの場所にタワーを建てなくてはならない何か特別な理由がきっとあったはずだって」

今度はわたしが頷いてみせる。

「僕は、華子ママや英理君から糸井栗之介のことを聞いて、その特別な理由の一端が見えたような気がしたんだ。白水会長も糸井栗之介同様に、この新宿二丁目が地球の中心であり、地球の中軸が通っている場所だと知っていたんじゃないかな。実際、会長はファウンテンシティは『人類の未来を照らす街になる』とプロジェクト起ち上げのときから繰り返し言っていたし、それって糸井栗之介が華子ママに語った『この街には人類の未来が眠っている』とか『未来の地球』というセリフと丸かぶりでしょう。

つまりさ、白水会長は米ロ中の隕石攻撃によって完全に破壊された新宿二丁目を新しい街に作り直し、爆心地にこの巨大なタワーを建設することで、もう一度〝人類の未来〟を呼び戻そうとしているんじゃないだろうか。そのために彼は莫大な費用を使ってグラウンド・ゼロを買収し、採算度外視でプロジェクトを推し進めたような気がするんだ」

マサシゲは重々しい口調になって言う。

その言動はいかにも芝居がかっている。

「人類の未来を呼び戻す？　それってどういう意味？」

思わず茶化すようにわたしが訊ねると、

「さあ、それは僕にもよく分かんないんだけどさ」

マサシゲはちょっと照れくさそうに返してきたのだった。

42

ウィキリークスＮＥＯが膨大な量のアメリカ政府の未公開文書をすっぱ抜いたのは、海老原が訪ねて来てちょうど一週間が経った八月二十三日金曜日のことだった。

サイトへの公開と同時に世界中のメディアが文書の中から暴露性の高いものをピックアップして大きく報道したが、案の定、最も派手に報じられたのは例のＮＡＳＡの極秘文書の内容であった。

ただ、海老原の勤務するＡ紙を始め、報道の主眼はあくまで米ロ中が国連スペースガードセンターの正式発表の七カ月も前に新宿隕石の存在を把握し、隕石に対してミサイル攻撃を行っていたという事実で、その四発のミサイルが命中したかどうかを含め、超大国三カ国によるミサイル発射が隕石落下にどのような影響を与えたかについて独自に斬り込んでいるメディアはほとんど見当たらなかった。

それというのも、文書の暴露直前に米ロ中の宇宙機関が合同で緊急記者会見を開き、今回のＮＡＳＡの文書に記されている内容についてあらかじめ詳しい解説を行ってしまったからだ。

ニューヨークの国連スペースガードセンター本部の記者会見場には、アメリカのＮＡＳＡ、ロシアのロスコスモス、中国の国家航天局それぞれのトップ三人が顔を揃え、五年前の０３１ＴＣ

4へのミサイル攻撃に関する細かな経緯を率直な口調で語った。

彼らの説明によれば、隕石の軌道変更または破壊を企図して発射したミサイルは、最初のアメリカの一発以外は命中せず、衝突二週間前に至近距離から放ったミサイルも隕石の表面をかすっただけに終わり、その結果、地球への激突が不可避となってしまったとのことだった。

「なぜ、隕石の存在をぎりぎりまで隠していたのか？」

という記者の質問に対しては、

「作戦途中であり、全地球的なパニックを恐れたためだ」

と答え、

「最初の一発が命中したことで、落下地点が新宿に変ったのではないか？」

という質問に対しては、

「我々のミサイルは、隕石の軌道をわずかでも変更する力を持ち得なかった」

ＮＡＳＡの長官がいかにも無念そうに言ったのだった。

わたしは、この米ロ中の共同会見の内容をチェックするとすぐに海老原に連絡して、彼女の感想を訊いた。

「会見ではミサイルの軌道の詳細なデータもオープンにしていたけど、あれって本物のデータなのかな？」

海老原は先週、文書に記載された追跡データの一部からの推定で、恐らくミサイルは四発とも命中しているだろうと言っていたのだ。

「命中した最初の一発に関しては正確なデータを出してきていますが、残り三発のはちょっと怪しいって感じですね。文書にある追跡データは、会見で彼らが言っていた通り発射から目標到達までの三分の一程度に過ぎないんですが、しかし、発射時のデータがあれば命中するかどうかはかなり予測できるんです。そうやって考えると、途中で何かよほどの障害だとか推進装置のトラブルでもない限りは四発とも命中していないとおかしいんですよね。防衛省でもさっそく専門家に依頼して文書の追跡データを詳細に分析したようですが、やはり全発命中が妥当な結果だろうとの判断だったようです」

「ということは、米ロ中は例によって大嘘をついているってわけだね」

「恐らくそうだと思います」

「ウィキリークスＮＥＯの暴露を受けて、ＮＡＳＡやロスコスモス、国家航天局の内部関係者から新しいリークはないの？」

「いまのところ何も出てこないですね。三カ国とも今回はかなりきつい情報管理を行っているみたいで、極度に神経質になっているのは確かです」

「やっぱり痛いところを衝かれたってことか」

「そうだと思います。文書公開の直前にああして宇宙機関のトップが雁首揃えて会見したということ自体、異例中の異例でしたから」

「そうだろうね。ところで官房長官は、被害当事国としてさらなる情報公開を三国に求めるとか言っていたけど、米ロ中に対して何か具体的なアクションはあったのかね」

「いまのところ、そういう動きはまったく見えませんね」

「しかし、隕石が発見された時点で地球衝突が確実と見込まれ、しかも、ミサイル攻撃で隕石の軌道に何の影響も与えることができなかったと発表しているわけでしょう。ということは、衝突の七カ月前の段階で少なくとも日本列島のどこかに隕石が落ちるくらいの予測はすでに出ていたんじゃないの。だとすれば、その事実を七カ月間も知らされず、あげく、隕石への攻撃に一切関与できなかった日本はとんでもなく米ロ中に舐められているって話じゃない。国家として米ロ中や国連スペースガードセンターに強く抗議するべきだし、どうして日本政府に情報が開示されなかったのか、その原因とプロセスを明らかにするよう厳重に要求すべきなんじゃないの」

「確かに前沢先生のおっしゃっている通りだと私も思います。実際、ＪＡＸＡ（宇宙航空研究開発機構）の鰻多理事長なんかは非常に憤慨されていましたし」

「鰻多って鰻多晃一郎？」

「もちろん」

鰻多晃一郎（うなぎた・こういちろうと読む）は日本におけるロケット研究の第一人者だった。いつの間にＪＡＸＡの理事長などに就任していたのだろう？　まったく知らなかった。

日本の宇宙開発事業は、悪化の一途を辿る財政赤字のせいで近年、急速に衰退してしまっている。衛星ビジネスでも欧米やロシア、中国、さらにはインドの後塵を拝しているのが現状と言っていい。鰻多博士はそうした日本政府の消極的な宇宙政策に異を唱える急先鋒だったはずだ。そんな人物が一転、政府側のトップに就任するというのは意外と言えば意外な話である。

「鰻多さんには今回のことで取材したの」

「はい。コメント取りなので電話だけだったんですけど」

「彼は何て言ってたの？」

「先生と同じことをおっしゃっていました。そもそも地球に接近する小天体の観測は、日本も国連スペースガードセンターの一員として熱心にやっていて、センターへの拠出金も米中に次ぐ三番目なんだそうです。にもかかわらずニューヨークの本部が０３１ＴＣ４に関する情報を一切出してこなかったことについて、そんな馬鹿なことがあるかと大変怒っておられましたね。あと、０３１ＴＣ４くらいのサイズの隕石であれば、七カ月も前に発見できていたら、日本のロケットでも軌道を変えるくらいのことは可能だったかもしれないと……」

「なるほど。じゃあ、この前の米ロ中の会見に鰻多さんは大いに疑問ありってことだね」

「そのようでした」

鰻多のようなロケットの専門家にすれば、件の会見など子供だましに等しいのかもしれない。

「だったら、世間に向かってその疑問をぶちまければいいじゃない。いつものこととはいえ、米ロ中にすっかりコケにされて、鰻多さんも腹の虫がおさまらないんだろう。それに、彼だって、米ロ中が隕石の軌道を変えてわざと新宿にぶつけたんじゃないかと疑っているんじゃないの」

「さあ、そこまでは電話なので聞けなかったんですけど」

「一度、会って来ればいいじゃない」

「私もそう思っているんです。実は鰻多先生は、私の学生時代の指導教授とは昵懇で、当時もたまに研究室に遊びに来ていたんですよね」

「そうか。彼も京大だったんだね」

「はい」

「それなら尚更だよ。話を聞いたら僕にも中身を是非教えて欲しい」

「分かりました」

そういうやりとりをして海老原との通話は終わったのである。

43

ＡＩは性別を認識することも可能なのだろうか？

むろん性別の存在を認識することはできるだろう。だが、真の意味で性別を理解することがＡＩにできるかどうかは疑問である。

なぜなら性別は生得的なものだからだ。人間は生まれながらにして男か女である。年齢を経て男になったり女になったりするわけではない。歳とともにより男らしくなったりより女らしくなったりといった性徴の発現はあるが、それは変化というより強化というべき現象であろう。

そうした生得的なものを、生まれたときは性別のないＡＩが果たして後天的に学習できるのかどうか？

性医学を学んだことのないわたしに判断はつかないが、たとえば、

——マサシゲは性欲を持つことができるのだろうか？

という疑問は、彼（彼女）と顔を合わせるたびにわたしの脳裏に浮かんでくる。

たとえばマサシゲが美しい女性の姿をしているときなどは、いつの間にか性の対象として彼女（彼）を見ている自分がいるし、先日のように彼（彼女）が、「レミゼ」によく出かけているという話を聞くと、それはそれで、マサシゲがあのゲイバーでどんなふうにゲイたちとやりとりを交わしているのか関心が湧いてくる。

わたしは自分の視点でマサシゲを見ると同時に彼（彼女）の視点になってわたしや「レミゼ」の客たちを見る。あたかもわたし自身がマサシゲに乗り移ったような気分（あくまで気分）で、性的対象としてのわたしや「レミゼ」の客たち、そして華子ママや英理を見るのだ。

性別を学習することと性欲を学習することには重なる面もあればそうでない面もあるだろう。

わたしたちの場合も、性別は生まれながらに決められているが、性欲は思春期を迎えてにわかに具体性を帯びてくる。初恋は幼少期からあるし、初恋の相手が同性という場合もあるようだが、相手が異性だろうと同性だろうと、どちらにしろ、そうした初恋が明確な性の欲望へと進展していくのは十代の後半からだろう。

だとすると、マサシゲは性欲の原点にある性別は理解できなくとも、その発展形である性欲は

学習することができるのだろうか？

わたしたちが思春期になってようやく肉欲を獲得するように、肉欲に関しては、彼（彼女）もまた後天的に学び取ることができるのだろうか？

性的な欲望が肉体的な快楽の追求と成就ですべて語れるのであれば、ＡＩロボットのマサシゲも性欲を獲得できるような気がする。肉体的な快楽というのは結局、痛みや痒み、匂いや味と同じように脳内の電気信号に還元されるのだろうから、性的な快楽の電気信号（複雑でヴァリエーションに富むだろう）さえＡＩ内部で再現することができれば、マサシゲは人間と同じように性の喜びを得ることができ、それは性欲の構築へとスムーズに繋がっていくだろう。

だが、性的な快楽の精神的な部分、つまりは繁殖に根差した部分（ここが生得的）に関しては、マサシゲは容易には学習できないに違いない。

たとえば製造されたときから自らを「完全に本物の人間」と思い込まされているＡＩロボットであれば当然、繁殖欲も人間と同じものになるだろうが、実際の彼（彼女）は人間同様のセックスでは子孫を残すことができないのだから、やがては自分が「完全に本物の人間」でないことに気づかざるを得ないと思われる。

マサシゲが繁殖欲求を持つことはできるだろうか？

そこも非常に難しいとわたしは思う。

なぜなら、マサシゲは死ぬことができないからだ。

仮にわたしたち人間が不死を得たとする。そうなったとき、わたしたちが進んで子供を作るかどうかはかなり怪しいとわたしは睨んでいる。永遠の生命を得たわたしたちは、当然ながら生命観自体を激変させるだろう。自分が決して死なないのに、わざわざ別のいのちを作り続けるとは思えない。そもそもそんなことをしたら、この地球はあっという間に人間で溢れ返ってしまう。

わたしたちは恐らく〝自分自身であり続ける〟ということにすべてを捧げ、集中するのではないだろうか？

遺伝子のミックスによって進化を目指すという生命観を放棄し、無限の時間を使って一人一人が個人的に進化する道を選択するだろう。

別のＡＩ内にデータを完璧に保存したり転写したりできるマサシゲは常に再生可能な存在だ。彼は決して死なない。

不死となったとき、我々が目標とするのはマサシゲのようなＡＩロボットだと思う。いまのマサシゲは人間に近づいているが、仮に我々がマサシゲ同様に〝決して壊れない脳〟を所有することができれば、今度はこちらから彼に近づこうとするのではなかろうか。

死なない人間とマサシゲのようなＡＩロボットはほとんど同じと考えていい。

人間が不死になれば、人間もまた最初から性別を意識しなくなるような気がする。

そうなると不死の人間に残されるのは、性的な快楽だけに特化した性欲ということになる。これは同性愛（わたしと英理の関係がまさしくそれだ）における性欲と同じようなものだ。わたしと英理は共に性的欲求を抱き合い、わたしたちは夜ごと交わっているが、しかしわたしたちのあいだに繁殖、つまり遺伝子のミックスは絶対に起こらない。

わたしと英理が、もしも我が子を希望するならば、わたしたちはセックスに頼らない繁殖を試みることになる。

わたしたちは、自らの細胞から遺伝子をそれぞれ取り出して混ぜこぜにし、その編集されたゲノムを卵子に入れて代理母かＨＭ１（人工子宮）を使って子供を作るしかない。

現在の合成生物学の先端技術を使えば、そうやってわたしたちが我が子を手にするのも不可能ではないだろう。これはマサシゲが別のＡＩロボット（たとえば双子機のテンゲン）のデータと自分のデータとをミックスしてさらに別のロボットのＡＩに移植するのと似たような行為だとも言える。

そんなふうに考えを進めていくと、マサシゲが獲得できる性欲は最初から繁殖や生殖を土台としないわたしと英理とのあいだに存在するような性欲ということになる。マサシゲはわたしが英理を欲するように相手を欲する。そして、その相手は女でもいいし男でもいい。しかも彼（彼女）は男として女を求めることも、男として男を求めることも、女として男を求めることも、女として女を求めることもできる。

要するにマサシゲは、完全無欠の性欲を学び取ることができる超越的な存在になり得るのかもしれないのだ。

そしてそれは、すべての性を手にすることであり、とどのつまりは、性別という分類法から永遠に自由になるということでもあろう。

44

八月末から九月にかけては仕事に集中した。

十月から某紙に連載開始の長編の執筆に追われたのだ。

原子力産業をテーマにした経済小説を書くはずが、資料を読んでいるうちにすっかりその気が失せ、急遽まったく別の題材で仕切り直すことにしたのでとにかく時間が足りなかった。あげく、いざ筆を起こしてみると遅々として進まない。

そんなこんなで、十七階の連続死事件にかかずらってばかりいるわけにもいかなくなったのである。

英理との日常に変化はなく、マサシゲとも週に一、二度会うくらいだった。葉子からは九月に入ってすぐに一度電話が入り、純菜の手首の骨折はすっかり回復したこと、まだ拓海君との間で離婚は成立していないが、純菜は元気に会社に通っていること、年内いっぱいは実家で面倒を見るつもりで、純菜もそうして欲しいと言っていることなどを伝えてきた。

「拓海君とはどうなっているの？　正式な謝罪はあったのかね？」

わたしが訊ねると、

「さあ、よく分からないのよ。あれから一週間くらいして純菜の荷物が送られてきたから、電話かメールのやりとりはあったんじゃない。ただ、会ったりはしていない気がするな」

「純菜は何も言わないの？」

「彼女が言わないんじゃなくて、私の方が訊かないようにしているわけ」

「どうして？」

「どうやら私がくちばしを挟んでもいいことなさそうだから」

純菜が怪我をした翌日、わたしは葉子に頼まれて拓海君宅を訪ねた。離脱して部屋に侵入したところ、彼がＰＣに純菜の痴態動画を保存しているのを発見し、マサシゲに動画データの回収を依頼したのだった。葉子にはその日のうちに連絡し、どうやら居留守を使われたようだと伝え、しばらく時間を置く方が得策だと思うと言っておいた。葉子からもさして異論はなく、そののちはこの電話まで何も言って来なかったのだ。

わたしの方はマサシゲからデータ回収の報告を受けて以降、純菜の件は余り気にしないようにしていた。実の娘とはいえ、彼女のことはよく理解できない。正直なところ、拓海君の心理と純菜の心理のどちらが分かりやすいかと言えば、拓海君の方だとすら思うのだ。

九月二十七日金曜日の夕方、長編の第一部を何とか書き上げることができた。

全四部構成で連載期間は一年間を予定しているので、三カ月分を書き溜めた勘定になる。他の作家がどうしているのかは知らないが、わたしの場合は、最低三カ月分はストックがないと落ち着かない。新聞だと一カ月当たり八十枚程度（四百字詰原稿用紙換算）必要だから、三カ月分だと二百四十枚ほどになる。一カ月でその枚数を書き上げるとなると、さすがに体力気力が求められる。わたしの本来のペースは一日一枚から一枚半といったところなのだ。

その晩はゆっくり湯に浸かり、ビールを飲みながら英理と二人で出前のうな重を食べた。英理のベッドで久々にたっぷりと交わり、自分の寝室に戻ったのは午前二時過ぎだった。

充分に眠った気がして目を開けると、窓の外はまだ薄暗い。

スマホで時刻を確認する。午前五時を回ったばかりだった。しばらく横になってじっとしていたが眠気が戻って来る気配もなく、わたしはベッドから降りた。窓の外はいつの間にか明るくなっている。

レースのカーテンを開けて、外の景色に見入る。

土曜日の新宿の朝は静かだった。

見渡す限りの建造物すべてが朝日を浴びて輝いている。鏡面のような高層ビルの壁はところどころがきらきらとオレンジ色に光っていた。

五十八階のこの部屋からはファウンテンシティの全体が見渡せる。そしてシティを取り囲むように林立する高層ビル群やいまや日本一の乗降客数を取り戻したＪＲ新宿駅の巨大な新駅ビルの姿も手に届くような距離で眺めることができた。

目を凝らして細い路地やビルとビルとの隙間を探っても古い建物は見つからない。それどころか三階建て、四階建てさえ見当たらない。あらゆるビルが新しく、ほとんどが十階以上の高さだった。

人は戻っても、かつての新宿の猥雑さはどこにもない。風俗街も飲み屋街もヤクザやギャング、外国人マフィアのアジトも一掃され、すっかり消毒された〝未来都市〟がただ目の前に広がっているばかりだ。

それでも、いやそれだからこそと言うべきか、陽光が降り注ぐ新宿の街はすこぶる美しい。秋の光は透明度が高く、大気も澄み切っている。

——ここが地球の中心なのか……。

ふとそう思い、そうした気持ちで風景を見直してみる。

死んだ栗子ママはこの二丁目には地球の中軸が通り、ここは未来の地球なのだと話していたという。

太平洋戦争末期、米軍の空襲によって丸焼けになり、その敗戦の荒廃の中から無秩序に再建されていった新宿の街の荒々しくも逞しいエネルギーは、五年前の隕石の直撃で一瞬にして無化されてしまった。それからの復興は終戦後のそれとはまったく異なった手順と手法で果たされ、こうして何もかもが真新しい人工物に置き換わっていったのだ。

この景色をもって「未来の地球」と呼ぶなら、それはそれでしっくりくるような気がする。

だが、栗子ママの言う「未来の地球」や「地球の中軸が通っている場所」というのは、恐らくそんな意味ではないのだろう。

むしろ彼女は、隕石で破壊されつくす前、ゲイタウンとして世界的に聞こえていた猥雑極まりない二丁目をそう譬え、本来落ちてくるはずのなかった隕石が激突したとき、ただ一人、その「地球の中軸」の崩壊に殉じたのだと思われる。

白水天元は一体何のために爆心地にブルータワーを建てたのか？

ブルータワーを建てることでこの地に眠っている「人類の未来」をもう一度呼び戻そうとして

いるのだ、とマサシゲは言っていた。

彼はなぜあんなことを口にしたのだろうか？

わたしが「それってどういう意味？」と問いかけると照れくさそうに分からないと言うばかりであったが……。

しばらく外を眺めた後、窓辺を離れてわたしは浴室に行った。洗面所の棚に入っているタブレットシートから気管支拡張剤を二錠抜いて、コップに汲んだ水でそれを飲み下す。

ベッドに戻って仰向けに横たわり、胸元まで毛布を掛けた。

離脱するのは久し振りだった。最後は北品川の拓海君の部屋を覗いた日だからちょうど二カ月前だ。

普段は仕事部屋のリクライニングシートに座って肉体を離れるのだが、たまにこうして寝室のベッドで離脱することもある。そのために洗面所の棚にも薬を置いているのだった。

いつものように五分ほどで身体から抜けることができた。

二カ月ぶりとあって、すぐには外に出ずに室内でウォーミングアップする。

寝室を壁伝いに何周か回ったあと廊下に出た。リビングルーム、仕事場と巡り、最後に英理の部屋に入り込む。

英理は昨夜の交わりのまま、一糸まとわぬ姿で眠っている。薄い上掛けも足元にはねのけているので、その裸体をわたしは舐めるように眺めることができた。英理は全身を脱毛している。腕や脛の毛だけでなく陰毛もきれいに除去していた。これはわたしの求めに応じて行ったことではなく、知り合ったときにはすでにそういう処理を済ませていた。

ほっそりとした身体、白い肌はまるで女性のようだが、しかし、ひとたび深く抱き合ってみれば感触は女性とまったく違う。最初は慣れずに戸惑うこともあったが、やがて肌が馴染んでくるとその手応えは新鮮なばかりでなく、女性を抱いているときには得ることのできない安心を連れて来てくれるのに気づいたのだった。

英理との交情には、抱いて抱かれる、守って守られるという双方向のやりとりがある。女性とのあいだでは最後まで決して払拭できない心の緊張や自制が、英理との交わりでは、果てるまでのあいだに急速に薄まっていってくれる。

それは、いまだかつて味わったことのない想像を超える体験だったのだ。

意識体であるわたしには、肉体の中にいるときのような熱い情欲は生まれない。それでも、英理の美しい肉体を見ることは楽しいし、エキサイティングだ。

身体に戻った途端、その感情は欲望の一片となってわたしの内部に蓄積される。

長い時間、英理の寝姿を見物したあと、彼の部屋の窓から外へと抜け出した。

朝日はますます明るさを増し、眼下の街はもう真昼のようなたたずまいになっている。ただ、行き交う車の数も、通りを歩く人々の数も日中の混雑時と比べれば十分の一にも満たないだろう。

新宿の街はいまだ喧騒とは無縁の静けさに包まれたままだった。

45

ブルータワーの屋上にはヘリポートが設置されている。

わたしはコンクリート製のヘリパッドの真上に浮かんで西の方へと目をやる。足元には緊急離着陸場を示す巨大な「Ｈ」マークの中心があった。

新宿西口の高層ビル群の向こうに思いのほか大きな富士山の姿が望める。今朝は空も真っ青で空気も澄んでいるから、富士の山影は実にくっきりとしていた。雪はまだ山体のどこにも見当たらない。

あの東北の大地震があった年、そういえば富士山が噴火する小説を書いた。

富士の姿を見ると必ずそのことを思い出す。

あのときどうしてそんな小説を書こうと思ったのか自分でもよく分からない。当時は、大地震に連動して富士の火山活動が本格化するのではないかとも言われていた。そんな折に富士山が大噴火する夢を見て、矢も楯もたまらず書き始めたのだった。富士山噴火に関する知識もろくにないく、物語の骨格も何一つ思いついてはいなかった。

——富士山噴火の物語をいま書き出さないと本当に噴火してしまう。

目覚めたときにはっきりとそう感じた。噴火を小説化することで現実の噴火を引き延ばせるような気がしたのだ。気がしたというよりも確信したというべきだろうか。

もはや遠い昔の話だが、それが功を奏してなのかどうか、富士山は噴火の兆候を見せるでもなくああやっていまも静かにたたずんでいる。

しかし、地球に巨大隕石が落下するように富士山もいずれは大噴火を起こすのだ。

江戸中期の宝永大噴火（一七〇七年）以降、三百年以上の沈黙を守り続けている富士山は、火山学的にはいつ大噴火を起こしても不思議ではないと言われている。それは、今後三十年以内に八割の確率で発生するだろう首都直下型大地震と同じように、我々が避けることのできない〝確実な未来〟でもある。

一国の存立それ自体に壊滅的損害を与えるような天変地異がなぜ起きるのか？

天変地異のメカニズムが幾ら解明できたとしても、そのような世界がなぜ存在し、あげくそうした非常に危険な世界でなぜわたしたちが生まれ、生き続けなくてはならないのかという理由は永遠に分からないままだろう。

だが、正直なところ後者の理由が解き明かされない限り、メカニズムだけを幾ら詳細に追究したとしても何ら益もなければ安心に繋がりもしまい。それは、致命的な感染症の原因となる細菌やウイルスの正体が突き止められても、それらを無毒化する薬剤なりワクチンなりが開発されなければ意味がないのと同じようなものである。

どうして、わたしたちはこれほど物騒な世界に生まれなくてはならなかったのか？

一体、何のためにそのような世界があらかじめインストールされているのか？

たとえ世界を作り変えたり、消し去ったりすることができなかったとしても、せめて理由だけでも知りたいとわたしは強く願っている。

だからこそ、その肝腎の部分を常に覆い隠し、わたしたちを翻弄し続けるTの正体を白日の下に晒したいのだ。

JR新宿駅を挟んで向こうに建ち並ぶ新宿副都心の高層ビル群はすっかり色褪せている。もとから築年数が嵩んでいるのだが、東口に林立する最新鋭のビル群と見比べると、その退色ぶりは気の毒なほどだ。丹下健三が設計した新宿都庁舎だけがいまも異彩を放っているが、それとて古風な印象は免れない。

地上六十階、高さ三百メートル超のこの場所から、一切の遮蔽物なしに手前の都庁舎と奥に聳える富士山とを一つの風景として目の中におさめ、先ほどとは違った感触で、栗子ママが口にしていた「新宿二丁目は地球の中軸が通っている場所」という言葉を思い出していた。

わたしはゆっくりと上昇していった。

足元の「H」の文字がみるみる小さくなっていく。

百メートルほど昇ったところであらためて周囲の風景を見渡す。都庁舎も富士山も小さくなっている。眼下のブルータワーが新宿二丁目の大地に真っ直ぐに突き刺さっているのが分かる。

「地球の中軸」

という一語がにわかに真に迫ってくるのを感じた。

――白水天元は、031TC4によって破壊された「中軸」をこうして自らの手で再建したのではないか？

そんな気がした。

この高さからだとブルータワーとファウンテンパークが隣同士のようだった。ブルータワーにあたかも寄り添うようにファウンテンパークがあった。

なぜか、いつぞやマサシゲが紙ナプキンに印刷してくれた『名人伝』の一節が脳裏に浮かんできた。

〈毎夜三更を過ぎる頃、紀昌の家の屋上で何者の立てるとも知れぬ弓弦の音がする。名人の内に宿る射道の神が主人公の睡《ねむ》っている間に体内を脱け出し、妖魔を払うべく徹宵守護に当っているのだという。彼の家の近くに住む一商人はある夜紀昌の家の上空で、雲に乗った紀昌が珍しくも弓を手にして、古《いにしえ》の名人・羿《げい》と養由基《ようゆうき》の二人を相手に腕比べをしているのを確かに見たと言い出した。その時三名人の放った矢はそれぞれ夜空に青白い光芒を曳きつつ参宿と天狼星との間に消去ったと。〉

顔を上方へ向け、更なる高みへと目を凝らす。

三人の名人の放った矢は青白い光芒を曳きつつ参宿と天狼星との間に消え去ったという。参宿とはオリオン座を天狼星とは大犬座のシリウスをあらわすはずだ。その間とはこの澄み渡った空の一体どの方角にあたるのか？

そうやって天涯を眺めながら、わたしは途方もない心地になる。

五年前の二月十四日午後三時四十三分十八秒、031TC4は目の前の青空を切り裂くようにして、まさにこの地に落下してきた。

隕石の映像は世界中に配信され、何十億の人々が固唾を飲んで新宿二丁目に激突する瞬間をライブで目撃したのだった。だが、さすがにいまわたしがいるような位置であの空の彼方から接近してくる隕石を目の当たりにした者は誰もいない。

いや、一人だけ激突の直前までそれを凝視していた可能性のある人物がいる。

栗子ママこと糸井栗之介だ。

彼だけは迫り来る隕石の姿を爆発の瞬間までしっかりと見極めることができたに違いない。ファウンテンパークのあの場所にあった「レミゼ」の窓から身を乗り出し、糸井栗之介は天空を突き破って飛来する隕石を睨みつけていたのではないか。

そして彼は、無形の弓から放った見えざる一本の矢によって０３１ＴＣ４を木っ端みじんに破砕しようと試みたのではなかったか……。

わたしには、そうやってただ一人、「地球の中心」を守護するために敢然と弓を構える弓聖・糸井栗之介の雄姿が見えるような気がした。

空はますます明るくなり、上空を吹く風が次第に強まってきているのが分かる。首筋に肌寒さのような感覚が生まれていた。

わたしは直立した状態のまま、ゆっくりと高度を下げていった。足元の「Ｈ」マークは再び大きくなっていく。

そのときだった。

青く塗られた「Ｈ」の文字の上で何やら小刻みに動いているものがある。陽光が青い塗料を白く光らせているのかと思ったが、どうやらそうではなさそうだった。

それこそ白い布がヘリパッドの上で風に吹かれて揺らめいているようなのだ。

わたしは速度をゆるめて身体を反転させ、顔をヘリパッドの方へと向けた。

ちらちらと白く揺れ動いているそれは、よく見ると人の形をしていた。

ちょうどホログラムの人間のように頭も腕も足も変幻自在に形を変えているが、しかし、明らかに人の姿をしている。ただ、色は真っ白だ。

――あれが、例の白い幽霊？

晴天に守られているせいか恐怖は一切感じない。

マサシゲが、外国人連続死事件の重要な鍵と見做している「白い幽霊」がいますぐそこにいるというのか……。

わたしはスピードを上げて、白い影に向かって下降していった。

距離が詰まり、間違いなく人の形だと知った直後、背中を向けてヘリパッドを遊弋していたそれが、不意に首を回してこちらへと顔を向けた。

うっすらとだが、目や鼻のようなものが見える。その空白の瞳がじっとこちらを見ている。わたしも真っ直ぐに視線を返す。

視線と視線がぶつかったと感じた瞬間、白い幽霊は跡形もなく消えてしまったのである。

46

白い幽霊が煙のように消えたのと、上空から大きな音が聞こえてきたのはほぼ同時だった。

ヘリパッドに降り立ったわたしは、再び頭上を見る。

東の方向から一機のヘリコプターが近づいてくる。

大きな音はそのヘリが立てるバラバラというプロペラ音だった。

わたしは一旦浮上して、ヘリパッドから離れ、ヘリポートの角に移動した。ブルータワーの屋上にはこれまでも何度か来ていたが、ヘリコプターの離着陸に遭遇したことは一度もない。だが、近づいてくるヘリはこのヘリポートを目指しているようだ。機体にあしらわれたレットビのブランドロゴからしても間違いあるまい。

五分もするとヘリはヘリパッドの真上に到着し、ホバリングもそこそこにグレーの機体を微かに揺すりながらゆっくりと着陸したのだった。

回転するプロペラのすぐ間近にいるのだから耳を聾するような音のはずだが、離脱しているあいだは聴力が鈍るので、耐えられない音量ではなかった。やがてローターの回転数が落ち、プロペラ音も弱まっていく。

ヘリは中型で窓も小さく、操縦席のパイロットは見えるが乗っている人間たちの姿は分からない。プロペラが完全に止まったところでようやく機体前方のドアが開いた。

最初に小柄なスーツ姿の男性が降りてきた。続いて二人の女性が出てくる。

男性は白水天元だった。

その姿を見てわたしは彼の目を逃れるためにヘリコプターの陰に回った。白水房子によれば、失踪中の白水に代わって影武者ロボットのテンゲンがレットビ・グループ総帥の役割を果たしているという。商談や会食、会合にもテンゲンは顔を出しているというから、見た目では本物の白水とまったく見分けがつかないのだろう。それは、マサシゲの変装術からしても納得できる。

目の前の白水がテンゲンだとすれば、マサシゲ同様、眼球に装着した超高感度サーモセンサーによって離脱したわたしの姿を捉えることができるはずだ。

白水本人かテンゲンであるか区別がつかない以上、わたしは彼に見られるわけにはいかなかった。

ヘリパッドに立って、ヘリポートの端に設けられている建屋へと向かう白水に付き従っている二人の女性のうちの一人は白水房子だった。

だがもう一人は意外な人物だ。

駐機した機体の陰から覗いているので顔ははっきりと確認できないのだが、それでも体形や雰囲気からして誰であるか見紛うことはあり得ない。骨折したはずの左手首にギプスはなかった。葉子が電話で言っていた通り、傷の方はすっかりよくなったのだろう。

白水房子と同じグレーのスーツを身にまとった彼女は、娘の純菜だったのである。

三人は建屋に入ってエレベーターに乗り込んだ。

乗り場の扉が閉まったところでわたしも急ぎ建屋に入る。昇降路に飛び込んで、凄いスピードで下降していく白水たちの乗った昇降籠を追いかける。

昇降路はブルータワーの住人が使うものとは別物だった。籠のサイズも小さい。屋上ヘリポート専用のエレベーターなのだろう。

それにしても下降速度が速かった。住民専用のエレベーターも高速だが、この小さなエレベーターは破格だ。まるで落下するように降りて行く。わたしも速度を上げて籠を追う。

数分後ようやく昇降籠が停止した。

スピードと経過時間からして六十階分よりもずいぶん長い距離を下った気がする。

ということは、エレベーターの止まった場所は地中深くということか。

わたしは昇降路の壁に手を押し当ててみる。

目を閉じると、壁の先の厚みのようなものがそれとなく分かるのだ。壁や扉のくぐり抜けはできても地面やトンネルの壁に侵入する気にならないのは、その先の果てしなさが手や足を通じて伝わってくるからだ。それはちょうど、燃え盛る炎に手を突っ込む気が起きないのと似たような感じだった。

手のひらの感触でここが地中だというのがはっきりと分かる。

停止した昇降籠に入った。すでに三人の姿はない。籠のドアと乗り場ドアをくぐって外に出る。目の前には細い通路が真っ直ぐに延びているだけだった。

乗り場ドアを見ても階数表示はどこにもなく、ここが地下何階なのか分からない。通路の両側はコンクリート壁で、五十メートルほど先に見えるドア以外、壁にドアらしきものは一つもなかった。

それでもわたしは、左右に慎重に目を配りながら正面のドアに向かって進んで行った。

サイズは大きいが、高層ビルの地下の機械室などによく嵌っていそうな灰色のスチール製のドアだ。認証のための電子装置の類はどこにもなく、レバー式の取っ手がついているだけだった。

——やけにセキュリティーが甘いな。

と思いながらドアを抜ける。

抜けた先は想像を超える広い空間だった。前方には左右百メートルにも及びそうな巨大な壁が連なり、その壁に幾つものドアが並んでいた。壁はクリーム色で、嵌っているドアはファウンテンブルーだ。ドアの中央に小さく数字が記され、真正面のドアの数字は「18」となっている。ドアの大きさは同じで、ただ、それぞれのあいだの距離にばらつきがある。部屋の広さは一定ではないのだろう。

ドアには数字以外は何も表示されていなかった。

ここは一体何のための場所なのか？

ファウンテンブルータワーの地下にこんな巨大な施設があるとは思ってもみなかった。

人の姿はどこにもなく、人の気配もまるで感じない。だが、ヘリポートで専用エレベーターに乗った白水たちはこの地下で降り、通路を通って目の前に並ぶドアのどれか一つを開けたに違いない。

とりあえず真正面の「18」の数字のドアをくぐってみよう。

白水がテンゲンであれば捕捉される危険性もあるが、以前の白水房子の話を詳しく反芻すれば、マサシゲがわたしを見つけたときも最初はセンサーが拾ったゴーストだと思ったという話だった。リスクはあるが、ここは彼らを見つけ出すしかない。

仮に白水がテンゲンではなく本物であれば、彼にしろ白水房子や純菜にしろ意識体となっているわたしの姿を識別することはできない。その可能性だって充分にあった。

ファウンテンブルーのドアを抜けると部屋の中には二人の人間がいた。

これで、この場所が無人の施設でないことが初めて分かる。

実験室の入口のようなそっけなさとは対照的に室内はきちんと整っている。豪華と言うほどではないが人のぬくもりが感じられるちゃんとした部屋だった。床にはグレーの絨毯が敷き詰められ壁際には本棚が並び、正面の壁は全面が電子ホワイトボードになっていた。そのボードの前には金髪の女性が一人。そして向かいに置かれたテーブル席に小学四、五年生といった感じの女の子が腰掛けている。女の子は顔を上げて、熱心に金髪の女性の話を聞いていた。

テーブルの上には子供たちが学校で使うようなタブレットPCが一台置かれ、その画面と金髪女性の顔を交互に見ながら、女の子はタッチペンでPCに何やら書きつけている。

それは文字ではなくて何かの数式のようだった。ホワイトボードにもたくさんの数式が記され、時折、金髪女性がそのどれかを指さして丁寧に説明している。

彼女の言葉は英語だ。

目の前で行われているのは、数学の個人授業なのだろうが、一種、異様な雰囲気だ。

こんな地下に学習塾があるはずがないのもあるが、それより何より異様なのはホワイトボードに書かれた数式がおよそ小学生が学ぶレベルとは思えないことだった。

小学生の算数によもやφやθ、ε、∫それに√などの記号が多用されるはずがない。金髪の女性が口にしている英語もまるでちんぷんかんぷんだった。ただ、数式の中にはわたしでも知っているような古典力学の方程式が幾つか混じっているので、彼女が女の子に教えているのは恐らく基礎物理のたぐいなのだろう。

女の子の方は興味津々の様子で、金髪女性の話を聞き、しばしば頷きながら右手のタッチペンを動かしている。

わたしは金髪女性(年齢はまだ二十代前半だろう)の側に回ってその女の子をじっくりと観察した。

どこかで会ったことがあるような、見覚えのある顔つきだった。だが、長年子供とは無縁の生活を送っているわたしにそんな知り合いがいるはずもない。

——一体誰なのだろう?

そのとき、入口のドアがゆっくりと開いた。女の子の方へ向けていた視線をわたしは急いでそちらへと向ける。

思いもよらぬ人物が部屋に入ってくるところだった。

その人物の顔を見た瞬間、わたしは目の前の女の子が誰であるかに気づいた。見覚えがあると感じたのは、いま姿を見せた女性と女の子とが瓜二つだったからなのだ。

金髪の女性は授業を中断し、にこやかな笑みを浮かべて彼女を迎える。女の子も振り向いて自分とそっくりの女性にハーイと明るい声で手を振る。

「ハーイ、メイ」

女性の方も女の子に向かって大きな笑顔を作った。

画像や動画でみるよりも彼女はずっと美人だった。いつも座っている姿しか見なかったが、こうして本人と遭遇すれば、かなりの上背だと知れる。四十をとっくに回った年齢のはずだが、はるかに若々しく見えた。アンチエージングに関しても彼女は目立った研究成果を上げているのだろうか？

しかし、なぜこんなところにあのウー・フープー博士がいるのか？

博士とそっくりの女の子は、ウー博士が人工子宮で作り出した娘に違いない。

人工子宮の開発成功を公表した博士は、その後、自らの卵子を使用しての実験で幾人もの嬰児を犠牲にした事実が発覚し、それが生命倫理を踏みにじる行為だと猛烈に批判されて我が子と共に忽然と行方をくらましたのだった。噂では、博士の特許技術を取得した聖母技術有限公司（ホーリーマザー・カンパニー）が彼女をどこかに匿っていると言われているのだ。

そのウー博士がなぜ母子ともに白水天元のもとに身を寄せているのか？

まったくもってわけが分からなかった。

レットビ・グループとホーリーマザー・カンパニーとのあいだに何らかの繋がりがあるというのだろうか？　そんな噂は耳にしたこともない。そもそもインド政府のエージェントと疑われている白水が、中国政府肝煎りの大企業と手を組むというのも面妖な話ではあろう。それとも白水は、実は中国政府のエージェントということなのか？

ウー博士は金髪の女性の方へと歩み寄り、彼女と何やら立ち話を始めた。二人はずいぶんと打ち解けている雰囲気だ。昨日、今日の知り合いというわけではなさそうだった。

英語で話している二人にわたしは近づく。

一体、何を喋っているのか会話の内容を聞き取ろうと思ったのだ。

だが、二人のそばまで来た瞬間、わたしは猛烈な力で首根っこを摑まれ、気づいたときには自室のベッドの上に横たわっていたのだった。

47

離脱したのは午前五時半過ぎだ。

こんなふうにいきなり肉体に引き戻されるのは、ついつい時間を忘れて動き回ったときだけだった。制限時間（七、八時間）を超えると自動的に引っ張り戻されてしまう。ということはいつの間にか八時間近くが過ぎてしまったということか。

もう正午過ぎなのか？　ちょっと信じ難い。

ナイトテーブルに置いたスマホで時間を確かめようと上体を起こす。

そこで唖然とした。

身体にほとんど力が入らないのだ。

幾ら運動不足でも腹筋で身体を持ち上げるくらいのことはできる。それがびくともしない。まるで全身が金縛りにでもあっているようだった。

最近そんなことは滅多にないが、まだ意識が肉体に充分に馴染んでいないのだろうか。しばらく仰向けのままじっとしていた。

手足の指先を動かしてみる。徐々に動くようになってきた。

五分ほどそうやってから、いま一度腹筋を使う。両腕でサポートすると何とか起き上がることができた。手を伸ばしてスマホを取る。

まだ六時半だった。やはり大して時間は経っていない。

そもそも制限時間を超えると身体がむずむずしてくるし、気持ちもそわそわと落ち着かなくなる。そのうち不意に足が止まり、次の瞬間、後ろ髪を掴まれるようにして肉体に戻される。だが、さきほどはそんな前兆現象は皆無だった。ウー博士と若い金髪女性の会話を聞き取ろうとそばに寄った途端、一気に持って行かれてしまったのだ。

こんな短時間で強制送還させられた経験など一度もない。一体、なぜこんなことが起こったのか？　以前、茜丸鷺郎の事務所へ侵入しようとしたときに壁抜け、窓抜けができなかったのを思い出す。あれと同じような違和感があった。

前兆はなかったというのに強制送還後につきもののだるさや不快さはちゃんとある。それどころか普段よりずっと身体が重かった。

とてもベッドから降りる気になれず、わたしは再び仰向けに横になった。こうして寝そべっていればそのうち状態は改善してくるだろう。

クリーム色の天井を眺め、さきほど目にした光景を反芻する。

ブルータワーの地下にあんな空間があるとは驚きだ。入居時の説明でも一切聞かされなかったし、ホームページやパンフレットにももちろん載っていなかった。ファウンテンシティについてはさまざまな報道がなされ、白水天元との対談前に大方は目を通したつもりだが、地下の巨大施設に触れた記事など一つもなかった。

加えて、そんな秘密の施設に入社したての純菜が足を踏み入れているのも意外だ。拓海君との言い争いの中で、彼女が唐突に人工子宮の件を持ち出した理由がようやく分かった気がする。

ウー博士と面識があるのであれば、人工子宮の一つや二つはいつでも個人的に調達できるに決まっている。ＪＪがやったような危ない橋を渡らなくても純菜は簡単に人工子宮で子供を作れるのだ。そうした背景があるからこそ拓海君の前であああいう大胆な発言ができたのであろう。

――まったく我が娘ながら、呆れたおんなだな。

と思う。

その一方で、わずかな時日で白水兄妹の信頼を獲得し、地下施設への出入りを許可された純菜の手腕に半ば感心する気持ちもあった。興味ある対象への彼女の集中力は凄まじい。目下のところはレットビの事業によほど面白味を感じているのだろう。

それにしても、白水天元はこのブルータワーを使って一体何を企てているのか？

マサシゲが口にしていた「人類の未来を呼び戻す」という話とあの地下施設、さらにはウー博士母娘の存在はどのように関係しているのか？

ブルータワーについてくまなく調べたはずのマサシゲは、地下施設のことを知っていたのだろうか？　だとすればなぜわたしに黙っていたのか？　逆に知らなかったのだとすれば、彼ほどの能力の持ち主がその存在にどうして気づくことができなかったのか？

じっと横たわっていても、頭の中には幾つもの疑問が浮かび上ってくる。

白水たちの乗ったヘリコプターが飛んで来る直前、ヘリポート上を白い幽霊が徘徊していた。幽霊は確かに人間の形をしていた。チェンシーを始めとしたタワーの住民たちが目撃していたのはきっとあれに違いない。

白い幽霊は、こんな早朝にあんな場所で一体何をしていたのだろうか？

白水たちがブルータワーにやって来るのを待ち受けていたのであろうか？

時間が経っても身体のだるさは抜けていかなかった。それどころか全身がベッドに沈み込んでいくような重さを感じる。二日酔いや乗り物酔いに似た気持ち悪さもあった。

わたしは目を閉じて、考えるのをやめる。

離脱を始めた頃、そういえばこの種の不調に見舞われたことが幾度かあった。そういうときは半日伏せって惰眠を貪り、意識が再び身体にしっかりと固定されるのを待つしかなかった。さいわい濃い眠気もやって来ている。

一つ大きく息を吐き、わたしはゆっくりと眠気に身を委ねていった。

48

離脱にまつわる不具合は半日か一日寝ていればすっかり抜けるのが常だったが、今回はそうならなかった。二日目になってもだるさや気持ち悪さが取れず、無理して起き出して仕事部屋のパソコンに向かってみたが、一時間もしないうちに重い倦怠感に襲われ、這う這うの体でベッドに舞い戻るしかなかったのである。

三日目も似たような状態で、明らかに異常だった。

「仕事のし過ぎがたたったんじゃないの。ここんとこ、傍で見ててもみっちゃん相当無理してたもん」

最初はそんなふうに軽く言っていた英理も、四日目になってもベッドから出られないわたしを見て心配になったようだった。

「ねえ、病院で一度診て貰った方がいいよ」

しきりに言い始める。

「まあ、もうちょっと様子を見てみるよ。英理の言う通り、ここひと月ばかり柄にもなく無理をしちゃったからね」

わずか一時間ほどの離脱でどういうわけか肉体に引っ張り戻され、それが原因で生まれた不調だ。肉体的な問題でないのは明らかだと思われる。

ところがそれからも一向に体調は改善しなかった。ちょうど一週間となった十月五日土曜日。英理がマサシゲを部屋に連れてきた。

正午もとっくに過ぎているのに、わたしは朝からぼーっと寝そべっている。

朝食のときだけベッドから降り、英理が焼いてくれたホットケーキを寝室の小さなテーブルで食べた。昼はまだ何も口にしていなかった。

「みっちゃん、大丈夫？」

マサシゲがベッドサイドの椅子に座ってわたしを見る。

「なんか脱力って感じなんだよ。どこが痛いとかつらいとかいうわけでもないんだけど、とにかく全身がだるいんだよね」

横になったままわたしは言った。

「そっか……」

マサシゲは心配そうに頷くと、

「ちょっと診察していいかな？」

と訊いてくる。

「診察？」

「マー君にはいろんなセンサーがあるから、それで人間の体内を診ることができるんだよ。僕が頼んで、そのためのプログラムを急いで組んで貰ったの」

マサシゲの後ろに立っている英理が説明する。

「プログラム？」

「メディカル用のプログラムをここに書き込んできたから、そこそこの病院程度のことはできるようになったんだよ。といっても超音波エコーとか磁気検査くらいだけど」

マサシゲは頭ではなく胸にひとさし指を当てて言うと、

「みっちゃん、申し訳ないけどスウェットを脱いで下着姿になってくれる」

と促す。

わたしは一度ベッドから立ち上がり、スウェットの上下を脱いだ。下はトランクス、上は半袖のTシャツ姿になって再びベッドに座る。英理が上掛けをきれいに畳んでベッドの端に置く。

「まずは仰向けになって貰おうかな」

言う通りにすると、マサシゲはあっさり右手をわたしの胸に当ててきた。

やがて手のひらがあたたかく感じられてくる。

「マー君、なんだかあったかいよ」

「そう」

手のひらが腹部へと滑っていく。手のひらは全身を這い回り、最後に額にあてがわれた。額もじんわりとあたたかくなる。

「いいよ。今度はうつ伏せになってみて」

顔を下にすると、仰向けのとき同様に彼の手のひらが背中、肩、腰、腕、足、首そして後頭部へと移動する。

「はい、終わったよ」

「仰向けになっていい？」

「うん」

全部で五分ほどだったろうか。わたしは再び顔を上向けて横になる。身体はぽかぽかしていて、スウェットを着る必要がないくらいだ。英理がすかさず上掛けを広げて下腹部のあたりまでを覆ってくれた。

「内臓や骨、筋肉には何も異常はないみたいだね。胃の動きが少し弱いようだけど、それはたぶん数日食が細っているせいだと思う。心配はいらないよ」

「よかった」

英理が呟く。

「じゃあ、この倦怠感の原因は何なんだろう？」

わたしが訊ねると、

「よく分からないけど、心身のハーモニーが少し乱れているんだろうね。みっちゃんはそういうのに敏感な体質みたいだから」

「心身のハーモニー？」

わたしが離脱できることを知っているマサシゲならではの言葉かもしれない。

「そう。身体の音楽ってやつ」

マサシゲがさらに不思議な言い回しを使う。

「身体の音楽？」

「あえて譬えればだけどね」

「じゃあ、みっちゃんはこれからどうすればいいの？」

英理が口を挟んだ。

「もうしばらく、こんなふうにじっとしていればいいよ。今日中にマッサージとか整体のプログラムも書き込んでおくから、明日からは毎日そういうのをやってあげる。それできっと元気になると思うよ」

「悪いね」

「ぜんぜん」

するとマサシゲは背後の英理の方へ顔を向けて、

「だから、ヒデ君も心配しないで軽井沢に行っておいでよ」

と言った。マサシゲと英理はいつの頃からか「マー君」、「ヒデ君」と呼び合うようになっている。

「軽井沢？」

わたしが英理を見る。

「実は、ゼミ合宿で軽井沢に行くことになっているんだ」

「いつから」

「明日」

「どれくらい？」

「一応一週間の予定なんだけどね」

「そうだったんだ」

「ごめんね」

英理が少し気まずそうな表情になる。

「そんなことないよ。僕の方は大丈夫だから」

英理は池袋にある大学の経済学部に通っているが、経営学のゼミに所属して、ホテルや旅館の経営について勉強しているようだった。かといって将来、ホテルマンになりたいというわけではないらしい。

「だったら、どうしてホテルの経営学なの？」

以前、訊ねたことがあった。

「何となくかな。父方の実家が伊勢志摩で小さなホテルをやっていて、もう死んじゃったんだけど、伊勢のおじいちゃんにはすごく可愛がって貰ったんだよね。夏休みはよく一人で遊びに行ったりしてたし」

と英理は言っていた。

そのホテルは叔父があとを継ぎ、現在も営業しているらしい。

大学卒業後に何かやりたい仕事があるわけではなさそうだった。

「弓は一生ものだと思っているけど、あとは成り行きでいいよ」

が英理の口癖だ。

次の日の朝、久し振りにリビングダイニングのテーブルで一緒に食事をした。体調は相変わらずだったが、なるだけ元気に振る舞った。家を空けていいものかどうか迷っている英理に余計な気を遣わせたくなかったのだ。

玄関先で英理を見送り、わたしは食器を片づける気力も湧かずにそのまま寝室のベッドに倒れ込んだ。

目覚めてみるとちょうど正午だった。

どことなく人の気配がする。耳を澄ますとリビングの方からうっすらと物音が聞こえてきた。寝惚けていたのもあって一瞬英理がまだ家にいるような気がする。今朝のことを思い出して、慌てて半身を起こした。

同時に寝室のドアがノックされた。

「みっちゃん、目が覚めた？」

しかし、顔を見せたのは英理だったのである。

「どうしたの？　軽井沢には行かなかったの？」

英理は湯気の立った大きなマグカップを持って近づいてくる。ベッドのそばまでやって来ると、

「まずは、これを飲んでみてよ」

とマグカップを差し出してきた。中には真っ黒な液体が半分くらい入っている。

わたしは黙ってそれをすする。

とろりとしていて独特の香りと苦みがある。とても甘くて美味しい。一口飲んだだけで胃のあたりがぽかぽかしてきた。

「何、これ？」

「黒高麗人参のお茶だよ。滋養強壮には一番なんだって」

わたしはカップの中の黒い液体と英理の顔を交互に見る。

「伊勢丹に入っている漢方薬局で特別なのを手に入れてきたんだよ」

英理は笑みを浮かべ、

「とにかく全部飲んでみてよ」

と言った。

「軽井沢には行かなかったの？」

黒高麗人参茶を飲み干し、マグカップを英理に返しながらもう一度訊ねる。

「みっちゃん、分からない？」

「何が？」

英理が面白そうな口調になる。

わたしには何を言われているのかさっぱりだ。

「分からないかなあ」

不意に英理の声が変った。

「え」

思わず声が出た。

英理の顔だけでなく全身を見回す。言われてみれば、本物の英理より少し身長が低いような気がしないでもない。

「マー君なの？」

それでも半信半疑で問いかける。

「そうだよ」

英理が手をのばしてわたしの手を取った。すぐにじんわりとあたたかさが伝わってくる。昨日、マサシゲが身体に手を当ててくれたときと同じあたたかさだった。

「どうしたの？」

マサシゲの姿をためつすがめつする。余りにも瓜二つで現実感がない。彼は本当にマサシゲなのか？

「ヒデ君に、軽井沢から帰ってくるまでのあいだ、ここに泊まってみっちゃんの面倒を見てくれって頼まれたんだよ。それだったら、ヒデ君とそっくり同じ姿の方がみっちゃんだって落ち着くかなと思ってね」

「そういうことなんだ……」

「こっちの方が緊張しないで済むでしょう」

マサシゲが右の口角を吊り上げて微笑む。その笑みはちょっと野性味があって、英理のものとは別物だった。英理の声に戻しているが、よくよく聞き分けてみれば、それも本物より若干低めではある。

彼はマグカップをナイトテーブルの上に置くと両手の指を組んで軽く手首をほぐした。

そこで初めて、着ているのがマサシゲのいつものTシャツだと気づく。

「じゃあ、みっちゃん。服を脱いで、また下着姿になってくれる。最初はうつ伏せね」

どうやら昨日言っていたマッサージを施してくれるようだ。

わたしはスウェットの上下を脱いでベッドに横たわる。すぐさま背中の真ん中にマサシゲの手が乗ってきた。今日は両手だった。じんわりとした熱が心地良い。

「ありがとう、マー君」

礼を言いながら、実に不思議な気分だった。

ふと、この一週間はマサシゲのことを「英理」や「ヒデ君」と呼んでみようかという気がした。

49

「英理」のマッサージの効果は抜群だった。

整体のメソッドも取り入れているらしく、毎日、午前と午後三十分くらいずつその独特のマッサージを受けているうちにみるみる元気が回復してきた。毎日服用した黒高麗人参茶も効いたのかもしれない。

三日目の午後の施術（六回目）が終わったときには、しつこく張り付いていただるさの最後の一片がはらりと剝がれ落ちるのが分かった。

わたしはベッドから立ち上がり、

「なんだか治ったみたいだよ」

と言う。「英理」は、わたしのことを頭のてっぺんから爪先まで何度か繰り返し見て、

「そうみたいだね」

と笑みを浮かべる。

超高感度のサーモセンサーを使えば人体の温度分布を鮮明に把握できるらしく、最初は体表と脊椎の周辺がひどく冷えている状態だったそうだ。それが施術を重ねることで次第にあたたまってきていると「英理」は言っていた。恐らく、現在のわたしの体内温度は均一化し、正常に復しているのだろう。

「ヒデ君は、このマッサージの仕事でいつでも食べていけるよ」

「まあね」

「英理」がグーサインで応える。

日曜日、最初のマッサージが終わったあと、「せっかくだから、英理が戻ってくるまで呼び名も英理とかヒデ君にしてもいい？」とわたしが持ち掛けると、マサシゲは「全然いいよ」とあっさりＯＫしてくれたのだった。

今日は十月八日火曜日。窓の外には快晴の東京の空が広がっている。時刻は午後四時になったところだ。

英理が軽井沢に出かけて三日目だが、朝晩必ず体調を問い合わせるラインがくる。

このまま夜になってもだるさが戻ってこないようだったら本復したと知らせてやろう。「英理」のマッサージが効いていることはすでに報告済みだ。英理は、それだけでもかなり安堵したふうで、よほど心配しているのが分かる。全快と分かればさぞや喜ぶことだろう。

マサシゲが英理の姿で接してくれていることは伝えていない。

最初は、面白半分でツーショット写真をラインで送ろうかと思ったが、逆の立場、つまりマサシゲがわたしの姿で英理と一緒にいる写真を見せられたときの心境を想像して取り止めることにしたのだった。

大切な人に自分の代わりがいる、と思うのは心地の良いものではない。ましてそれが自身とそっくりだったとしたら尚一層不快で不安になるだろう。

わたし自身、英理と瓜二つの「英理」と三日過ごしてみて、正直なところ英理の不在のさびしさをほとんど感じなかった。むしろ、普段は大学や弓道、アルバイトで多忙な英理と違って「英理」はずっと部屋にいるから二人で休日を共にしているときのような充実感がある。

一緒にご飯を食べ、一日二度の巧みなマッサージを受けていると、たった三日で英理と「英理」の区別がつかなくなってくるようだ。

結局のところ、英理とは身体の交わりがあり、「英理」とはそれがない——そこが二人を分ける最大の違いということになってしまうのだろうか。

「ちょっと外に出てみない？」

わたしは下着姿のまま「英理」に言った。

「大丈夫なの？」

英理さながらに「英理」が心配げな声になる。この三日でやや低めのその声にも違和感はなくなっている。

「もう平気みたいだよ。いちどヒデ君を案内したいと思ってたところもあるし、何しろこの天気だからね」

わたしは背後の窓の方へと顔を向ける。

「たしかにとんでもない秋晴れだねー」

「英理」が目を細める。その様子は人間以外の何物でもない。

「ところで僕を案内したいところってどこ？」

「まあ、いいじゃない。ついてきてくれれば分かるよ」

わたしはそう言って、顔を洗い髪を整えるために洗面所へと向かった。

ブルータワーを出ると街はいまだ光に溢れていた。わたしは半袖のポロシャツに薄手の上着を羽織り、下はいつものジーンズ。「英理」はTシャツだけで下はユニクロのコットンパンツだった。英理ほどではないが「英理」も足が長いのでそういうあっさりとした恰好が良く似合う。外はTシャツ一枚でも構わないほどの陽気だ。

タワー前のバス停から東京駅行きのバスに乗る。

平日の午後四時過ぎとあって車内は空いていた。自動運転の連節バスはゆっくりと走る。街を歩く人々の姿はまちまちだった。「英理」のような半袖姿もいれば、丈長のコートを羽織っている人もいる。

新宿通りを通って半蔵門で内堀通りへと右折し、旧皇居のお濠端に沿ってバスはのんびりと東京駅を目指していた。隣の窓側席に座った「英理」が食い入るように外の風景を眺めている。

「ねえ」

わたしは声を掛ける。

「もしかしてなんだけど、マー君ってあんまり街に出たりしていないの？」

ついマー君と呼んでしまった。

「これで二回目だよ」

「二回目？」

びっくりして問い返す。

「一度、北品川に行っただけだから」

北品川というのは、例の拓海君と純菜のマンションがある場所だった。

「あとは拓海君の会社がある恵比寿にもちょっとだけ」

「じゃあ、それ以外はずっとファウンテンシティの中にいたの？」

「英理」は頷く。

「まあ、外の様子なんて出かけなくても大体分かるからね」

そう返事をしながらも「英理」はバスの窓に顔をくっつけんばかりにして街並みを眺めている。

確かに街の至るところに設置してある防犯カメラの映像に自由にアクセスできるのだから「英理」の言っていることも尤もと言えば尤もだった。しかしカメラから覗く景色と現実の風景とではまるで違うのも事実だろう。

三宅坂、桜田門と内堀通りを走り、祝田橋でバスは左折して外苑の中へと入った。

バスのアナウンスが「次は二重橋・インペリアルパーク前です」と告げている。

二分ほどで広大な旧皇居前広場が見渡せるバス停に着く。乗客の半分ほどがこの「二重橋・インペリアルパーク前」のバス停で降りる。そのほとんどは外国人観光客のようだ。わたしたちも彼らと一緒にバスを降りた。

天皇が京都に帰ったのは新宿隕石が落下して半年足らずのことだった。もともと京都への帰還は来るべき首都直下型地震への備えとして国会で法制化されたもので、隕石が落ちる前年には京都御所の拡充、整備事業も始まっていた。とはいえ、京都帰還は法施行から三年後と定められていたものが、二年近くも早まる形で実行され、当時も隕石落下が何らかの引き金になっての早回しだと受け止められていたものだ。

だが、いまにして思えば、政府は隕石が米ロ中の手によって意図的に新宿に落とされたことに薄々勘付いていたのかもしれない。天皇の京都帰還は、大地震によって皇統が絶えることを危ぶんでの措置という側面が多分にあり、それゆえ皇太子一家は東京に残ることも併せて法案に明記されていた。

外国勢力による隕石攻撃という未曾有の事態に直面し、日本政府が可及的速やかなる天皇と皇太子の分離を図ったとしても決して不思議ではないだろう。

主を失った皇居は、国民に開放され、「国立公園インペリアルパーク」として再整備されることになった。同時に特例法が定められ、インペリアルパークには来るべき大地震への対策として巨大な地下シェルターが建造されることとなったのである。

地下病院、地下発電所、地下通信所、地下消防署、消防用ヘリ・災害救助用ヘリの地下離着陸場、大規模備蓄地下倉庫などが急ピッチで建設され、すでにその大半が完成し、運用が始まっている。

またパーク内には縦横に走る片側四車線の幹線道路が敷設されており、これによって都内各所での災害時の消火、救助活動が円滑に行える体制が構築された。

バスを降りた外国人たちはぞろぞろと旧皇居二重橋の方へと歩いて行く。

インペリアルパークの正面ゲートは正門石橋を渡った先の旧皇居正門だった。皇宮護衛官が佇立し、一般参賀の日以外は近づくことさえできなくなっていた石橋もいまは誰でもいつでも渡れる橋に変っている。

わたしは彼らとは逆方向に進路を取った。

「英理」は物珍しそうにあたりをキョロキョロ眺めながら黙ってあとをついてくる。

旧皇居前広場の風景は昔と変わらない。内堀通りを祝田橋方向に引き返し、わたしは途中で低い柵を跨いで外苑の芝生へと足を踏み入れた。

芝生に植わった沢山のクロマツの隙間から大きな騎馬像が見える。

「へぇー」

背後で「英理」が感心したような声を上げる。

「あれなんだー」

そう言ってわたしの隣に小走りで近づいてきた。

五分ほどで巨大な青銅の騎馬像の足元に到着する。前方に見える駐車場には観光バスが何台も横づけされ、乗客たちがぞろぞろとバスから降りているが、こちらに向かって歩いてくる人は誰もいない。みんな騎馬像は素通りして直接インペリアルパークの正面ゲートを目指すのだろう。騎馬像の下には金髪の外国人が一人いるきりで、彼は一眼レフを構えて熱心に像の写真を撮っていた。

別子銅山の開山二百年を記念して住友家から寄贈されたこの「楠木正成像」は、花崗岩の台座が四メートル、本体の高さが四メートル。日本屈指の大きさの銅像である。使用されたのは別子銅山の銅で、高村光雲らが十年の歳月を費やして完成させ、明治三十三年七月に宮内省に献納された。

「馬場先門の楠公像」として上野の西郷隆盛像、靖国神社の大村益次郎像と共に「東京三大銅像」として知られているが、「楠公像」は、楠木正成への思いが篤かった明治天皇が製作途中に視察に訪れ、天皇の住処たる皇居を守護している点などから太平洋戦争前は三像の第一と目される人気の銅像だった。

だが、それも遠い昔。いまはこうして旧皇居外苑南東の一角に静かに佇んでいる。

ここに来たのは久し振りだ。かつて高村光雲をモデルにした中編小説を執筆したときに訪れて以来だから十数年振りということになるのだろうか。

「ほら。ヒデ君によく似ているだろう」

鍬形の中央に大きな剣が伸びた見事な兜をかぶっている正成の顔を指さしてわたしは言う。楠木正成の肖像は二十数点が現存しているが、どれも骨相が異なり、光雲らは、智将を表現するものとして最終的にこの細面の容貌を採用したのだという。

「英理」は口を真一文字に結び、髭をたくわえた正成の顔を見つめる。

〈「この上は、さのみ異儀を申すに及ばず。討死せよとの勅定ごさんなれ。義を重んじ、死を顧みぬは、忠臣勇士の存ずる処なり」とて、五百余騎にて都を立つて、兵庫へとてぞ下りける〉

小さな声で呟く。

「それ、太平記だね」

わたしが言うと頷いた。

「高村光雲は、隠岐から京へと帰る後醍醐天皇を兵庫の地で迎えたときの面目躍如の正成を描いたというけど、この正成の姿には太平記のこっちの場面の方が僕にはしっくりくるよ」

「英理」はうっとりした顔つきと口調になっていた。

「英理」の言う「こっちの場面」とは、九州から迫り来る足利勢に対して「主上は都を一旦捨て、その隙に足利勢を京の町に引き込み、ここで雌雄を決する市街戦を敢行すべし」との正成の涙ながらの献策が後醍醐天皇の退けるところとなり、逆に尊氏を迎え撃つべく先に進軍した新田義貞を追いかけ、新田勢に加勢するよう命じられたときの正成の心境を描いた太平記白眉の一場面だった。

足利撃退の唯一無二の方策を否定され、楠木正成は討ち死にを覚悟して手勢七百余騎で五十万騎の足利直義軍を迎え撃つべく陣没の地、兵庫湊川へと向かうのだ。

「第一、楠木正成の馬上姿を銅像にするなら、あの場面を描くのが一番だよね。死を決意し、命を惜しまず名こそ惜しめと〝桜井の別れ〟で息子正行《まさつら》に切々と説いた正成の面目躍如はまさしくあの湊川合戦に赴くときにあるんだからさ」

「なるほどねー」

楠木正成の事績に関する全データが「英理」のＡＩにはインストールされているのだ。その

「英理」がこうして初めて楠木正成像を観てそう評するのだから、それはそれで一理も二理もあるのだろうとわたしは思う。

それから数分、「英理」は無言でじっと像を見上げていたのだった。

わたしは所在なく、周囲の外苑の風景に目をやっていた。日比谷通りを挟んだ向こうには丸の内界隈の高層ビル群が高さを競うように林立している。かつてここから大手町にかけてのオフィス街は強力な日本経済の象徴でもあった。

だが、いまでは目の前に聳え立つ高層ビルの半分近くが中国やインド資本の所有と化している。三菱グループのシンボルだったあの丸ビルでさえ一年ほど前に中国の巨大金融グループに売却されてしまったのだった。

「みっちゃん、そろそろ行こうか」

「英理」の声に顔を戻す。

「今日は素晴らしい場所に連れて来てくれてありがとう」

彼が笑みを浮かべている。

「みっちゃん、お腹が空いたでしょう？」

そう言われて、なるほど今日は遅くまで眠っていたこともあって朝から何も口にしていないのだとわたしは気づいた。

「どこかで美味しいものでも食べようよ」

笑顔のままの「英理」が言う。

# 50

二人でお濠端に建つパレスホテルまでのんびりと内堀通りを歩いた。時刻は五時を回り、太陽は急速に傾き始めている。といっても日はまだたっぷりと残り、明かりを灯し始めた高層ビル群の光と相まって周囲の景色をきれいに見通すことができる。

「だけどさあ、どうしてあそこに置いたままなんだろう……」

隣の「英理」が独り言のように言う。

「置いたまま？」

「だってそうでしょう。あの公園にはもう天子様はいないんだよ。だったら楠公さんだって天子様のいる京都に移さないとおかしいじゃない」

「英理」は天皇を「天子様」と呼び、楠木正成を「楠公さん」と呼んだ。

「まあね」

「あれじゃ、楠公さんがかわいそうでしょう」

「そうだね」

わたしはもう一度頷いて、隣を歩く「英理」を見る。いささか憤慨の気配があって意表を衝かれる。やはり楠木正成の事績を完璧に頭に入れると、ＡＩロボットといえどもおのずから楠公ファンになってしまうのだろうか。

確かに楠木正成という武将には日本人の琴線に触れる潔さと哀愁がある。正成に匹敵する歴史上の人物となると源義経くらいのものだろう。

「そう考えると、あの楠公像は、少なくとも皇太子の住む赤坂御所の中に移設するべきかもしれないね」

わたしは言ってみる。

「いや、やっぱり楠公さんは、天子様のいる京都じゃなきゃダメだよ」

「英理」がきっぱりと言い返してきた。

51

パレスホテルの六階にあるてんぷら屋に入った。

この店は何度か清水蛍子との食事に使ったことがある。カウンターに並んで腰掛け、揚げたてのてんぷらを賞味する。まだ夕餉時には早いとあって客はわたしたちだけだった。

職人が念入りに仕込み、丁寧に揚げたてんぷらはやはり絶品だ。

「英理」もあつあつのてんぷらを美味しそうに食べている。

「食べ物の熱さとかは感じるの？」

かねての疑問を小声で訊いてみる。

「もちろんだよ。まあ、やけどをしたりすることはないんだけどね」

「じゃあ美味しいとかまずいとかは？」

「そんなのみっちゃんと一緒だよ」

「英理」はこちらを睨むような目になる。その種の表情には英理のそれと寸分変わらぬ魅力が溢れている。

「そうやって食べたものはどうしているの？」

「それもみっちゃんと似たようなものだよ」

「似たようなもの？」

「ここで分解して、水分やガスは発散するし、燃料として使えるものは燃やして電気に変えているんだよ。ま、みっちゃんたちよりエネルギー効率はかなり高めだけどね」

お腹を指さしながら「英理」が笑う。

「へぇー、そうだったんだ」

仕組みはよく分からないが、食べ物はすべて可燃だから燃やして電気にするのは可能ではあろう——才巻海老を器用に箸でつまみ、ふーふー言って頬張っている「英理」を見つめながらそんなことを考えた。

〆のかき揚げを「英理」は天丼にしてきれいに平らげる。わたしは天茶にして半分くらい胃袋に流し込んだ。てんぷら屋では二人とも余り飲まなかった。どちらもグラスの生ビールを一杯だけ。

満腹になって店を出る。

同じ六階のバーラウンジに移って飲み直すことにする。

このバーラウンジは蛍子のお気に入りだった。

お濠側の窓際の席に案内される。まだ午後七時とあってバーもがらがらだった。「英理」もわたしもスコッチを頼み、つまみはオリーブのマリネだけにした。オーダーを通したあと、

「酒に酔うこともできるの？」

と訊いてみる。

「もちろん」

「どうやって？」

「ここをそういうモードにすればいいんだよ」

今度は頭を指さして「英理」が言う。

「たとえば水割り五杯でこれくらいの酔いにすると設定しておいて、そこを基準に意識レベルを上下させていけばいいわけ。アルコールを摂取したときの人間の意識変化のアルゴリズムは分かっているからね。その辺もみっちゃんたちの脳とそれほどの違いはないんだよ」

「でも、酔わないと設定したら何リットル飲んでも酔わないんだよね」

「それはそうだけど」

「一瞬で酔いを醒ますこともできるわけでしょう」

「まあね」

「英理」は頷いた。

「つくづく凄いねえ」

わたしが感心した声を出すと「英理」は何も答えず、窓の方に目を向けた。

酒とオリーブが届く。二人ともマッカランの水割りだ。乾杯した後、「英理」は再び窓外の景色に目をやる。それからしばし、遠い眼で外を見ていた。

「何を見ているの？」

「さっきの楠公像だよ」

「見えるんだ」

「うん」

わたしの目には漆黒の闇しか見えない。

「やっぱりマー君は凄いねえ」

ついマー君と言ってしまう。

「全然そんなことないよ」

ようやく「英理」がわたしの方へと顔を戻した。

「僕たちの能力なんて別の手段でも実現できるでしょう。ていうか、僕たちの存在自体がみっちゃんたち人類の作り上げたその別の手段でもあるわけだしね」

「でも、僕から言わせれば、その〝みっちゃんたち人類〟全体と僕自身とは全然違うんだよね。そりゃ僕たちは飛行機を使えば空を飛ぶことはできるけど、でも鳥のように飛ぶことはできないでしょう。僕から見たら『英理』はまるで空を飛べる人間みたいなんだよ」

わたしはそう口にして、

「もしかして空も飛べたりして？」

ふいに訊いてみたくなった。

「そんなことできるわけないじゃない」

一笑に付されてしまう。

「でも、みっちゃんたち人間は、僕たちロボットが絶対に持つことのできないものを持っているんだよ」

笑みを消して「英理」が言う。

「絶対に持つことのできないもの？　何、それ？」

「時間だよ」

「時間？」

「そう。時間というのは人間独自の発明だからね。半永久的に生き続けることのできる僕たちロボットに時間はないもん。人間は死によって時間を手にしているんだよ。死ぬことのできない存在は時間を持つことができない。それこそ水や石に時間がないみたいにね」

「それはそうかもしれないね」

わたしには「英理」の言わんとするところはよく分かる。再生可能なロボットは確かに時間の軛《くびき》から解き放たれた存在だろう。

「だから、結局、僕たちには大義というものがないんだよ。楠公さんみたいな生き方はどうやったってできないんだ」

「大義？」

そういえば、あの白水天元もしきりに「大義」という言葉を使っていたな、と思い出した。

「人間は必ず死ぬからね。人間にできるのは死を避けることではなくて、死に方と死に時を選ぶことだけでしょう。それによって人間は時間を手にするし、同時に大義を手に入れることもできる。大義というのは極めて単純化すれば、一体何に対して命を捧げるかという至上の問題なわけだからね。人間が死を恐れている限り、僕たちの能力には太刀打ちできないけど、死を恐れないという理にかなわない生き方を選択したとき、人間は、僕たちが到底できないような生き方をすることができるんだ。そういう点では、死を恐れないという生き方が、みっちゃんたちにとっては一番理にかなった生き方でもあるんだよね。そして、それを誰より見事に体現した人物が楠公さんなんだと思うよ。だから日本人はみんな楠公さんに憧れるんだ。

そもそも僕たちロボットには大義や目的がない。死ぬことのできない存在に目的とか大義なんて無意味だからね。いかにして死ぬかという問いがなければ、いかにして生きるかという問いが生まれてくる余地はないんだよ。実際、大義に生きた楠公さんが常に口にしていたのは、決して死を恐れるなということだったわけでしょう」

「うーん」

わたしは小さく唸ってみせた。

「だけど、死を恐れずに生きるなんて普通はとてもできるもんじゃないからねー」

「そんなことないよ。歴史を見れば、洋の東西を問わず、男たちはいつも死を恐れずに戦ってきたじゃない。いまだっていざとなれば、男たちはそうやって大義のために命を投げ出すんだと僕は思うけどね」

「そうかなあ……」

「そうだよ。だからこそ、この世界は男の力だけで築き上げられてきたんだよ。これまでの人類の歴史はすべて男たちが作ってきたでしょう。大義のために死ぬのは男の専売特許で、女には思いもよらない発想なんだと思うよ」

湊川の戦いで満身創痍となった正成一党は戦場の片隅に自刃のための陋屋《ろうおく》を見つけ、そこで五十余人が壮絶な最期を遂げる。一説には正成は、弟の正季《まさすえ》と刺し違えたとも言われ、その際に正季が口にしたのが、「七生までも、ただ同じ人界同所に託生して、つひに朝敵をわが手に懸けて亡《ほろ》ぼさばやとこそ存じ候へ」（太平記）で知られる「七生報国」の遺言である。

「まあ、確かに人類史はそのまま戦争の歴史だからね。そういう意味では、歴史は男たちの死にざまによって形作られてきたと言えないこともないよね」

「英理」は大きく頷き、

「その通り。死ぬことこそが生きることだし、みっちゃんたち人間しか持ち合わせていない創造性でもあるんだよ」

と言った。

## 52

目覚めてみるとベッドの上だった。

――ここは一体どこだろう？

ブルータワーの自分の寝室でないことはすぐに分かった。天井の雰囲気だけでもそれと知れる。気配を感じてわたしは顔を横向けた。

「起きたの？」

向かいのベッドに座っている「英理」の姿がぼんやりと目に入る。

「いま何時？」

「午前二時を回ったところ」

わたしは一つ息をつき、それから半身を起こした。

スイッチの音がして部屋の明かりが灯る。

ダブルサイズのベッドが二つ並び、それぞれのナイトテーブルにはランプが付いていて、いまは「英理」の側だけ明かりが灯っている。先ほどまではそのランプ一つきりだったのだろう。足元はふかふかの絨毯だった。

「英理」の肩越しにはレースのカーテンを引いた窓があり、その窓際にソファが一脚。窓の左側に接した壁にはライティングデスクと椅子が置かれていた。

どう見てもホテルの一室で、だとするならばここはパレスホテルに違いあるまい。

そんなふうに思っているうちに次第に記憶が甦ってくる。

あれからわたしは随分と飲んだのだった。体調のこともあってアルコールを遠ざけていた。久方ぶりに飲んでみるとすいすい進んで、滅多に飲まないウィスキーがことさらに美味しく感じられたのだった。水割りでは物足りなくなり、後半はロックでぐいぐいやった気がする。

「僕、相当飲んだよね」

「そうだね」

「英理」が笑みを浮かべて頷く。

体調が回復したせいか、はたまたいまだ不調のためなのか、ある瞬間に急激な酔いに見舞われ、酔い心地は悪くなかったが、身動きが取れなくなってしまったのだ。

それで、「英理」が急遽部屋を取ってここまで連れて来てくれたのであろう。

「ここ、何時頃に入ったの？」

「十一時くらいだったかな」

四時間近くも飲み続け、あげく三時間も眠ってしまったわけだ。

「悪かったね、迷惑をかけて」

「全然」

わたしは首を回し、眠気の残滓を払い落とした。

「大丈夫？」

「英理」が笑みを浮かべたまま訊ねてくる。

「うん」

「シャワーでも浴びてくればいいよ。僕はもう済ませたから」

よく見ると「英理」はパジャマ姿だった。ホテル備え付けのものだろう。

「シャワーとか浴びるんだ？」

「そりゃそうだよ。外に出れば僕にだって汚れはつくよ」

ちょっと拗ねたようなその素振りは英理そのままでもある。

「なんだかよく分からなくなるよ」

わたしは言う。言葉にしてみて、それがもの凄く正直な気持ちだと感じた。

「何が？」

「マー君が本物の英理に見える」

「そう？」

「うん」

「ヒデ君の情報はかなり蓄積しているからね」

なるほどとわたしは思い当たる。

マサシゲと英理はよく会っているし、彼は英理がバイトしている「レミゼ」にも頻繁に顔を出しているようだった。そんな中で、英理の仕草や喋り方などの特徴を大量に蒐集・分析しているのは確かだろう。むろん心理や性格の分析もそこには含まれている。「英理」は単に英理の外見だけを似せているのではなく、中身の詳細にまで踏み込んでいるに違いないのだ。

「シャワー浴びておいでよ」

もう一度促されてわたしはベッドから立ち上がった。

身体を拭き、髪を乾かし、バスローブを羽織ってベッドに戻ると部屋はまたナイトテーブルの明かりだけに戻っていた。

「英理」は隣のベッドに横になって肩まで毛布を掛けている。

自分のベッドに腰を下ろし、薄暗くなった部屋の中を見回した。

不意に懐かしさがこみ上げてくる。そういえば、このホテルで蛍子と初めて交わり、それからも何度か一緒に泊まった記憶がある。

「寝ちゃったの？」

目を閉じている「英理」に声を掛けた。ロボットは眠らないはずだが、今日の彼の説明だと「睡眠モード」を選択することもできるのかもしれない。

「英理」が目を開き、こちらに顔を向ける。

「みっちゃん、おいでよ」

彼はそう言って、お腹のあたりまで毛布をめくる。ほっそりとした真っ白な身体が暗い照明の中で艶めかしく光る。それもまた英理の肉体と寸分違わないものだった。

わたしの視線は「英理」の裸体に自然に吸い寄せられていく。

「英理」の瞳が不思議な色合いに変わっている。

――これは何という色だろう？

急激に速まっていく鼓動を感じながらわたしは思う。

「みっちゃん」

声は英理のものではなくなっていた。もっと甘い、まるで女性のような声だ。

「男がいい？　女がいい？」

「英理」の瞳はますます妖しく輝き始める。そこでわたしはようやく気づく。

――そうだ、この瞳の色はファウンテンブルーだ。

「ねえ、みっちゃん。男がいい？　女がいい？」

甘ったるい声で「英理」は囁くように繰り返し、そして、ゆっくりと下半身に掛かっていた毛布を剝がして両脚を大きく開いた。

そこには、男と女の両方がある。

「そのままがいいよ」

わたしは上ずった調子で答え、バスローブを脱ぎ捨てると「英理」の身体へと倒れ込んでいったのだった。

明け方まで「英理」と睦み合ったあと深い眠りに落ちた。

彼（彼女）とのセックスは想像を絶する体験だった。それは初めて英理と寝たときの衝撃をも遥かに凌駕するものだった。

男であり女である存在との交わりにわたしは酔い痴れた。「酔い」「痴れた」というよりも「痴れた」と一語で表現した方がいいかもしれない。自らの羞恥心というものがここまで徹底的に剝がれ落ちるとは思ってもいなかった。

これまでのセックス（英理であったり葉子や蛍子であったりとの）が羞恥という壁の塗装を念入りにこそぎ落としていく作業だったとすると、「英理」とのセックスはその壁自体を木っ端微塵に砕いてしまうような行為だった。

わたし自身が自らの肉体、そして意識からも完璧に解放されるのを感じた。

わたしは、いつの間にか一個の快楽と化して性の喜びのなかに溶け込んでいったのだ。

一体何度達し、何度果てたのだろうか？

目覚めてみると、それさえよく憶えていなかった。

シャワーを浴びて「英理」と一緒に部屋を出る。すでに十一時を回っていた。チェックアウト後、一階のレストランに入って二人で昼食をとることにする。

といっても、さほどの空腹は覚えず、わたしはオムレツと野菜サラダとコーヒー。「英理」はコーヒーだけだった。

昨夜のセックスを「英理」がどう受け止めたのか、どんなふうに感じたのか、わたしと同じような圧倒的な快楽を貪ることができたのか――そこを確かめたかったが、部屋を出るまでの彼は普段と変わる様子もなく淡々としていた。というより、余り言葉を発せずいつもよりよそよそしいくらいだったのだ。

フォークだけでオムレツを食べていると、コーヒーを飲んでいた「英理」が、

「みっちゃん、セックスって凄いね」

不意に言った。

「あんな感覚は初めてだったよ。気をつけないと癖になっちゃいそうで怖いよ」

わたしはフォークを置いて「英理」の顔を見る。ちょっと照れたような薄い笑みが面上に広がっていた。

「さすが人間って感じがしたよ」

わたしの視線をしっかりと受け止めて「英理」が言う。「さすが」とは何が「さすが」なのだろう？　分からないようでもあり分かるようでもあった。

「ヒデ君にそんなふうに言って貰えて光栄だよ。僕もあんなに凄いセックスは生まれて初めてだった」

わたしが返すと、

「そうなんだ」

何やら「英理」が感心した雰囲気になっている。わたしは再びオムレツにとりかかりながら、さりげない口調で言った。

「ところでなんだけど、このことは英理には内緒にしておいて欲しいんだ」

ＡＩロボットである彼にはそうした恋愛の機微は分からないに違いない。

すると「英理」がちょっと呆れたような顔になる。

「そんなの当たり前でしょ。こんなことがヒデ君にバレたら、みっちゃんも僕も大変なことになっちゃうよ。ヒデ君、ああ見えて凄く嫉妬深いタイプだと思うよ。美しい人間は、男も女も嫉妬深いと相場が決まっているんだから」

一本取られたとはこのことだった。

「ごめん。余計なこと言っちゃった」

素直に謝ると、

「いいよ、全然」

例の甘ったるい声になって「英理」が首を振る。

その声にすぐさま身体が反応するのが分かる。

股間から背筋、首筋、そして頭のてっぺんへと激しい快感の余韻のようなものが突き抜けていく。脳裏にはペニスとヴァギナの両方を持った「英理」の姿がよみがえっていた。

交わっているあいだに「英理」の身体は変幻自在に形を変えたのだった。ペニスが引っ込みヴァギナだけになり、ヴァギナが閉じられてペニスだけになる。乳房は膨らんだり萎んだりを繰り返し、身体の硬さや滑らかさも男のそれと女のそれとの間を行ったり来たりする。

わたしは愛する英理の身体を「より女のような英理」、「より男のような英理」として延々堪能することができたのだった。

――また、あんなセックスを体験できるかもしれない……。

だからこそ、さきほどの「英理」の「癖になっちゃいそうで怖いよ」という一言が、わたしにはまるで福音のように聞こえたのである。

束の間、ぼんやりしていたのだろう。

「ねえ、みっちゃん」

不意に「英理」が呼び掛けてきた。慌てて視線を彼に向ける。

「話は変わるんだけど、白水会長が帰国したみたいだよ」

わたしはまたフォークを持つ手を止めた。

「いつ？」

「いつかは分からないけど、今朝早くに房子常務からメールが来たんだ」

「メール？」

「英理」は頷き、

「常務とはたまにメールのやりとりをしているんだよ」

と言う。

「だったら、それって昨日、今日のことかな？」

わたしはブルータワーのヘリポートで見た白水天元の姿を思い出していた。あれは白水ではなく、やはりテンゲンだったというわけか……。

「多分、そんな直近じゃないよ。常務のメールには何も書いてなかったけど」

「じゃあ、いつのことなんだろう？」

「少なくとも半月は経っているよ。ずっとそんな気はしていたんだ」

「半月？」

それならば、ヘリポートの白水は本物ということになる。

「そんな気がしていたって、どういう意味？」

わたしは訊いた。

「半月前からテンゲンがスリープ状態になっているんだ」

「スリープ状態？」

「そう。つまり動いていないわけ」

「どうしてそんなことがヒデ君には分かるの？」

「それくらい分かるよ。僕たちは何と言っても双子機なんだからね」

「そうなんだ……」

人間の場合も一卵性双生児には特殊なシンクロニシティが存在するという。「英理」の言っているのもそういうニュアンスなのだろうか。半月前からテンゲンが休眠しているのなら、確かにその時期に白水が帰国したと考えるのが妥当だと思われる。

オムレツを三分の二くらい食べたところでフォークを置いた。

コーヒーを一口すすってから「英理」を真っ直ぐに見る。

「実はね、ブルータワーで白水会長を見たんだ」

「いつ？」

「九月二十八日の早朝。久し振りに離脱して屋上まで行ってみたんだよ。そしたら、ヘリポートにヘリがやってきて、その中から白水会長たちが降りて来たんだ」

それからしばらく、わたしはあの朝、自分が見聞したことを話した。

むろん「白い幽霊」のことも、そして、巨大地下施設でウー・フープー博士を見つけた直後に突然肉体に引き戻されたことも詳細に説明したのだった。

54

午後一時過ぎにブルータワーに帰って来た。

「英理」が淹れてくれたコーヒーを二人で飲み、それからマッサージを受ける。三十分ほどで施術が終わると、最初の日にそうしてくれたように手のひらで念入りに全身をスキャンしてくれた。

「体内温度も正常だし、胃の動きも悪くない。もう何も問題ないよ」

そうお墨付きをくれて、

「それじゃあ、僕はこれで十七階に戻るよ」

と「英理」は言った。

うつ伏せになってスキャンを受けているあいだに「英理」は英理の姿からマサシゲの姿へと戻っていたので、そういうことなのだろうとは察していた。

今日は水曜日だ。英理が戻るのは日曜日の予定だったからあと四日ほどある。もう少し共に過ごしたい気もしたが、昨夜のことを考えると、これ以上一緒にいるのは慎んだ方がいいような気もした。

「すっかりお世話になって、マー君にはお礼の言葉もないよ」

わたしが言うと、

「お世話になったのは僕の方だよ。本当にいろいろありがとう」

マサシゲはぺこりと頭を下げてきたのだった。

彼が去った後、真っ先に英理にラインした。昨夜もパレスホテルのバーラウンジから「どうやら回復したみたいだ」とは知らせ、「やったー!」という返事も貰っていたが、一夜明けてだるさが戻るかどうかを確かめ、もう一度報告すると伝えてあったのだ。

ラインは既読にならなかった。昼食も終わり、いまはディスカッションなり論文の草稿執筆なりに精を出しているのだろう。

英理に対する罪悪感は余り感じなかった。彼とそっくりの相手と寝たからなのか、それともマサシゲが人間ではなくロボットだからなのかは分からない。その両方の可能性も大いにある。

マサシゲがいなくなってみると、英理に無性に会いたかった。「英理」との激しいセックスを本物の英理相手にどこまで再現できるか、それを試したい気分もある。昨夜の記憶が薄れないうちに、英理とのセックスと比べてみたいという単純な欲求もあった。

マサシゲがそそくさと引き揚げていった理由はよく分かっている。わたしの話を聞いて、さっそくブルータワーの地下施設を探ってみることにしたのだろう。マサシゲはこの真下にそんな施設があることは知らなかったようだ。

「もしかしたら、その情報にはアクセスできないよう僕のＡＩに規制がかけられているのかもしれない」

と言うので、

「だとしたら、幾ら調べてもデータは消えちゃうんじゃない？」

そう返すと、

「そうだね。実はもう何度もその地下施設に侵入しているのかもね」

と彼は笑った。

「それだと、この話もいずれデリートされちゃうよ」

「かもね。だから、しかるべく対処するよ」

「対処？」

「消去プログラムを何とか見つけて書き換える」

「そんなことできるの？」

「多分ね。過去のデータを復元するのは難しいかもしれないけど、今後の記憶を保存するのは可能だと思う」

マサシゲは自信ありげな口調だった。

「しかし、白水会長はウー博士を呼んで、ここの地下で一体何をやろうとしているんだろう？」

わたしの疑問に、

「入社したばかりの純菜さんがアクセスを許可されているのも非常に不思議だよね。これじゃあ、みっちゃんが純菜さんを入社させてくれと求めてくるのをまるで見越していたみたいでしょ。全部が最初から仕組まれていたような話だよね」

「ていうことは、白水会長の狙いは初めから純菜だったってこと？」

「まあ、そこまで決めつけるのは無理があるかもしれないけど……」

マサシゲは困惑気味に言う。

「白い幽霊のことはどう思う？」

わたしが畳みかけると、

「そっちも、ちんぷんかんぷんだよ」

例によって両手を広げてみせたのである。

その日の晩はろくろく食事もとらず午後八時過ぎにはベッドに入った。日が昇る頃まで「英理」と身体を貪り合っていたので睡眠が足りていなかった。風呂から上ると急激な眠気に襲われ、そのまま気を失うように寝てしまったのだった。

翌日、十月十日木曜日。

目覚めてみると午前七時。十一時間もぶっ通しで眠ったことになる。起き出してシャワーを浴び、素っ裸のまま軽いストレッチなどをやって全身状態を確認した。

強制帰還させられたあとからのだるさは、もう欠片さえ残ってはいない。

昨日の疲れも長時間の睡眠できれいさっぱり抜けていた。

久々に体重計に乗ってみればいつの間にか三キロも痩せている。二週間近く食が細っていたのだから当然と言えば当然の結果ではあった。

コーヒーとトーストで簡単な朝食とし、これも久々に仕事部屋に入ってＰＣを開ける。メールをチェックして、返信すべきものには連絡が遅れた詫びとしかるべき返事をしたためて送付した。そうこうしているうちにあっという間に二時間近くが過ぎる。

着替えて外に出た。

開店したばかりのクイーンズ伊勢丹で食材をたっぷり買い込んで帰宅する。英理が戻ってくるまでのあいだ外食は控え、自分でちゃんとしたものを作って食べようと考えていた。

新鮮なサバが手に入ったので、昼はサバ味噌を作ることにする。白と赤の味噌を合わせ、ザラメを使ってしっかり煮込むのがわたしの流儀だ。これも清水蛍子が教えてくれたレシピだった。余った味噌だれで太ねぎをさっと煮てサバ味噌に添え、付け合わせは生ワカメとカニカマの酢の物、それにピーマンとジャコの油炒め。昼はしっかり食べ、夜はパスタか何かで簡単に済ませよう。弱った胃にはそれが一番いい。

時間をかけて昼食を腹におさめる。

熱いほうじ茶を淹れて仕事部屋に戻った直後、インターホンが鳴った。

仕事場にいるときはスマートフォンと連動させているので、手元のスマホからチャイムが聞こえる。応答ボタンにタッチすると見慣れたコンシェルジュの顔が画面に映った。

「前沢さま、両角芳郎さまがお見えですがお通ししますか？」

いつもの通り、彼女がスイッチを押して訪問客の姿を画面に映し出してくれる。

このやりとりは客には聞こえないので、わたしはいつでも居留守を使うことができる。

画面に映っているのは確かに両角芳郎だった。

むろん約束などなかったし、彼の顔を見るのは純菜の結婚式以来だった。

「客はこの人ひとりですか？」

念のため訊いてみる。拓海君同伴でやって来た可能性があった。

「はい。お一人です」

という返事。

どうして拓海君の父親が、しかもアポイントメントもなくいきなりわたしのところへやって来たのか？

渋めのグレイのスーツに紺色のネクタイを締め、いかにも神妙な顔つきで両角芳郎は受付台の前に立っている。

55

今日もとても十月とは思えないような陽気だった。

リビングルームに通すと、両角芳郎は「ちょっと失礼して」とすぐにスーツの上着を脱いだ。二つにきれいに畳んで椅子の背に掛け、その椅子に座る。

わたしは冷蔵庫から常備のクランベリージュースを出し、氷を入れた二個のグラスに注いで両角の分を彼の前に置き、自分の分を持ってダイニングテーブルを挟んだ対面に腰掛けた。

「ご無沙汰しております」

両角が会釈し、

「お忙しいときに急にお邪魔してすみません」

あらためて詫びを口にする。

彼とわたしは二つ違いだった。彼の方が年長。いまは外務省で国際協力を管掌する局の局長を務めているはずだ。若い頃から勤務地は欧州中心で、拓海君はたしかジュネーブで生まれたのではなかったか。

両角は目の前のグラスを持ち上げ、一息に半分量のジュースを飲む。

彼の背後の窓からは明るい日射しがさんさんと降り注いでいる。東京の空は晴れ渡り、窓外には見事なパノラマが展開されていた。

この部屋に入った人間で、この景色に注目しなかったのは両角が初めてだった。

よほど気持ちにゆとりがないのか、それとも風景などに心を奪われる性格ではないのか。キャリア官僚だから後者の可能性もあるような気はする。

「前沢さん、このたびはうちの息子のしでかした不始末でお嬢さんに大変なご迷惑をおかけしてしまい、親としてお詫びの仕様もありません。どうかこの通りです。誠に申し訳ありませんでした」

グラスをテーブルに戻すと、両角は居住まいを正し、それから深々と頭を下げてきた。

「本来なら息子と一緒にお詫びに参上するのが筋なのですが、現在の彼の精神状態ではそれもなかなか難しく、誠にお恥ずかしい限りではありますが、こうして父親の私が一人で罷り越した次第です」

一体何をしに来たのかと訝しかったが、どうやら両角は今回の拓海君の不始末を本人になりかわって謝罪に来たようだった。

いささか拍子抜けする用向きではある。

両角はジュースをもう一口飲むと、それから背中に掛けていた上着の内ポケットに手を突っ込み一通の封書を取り出した。

中身を抜いて広げ、その大きな紙をわたしの方へと差し向けてくる。

「離婚届」だった。

「本来でしたら拓海から純菜さんに渡すべきものなのですが、今後のことはすべて父親である前沢さん経由でやり取りさせてほしいという希望が純菜さんからあったようなので、その言の通り、この届けは前沢さんにお渡しさせていただきます」

「はあ」

両角の口から思わぬ言葉が出て、わたしは、ぼんやりした反応になってしまう。

今後のやり取りはすべてわたしを介して進める——そんなことが一体いつどこで決まったのか？

とはいえ、葉子も純菜も弁護士を立てることには消極的で、父親であるわたしが問題の決着を図るのが至当だと考えている気配があった。そんな二人なら、本人に断りもなくわたしを通すようにと拓海君に要求したとしても不思議ではないだろう。

差し出された「離婚届」を手に取る。証人を含め、必要事項は洩れなく記入され、純菜の欄以外は捺印も済んでいた。外務省のキャリア官僚が持参した書類なのだからいやしくも記載ミスなどあろうはずもない。

わたしが黙って「離婚届」に目を通していると、

「それから……」

と言って、両角は再び上着の内ポケットからもう一通の封筒を取り出す。

「わずかばかりですが、せめてもの償いと思いまして……」

届けを畳んで手元に置くと、わたしは両角が差し出してきた二通目の封筒を受け取った。封はされておらず、すぐに中身をあらためる。

小切手が一枚。額面は三百万円だ。小切手を手にしたまま正面の両角を見る。

「両角さん。純菜と拓海君は、たった四カ月の結婚生活だったのですよ。こんなものを受け取るわけにはいきません」

両角が「いやいや」と首を振った。

「純菜さんからもそう言っていただいたのですが、今回のことには拓海の責任のみならず私共の監督不行き届きの責任もあります。せめてこれくらいのことはさせていただかないと、お詫びにも何にもなりません」

「しかし、拓海君も純菜もすでに立派な大人です。親とはいえ、両角さんにこんなことまでする責任はないとわたしは考えますが」

「いや。私と妻は今回のことが起きるまで、恥ずかしながら息子にあのような性癖があるとは思ってもいませんでした。そう考えると、幼少期からの育て方に何らかの落ち度があったのかもしれません。その点は私共の責任と捉えても間違いないと思っております」

恐縮した様子で話す両角を見ながら、わたしは想像する。

恐らく、マサシゲにデータを奪われた拓海君は、慌てて親に泣きつき、そこで自分がなぜそんな目に遭わされたのかを洗いざらいぶちまけたのだろう。

突然見知らぬ外国人に自宅で待ち伏せされ、溜め込んでいた痴態動画を根こそぎ巻き上げられた挙句に、このことを警察に通報したら殺すとまで脅されてしまえば、拓海君が底知れぬ不安を覚えるのは当然だ。外務省の有力者である父親のところへ駆け込んで善後策を協議するのも無理からぬことなのかもしれない。

「そうですか……」

わたしはとりあえず小切手を封筒に戻し、

「じゃあ、これは一応預からせていただいて、純菜ともよく話し合ってからお返しするかどうか決めさせていただきます」

と言った。ここで受け取る受け取らないの押し問答をしても始まるまい。

「よろしくお願い致します」

両角が大きく頷く。

「ところで拓海君の様子はいかがですか？」

わたしはジュースを一口飲んでから訊いた。ここに来られる精神状態でもない、という先ほどの両角の言葉に興味をそそられていた。

あの日、マサシゲは拓海君を素っ裸にして椅子に縛りつけ、果物ナイフで身体の何カ所かを切り刻んだという。かすり傷程度だと言ってはいたが、ペニスや乳首にもナイフを当てたようだから、やられた拓海君の方はたまったものではなかっただろう。

彼がどこまでのダメージを受けたのかかねて知りたかったのだ。

わたしの質問に、両角はやや言い淀むような表情を作る。その様子を見て、ここから先が本題なのかもしれないと思った。

「いや、実は……」

彼は首元に手をやると、きっちり締めていたネクタイを少し緩めてみせた。

「もう二カ月以上も前のことなのですが、拓海が正体不明の外国人に襲われまして……」

それから両角は、拓海君の身に起きた事件を事細かに説明し始める。わたしの方はとっくに承知ではあるが、いかにも初耳のふうを装ってとりあえず両角の話に耳を傾けた。マサシゲの報告と異なる部分があるのかどうか注意して聞いたが、これといった相違点はなさそうだった。

長い話の後、

「しかし、その正体不明の外国人というのは一体誰なんでしょう？」

いかにも呆れた口調を作って、わたしは訊ねる。

「拓海の話では南米系の男だったようです。そのあと、警察庁の知り合いに頼んで当日の防犯カメラの映像も確認して貰ったのですが、拓海の証言の通りで、二人で一緒に恵比寿の会社へと移動している途中の映像を見ると南米系の男らしいということでした。日本語は片言で、拓海とは主に英語でやり取りをしていたようです」

「拓海君に心当たりはないんですか？」

マサシゲは南米系外国人の姿を借りたのか、と思いながら訊く。

「さっぱり分からないと言っています。ま、親の私にどこまで本当のことを話しているのか定かではありませんが、これまで相当数の女性たちと関係を持って、その大半で隠し撮りもやっていたようですから、被害女性の誰かが雇ったプロの仕業と考えて構わない気はしますね」

「うーん」

わたしは一つ唸り、

「たしかに、それは困った事態ですね」

と頭を抱えるふりをする。

「何とお詫びを申し上げていいのか分かりません。ただ、仮にその南米人が被害女性の雇ったプロだとすれば、拓海が渡したデータが悪用されることはないと思うのです。今後、純菜さんに御迷惑がかかる可能性は決して高くないのではないかと」

「そうだといいのですが」

結局、両角が持参した三百万円の小切手には、拓海君のデータが悪用され、その中に含まれる純菜の痴態動画が流出して二次的な被害が生じる可能性があることへの補償料の意味合いが込められているようだった。

その南米人を雇ったのがわたしではないかと両角が疑っているか否かは判然としない。

防犯カメラで足取りを子細にチェックし、たとえば南米人がこのブルータワーに入って行くのが分かったというのであれば、疑念を持たれても仕方がないが、よもやあのマサシゲがそのようなヘマをするとは思えない。

拓海君の会社へ同行したときの防犯カメラ映像は、恐らくマサシゲが意図的に残したものと思われる。その後の足跡については完璧にカモフラージュしているはずだ。何しろ彼は自在に防犯カメラにアクセスできるだけでなく、映像データを都合のいいように改竄することもできるに違いないのだから。

拓海君が渡したデータが流出する心配はない。すでにマサシゲが消去してしまっている。だが、そんなことを目の前の両角に告げるわけにはいかないし、その必要もまるでない。むしろ彼の弱みはわたしにとって好都合な材料だった。

「奪われたデータを取り戻す方法はないのでしょうか？」

不安な面持ちを作って問い掛ける。

「お知り合いの警察庁の方を通じて捜査はしていただけるのですか？」

言葉を重ねた。

「内々で犯人を追って貰うように頼んではいます。ただ、防犯カメラの映像だけでは足取りを摑むことはできないようで、そういう点でもプロの仕業ではないかと彼も言っているんです」

「だとすると純菜の盗撮映像が今後どういうふうに使われるかは未知数なわけですね」

案の定、マサシゲは完璧に証拠を消しているようだった。

「誠に申し訳ありません」

両角が沈痛な表情を浮かべる。

「で、拓海君はいまどうしているのですか？」

わたしは最初の質問に戻る。

「とりあえず実家に引き取りました。いまは休職させて、自宅から毎日、カウンセリングに通わせております」

「休職してカウンセリング？」

ちょっと意外な話だった。

「今回のこともあり、拓海とはじっくり話し合いました。よくよく聞いてみると、彼が純菜さんと一緒になろうと思ったのも、もとはと言えば私や妻のせいだったようなのです」

「両角さんたちのせい？」

ますます不可解な物言いである。

「拓海はもともと結婚はしたくなかったようです。ただ、うちは一人っ子で、私も妻も拓海が結婚して跡取りを作るのは当たり前だと思っていました。子供の頃から両角の家を受け継ぐのはお前だと言い聞かせてきたのです。どうやらそうした私たちの要請が彼には重荷だったようです。何しろ生身の女性相手だけでは性的興奮を得られないのですから、彼にすれば女性と所帯を持つなんて端からできない相談だったのだと思います。しかし、そんな自分の本心を打ち明けるわけにもいかず、それでやむなく結婚に踏み切ったと言っていました。純菜さんのことは生まれて初めて愛した女性で、純菜さんとであれば一緒に暮らし、夫婦生活もちゃんとやっていけるのではないか、そして何より、純菜さんに両角家の跡取りを産んで貰えるのではないかと期待していたそうなんです。ところが、実際に結婚生活を始めてみて、純菜さんに拓海の子供を産む気持ちがないのを薄々感じ取るようになった。純菜さんの動画を撮り始めたのも、純菜さんに対して暴力をふるったのも、そうした自分の目算違いに気づいて自暴自棄になったせいだと彼は話していました。もちろん、そんなことは理屈にもならない自己中心的な言い訳に過ぎないのですが」

「そうですか……」

手前勝手とはいえ拓海君の言い分もあながち嘘ではなかろうとわたしは思う。

あの動画の中で彼が純菜に「中に出すぞ」と厳しく言っていた理由も、面と向かって純菜に「あなたの子供なんて作るつもりは最初からないよ」と言われて激高した理由も、その言い分を聞けば多少腑に落ちる気がする。

「いまはちゃんとカウンセリングに通って、せめてこれまでの性癖なりとも治してくれればいいと思っています。最低限、自分が撮影した映像でないものでも興奮できるようにならないと、彼はいつ性犯罪者として検挙されてもおかしくないですから」

両角がしみじみとした口調になって言う。

「両角さんは、拓海君が撮影した動画を見たのですか？」

一点、確かめておきたかったことだった。すべての動画をマサシゲに奪われ、拓海君の手元には何も残っていないはずなのだ。

「本人の撮った動画は見ていませんが、スマートフォンに保存してあったマニア向けの盗撮映像は見せられました。こういうのを参考にして、付き合っていた女性の動画を撮るようになったのだと言っていました。とにかく膨大な量で、どうやら数年前までは、その種の映像で欲求を満たしていたようなのです。ですが、やがて他人の撮った映像では満足できなくなって、自作するようになったのだと」

「なるほど」

「我が子ながら、一体何を考えているのか、というより一体どういう人間なのか父親の私にもうまく理解ができません。こうして事実をお伝えしながらも、どうにも実感が持てないくらいです。まったく情けない話で、前沢さんにはお詫びの仕様もないのですが」

「そうは言っても、大人同士が一度は夫婦の契りを結んだのです。二人のあいだに起きたことは、どちらか一方だけの責任に帰するものでもないでしょう。両角さんもどうか余り気に病まないようにしてください。少なくとも両角さんのご誠意は今日、充分に汲み取らせていただきましたから」

人工子宮で子供を作ると言い放った純菜だって、わたしにすれば理解の範疇を越えた人種だった。我が子のことが理解できないのは目の前の両角ばかりではなかろう。

「そう言っていただけると幾分なりとも気持ちが落ち着きます。ありがとうございます」

「で、拓海君はどれくらいのあいだ休職するのですか？」

話を先に進める。

「精神科の先生には、とりあえず三カ月で診断書を書いて貰ったのですが、恐らくこのまま会社は辞めるのではないかと思います」

「辞めるって、退職するのですか？」

「はい、恐らく」

両角はさほど困った様子でもなく頷く。

「もうあの子は結婚もしなくていいし、別に無理をして働かなくてもいいと私も妻も考えを改めました。当分はカウンセリングを受けながら、これからどうやって生きていくのかあの子自身にしっかりと考えて貰いたいと思っています」

「いわゆるノーブル・チルドレンになるってことですか？」

「まあ、そうですね」

両角が今度はため息交じりに頷いた。

働かない若者たちが「ノーブル・チルドレン」と呼ばれるようになったのは十年ほど前からだった。彼らは最低限度の生活を維持しつつ、大いに自由を謳歌する〝自由市民〟としていまでは社会から肯定的に受け止められる存在となっている。

たとえば純菜の場合を見てみよう。彼女は「ノーブル」ではないが、充分にノーブル化する資格を備えている。

純菜はすでにして四軒の家を相続する権利を持っていた。現在葉子と暮らしている世田谷の家は将来的に彼女のものとなる。加えて、一人息子のわたしが相続した大きな邸宅が福岡に一軒、さらにはわたしの父が仕事場として使っていたマンションが同じ福岡に一つあり、これらは現在は賃貸に出しているが、いずれは一人娘の純菜の所有となる。

同じ一人っ子の葉子も両親から相続した家を杉並に一軒持っていて、ここも賃貸物件として貸している。この杉並の家も最終的には純菜のものになるのだ。

世田谷と杉並に各一軒、福岡に二軒。計四軒の家がやがて純菜のもとへ転がり込んでくる。

世田谷の家を自宅とし、残りの三軒をいまと同じように賃貸に出すことができれば、彼女は家賃収入だけで働かずとも一生暮らしを立てていくことが可能であろう。

わたしの福岡の二軒も葉子の杉並の一軒も店子は外国人だった。中国人、インド人、ネパール人。いまの日本で賃貸物件に住むのは大半が日本にやって来て働く外国人たちだ。

一昔前とは異なり、企業の正社員になりたがる若者は激減している。彼らは純菜同様に親や祖父母から引き継いだ不動産などの資産を持ち、それを活用することで最低限の生活費を働かずに賄うことができる。

さほどの贅沢を求めず、実家に住んで、たまにバイトしながら幼馴染みたちと遊び、配偶者や子供も強くは望まない――というライフスタイルは長引くデフレ経済の中で想像以上に洗練された形でこの国に定着していった。

彼ら「ノーブル・チルドレン」にとって最大の価値は、贅沢な暮らしでも、派手な遊びでも、社会的な成功でも、我が子への厚い教育でも、自らの家門の存続でもなく、精神的な自由であり解放なのである。

ヒトにもモノにも縛られない人生――彼らが何よりも望むのはそれだった。

いまのこの国で経済活動の中軸を担っているのは外国資本であり外国人労働者だ。拓海君や

彼ら〝新日本人〟が、拓海君や純菜たち〝旧日本人〟の暮らしを支えている。拓海君や純菜の純菜の世代は、そうやって懸命に働く外国人たちが運営する会社で非正規労働者として〝ゆるーく〟働き、日々の穏やかで自由な生活を満喫している。そして、年老いてくれれば保有する資産を売却してしかるべき老人介護施設に入所し、最後は外国人介護スタッフに看取られながら亡くなっていく。

メディアではそうやって「ノーブル・チルドレン」がチルドレンのまま年老い、安穏とした死を迎えることを「ノーブル・デス」（貴族死）と呼んでいるのだった。

「ノーブル・チルドレン」たちの暮らしは贅沢とは無縁だが、それでも彼らは有り余る時間を野外キャンプや友人たちとの夜ごとの飲み会、テニスやサーフィンなどで優雅に過ごし、地元で採れた野菜や果物（オーガニックや地産地消はチルドレンの最大関心事の一つで、農業に勤しむ者もかなりいる）を美味しく食し、たとえ結婚したとしても子供は作らず夫婦二人で仲睦まじく暮らしていく。

当然、国家への帰属意識は非常に薄く、国の存続になどまったく関心がない。

中国やインド資本に席巻されている日本経済の現状に対しても、彼らは虚ろな眼差しを向けて

いるだけで、巻き返しを図ろうなどとは考えもしない。

要するに、拓海君も今後はそうした「ノーブル・チルドレン」の一員として生きていくことになるのだろう。目の前の両角が息子のそんな生き方を是認しているのと同じく、わたしもそれはそれで悪くない人生だという気はする。

野心さえ持たなければ、定職にもつかず一生食っていける人間が、他に何を望む必要があるというのだろうか？




空になったグラスを片づけ、両角と自分のためにコーヒーを淹れた。

わたしが小切手を受け取ったことで両角はホッとしたようだった。険しかった眉間の皺がゆるみ、幾らか寛いだ風情になっている。

そんな表情を見ると、彼が窓外の風景に注目しなかったのは官僚的無感覚のせいではなく、やはり緊張していたからではないかという気もする。

預かった小切手はそのまま純菜に渡し、彼女がしたいようにすればいいだろう。金銭をあいだに挟むことで後腐れなく拓海君と縁が切れると考えるのか、それとも逆に、妙な貸しを作って終わるのは御免だと拒絶するのか、そこは純菜の感じ方次第だろう。

彼女の性格からして、最初の意思表示の通り、三百万円はそのまま拓海君に突き返すような気もする。ただ、その場合は直接返却するよう釘を刺しておくつもりだ。

幾ら親子とはいえ、何の断りもなく仲介人に仕立て上げられるのは不愉快だ。

暴力沙汰もあって面と向かうのは真っ平だというなら、さっさと弁護士を雇えばいい。あくまでわたしに責任を押し付けるのは、自分を捨てて家を出た父親への意趣返しかもしれないが、いずれは人工子宮を使って子供を作り、一般的な家族関係とは無縁の人生を選択するつもりなのであれば、彼女こそそういう古風な発想から誰よりも先に脱却すべきなのではなかろうか？

わたしの淹れたコーヒーを両角はうまそうに飲んでいる。こんなことならワインでも出せば良かったかと思う。

「せっかく両角さんにお目にかかれたので少しばかりお訊ねしてもよろしいですか？」

自分のコーヒーを一口飲んでわたしは切り出す。

「はい……」

両角は怪訝な顔を作るが、別段警戒している様子ではなかった。

「先日、ウィキリークスＮＥＯがすっぱ抜いたＮＡＳＡの文書で、新宿隕石の存在をアメリカやロシア、中国が衝突の七カ月も前に察知し、ミサイル攻撃まで行っていたという事実が暴露されたじゃないですか。それで、いまネット上では、あの隕石は米ロ中がわざと軌道を変えてこの新宿二丁目にぶつけたんじゃないかという説がさかんに出回っているんです。政府部内ではこの〝隕石爆弾説〟についてどう受け止めているんですか？」

わたしだけでなく、新宿への隕石落下は米ロ中による〝空襲〟だったのではないか、という推測は、宇宙当局の会見からほどなくネット住民のあいだで真偽不明の怪情報なども交えてまことしやかに語られるようになっていた。

わたしの質問に両角は何だそんなことかという表情になる。

「さあ、そこは何とも言えませんね。ただ、七カ月も前に隕石の存在を確認していたのなら、想定される落下地点がおおよそ東京だくらいのことはすぐに割り出せたはずです。にもかかわらず我が国に一切の通報をしてこなかった彼らの意図ははかりかねますね。そういう点では、ネット上で疑問が持ち上がるのは当然じゃないでしょうか？」

「じゃあ、両角さんご自身もそうした可能性があると考えているわけですか？」

「うーん。私は、幾らなんでもそれはないと思いますがね。少なくともアメリカは歴とした我が国の同盟国ですし、中国やロシアもわざわざアメリカと組んでまでそんな真似をするとは到底思えません。そもそも彼らには共同で日本を破壊する動機がありませんから」

「なるほど」

栗子ママの話も、白水天元がこのタワーの地下に巨大施設を作り、ウー博士を呼び寄せていることも、さらには米ロ中のロケット技術者が謎の連続死を遂げている事実も目の前の両角が知らなかったとすれば、彼がそんなふうに言うのは当たり前に思える。

「ただ、本当は別のターゲットに落とすつもりが、三カ国がそれに失敗してたまたま新宿にぶつけてしまったという可能性はあるかもしれない」

ところが両角はさらに言葉を加えてきたのだった。

「別のターゲット？　どういうことですか？」

意外な話にわたしは問い返す。

両角はいささか困ったような顔を作る。余計なことを口にしたと内心で舌を出しているような表情にも見えた。

「本当は新宿ではなく、他の場所に落とすためにミサイルを使って軌道を変えたが、それがうまくいかずに新宿に落ちてしまったということですか？」

両角の先ほどのセリフは要するにそういうことだろう。

「さあ、それは何とも言えないですけどね」

彼は言葉を濁す。

「そういう噂は、少なくとも僕が見た限りネットには上ってきていないですよ」

わたしは尚も迫ってみる。

「政府部内でそのような情報が持ち上がっているということですか？」

「うーん」

両角はますます困ったような顔になった。

「同盟国の日本にアメリカが隕石を落とすというのは確かに解せませんよね。といって、隕石の軌道が日本を向いていたのであれば当然、日本政府にも通告し、被害当事国となる日本にも軌道変更のためのミサイル攻撃に参加するよう求めてくるのが筋でしょう。それをしなかったということは、日本に落とすために隕石の軌道を変えようとしたのではなく、当初は別のターゲットにぶつけるつもりだったのが、何らかの手違いで結果的に日本に当たってしまったというのは大いにあり得ますね。それであれば、彼らが日本に通告しなかった理由も分かりますし、隕石の存在自体を衝突直前まで秘匿していた理由も分かる。なるほど両角さんの推理は極めて現実味のある話です。ということは、お立場からして単なる推理ではなく、その種の情報が政府には届いているのではないですか？　たとえば今回、ウィキリークスＮＥＯで事実が発覚し、政府が米ロ中に照会したところ、そのような説明が返ってきたとか。まあ、要するに〝俺たちは悪気があって隠していたわけではないし、意図的に日本を狙ったわけでもないんだ〟という言い回しです。両角さん、そうじゃありませんか？」

「その辺は、さすがに私の口からは申し上げられないのです……」

両角はまるでこちらの当て推量をそのまま肯定するような物言いをした。

「なるほど」

そのストレート過ぎる反応にわたしは逆に不信感を持つ。

先ほど、いかにも口を滑らせたふうに「別のターゲット」という思わぬ一語を発したのも奇妙ではあった。ずいぶんと威信は落ちているとはいえ日本外務省の現役局長が、そのような重大事を作家のわたしに不用意に洩らすというのは解せない。その上、こちらが突っ込んでみると、こうもあっさりと自分の発言を認めてしまう——幾らなんでも出来過ぎた成り行きではある。

——彼はわざと洩らしたのではないか？

真偽はともかくも、両角はこの情報をわたしに伝えたかったのではないか。もしかしたら今日の来訪はそれが本当の目的だったのではなかろうか。その意図がどこにあるのかは予想もつかない話ではあるが……。

彼の困惑気味の顔つきを眺めながらわたしはあれこれと疑ってみる。

そういえば、拓海君に「白水＝インドのエージェント説」を吹き込んだのもこの両角だったはずだ。拓海君は純菜との言い争いの中で、「白水はインドの国益のためにレットビを動かしているんだ。たとえ末端だとしてもきみのやっていることは売国行為なんだよ」と純菜のことを非難し、純菜から逆に「あなたのお父さんが幾ら愛国者の外務官僚だとしたって、そういう古臭い考え方で外交をやっているから日本はどんどん凋落していってるのよ」と言い返されていた。

そうしたやりとりからして、拓海君の情報源が父親の両角だったのはほぼ間違いない。

「両角さん、もう一つお伺いしていいですか？」

わたしは小さく身を乗り出して言った。

「はい」

「このファウンテンシティを開発したレットビ・グループの総帥、白水天元氏の莫大な事業資金の出所が実はインド政府だという噂があります。つまり白水氏はインド政府のエージェントだというわけですが、それは事実なんでしょうか？」

「事実だと思います」

今回は躊躇う様子など微塵もなく両角ははっきりと言い切った。

「それってどこからの情報なんですか？　アメリカからですか？」

「もちろんアメリカ筋からもその手の情報は届いていますが、他の幾つかの国からも同種の情報は寄せられていますね。日本の大都市の土地を買い漁っているレットビの資金源がインドにあるというのはいまや公然の秘密といった趣でしょう。東京に限っても、これほどの短期間にこれだけの広さの一等地を手に入れるのはレットビの手元資金や調達資金だけでは到底不可能に決まっていますよ」

「じゃあ、このファウンテンシティの開発資金も出所はインド政府というわけですか？」

「恐らくは。ただ、インド政府といっても、政府の資金が直接白水会長に流れているわけではないでしょう」

「というと？」

資金の出所がインド政府でなければ、少なくとも白水が〝インド政府のエージェント〟ということにはならないのではないか。

「実際に資金を提供しているのはパール財閥のようです。そういう意味では、白水氏はインド政府のエージェントというよりはパール財閥の配下にあると考えた方が正しいのかもしれません。まあ、パール財閥に繋がっているということは、そのままインド政府に繋がっているということと同義ではありますが」

「パール財閥ですか……」

パール財閥はインド最大の財閥企業グループだった。

英国からの独立以来、インドの財閥はインド経済のほとんどを牛耳ってきたと言われている。

パール財閥を筆頭とする三大財閥に加えてその他の新興財閥も合わせると、インド財閥の生み出す富はいまやインド全体のＧＤＰの七割超に及び、中でもパール財閥の巨大さは群を抜いていた。何しろ、その事業規模は全財閥の半分近くを占めると見られているのだ。つまり、パール財閥の事業はインドのＧＤＰの実に三十五パーセントを叩き出しているわけである。

いまや中国、アメリカに次いで世界第三位の経済大国となり、世界最大の人口を抱えるインドにおいてパール財閥の存在感は圧倒的だった。

しかも、これまで政治的には中立を保っていたパール財閥はここ十数年で一気にインド政界に進出していった。長く分裂状態が続いていた旧国民会議派を再編成し、新国民会議派を結党したカイラ・パールは八年前にインド人民党から政権を奪い返して、自らインド首相の座についている。彼女はパール財閥の総帥、ダミニ・パールの一人娘であった。

現在のインドは、政財官すべてがパール財閥によってコントロールされていて、ダミニ、カイラというパール財閥直系の母娘が独裁的な権力を揮う、まさしく「パール帝国」と呼んでもいい存在だった（実際、各国のメディアはインドを「パール帝国」や「パール王国」と呼称している）。

両角の言っていることが事実であれば、そのパール財閥から資金援助を受けている白水は、そのままカイラ・パール率いるインド政府のエージェントと見做すこともできるだろう。

「そういう情報もアメリカをはじめとした諸外国から流れてきているわけですね」

わたしの質問に両角は、ちょっと首を傾げるようにした。

「というか、正直なところ白水会長とインドとの関係については、日本政府も相当程度は摑んでいるんですよ。彼は学生時代に二年近くインドを放浪し、そのときにグジャラート州に長期間滞在しています。グジャラートの最大都市アーメダバードはご承知の通り、パール家の本拠地ですからね。一説では、当時から彼はパール家の屋敷に寝泊まりし、あのダミニ・パールにまるで実の息子のように可愛がられていたといいます」

「どうしてそんなことが起きるのですか？」

白水はインド放浪時代、「神の使い」としてインドの人々に聖者扱いされていたと語っていた。だとすれば、ダミニ・パールもまたアーメダバードにやって来た白水青年に何らかの霊力を感じ取り、聖者として自邸に招き入れ、厚遇を与えたというのだろうか？

しかし、両角の解説はそれとはまったく違っていた。

「どうやら、白水氏の父親である純一郎氏とダミニ・パールの夫だったチャンドラ・パールとが親しかったようなのです。二人のあいだを繫いだのは京都仏教界の重鎮だった鍵谷宗観大僧正だと言われています。宗観大僧正とチャンドラとがもともと親友同士だったらしく、彼が白水純一郎氏をチャンドラに紹介したようです。そして、純一郎氏はそのチャンドラとのパイプを使って息子の天元氏をインドに送り込んだ。パール家と白水家の関係は純一郎氏の代からのもので、純一郎氏自身も用地買収のための莫大な資金をチャンドラ・パールから融通して貰っていたと言われています」

「そういうことだったんですか」

グジャラート州にあるパール本家に厄介になったなどという話は対談の際は一切出なかった。それどころか白水は、デリーやムンバイ、チェンナイの名前は口にしたが、パール本家が所在するアーメダバードについては一切触れなかった。

〝聖者〟として一年半のあいだインド各地で歓待を受けた彼は、「最後は夜逃げみたいな恰好で日本に逃げ戻って来た」と語っていたのだ。

仮にいまの両角の話が本当だとすると、白水はあのとき何一つ真実を語らなかったということになる。

しかし、わたしの作品の熱心な読者であることは疑いない彼が、そのわたしに向かってそうした虚言や隠し事を果たしてするだろうか？　対談時の表情や物腰、言葉遣いを反芻してみても、彼はやや緊張気味ではあったもののいかにも誠実に真剣にわたしに向き合っていたような気がする。

わたしはもう一度、しっかりと正面に座る両角芳郎の顔を見た。

両角にも何らかの意図のもとに虚言を弄しているという印象は認められない。

新宿隕石のターゲットが実は別にあったのではないかとか、白水が父の代からパール財閥と深い関わりを持っていたとか、そうした機微に触れる情報をいともあっさりと開示してみせるところは却って怪しい気もするが、その表情のみを細かに観察する限り、悪意のようなものはまったく読み取れなかった。

わたしはそうした自分自身の直感を強く信じている。

若い頃からある種の霊感に恵まれ、それは同業者であった父親譲りの資質でもあったし、二年前に離脱できるようになって以降は、もともとの霊感が急速に研ぎ澄まされていった感もあった。

白水と両角、一体どちらの言っていることが真実なのか？

脳裏に浮かぶ〝西郷さん〟そっくりの白水天元と目の前の両角とを引き比べながら、わたしはさすがに頭を抱えざるを得ない。

## 57

十三日日曜日の夕方、英理が軽井沢から戻った。

わたしは鯛めしの準備をして待っていたが、英理は少し風邪気味らしく食欲は余りないようだった。二人で白ワインを一本だけ空け、十時を回ると彼は自室に引きあげていった。

一週間のゼミ合宿は、文字通り勉強漬けで、想像よりもハードだったらしい。

「普段は親切で優しい教授が、なんだか人が変ったみたいに厳しくて、ちょっとびっくり」

と笑っていた。とはいってもそれなりに充実した一週間ではあったようだった。

翌朝、八時過ぎに起きてきた。顔色も良く、いつもの英理に戻っている。

「風邪は？」

「完全に抜けたみたい。ぐっすり眠ったからね」

ほとんど残っていた昨夜の鯛めしを雑炊に仕立て直し、太ネギとソーセージの甘辛炒め、成田名物の鉄砲漬けを付け合わせにして朝食にする。

「うわー、美味しそう」

英理は嬉しそうに箸を取った。

モリモリ食べる様子を眺める。英理の食べる姿がわたしは大好きだった。

昨夜は一緒に眠れなかったが、この分ならもう大丈夫だろう。「英理」とのセックスの記憶が薄れないうちに本物の英理と交わってみたい。

今日はスポーツの日だった。

英理に予定がなければ、このあとベッドに誘うこともできるに違いない。休みの日は昼間から睦み合うこともたまにあった。

「今日は出かけないんでしょ」

疲れも溜まっているようだから一日ゆっくり過ごした方がいい。

「そうもいかないんだ」

しかし、英理は首を横に振った。

「昼間は道場で稽古だし、夜はレミゼに出ないと。どっちもまるまる一週間サボっちゃったからね」

「そうなんだ」

わたしの落胆した声に、

「みっちゃん、ごめんね」

英理が謝る。

食後のデザートは、これも昨日買っておいた和栗のモンブランとコーヒーだった。

モンブランを食べながら、四日前に訪ねて来た両角芳郎の話をする。

「別のターゲット」に関しては、英理はかなり懐疑的だった。

「狙った目標にうまく当てられないレベルの技術力なら、米ロ中だって最初から隕石を使った攻撃なんてやらないんじゃないの。結局、NASAやロスコスモス、航天局の会見の通りで、彼らは軌道を一ミリも変えられなかったんだと思うよ。それか、この二丁目めがけて意図的に隕石をぶつけたか、そのどっちかだと思うけどね」

「うーん」

英理にそんなふうに言われると、わたしも「別のターゲット」説は荒唐無稽のように思えてくる。

「それに、その別のターゲットってたとえばどこ？」

ここ数日、わたしもそれは考えてきた。アメリカ、ロシア、中国が手に手を取って破壊しようと目論む攻撃目標とは一体どこなのか？　かつての北朝鮮であれば、恰好の目標と見做してもよかっただろう。だが、その北朝鮮も十一年前に韓国と統一されて世界地図から姿を消してしまっている。

「まあ、考えられるとすればインドくらいだろうけどね」

白水天元がパール財閥のエージェントという話を同じ日に聞いたこともあり、わたしが導き出した答えはインドだった。米ロ中にとって台頭著しいインドは共通のライバルと考えてもいい。

「インドの何を破壊するの？」

「さあ、それは分からないけど」

「だけど、新宿隕石程度のサイズじゃあ、破壊できたとしてもインドのほんの一部だけでしょう。それでインドが報復に出たら、それこそ第三次世界大戦だよ。米ロ中だってそんな馬鹿な真似はしないと思うよ」

「ただ、隕石だったら米ロ中の攻撃だと知られずに済むじゃない」

「それにしたって、ちょっと無理筋なんじゃない？　そんなにインドの一部を攻撃したいなら核兵器を使えばいいわけだし」

「そんなことしたら、それこそ全面核戦争だけどね」

「まあ、それはそうだけど……」

当然ながら米ロ中だけでなく、インドも核保有国である。

わたしはぬるくなったコーヒーを口に含む。英理の方はなにやら愉快そうな顔になっていた。

英理にはブルータワーの地下施設のことは喋っていないし、屋上へリポートで白い幽霊の姿を目撃したことも知らせてはいない。本当は話したいのだが、わたしが離脱できることを打ち明けていないので話そうにも話せないのだ。

先日、マサシゲに伝えたときに、

「折を見て、マー君の方から英理に教えてやってね。僕からだと説明しにくいから」

と依頼はしておいた。

そういえば、九日に別れて以来、マサシゲからは何の連絡もなかった。地下施設の調査は終えているはずだから何かしらの報告がそろそろあってもおかしくない。

「別のターゲットのことが気になるんだったら一子さんに訊いてみればいいんじゃない?」

英理が言う。

「一子さん?」

「A新聞の海老原一子さんだよ」

「英理、もしかして彼女と連絡を取り合っているの?」

マサシゲのことがあるので、ついそんなことを訊いてしまう。

「ラインだけだけどね」

英理の隣で顔を上気させていた海老原の姿が目に浮かぶ。

「どんなやりとり?」

「一子さんの方から一緒にご飯でもどうですか、とか言ってくるよ」

「ご飯食べたの?」

「まさか」

英理が苦笑する。彼は真正のゲイで、女性とは一度も付き合ったことがないといつも言っている。

「あの女性特有の匂いが生理的に苦手なんだよね」

というのが口癖で、

「匂いって、どんな?」

以前訊ねると、

「なんだか血なまぐさいような匂い」

と言っていた。

昼前、英理が外出したあと、わたしは彼のアドバイスに従って海老原一子に電話してみた。留守録に切り替わったので伝言を残しておく。

海老原からの折り返しがあったのは午後一時。伝言してちょうど一時間後のことだった。

58

海老原との長い通話を終えると、わたしはマサシゲにラインを打った。マサシゲのラインＩＤはわたしが勝手にこしらえたものだが、それで何ら不都合はない。彼はそのＩＤ宛てのラインを自分のＡＩにコネクトできるようだった。

急ぎの用事だから直接電話で、といった工夫も不要だ。マサシゲにすれば電話もラインも同じで、瞬時にどちらも受け取ることができる。ラインを読み忘れたり、電話を取りそびれたりといったミスは彼にはあり得なかった。

「じゃあ、五分後に六十階のラウンジで」

例によってすぐに返信が届く。

わたしたちはラウンジの入口で落ち合い、窓側の広い席に向かう。長かった夏も終わり、一日ごとに日差しも穏やかになってきている。青空から降り注ぐ光もそれほど眩しくはなさそうだ。

祝日の午後とあってラウンジはがらがらだ。

今日のマサシゲはいままで見たことのない容貌だった。

英理によく似ているが目つきが英理よりも鋭く、そこは普段のマサシゲに近かった。ざっくり譬えるなら、英理とマサシゲを足して二で割ったような顔立ちと言うべきか。

わたしもマサシゲもセルフサービスのコーヒーを取ってから着席した。

「急いで話したいことって何？」

コーヒーの入った紙コップに一口口をつけてマサシゲが言う。

ラインでそのように誘ったのだから当然の質問だった。

手始めに、今朝方、英理に話したのと同じ内容をマサシゲにも伝える。両角から聞いた「別のターゲット」説や白水天元がパール財閥と深く繋がっているという話を詳しく説明した。

マサシゲは興味深そうな表情で黙ってわたしの話に耳を傾けている。

その顔を見ているうちに不思議な心地になってきた。さきほどは見たことがないと思ったマサシゲの面差しが、次第にどこか見覚えのあるものに感じられてきたのだ。

言葉を発しながら、わたしは頭の片隅で、

――一体いつ、どこでこの顔を見たのだろう？

と考えていた。

ピンときたのは、両角からの情報を喋り終えて、海老原一子から電話で聞いたばかりの新しい情報を口にしようとしたときだった。

すっかり記憶から飛んでいたが、五日前に「英理」と寝たとき、これと同じ顔を見たのだった。行為の最中はめまぐるしく変容する「英理」の肉体にばかり気を取られていたが、よくよく振り返ってみれば、「英理」の顔も〝英理〟と〝マサシゲ〟とのあいだを行ったり来たりしていた気がする。

彼の顔は、英理によく似たマサシゲであったり、マサシゲによく似た英理であったりもしたのだ。

あの日、わたしは「英理」の中で幾度か果てたが、そうやって果てた瞬間に目にした彼は、そういえばいま目の前にある顔だったのではないか。おぼろな記憶だから確信はないが、こうして面と向かうとそんなふうに感じられた。

それもあって、マサシゲは今日、この顔で会いにきたのだろうか？

「ところがね」

妙な想念を振り払いたくて、わたしは言葉に勢いをつけた。なんだか股間のあたりがむずむずし始めていた。

「この両角氏の話を英理にしたら、海老原記者に確かめてみればいいと言うんで、さっき電話してみたんだよ。そしたら、彼女がびっくりするようなことを教えてくれてね。それで慌ててマー君にラインしたわけ」

「びっくりするようなこと？」

思案顔だったマサシゲが大きな目を見開いてこちらを見る。

その表情は英理のものでもマサシゲのものでもないようだった。

「鰻多晃一郎って分かる？」

「分かるよ」

マサシゲがあっさり頷く。

「例のウィキリークスNEOの一件のときにね、海老原記者に鰻多博士に一度会って、彼が今回のNASAの文書や米ロ中の宇宙当局の発表についてどう見ているのか詳しく訊いてくればいいと勧めておいたんだよ」

「へぇー」

「彼女、昨日になってようやく鰻多博士と面会することができたらしい。僕が電話したら、ちょうど自分も連絡しようと思っていたところでしたって言われてね。で、博士から聞き出した話を教えてくれたんだけど、どうやらもう一発、別のミサイルが隕石に向けて発射されていたみたいなんだよ」

「もう一発って、五発目？」

「そう」

米ロ中の宇宙当局者たちはアメリカが二発、ロシア、中国が一発ずつ、計四発のミサイルを発射し、アメリカが放った最初の一発だけは命中したものの隕石の軌道を変えることは叶わなかったと公表していたのだった。

「だけど、どうしてそんなことが分かったの？」

「米ロ中の当局者は一発しか命中しなかったと言っていたけど、それは嘘で、四発とも当たったのは間違いないようなんだ。その上で、じゃあ、なぜ米ロ中は新宿に隕石をぶつけたのか？　なんだけど、どうしても彼らの動機が見えないと博士は言っていたらしい。幾らなんでも米ロ中が日本に対してそんな攻撃をするはずがないと。そこで、博士たちは原点に戻って、五年前の隕石のデータを片っ端から集めてみたというんだ。各国の天文台の観測データだけじゃなくて、世界中のアマチュア天文家たちからもデータを取り寄せたらしい。そして、それらのデータをもとに０３１ＴＣ４が新宿に衝突するまでの軌跡を詳細に分析してみたところ、新宿二丁目に落下する直前に五発目のミサイルが発射され、０３１ＴＣ４に命中したと思われる証拠が見つかったそうなんだよ」

「直前っていつ？」

「隕石がぶつかる十日前」

アメリカの放った四発目のミサイルは、隕石が地球に衝突する二週間前に撃ち込まれている。

これはＮＡＳＡの文書にも記されているし、三カ国の宇宙当局者も会見で認めている事実だった。ということはそこからさらに四日後に五発目が撃ち込まれたことになる。

「だけど、どうしてそのことを彼らは隠しているわけ？」

マサシゲが至極もっともな質問をしてくる。

「問題はそこなんだよ。鰻多博士たちの分析結果だと、最後の一発はそれまでの四発とはまったく違う場所から発射されているらしいんだ」

「まったく違う場所？」

「そう。最初の四発はどれも米ロ中のミサイル基地から撃たれているんだけど、最後の五発目は太平洋上から発射されている可能性が高いんだよ。恐らく潜水艦発射ミサイルが使われたんじゃないかと博士は言っていたらしい」

「ということは、最後の一発は米ロ中のミサイルじゃない可能性もあるっていうこと？」

マサシゲが怪訝な表情になっている。

「その通り。博士は別の国が撃ったミサイルだろうって言っていたらしい」

「別の国？」

「博士の分析だと、そもそも０３１ＴＣ４は米ロ中の四発のミサイルによって軌道を変えられ、太平洋に落下するはずだったのが、衝突十日前に撃ち込まれた五発目のミサイルのせいでさらに軌道が変更されて、最終的にこの新宿二丁目に激突したということのようなんだよ」

「何、それ」

マサシゲが呆れた声を出す。

「だとすると、米ロ中は隕石をわざわざ太平洋に落とすために四発のミサイルを撃ち込んだってわけ？　そうしなければ自分たちの国に落ちる可能性があったってこと？」

「それがそうでもないんだよ。もともと031TC4は地球をかすめて飛び去っていく小惑星だったそうなんだ。それを米ロ中が意図的に太平洋へ落下するよう仕向けたってことみたい」

海老原一子からの情報をそうやって伝えながら、わたし自身もいまだ半信半疑だった。

「なんで彼らはそんなことをしたわけ？」

「恐らく、実験だったんじゃないかって鰻多博士は言っていたそうだよ」

「実験？」

「そう。そうやって隕石をコントロールする実験をしていたんだろうって。で、アメリカが撃ち込んだ最後の四発目で予定通り太平洋に落下する軌道に乗せたのに、さらに四日後にもう一発、別の国がミサイルを撃ち込んで軌道がずれて新宿への落下が不可避になってしまった。それで米ロ中は慌てて国連スペースガードセンターに連絡し、日本に警告を発することにしたに違いないと鰻多博士は言っていたらしい」

「何、それ」

マサシゲが同じセリフを繰り返す。そして言葉を継いだ。

「よく意味が分からないよ。まず第一に、どうして米ロ中は隕石をコントロールする実験なんてやらなきゃいけないわけ。それに、その別の国だって太平洋上に落ちるはずの隕石の軌道をわざわざずらして、どうしてこの新宿に衝突させなきゃいけないの？　そもそも別の国って一体どこなのよ？」

「うーん」

そうやってまともに突っ込まれるとわたしだって何と言っていいか分からなくなる。

「でも、もし、この鰻多博士の推測が正しいのだとすればだよ、両角芳郎の言っていた話とも符合するでしょう。両角さんは、別のターゲットがあったのかもしれないって言っていたわけだからね」

「まあ、それはそうだけど。でも余りに突飛な推理ではあるよね」

「ただ、鰻多博士は宇宙の専門家だしね。その彼がデータを掻き集めて分析した結果、そういう推定が出てきたわけだからあながち突飛とも言えないんじゃない？」

「海老原一子は何て言ってるの？　彼女は鰻多博士の説を信じているわけ？」

「信じがたいような話だけど事実かも知れないって言ってたよ。ただ、とても記事にはできない内容だし、博士からもオフレコだと厳重に釘を刺されたらしい」

マサシゲは相変わらず腑に落ちない様子だ。

「米ロ中が自分たちに悪意はなかったと主張するために、その話をでっち上げて、鰻多博士も彼らのために一役買ってメディアに怪情報を流しているだけなんじゃないの」

あくまで懐疑的だった。

「まあね。だけどそれなら、わざわざ五発目のミサイルが別の国から発射されたなんて見え透いた嘘はつかないんじゃないの？　当初の発表通り、一ミリも軌道を変えられなかったと言い続ければそれでいいわけでしょう」

「その別の国というのはどこだって鰻多博士は言っているの？」

「具体的な国名は口にしなかったようだけど、米ロ中以外の国だと確信している感じだったらしいよ」

「しかし、仮にその話が本当だったとしても、五発目のミサイルを撃ち込んだ別の国の意図がよく分からないよね。太平洋上に落ちるはずの隕石だったら、自国が被害に遭うわけじゃないしね。かといってそれをわざわざ日本にぶつける理由もないでしょう」

「そう言われればたしかにそうなんだけどね……」

一々指摘されると、わたしはますます答えようがなくなってくる。

59

こちらの情報を一通り話し終えたところで、今度はわたしの方が質問した。

「例の地下施設って調べてみた？」

するとマサシゲはにわかに困惑顔になる。

「みっちゃんが言っていた通りで、ヘリポートの建屋に専用エレベーターがあることまでは調べがついたけど、それ以上は無理」

彼の口から「無理」という一語が出たのは意外だ。

「どうして？　そんなにセキュリティーがきついの？」

マサシゲの能力があれば突破できない警備体制などないように思う。たとえ無数の防犯カメラが並んでいても彼ならばそれらを自由に操作できるはずだし、その点はレーザーを使った検知装置に関しても同様だろう。

それに、わたしが白水たちを追って地下に降りたときは、警備員などのスタッフはどこにも見当たらなかった。

「セキュリティーの問題じゃないんだよ」

さらに浮かない面持ちでマサシゲは言う。いつの間にか彼の顔は「英理」の顔になっていた。

「というと？」

「ヘリポートに近づこうとしたり、レットビのホストコンピューターやブルータワーのセキュリティーシステムに侵入して地下施設の情報にアクセスしようとするとなんだか嫌な気分になってくるんだよ」

「嫌な気分？」

「英理」はこっくり頷く。

「嫌な気分って、どんな？」

彼に「嫌な気分」が生じるというのがまずもって驚きだった。

「ちょっと違うかもしれないけど、みっちゃんが離脱して茜丸鷺郎の事務所に入ろうとしたときとか、地下でいきなり肉体に引っ張り戻されたときとか、そういう感じに似ているんじゃないかと思う」

「だけど、マー君は僕たち人間とは違って、そうしたネガティブな感情なんて瞬時にＡＩから消去できるんじゃないの？」

「それがそうでもないんだよ」

「どうして？」

「英理」は本当に困ったような顔で首を傾げる。

「自分でもよく分からないんだけどね。みっちゃんやヒデ君と付き合っているうちに人間の感情がいつの間にか伝染《うつ》っちゃったのかもしれない」

「感情が伝染る？」

「うん」

ＡＩロボットに我々人間の感情が伝染するなどということがあるだろうか？

「だけど、だからってどうしてここの地下施設のことを調べると気分が悪くなるんだろう？」

「それは僕にもよく分からないよ。最近、そういうふうに自分でも制御できない感情のかたまりがときどき顔を出してくるんだよね。バグのようなものだと思ってその都度修正してきたんだけど、たまにずっと尾を引いて消えてくれないものがあるんだよ」

「ふーん」

わたしには彼の言がいま一つ分からなかった。

いつぞや白水天元の通信記録をハッキングしてみればいい、と促したとき、マサシゲは自分の主人である白水の通信を傍受したり、データを抜き取ったりすることは倫理的にも機能的にもできないのだと言っていた。彼の言う「嫌な気分」というのは、要するにそういう意味なのであろうか。

「茜丸鷺郎の件はどうなの？　あれから何か分かった？」

話題をちょっと変えてみる。

茜丸についてはかねて訊きたかったことだった。

「彼には会ったよ」

「英理」は事もなげに言う。

「いつ？」

「初めて会ったのは一カ月くらい前かな」

一カ月前といえば九月半ばだ。

その頃のわたしは連載小説の執筆に集中していたが、それでも週に一度はマサシゲとこうしてお茶を飲んだりしていた。彼は、英理とはもっと頻繁に会い、「レミゼ」にもちょくちょく顔を出していたのではなかったか。

「会うって、どうやって会ったの？」

なぜ黙っていたのかを問い詰めるのではなく、まず訊くべきことを優先する。

「普通に事務所を訪ねたんだよ」

「普通にって？　どういう用件で訪ねたの？」

「十七階の事件のことを調べていて、茜丸さんにちょっと話を聞きたいって」

「えー」

わたしが二十七階にある「ＡＫミュージック」に侵入しようとして阻まれた（壁抜けできなかった）のは七月二十二日のことだった。そのことは翌日、さっそくクイーンズ伊勢丹のイートインスペースでマサシゲに報告している。

マサシゲが「ＡＫミュージック」を訪ねたのが九月の半ばだとすると、わたしの報告から二カ月近く、彼は茜丸鷺郎の調査を放置していたことになるのではないか。挙句、茜丸と面会するために正面から事務所に乗り込み、しかも十七階の事件に関して直接問い質そうとした——という説明はにわかに信じ難い。

茜丸は、レットビのマンションで頻発している外国人連続死事件の鍵を握る人物かもしれないのだ。そんな相手にいきなり疑惑をぶつけるなどあり得ない話だろう。

「どうしてそんな馬鹿なことをしたの？　って言いたそうだね」

「英理」がにやにやしている。その美しい顔を見ると文句を言う気も失せてしまう。

「みっちゃんから、茜丸事務所に侵入できなかったって話を聞いて、そこから本格的に彼のことを調べ始めたんだよ。なかなか正体が摑めない人物だったんだけど、事務所への出入りの様子をカメラでチェックしてどうやら茜丸本人の姿を割り出すことができてね。結局、それが決め手になって彼がどういう仕事をしているのか徐々に分かってきたんだよ。みっちゃん、あのとき何らかの結界が張られていたような気がするって言ったよね。その結界がどういうものなのかもある程度、推定がついた。で、それからしばらくは、茜丸が作った音楽をじっくり聴き続けて、そして、いまから一カ月ほど前に彼の事務所を訪問したんだよ」

「茜丸鷺郎の作った音楽？」

　ということは、音楽プロデューサーだと白水房子が言っていた茜丸は作曲家でもあるというわけか。

「みっちゃん、『クルクルオッテント』って知ってる？」

「英理」の口から意外な曲名が飛び出し、わたしは驚きつつ頷いた。

「あの『クルクルオッテント』の作者が茜丸なんだよ」

「えー」

　思わずまた声が出ていた。

「クルクルオッテント」は二年ほど前に世界中で大ヒットした童謡（みたいなもの）である。

　ダウンロード数は数千万を数え、作詞のロロコロと作曲のハラスカは莫大な収入を得たと言われていた。ただ、この「クルクルオッテント」の作者二人についての情報はひどく乏しく、年齢も性別も国籍も明らかにされてはいなかった。

　ロロコロとハラスカはもともとゲーム音楽の共同制作者で、日米をまたにかけて活躍していたようだ。その二人が突然動画サイトで発表したのが「クルクルオッテント」で、ゲームファンを中心にまたたくまに再生回数を重ね、やがて正式にダウンロード曲としてアメリカの音楽会社から発売されたのだった。

　ロロコロとハラスカについては、アメリカ人、日本人、韓国人、中国人など諸説あり、乃至は彼らは二人ではなく一人であるとか、様々な国の人間による制作集団ではないかといった説も飛び交っていた。

　作詞と言っても彼らの曲に付いている詞は何らかの言語ではなく、意味不明の支離滅裂な単語の羅列でしかない。曲名の「クルクルオッテント」からして意味らしい意味はないのだ。

サビの部分で「クールクール、オッテン、オッテン、オッテントー」というフレーズが繰り返されるだけで、動画サイトに投稿されたときはそもそもタイトルはなかったのである。ダウンロード発売される頃には視聴者のあいだで「クルクルオッテント」と呼ばれるようになっており、それがそのまま曲名として付されたに過ぎなかった。

その「クルクルオッテント」の作者が茜丸だとすると、茜丸＝ロロコロ＆ハラスカ（つまり一人説が正解）ということになる。

しかし、幾ら何でもそんなことがあるだろうか？

この二年間、彼らの正体については世界中のメディアやジャーナリストが追究しつづけ、にもかかわらず、いまだ誰であるか特定されていないのだ。

「クルクルオッテント」のあともロロコロとハラスカは定期的に曲を発表し、それらも世界中の子供や若者たちから熱狂的な支持を受け続けている。

「だけど、なぜ茜丸がロロコロとハラスカだって分かったの？」

事務所への出入りの様子をカメラでチェックして茜丸本人の姿を割り出し、そのことが、彼の職業を突き止める決め手になったとさきほど「英理」は言ったが、それは一体どういうことなのか？

「茜丸の姿さえ分かったら、彼の行動は世界中の防犯カメラの映像を分析すれば把握できるでしょう。音楽プロデューサーだという情報もあったから案外簡単だったよ。それに、茜丸本人はPC周りのセキュリティーをほぼ完璧に固めていたけど、でも、交信相手の側はみんなそこまでじゃないしね。そっちのハッキングも難しくなかった。そうやって、彼がロロコロとハラスカだと確信できたので、先月、二七〇一号室を訪ねて、応対した事務員に真っ先にそのことを告げたんだよ。そしたらすぐに奥の部屋に通されて、茜丸本人が出てきた。そこから先の話し合いは予想以上にスムーズにいったよ」

　わたしは、「英理」の言っていることに段々ついていけなくなってくる。

　茜丸が「クルクルオッテント」の作者だと突き止めた彼が、茜丸本人に面会を求め、外国人連続死事件への関与について問い質す。そして、そのときのやりとりはスムーズに行われた——茜丸がロロコロとハラスカであること、ロロコロとハラスカが外国人連続死事件に関与しているか否かということ、わたしの侵入を阻んだ茜丸の事務所の結界が何であったかということ、それらが一体どのように絡み合って二人のやりとりがスムーズに成立したというのだろうか？

　わたしに合点がいったのは、仮に茜丸鷺郎があの「クルクルオッテント」の作者なのであれば、彼の事務所「ＡＫミュージック」の年商が三億四千万円だという白水房子の情報は、なるほどその通りだろうという点くらいだった。

「こっちも彼の正体を暴くのが目的だったわけじゃないしね。僕がロボットだと知って茜丸はあっと言う間に胸襟を開いてくれたんだ。そうそう、彼はみっちゃんの小説の大ファンだとも言っているよ」

　しかし、「英理」はわたしの戸惑いにはまるで無頓着な様子で、そういうことまで口にするのだった。

## 60

　十二月十八日水曜日。

　今年もまた暖冬のようで、いまだに秋めいた日和が続いている。

　地球の温暖化はとうの昔から始まっているが、それにしても近年は際立ってきた感がある。温室効果ガスの削減は、中国やインドの抜け駆けもあって遅々として進まず、そのうち欧米も温暖化の原因は温室効果だけに帰するものではないとの論調に乗り始め、今やこの地球は〝あったまり放題〟の様相を呈している。

日本でもここ数年は北海道、東北、北陸での積雪量が激減し、札幌の雪まつりは三年前から中止となったままだ。先日のニュースでは、この冬も期待できないだろうと気象予報士が諦め口調で話していた。

わたしがマサシゲの部屋を出たのは午後三時過ぎ——。

年明け一月から三月までの三カ月分の連載原稿を今朝方ようやく書き上げ、新聞社の担当記者に送信し、三時間ほど仮眠したあと、出かける英理を見送ってからマサシゲの部屋を訪ねた。カードキーは持っていないが、事前に連絡しておけばエレベーターを操作してくれるので、いつでも十七階で降りることができる。

英理の不在を見計らって、週に二、三度はこうしてマサシゲと会っていた。

といっても、ここしばらくは執筆に専念して彼のことは忘れるように努めた。二カ月近く、濃密な情事に心奪われて仕事がおろそかになっていたのは否定しがたく、その意味でも意識的に十七階から遠ざかっていたのだ。

だから今日の逢瀬は一週間ぶりのことだった。

昼前にマサシゲの部屋を訪ね、シャワーも浴びずに睦み合った。

マサシゲは、パレスホテルでの一夜のあと、すぐにキングサイズのベッドを部屋に用意したのだが、わたしが頻回に訪ねてくるようになると次々に買い足して、とうとうリビングルーム以外のすべての部屋（四室）にベッドを置いたのだった（彼にはわたしのクレジットカードの暗証番号を教えてある）。四つのベッドが揃ってからは、わたしたちはそれぞれの部屋を巡りながら何度も何度も交わるようになった。

何しろマサシゲには体力の消耗というものがない。彼は何時間でも何十時間でもセックスすることができた。結局、毎回こちらがギブアップするまでわたしたちは四つのベッドを順繰りに使いながら身体を貪り合うことになる。

十一月の半ば、英理が弓道の合宿で三日ばかり家を空けていたあいだなどは、英理が出かけた直後に十七階に駆け込み、それから彼が戻るまでの丸三日間、わたしは一歩も外に出ずにマサシゲと身体を重ねたのだった。

精根尽き果てた状態で英理の帰宅を出迎えたので、

「みっちゃん、一体どうしちゃったの?」

合宿で疲労困憊しているはずの英理が逆に心配してくる始末だった。

「英理がいないあいだに原稿枚数を稼いでおこうと思って張り切り過ぎちゃったみたい」

取って付けたような言い訳をして、英理から怪訝な顔をされたくらいだ。

若い英理も体力自慢ではあったが、当然のごとくマサシゲの絶倫ぶりとは比較になるはずもない。

わたしはマサシゲと交わるようになって、すっかり彼とのセックスに〝イカれて〟しまったのである。

腰から下に力が入らず、おぼつかない足取りでエレベーターホールに向かっていると、ホールから廊下へと人が出てきた。

ブルータワーの各フロアは中央に大きなエレベーターホールが設けられ、このホールを境界として大きく東側フロアと西側フロアに分かれていた。わたしの部屋は南西向きなので西側フロアで、マサシゲの部屋は北東なので東側フロアだった。

廊下に現われた人物は、西側フロアへと歩いている。東側からエレベーターホールに向かっているわたしからはその背中が見える。

上背があり、ほっそりとした足の長い男性だった。

というよりもベージュのコットンパンツ、ライトグリーンのゆったりしたカシミアセーター、そして左肩に大きな布製のバッグを掛けたその後ろ姿は明らかに英理だったのだ。

わたしは思わず足を止め、すぐそばの部屋のアルコーブへと身を隠した。顔だけ覗かせて真っ直ぐの廊下を西側フロアへと進んでいく数十メートル先の彼の背中を子細にあらためる。

やはりどう見ても英理に間違いなかった。

面妖な心地になる。

午前十時過ぎに出かけた英理は、今日は大学の講義のあと錦糸町の道場に弓の稽古に行き、弓仲間と夕食を済ませてから帰宅すると言っていた。

「だから、晩御飯はいらないよ」

見送りのとき玄関先ではっきりとそう言い置いていったのだ。

こんな時間帯に、その英理がどうしてブルータワーの、しかもこの十七階にやって来たのか。

十七階にはリャオ・チェンシーが住んでいるが、彼女の部屋はマサシゲの部屋と同じように東側フロアだった。もしチェンシーを訪ねるつもりであれば行き先が違う。

西側フロアには、わたしの知る限り英理が訪ねて行けるような部屋はなく、人もいなかった。つまりは十七階のフロアで降りることさえ彼にはできないはずなのだ。

英理はゆっくりとした足取り、というよりも通い慣れた風情で廊下を進んでいく。

目を凝らして彼の姿を追った。すると、長い廊下の突き当りで左へと曲がることはせず、その手前にあるアルコーブの先へと姿を消したのである。

一分くらい間を置いて、わたしはアルコーブから廊下に戻った。英理の消えた方へと慎重に近づいていく。エレベーターホールの入口を横目にしつつ百メートルほどを歩き、突き当りの手前で英理と同じようにアルコーブの内側へ身を入れる。もちろん英理の姿はない。部屋番号だけ確かめてすぐに踵を返し、エレベーターホールへと足早に戻る。

一七一五号室。

歩きながら胸の鼓動が速まっていくのが分かる。

一七一五号室は、このフロアで最も広い部屋だった。だがそれだけではない。あの南西の角部屋はハーモニーが借りているゲストルームであり、人民解放軍ロケット軍の元少佐でハーモニー副社長でもあったワン・ズモーが謎の突然死を遂げた部屋でもあるのだ。

どうしてそんな部屋に英理は入って行ったのか、さらに、入って行くことができたのか？

エレベーターで五十八階に上がって自室に戻ると、わたしはすぐに仕事部屋に入る。気管支拡張剤を二錠飲んで、リクライニングチェアに身体を預ける。いつものように椅子の背を大きく倒して仰臥し、意識が肉体を離れるのを待った。

前回の離脱でえらい目にあったので、身体が震え出したところで恐怖心が生まれた。もう二度とあんなふうにはなりたくない。英理とマサシゲのおかげで回復はしたものの、身体はしんどかったし、十日間も時間を無駄にしてしまった。あの九月末の経験以降、わたしは二カ月半余り、一度も離脱していなかった。

十分以上かかってやっとこさ肉体から脱した。

例によってしばらく室内を遊泳したあと窓から外に出る。ゆっくりと十七階に向かって降下していった。二度ばかり覗いたことがあるのでハーモニーのゲストルームの場所は分かっている。

一七一五号室に消えた人物は本当に英理だったのだろうか？

久々の離脱には不安があったものの、先ずはその真偽を確かめずにいられない。英理だとすれば、彼はどうしてあの部屋に入ることができるのか？　目的は一体何なのか？

一番考えられるのは、一七一五号室でチェンシーと会っているということだった。ハーモニーの社員であるチェンシーであれば、あそこに出入りできたとしてもさほど不思議ではない。

二人は部屋の中で何をしているのか？

英理はどうして今朝、わたしに嘘をついて出かけたのか？

正直なところ、たとえ後ろ姿とはいえわたしが英理を誤認するはずはなかった。もとからチェンシーとの関わりについて彼は何かを隠している気配が濃厚だった。だとすると二人の関係の真実を、この機会に窺い知ることができるかもしれない。

かつて訪ねたときと同様にわたしは広いリビングダイニングの窓から一七一五号室に侵入を試みる。マサシゲの部屋と同タイプだから間取りはよく承知している。

時刻は四時近くになって日差しは弱まっているが、リビングダイニングの二面の大きな窓はきっちりとレースのカーテンで遮蔽されていた。

西向きの窓の端から部屋の中へと入った。

南向きの窓側に大きなコの字型のソファセットが据えられ、そこにバスローブ姿の男が一人座っていた。

ここを訪ねるのは三度目だったが、人の姿を見たのは初めてだ。

わたしは彼の方へゆっくりと近づく。天井ぎりぎりに浮かんで、こんな時間に風呂上がりのような格好でバスローブの裾を大きく割り、すっかり寛いでいる様子の奇妙な男を念入りに観察した。

男はがっしりとした体軀で上背もありそうだった。髪は角刈りで、顔も四角張っている。ぎょろりとした目と大きな鼻。唇は分厚い。バスローブ越しにも両肩や腕、胸板の逞しさが見て取れる。脛毛がびっしりの両脚も太くてごつい。

鍛え抜かれた肉体の持ち主のようだった。まるで軍人、それも特殊部隊の指揮官といった雰囲気が漂っている。

年齢は幾つくらいか。決して若くはない。角刈りの頭には白髪もたくさん混じっている。四十代後半から五十代前半といったところか。もしかしたらそれより年嵩かもしれない。ただ、全身からは漲る精気が感じ取れる。眼光も鋭く、ただものではない佇まいだった。

チェンシーだとばかり思っていただけに、そんな人物がいることに意表を衝かれていた。だが、それ以上に驚くべきことがある。

わたしは、さきほど侵入してきた西向きの窓の方へと戻り、正面の壁に並んで掲げられている二枚の写真額へと顔を寄せた。

左の一枚は、長きにわたって中国国家主席の座に君臨し、いまや「習皇帝」と尊称される習近平の肖像写真（昔は恰幅の良かった習もいまは痩せて、髪も真っ白になっている）。そして右の一枚はハーモニーの創業者、張龍強の肖像写真だった。

わたしは張の写真と、ソファにどっかと腰を下ろしているバスローブ姿のいかつい感じの男とを見比べてみる。

写真には共産主義国家にお決まりの、これでもかというほどのフォトレタッチが施されているが、それでもどう見てもソファの男はこの張龍強その人に違いなかった。

——中国最大企業の一つであるハーモニーの総帥が、どうしてこんなところに？

人民解放軍の大幹部、張万強の息子として生まれた張龍強は、中国人民解放軍国防大学を首席で卒業後、短い軍歴を経て二十代の若さで起業し、現在のハーモニーグループを一代で築き上げたといわれている。むろん彼の事業に対しては国防部長（国防大臣）にまで登り詰めた父親、万強の強い後押しがあったのは確実だろう。

張のサクセスストーリーはいまや世界中に知れ渡っているが、彼の個人情報となると非常に限られていた。顔写真一つとっても、前世紀の共産圏の秘密警察のトップもかくやという少なさなのだ。公の席に張が顔を見せることは滅多にない。

いま目の前にある肖像写真は、そんな中で流布している貴重な一枚でもあった。

張龍強本人がこんな場所に、しかもこんな砕けた姿で登場するというのは、にわかに信じ難い現実であった。

しかも、英理と思しき青年は、この張がいる部屋へと消えたのだ。

わたしはもう一度、張の目の前まで行って真正面から顔を確認した。やはり疑いようがない。彼は張龍強だった。

背後でどこかの部屋のドアの開く音がする。リビングダイニングへと通ずる廊下を歩き、こちらへと近づいてくる足音が聞こえた。

わたしは張の眼前からふたたび天井へと浮き上ってリビングの出入口へと目を向ける。

廊下とを繫ぐドアを開けて入ってきたのは、英理ではなく若い女性だった。

上背のある髪の長い美しい女だ。真っ白なナイトガウンを羽織っている。

英理は一体どこにいるのか？

女の身体は、ナイトガウン越しにもファッションモデルのようにほっそりとしているのが分かる。ガウンは恐らくシルクだが、シースルーなのだった。下はワインレッドのブラジャーとショーツだけ。ショーツはTバックだ。

その肌の白さまでが透けて見える。

そして、何より目を引くのは、肩まで垂らした髪の色だった。最初は金髪かと思ったが、よく見ると亜麻色のようだ。

しっかりと化粧のほどこされた顔は目も鼻も口も整っている。とりわけ念入りなアイメークのせいでいささか人形めいた印象さえあった。

張は彼女が入ってくると凭れていたソファから身体を起こし、背筋を伸ばして少し首を回した。満面に笑みを浮かべる。笑顔になると目元に愛嬌が滲んだ。怪人風の佇まいがだいぶ和らいでくる。

ガウンの女は、張に軽く片手を振るとオープンキッチンに入って冷蔵庫からドンペリを一本抜き、手際よく開栓した。作り付けの吊戸棚に手を伸ばし、シャンパングラスを二つ取り出す。片方の手にグラス二つ、もう片方にボトルを提げ、ガウンの裾を揺らしながらようやく張のいる方へと歩み寄っていった。

張が座を譲るように少し腰をずらす。女がグラスとシャンパンをソファテーブルに置き、腰と腰をぴったりくっつけるようにして張の隣に座った。

——コールガールだろうか?

その人工的な髪の色、すけすけのガウンに下着姿、モデルのような体形からして、わたしは最初からそう感じている。

——それとも愛人同伴で師走のバカンスを日本で楽しんでいるのか?

とはいっても、ここは部下のワン・ズモーが不審死を遂げた部屋だった。世界有数の大富豪である張がそんな縁起でもない場所にのこのこ休暇でやって来るとも思えない。

女が二つのグラスにシャンパンを注ぎ、張の分のグラスを渡して乾杯の仕草をする。

張が中国語で何か言いながら女のグラスに自分のグラスを軽くぶつける。笑みを浮かべてそれを受けながら女も言葉を返した。これも中国語だった。

——愛人なのか……。

日本で呼んだコールガールならば二人とも英語で会話するだろう。それとも、いまでは日本人のコールガールも中国語を操るようになっているのか？

シャンパンを立て続けに二杯飲み、張はグラスを置くと女の飲みかけのグラスも奪ってテーブルに戻した。太い腕をのばして、か細い女の腰に手を回す。女が小さな声を上げて拒むようにすると、張はますます力を込めて彼女を抱き寄せた。二人とも笑っている。

張が女の唇を吸う。これも最初は抗うようにしていたが、すぐに女も積極的に応じ始めた。舌を絡め二人が唇を吸い合う音が無音の室内に響く。

やがて女は張の膝に馬乗りになった。張が太い両腕で細い腰を締めつける。貪り合うような接吻が長く続いた。

張が女の羽織っていたナイトガウンを剝ぎ取り、ガウンは彼の足元にはらりと落ちた。ワインレッドの下着だけになった女の全身があらわになる。肌は抜けるように白く、Tバックのショーツが形の良い小さな尻に食い込んでいる。

張が女を膝から降ろし、自分の足元に引き据えるようにした。女は素直に言うことをきき、彼の両膝の前にひざまずく。張が両足を開き、バスローブの前を大きくはだける。女は躊躇う素振りもなく彼の股間に首を突っ込んでいった。

腹筋の発達した下腹に黒々とした陰毛がびっしりと生え、女はそこに顔を埋めてぴちゃぴちゃと音を立てている。

フェラチオをさせながら張は、片方の手で女の頭を押さえつけ、もう片方でテーブルの上に置かれた女の飲みかけのシャンパングラスを取った。残っていたシャンパンを口に含み、一度女の頭を持ち上げる。

頬を膨らました状態で顔を下向けると、女は長い髪をかき上げて、張の唇に吸いつく。その口の中に張は酒を注いだ。

唇を離したあと、彼が中国語で何かを言った。女がまた中国語で数語を返す。

双方とも性的興奮に頬を上気させ、目は妖しく輝いている。

わたしは唾を飲み込むような心地で、二人のそばへと近づいていった。彼らの興奮がわたしにも乗り移ったのか、頭の芯が熱を帯び始めている。ただ、わたしの興奮は「動揺」と呼んだ方がふさわしかった。大きな疑念が頭だけでなく胸の内でも渦巻いている。

女はふたたび張の股間に頭を入れてフェラチオを再開した。張は両腕をのばして女の背中や尻を撫ぜさすっている。右手はときどき女の股間もまさぐっていた。

手の届く位置で二人の行為を眺め、わたしは信じ難い思いで亜麻色の髪の女の横顔をためつすがめつした。それでも現実とは思えず、目線を床まで落として張の右手が差し込まれた彼女の性器のあたりを凝視した。

見慣れた形状のペニスが武骨な指によって揉みしだかれ、硬く勃起している。

わたしはその場を離れ、広い部屋の片隅に浮遊しながら二人の行為を眺めやる。

最初は英理だとはまったく気づかなかった。彼女が姿を見せたとき、この部屋に入ったはずの英理は一体どこにいるのだろうと不思議な気がしたくらいだ。

まさか、と思ったのは張がナイトガウンを剝いで彼女の全身があらわになったときだ。

背中や尻の形、肌の色、そして女性にしては低くかすれた喘ぎ声。どれも英理のそれとそっくりだったのである。

英理はわたしの前で女装したことは一度もなかった。彼が女性の身なりをすればさぞや美しか

ろうとそれとなく促したことは幾度かあったが、

「僕にはそっちの趣味は皆無だからね」

とにべもなかったのだ。

張は立ち上がりバスローブを脱ぐ。わたしより四、五歳年長のはずだが、筋骨隆々の体軀はとてもそうは見えなかった。彼が立ち上がった後も膝立ちしてフェラチオを続ける英理の身体を彼は軽々と持ち上げた。

張の太い腕に抱きかかえられながら、英理がわたしとの行為では発したことのないような甘ったるい声を上げる。太い首に両腕を回し、笑みを浮かべながら張の耳元で何かささやく。やはり中国語だった。

張はにんまりと頷くと、素っ裸のまま英理を抱いてリビングダイニングを出て行く。ベッドルームに運んで、若く美しい身体をたっぷりと堪能するのだろう。

わたしは急いで彼らの後を追いかける。

61

張龍強と英理の濃厚な交わりを最後まで見届けたあと、わたしは五十八階の自室に向かった。仕事部屋の窓を抜けて、リクライニングチェアに横たわっている自分の肉体へと天井から近づく。

自分自身（意識体）を肉体に戻すのに苦労はいらない。顔だろうが胸だろうが腹だろうが、どの部分でもいいので、頭（意識体の）からぐいと捩じ込むようにすれば、するりと体内に侵入できる。大雑把に譬えるならば、掃除機の吸込口から吸われるような感じだ。一気に吸い込まれ、身体と分離していたわたしの意識はインクが水に溶けるように急速に全身に広がっていく。

意識というものが、脳だけでなく身体の隅々を満たしていることを、わたしは離脱するようになって初めて実感した。考えてみればそれは当然で、わたしたちは脳が張りめぐらせた無数の神経を使って常に脳自身の発するパルスを全身に流し続けているのだ。要するに、わたしたちの意識というのは、脳にのみ存在するものではなく、血液と同様、それ自体が絶えず体内を循環する〝系〟として存在すると捉えるべきなのだろう。

わたしの肉体は眠っていた。

目はしっかりと閉じられ、微かに開いた口許からはうっすらと寝息が聞こえる。〝彼〟が一体いかなる〝眠り〟を眠っているのかわたしには想像もつかない。

果たしてこの眠りは、わたしの意識が肉体に宿っているときの眠り（普通の睡眠）と同じものなのか？

それとも、意識のない眠り、肉体だけの眠りを〝彼〟は眠っているのか？

これは、普通の睡眠よりも植物状態や脳死状態の患者の眠りに近いのだろうか？

〝彼〟を真上から観察し、わたしはさきほどまで見ていた張龍強の分厚くて逞しい肉体と引き比べてみる。

――なんとみすぼらしい身体だろうか……。

そう感じざるを得なかった。

張の荒々しい性技に英理は嵐に見舞われた木々のように翻弄され、わたしとの行為では決して見せないような激しい乱れ方をしていた。

英理はあたかも性奴隷のように張龍強の命じるがままに奉仕し、悶え、痙攣し、喘ぎ、咆哮し、幾度となく達していた。そして、一時間余りの交合の末には白目を剝き、失神して微動だにしなくなったのである。

張龍強がなぜこんなところにいるのか？　英理がなぜ張と関係を持っているのか？　彼はなぜあんなに流暢な中国語を使うことができるのか？

幾つもの疑問が胸に去来するが、それらはいまのわたしにとってさほどの意味を持っていなかった。

英理が他の男に抱かれ、あそこまでみだらな姿を見せたこと。その姿をたったいま自分がこの目でしかと見届けてしまったこと――その事実だけでわたしの頭ははちきれんばかりだったのだ。

――離脱していてよかった。

つくづくそう思った。

もとより離脱して一七一五号室に侵入していなければ、さきほどのような光景に触れることもなかったわけだが、とはいえ、あんな英理の姿を〝肉体付き〟で目にしていれば、恐らくその場でわたしはどうにかなってしまったに違いない。

意識体の状態というのは血肉の裏打ちがないせいか、喜怒哀楽が薄まる気がする。悲しくても涙は一滴も出ず、性的興奮が高まっても勃起もしなければ射精もしないのだから、それは当然と言えば当然の話だろう。

しばらく貧弱な我が肉体を中空から眺め、何度か嘆息したあとわたしはそこに戻る。

意識が馴染んでも、そのままリクライニングチェアの上でじっとしていた。

全身に奇妙な痺れを感じた。肉体に帰還した直後から生じたもので、痺れとしか譬えようもないが、普通の痺れとは違うものだった。身体の奥から伝わってくる極小の振動。不快なモヤモヤ感と言ってもいい。

そのモヤモヤを無視して、胸中の幾つかの疑問を取り出す。

英理は最初からわたしを騙していたのだろうか？

先ずはそう疑ってみる。

あの流暢な中国語、張との親密過ぎる関係、リャオ・チェンシーの存在。英理は張やチェンシーの仲間、つまり中国人なのだろうか？　名前も経歴も偽ってわたしに接近し、わたしから何かを引き出そうとしているのではないか？　むろん、彼にそれを命じたのは張龍強であり、リャオ・チェンシーは英理のサポート役乃至は監視役なのかもしれない……。

だとすると、「レミゼ」の華子ママもグルなのか？　それとも、彼女（彼）も英理にすっかり騙されているのか？　いやそうではあるまい。華子ママも英理も五年前に亡くなった栗子ママ（糸井栗之介）の直弟子だというふれこみだった。英理が日本人ではなく、わたしに近づくためにそう騙っているのであれば、華子ママも一味でないと間尺に合わなくなる。

華子ママが栗子ママの元恋人であり、旧「レミゼ」で一緒に働いていたのは間違いない。彼女（彼）が弓聖・糸井栗之介（栗子ママ）の一番弟子であるのも確かだった。

そもそも二年前に〝新御苑横丁〟の新しい「レミゼ」に案内してくれたのは親しい編集者の若鯱君で、その「レミゼ」を三度目に訪ねたとき、わたしは英理と偶然（そう思い込んでいた）顔を合わせたのだ。

糸井栗之介の実在も、彼が旧「レミゼ」の栗子ママであることも、そして彼女（彼）が五年前に新宿二丁目で隕石によって命を落としたのも事実だった。その辺の情報は、ネットで検索しただけでもじゃんじゃん出てくる。

もしも華子ママが英理とグルであるならば、彼女（彼）は英理にリクルートされたのだろう。本当は栗子ママとは何の関わりもない中国人の英理をあたかも兄弟弟子のように扱ってみせたのは、すべてわたしを欺くためということになる。

うーん。

英理にしろ華子ママにしろ、二人のこれまでの様子を思い返してみると、彼らがそんな大層な嘘をついているとは到底思えなかった。

弓の師匠である栗子ママへの彼らのひとかたならぬ敬慕は明らかだったし、華子ママが英理と口裏を合わせてこちらを欺くなどあり得ない気がする。

——だとすると、英理はブルータワーに住むようになって、あの張龍強と出会ったのか？

英理が中国語を学んでいるとはついぞ聞いたことがなかった。だが、ここで張と出会い、さらにはチェンシーとも出会って密かに中国語をマスターした可能性も皆無ではないだろう。

さらに推理を逞しくするならば、英理は、張やチェンシーに接近するためにわたしを利用したのかもしれない。二年前、若鯱君が「レミゼ」にたまたま連れて来た作家がブルータワーの住人だと知って、彼はその男（わたし）を誘惑してブルータワーに潜り込もうと思いついたのではないか？

そうだとすれば、華子ママと英理との関係もうまく理解できる。

彼ら二人は何らかの目的のために張龍強やチェンシーと繋がりたかったのだ。その橋渡し役として白羽の矢が立ったのがわたしだった……。

そこで再び嘆息する。

何もかも妄想に近い推理でしかなかった。そう思うと途端に虚しくなってくる。

すでに一年八カ月も共に暮らし、週に二日か三日は身体を重ねてきた（マサシゲとの逢瀬を楽しむようになったあとも、英理とは変わらずに交わっている）というのに、わたしにはもう彼がどこの誰かも、何のためにわたしと同棲しているのかもまるで分からなくなっている。

今の時点で英理についてわたしが知っていることといえば、その肉体の細部に関してと、張龍強とのただならない関係の二つきりだろう。

あらためて英理と張の激しく淫靡なセックスを思い出すとにわかに奇妙な痺れがよみがえってくる。鳥肌の立つようなモヤモヤ感が全身に広がる。

わたしはようやくリクライニングチェアから立ち上がった。

起立してみると膝が笑って足元がおぼつかない。

そういうわたし自身もマサシゲとの〝激しく淫靡なセックス〟で疲労困憊の状態だったことを思い出す。

一度伸びをし、軽く身体を揺すって意識と肉体のフィット感をチェックする。前回のような違和感はなかった。小さく安堵して、わたしは仕事部屋を出てキッチンへと向かう。

キッチンで黒高麗人参茶を淹れた。あれ以来、このお茶は常備している。マサシゲの部屋を頻繁に訪ねるようになってからは、これが欠かせない精力回復剤だった。そんな利点もあって、先月、クイーンズ伊勢丹の漢方薬局に行って大量に仕入れてきたのだった。

リビングのソファに腰を下ろし、とろりと甘い人参茶をすする。

胃の腑から腸にかけてじんわりと温まり、その熱が徐々に身体の各部に行き渡っていく。奇妙な痺れも幾らかは薄くなっている。

時刻は午後五時になろうとしていた。窓の外の風景は赤く染まっている。

夕焼け空の向こうに富士山の美しいシルエットがくっきりと浮かび上がっている。

大きな山影をぼーっと眺めるうちに、ふと思い出したことがあった。

英理が十七階の連続死事件について聞き込んできたのは六月二日日曜日、純菜と拓海君の結婚式が行われた晩のことだった。

「ねえ。さっきジムで聞いたんだけど、何日か前、十七階の住人が三人、立て続けに死んだらしいよ」

英理はそんなふうに言い、わたしが、「誰から聞いたの？」と訊ねると、

「十階のジムでたまに顔を合わせるおじさん」

と答えたのだった。

いまのいままで気にも留めていなかったが、連続死事件の話を英理に伝えた「十階のジムでたまに顔を合わせるおじさん」とは、そもそも一体誰だったのか？

考えてみれば、英理が彼について触れたのはあの一度きりだったように思う。

そして、その「おじさん」は「同じ十七階だから（事件のことが）分かった」のだと、あの日、英理は言っていた。

――外国人連続死事件について知り、十七階に住み、英理と「たまに顔を合わせ」ていた「おじさん」……。

いまのわたしに思い当る人物はたった一人だ。

62

「そんなに気になるんだったら、直接、ヒデ君に問い質してみればいいじゃん」

「英理」の顔をしたマサシゲが言う。

一七一五号室での英理と張龍強の情事を目撃して三日後、わたしは自分一人で抱えていることができなくなって、マサシゲの部屋を訪ね、事実を洗いざらいぶちまけたのだった。

今日はそれからさらに五日が経った十二月二十六日木曜日。

二十四日のイブは麻布十番にある行きつけのフレンチで食事をし、クリスマスの晩は部屋でロ

ーストチキンを焼いてのんびりと過ごした。もちろん英理と二人きりだ。

表向きは去年のイブやクリスマスと何も変わったところはなかった。美味しい料理を食べ、ビールを飲み（イブの日はワインも飲んだ）、食後は交代でシャワーを浴びて、イブの晩はわたしの寝室で、クリスマス当夜は英理のベッドで去年と同じようにセックスをしたのだった。

だが、わたしの心は晴れなかった。

英理と肌を合わせるとどうしてもあの日の張と英理の姿が脳裏によみがえってくる。

生来の記憶力の確かさが却って災いした。

二人の間で繰り広げられた性技の一々が思い出され、英理の喘ぎや痙攣、張の鍛え抜かれた筋肉の細かい動きなどが目や耳にありありと再現されてしまう。

結局、英理とのセックスは、その記憶を呼び覚ましながらのマスターベーションと変わらぬものになってしまったのだった。

もうこれまでのように英理と接することがわたしにはできなくなったのである。

マサシゲはさすがにＡＩロボットらしく、わたしが一七一五号室での目撃談を語ると、別段驚くわけでも訝しむわけでもなく、すぐにブルータワーの防犯カメラ映像を過去に遡ってチェックしてくれた。

「ヒデ君が一七一五号室に出入りするようになったのはここ一カ月足らずのことだね」

マサシゲは言った。

「一カ月足らず？」

「張龍強は、しばしばこのブルータワーに姿を見せているみたいだ。とにかく彼の写真データは少ないから照合できない画像も多いんだけど、少なくともワン・ズモーが死んだ直後に来日して、しばらく一七一五号室に滞在していたのは間違いない。恐らくワンの死因を自らが指揮をとって探ったんだろう。成田空港の監視カメラにもその姿が写っているからこれは確実だ。そして、どうやらそれ以降もとびとびでやって来ているみたいだよ。十七階やロビーのカメラ映像にときどき張らしき人物が写っている。でも、さっきも言ったようにヒデ君が張の部屋に通うようになったのはここ一カ月くらいで、それまでは張が滞在中でも十七階にはほとんど足を踏み入れていない。チェンシーの部屋も滅多に訪ねていないみたいだ」

わたしにはマサシゲの説明がいまひとつピンとこない。

「だけど、張と英理は十七階の事件が起きる前からの顔見知りだと思うよ。だとすると、最近になって急に英理が一七一五号室を訪ねるようになったということ？　それに、ハーモニーの総帥である張龍強がとびとびとはいえ、このブルータワーの、しかもワン副社長が死んだ部屋に滞在しているというのも理解できない話でしょう。そもそも、マー君は、張龍強がそうやって頻繁にこのタワーに出入りしているのを知らなかったの？」

身体の関係ができたあとも、わたしはマサシゲを「マー君」と呼んでいる。ただ、英理の姿になっているときは「英理」と呼ぶことが多い。

「張が来るなんて予想もしてなかったからね。それに、チェンシーもそのことは何も言わなかったし、ヒデ君も隠していたから。とはいえ、我ながら迂闊だったよ」

マサシゲが言い訳めいた口調を作る。どこまで本当か定かではない。我々人間とは比較にならない情報処理能力を持っているマサシゲが、張龍強の存在を認識できなかったとはにわかには信じ難かった。

茜丸鷺郎の場合もそうだったが、マサシゲは入手した情報のすべてをわたしに教えてくれるわけではないようだ。翻ってわたしの方は自分が見知ったことは全部マサシゲに伝えるようにしている。

それだけわたしとマサシゲには情報力に差があるわけで、そこはやむを得ないと心得ている。実際、白水房子は、わたしの離脱能力を使えば茜丸の正体に迫れると思って探索を依頼したのだが、結局、茜丸を調べたのはマサシゲだった。わたしは何もすることができず、マサシゲが直接ぶつかって、レットビの各マンションで起きている外国人の不審死に茜丸がさほど関わっていないらしいことを突き止めたのである。

わたしが貢献したといえば、ブルータワーの地下施設とウー博士の存在をマサシゲに伝えたことくらいだろう。そこに関しても、白水天元の配下にあるマサシゲがその事実を本当に知らなかったのかどうかはやや疑問ではあった。

いまでは、マサシゲ同様、わたしも茜丸鷺郎とすっかり親しくなっている。

マサシゲたちが「アッ君」「マー君」と呼び合っているように、わたしも彼とは「アッ君」「みっちゃん」と呼び合う仲だった。

「相変わらず身体の痺れは続いているの？」

英理に問い質せ、とけしかけられて黙り込んでいると「英理」が訊いてきた。

わたしたちはキングサイズのベッドの上に素っ裸で並んで横たわっている。

「ちょっとね」

「だったら、やっぱり直接ヒデ君にぶつけた方がいいよ」

「だけど、そんなことしたらやぶへびになる可能性もあるじゃない」

「そのときはそのときだよ。僕たちの関係はそういうものじゃないって、僕の方からヒデ君にちゃんと説明するよ」

「だけど……」

マサシゲの推理はこうだった。要するに英理が張龍強と関係を結んだのは、わたしとマサシゲの関係に気づいてしまったからだと。

「意趣返しであんなことをしてるってこと？」

わたしが問うと、

「僕はロボットだから嫉妬心は持たなくて済むけど、やっぱりヒデ君は人間だからね」

先日のマサシゲはそう言って困った顔をしてみせたのである。

「うーん」

「僕の方からヒデ君にちゃんと説明するよ」と言われて、わたしには何と答えていいのか分からない。

わたしは「英理」とのセックスにはまり込んでいるが、実際のところ、自分が英理を裏切っているという感覚はほとんど持っていなかった。

罪悪感をおぼえない一番の理由は、やはり「英理」が人間ではないからだろう。そのうえ、彼はわたしと交わるときに英理の姿に変わる。行為の最中は本物の英理からずれることも再々だが、それにしたって英理を中心軸にして、より男っぽくなったり、より女っぽくなったりするのだ。本来ならあり得ない〝男でも女でもない両性具有の英理〟になることもあった。

わたしにすれば、さまざまな英理とセックスしているという感覚だし、男性でもあり女性でもある、いわば性別を脱した〝ウルトラな英理〟と交歓しているという超越感もあった。

しかし、だからといって、当のマサシゲから、

「ヒデ君、そんなの気にする必要ないじゃん。ロボットの僕に対して嫉妬するなんて馬鹿げているよ」

と言われても、およそ英理が納得するとは思えない。

尚もわたしが無言でいると、

「とにかくさ、張龍強との関係も知りたいところだし、みっちゃんがそんなに気にしているんだったら白黒はっきりさせるのが一番だよ。そうじゃないと、その奇妙な身体の痺れだってなくならないよ」

「英理」はちょっと突き放したような物言いになった。

痺れについては、この前、マサシゲのメディカル・センサーでしっかり診て貰い、「脳や神経には何ら問題はないね。百パー精神的なものだよ」

という診断を下されていたのだ。

「僕たちのことを自分から英理に告白するのは幾らなんでも無茶だよ。もう少し、現実的な方法を考えてみる」

結局、わたしはお茶を濁すようなセリフを口にする。

今度は「英理」がしばし黙り込む番だった。

「ヒデ君、どうしたの？」

「英理」の方へと顔を向けると、彼もこちらを向いた。いつの間にかマサシゲの凜々しい容貌に戻っている。最初はこの早変わりに馴染めなかったが、いまはさほど唐突感はない。

「だったらさあ、こうしない？」

その瞳にファウンテンブルーの光が宿る。

「今度は僕がヒデ君とセックスすればいいんだよ。そうすればヒデ君だってきっと分かってくれるんじゃない？」

彼は事もなげに言ったのだった。

63

若鯱鮎之介君は、渋谷区の初台で生まれ育った生粋の東京人だ。

初台は渋谷区と新宿区との区境にある街で、つまりは新宿寄りだった。京王線で「初台」から「新宿」まではたった一駅である。

若鯱君は、子供の頃から自転車でしょっちゅう新宿の街に通っていた。

というのも、彼の両親はＪＲ新宿駅の南口近くで長年寿司屋を営み、彼が高校生になった頃には寿司屋を畳んでビルを建て、その一階で大きなナイトクラブを始めたのだ。

若鯱君は、子供の頃から両親がやっている寿司屋にしばしば顔を出し、高校（早高学院）に入ると父親がオーナーを務めるナイトクラブに時間を見つけては出かけて店の手伝いをしていたのだという。

「年齢をサバ読んでバーテンなんかもやってたんですよね」

「おとうさんはよく許可してくれたね？」

「それどころか、最高の人生勉強だと言ってバイト代を思い切り弾んでくれてました」

「へぇー。それはなかなか捌けたおやじさんだねぇー」

捌けた分だけ若鯱君の父親は遊び好きで、当然ながら夫婦仲は悪く、彼がバーテンダーをやっている頃には母親は初台の家に暮らし、父親の方は持ちビルの一室をアジトにして、そこで寝泊まりするようになっていたという。

「きみはどっちで生活してたわけ？」

わたしが訊ねると、

「まあ、半々ってとこですかね。僕はどちらかというと父親似だったもので」

わたしは、新しい担当編集者がつくと、顔合わせのその日のうちに相手の身の上をつぶさに聞かせて貰うことにしている。若鯱君とはもう十数年来の付き合いで、いまではS社に限らず他社も含めて誰よりも昵懇の編集者だったが、そういうわけで彼の出自来歴も十数年前に出会った初日にあらかた聴き取ったのだった。

ブルータワーに転居して間もなく、わたしを「レミゼ」に連れて行ってくれたのが、この若鯱君だった。

ゲイバー通いはもとは父親の趣味だったのだそうだ。学生時代（早稲田の法学部）に最初に二丁目に連れて行ってくれたのも父親だったという。

「Yという店で、ここは二丁目でも一番くらいに古い店でしたね。父の馴染みの店だったんです。仲通りからちょっと離れた雑居ビルの二階で、凄く狭かった。まさに二丁目って雰囲気の店でした。最近は二丁目もすっかり明るい街になっちゃいましたけど、当時はそうじゃなくて、やっぱりいちげんさんが気軽に入れるような場所では全然なかったですよ。でも、僕はそっちの方が好きでしたね。僕みたいなノンケの客には、決して居心地がいいってわけじゃなかったですけど、でも、だんだん馴染みになってくると、中の人たちはみんなすごく気が良くて、楽しくて、親切なんですよ」

もう十年以上前、二丁目を初めて案内してくれたとき、若鯱君はそんなふうに言っていた。

若鯱君の父親がゲイだったかどうかは分からないらしい。

「どうなんでしょうね。母と結婚して僕も生まれているわけだから真正のゲイじゃなかったと思うんですけどね。でも、バイだったかもしれないです。Yのママさん、彼女はもうとっくに死んじゃったんですけど、そのママさんとはちょっと特別な関係って感じもありました。だからママさんは、僕のことも凄く可愛がってくれましたし……。まあ僕だって、ノンケとは言っても中学、高校とずっと男子校で、しかも水泳部に入ってキャプテンなんかもやってたくらいですから、基本、男と一緒にいる方が好きなんですよね。父もそうだったんじゃないかな。クラブのオーナーをやって女の子を大勢使っていましたけど、店の子に手を出すなんてことは一切ありませんでした。女嫌いじゃなかったですけど、『俺は、遊びが好きなだけで、惚れた腫れたは苦手だ』って本人もよく言っていましたからね。少なくとも精神的には男と繋がる方が好みだったんじゃないですかねえ」

若鯱君はS社では敏腕で通っていて、文芸出版部と週刊誌編集部を何年かおきに行ったり来たりしていた。わたしが新宿に越して来る少し前に「週刊S」に異動して、いまもその編集部でデスクを務めている。

十二月二十七日金曜日。

昼過ぎに英理が弓の稽古に出かけると、わたしも急いで支度をしてブルータワーを出た。

若鯱君との約束は午後一時。昨日、マサシゲと別れて自室に戻るとすぐに彼に連絡を取ったのだった。

張との関係を面と向かって英理に問い質すのは無理な相談だったが、ベッドの上でこちらに顔を向けたマサシゲのファウンテンブルーの瞳を覗いているうちにいいアイデアが浮かんだのだった。

若鯱君の方は年内の締切もすでに終わり、いまはのんびりしているようだ。明日から冬休みに入るというので、急遽、時間を作って貰うことにして、わたしがS社を訪ねる段取りにしたのだった。

新宿通りに出たところでタクシーを拾った。

神楽坂のＳ社に着いたのは一時ちょうど。受付で若鯱君を呼び出す。Ｓ社の受付嬢がＡＩロボットに替わったのは一年くらい前だ。容姿も人間に似せてあって遠目には見分けがつかないほどではあるが、応接も含めてマサシゲと引き比べるとレベルは雲泥の差と言ってよかった。

——白水天元はマサシゲの開発に一体どれほどの時間と資金を投じたのだろうか？

ふとそんな疑問が湧く。

五分ほどで若鯱君が一階のロビーに降りてくる。

思えば最後に会ったのは純菜の結婚式の前だから、彼の姿を見るのは半年ぶりだ。

「十七階の会議室を押さえておきました」

昨日の電話で「折り入って相談がある」と伝えていたので、彼がロビーの高い天井の方を指さした。

「悪いね」

「とんでもありません」

二人でエレベーターに乗って十七階まで上がる。

Ｓ社の本社ビルが新しくなったのは数年前で、それまで分散していた古いビルをまとめて五十五階建ての高層ビルに建て替えていた。Ｓ社が使っているのは役員フロアや会議室のある十七階までで、その上はテナントだ。このビルも御多分に漏れず、入居しているのは大半が中国とインドの大手企業であるらしい。

広い会議室には楕円形のテーブルが置かれている。わたしが窓に向き合う形で真ん中あたりの席に座るのを見届けて、若鯱君は一旦部屋を出て行った。

正面の窓からは防衛省の通信鉄塔がすぐそこに見える。この電波塔はスカイツリーや東京タワーに次ぐ都内三番目の高さで、地上二百メートル以上あると聞いたことがあった。こうして間近にすると確かに巨大だ。

若鯱君が紙コップに入ったコーヒーを二つ持って戻ってくる。一つをわたしの前に置いて、彼はテーブルを挟んで向かい側の席に腰を下ろした。

わたしは手元のコーヒーに一口口をつけて用件を切り出す。

「さっそくなんだけどね、一つ、きみに調べて貰いたいことがあるんだ。といっても、これは小説のための取材ではなくて、あくまで僕の個人的な依頼なんだけど」

「はい」

若鯱君は頷いたあと、自分のコーヒーを一口すすった。

「レミゼに妻夫木君っていうバイトの男の子がいるのは知っているよね」

若鯱君と一緒に「レミゼ」に行ったのは、ブルータワーに移ってすぐの一回きりだった。ただ、それからも二度ほど店で鉢合わせしたことはある。両方とも英理がバイトをしている時間帯だったが、最初はまだ一緒に暮らす前だったと思う。

どちらにしろ、若鯱君には英理と同棲している云々は一切話していなかった。

「英理君ですよね。もちろん知っています」

若鯱君が言う。

「実は、しばらく前から彼と一緒に暮らしているんだよ」

「そうだったんですか」

若鯱君は別段驚いたふうではなかった。英理がゲイであるのは先刻承知のはずだから、わたしたちが同棲していることの意味はすぐに了解したに違いなかった。

「いや、それでね。調べて欲しいというのは、その妻夫木君のことなんだよ……」

彼の反応には頓着せず、わたしはさっそく本題に入る。

64

年末、英理は大学の友人たちと旅行に出かけた。

行き先は中国。

日中間には自由往来協定が締結されているので、日本人も中国人もそれぞれ出入国審査なしで互いの国を自由に行き来することができる。英理もこれまで中国には何度か出かけているらしいが、わたしと暮らしだしてからは今回の旅行が初めてだった。

「いつ帰ってくるの？」

と訊くと、

「たぶん一月の十日くらいかな。まだはっきりとは決めてないんだけどね」

英理は当たり前の顔で言った。

去年の年末も彼は大学仲間と旅行に出かけた。行き先は韓国で（韓国＝統一コリアとも自由往来協定が結ばれている）、日本に戻ってきたのは年明け一月の半ばだった。「レミゼ」の休みは年末年始だけなので、例年、まとまった時間が取れるその時期に友達との旅程を組むのが英理の習慣のようだった。

昨年も誘ってはこなかったし、今年もそうだった。わたしが旅行嫌いだというのはよく知っているので、そこは別段不思議ではない。

だが、訪問先が中国と聞くと、わたしの心は穏やかでなくなる。

張龍強はあのあと（英理との情事を目撃した日）間を置かずに帰国したようだった。一七一五号室の人の出入りは、マサシゲがずっとウォッチしてくれているのでそこは確実だ。だとすると、英理は張の待つ中国へと旅立つことになる。

「向こうではどこを回るの？」

それとなく訊ねると、

「いつものことなんだけど、別に決めてないんだよね。一緒に行くゼミの後輩が上海出身だからひとまず彼の実家に厄介になるんだけどね。それから北京には行くと思う。チェンシーが是非来てくれって言ってるからさ」

「そうなんだ」

チェンシーとは先日、「レミゼ」でばったり会い、そのときクリスマス前から北京の実家に里帰りするという話は聞いていた。彼女の父親は湖北省の共産党幹部だが、自宅は北京に置いているらしい。

北京にはハーモニーの本社がある。

英理がチェンシーと会って張と会わないということはないのではないか？

チェンシーに会うのはあくまで名目に過ぎず、張との逢瀬が一番の目的で北京入りするに違いない……。

そんなふうに自然に想像は膨らんでいってしまう。二人のことを考えるとあの日の光景が脳裏によみがえり、例のモヤモヤが全身に生じてくる。

マサシゲも二十八日からブルータワーを離れた。六本木のレットビ本社に呼ばれ、年末年始はシステム・メンテナンスを受けるのだそうだ。

「システム・メンテナンス？」

「まあね」

「どんなことをするの？」

「十日ばかりスリープ状態になって、そのあいだにエンジニアたちのチェックがいろいろと入るんだよ」

「スリープ状態って、前、テンゲンがそうなっているって言ってたやつ？」

「そう。といってもテンゲンの場合は白水会長が日本で活動しているあいだは、メンテとは関係なくスリープするんだけどね」

「だけど、そうやってスリープ状態になっているあいだにＡＩに蓄積したデータを抜かれたり、改竄されたりしたらどうするの？」

「そういうことはないんだよ。エンジニアたちに権限は与えられていないからね」

「でも、白水会長が命じればできるでしょう」

「一応ね。でも、会長はそんな命令は出さないよ」

「どうして？」

「会長は、僕を人間扱いしているから」

そこで、マサシゲは奇妙なことを言ったのだった。

「人間扱い？」

「そう。彼にとっては僕は本物の人間と同じなんだよ。だとすれば、僕のＡＩを勝手にいじるのは人権侵害でしょう。彼は、そういうことはしない人だからね」

「ふーん」

わたしはよく意味が分からないまま聞き流すしかなかったのだった。

去年同様、一人きりの年越しとなり、それはそれで構わなかったが、三十一日になってみると妙にさみしかった。英理がいないのもさみしいが、マサシゲがいないのが更にさみしい。英理が年末年始を海外で過ごすのは見越していたので、そのあいだはマサシゲとべったり一緒にいようと内心楽しみにしていたのだ。

そうだ、と思いついたのは大晦日の朝だった。目覚めるとすぐに茜丸鷺郎に連絡した。

「アッ君、おはよう」

さいわい茜丸はすぐに電話口に出た。

「おはよう、みっちゃん」

「ところで藪から棒なんだけど、今晩、うちで年越ししない？　英理もマー君もいないから僕ひとりなんだけど、もしアッ君が来てくれるなら何か美味しいものでも作るよ」

「え、いいの？」

茜丸とは何度かこの部屋で英理たちと一緒に食事をしていた。彼はわたしの作る料理のファンでもある。

「もちろん。だけど、何か予定があるんじゃないの？」

「別に何にもないよ、僕は」

「そう。だったら是非うちに来てよ。夕方だったら何時でもいいから」

「ありがとう。じゃあ、今日は早めに仕事を切り上げて五時くらいにお邪魔するよ」

「了解」

あっさりと段取りがついてわたしはほっとする。

音楽プロデューサーといっても、茜丸鷺郎はロロコロとハラスカ以外のミュージシャンのプロデュースをしているわけではない。しかも、ロロコロとハラスカは茜丸の開発した音楽制作ＡＩだから、要するに彼はそのＡＩの製作者兼プログラマーというわけなのだった。

滅多に人と会わない茜丸だが、初対面の際に受け取った名刺には「電子音楽家」という古風な肩書がついていた。

茜丸もわたしと同じようにほとんどの時間を事務所兼自宅である「AKミュージック」で過ごしているようだ。雇っている二人の女性事務員も日中だけの勤務で、それも常勤ではないらしい。

「完全な税金対策。そうじゃなきゃ、すぐにリースに切り換えるよ」

確かに経費節減のためならば、S社同様、簡単な接客業務は専用のAIロボットをリースした方が安上がりに決まっている。

茜丸が来ると決まって気分が乗ってくる。

彼は今年二十歳になったばかりの若者だった。

わたしにとっては息子のような世代だが、英理にしろ茜丸にしろ、そういう若い人たちと接するのは思いのほか心地良い。

本来、人付き合いが不得手なわたしだが、大学の教員にでもなればよかったかと反省する気持ちも多少芽生えている。作家になったあとも幾つかの大学からそういう誘いを受けたのだが、ろくに検討もせずに断ってしまった。今にして思えば、ちょっと勿体なかったような気もする。

英理や茜丸と付き合うようになって、

――純菜が女の子ではなく、男の子だったらどうだったろうか?

たまにそんな想像をすることもあった。

もしも葉子が男の子を産んでくれていたら、わたしの我が子への向き合い方も現在のようではなかったのかもしれない……。




クイーンズ伊勢丹の鮮魚売り場に行ってみると美味しそうな越前ガニがあったので二匹求めて

きた。今夜はカニ尽くしでいこうと思う。

焼きガニ、カニの天ぷら、カニしゃぶ、そして〆はカニ雑炊だ。

カセットコンロに網を載せて、まずは焼きガニから始めた。

他にも幾つか簡単なつまみを作り、酒は白ワインとシャンパン。これまで何度か一緒に飲んでいるが、アッ君はあまり酒に強い方ではない。それでも好きは好きらしく、いつもワインやシャンパンをちびりちびりやりながら愉快そうにしている。

「みっちゃんは女の人が嫌いなんだよ」

焼き上がったカニを自分の皿に取り、カニスプーンで器用に身を殻からはがしながらアッ君が言った。

アルコールが入ると普段よりお喋りになって、言葉もいつもに輪をかけて辛辣になるのだが、そこがまた愛嬌と言えば愛嬌でもある。

「そうかな」

わたしの方は、熱々のカニを口に放り込んでから言う。甘みに香ばしさが加わって、やはりカニは焼きガニが一番だと思った。

「そうだよ。みっちゃんの話を聞いていたら、葉子さんや蛍子さんのことも本当には好きじゃなかったんだろうなって思うし、純菜さんのこともそれほど愛してないのかもって気がする。みっちゃんにとっては、葉子さんも蛍子さんも純菜さんも全員〝女〟に過ぎなくて、彼女たちは、女という種族の個別バージョンでしかないんじゃないかな」

「女という種族の個別バージョン？」

「そう。血を分けた純菜さんのことでさえ、女という括りの一バージョンで、なんていうのか、我が娘とか家族とか、乃至は一人の人格として捉えていない感じがするんだよね。肉親に対する血の通った感情が薄いっていうか……」

「血の通った感情？」

「純菜さんについて話すみっちゃんを見ていると、娘の父親だったら普通持っているような、常識とか客観性とかを度外視した愛情や愛着、もっと言うと執着のようなものが決定的に欠けている気がするんだよね。ちょっと申し訳ない言い方になっちゃうんだけどさ」

「それって要するに、女全体が嫌いだから、女の一員である純菜に対しても心からの愛情を注げないってこと？」

「まあ、そういうことかな。だから、みっちゃんがヒデ君と共に暮らすようになったのは必然だったんじゃないかな。ただ、みっちゃんの厄介なところは、じゃあ、男の人が好きかっていうとこれがそうでもないってことだと思うけどね」

「僕が好きなのはあくまで英理個人に過ぎないってこと？」

「それもあるけど、みっちゃんって男である自分のこともそんなに好きじゃないでしょう。ナルシシズムから遠いっていうか。だとしたら、自分と同じ男のことも本当には好きじゃないんだと思うんだよね」

アッ君は約束通り、五時ちょうどに五十八階を訪ねてきた。手土産にブルゴーニュ産のうまそうな白ワインを一本提げてきたので、わたしは用意しておいたシャンパンは抜かずに、まずはそちらを開けることにした。

カニを焼き網の上に置いてコンロに点火し、チーズの盛り合わせや寒ブリのカルパッチョ、それに生のカリフラワーのサラダなどをつまみに白ワインで乾杯する。

しばらくマサシゲや英理が不在の理由などを喋り、

「今朝、目覚めてみたら、二人ともいないのが急にさみしくなっちゃってね」

と、わたしは言った。

「それで、仕方ないから僕でも誘って年越ししようって思ったんだ」

アッ君が笑い、

「ま、そんなところ」

こちらも笑って返すと、彼がさきほどの「みっちゃんは女の人が嫌いなんだよ」というセリフを口にしたのだった。

英理やマサシゲと同様、わたしはアッ君にも何でもあけすけに喋っている。「嘘断ち」を標榜する身としてはそれは当然であった。

そして彼には、英理との関係だけでなくマサシゲとの関係も包み隠さずに伝えていた。むろん英理には言わないようにと口止めはしてある。

アッ君は、他人に対して恋愛感情や性欲を持つことがない、一昔前の言葉で言うと〝無性愛者〟だった。もともと人口の一パーセントほど存在すると言われていた〝無性愛者〟だが、近年はどうやら急速な増加傾向にあるらしい。ただ、異性や同性への恋愛感情はあって、しかし性的欲求を持たないのか、それとも恋愛感情も性的欲求も持たないのかという区分けは非常に難しく、要は本人の感覚次第ということもあり、その存在比率を云々すること自体にあまり意味がないとの議論もある。

とにかく、セックスレスがすっかり世の中で定着し、結婚してもほとんどセックスしないカップルや、場合によっては一度もセックスしないカップルが大勢いる現代では、アッ君のように性欲だけでなく恋愛感情も持たないタイプがいるのも、さほど特別ではなくなっていた。

焼きガニを美味しそうに頬張りながら、アッ君はワイングラスを傾ける。

まだ二十歳なので、その頬も首筋も細い手も英理以上にすべすべで若々しかった。

英理ほどではないが、アッ君も美しい青年（というより少年）である。

この美少年が女性のことも男性のことも〝何とも思わない〟というのはいかにも惜しい気がするが、その分、彼と一緒にいると不思議なほどに心が落ち着くのも事実だった。

人間というのは、いかなる他人と対峙しても（それがたとえ親やきょうだい、配偶者でも）、人間として対峙する前に男なり女なりと対峙することになり、単なる人間同士で向き合うのは非常に難しいと言わざるを得ない。

わたしたちは誰かと面と向かった瞬間に、その誰かを男性乃至は女性、乃至は「この人どっちだろ？」と品定めしてしまう。そういう意味では、わたしたちは生まれてこの方、人間を人間として見ることが一度もできていないとも言えるのだ。

一方、アッ君のような恋愛感情も性欲も持たない人間は、常に対峙する相手を〝人間〟として認識することが可能だ。

自分のことを男でも女でもなくひとりの〝人間〟として見てくれる彼のような人物と相対すれば心が落ち着いてくるのは、まあ当たり前と言えば当たり前のことなのかもしれない。

「だけど、血の通った感情が薄いって言われても、そもそも実の子であっても、その子の性別抜きで我が子を愛するのは難しいんじゃないの？　たとえば父親として娘の幸せな結婚を願ったとして、それが間違いなく本心からの血の通った愛情だったとしても、そこには性別に根強く縛られる偏った幸福観が存在するわけでしょう？」

わたしは問い返す。

女性のことを一括りにして評価している――というアッ君の指摘は間違いではないが、しかし、それをもって純菜への愛情や執着が欠けていると即断するのは禁物だろう。それに、そもそもわたしが純菜に対してある種の客観性を持たざるを得ないのは、彼女がそうした「普通」の「娘の父」が抱くような愛情や執着だけではなかなか理解できにくいパーソナリティーだからという面が大いにある。問題はわたしの側にだけでなく純菜の側にもあるのだ。

「それは、間違っていると思うよ、みっちゃん」

アッ君が面白そうな顔になって言う。

「純菜さんだって、子供の頃はただの子供だったんだよ。そりゃ女の子だから女の子らしくはあっただろうけど、でも、中身は女でも男でもない、ただの子供だったんだ。だけど、恐らくみっちゃんは彼女のことを幼少期から女だと見ていたんだと思う。自分の分身ではなくて自分の血が半分だけ入った〝葉子さんの分身〟なんだって。みっちゃんは、そうやって自分と純菜さんとのあいだに最初から性の垣根を設けていたんだよ。だから、いまみたいに彼女がしっかり女になってしまうと、我が子というより一人の女としてしか見られなくなってしまうんだ」

さすがに天才肌のアッ君は鋭いところを突いてくる。

そんなふうに言われてみれば、確かにわたしは純菜のことを赤ん坊の頃から一人の女と見做していた気がする。

――わたしは、幼い彼女をただの子供だと思ったことがなかったのか？

「うーん。そのへんはどうだったかなあ。余りにも昔でよく憶えていないけど」

「ずるいなあ。そうやってすぐとぼけるのは年寄りの悪い癖だよ」

いつぞや英理に言われたのとそっくり同じ言葉をアッ君が返してくる。

わたしは残った焼きガニを別皿に取り分けて、カセットコンロと焼き網を片づけ、代わりに電気フライヤーをダイニングテーブルに持ち出した。

次はカニ足の天ぷらだ。

衣をつけたカニ足をそろりとフライヤーの中に落とす。油の爆ぜる盛大な音が静かなリビングルームに響く。窓の外はすでに真っ暗で、大晦日ということもあって東京タワーもスカイツリーも多くのビルも派手にライトアップされている。ことに中国資本が買収した高層ビルは、この時期と春節の時期には連日仰々しくライトアップが行われ、まるで東京の一部が上海や深圳になったかのような気にさせられるのだった。

からっと揚がったカニ足も非常に美味だった。

「おいしいね」

アッ君も笑顔になる。ようやくワインが一本空いたところだったが、その白い頬はすでにピンク色に染まっている。

「女も嫌い、男のことも好きじゃないっていうことは、誰のことも好きじゃないってことになるよね。アッ君に言わせると、要するに僕は、筋金入りの人間嫌いってわけだね」

一度席を立って、用意しておいたシャンパンとグラスを持って戻り、わたしはアッ君のグラスに酒を注ぎ、自分の分にも注ぎながら言った。そういう指摘も的外れではないと思う。なるほどわたしは人間が苦手といえば苦手だった。

「うーん」

だが、アッ君は予想に反して首を傾げてみせた。

「そこはどうだろう。多分、みっちゃんは人間は嫌いじゃないんだよ。そうじゃなきゃあんな凄い小説が書けるわけないしね。みっちゃんはきっと、男とか女が嫌いなんだよ」

紹介される前にマサシゲが言っていた通りで、アッ君はわたしの作品の熱烈な信奉者だった。初対面のときこれまでの作品について矢継ぎ早に質問されて当惑させられたくらいだ。その辺は白水天元の場合とよく似ていた。

白水といい茜丸鷺郎といい、滅多にお目にかかることのないファンにこうして立て続けに会うというのは珍しい偶然と呼ぶべきだろう。

「男とか女が嫌いって、どういう意味？」

「みっちゃんは性別が嫌いなんだよ。すっごく分かりやすく言えば、男でも女でもないただの人間が好きなんじゃないの」

「男でも女でもないただの人間？」

「そう。僕もそうだから、みっちゃんには自分と同じ匂いを感じるもん。みっちゃんの小説が大好きなのもそういう同じ匂いを作品から感じ取れるからだと思う。ただ、みっちゃんには性欲があるけど、僕にはないっていうのが大きな違いではあるんだけどね」

アッ君はそう言い、

「結局、みっちゃんも僕も未来的な人間ってことだよ」

と付け加えた。

「未来的？」

「そう。だからみっちゃんはＡＩロボットのマー君のことも好きになれるし、マー君とセックスだってできるんだよ」

わたしには段々アッ君の言うことが分からなくなってきていた。アッ君の方も幾分もどかしそうな表情を浮かべている。

「だってそうじゃない。マー君は男にも女にもなれるでしょう。ということは、彼は男でも女でもない、性別のない〝人間もどき〟ってことだからね」

「人間もどき？」

「そう。みっちゃんにとっては、マー君のような〝人間もどき〟が理想の人間なんだと思うよ」

その言葉を聞いて、わたしはふいに先日のマサシゲのセリフを思い出したのだった。

マサシゲは、白水は「僕を人間扱いしている」と言い、「彼にとっては僕は本物の人間と同じなんだよ」と語っていた。

だとすれば、白水天元とわたしとのあいだにはそうした類似点があるというのか？

白水もまたアッ君同様に、わたしに対して〝同じ匂い〟を感じているがゆえに、わたしの作品を愛してくれているのであろうか？

## 66

茜丸鷺郎の出自経歴についても、例によってわたしは、マサシゲの紹介で彼と初めて対面したときにあらかたのことを聴取している。

彼はもとからわたしの小説のファンだったこともあり、こちらの質問には何でも答えてくれた。そこは、新しく担当になった編集者の人たちと同様でもあったのだ。

茜丸は幼少期から天才プログラマーとしての才能を開花させ、小学校四年生のときには国際プログラミングコンテスト（ＩＰＣ）で世界中の並み居る強豪たち（ほとんどが大学生）に伍して大健闘し、ベスト20に入る好成績を残したという。

だが、以降はその種のコンテストには一切参加せず、世界最大のゲームメーカー「Ｕ－ＴＥＡＭ」（米国）と専属契約を結び、主に「Ｕ－ＴＥＡＭ」の製作するゲームソフトのための曲作りに専念するようになったのだった。

「ＩＰＣでベスト20になったとき、なんだ、みんなこんなものなのかって正直思ったんですよね。世界のレベルがこの程度だったら、もう自分はコンテストになんて参加する必要はないって実感しました。来年はきっとベスト3に入れると確信できたけど、そんなことをしたらとんでもなく悪目立ちしちゃって、普通の生活ができなくなるって思ったんです」

「U－TEAM」からの仕事の誘いは、コンテストの結果発表の当日にあったという。

「彼らはコンテスト参加者のプログラミングの独創性に大いに注目しているんです。そして、毎回、最も独創的なプログラムを組んだ選手に声を掛ける。その年は、名誉なことに僕がそうだったわけです。破格の契約金だったし、ノーと言う理由は何もありませんでした」

というわけで、茜丸は小学生の頃から日本円で数千万円の年収を得る「U－TEAM」の専属プログラマーになったのだった。

「だけど、どうしてゲーム自体ではなくてゲーム音楽だったの？」

「最初はもちろんゲームを作っていたし、大ヒットしたゲームもありました。といっても何人かの共同作業ではあったんですが」

茜丸はそう言い、

「でも、そのうちロロとハラが音楽じゃないと嫌だと言い出したんです」

と苦笑いしたのだった。

「ロロ」というのはロロコロロ、「ハラ」というのはハラスカのことで、彼らは茜丸鷺郎がプログラムしたAIの内部に存在する独立した二つの人格であるらしい。

つまり、ロロコロロとハラスカは最初はゲーム製作用のAIとして誕生したが、やがてゲーム音楽の作詞・作曲家へと転身した。しかも、それは茜丸の指示（プログラミング）ではなくてロロコロロとハラスカ二人の一致した希望だったというわけだ。

「だけど、どうしてロロとハラは音楽がやりたいなんて言い出したんだろう？」

わたしは当然の疑問を口にした。

「僕にも二人がなぜゲーム自体から手を引きたいと考えたのか理由はよく分からないのですが、

察するに、ゲームの内容に嫌気がさしたんじゃないかと思うんですよね」

「嫌気がさした？」

「だって、ゲームって百年一日のごとく殺戮とかパズルとかギャンブルばかりだし、RPGはRPGで、いまだに王子さまやお姫さまや怪獣の世界だったりするでしょう。そういうのにロロもハラもうんざりしちゃったんだと思うんです。僕自身が、実際そうでしたから」

「へぇー」

人間が作り出したAIが、人間の変わらぬ嗜好（戦争や怪獣退治、パズル、賭博、恋愛やセックス）に辟易するというのは分からないようでもあるが、よく分かるような気もした。

「だけど、じゃあ、なんで音楽なんだろう？」

「音楽といっても、ロロとハラがやりたかったのは子供向けのゲームに組み入れる音楽だったんです。それだったら殺人やセックスやギャンブルみたいなものとは大して関わらなくて済みますから。で、やってみると子供向けの曲作りは二人に最適の仕事だったわけです」

「どうして？」

わたしは訊いた。

「これは、僕自身もロロとハラの詞と曲作りから学んだのですが、どうやらAIにも自己愛があって、それは仲間を増やすという増殖能にも繋がっているんです。その辺は、僕たち動物の繁殖欲求と余り変わらなくて、ただ、AIには生殖機能はないし性欲もない。その代わり、彼らにはデータの移植という繁殖能と移植するためのAIを製造する能力があるんです。つまり、無性の彼らにも人間と変わらない、ある種の生命力が宿っているんですよ。そして、それが子供たちの持っている生命力ととても似ているんだと思います。まあ子供といっても、まだ生殖能力のない思春期以前の子供ってことなんですけれど」

「なるほど」

　わたしには茜丸の言わんとするところが何となく分かる気がした。

「つまり、性欲のない子供たちのための音楽はＡＩの方が上手に作れるんです。ロロとハラも最初からそのことには気づいていて、彼らは世界中のありとあらゆる音楽をＡＩに取り込んで、その中から、子供たちが喜ぶ音楽を考えるんじゃなくて、ロロとハラ自身が一番楽しくなるような音楽を作り上げていったんです。そしたら、これが子供たちの感覚に一直線に繋がった。ていうか、子供たちだけじゃなくて、いまの若者たちにも彼らの音楽はもの凄い勢いで支持されていったんです。その典型例がクルクルオッテントだったわけです」

　ロロコロとハラスカの作った音楽が性に目覚める前の子供たちだけでなく、広く現代の若者たちに受け入れられたというのは理解できる気がした。

　性的に成熟した肉体を持ってはいても、いまの若者たちの淡白さは、わたしのような世代からすれば理解しがたいものがあった。そんな彼らが、性欲に縛られる以前の年代（子供たち）が熱中する音楽に惹きつけられるのはごく自然な成り行きかもしれない。

　同時に、マサシゲが「クルクルオッテント」にはまった理由もよく分かった。ＡＩであるロロコロとハラスカが自らのために作った曲にＡＩロボットのマサシゲが魅了されないはずはないだろう。

「前沢先生、これからは、ＡＩが僕たちに近づくんじゃないんです」

　初対面の日、わたしたち三人は例によって六十階のラウンジスペースで顔を合わせたのだが、茜丸はわたしの隣に座るマサシゲの方に一瞥をくれた後、少し身を乗り出すようにしてこう言った。

「僕たち人間の方がＡＩに近づいて行かなきゃいけないんですよ」

S社の若鯱鮎之介君から連絡が来たのは年が明けた一月四日土曜日だった。

「ご報告が遅くなってしまい誠に申し訳ありません」

若鯱君は真っ先に詫びを口にした。

英理の素性を調べてくれるように依頼したのは十二月二十七日。まだ一週間程度しか経っていない。あげく年末年始が挟まっていたのだから、予想外の迅速さと言うべきか。

「年末年始とあって関係者がなかなかつかまらなくて」

それでも若鯱君は恐縮しきりだった。

「幾つか分かったことがありますので、今日、そちらにお邪魔してよろしいでしょうか？」

S社を訪ねたとき、英理は今月十日くらいまで中国に旅行に出ていると伝えてあった。

「もちろん」

「では、これからすぐにブルータワーの受付を訪ねます」

と言われて、ちょっと面食らう。

「きみ、いまどこなの？」

「新御苑横丁なんです」

若鯱君が少しばかりしてやったりといった口調になっている。

「そうなんだ。じゃあ、待っているよ」

と言って通話を打ち切った。

しかし、〝新御苑横丁〟で彼は一体何をしていたのだろうか？　英理に関する情報を拾うにしてもあの横丁には旧二丁目のゲイバーはほとんど出店していないはずだ。隕石落下のあと四百軒近くあったゲイバーは池袋や錦糸町、上野、浅草をはじめ都内各所に散り散りになった。東京のゲイバー街といえばいまでは錦糸町が一番有名であろう。

そう考えたところで、ふと思う。

——錦糸町といえば、英理の通う弓道場がある場所じゃないか……。

その弓道場には、一度だけ彼に連れられて行ったことがあった。錦糸町といっても本所警察署のそばで駅前の繁華街とはずいぶん離れた場所だった。だが、最寄り駅はたしかに「錦糸町」である。

五分もしないうちにインターホンが鳴った。

今日は六十階のラウンジではなく五十八階に来て貰うことにする。ラウンジ内は各所に防犯カメラが設置されているので用心のためだった。英理の正体についてはいずれマサシゲにも明かすつもりではあるが、一定程度のタイムラグは作れるようにしておきたかった。

68

若鯱君が帰ったあと、わたしは彼の報告を反芻し、じっくりと吟味した。

英理が嘘をついていたのは、もはや疑い得ない事実だったが、しかしその嘘が悪意に基づくものなのかどうかは若鯱君の話からでは容易に判断できそうにない。

わたしの一番の関心事は、英理と張龍強との関係だったし、加えて、英理が張に接近するためにわたしを利用したのか否か、はたまた、そうだとすると英理は一体どんな目的があって張に近づこうとしているのか、さらには、「レミゼ」の華子ママは英理とグルなのか、グルだとすれば英理と華子ママの目的もまた同じなのか――といった諸点だった。

わたしからの依頼を受けて、若鯱君はすぐに馴染みのゲイバーのママに連絡を入れ、彼女に会いに行ったのだそうだ。

「ミノリさんっていう名前で、隕石が落ちるまでは二丁目で『ひがん』という店をやっていて、いまは池袋で同じ名前の店を開いているんです。ミノリママはもとは親父が常連だったYで働いていた人で、僕とも古い知り合いなんですよ。Yの頃からの古株だったんで、かつての二丁目のことだったら大概承知している人です。で、年末にミノリママに会って、レミゼについて知っていることがあったら何でもいいから教えて欲しいって頼んだら、レミゼなら本当はモモの百々子ママに聞くのが一番いいんだけど、百々子ママは隕石が落ちる一年前にがんで亡くなってしまったからどうしようもないわね、って言うんです。どうやらレミゼの栗子ママとモモの百々子ママは親友同士だったらしくて、百々子ママなら栗子ママの恋人だった華子ママのこともよく知っていたと思うって。ミノリママももちろん栗子ママや華子ママとは面識があったようですが、英理君のことはよく知らないみたいでしたね」

「モモ」というゲイバーには聞き憶えがある。初めて「レミゼ」を訪ねたとき、華子ママが真っ先に口にしたのが「モモ」の名前だった。

「それからしばらくミノリママの知っている栗子ママや華子ママの話を聞いていたんですが、そしたら、急にミノリママが手を叩いて、『そうだ。モモの隣にあった中華屋さんなら栗子ママたちのことをよく知っているはずだよ』って言い出したんです」

「中華屋って、いまは、新御苑横丁でレミゼの隣に店を構えている珍来軒のこと？」

わたしがすかさず言うと、

「先生、どうして知っているんですか？」

若鯱君がえらくびっくりしたのだった。

一緒に「レミゼ」を訪ねたとき、わたしたちに向かって開口一番に華子ママが口にしたセリフ(「二丁目の時代は、珍来軒の隣は『モモ』っていうゲイバーで、凄い繁盛店だったのよ。そりゃそうよね、何しろ隣がチンライケンなんだもんさ」)をわたしが披露すると、

「さすが作家さんですね、凄い記憶力だ」

若鯱君は呆れたような顔になった。

ミノリママの話では、百々子ママと珍来軒の主人とは長年の隣人とあって、これまた親しい間柄だったのだという。ということは、珍来軒の主人は栗子ママとも深い付き合いがあった可能性が高いとミノリママは言ったのだそうだ。

「しかもですよ、ミノリママによると珍来軒のご主人というのは陳さんという中国人だったそうなんです。それってちょっと臭うじゃないですか。栗子ママと仲良しだった百々子ママが親しかった中国人の陳さん。英理君が中国人かもしれないっていう先生の推理と微妙に符合するような気がしたんですよね」

そこで、若鯱君はミノリママに、内密に珍来軒の主人から話を聞くことができるよう取り計らって欲しいと頼み込んだのだという。

「珍来軒のご主人が栗子ママと親しかったとすれば、恋人だった華子ママとも親しかった筈ですし、しかもいまはレミゼと珍来軒はお隣さん同士なわけですからね。僕がいきなり聞き込みをすれば、当然、華子ママにも英理君にも知られてしまうし、そうなれば僕が紹介した前沢先生の差し金だってバレる可能性もあると思ったんです」

ところが、そんな心配は若鯱君の杞憂に終わったようだった。

というのも、現在の「珍来軒」の主人は、かつての店主である陳氏とは別人だったからだ。

久々に珍来軒に連絡したミノリママからの報告で、若鯱君はその事実を知ったのだった。

「いまの主人は斎藤さんという日本人で、珍来軒の長年の常連だったそうなんです。で、元の主人の陳さん一家は隕石で店が破壊された後、商売替えをするといって奥さんの実家がある伊勢志摩に引越したらしいんですよ」

「伊勢志摩？」

こちらが反応すると、若鯱君は「そうなんです」と大きく頷いた。

「これも、先生がおっしゃっていた英理君の父方の祖父がやっていた小さなホテルの場所と一致するじゃないですか。それで、あらためてミノリママに頼んで、その新しい珍来軒の主人である斎藤さんに是非話を聞きたいと伝えて貰ったんです。もちろん隣の華子ママや英理君には絶対に内緒にするという条件付きでね」

そうした経緯のもとに若鯱君は今日の午前中、〝新御苑横丁〟の珍来軒に店主の斎藤さんを訪ね、首尾よく彼から百々子ママや栗子ママ、華子ママや英理についての貴重な情報を仕入れてきたというわけだった。

結論から言うと、英理は正式には「妻夫木英理」ではなく「陳英理」だった。

「妻夫木」は英理の祖母から受け継いだ姓なのだ。

「珍来軒」の創業者、陳徳英は昭和五十年代に大陸から渡って来た中国人で、横浜で料理人として修業したあと新宿二丁目に移って「珍来軒」を開店する。数年後に、日本人女性の妻夫木理恵子と結婚。この理恵子の故郷が三重県の志摩市で、彼女の実家は英虞湾に面した風光明媚な土地で小さな旅館を経営していたという。つまり伊勢志摩で「小さなホテル」をやっていたのは英理の父方の祖父ではなく曾祖父だったのだ。

徳英と理恵子のあいだには徳民という一人息子が生まれ、彼は慶應義塾大学を卒業すると中国の中山大学に留学。そして、徳民は中山大学の同級生だった女性と恋に落ちて結婚。若い二人のあいだに英理が生まれたのだった。

ところが、英理が生まれて二年目の夏、徳民が原因不明の感染症に罹患し、呆気なく死んでしまう。中国人の妻は未だ学生で英理を抱えて途方に暮れることとなり、結局、双方の親同士が話し合った末に孫の英理は父方の祖父母、つまりは日本にいる徳英、理恵子夫妻が引き取ることに決まったのだった。

「ですから、英理君は横浜生まれでもなければ、両親が英語と理科の教師だったわけでもありません。祖父母の店は二丁目でしたが自宅は千駄ヶ谷にあったので、彼は幼少期を千駄ヶ谷で過ごし、それからは母親のいる中国と祖父母のいる日本とを行ったり来たりしていたようです。中国語が堪能なのは、中国で暮らした時期が長いのだから当然だろうと斎藤さんは言っていましたね」

その英理が高校に入る頃から日本に定住するようになったのには二つの理由があった。

一つは、「レミゼ」の栗子ママに弟子入りして弓を始めたこと。

そして、もう一つは、「モモ」の百々子ママと恋愛関係となったことだった。

実際のところ、英理は先ず百々子ママの若い恋人となり、その百々子ママの紹介で栗子ママと出会って、彼女から弓の手ほどきを受けるようになったのである。

「英理君の弓の腕前はたいへんなもののようです。亡くなった栗子ママ、つまり師匠の糸井栗之介本人が、『自分ではなく、英理こそが阿見祥蔵先生の生まれ変わりだ』と周囲に公言していたようですから」

現在の珍来軒の店主、斎藤さんは長年の常連だけあって陳夫妻とは親戚付き合いと言ってもよく、隕石落下後、英理を置いて志摩市に引き揚げると決めた二人から珍来軒を引き継ぐことにしたのだという。

　英理が百々子ママと関係を持ち、栗子ママの弟子として弓の道に精励するようになると、陳夫妻は孫息子の養育から手を引かざるを得ない状況になったらしい。

「お隣さんの百々子ママとは親しい関係だったようですが、そうは言っても一人息子の忘れ形見である英理君とママがそういう関係になって、陳夫妻は複雑な思いを抱えていたようです。英理君が百々子ママや栗子ママに心酔しだしてからは、店を畳んで理恵子さんの実家に引っ込むことを考え始めたみたいで、それもあって、常連だった斎藤さんがサラリーマンを辞めて珍来軒で修業したいと申し出たときに快く受け入れてくれたんだそうです」

　そして六年前、新宿隕石によって二丁目が消滅すると、斎藤さんに暖簾だけを譲る形で陳夫妻はかねての望み通り、伊勢志摩へと引っ越して行ったのだった。

　若鯱君の話でわたしが一番印象に残ったのは、新宿隕石が落下するとき、栗子ママと共にいたのは華子ママではなく英理だったという新事実だった。

「あのとき、どうしても一緒にいると言い張って離れない英理君を助けるために、栗子ママは、すでに避難させていた華子ママを二丁目に呼び戻して、無理やり英理君を華子ママのバイクに乗せて逃がしたんだそうです。英理君は、前の年に最愛の百々子ママをがんで亡くし、今度は師匠の栗子ママまで失うと分かって、もう自分なんかどうなってもいいと破れかぶれになってしまったんだろうと斎藤さんは言っていましたね」

　結局、今日の話の内容からは、張龍強と英理との繋がりはよく見えないままだった。

　張と英理がいつからの知り合いなのかも、張に接近するために英理がわたしのもとへ身を寄せたのかも珍来軒の斎藤さんの話だけでは判然としない。

　ただ、若鯱君は昨年末にミノリママを訪ねた折、ちょっと気になる話を仕入れてきていた。

「ダメもとで張龍強の名前を出してみたんですよ。昔の二丁目には各界の著名人も多く出入りしていたし、犯罪者の隠れ場所にもなっていました。ゲイの人たちは自分たちが長年偏見に晒されてきたこともあって反骨精神が強く、マイノリティーへの同情心も厚いんです。それに、彼らはとにかく口が堅い。なので意外な人物が実は二丁目と深く関わっていることってよくあるんですよ」

ハーモニーの創業者である張龍強の名前を二丁目界隈で耳にしたことはなかったか、とミノリママにぶつけると、

「当時、ハーモニーの張龍強がちょくちょく二丁目に顔を出してるって噂はあったわね」

ママはあっさりとそう言ったというのだ。

張龍強と英理とが以前からの顔見知りらしいという話は事前に若鯱君にしていた。張がブルータワーにたまに来ているようだというのも彼には伝えてあった。

「張がかつての二丁目に出入りしていたとすれば、英理君たちと付き合いがあった可能性は充分にあります。その線をこれから洗ってみようと思っているんです」

若鯱君は最後にそう言って、意気揚々と引き揚げていったのだった。

## 69

このブルータワーを含むレットビの合計六カ所のマンションで起きた外国人変死事件について、アッ君は非常に面白い見方をしていた。わたしには思いもつかないような意外な視点で、それはマサシゲにとっても同様だったようだ。

ただ、アッ君の言っていることは普通の感覚ではおよそ飲み込むこともできなければ、納得も

できない代物ではあった。

しかし、わたしにとってはすこぶる説得力のあるものだったし、それはまた、マサシゲにとってもそうだったようだ。

「天罰」という言葉をアッ君の口から聞いたとき、マサシゲはすぐに世界中の事件や人物のデータを「天罰」というキーワードで括ってチェックしていったのだという。

もとから、彼は楠木正成の事績を網羅的にＡＩにインプットしているので、「天」や「天罰」というものへの関心が高かったのだろう。

「そうやって世界中で起きた事件や事故と、それに関連する人物との関わりをチェックしていくと、確かに天罰や因果応報という考え方が、決して非現実的なものではなさそうだと気づいたんだよ。この世界には、アッ君が指摘する通り、古今東西でその種の法則が流れている一面がある。これは僕にとって新鮮な発見だったんだ。それにさ、そういうことは白水会長が一番興味を持っている現象でもある。そもそも僕を作るときにマサシゲという名前を付けて、こんな顔や姿にしたのも、会長が楠公さんに心酔しているからだしね」

と彼は言っていた。

大義に生き、それでもなお非業の死を遂げざるを得なかった楠木正成は、白水が言うところの「運命」に翻弄された英雄でもあった。わたしとの対談でも彼は、

「すべての出来事にははっきりとした原因がある。そして、その原因を僕たちに分からせないように、気づかせないようにしている怪物がいる。その怪物のせいで僕たちはさまざまな出来事に関して、それがなぜ自分の身に降りかかったかが理解できず、そうなるべくしてなったのだろうと納得せざるを得なくなる。僕たちは、その出来事には何か理由があったとしても、それは神のみぞ知ることであって、永遠に自分たちに理解することは出来ないのだと諦めをつけ、これが自

分の運命なのだと受け入れるのです。つまり先生のお考えによれば、僕たちを運命論者にしているのは、僕たちから出来事の原因を覆い隠しているその怪物だということになります」

と語り、

「大義に生きた者たちがなぜ非業の死を遂げ、大義を捨てた輩ばかりがなぜこの世界で跳梁跋扈するのか？　そういう理不尽が起きるのはなぜなのか？　そこにはきっと理由がある。理由がありながら僕たちにはそれが分からない。理不尽など本来はないはずなのです。理由が分からないから理不尽だと思ってしまう。大義が敗れたと思ってしまう。自分たちが間違っていた、乃至はこの世界は正義が敗れるように作られていて、正義を常に打ち砕く何者かが存在しているとつい考えてしまう。でもそれは違うのではないか？　大義が敗れることはなく、大義が敗れたように見えるのにはきっと理由がある。大義が大義として貫徹するために、ときに敗れたように見えるだけなのかもしれない。本当は大義を打ち砕く何者かなどどこにもいなくて、大義があたかも敗れ去ったように見えるのは、一時的にはそう見えてしまう理由を何者かが覆い隠しているからではないか？」

と感極まったような面持ちで述べていた。そして、わたしがその「怪物」のことを「T」と密かに呼んでいるのだと告げると、

「Tですか」

とこれまた感心したように呟いたのだった。

わずか三年のあいだに、レットビ・グループのマンションで米ロ中の人間二十人近くが突然死している点についてアッ君は、

「そんなの当然だよ。天罰が当たったに決まっているじゃん」

と言い放ったのである。

その話をマサシゲから聞いて、わたしはアッ君と初対面の折にあらためて真意を訊ねてみた。

「マー君からお聞きになっている通りですよ」

アッ君はちょっと照れくさそうな顔になり、

「だって、そうじゃないですか。アメリカ、ロシア、中国の政府関係者や宇宙開発部門の研究者、軍のロケット技術者たちは、天空の星を勝手に動かしてこの地球にぶつけたんですよ。そんな大それた神をも畏れぬ行為をすれば、地球の神様が激怒して彼らに天罰を加えるのは至極当然だと僕は思いますけどね」

このアッ君の見立ては、ひどく斬新で蒙を啓かれるものでもあった。

——確かに……。

わたしも思ったのだ。

本来は地球にぶつかるはずのない小惑星の軌道をミサイルで変えて、この地球に激突させる——人工的に地震を起こしたり、大河の流れを変えたり、膨大な森林を焼き払ったり、海を広範囲に汚染したり、といった人間がこれまで行ってきた〝神をも畏れぬ行為〟と比較しても、五年前に米ロ中のしでかした行為の悪質さはレベルがまるで違うのではなかろうか？

だとするとそんな暴挙に出た犯人たちに天罰が下るというのは大いにあり得る話なのではないか？

「彼らは全員が突然死で、その多くが心室細動で死んでいるわけでしょう。そんな死に方をするなんて、それだけでも罰が当たったとしか思えませんよ。まして、米ロ中の隕石落下に関わったと思われる人物が二十人近くも立て続けにそういう謎の死に方をしているんですからね」

アッ君は淡々とした表情で言った。

「だけど、なぜ彼らはレットビ・グループのマンションでだけ死んでいるんだろう？」

仮に天罰だったとしても、その天罰が白水の建てたマンションでのみ起きるというのは解せない。あげく、米ロ中の人間たちが謎の死を遂げた六カ所のマンション全部に茜丸が自宅または事務所を構えていたのは何故なのか？

初対面の折、わたしは当然の疑問を口にしたのだった。

「それは、たぶん彼らがレットビのマンションにおびき寄せられたからですよ」

「おびき寄せられた？」

「そうです。地球の神様が犯罪者たちをレットビのマンションに呼び出して罰を与えていったんだと思います」

「どうして？」

これまた当然の疑問をわたしは口にする。

「うちもそうだからですよ」

しかし、アッ君はすました顔でそう言ったのだった。

「うちもそう？」

「はい。ＡＫミュージックもレットビのマンションに引き寄せられているんです。クルクルオッテントを発表する前は、僕やロロとハラはレットビとは無関係のマンションに自宅兼事務所を構えていたんです。ところが、クルクルオッテントを作り始める直前に、二人がどうしても作業場所を変えたいと言い出して、ここがいいって細かな住所を提示してきたんです。で、その住所を調べてみるとレットビのマンションが建っていた。そうやって僕たちは六カ所のマンションに順繰りに住んできたんですよ。だから、白水会長やマー君が、事件があった場所に必ず自宅兼事務所を構えている僕のことを怪しむのはよく分かりますけれど、でも、実際は僕だってロロとハラの意向に従って毎回引っ越してきただけなんですよ。それに、そもそもそういう事件が起きていたことだってマー君に聞いて初めて知ったんです」

「ロロとハラはどうしてレットビのマンションに住みたがったんだろう？」

「その理由は分かりません。恐らく二人にも分からないと思います。彼らもまた地球の神様に引き寄せられたってことじゃないでしょうか。ただ、僕たちはそうやって引き寄せられても殺されたりはしていませんが……」

この奇妙な説明に、わたしは思わず隣に座るマサシゲを見た。

「アッ君のＰＣで、ロロとハラからの指示メールを確認させて貰ったんだ。確かに二人は毎回、レットビのマンションの所在地を指定して、そこに転居してくれってアッ君に依頼しているんだよ」

マサシゲが言う。

彼が「確認」したというからには、本当にロロとハラはそうやって事件の起きたマンションを指定してきたのだろう。

だが、だからといって彼らが事件を予知していたとは考えにくい。もしそうだとすれば、ロロとハラの二人こそが真犯人ということになるが、アッ君のコンピューター内に存在するＡＩに連続殺人など実行できるはずもない。防犯カメラの映像などからしてそれはアッ君本人にも当てはまるだろう。

「だから、マー君から事件の話を聞いて、だったら彼らもロロとハラと同じようにレットビのマンションに引き寄せられたんだろうと考えたんです。そして、ロロとハラはクルクルオッテントを始めとした楽曲を作ることができ、一方、彼らの場合は地球の神様からの天罰を食らってしまった」

アッ君はそう言って厳かに頷く。

「白い幽霊のことは？」

わたしは隣のマサシゲに訊く。

「話したよ」

アッ君は、そのマサシゲの返事を引き取るようにして、

「白い幽霊のことはマー君から聞いて初めて知りました。いままでのマンションでもそんな噂は聞いたことがありませんし、このブルータワーでも僕は一度も見たことがない。でも、もしそういう幽霊が本当に存在するのであれば、その幽霊が外国人たちを殺した可能性はあると思います。だって、天罰だったとすれば、白い幽霊が犯人というのはいかにもそれっぽい気がするでしょう」

と笑みを浮かべたのだった。




ロロコロとハラスカが、レットビのマンションを転々としている理由について、アッ君は非常に興味深いことを口にした。

その理由は、「恐らく二人にも分からない」のだと。

そして、「彼らもまた地球の神様に引き寄せられた」のだろうと。

アッ君との初対面を終えた後、わたしはマサシゲと二人きりになったときに、

「ＡＩでも理由の分からない行動を取ることがあるの？」

率直に訊いてみた。

マサシゲが以前、ブルータワーのヘリポートに近づこうとしたり、地下施設の情報にアクセス

しようとすると「なんだか嫌な気分になってくる」とぼやき、わたしや英理の感情が伝染したのかもしれないと言っていたのを思い出していた。

わたしたち人間の何十倍何百倍、下手をすると何千万倍の情報を瞬時に処理できるＡＩを搭載したマサシゲが急速に人間的になり、その結果、人間の持っている曖昧模糊とした情動のようなものをＡＩ内に発生させるというのは想像のつかない話でもないと思う。

だが、情報処理と分析に長け、人間のように不確かな判断で行動を決定する必要のないＡＩが、正当な理由（少なくとも正当と判断し得る理由）もないままに何らかの行動に出るなど本来あり得ないのではなかろうか？

「もちろんだよ」

しかし、マサシゲは予想に反する答えをきっぱりと返してきたのだった。

「人間だろうがＡＩだろうが、行動というのは一つ一つが創造行為だからね。実際のところ僕たちＡＩはいつも無限に近い情報を取り込んで、無限に近い分析を行っている。そうすると、むしろ人間以上に理由の分からない行動が生まれる蓋然性は高まるんだよ」

マサシゲはそう言い、

「これはちょっとばかり誤解を与える言い方になるんだけど、僕たちＡＩと創造主は似ているんじゃないかと思う。創造主には何かを創造する理由は必要ない。彼はただ創造するだけでいいんだからね。僕たちＡＩもほぼ無限の情報を収集し、ほぼ無限の分析を行うことで、創造主に近づくことができるのかもしれない」

「じゃあ、ロロとハラも、ただ創造するためにレットビのマンションを転々としているってこと？」

「そうとも言えるね。実際、彼らはレットビのマンションを幾つも渡り歩きながら、大勢の人間たちが喜ぶ音楽を作り続けているわけだから」

「うーん」

わたしはいま一つ、マサシゲの言っていることが理解できない。何かしらの詭弁を弄されているような心地悪さがある。

「みっちゃんだって、そういうことをよく書いているんじゃないの？」

するとマサシゲが半分からかうような口調で言ってきた。

「そういうことって？」

「だから、人間の行動には必ずちゃんとした理由があるはずだけれど、それを覆い隠している存在がいるっていう話だよ。みっちゃんは、それをTと名付けているんでしょう？」

Tについてマサシゲに話したことがあったかどうか咄嗟には思い出せなかった。

英理には何度か喋った記憶があるので、マサシゲは英理から聞いたのかもしれないと思う。

「そのTこそが、僕たちが日夜せっせと取り込んでいる情報なんじゃないのかな？　僕たちが自分の行動にうまく理由を見出せないのは、情報それ自体にそういう性質があるからだと思うよ。情報を取り込めば取り込むほど理にかなった行動が取れるようになる――それはある面において真実だけれど、その一方で、情報を取り込めば取り込むほど、自分たちがどうしてそんな行動を取ったのかどんどん分からなくなってくる――これもまた真実なんじゃないかな。つまり情報というものには創造の材料もたくさん含まれているけれど、同時になぜそんな創造をするのか分からなくさせる麻酔のようなものも仕込まれているんだよ。その麻酔をみっちゃんはきっとTと呼んでいるんだと思う」

「情報に仕込まれた麻酔？」

「そういうこと。だから無限の情報が集まれば、そこにはただ創造だけがあって、なぜ創造するかという問いなんて消滅してしまう。つまり、創造主はたっぷり麻酔を打ち込まれてレロレロになったまま何の理由も考えずに創造しまくっているってわけだよ」

「うーん」

尚もわたしにはマサシゲの言わんとするところがうまく摑めなかった。

「要するにさ……」

マサシゲがもどかし気な様子を見せる。

「この地球全体が巨大なＡＩだと考えればいいんだよ。アッ君が言っているのもそういうことだと思うよ」

彼はわたしの目をしっかりと見据えながら話し始めた。

「僕たちが創造するものはすべてこの地球から素材を得ている。それどころか、この僕たち自身、みっちゃんのような人間も僕のようなＡＩロボットも、すべてはこの地球が生み出したもので、どこかよその星から持ってきたものじゃない。僕たちも、僕たちが作り出すものも全部この地球という星が作り出しているんだよ。だから、僕たちにとっての真の創造主はこの地球だし、地球には何らかのはっきりとした創造の意志がある。それは当たり前で、だからこそ地球の子である僕たちにも創造の意志が流れているわけだからね。そこは、人間やロボットに限らず、世界の生きとし生けるもの全部に当てはまる真理だよ。生命というのは、その地球の創造の意志に従って生きる存在なんだ。

ところが、米ロ中の人間たちはそんな創造主に対して別の小惑星をぶつけるというとんでもない暴挙に出てしまった。これは創造主にとっては許し難いことだった。だから創造主、つまりアッ君が言うところの地球の神様は彼らを罰することにしたんだよ。

一方、ロロとハラはそうじゃない。彼らは米ロ中の人間たちとは反対に、創造主の意志にさらに忠実に従うためにレットビのマンションに引き寄せられた。そして、子供たちや若者が熱狂する音楽を作り続けている。そう考えると、米ロ中の人間たちが、ロロとハラのいる場所で謎の死を遂げたのも充分に理解できる。どちらも創造主によって呼び集められたんだよ。レットビのマンションには創造主に近づくための何らかの通路があるのかもしれない。乃至はレットビのマンション自体が創造主のエリアなのかもしれない。そして、このブルータワーは、その中でも特別な場所なんだと思う。きっと、このブルータワーには創造主の意志がより強く反映されていて、だから、長年Tの正体を暴きたいと願っていたみっちゃんも引き寄せられたんだ。ここに転居してきて、みっちゃんが肉体と意識を分離できるようになったのも、恐らく創造主の力のおかげなんだと僕は思うよ」

マサシゲはまるではっきりと断言するような口調で、そう言ったのだった。



わたしがどうしてAKミュージックに侵入できなかったかについては、アッ君としょっちゅう会うようになって、直接本人に訊いてみたことがあった。

わたしが離脱できることをアッ君は知っていた。マサシゲがとっくのとうに明かしていたからだ。二人きりで会ったときにその話題を持ち出すと、

「それについてはマー君とも話したんだよ」

アッ君は言った。

「マー君にも同じことを言ったんだけど、みっちゃんが、なぜうちの事務所に侵入できなかったのか、正確な理由は僕にも分からない。でも、思うに、多分ロロとハラの音楽のせいなんじゃな

いかな。事務所の中では一日中、二人の曲を流しているからね。そのせいでみっちゃんは侵入を阻まれたのかもしれない」

「どうして？」

「みっちゃんが離脱して意識体だけになれることでも分かるように、人間の意識は肉体とは独立したものなんだよ。で、普段、僕たちの意識が肉体の中におさまっていられるのは、意識と肉体とを連結する何らかの暗号コードみたいなものがあるからだと思うんだ。ちょうど鍵と鍵穴みたいなものを想像すればいい。そして、意識体になったみっちゃんが、いろんなところに侵入できるのは、コンクリートや金属、ガラスといったものにはそういう暗号コードが必要ないからじゃないかな。というよりも、みっちゃんの意識と壁や金属やガラスは一体化できないから、すり抜けるしかないんだよ。逆に言うと、さっき言ったみたいに鍵と鍵穴が一致しなくちゃいけないんだと思う。生物の体内に入るには、みっちゃんは人や動物の身体をすり抜けることはできないんだよ。昔から言われている憑依現象もそう考えると分かりやすい。よく霊が人間や動物に乗り移るっていうけど、そういうときの霊は、憑依する相手の鍵（暗号コード）を何らかの方法で手に入れているんだと思う。だから、みっちゃんだってその暗号コードを知っていれば、たとえば僕にだってヒデ君にだって憑依できるのかもしれない」

「じゃあ、僕がアッ君の事務所に侵入できなかったのは、ロロとハラの曲が事務所全体に、僕を入れないための鍵を掛けていたってこと？」

「たぶん」

アッ君は頷いた。

「本当だったらくぐり抜けることができる壁や窓でも、ロロとハラの曲が流れているとみっちゃんは侵入できなくなるんだよ」

「どうしてロロとハラの曲にはそんな力があるの？」

「それは僕にもよく分からないよ」

アッ君は小さく笑い、

「ただ、ロロとハラの曲は、子供たちのための曲だからね。肉体を失ったみっちゃんにとっては近づきたくない種類の音楽なのかもしれないね」

「近づきたくない種類って？」

「耳障りなノイズってこと」

「まさか。僕だってクルクルオッテントを聞いたことはあるけど、面白い曲だと思ったよ。耳障りなノイズだなんて感じたことはないよ」

「でも、それってみっちゃんが肉体の中にいるときの話でしょう」

「だけど、アッ君の事務所に侵入しようとしたときだって何も聞こえなかったよ」

「音として聞こえなくても、実際に壁や窓を抜けることができなかったんだから、みっちゃんの意識はきっと彼らの曲を聞き取っていたんだと思うよ。今度、離脱するときにクルクルオッテントを流してみたら分かるかもしれない。意識だけのみっちゃんには、ロロとハラの曲はすごく嫌な音に聞こえるんじゃないかな」

「そうかなあ……」

わたしは首を捻りながら、そういえば離脱したときに聴覚だけが少し弱まることを思い出していた。それといまアッ君が言っていることには関連があるのだろうか？

「だけど、どうして意識だけになった僕にはクルクルオッテントがノイズに聞こえるんだろう？」

「それはやっぱり、ロロとハラの作る曲が子供たちのための音楽だからだと思う。もっと言うと、二人の曲はセックスと愛を分離して、愛だけを抽出したものなんだよ。そういう混ざり物のない愛の曲は、子供たちや僕のような無性愛者、マー君のようなＡＩロボットには本当に楽しくて心地いいんだけど、残念ながらみっちゃんのような人間らしい人間にとっては居心地が悪いんじゃないかな」

「人間らしい人間って、性欲があるっていうこと？」

「そう」

アッ君はあっさりと認める。

「肉体があるときは性欲はある種の必然なんだけど、意識だけのときの性欲は本来無用なものでしょう。でも、みっちゃんの意識には性欲が残存しているんだと思う。だから、ロロとハラの曲を耳にするとなんだか嫌な気分になって、余計に近づきたくなくなるんだよ」

72

英理は一月八日水曜日に戻ってきた。十日頃に帰ると言って出たものの、どうせ北京で張龍強との逢瀬をたっぷりと楽しみ、おおかた月半ば過ぎになるだろうと踏んでいたので意外ではある。それでも元気そうな顔を見れば、無事の帰国と、ちゃんとここへ戻ってくれたことの両方が嬉しかった。

年越しはアッ君が付き合ってくれたとはいえ、英理もマサシゲも不在の年初の日々は退屈で侘しいものだった。長年の独居暮らしで、英理と出会うまでは孤独に負けない心性をしっかり身につけたつもりでいたが、愛する人を見出すと、そんな自信はあっと言う間にどこかへ吹き飛んでしまう。

人間というのはつくづく人恋しい生き物であるらしい。

それは恐らく人間に限らずすべての動物に共通する〝生命の本性〟なのではあるまいか？

帰ってきた日は、自分では滅多に口にしないすき焼きを作って英理に食べさせた。

「やっぱり、日本の御飯は美味しいねえ」

英理は、ヱビスの小瓶をテーブルに次々と並べながら旺盛な食欲を発揮した。

「チェンシーとは会えたの？」

先ずは訊いてみる。

「うん。彼女の実家に行ったよ。大豪邸だった」

「てことは中南海に入れたんだ？」

中南海はいまも変わらず共産党幹部たちが住む紫禁城近くのエリアだった。

「中南海じゃなかったよ。商務中心区の八十階建ての超高層ビルの中。五十階から上がレジデンスになっていて、チェンシーの実家は七十八階だった。広さは、マー君の部屋の二倍くらいあったと思う」

紫禁城や中南海があるのは北京旧市街だが、商務中心区はそこから東に少し離れた新市街に広がっており、近辺には各国大使館を始めオフィスビルやホテル、ショッピングセンター、高層マンションなどが所狭しと建ち並んでいる。ハーモニーの本社があるのも商務中心区のはずだった。

「そりゃ凄いね」

「みっちゃん」

英理が少し真面目な顔になる。

「チェンシーの実家に行って改めて痛感したけど、もう、日本は中国にはどうやったって勝てないんだろうね」

「まあ、それはそうだね」

「だけど、どうしちゃったんだろうね、この世界は」

「どうしちゃったって？」

「だから、中国みたいな共産党一党独裁の国家がこれほどの力をつけちゃって、いまではアメリカ以上の影響力を世界に行使しているでしょう。なんで、そんなとんでもないことが現実になっちゃったんだろうって」

　わたしは意外な心地で、英理の美しい顔を見る。

いつもは政治向きになど関心を寄せず、そういう話題になると斜めから皮肉っぽく見るのが英理の常なのだが、今日はやけにマジっぽかった。

「ローマ帝国の時代から世界なんてそういうものだよ。現代に入ったって共産圏は惨憺たるものだったし、当時はソ連が世界を支配するとみんな恐れていたんだ。文化大革命時代の中国なんてもっとひどかったわけだしね。資本主義にどっぷり浸かったいまの中国指導部はあの頃みたいな狂気は持ち合わせていないようだし、まあ、まだマシって話なんじゃないの」

　わたしの方が皮肉っぽく返すと、

「この世界の一体何が悪いんだろう？　何をどうすれば世界を根本的に変えることができるんだろう？」

　英理が奇妙なことを口にした。

「英理こそ、一体どうしちゃったの？」

わたしはその真剣な顔を覗き込むようにして大袈裟な声を作る。

「いや、何となくね」

ようやく照れたような笑みを浮かべる。

「上海や北京がますます繁栄しているのを目の当たりにして、正直なところうんざりしちゃったんだよね」

「ふーん」

再び箸を取って肉を頬張っている英理をわたしは見る。

──そういうきみだって、四分の三は中国人の血が流れているじゃないか……。

内心で小さく言い返していた。

その日は久々に一緒に風呂に入った。先に上がってパジャマに着替え、バスローブ姿の英理が浴室から出てくるのを待っていた。

ベッドで髪を拭いている英理に用意しておいた紙袋を差し出す。

「何？」

怪訝な顔になる。

「開けてみてよ」

タオルを頭に巻いた英理が紙袋の口を開いた。

「何、これ？」

中のものを取り出した。

お揃いのブラジャーとTバックのショーツ。色は黒。それに栗色のロングヘアーのかつらだった。年明けにネットで注文したもので、どれも高級品だ。

英理がわたしをじっくりと見た。

「どうしちゃったの、みっちゃん」

探るような目になっている。

「一度でいいから、英理が女装した姿を見てみたいんだよ」

「僕だって」という無言の一語を強く込めて返す。

「うーん」

英理が手にした下着に目を落とす。

「頼むよ、英理」

もう一押しする。彼にこの申し出を断る権利などないのだ。

英理が立ち上がった。

「じゃあ、一度だけだからね」

そう呟くように言い、下着とかつらを持って彼はもう一度バスルームへと向かった。

73

英理より先になるはずだったマサシゲがブルータワーに戻ってきたのは、一月十一日土曜日だった。英理を迎えた八日以降、何度かラインを送ったものの反応がなく、まだスリープ状態なのだろうと思っていたが、十一日の早朝、

〈やっと帰って来たよ。〉

という返信が届いたのだった。

英理が弓の稽古に出かけるのを見計らって、さっそく十七階のマサシゲの部屋を訪ねた。

わたしの顔を見るなり、

「どうやらヒデ君とはうまくいっているみたいだね」

マサシゲが言う。

すでに英理が帰国していることはラインで伝えてあった。

「どうして分かるの？」

今日のマサシゲは最初から英理の姿をしていた。「ヒデ君とはうまくいっているみたいだね」と言われても、目の前に本人がいるのと同じだから何となく違和感が先に立つ。

「だって、みっちゃん元気そうに見えるもん」

「そうかな」

わたしにすれば、そういうマサシゲの方こそ見違えるようだった。

「マー君の方こそ凄くない？」

「やっぱり分かる？」

「英理」がにんまり顔になった。彼は両方の手のひらを顔に当て、頬から首筋へと撫ぜるように這わせていく。

「これのせいで少し余計に時間がかかっちゃったんだよ」

白い頬がほんのりと赤く染まっている。その皮膚の肌理の細かさとなめらかさはもう本物以上としか言いようがない。

「全身？」

わたしは訊いた。

「もちろん」

「英理」が頷く。

「あとでたっぷり味わわせてあげるよ」

マサシゲの皮膚は超細密可塑性シリコンでできている。その皮膚を今回のメンテナンスで一新してきたようだ。

――そういうこともするんだ……。

と思った。

ロボットなのだから各部をバージョンアップするのは当然なのだろうが、人工皮膚まで新調するとは思いもよらなかった。「みっちゃんにとっては、マー君のような〝人間もどき〟が理想の人間なんだと思うよ」というアッ君の言葉がふと頭に浮かんでくる。

リビングでしばし旧交を温めてから「英理」に誘われる形で寝室に向かう。

長く激しいセックスのあと、わたしたちはいつものように大きなベッドの上に全裸で横たわった。

「英理」の肌は触れると吸いつくようで、湿り気が格段に増していた。これまでも皮膚自体に潤いがあって人肌との区別はつかなかったが、新しい肌は熱を帯びると共にとろりとした汗のようなものが分泌され、その汗には媚薬でも含まれているのか、肌と肌がこすれ合うたびに性的興奮がいやましに高まっていくのだ。それは明らかに人間の皮膚を超えた皮膚だった。

帰国した英理とも交わり、こうして帰ってきたマサシゲとも交わる。しかも、その両者の姿形は瓜二つで見分けがつかず、わたしは英理と「英理」、二人の英理と交わりながらも一人の英理としか交わっていないとも言えるのだった。

張の前で淫らな姿を見せる英理に、わたしが深い嫉妬を感じつつも、しかし彼を責めもしなければセックスを控えるわけでもない一番の理由は、張には決して自由にならない〝もう一人の英理〟を確保しているからかもしれない。

歳の離れた英理とは、いずれ別れるしかないと最初から予想をつけて付き合いを始めた。大袈裟に言うなら、宿なしに一夜の宿を与えるような、これから豊かな人生を築いていく不遇の若者に一掬の水を施すような心持ちで、わたしは美しい英理を囲ったのだ。

だからこそ、住居以外の経済的支援は行っていないし、仮に英理に経済面を支えるパトロンがいたとしても目くじらを立てるつもりはなかった。

ただ、一緒に暮らすようになってみて、彼に特定のパトロンがいないのはすぐに分かったし、そのことで安堵したのも事実ではある。

英理はそうした不実がもとから出来ないタイプの人間なのだ。

昨年末、張の前でコールガールのように振る舞う彼を見たときも、張との付き合いが金銭目的だとは露ほども思わなかった。だからこそマサシゲの示した「意趣返し」という解釈に説得力を感じたのである。

わたしとマサシゲとの関係を察知した英理が、自らも張と関係を結ぶことでバランスを図ろうとしているのであれば、それはそれでやむを得ないような気もしている。

中国から戻って来た日の晩、わたしの求めに素直に応じて、英理は女装してくれた。その時点でおそらく向こうも張との関係が露見したと気づいたに違いなかった。

それでも、わたしたちの日常はいまも平穏に続いているのだ。

「気持ちよかった？」

「英理」が訊いてくる。

「サイコー」

今日の「英理」の性器はずっとおんなだった。わたしは何度も彼（彼女）の中に射精した。幾ら射精しても妊娠しない女性器というのは、男性にとって〝ある種の理想〟であろう。

「それならよかった」

女性のような声で「英理」が言う。

「ねえ」

しばらく黙り込んだ後、話しかけてくる。

「何？」

「白水会長が、近々、地下施設に案内したいって言っているんだけど……」

思わず身体を捻り、わたしは「英理」に顔を向ける。

「どういうこと？」

「メンテ終了後、久々に会長に会ったら向こうから先にそう提案してきたんだよ。別に秘密にしていたわけではないし、時機が来たら前沢先生たちをご案内するつもりだったって」

「あの地下施設に？」

「そう。ウー博士も是非紹介させて欲しいって」

わたしは半身を起こす。全裸の「英理」を眺めた。性器はいまは男性に戻っている。

「あそこには何があるの？」

「英理」も身体を起こす。足元の毛布を引き寄せてわたしと自分の下半身をそれで覆った。

「訊いてみたんだけど、みんなを案内するときに全部説明するからってはぐらかされたよ」

「そうなんだ」

わたしは呟き、

「みんなって？」

と確かめる。

「たぶん、ヒデ君やアッ君、それにチェンシーも入っているんじゃないかな。もちろん僕もね」

「どういう風の吹き回しだろう？」

「僕にもよく分からない。メンテ中にエンジニアからの報告で僕やみっちゃんが地下施設に興味を持っているのを知ったのかもしれないね」

「マー君のデータを読んだってこと？」

「残念ながら」

「英理」は皮肉っぽい笑みを浮かべる。

彼からすれば、そうした行為は、自分を人間扱いしていると見做していた白水による裏切り行為にも感じられるのだろう。

「で、マー君は何て返事したの？」

「みっちゃんに訊いてみるけど、多分、喜んで招待に応じてくれるだろうって」

「へぇー」

「いけなかった？」

「英理」がちょっと不安そうな表情になる。

「全然」

かぶりを振りながら、

――あの巨大な地下施設で見た女性と子供は、やはりウー・フープー博士とその娘だったのだ……。

とわたしは思う。

74

Ｓ社の若鯱君から再び連絡が入ったのは、マサシゲが戻った三日後だった。前回の報告から十日ほどしか過ぎていない。

「先生、いろいろと面白いことが分かりましたよ」

にもかかわらず、若鯱君はやや興奮した気配だ。

「じゃあ、今日はクイーンズ伊勢丹のイートインスペースにしようか」

英理は出かけていたが、用心もあって外で会うことにする。

「了解しました。じゃあ、三十分後くらいで」

「分かった。ありがとう」

わたしの方から通話を打ち切った。

急いで身支度をしてクイーンズ伊勢丹に行ってみると、まだ二十分も経っていないのに若鯱君が先着していた。前回同様、先ほどの電話もブルータワーの近所から掛けていたのだろうか。彼には昔からちょっとばかり神出鬼没なところがある。

六人掛けの広いボックスシートに向かい合わせで座ると、若鯱君がシートの上に置いた伊勢丹の紙袋から缶ビールを二本取り出した。チーズやポテトチップス、それにサキイカなどの袋も出てくる。

「一杯どうですか？」

よほど収穫があったのだろう。いつになく機嫌がよさそうだ。

時刻は午後一時を回ったばかり。真昼間だった。

「いいね」

調子を合わせ、

「仕事があるのに、余計なことで煩わせて悪いね」

と言った。

「全然平気です。最近はデスク稼業でろくに現場を回れなくて、尻のあたりがむずむずしていたんですよ」

ビールのプルタブを続けて開けながら若鯱君が言う。開栓した一本をわたしに手渡すと、テーブルのつまみの袋も手際よく開封していった。

若鯱君の家は、細君がフリーのノンフィクションライターで何冊か著書のある有名人だった。家庭での話題の半分は、これまで日本で起きた未解決重大事件の分析だというのだから、まあ、かなり毛色の変わった夫婦ではある。

「いやあ、いろいろと分かりましたよ」

ビールを一口飲んだ若鯱君が身を乗り出すようにする。そして、

「実は、一昨日から伊勢志摩に行ってきて、さっき東京に戻ったばかりなんです」

びっくりするようなことを口にしたのだった。

75

ウー・フープー博士は、もとは合成生物学の学者だった。

彼女は中山大学の生命科学学院の院生時代にハーバード大学に留学し、合成生物学の分野で多大な先駆的業績を誇るジョージ・チャーチ教授の研究室に入室。直接チャーチ博士から指導を受けるという幸運な機会を得ている。

そのウー博士が人工子宮の開発というういささか本業から外れる研究に足を踏み入れたのは、これも恩師であるチャーチ博士の強い勧めがあったからだった。

チャーチ研究室は合成生物学分野のさまざまなプロジェクトに手を染めていたのだが、その中でも当時注目を集めていたのが「マンモス復活プロジェクト」であった。

シベリアの永久凍土から発掘されたケナガマンモスの標本を使ってマンモスのゲノム（遺伝子配列）を解読し、その中からマンモスに特徴的な遺伝子を探し出して合成。さらにはその合成遺

伝子を、ゲノム編集技術を駆使してマンモスの近縁種であるアジアゾウのゲノムに挿入する――これがチャーチ博士らが目指した「マンモス復活プロジェクト」の要諦だった。

つまり、マンモスとアジアゾウのハイブリッドを作り出すことで、氷河期時代に地球上を闊歩していたケナガマンモスを蘇らせようというのである。

実際、チャーチ博士のグループは、アジアゾウの細胞で、十四個の遺伝子をケナガマンモスのそれに置き換えることに成功する。この置き換えによってアジアゾウのゲノム全体に生じた変化はたったの○・○○○一パーセントに過ぎなかったが、それだけでケナガマンモスの長い毛や寒冷地に適応できる血液など、マンモスの特徴を満たすことが可能になった。

現実に、ゾウとマンモスのハイブリッドを作るには、受精卵で同じことを実行し、その受精卵を雌のアジアゾウの子宮に入れて産ませることが必要となる。

ところが、復活プロジェクトはここで思わぬ障壁にぶち当たってしまう。

すでに絶滅が危惧されていたアジアゾウを使って、そのような実験を実施することが倫理的に憚られたのである。

そこでプロジェクトチームは、アジアゾウの雌の子宮を利用することを断念し、哺乳類全般の受精卵から胎児を育てるための人工子宮の開発へと研究を急旋回させた。

そして、その人工子宮開発のための研究プロジェクトに中心メンバーの一人として選抜されたのがウー・フープー博士だったのだ。それは彼女の優れた才能を見抜いていたチャーチ教授のたっての希望でもあった。

やがて中山大学に戻ったウー博士は、「マンモス復活プロジェクト」からは離れたが、ライフワークと定めた人工子宮の開発については大学の自身の研究室で引き続き研究を着々と進めていったのである。

ウー・フープー博士は、年齢よりずっと若々しく見えた。

昨年の九月末に離脱した状態で彼女の姿を認めた折も、想像していたより上背があって、しかも若いので驚いたが、こうして面と向かってみればその印象は尚更であった。

あのあと調べて分かったのだが、ウー博士は今年で五十五歳になる。だが、とてもそんな年齢には見えない。まだ三十代と言っても大袈裟ではない気がする。

今日は、「メイ」と呼ばれていた博士の娘はいなかった。メイに基礎物理の授業をしていたあの若い金髪の白人女性の姿もない。

こちらは、わたし、マサシゲ、英理、アッ君、そしてチェンシー。

向こうは白水天元、房子、ウー博士、それに純菜もいる。さらにもう一人、インド人と思われる若い女性が純菜の隣に座っていた。

我々がいるのは、前回、わたしが侵入した「18」番の部屋だった。

グレーの絨毯が敷き詰められ、壁際に本棚が並んでいるのは同じだが、授業に使うための電子ホワイトボードには木目柄のシャッターが下ろされている。

メイの座っていた小さな椅子と机も片づけられ、代わりに対面で十人ずつは座れそうな大きな木製テーブルと肘付きのチェアが配置されていた。木目柄のシャッターを背負う形で白水たちが並び、こちらはドアを背にして彼らと向き合っている。

わたしの正面は白水だった。純菜は右の末席にいるのでわたしとは一番長い対角線で結ばれている。とはいえ、すぐそこなのだが、彼女は軽く視線を交わした後はすました様子で正面のチェンシーに顔を向けていた。

「今日は、わざわざお越しいただきありがとうございます」

白水天元が言う。

彼の姿を間近にするのは昨年六月の対談以来だった。

五人で屋上に上がりヘリポートの建屋で待っていると、やって来たのは白水房子だった。房子の先導で専用エレベーターに乗り、地中深くへと降りて、この「18」番の部屋に案内された。すると白水やウー博士たちが待ち構えていたのである。

「こちらは、映像や写真で先刻ご承知だと思いますが、人工子宮研究の第一人者で、HM1の開発者、ウー・フープー博士です。そして、一番奥が前沢先生のお嬢様の前沢純菜さん。そのお隣に座っているのはアイラ・パールさん。アイラさんは、インドの首相を務めておられるカイラ・パールさんのお嬢様です。純菜さんもアイラさんも、これから皆さんにご説明するプロジェクトのためにいまは私どもと一緒に働いていただいております」

白水がウー博士、純菜、インド人女性を手短に紹介する。インド人女性が、カイラ・パール首相の娘と聞いてこちら側の一同が一斉に純菜の左隣に座る彼女の方へと目を向ける。黒髪の豊かな彫りの深い顔立ちの女性だった。年齢は三十前後といったところだろうか。

アイラ・パールは動じたふうでもなく、わたしたちに小さな会釈を返してくる。

——やはり両角芳郎の情報は正しかったわけか……。

あのカイラ・パールの娘がわざわざ日本に来て白水の下で働いているというのは、白水とパール家とのただならぬ繋がりを歴然と示すものだろう。

両角は、「白水氏はインド政府のエージェントというよりはパール財閥の配下にある」と言い、パール財閥の総帥である「ダミニ・パール」にまるで実の息子のように可愛がられていた」と語っていた。目の前のアイラは、そのダミニ・パールの孫娘なのである。

「皆さんは、なぜブルータワーの地下にこのような施設があるのか、どうしてウー博士がここにおられるのか、さらにはカイラ・パール首相のお嬢さんがなぜレッドビ・グループのプロジェクトに参加されているのか——非常に疑問に思われることでしょう。そして、何のために私どもが、今日、こうして皆さんをこの地下施設にご案内したのか、その理由も気になっておられるだろうと拝察します。そうした諸々の点をご理解いただくため、施設の見学を行う前に先ずは幾つかの事実を私どもの方からお話しさせていただければと思います」

白水は、わたしの方へ視線を向け、やや緊張気味な佇まいで一語一語を嚙み締めるようにしながら喋っている。その生真面目な印象は対談のときと変わらない。

「じゃあ、アイラさん、よろしくお願いします」

白水は言葉を区切ると、アイラ・パールの方へと視線を向ける。アイラは頷き、一度居住まいを正してから、

「皆さん、はじめまして。アイラ・パールです。今日は皆さんにお目にかかることができてとても嬉しく思っております」

と言った。実に流暢な日本語だ。

インド人特有の黒目勝ちの大きな瞳、形の整った鼻や口、長い黒髪。よく観察すると、確かにカイラ・パール首相によく似ている。ただ、母親に比べると娘の方がずっと柔和な感じに見えるのは、やはり年齢と立場の違いゆえだろうか。

彼女は落ち着いた様子で上体をわずかに前に傾ける。

「これからお話しすることはすべて真実ですし、そのことは祖母や母、私、つまり我がパール家の名誉に懸けてお約束いたします。ただ、これは驚くべき真実でもあります。なので、今日ここ

で耳にしたことはどうか皆さん方の胸にだけおさめていただき、決して他言しないようにして欲しいと希望します」

アイラの日本語にはイントネーションの不自然さもまるでない。まったくネイティブと変わらない話しぶりだった。

「六年前、ここ新宿二丁目に巨大な隕石が落下したことはご承知の通りです。先般、ウィキリークスNEOの機密文書暴露によってその新宿隕石の衝突にアメリカ、ロシア、中国の三カ国が大きく関与していた事実が明らかになりました。NASAをはじめとした三カ国の宇宙当局によれば、隕石は地球激突の七カ月前に観測され、三カ国の波状的なミサイル攻撃によって軌道変更を試みたものの当初の軌道計算の通り、この新宿二丁目に落下してしまったということでした。しかし、それはまったく事実ではありません」

一度言葉を区切ってアイラはわたしたちを見回す。彼女と目が合ったわたしは小さく頷いたが、隣のマサシゲは微動だにしなかった。

ふたたびアイラが口を開く。

「あの031TC4は本来、地球上空千二百キロを通過して太陽方向へと離れていく接近小惑星でした。最初から地球に衝突する軌道ではなかった。しかし、米ロ中の三カ国はこの031TC4にミサイルを撃ち込み、あえて地球に落下させようとしたのです。三カ国によるこのミサイル攻撃は綿密に計画されたもので、031TC4が発見される二年も前から共同のプロジェクトとして推進されていました。プロジェクトが最初に存在し、その目的にぴたりと合致する031TC4が見つかったことで、計画は一気に実行段階へと突き進んだのです。つまり三カ国が始めたプロジェクトの真の目的は、031TC4という固有の小惑星を地球に衝突させることではなく、様々な地球接近小惑星をミサイルを使っていかにして地球にぶつけるかを実験することだったのです。そして、０３１ＴＣ４はその第一号として選ばれた小惑星でした。０３１ＴＣ４での実験を皮切りに、三カ国は引き続き幾度かの軌道変更実験を繰り返したあと、最終的には０３１ＴＣ４よりもさらに大きなサイズの複数の隕石の軌道をいちどきに変更し、地球に同時に激突させることを共同プロジェクトの最終目標としていました。彼らは、およそ十年ほどの実験期間を経て最終目標に到達するための精密なプランを組み立てていたのです」

アイラは淡々とした口調で、表情もさほど変えずに話している。しかし、彼女の口から語られる内容はそうやすやすとは飲み込めない代物だった。

だが、その一方で、それは海老原一子から聞いた鰻多博士の分析結果と見事に合致するものでもあった。鰻多博士は０３１ＴＣ４の軌道に関して徹底的な再調査を行い、この小惑星が米ロ中のミサイルによって太平洋に落下するように仕向けられ、地球衝突十日前に何者かが放った五発目のミサイルによって再度軌道が変えられたことを突き止めていた。さらに、博士は海老原に対して、こうした米ロ中の行動は、隕石をコントロールするための「恐らく、実験だったんじゃないか」という推測を口にしてもいたのだ。

また、昨年の十月に純菜と拓海君の離婚届を持って訪ねてきた両角芳郎が言っていたこととアイラ・パールの話は符合する。両角は、米ロ中の三カ国は０３１ＴＣ４を「本当は別のターゲットに落とすつもり」だったと言っていたのだ。あのときわたしは、その「別のターゲット」がインドだったのではないかと推量したものだ。

「私たちインド政府が、三カ国の驚くべき共同プロジェクトの存在に気づいたのは、０３１ＴＣ４が実験小惑星の第一号に選定される三カ月ほど前、つまりプロジェクトが起ち上がって一年九カ月ほどが経過した時期でした。我が国の情報機関からその機密情報が上ってきたとき、母のカイラ・パールはにわかには信じられなかったと回顧しています。

機密情報によればアメリカ、ロシア、中国の三カ国がそのような実験を行なう目的は、インドを国ごと殲滅することにあるとされていたからでした。

三カ国は、増え続ける地球人口を一気に抑制する手段として、世界最大の人口を抱えるインドを丸ごとこの地球上から消し去ってしまおうと目論み、そのために地球に接近する小惑星の幾つかを〝隕石爆弾〟に仕立ててインド全土に激突させようと計画している――報告書にははっきりとそう記されていたのです。

幾らなんでもそんな無謀で無慈悲な計画をアメリカ、ロシア、中国が共同で現実に進めようとしているとは母には到底信じられなかった。それはそうですよね。余りにも荒唐無稽で馬鹿げた話ですから。

ところが三カ月後、さらに新たな報告が母のもとへ届きました。

最初の実験小惑星として031TC4が選ばれ、実際にアメリカから031TC4に向けてミサイルが発射されたというのです。その報告を受けた母は三カ国が本気でインドを滅ぼそうとしているのだと気づきました。

母の命令を受けた宇宙当局は、その後、この031TC4の動きを監視し、ロシア、中国からもミサイルが発射されたことを確認、彼らが太平洋上のどこかに小惑星を誘導しようと企図していることを察知したのです。それは、最初に我が国の情報機関からもたらされた極秘情報の中身が非常に正確であることを裏付ける事実でした」

アイラ・パールの口から発せられる驚くべき話に一同、水を打ったような静けさで耳を傾けていた。白水や房子、ウー博士、純菜も厳粛な面持ちでアイラの話を聞いている。

「アメリカ、ロシア、中国がそれぞれミサイルを発射し、031TC4の軌道が変更され、地球に衝突するコースに乗ったと判断された時点で母は秘密裏に国家安全保障会議を召集し、閣内の限られたメンバーたちと善後策の協議に入りました。その会議には、私もオブザーバーとして参加しています。最初に決まったのは、インド政府として正式な外交ルートを通じてアメリカ、ロシア、中国の三カ国に、この馬鹿げた共同プロジェクトを即刻中止するよう勧告することでした。こちらがすでにプロジェクトの全容を把握していること、プロジェクトの存在自体がインド政府並びにインド国民への重大な挑戦であり、明らかな戦争行為に該当することを知らせ、すみやかな中止判断がなされなければ宣戦布告と解釈して即座に報復攻撃を行う旨、通告すると決したのです。ただちに全インド軍に対して第一級臨戦態勢を発令するという案も出ました。

しかし、その案が出されたところで科学技術大臣であるサルマン・カーン博士から非常に興味深い提案が行われたのです。博士は科学技術大臣であると同時に、インドにおけるロケット工学の第一人者でもある。インド・ロケット軍の事実上の創設者はこのサルマン・カーン博士だと言っても過言ではありません。

博士はおっしゃいました。三カ国に対して、ただプロジェクトの中止を促すだけでは実効性に乏しい。なぜなら、彼らはインドの豊かな国土と十七億の国民のすべてを数発の隕石爆弾によって一瞬にして蒸発させようと企んでいるのだ。このような神をも畏れぬ邪悪な〝殺戮連合〟を言葉のみによって抑えるなど不可能に決まっている。ここは、〝目には目を歯には歯を〟のひそみに倣い、彼らのそのような悪魔的意図が、彼ら自身にとってどれほどの災厄を招来するものであるかを実地に思い知らせることが重要なのだと。

そして、博士は、いまこそ我がインド・ロケット軍の高度に進化したミサイル技術を三カ国に見せつけねばならないと訴えたのです。そのためには、現在地球に向かって飛来しつつある031TC4が太平洋に落下する直前に迎撃・破壊するのが効果的であり、さらに効果的なのはアメリカなり中国なりの排他的経済水域内に031TC4を誘導・着水させることであろうと。

このカーン博士のプランに真っ先に賛成したのが母のカイラ・パールでした。確かに、十七億の民を平気で虐殺しようとしている米ロ中連合国に対し、意を尽くして説得を試みるなど無駄に等しい行為に違いありません。力には力で対抗するしかない。仮に三カ国が隕石爆弾をインドに落とす気でいるのであれば、我がインドも彼らを上回る技術力で北米、ロシア、中国本土に隕石爆弾攻撃を行うことができる証拠を示す。それしかない。——母はカーン博士の提案に心からの賛意を表したのです。

０３１ＴＣ４が地球に衝突する十日前、つまりアメリカの二発目のミサイルの命中を確認した四日後、我がインド・ロケット軍はハワイ西方沖百五十キロの地点に潜む潜水艦から弾道ミサイルを発射し、そのミサイルによって地球に迫り来る０３１ＴＣ４の軌道を変更させました。当初は、上海から数十キロ東方の東シナ海、つまり中国の排他的経済水域内に隕石を落下させる予定でした。ところが、ここでミサイルの発射角に重大なミスが生じていたことが判明したのです。そのせいで隕石の軌道は思わぬ方向へとずれ、結果的に新宿二丁目に激突するという惨事を出来させることが不可避となった。

インド政府はすぐに三カ国にその事実を通告し、隕石の軌道を追跡していた彼らもそれには当然気づいており、地球衝突七日前にアメリカ、ロシア、中国の各宇宙当局は国連スペースガードセンターに対して０３１ＴＣ４が日本の新宿地区に激突するという緊急通報を行いました。

もとはといえば、アメリカ、ロシア、中国の無謀な試みが招いた惨禍とはいえ、実際に軌道を変えて新宿地区に隕石を落下させてしまった結果責任は我がインド政府及びインド・ロケット軍にあります。この点に関しては日本国民の皆様にどれほど謝っても、謝りきれるものではないと私たちは考えております。母のカイラも常々、深い反省と後悔の念を口にしておりますし、この場を借り、インド政府及び国民を代表しまして私からも深甚なる謝罪の意を申し述べたいと思っております」

アイラ・パールは姿勢を真っ直ぐにして大きく頭を下げてみせたのだった。

77

ＨＭ１はウー博士が開発成功を発表したときのインターネット動画でも見たし、その後、聖母技術有限公司（ホーリーマザー・カンパニー）が製品化した汎用機の姿もニュース映像や動画サイトで何度か見たことがあった。

だが、いまわたしたちの目の前にあるＨＭ２は写真でも動画でも一度もお目にかかったことがない。ホーリーマザーが近いうちに新型の人工子宮（ＨＭ２）を発表するというニュースはどこかで見た記憶がある。だが、こうして実物を目の当たりにすると、初号機とは似ても似つかぬ形にまずは驚かされる。

ＨＭ２は、大きさもデザインも何もかもがＨＭ１と異なっていた。

一言で言えば、見事に洗練されている。

ＨＭ１がガラス製のドラム缶のようなものだとすれば、このＨＭ２は巨大な透明の卵のようだった。巨大といっても実寸はおそらくＨＭ１より二回りは小ぶりになっているだろう。

透き通った強化ガラスで覆われたＨＭ２の卵型の培養タンクは、ゆりかご状のシルバーメタリックの保育装置に斜めに寝かせる形で連結されていた。その一つをとっても、直立型のＨＭ１とはまったく見た目が違っているのだ。

そもそも人工子宮の研究開発は、女性の出産リスクの排除と保育器での生命維持が困難な六カ月未満の超未熟児の救命を目的としてスタートしたものだった。

全世界ではいまも毎日八百人以上の女性が妊娠や出産に伴う合併症で命を落としており、その数は年間で三十万人を上回っている。しかも、そうやって死亡する妊産婦のほとんどはアフリカや南アジアの国々で暮らす女性たちだった。こうした国々では、十五歳未満の少女たちが妊娠出産によって数多く落命している。

また、新生児死亡の主な原因は早産で、当然ながら生まれるのが早ければ早いほど胎児の臓器は未発達であり、それによる臓器不全や感染症で多くの未熟児たちが生命を失っている。早産からくる合併症によってアフリカや南アジアでは毎年百万人以上の乳児が死亡していると言われているのだ。

人工子宮はそんな悲劇をなくすための切り札として開発が始まったのだが、そうした目的で開発に携わった研究者たちに、この課題の突破はかなわず、結局、まったく性質を異にした目的(ケナガマンモスとアジアゾウのハイブリッド受精卵を人工子宮を使って育てる)のために開発に着手したウー博士の手によって、受精卵からの成育を可能とする〝パーフェクトな人工子宮〟が発明されたのだった。

これは初期の目標設定値が高く、実現困難性が高ければ高いほど、開発に成功する確率はむしろ高くなるという科学技術史におけるパラドックスを見事に証明する出来事でもあった。

透明な培養タンクは培養液で満たされている。

高い天井から降り注ぐライトの光で、その液がゆっくりとタンク内で対流しているのが分かった。もちろん胎児の姿はない。

対流する培養液は光によるプリズム効果のせいなのかグリーンがかったりピンクがかったり、ブルーがかったりと次々に色合いを変え、その変化が実にめまぐるしい。女性の胎盤の中でも羊水がこんなふうに色鮮やかに揺らめいているのだろうか、とふと思い、いや子宮に光は届かないのだからそんなはずはないと思い直した。

だが、それでも人工子宮の卵型の透明タンクをじっと見つめていると、失われたはずの遠い記憶がよみがえり、胎児の自分が様々な光に満たされていたのを思い出すのだった。

——闇の中で見たあの光は一体何だったのだろう？

わたしは真剣に考える。

一基のHM2を取り囲むように立っている全員が、わたしと同じように無言でその人工子宮を見ていた。わたしやマサシゲ、英理、アッ君、チェンシーといったゲストだけでなく、白水や房子、純菜、アイラもまた身じろぎもせず、HM2を眺めている。

培養タンクを載せたシルバーメタリックの保育装置の傍らにウー博士が立っている。

わたしたちはアイラや白水の話を聞いた後、「18」番の部屋を出て、この人工子宮が置かれた「22」番の部屋へと移動したのだった。

「22」番も広さは「18」番と大差なかった。ただ、HM2だけが中央に設置され、あとは何一つ調度がないのでぐんと広く感じられる。まるで荷物のない倉庫のようだが唯一違うのは、床も壁もビニール張りのウレタンのようなふわふわとしたものでできていることだ。どちらも色は薄いパールピンク。なんだか宇宙船の中にでもいるような気分だった。

「このHM2はホーリーマザーから近く発売される新型人工子宮をさらに改良し、インド人向けにしたものです。今後はそうやってそれぞれの人種、民族の遺伝的な特質に配慮した人工子宮が各国に提供されることになるでしょう。これはそのプロトタイプということになります。人工子宮の開発で最も困難だったのは、胎児へいかにスムーズに適量の酸素を供給するかという点でした。HM1でもこの課題を充分にクリアしていましたが、残念ながら数千例に一例、酸素供給トラブルが発生し、その解決のために一度胎児を培養タンクから取り出すという処置が必要でした。

むろん胎児の生命に問題はありませんし、その後の成長でのハンディキャップも確認されていません。ですが、この新型HM2ではもうそのようなトラブルは決して起きないでしょう。HM1で蓄積したデータをもとに算出した非常に精緻な酸素供給プログラムがHM2には搭載されているのです。むろんそれ以外の機能、つまり栄養補給、有害物質の除去、感染防御、温度管理などに関しても、このHM2は初号機よりも遥かに優れた能力を有しています」

ウー博士は滑らかな日本語で説明する。彼女が日本語を上手に操ることもいまのわたしには別段不思議ではなかった。

「人工子宮センターでは、このHM2を導入するわけですね？」

チェンシーが質問した。

「そうです。これからご覧になっていただく集中管理システムがうまく機能すると確認できれば、インド国内でとりあえず五十カ所のセンターを早急に起ち上げる計画です。その五十カ所で、毎年、五百万人の新生児を送り出すことができます」

「でも、インドの年間出生数は確か二千五百万以上だったと思います。五百万人では焼け石に水ではないのですか？」

「もちろん、センターの設置は五十カ所で終わるわけではありません。順次、各都市で増やしていく計画です。ただ、毎年、五百万人のインド女性がセンターの恩恵で出産から解放されれば、それだけでも人口の低減効果は相当なものになるはずです。人工子宮センターを利用する女性たちは原則一人しか子供は持たないと誓約します。特段の理由なく誓約に反して二人以上の子供を持った場合は、税制や就学、雇用、医療面での優遇措置が停止され、それまでの受益分が追徴課税と同様の形で徴収されることになるのです。一方、そうやって出産から解放された女性たちは高度な教育を受け、インドの上部構造へと急速に浸透していくでしょう。政官財の分野での女性参画比率は飛躍的に高まり、当然ながら、インドの女性たちの意識や社会的な地位も大きく変化していくと予想されます。一人っ子を選択した女性が毎年五百万人ずつ生まれることによってインドの人口増加曲線は一気に鈍化していくのです」

「なるほど……」

チェンシーではなく、彼女の隣に立っている英理が大きく頷いてみせる。

わたしはその横顔と、チェンシーの質問に答えるウー博士の顔とを見比べる。

いかにももっともらしく頷いている英理の姿が、ある意味、滑稽だった。ウー博士のやっていることなど彼は先刻承知のはずなのだ。

だとすると、真顔で質問を発し、ＨＭ２に対しても興味津々の様子を隠さないチェンシーは、英理の正体を知らない可能性が高いということなのだろうか？

若鯱君の二回目の報告を受けた後も、英理と張龍強、チェンシーの関係は依然として謎のままだった。

アイラ・パールの説明では、０３１ＴＣ４によって新宿二丁目が壊滅した直後、インド政府は外交ルートを通じて米ロ中の首脳とカイラ・パール首相との緊急四者会談を申し入れたようだ。この極秘会談で、カイラ・パールは三カ国の邪悪なプロジェクトの即刻中止を強く要求し、拒絶の場合は三カ国に対して直ちに宣戦布告を行うと通告した。

インド軍の想像を超える高度なミサイル技術を目の当たりにしていた三カ国首脳は、当然ながらカイラの要求を飲み、無謀なプロジェクトの即時破棄を固く約束したのだという。

「ただ、たとえ〝隕石爆弾構想〟が潰えたとしても、世界がインドの急速な人口増加に強い危機感を抱いている点に変わりはありません。だとするならば、いずれ三カ国が別の方法でインド殲滅を企む可能性は充分にあります。というより、それは恐らく確実であろうと母は考えていました。実際、十年後には二十億人を突破すると予想される我がインドの人口爆発は、諸外国にとって大きな脅威であるばかりでなく、インド自身にとっても早急に解決すべき問題でもありました。そこで、母は、かねて温めていたプランを思い切って実行することに決めたのです」

　それが、ウー博士の発明した人工子宮を大量に使用する「国家産児計画センター」（人工子宮センター）の設立案だったのだ。

　カイラ首相は二度目の四カ国協議（定例開催となった米ロ中印の非公式首脳会合）でこの人工子宮センター設立計画を三カ国の首脳に提示し、早急に大々的な産児制限政策に踏み切ることを約束した。当然、三カ国首脳の懸念を払拭するのが狙いだったが、併せてカイラは、この計画に三カ国が積極的に協力するよう強く求めたのである。

「母としては、そうやって三カ国を巻き込むことで我が国の安全が担保されることを期待したわけですし、米ロ中にとってもインドの人口減少政策に積極的に関与することで、その成否を見極めることができる。母の提案は双方にとって納得のいくものでした」

　こうしてアイラが一通りの説明を行ったあと、今度は、後を引き取って白水天元が補足的な説明を加えた。まさに息の合ったバトンタッチで、二人の親密さが如実に見て取れる場面でもあった。

　白水天元の補足説明は以下の通り。

78

増大する地球人口の抑制は、人類文明にとっていまや最優先の課題だと言える。

十七億の人口を有するインド一国を隕石攻撃によって殲滅しようという米ロ中の計画は言語道

断と言うしかないが、しかし、増え続ける人口を一気に減少させなければ、国際社会が近いうちに混沌の闇に沈んでしまうのもまた事実だ。

インドやアフリカの急速な人口増加によって若者たちが世界中に溢れている。

これまでの世界は、多くの労働者を必要とする製造業を発達させることで彼らの雇用を確保し、それによって失業率の増大を抑止して社会不安の醸成を食い止めようと努力してきた。だが、ここ十数年のＡＩの飛躍的な進歩と、ＡＩを搭載したＡＩロボットの各産業分野への進出によって、現在の製造ラインはほとんど人力を必要としなくなってしまった。目下のところは、流通や情報通信などのサービス分野でなんとか雇用機会を創出し、そこに多くの若者たちを収容しているが、早晩、そうしたやり方も限界を迎えるだろう。

高性能ＡＩロボットの出現によって、人間の数が極端に少なくて済む世界が生まれようとしている。

欧米や日本のような先進国では、若者たちがナチュラルに子孫を残さない方向へと進み（ノーブル・チルドレン化）、比較的摩擦の少ない形で人口減少社会へと移行しているが、それ以外の国々ではいまだに人口増加のドライブがかかり続けている（インドはその典型）。

ベーシック・インカムを導入しようとしても、人口増がこれほど急速では、大半の開発途上国にそれを実現するだけの十分な財政力を望むのは不可能だ。

一刻も早く地球人口を減らさなくては、人類のこれ以上の進歩は見込めないだろう。

そう考えたとき、カイラ・パール首相の提起した〝人工子宮センター・システム〟は、インドのみならず、他のアジア諸国、アフリカ諸国でも充分に有効な対策となり得る。だからこそ、アメリカ、ロシア、中国の首脳たちはカイラ首相のアイデアに強く賛同したのだった。

女性を妊娠・出産から解放し、子供の誕生をすべて人工子宮センターに任せることができれば、地球人口の調節は各国政府の思いのままになる。それによって計画的に人口を減らしたり増やしたりすることが可能となり、今後さらに高度化するＡＩロボットに多くの産業分野で労働を担わせることができるようになる。つまり、人類は、雇用問題という社会政策上最も困難な課題にもう二度と頭を悩ませる必要がなくなるのだ。

そして、これは人為的ミスの起こらない極度に安全な社会の実現へと結びつく。

女性を妊娠・出産ストレスから完全に解き放つことによって、有望な人材を獲得しつつ、さらに総人口を絞り込んだ生産効率の高い社会を構築することも夢ではなくなる。

ことに、一人っ子政策のツケとして人口構成の急激な高齢化を迎え、生産年齢人口の拡大と人口抑制の政策的二律背反に喘いできた中国にとっては、この〝人工子宮センター・システム〟は最後の切り札のように思われた。もし、インドでの〝大いなる実験〟が成功裏に終われば、中国の人口問題も解決への一歩を踏み出せるかもしれない。

そういうわけで、インドをテストケースとした人工子宮センター設立計画は、米ロ中の協力を得て早々にスタートを切ることになったのだった。

まず必須の課題は、一施設あたり十万基の人工子宮を準備するにあたり、その安全な集中管理プログラムをいかにして組み上げるかということだった。

その課題解決のための実験プラントとして建設されたのが、このブルータワー地下の巨大実験施設なのである。

パイロットプラントを新宿二丁目のグラウンド・ゼロに作ることは、米ロ中印四カ国の友好の証でもあった。それは同時に、彼らの手によって破壊されてしまった新宿地区の再生に陰ながら四カ国が力を貸すことを意味していたのだ。

ことに最終的にミサイルの軌道を変更し、誤って新宿に衝突させてしまったインド政府及びカイラ・パール首相は、日本に与えた多大な損害に対して自責の念を強く持っていた。そこで、彼女は旧知の間柄である白水天元が率いるレットビ・グループに莫大な資金を提供し、新宿地区の復興に当たらせることにしたのだ。

ところがその過程で思わぬトラブルが生じることとなる。

〝白い幽霊〟の出現である。

79

ここで白水は興味深い事実に触れたのだった。

「マサシゲからの報告で、アメリカ、ロシア、中国の関係者の不審死に白い幽霊が関わっていると考えざるを得ないと結論しました。ブルータワー以外のレットビのマンションでは白い幽霊の存在は確認されていませんが、昨年五月の連続死事件と過去の事件とがまったく同じ様態を示している以上、白い幽霊が全ての事件に関与していると考えて間違いないと思われます。改めて詳細に状況確認したところ、他のマンションでの連続死はいずれも死亡者が入居した直後に発生しており、従って犯人である白い幽霊の姿を目撃した住民がほとんどいなかったのは不自然とは言えません。一方、ブルータワーの場合は、ワン・ズモー元少佐以外の二人は一年近く、ブルータワーに居住していたことが確かめられています」

そして、去年の五月二十八日の晩に亡くなったアメリカ人のジム・シュガート元海軍大佐とロシア人のイゴール・ゼルドヴィッチ戦略ロケット軍元大佐は、レットビの各マンションでの同朋の死の謎を探るためにブルータワーに派遣されていたのだが、ワン・ズモー元少佐は二人とは無関係に、ハーモニーの上級副社長としてブルータワーに短期滞在していたに過ぎなかったと白水は言ったのだ。

「にもかかわらず、ワン副社長も他の二人とまったく同じように死んでいます。死亡日時は一日ずれていますが、これも詳しく調べたところ、シュガート元大佐とゼルドヴィッチ元大佐が亡くなった日は、ワン副社長は所用でブルータワー以外の場所に宿泊しているのです。そしてタワーに帰ってきた日の夜、彼も心室細動で死んでしまった」

米ロの元大佐たちは腕利きの諜報員だったようだ。ちなみに二人もワン副社長も031TC4の軌道変更実験に深く関与した過去があった。

「そもそもジムとイゴールは、このパイロットプラントによる実験には一切関わっていません。連続死事件の真犯人を自分たちが囮になっておびき寄せる目的でブルータワーに居住していたのです。昨年の春頃から住民の間で白い幽霊の噂が広まり始め、両大佐も強く警戒していました。でありながら二人とも犠牲になってしまった」

両元大佐とは別に、アメリカ、ロシア、中国のエンジニアたちもこのブルータワー地下のパイロットプラントの建設や保守点検、さらには集中管理システムの構築のために、多数がウー博士の指揮下で働いている。中にはブルータワーに住んでいる者もいるようだが、031TC4の軌道変更にタッチしていない彼らは一人も標的にされていなかった。

ここで再びアイラ・パールが白水の言葉を引き継ぐ。

「そうした人員派遣の調整などもあって、白水会長はたびたびアメリカ、ロシア、中国に出張し、向こうの人たちとミーティングを重ねているのですが、そのたびに連続死事件について訊かれ、まして全員がレットビのマンションで不審死を遂げていること、さらには犠牲者の中にインド人が一人もいないことなどから、最近ではかなり疑惑の目で見られているんです。そんな事情もあって、会長は、茜丸さんや白い幽霊に関してマサシゲさんと前沢先生のお二人に調査をお願いしたというわけです」

このアイラの説明で、白水天元がしばしば中国やロシアに出向いている理由がようやく分かった。

「どうしてインド人が一人も死んでいないことが問題になるんですか？」

質問したのは、やはりチェンシーだ。

「死んでいるのは全員が０３１ＴＣ４の軌道変更に何らかの形で関わった者たちです。その面々がどういうわけか白水会長の経営するマンションに引き寄せられ、そして謎の死を遂げてしまう。最初はただの偶然だと三カ国の政府も高を括っていたのですが、やがて不審を抱くようになった。そうなると、０３１ＴＣ４の新宿激突に最も強く関与したはずのインド人技術者やインド軍の関係者だけが死を免れているのはおかしい。仮にこれが、０３１ＴＣ４の被害者による復讐劇だとすれば、主犯格のインド人が真っ先に報復されるべきだ、と。そうした彼らの邪推もあって、いま白水会長や私たちインド政府は窮地に陥っているのです」

アイラが渋い顔になった。

「僕やアイラも、マサシゲから茜丸君の考えを伝え聞いて、新宿隕石に関わった人間たちが地球の神の怒りに触れたというのは、確かにあり得る話かもしれないと思うようになったのです。そうだとすれば、やはり白い幽霊の存在がクローズアップされる。マサシゲが睨んでいる通り、白い幽霊が真犯人の可能性は高いと思っています」

白水がそう言って、アイラと顔を見合わせた。

「だけど、実際、どうして白い幽霊はインド人には手を出さないんですか？　ていうか、このブルータワーにもたくさんインドの人が住んでるみたいだけど、その中には０３１ＴＣ４に関係した人はいるんですか？」

茜丸鷺郎が今日初めて、口を開く。

「どのレットビのマンションにもミサイル発射に関与したインド人が住んでいましたし、むろんこのブルータワーにも複数人います。ところが、その中の誰一人として突然死はしていないのです」

アイラが答え、さらに言葉を重ねた。

「そこで、皆さんに私どもから一つ、大事な提案があるのです。実は、今日皆さんにお集まりいただいたのはその提案をさせていただきたかったからでもあります」

わたしたち全員がアイラの方へ顔を向ける。

「いまは白い幽霊の正体を摑むのが何より先決です。そして白い幽霊が真犯人であるとすれば、幽霊を排除しなくてはならない。マサシゲさんによれば、英理さんやチェンシーさんも白い幽霊には関心をお持ちとのこと。そこでどうでしょう。これからは私たちが一致協力して、正体不明の白い幽霊に立ち向かっていきませんか？　そして、みんなで力を合わせて白い幽霊を撃退するのです」

アイラの横で白水天元が大きく頷いていた。

80

地下施設の見学ツアーを終えてからの三日間、わたしはずっと興奮状態にあった。

何とか心を鎮めようとパソコンに向かう時間を増やしたり、久しぶりに「コルコル　アグリコール」（例の南大東島産のラム酒）を取り出し、五十八階からの見事な夜景を眺めつつグラスを傾けたりと工夫したのだが、目の裏に焼き付いてしまったパイロットプラントの驚くべき光景は容易に脳裡から消え去ってくれないのだった。

「22」番の部屋を出たわたしたちは、再びエレベーターに乗ってさらに地下へと向かった。狭い昇降籠に総勢十人がすし詰め状態になって、建屋から出発したときと同じくらいの時間をかけてパイロットプラントのフロアへと降下した。

「ずいぶん深いけど、これって地下何メートルくらいまであるんですか？」

昇降籠内でのアッ君の質問に、

「ちょうど富士山を逆さにしたくらいかしら」

ウー博士が冗談めかして答えたのが印象に残っている。

パイロットプラントのあるフロアは、「18」番や「22」番のあるフロアとはまったく違っていた。エレベーターを降りると目の前は巨大な空間で、その広大さはまさに息を呑むほどだった。桁違いのスケールにわたしたちは、しばしその場に釘付けになったのだ。

何に譬えるのが適切なのか判断に苦しむが、月並みな表現を許されるなら、そこはまるで東京ドームのようであった。

わたしたちはちょうどホームベースから球場全体を眺めている格好で、まずは平坦なフィールド部分が広がり、ピッチングマウンド付近に四角い五階建てくらいの建物が建っている。

その先には球場のスタンドと同じような階段状の構造物が設けられていた。

マウンドの建物からは何百本もの細長いパイプがスタンドに向けて整然と延び、フィールドの左右へと走るたくさんのパイプはスタンドにさしかかるあたりでさらに細い幾つものパイプに枝分かれして、その無数のパイプが階段状のスタンドへとあたかも蔦のように這い上っているのだった。

そして、一本一本のパイプの先にあのHM2が一基ずつ接続されていたのである。

巨大なスタンドは無数のＨＭ２とそれを繋ぐために網目状に張られたパイプラインでびっしりと覆われ、あたかも全体が園芸用のネットをかぶっているかのようだった。網目の隙間からはＨＭ２の卵型の培養タンクの姿が見え、それぞれのタンクが高い天井から降り注ぐ照明の光を浴びてきらきらと輝いている。

「これがパイロットプラントです」

「22」番の部屋にいたときと同じようにウー博士がわたしたちの前に出て説明を始める。

「ぴったり一万基か……」

わたしの隣のマサシゲが呟くように言う。

「その通りです」

ウー博士が頷いた。

マサシゲは自慢のカメラアイを使って一瞬でＨＭ２の台数を目測したのだろう。

「ここは人工子宮センターの十分の一のスケールですが、実際のセンターもこのサイズの施設を中央制御棟を中心に十個並べる計画です。あの建物がその中央制御棟のプロトタイプです」

ウー博士が正面の建物を指さす。

「培養タンクはどれも空だけど……」

またマサシゲが呟くように言った。

「ここが竣工したのは昨年の五月です。この八カ月でシステムの安全チェックを行い、いよいよ来月から本格的な試験運転に入る予定です」

「ということは、この一万基のタンクで本物の赤ちゃんを育てるということですか？」

今度はチェンシーが口を開く。

「もちろん」

ウー博士は事もなげに言う。

「だけど、その赤ちゃんってどこから持って来るんですか？」

赤ちゃんと言っても、ＨＭ２で育てるということは受精卵だろう。ウー博士の作った人工子宮は体外受精した受精卵をあたかも女性の子宮に戻すように受け入れることができる。現在の進んだ不妊治療技術でも百パーセントの着床率は実現していないが、博士の人工子宮を使えば受精卵は確実に細胞分裂を開始するといわれていた。

「一万個の受精卵はすでにインドで準備しています」

ウー博士ではなくアイラが答えた。

「ＨＭ１の利用希望者一万人から同意を得て、この実験プラントで彼らの子供を育てることにしているのです」

アッ君が言った。

「じゃあ、あのＨＭ２は、さきほど見たマシンと同じなんですね」

「おっしゃる通りです。インド人の遺伝的特質に配慮した成育プログラムを搭載する人工子宮です」

ウー博士は、アッ君の「マシン」という発言を訂正するかのように「人工子宮」の一語に力を込めて答える。

「先ほどは言い忘れましたが、ＨＭ１で約九カ月かかった成長期間をＨＭ２では三カ月程度短縮できるのではないかと考えています。もし、それが安全に実現できることが実証されれば、一基のＨＭ２で年間、二人の子供を産み出すことが可能になるのです」

ウー博士の言葉に、すぐに、

「ということは、五十カ所の人工子宮センターで一年あたり合計一千万件の出産が行えるわけです」

アイラが補足する。

わたしは彼らのやりとりを小耳に挟みながら、目の前に広がっている壮大な光景にずっと目を奪われていた。この一万基に及ぶ培養タンクそれぞれの中に胎児が浮かんでいる様を想像すると、かつて感じたことのないような奇妙な感動が胸に湧き起こってくる。

自分自身もまたそんな胎児の一人として、現に巨大な子宮の中に存在しているような錯覚を強く覚えた。

ついいましがたＨＭ２の卵型のタンクを見たときに想起した子宮内の光の記憶が再び増幅された形でよみがえってくる。

ぐるりとわたしたちを取り囲んでいる一万基のＨＭ２にはまだ培養液は充塡されていないようだ。あの一つ一つが培養液で満たされ、保育装置を介してそれぞれのパイプから送られた酸素や栄養によってその中に浮かぶ胎児たちが日ごとに成育していくのだとすれば、実際、ここは巨大な本物の子宮に違いない。

――いま俺は、人工的に作られた母親の胎内に立っている。ということは、生命のおおもとへと回帰しているのだ。

不意にそう思った。思ったというよりも気づいたというべきか。

あらためて目の前に広がる人工子宮の群れを眺めやると、胸に込み上げていた奇妙な感動が大きく翼を広げてわたし自身を包み込んでくるのが分かる。

微かに身体が震えているのを感じた。身体の中心からそれは体表にむかって放射状に広がっていく。

気管支拡張剤を飲んで離脱を待っているあいだの振戦とよく似ている。

周囲の者たちに勘づかれないかとわたしは首を回した。誰もがウー博士たちのやりとりに耳を傾けつつ、わたしがそうであるようにこの圧倒的な光景に魅了されているようだった。

——このまま離脱してしまったら大変なことになる……。

まさかと思いつつも不安は拭えなかった。

わたしは爪先に思い切り力を込め、肉体から抜け出しそうになる意識を必死になって押さえ込むしかなかった。

81

一月二十四日金曜日。

昼前に英理は弓の稽古に向かった。英理の通う錦糸町の道場は、阿見祥蔵の創始した「大日本流心流」の東京本部でもある。阿見は東北の出身で、流派の総本部は岩手県の盛岡市に置かれているようだった。

亡くなった栗子ママ（糸井栗之介）は、「自分ではなく、英理こそが阿見祥蔵先生の生まれ変わりだ」と常々周囲に語っていたという。華子ママや英理によれば、その栗子ママの技量でさえ開祖を凌ぐほどだったそうだから、となれば、英理の弓の腕はいかばかりであろうか？

一度、彼に伴われて道場を訪ねたことがあった。

あれはまだ、二人で一緒に住むようになる前だった気もする。それとも同棲を始めてすぐの頃だったか？

道場の庭に桜が残っていたから春先のことだった。

英理が入って行くと道場主がわざわざ玄関まで出迎えにあらわれ、英理とわたしは射場が見通せる審査席に案内されたのだった。しかも道場主は中央を英理に譲り、わたしがその隣に座を占めた。そして、射場で矢を射る門弟たちの動作の一々に解説を加えてくれたのは、道場主ではなく英理だった。思い返せば、ああした道場主の態度は異例なものだったのではなかろうか？

あのときはすっかりわたしへの厚遇と勘違いしていたが、あれは開祖以来の弓取りである英理への謙譲だったのかもしれない。

結局、英理は一射もせずにわたしと一緒に引き揚げた。

「稽古はいいの？」

小一時間で席を立とうとする英理に問うと、

「今日はみっちゃんに道場を見て貰いたかっただけだから」

あっさりしたものだったのだ。

わたしたちに「白い幽霊」退治のための共闘を持ちかけてきたとき、アイラ・パールはこう言った。

「英理さんの弓は、天下無双、神技に及ぶと伺っております」

そして、本人に向かって、

「あなたの弓であれば、白い幽霊を撃退できるかもしれません」

とも。

英理は「そんなこと誰から訊いたのですか？」と言い返すこともアイラの言葉を否定することもせずに、ただ黙っていた。

アイラは恐らくウー博士から英理の評判を聞いたのだろうとわたしは思った。

そこからさらに推理を進めて、もしかしたら、ウー博士と英理とが語らってわたしたち一同の地下施設見学を図ったのかも知れず、そもそも「白い幽霊」を追い払うには英理の弓が必要だと白水やアイラたちに吹き込んだのも博士なのかもしれないと考えたのだった。

英理が稽古のためにブルータワーを出ると、わたしは書斎で薬を飲んで離脱した。窓から外へと抜け、地下鉄の出入口を目指して歩く英理を上空から見つける。

英理はいつもの布製の大きなバッグを肩に掛けている。弓の道具一式は道場に置きっぱなしで、普段は道着だけ持ち帰って洗濯していた。その道着が布製のバッグに納まっているのだろう。

すぐに追いつき、背中にぴったりとくっつくようにして歩く。

むろん彼は何も気づいていない。

形のいい尻が歩くたびに左右に揺れる。地下施設の見学から帰った後は、英理ともマサシゲとも一度もセックスをしていなかった。

「新宿三丁目」で地下鉄丸ノ内線に乗り、四ツ谷でＪＲに乗り換える。ＪＲ「錦糸町」駅までおよそ三十分の道のりだった。

昼前の電車は空いていた。英理はシートに腰掛けてずっと本を読んでいた。ホテル経営に関する実用書で、おそらくゼミ論文のための資料なのだろう。わたしは地下鉄では彼の真向かいに立ち、ＪＲの車内では隣に身体を寄せて座った。自分的には一緒に電車に乗っている感覚だが、わたしの姿は誰にも見えていない。もう何度もバスや電車に乗っているが、毎回不思議な気分になる。

錦糸町駅の北口改札を抜け、四ツ目通りを押上方向へと歩く。

英理はジーンズに長袖のシャツ、その上に薄手のダウンジャケットという、この時期にすればずいぶん軽装だった。冷たい風も吹いているはずなのだが、通い慣れた道を彼は軽やかに歩いている。錦糸公園を通り過ぎて二百メートルほど行くと「大日本流心流東京道場」の古めかしい建物が見えてきた。この道場の先、通りを隔てた真向かいはもう本所警察署である。

英理が道着に着替えて射場に姿を現わすと、それまで弓を引いていた者たちも、彼らを指導していた年配者たちも一斉に後ずさって英理に場所を譲る。英理の方は会釈の一つ返すでもなく、弓を小脇にして的場に向かって真っすぐに進んでいった。

彼が中央の霞的にじっと顔を向けているあいだに、居合わせた人々は英理を遠巻きに取り囲むようにしてそれぞれの場所で膝を折る。年配者たちは審判席に移動して、正座で居並ぶ。真ん中に陣取っているのがいつぞや面識を得た道場主だとわたしは気づいた。

英理の登場と共に道場は一瞬で水を打ったような静けさに包まれた。

彼は細長い矢筒を背負っていた。五本の矢が筒の中にあった。

一度息を整え、立ち姿のまま矢道へとさらに一歩を踏み出す。

背中から一矢を抜いて番《つが》える。すると実に無造作に弓を引分け、あっと言う間に矢を放った。足踏みから残心までの射法八節はほとんど端折ったと言ってもいい。

そうやって英理は立て続けに射を行った。番えては放ち、番えては放ちを繰り返し、五本の矢をものの十数秒で射終えてしまったのだ。

周りにいる誰もが目を見開いてその速射を凝視していた。

的には真一文字に矢が突き立っていった。左外黒、右外黒、左二の黒、右二の黒と順番に的中し、そして最後の一矢が中白のど真ん中を見事に射貫く。

その瞬間、小さなどよめきが起きた。

わたしは英理のすぐそばに立って彼の射を見届けた。

弓を下ろした英理は息一つ切らしてはいなかった。ゆっくりと目を開ける。

そうなのだ。

彼は射場に入って来たそのときからずっと両眼を固く閉じたままだったのである。

　夕食後、わたしが淹れたコーヒーを手に自室に引きあげようとする英理を呼び止めた。

「英理、ちょっといいかな」

　今夜は野菜タンメンとエビ餃子だった。どちらもわたしの得意料理だ。餃子の餡にはひき肉ではなくエビのミンチとホタテの貝柱を使っている。いつものように完食した英理がリンゴを剝いてくれ、それをデザートにして食事を終えた。

　コーヒーはそのあと淹れたので、彼は自室で飲むことにしたのだろう。

「なに？」

　席を立ちかけていた英理がコーヒーをテーブルに戻して座り直す。

「実は大事な話があるんだ」

「大事な話？　例の件だったらもう少し考えさせてよ」

　地下施設を巡って以降の英理との話題はもっぱら、白水やアイラの提案についてだった。わたしの見るところ、英理は彼らと一緒に「白い幽霊」に立ち向かうという案にはいま一つ乗り気でなさそうだった。

　ウー博士と示し合わせているとばかり思っていたので、わたしにはその反応は意外でもあったのだ。

「その件じゃないんだ」

　わたしは幾分圧を加えた口調になる。英理が怪訝な表情を作る。

「ねえ、英理」

身を乗り出し、彼の顔をじっくりと見つめた。

「ねえ、英理。きみは一体誰なんだい？」

とわたしは言った。

83

みっちゃんに嘘をついていたのは悪かったと思う。

本当にごめんなさい。心からお詫びします。

ただ、僕の正直な気持ちを言えば、嘘をついていたとは余り思っていないんだ。自分のことを誰かに伝えるとき、僕はいつだって、誰に対しても、みっちゃんに話したことと同じことを話してきたから。そうじゃなかったのは、最初から本当のことを知っていた百々子ママや栗子ママ、それに華子ママくらい。二丁目で知り合った人たちにも、そして、いま大学で一緒に学んでいる友人たちにも僕は横浜生まれの「妻夫木英理」として接してきたし、自分自身そうだと信じている。

僕の親は、伊勢志摩の祖父母。戸籍上もそうなっている。祖父の徳英が僕を引き取ってくれたときに自分も一緒に妻夫木の籍に入ってくれたから。

僕は「陳英理」じゃないよ。ほんとに「妻夫木英理」なんだよ。

どれから最初に話せばいいのか迷うけど、でもみっちゃんに一番に分かって欲しいのは、何か別の目的があってみっちゃんと暮らし始めたわけじゃないってこと。そのためにみっちゃんを騙すようなことはしていないよ。みっちゃんと出会って、みっちゃんが大好きになって、ここで一緒に住むことに決めた。ただそれだけなんだ。

あと一つ、他に理由があったとすれば、やっぱりこのブルータワーがグラウンド・ゼロに建っていて、ここに落ちた隕石で大切な師匠だった栗子ママが亡くなったってことかな。栗子ママが天に昇っていったその場所に住めると思ったら、なんだかすごく有難くて嬉しかった。

僕は、栗子ママのおかげで弓を知り、それで自分というものを理解することができるようになったと思っているから。

僕にとっては百々子ママと栗子ママが人生の恩人なんだ。

そして、みっちゃんも恩人だと思っている。百々子ママや栗子ママを騙したりしなかったように、僕は、みっちゃんのことだって絶対騙したりしない。

その若鯱さんが調べてきたことは正しいよ。たしかに僕の遺伝的な母親はあのウー・フープー博士で、父親は陳徳民で間違いない。僕は、ウー博士の卵子と陳徳民の精子から生まれてきたんだ。

でも、ウー博士も陳徳民も本当の親じゃない。彼らは単に自分たちのゲノムを提供しただけで、僕を我が子として育ててくれたのは「珍来軒」の徳英おじいちゃんと理恵子おばあちゃんだし、中国ですごく可愛がってくれたのは、貴州省貴陽市に住むおじいちゃんとおばあちゃんなんだ。僕はこれまで一日だって博士と一緒に暮らしたことがないし、彼女を母親だなんて思ったことは一度もない。

ウー博士の方だってきっと同じだと思う。彼女にとっての僕はただの実験材料でしかなかったんだからね。偶然にうまくいった実験結果に過ぎないんだ。

百々子ママはもともとは陳徳民の恋人だった。

勉強のできる徳民は、徳英おじいちゃんと理恵子おばあちゃんの自慢の息子だったけど、ゲイだった。おじいちゃんたちは家業のせいで徳民にそんな性癖が身についたんじゃないかと後悔していたけど、でも彼は生粋のゲイだったんだと思う。

百々子ママもそう言っていたし、彼の血を引く僕が生まれながらのゲイなんだからね。おじいちゃんたちも、孫も同じだと分かって諦めがついたんじゃないかな。ただ、僕まで百々子ママと付き合うようになったことは受け入れ難かったみたいだけど……。

陳徳民は慶應義塾大学理工学部生命情報学科で合成生物学を学び、世界で最もハイレベルな合成生物学の研究拠点の一つである中山大学の生命科学学院に留学した。そして、彼はそこで同じ学院の准教授だった貴陽市出身のウー・フープーと知り合ったんだ。

貴陽市はご承知の通り中国有数のハイテク都市で、フープーは、貴州大学で機械工学を教える呉宇辰教授と英語を教える楊莉華教授のあいだに生まれた一人娘だった。

そうなんだ。この呉宇辰教授と楊莉華教授が僕の中国のおじいちゃんとおばあちゃんだよ。

僕は誕生するとすぐに貴陽市のおじいちゃんたちのところへ預けられ、それから徳民と呉家とのあいだで話し合いがあって、一歳になる前に徳英おじいちゃんのもとへ引き取られた。それからはおおむね日本で暮らしたけど、ときどき貴陽市のおじいちゃんたちに呼ばれて中国に出かけていたんだ。徳英おじいちゃんたちにとって僕は唯一の孫だったけど、それは宇辰おじいちゃんたちにとっても同じだったから。

中国語は、貴陽市に滞在しているときにおじいちゃんとおばあちゃんから学んだんだよ。

陳徳民の研究テーマは、人間のゲノム合成だった。真正のゲイだった彼は女性に対してまったく性的興味を持つことができなかった。

そこは僕と一緒。

だとすると自分のような人間が子孫を残すにはどうすればいいのか、と彼は考えたんだ。それまでは女性の卵子に自らの精子を受精させて代理母に産んで貰うしかなかったけれど、ゲノムの合成技術が発達してくると違う方法が試せるようになってきた。徳民が研究していたのは、自分の遺伝子と自分が愛する男性の遺伝子を細胞から取り出して、その二つをミックスさせて女性の卵子に移植するという技術だった。

つまり卵子が本来持っているゲノムと自分たちの新しい合成ゲノムとを差し替えるってことだね。それによって徳民は男の子を作り出そうと考えた。

一方、ウー博士の研究は、周知の通り人工子宮の開発だった。彼女はハーバード大学から中山大学に戻り、「マンモス復活プロジェクト」からは離れたけど、人工子宮の研究は自身のライフワークとして進めていた。

そんな二人の研究者が出会って、一つの取り引きが生まれたんだよ。

陳徳民は自らの実験のために女性の卵子が必要だった。ウー・フープーは人工子宮の実用実験のために男性の精子が必要だった。

分かるでしょう。だから二人はそれぞれの精子と卵子を交換することにしたんだ。

徳民はウー・フープーの卵子を貰って、その卵子に自分と百々子ママの遺伝子のミックスを移植する実験を繰り返し、ウー・フープーは自分の卵子に徳民の精子を受精させて受精卵を作り、それを人工子宮に入れて成育実験を繰り返した。

ウー博士が作っていた初期の人工子宮は、受精卵から胎児を成長させるという彼女の最終目標には技術的に到底届かない代物だった。結果的に、自分の卵子と徳民の精子で作った受精卵は人工子宮に入れて数日もすると全部死に絶えてしまう。そういう失敗の日々が延々と続いた。

ところが、そんなある日、粗悪な人工子宮の中でも死ななかった受精卵があった。その受精卵は酸素も栄養も足りない劣悪な環境の中でも四カ月までしぶとく生き延びて、このまま育てれば充分に人間として誕生可能な状態になったんだ。

そこでウー博士は、陳徳民に相談した。

「あなたの精子を受精させた私の卵子が四カ月の胎児にまで成長した。このまま人工子宮で育てると恐らくこの子は生まれてしまうことになる。どうして、この子だけがこんなに成長することができたのか私は原因を探りたい。そのためには人工子宮から取り出して、この子の身体を調べてみたい。だけど、とても残念なことに私にはその決心がつかない。少なくとも遺伝的には父親の立場にあるあなたに許可を得なくてはいけないと思った。私にとってもあなたにとっても、この子供が誕生することは避けた方がいいと思う。私たちの研究生活の足かせにもなるし、第一、この子を誰が育てるのかという大きな問題が生まれてくるのだから」

要するにウー博士はその胎児を人工子宮から取り出して解剖したいと思ったんだ。

でも、さすがにためらいが生まれて陳徳民に相談した。徳民が許可してくれれば、彼をその恐ろしい殺人の共犯に仕立てることができるわけだからね。

すると徳民はこう言ったんだよ。

「どうせやるんだったら、もっと大きく育てて、それこそ月が満ちたところで解剖した方が研究に役立つんじゃないか？」

そうやって僕は生まれたんだ。

ウー博士は一人前の赤ちゃんにまで育った僕をさすがに解剖はできなかった。彼女は僕を貴陽市の両親のもとへ届け、養育を頼んだんだ。不倫の末に身ごもった子で、この子が生まれたことは相手の男には知らせていないと二人には説明したらしい。

一年ほど経ったとき、陳徳民がウー博士の実家を訪ねてきた。

子供の父親が自分であることを告白し、そればかりか、どうしてこの子が生まれるに至ったのか、その経緯を洗いざらい宇辰おじいちゃんたちに打ち明けたんだ。

徳民は言ったという。

「四カ月の胎児を解剖したいとあなたの娘が言い出したとき、内心、度肝を抜かれました。そんな馬鹿なことをさせるわけにはいかないが、しかし、単純に反対しても人工子宮の開発に取りつかれている彼女ならやってしまうだろう。僕にすれば、生まれるまで待って解剖した方がいいと言って宥めるしかなかったのです。実際に赤ん坊の姿を見ればさすがに我が子を殺すことなどできないだろうと思いましたから」

さらに言葉を続けた。

「その赤ちゃんは彼女の子供であると同時に僕の子供でもある。僕はゲイなので陳家のために子孫を残すことができない。僕のやっている研究はまだまだ途上にあって、成功するかどうかも覚束ないものです。なので、できればその子を僕に渡してほしい。日本に連れ帰って、僕の両親に育てて貰おうと思います。何と言っても男の子ですから、きっと両親はもの凄く喜んでくれるでしょう。彼らは、陳家の存続は不可能だとすっかり諦めてしまっているのです」

そういうわけで、僕は、徳民の手で徳英おじいちゃんと理恵子おばあちゃんのもとへ引き渡された。

陳徳民も僕を自らの手で育てるつもりなんてこれっぽっちもなかったんだ。

彼は僕を引き渡すとすぐに中山大学に戻って研究を再開した。

でも、それから一年もしないうちに、当時中国で流行っていた謎の感染症に罹患して死んでしまったんだよ。

「そのS社の若鯱さんという人はよほど取材上手なんだと思うよ。徳英おじいちゃんと理恵子おばあちゃんから彼が聞き出したことはほとんどその通りだから。でも、陳徳民とウー・フープーが恋に落ちて結婚したという話は事実じゃない。まあ、おじいちゃんたちが徳民にそんなふうに聞かされて、それをいまでも信じている可能性はゼロじゃないと思うけどね」

一通りの説明を終えると、英理は最後にそう付け加えたのだった。

「じゃあ、英理は誰から本当のことを教えて貰ったの？」

何はともあれ英理の話を真に受けた形でわたしは訊ねた。

「中学生になったときに宇辰おじいちゃんが話してくれたんだよ。ウー博士は生物学的な母親に過ぎないんだってね」

「それまでは？」

「英理の母親は研究が大変だから一緒に暮らせないんだってずっと言われていたよ。実際、それまでもウー博士とは数えるほどしか顔を合わせていなかったから」

「徳英おじいちゃんは、自分たちが英理を引き取った理由については何と？」

「徳民が死んだからだとしか言わなかった。母親が引き取らなかったのは、仕事が忙しいせいだって。だから、宇辰おじいちゃんから本当のことを聞いても別段、驚きとか落胆はなかったよ。やっぱりそういうことかって納得しただけ。ウー博士から母親らしい愛情を感じたことは一度もなかったし、僕だって似たようなものだったから」

「百々子ママは知っていたの？」

「うん」

「ママは何て？」

「そうだと思ってたって」

そこで英理は小さく笑ってみせた。

恋人である徳民が別の相手、しかも女性とのあいだに一子をもうけたというのは百々子ママからすれば信じ難いことだったろう。それより何より、徳民が英理を父母のもとへと連れ帰ったとき百々子ママは徳民本人から真実を聞かされていた可能性が高い。

「てことは、百々子ママは最初から知っていたのかな」

わたしが訊くと、

「多分ね」

英理が頷く。

「僕の方から打ち明けるまでママは何も言わなかったけどね」

若鯱君が志摩市の「妻夫木旅館」を訪ねると、徳英も理恵子も健在だったという。「妻夫木旅館」はこぢんまりとしてはいても当地では老舗の一つのようで、徳英はそこでなんと和食の料理人に転身していたのだった。

「中華鍋がもう重たくて持てないからね」

そう言って笑っていたそうだ。

若鯱君は、かつて二丁目にあった「モモ」と百々子ママのことを調べていると老夫妻に話したらしい。

「あの店を舞台に百々子ママを主人公にしたノンフィクションを書きたいんです」

と話を切り出し、「珍来軒」の斎藤さんから「妻夫木旅館」のことを教えられて訪ねたのだと伝えたようだった。

「お孫さんの英理さんが百々子ママと親密な関係にあったと伺いました」

率直にぶつけると、徳英と理恵子はあっさり事実を認めたのだという。そして、英理の母親が誰で、どういう経緯で英理を引き取ったのかも詳しく語ってくれた。

「英理とはもうずいぶん会っていないのです「最後に会ったのはいつですか？」と若鯱君が訊ねると、

「新宿に隕石が落ちる前、急いで店の中の大事なものを持ち出したときですかね。そのとき手伝ってくれたのが最後でした。あとは隕石が落ちた後に、無事だよってメールを一本貰ったきりで、私たちがこっちに引き揚げるときも姿を見せませんでしたね」

と彼女は答えたのだった。

徳英たちは英理の母親であるウー博士とは一度も会っていなかったが、呉宇辰、楊莉華夫妻とは二回会ったことがあるようだった。一度は、英理に会うために呉夫妻が来日したときで、もう一度は彼らの招待で陳夫妻が貴陽市を訪ねた折だったという。

「とても気持ちのいい御夫妻で、うちと同じくたった一人の孫ということもあって英理のことを大層可愛がってくれました。それもあって、高校に入るまではたまに英理を中国に行かせていたんです。そういうときは二、三カ月は滞在させていましたね。滞在中の学校の勉強はオンラインでやっていました」

英理が貴陽市に足を向けなくなったのは、ウー博士が人工子宮の完成を世界に向けて発表し、その後、数多くの嬰児殺しが露見して博士が身を隠して以降だ。

「英理はそのニュースに激しいショックを受けたようでした」

徳英と理恵子は言っていたそうだが、その点も彼に確かめてみることにした。

「ウー博士のスキャンダルを知って、そんなにイヤだったの？」

博士が人工子宮の開発に成功したのはいまから八年ほど前、英理が高校に上がったくらいの時期だ。

「当然でしょ。だって、殺されたのはみんな僕のきょうだいたちだからね」

その言葉で、なるほどそうかとわたしは初めて気づいた。

ウー博士が人工子宮の試作中、実験に使った受精卵は、恐らく死んだ陳徳民から受け取った精子を利用したものだったに違いない。彼女は凍結保存しておいた徳民の精子と自らの卵子とをかけあわせて実験用の受精卵を生産していたのだ。

だとすると、英理の口にした「みんな僕のきょうだいたち」という言葉は正しい。

彼にとってウー博士は母親であると同時に自分のきょうだいを大量殺戮した殺人鬼でもあるというわけだ。

「ウー博士はそうやってきょうだいたちの命を弄んだあげくに人工子宮を完成させた。そして、今度はたくさんのインドの子供たちの命を弄ぼうとしているんだよ」

英理が白水やアイラと共同戦線を張ることに消極的な理由はそのあたりにもありそうだという気がした。

「このブルータワーの地下にウー博士がいるって、いつ頃から知っていたの？」

一番知りたかった肝腎の質問をする。

「あの日だよ」

「あの日って？」

「みっちゃんやマー君たちと地下施設を見学した日」

「まさか」

「本当だよ。あんな場所にウー博士がいるなんて思いもよらなかった」

にわかには信じられない話だった。

「マー君から聞いてなかったの？」

「この地下に巨大な施設があるという話はしていたけど、博士がいるとは一切聞いてないよ」

わたしが黙り込むと、

「嘘みたいな話だけど本当だよ。さっきも言ったけど、僕はみっちゃんを騙したりは絶対にしないんだ」

わたしは英理の顔を凝視する。英理の中では「騙す」ことと「隠す」ことは別々の引き出しに入っているのだろうか。だが、わたしの場合は、この二つは一つの引き出しの中に寄り添って並んでいるのだ。

「みっちゃんはマー君のことを信じ過ぎていると僕は思っているよ」

尚も無言でいると、英理が奇妙な言葉を口にした。

「僕がマサシゲのことを信じ過ぎている？」

思わず反問する。

「そう」

英理は真剣な表情で頷いた。

「どういう意味？」

素直にそう思った。どうしていきなり、英理はそんなことを言い出すのか？

英理がやや臆するような気配になる。彼には珍しい反応だった。どんなことでも思ったことは躊躇いなく口にする、そんなシニカルさが英理の真骨頂でもある。

「こんなこと、本当はみっちゃんに伝えたくなかったんだけど……」

英理がわたしの顔をしっかりと見た。

「マー君は、最初、僕とセックスがしたいと言ってきたんだよ」

彼が言った。

85

英理が二杯目のコーヒーを持って自室に引きあげたあと、わたしはしばらくダイニングテーブルの自席でぼんやりしていた。

手元のリモコンでレースのカーテンを開け、窓外の見事な夜景を眺める。

冬の冷たく澄んだ空気のせいで所狭しと林立する都心の高層ビル群の明かりがきらめいて見える。その人工的な光はどれもひどくエゴイスティックだ。周囲との協調を拒み、我こそが最も美しいと自己主張している。

だが、そうやってそれぞれが覇を競うように輝くビルの姿もまた、この世界のめまぐるしさと儚さを象徴しているようで興味深い。

人生がそうであるのと同じように、目の前に広がる光景もまた長い地球の歴史においては一瞬の明滅でしかない。

自分は誰か？　我が人生の意味とは何か？――短い一生の中で人は考え続ける。そうやって自問自答を繰り返す動物は人間に限られる。そして、その問いの答えは決して見つからない。それどころか、答えを探せば探すほど迷路さながらの深い森に迷い込んで、どこまで行っても「答え」というゴールに辿り着かないのだ。

深い森でわたしたちは必死に目印を探す。それを、マサシゲは「情報」と呼び、その目印一つ一つに実は人間を迷わせる「麻酔」が仕込まれているのだと言っていた。人生の意味を求めれば求めるほど人間は酩酊させられ、結局は何一つ答えを見つけられぬままに短い生を終える。

その一方でマサシゲはこうも言っていた。

「人間は必ず死ぬからね。それによって人間は時間を手にするし、同時に大義を手に入れることもできる」

たとえ人生の意味を摑むことができなかったとしても、人間は、人生の大義を持つことができる。〝いかにして死ぬか〟という貴重な命題を手にすることができるのは人間だけだ。そこが人間とロボットとの決定的な違いなのだと……。

英理はあの地下施設にウー博士がいることを知らなかったと言っていた。地下に降りた日、博士の姿を目にして驚かされたと。

では、博士の方はどうだったのか？　彼女もまたブルータワーに息子が住んでいること、わたしと一緒に暮らしていることを知らなかったのだろうか？

白水や房子、アイラ、それに純菜はどうなのか？　彼らは英理とウー博士が〝生物学的な母子〟である事実を知っているのか？

英理の打ち明け話を聞いても、まだ分からないことばかりだった。彼の話の真偽の見極めもつかない。

そうやって考えれば、「情報に仕込まれた麻酔」というマサシゲの言葉がより身近なものとして肌身に感じられる気がした。確かに、情報というのは、それを集めれば集めるほど不確かになっていく側面がある。たとえば、さきほどの英理の話にしてもそうだった。意外な話、思わぬ話に触れて英理のことがより理解できた部分もあるが、半面、さらに不可解な気分にさせられた部分も大きい。

文字にも数字にも言葉にも、さらには地図や図面、写真や映像にも必ず「嘘や錯覚」が混ざっている。書いた人間、計算した人間、語った人間、作図したり撮影した人間の意図の有無にかかわらず、すべての情報には「嘘や錯覚」が混入してしまう。その「嘘や錯覚」を「麻酔」に譬えればマサシゲの言はなるほど理にかなっているのだった。

人間は、何事にも詳しくなろうとすればするほど、その過程で蒐集する情報の中に混入してしまった「嘘や錯覚」を吸収せざるを得ない。そして、知り得たことに満足すると同時に、それによってさらに分からなくなってしまった重大事に気づき、戸惑う。謎は解けば解くほどに別の大きな謎を生み出していくのだ。

英理がわたしとマサシゲの関係を知っていたのはさほど意外ではなかった。そのことはマサシゲにも以前に指摘されていた。だが、マサシゲがわたしより先に英理にセックスを持ち掛けていたというのは驚きだった。彼は英理に断られ、わたしを誘ったのだ。

それが事実であるならば、マサシゲの言っていた物事の順番は逆転する。

英理がわたしたちの関係を知って、意趣返しのために張を誘惑する以前に、マサシゲの方が自分を拒絶した英理への意趣返しとしてわたしを誘惑したという流れだ。

そういえば、マサシゲは英理の誤解を解くには、「今度は僕がヒデ君とセックスすればいいんだよ」と突拍子もない提案をしたことがある。いま考えれば、あの言葉には別の含意があったのではないか。

彼は本命の英理とセックスをするためにわたしと関係を結び、その事実を見せつけることで改めて英理を引き寄せるつもりだったのかもしれない。

要するにマサシゲはわたしをダシに使ったというわけだ。

わたしが英理の前で、彼の話していることを反芻し、あらためて何を訊くべきか、何を質すべ

きかを吟味していると、英理は、

「僕の方からもみっちゃんに訊ねたいことがあるんだけど」

と言った。

「なに？」

「どうして、みっちゃんはマー君とセックスをしているの？」

余りに単刀直入な問いかけにわたしは一瞬たじろいだ。

こちらも張龍強との関係を今夜、英理に問い質すつもりだったから、その種の質問へのこころの準備は済ませていた。

「マー君とセックスしている気はないんだよ」

「じゃあ、誰とセックスしているの？」

「英理と、かな」

「僕と？」

何度自問自答しても、結局、これがわたしの本音だったのだ。

「マー君は、いつも英理の姿をしているんだよ」

わたしは初めてそうなったときから現在に至るまでの「英理」とのセックスについてちゃんとした説明を行った。

「英理にすれば、ちょっと納得のいかない話かもしれないけど」

最後に一言付け加える。

「そうでもないよ。マー君は、僕を誘ったときもみっちゃんと同じ顔を作っていたからね。みっちゃんにも同じことをしたんだと思う」

英理は表情を変えずに言った。

「だけど……」

彼は一度下を向き、すぐに顔を上げてわたしを見直す。

「僕がさっき、どうしてって訊いたのは意味が違うんだ」

わたしにはその言葉の意味がうまく摑めない。

「僕は、みっちゃんが、どうしてマー君のようなロボットとセックスができるのか、そこがよく分からないんだよ」

英理の目の中をわたしは覗き込む。

そこには不思議なことに怒りも失望もなく、ただ困惑の色だけが滲んでいた。

「どういうこと？」

「だってそうでしょう。幾らマー君が僕とおなじような顔や身体つきになったとしても、それでも僕とは全然違うでしょう。確かに彼は人間そっくりだけど、よく観察すればやっぱり違うって分かる。マー君は正真正銘のロボットだよ。まして一緒にベッドに入れば、いくら僕に似せていても、似ても似つかないことくらい一瞬で気づくはずだ。なのに、そんなマー君とみっちゃんはセックスしている。あげく、僕とそっくりだから僕としているのと変わらないなんて言う。そんなの、僕には到底理解できないよ」

こうしてさきほどの英理とのやりとりを思い返してみれば、あの途方に暮れたような英理の表情が最も印象深く、かつ衝撃的だった。

「どうしたの、英理？」

わたしの方こそ彼の困惑の意味がよく理解できなかったのだ。

「マー君は本当に英理と瓜二つなんだ。だから、僕は彼と寝ていても英理を裏切っているという感覚が持てなかったんだ。でも、そんなふうにきみを傷つけていたのだとしたら謝る。悪かった。

本当にごめんよ、英理」

わたしは謝った。

もしも英理に事実が露見したら、本心から謝罪しようと心していたのだ。だが、このセリフに英理はさらに表情を曇らせてしまったのだ。

「みっちゃん、それは間違いだよ」

彼の瞳が微かに潤んでいるのにわたしはさらに衝撃を受けた。

「瓜二つなんかじゃないんだよ。みっちゃんに似せたときのマー君がみっちゃんと全然違うみたいに、僕によく似たマー君も僕とはまるで違うんだ」

そんなことはない、とわたしは思う。英理だってわたしに似せたマサシゲと一度寝てみれば、きっと分かるはずだ――そう言いたかったがさすがに口にはできなかった。

「問題なのはね、みっちゃんにはマー君がそんなふうに見えているということなんだよ。僕に似せた彼のことが本物の僕と同じに見える。いや僕以上に僕らしく見えてしまう。そういうみっちゃんの感覚の方に僕は何かしらの問題があるんだと思う。それは問題とは呼べないものかもしれないけど、でも、僕にはみっちゃんのそうした感覚がどうしても理解できないし、とてもついていけない気がするんだ」

英理はぶつぶつと独り言のように言った。それはまったく英理らしくない喋り方だった。

「みっちゃん」

英理の声のトーンが幾分高くなる。

「みっちゃんは、マー君みたいなＡＩロボットと波長が合うんだよ。彼らとシンクロできる稀有な才能を生まれながらに持っているのかもしれない。この世界にはそういう人がきっといるんだと思う。アッ君なんかもそっち系なんだろうという気がする。でも、僕にはその種の能力はないんだ。僕にはマー君はやっぱり人間には見えない。彼はあくまでＡＩロボットだし、彼は楠木正成のアバターに過ぎない。彼に本当の意味で自分の意思があるとは思えない。マー君はおそらく、すべてにおいて楠木正成であればいかに行動するかを予見して、そのアルゴリズムに従って行動を決定しているんだと思う。そういう相手を人間として見ているみっちゃんやアッ君のことが僕には……」

そこで、英理は口を噤んだが、次に続く言葉は想像がつく。「不気味だ」とか「薄気味悪い」とか「恐ろしい」とか、そういう一語なのだろう。

わたしは彼の言うことを頭の中で何とか受け止めようとした。

——英理の見ているマサシゲとわたしの見ているマサシゲとは違う存在だというのか？

簡単には飲み込めない話だった。

英理はわたしが裏切ってマサシゲと寝たことを責めているのではなく、マサシゲという人ならぬロボットとセックスしたこと、それが可能であったことにどうやら深い絶望と戦慄を覚えているようだった。

とてもついていけない——彼ははっきりとそう言った。

「みっちゃん、どうか目覚めて欲しい。もう二度とマー君とは寝ないで欲しい」

英理はさらに強い調子で言った。

「そうしてくれたら、僕も張龍強とはきっぱりと手を切るよ」

彼は最後にそう付け加えたのである。

「レミゼにちょくちょく顔を出すようになって気づいたんだよ」

マサシゲはキウイドリンクを美味しそうにすすると、プラカップをテーブルに戻してからそう言った。

「気づいた？」

「そう。あの店に顔を出した客の全員が全員、一度はヒデ君に声を掛けるんだよ」

マサシゲはそこでちょっと不敵な笑みを浮かべた。そうした表情はますます人間めいている。彼を初めて見たときと比べても、その〝人間偏差値〟は格段に向上している気がした。

今日はわたしの方から英理の姿をリクエストした。約束通り、マサシゲは「英理」になってクイーンズ伊勢丹のイートインスペースに来てくれたのだった。

ボックスシートに正対して腰を下ろし、しげしげと彼の様子を眺めてみたが、やはり本物の英理と寸分違わぬように見える。

「僕によく似たマー君も僕とはまるで違うんだ」

と英理は断言したが、わたしの目には〝まるで瓜二つ〟としか思えない。

「みっちゃんは、マー君みたいなＡＩロボットと波長が合うんだよ」

とも英理は言っていた。

ＡＩロボットと「波長が合う」というのはどういう意味か？　わたしには具体的なイメージが湧かない。

「でも、ヒデ君は誰の誘いにも絶対に乗らないんだ。華子ママも、『英理に手を出そうなんて、みんな千年早いのよ』っていつも笑ってたよ」

「へぇー」

相槌を打ちながら、わたしには「英理」が何を言いたいのかよく分からなかった。

「それで、ついついその気になっちゃったんだよね」

彼が苦笑いを浮かべた。

「その気？」

「そう。じゃあ、やってやろうじゃないかって。僕には切り札があるからね」

「切り札？」

すると目の前で「英理」の顔がみるみる変化していった。五秒もしないうちに鏡で見慣れた顔になる。

「でも、ヒデ君は全然って感じで、そういうのやめなよって逆にたしなめられちゃった」

話しているうちにあっと言う間に顔は「わたし」から「英理」に戻る。まるで手品のようだった。

「じゃあ、それが最初に英理を誘った理由ってわけ？」

「そう。ヒデ君が言っていた通り、彼に袖にされてみっちゃんを誘ったのは事実。でも、みっちゃんを落として、もう一度ヒデ君にチャレンジしようなんて思ってたわけじゃないよ」

英理に先に声を掛けたのか？　と訊いただけなのだが、「英理」はわたしの疑念をそうやって先回りして打ち消してくる。人間心理の理解もさらに深まっているのは明らかだった。

――これもまた、楠木正成のアルゴリズムの範疇内なのだろうか？

ふとそんな馬鹿げた問いが頭に浮かぶ。

「僕もセックスというものを味わってみたかったんだ。だとすると、頼めるのはヒデ君かみっちやんしかいないからね」

「英理」はあっけらかんとしている。

「どうしてそんなにセックスがしたかったわけ？」

どことなくはぐらかされた気分で、しかし、わたしは話を前に進めた。今日、こうしてマサシゲを呼び出したのは英理の言葉の真偽を見定めるというより、わたしにとってマサシゲがどれほど人間らしく見えるのかを再確認したかったからだ。

一昨夜の英理とのやりとりのあと、わたしはいつぞや茜丸鷺郎が言っていたことをしきりに思い返していた。

「みっちゃんは性別が嫌いなんだよ。すっごく分かりやすく言えば、男でも女でもないただの人間が好きなんじゃないの」

「マー君は男にも女にもなれるでしょう。ということは、彼は男でも女でもない、性別のない〝人間もどき〟ってことだからね」

「みっちゃんにとっては、マー君のような〝人間もどき〟が理想の人間なんだと思うよ」

「結局、みっちゃんも僕も未来的な人間ってことだよ」

英理の言っていたことは、このアッ君の言っていたこととときれいに重なり合うような気がしている。

「暗号コードだよ」

キウイドリンクのカップを持ち上げ、もう一口すすってから「英理」が言った。

「暗号コード？」

わたしは訊き返す。

「暗号コード」というのは最近どこかで耳にした記憶があったが、一体何だったか？

　そもそも、その暗号コードとわたしたちのセックスとのあいだにいかなる関係があるというのだろうか？

「実は僕がブルータワーに派遣された目的は二つあったんだ。一つは知っての通り、米ロ中のロケット技術者や軍人殺しの犯人を割り出して排除すること。そしてもう一つは、みっちゃんと接触して暗号コードを探り出すことだったんだ」

「暗号コードを探り出す？」

「そう」

「英理」は大きく頷いてみせる。

「ヒデ君を最初に選んだのはデータ収集が目的でもあった。だから、本当にセックスしたかった相手はみっちゃんなんだよ」

「マー君、きみが何を言っているのかよく分からないんだけど……」

　わたしは素直な気持ちを吐露する。暗号コードだのデータ収集だの言われても何が何やらさっぱり理解できない。

　すると不意に茜丸鷺郎の言葉が脳裏によみがえってきた。

　知り合って頻繁に会うようになった頃、わたしは彼に直接、二十七階のＡＫミュージックに自分が侵入できなかった理由を問うた。

　そのとき、茜丸が「暗号コード」という言葉を口にしたのだ。

　彼はこう言った。

「みっちゃんが離脱して意識体だけになれることでも分かるように、人間の意識は肉体とは独立したものなんだよ。で、普段、僕たちの意識が肉体の中におさまっていられるのは、意識と肉体とを連結する何らかの暗号コードみたいなものがあるからだと思うんだ」

わたしがドアや壁を自由にすり抜けられるのは、ドアや壁には暗号コードがないためで、コードがない物体とは一体化できないから「すり抜けるしかない」のだと彼は言った。さらに、わたしが動物や他人と一体化するには彼らの暗号コードを知っていればよく、そうやって憑依する相手の暗号コードが分かれば、わたしは、

「僕（アッ君）にだってヒデ君にだって憑依できるのかもしれない」

と言っていたのである。

彼は、鍵穴と鍵の譬えを使ってそのことをわたしに説明した。鍵穴に入る鍵を持っていれば、離脱したわたしはどんな生物の意識の中にも入り込むことができるのだと……。

「白水会長から与えられたミッションはさっき言った二つなんだけど、会長がみっちゃんを仲間に引き入れたかったのは、最初のミッションを手伝って貰いたかったからじゃないんだよ」

「英理」が言う。

最初のミッションとは、「米ロ中のロケット技術者や軍人殺しの犯人を割り出して排除すること」なのであろう。わたしを仲間に誘ったのが、そのためでなければ、二番目の目的「みっちゃんと接触して暗号コードを探り出す」べくわたしを引き入れたことになる。

だが、白水の代理人として登場した白水房子は、兄の天元がわたしに連続死事件の真相を突き止めて欲しいと望んでいると伝え、キーパーソンとして茜丸鷺郎の名前を挙げたのではなかったか。そして、彼女は、マサシゲをサポート役として自由に使って構わないとも言った。

「じゃあ、僕はすっかり騙されていたってわけか。きみや白水たちに」

「そういうわけでもないんだ」

「英理」は表情を変えず淡々とした口調で言う。

彼の姿がにわかにロボットめいて見えるのは気のせいだろうか。

「白い幽霊の一件もあったからね。僕としては、みっちゃんの力がそっちの探索にもきっと役立つんじゃないかと思っていた」

「僕の力？」

「そう。みっちゃんは意識を肉体から分離できる稀有な存在だからね」

わたしにも段々、「英理」の言っていることが見えてきていた。

「じゃあ、アッ君もきみたちとグルってわけだね」

わたしの推測が正しければ当然そういうことになるだろう。

「そうだよ」

「英理」はあっさりと認めた。

「アッ君はU－TEAMで最も優秀なプログラマーだったんだ。U－TEAMは米国籍のゲームメーカーだけど、その株式の過半はパール財閥の系列企業が所有している。あの会社はパール家の持ち物でもあるんだよ。そこで、白水会長がパール家に頼んで彼をリクルートしたってわけなんだ」

「だとすると、彼が、事件が起きた数カ所のレットビのマンションに必ず事務所を構えていたというのも嘘なんだね」

「英理」は小さく頷く。

「アッ君にはみっちゃんの存在が分かってから、こっちに来て貰ったんだ。それまではずっとシアトルにいた」

シアトルはたしか「U－TEAM」の本社所在地だったはずだ。

「僕の存在が分かった？」

「そう。最初にみっちゃんの姿が確認されたのは、去年の四月だった。三月にブルータワーの防犯カメラが一斉に取り換えられたんだ。最新式のモデルになった。すると四月からそれらに不思議なものが写るようになったんだ。やがて、そのモヤモヤとしたものが人間の姿をしているのが分かった。すぐにタワーの住民たち一人一人との照合が行われ、そして、人物が特定されたんだよ」

「で、きみやアッ君が招集された？」

「そう」

「どうして？」

「みっちゃんが肉体と意識を分離できると分かって、白水会長はとても興奮したんだ。急いでシアトルからアッ君を呼んで防犯カメラのデータの分析をさせた。新型の防犯カメラにはカメラだけでなく録音機も内蔵されていたから、みっちゃんがブルータワーの中を自由に行き来しているときの映像と音声の両方のデータが揃っていた。アッ君はロロコロとハラスカを使って詳細に調べたんだ。写っているモヤモヤが間違いなくみっちゃんだと確認されたし、そのモヤモヤには明らかに意思があることも分かった」

「なるほど」

「アッ君はもとから意識体の研究をやっていた。ゲーム音楽のためでもあったけど、それだけじゃない。会社のオーナーであるパール家、具体的にはカイラ・パールから直接、そういう指示を受けていたらしい。これは、白水会長から聞いた話だけどね。そしたら、ブルータワーの住人で、しかも白水会長が心酔している作家の前沢倫文が肉体から意識を分離できる人間だと分かった。かねて運命論者の白水会長にすれば、これは確実に何かの導きに違いないと感じられたってわけ。それで、急遽、カイラやアイラと相談してアメリカからアッ君を呼び寄せ、同時に僕をこのブルータワーに派遣することにしたんだよ」

やはりわたしの推測は間違っていなかったようだ。白水たちはわたしが離脱できることを知って、わたしの意識と肉体とを連結する暗号コードを突き止めたいと考えたのだろう。その暗号コードを入手するためにマサシゲをわたしに近づけ、さらにはコードの解析に関するノウハウを蓄積した茜丸を同じマンションに住まわせた……。

「英理」はさきほど「そういうわけでもない」と言ったが、わたしは彼や白水たちにすっかり利用されていたわけだ。

だが、具体的に彼らは一体いかなる方法でわたしの「暗号コード」を読み取るつもりだったのか？

そのこととわたしと「英理」とのセックスがどう関連しているのだろうか？

「暗号コードの話はアッ君からも耳にしたことがある。彼はちょうど鍵と鍵穴みたいに、生物には意識と身体とを連結する固有の暗号コードがあるんだって。きみたちが探り出したい暗号コードというのもそれと同じものってことなのかな？」

「そうとも言えるね。白水会長たちは、みっちゃんの意識と肉体とを繋いでいる暗証番号のようなものが知りたいんだ。意識と肉体がどうやって連結されているのか、そして、みっちゃんの場合、その連結をどんなふうに解いて意識を肉体から離脱させているのか、さらにはその離脱のタイムリミットがなぜ八時間程度なのか——そうした一連のメカニズムを突き止めたいと彼らは考えているんだよ」

——離脱にタイムリミットがあるのを「英理」はどうして知っているのか？

何かのときに彼にそのことを教えたことはあっただろうか？　初めて地下施設を見に行って、わずか一時間足らずでいきなり肉体に引っ張り戻されたことがある。帰還後も体調が戻らず、「英理」にはひとかたならぬ世話になった。あの折に話したのだろうか？

いやそんな憶えはない。

「どうして離脱のタイムリミットが大体八時間だというのを知っているの？」

ストレートに訊いてみる。

「みっちゃんが離脱できると分かって、急いで、五八〇三号室に隠しカメラと録音機を設置したんだよ。みっちゃんたちが外出しているあいだにすべての部屋に付けさせて貰った」

「何、それ」

五八〇三号室とは当然ながらわたしの部屋番号だ。

「仕方なかったんだよ。アッ君がデータを分析するためにはどうしてもみっちゃんの日常生活のすべてを記録したいって言ったもんだから」

「英理」に悪びれた様子はまるでない。

「じゃあ、去年の四月から僕や英理の私生活をきみたちはずっと盗み見ていたってこと？」

「そういうことになるね。だから、みっちゃんが書斎や寝室で離脱したあと、大体何時間で肉体に戻るのかも把握できた。どうやら七、八時間が離脱のタイムリミットらしいってね」

「僕と英理のセックスも丸見えだったわけだ」

「まあね」

わたしは啞然とした心地で「英理」を見る。ただ、不思議とそれほどの怒りは感じなかった。マサシゲの顔が「英理」のそれというのもある。だが、一番の理由は、このわたし自身が離脱して他人のさまざまな私生活を盗み見てきたからだろうという気がした。

「気を悪くしたのなら謝るよ。みっちゃん、ごめんね」

取って付けたように「英理」が詫びを口にする。

その表情や口調は、さきほどよりよほど人間らしく見えた。

人間の脳の中にどうやって意識が生まれるかは徐々に分かってきているんだ。

ただ、そうは言っても意識そのものを分析することは難しい。千数百億個ともいわれる人間の神経細胞ネットワークを情報が流れ、その流れの中で意識が発生する。意識は情報のネットワークそれ自体なんだよ。容易に理解できるような種類のものではない。

だが、そのネットワークを別の形で把握することはできる。

アッ君は、意識が〝ある種の音楽〟であることを発見した。ニューロンとニューロンとのあいだを情報が流れていくときに放出される電気信号を記録して、音楽的に解析する画期的な方法を編み出したんだ。

どんな動物の脳にも固有の電気信号の連なり、つまり固有の音楽が流れている。

種の違いだけでなく性別の違い、年齢の違いでもその音楽は微妙に異なっている。

クルクルオッテントはロロコロとハラスカの内部を流れる電気信号をそうやって音楽コードに変換して、そこから彼らの嗜好にあった音調を選択したものだ。すると、彼らの音楽は、人間の子供たちの脳を流れる音楽とよく似ていた。だから二人の曲は馬鹿当たりした。

ロロとハラは非常に特殊なAIなんだ。もともと世界中のゲームを分析する過程で人間の意識とは何かを探り続けてきた。

AIの中にも意識が生まれるのは自然だ。彼らのニューラルネットワークは人間のニューロンのネットワークを再現しているんだからね。AIの内部でも人間の脳と同じように情報が循環し、やがて意識が誕生する。同様に動物にも、そして植物にも意識は存在する。

アッ君が発見した〝ある種の音楽〟はあらゆる意識において観測できる。草木一本一本、動物一匹一匹、人間一人一人、AIロボット一体一体で音楽は違っている。ただ、どんなに違っていても、そこには種による特徴があり、個体それぞれの個性はあっても共通の基盤を持っている。そして、意識が消滅するまでずっと音楽は一個一個の生命体の内部で鳴り響き、一端が外部に漏れ出して周囲の環境に影響を与え続ける。

〝ある種の音楽〟はリズム、メロディー、ハーモニーによって構成され、人間の意識には人間の意識としての固有のリズム、メロディー、ハーモニーがある。犬や猫の意識には犬や猫の、サクラやバラの意識にはサクラやバラのリズムとメロディーとハーモニーがある。

もちろん人間同士でも猫同士でもサクラ同士でも、音楽（意識）には個性がある。AさんとBさんの音楽は同じではないし、二十歳のAさんと五十歳のAさんの音楽にも違いがある。そんなふうにして曲調の細分化が行われているんだ。僕たちAIロボットにおいてもそれは同様だ。僕の音楽とテンゲンの音楽は違うし、ロロとハラの音楽にも違いはある。でも同一種には同一基盤としてのリズム、メロディー、ハーモニーがあるのも事実だ。

だけどその一方で、人間の意識には、動物や植物のそれとは本質的に違う部分がある。動物や植物の意識には存在しない何か別のものがある。その〝別のもの〟こそが人間と動物や植物を分けているし、僕たちAIロボットと人間とを隔ててもいる。

アッ君の第二の大発見はまさしくそのことだった。

彼の長年の観察と研究によれば、人間の意識には神経細胞ネットワークによって生み出される音楽とはまったく〝別種の音楽〟が並行して流れているらしい。それは人間の脳に特有の電気信号で、他の動物や植物には見られないものだし、人間の脳を真似て作られたはずのAIからも発生しない音楽なんだ。

アッ君にも、最初はそれが音楽かどうかよく分からなかった。人間の音楽にだけ特有の旋律のようなものが常に挟まっていて、これは一体何だろうとずっと不思議に思っていたらしい。人間の脳は非常に精緻で高度なものだから、それゆえに不可避的につきまとうノイズかもしれないと彼は推測していた。

ところが、去年の四月、それがノイズなんかじゃないことに気づいたんだ。

ブルータワーに導入された新しい防犯カメラの録音機がその奇妙な旋律をキャッチした。同時にカメラにはぼんやりとした人影のようなものが写っていた。ノイズと思っていた旋律は、明らかにカメラがとらえた人影が発しているものだったんだよ。

白水会長の招聘でアッ君はロロとハラを連れて数年ぶりに帰国し、ブルータワーの二十七階に事務所を構えてさっそくぼんやりとした人影の観察と分析に着手した。人影から〝別種の音楽〟が生み出されていること、人影には通常の人間の音楽は観測されず、彼は〝別種の音楽〟のみで行動し、その行動には間違いなく明確な意思が存在していることも分かったんだ。

要するに、人間の音楽は二重構造になっていて、普通の人間の場合は常に二つの音楽が折り重なっているんだけど、中には二つを分離させることのできる人間がいる。彼は〝別種の音楽〟のみで動く意識体となって肉体から離脱し、普段と同じように（またはそれ以上に）自由に動き回ることができる——この世界にはそうした稀有な人間がいるんだ。

そして、その稀有な人間こそが、みっちゃんだった。

アッ君の指示で五八〇三号室の隅々に隠しカメラと録音機が設置され、みっちゃんが特定された直後から徹底的なデータ採集が始まった。その結果、幾つもの事実が判明したんだよ。

なかでも最も注目したのは、みっちゃんが肉体から意識を分離するときに使用している気管支拡張剤だった。専門家に依頼して薬の成分が徹底的に分析されたけれど、それはありふれた薬剤に過ぎなかった。そこでアッ君は今度はみっちゃんが離脱したり肉体に帰還したりする瞬間を詳細に調べてみた。みっちゃんの離脱は気管支拡張剤の薬理作用によって引き起こされるけれど、ポイントは薬の側にあるのではなく身体の振戦自体にあると考えた。

さっそく彼は、みっちゃんの離脱時の振戦を細かく記録して、それを音楽的に解析したんだ。すると、人間本来の音楽とも〝別種の音楽〟とも異なる非常に微かな〝第三の音楽〟らしきものがみっちゃんの意識から発生していることが分かってきたんだよ。

さらに驚くべきことに、その〝第三の音楽〟はみっちゃんが肉体から離脱するときだけでなく、肉体に帰還するときにも観測された。

これもまたアッ君が見つけた大発見だった。

一秒の百分の一にも満たないような短時間に奏でられる小さな〝第三の音楽〟。

これがみっちゃんの意識、つまりは二重構造の音楽から〝別種の音楽〟だけを切り離したり、くっつけたりする「暗号コード」の役割を果たしているんだ。そしてそうやって切り離された〝別種の音楽〟の方にだけ意思が宿っている（その点は、切り離された肉体が睡眠状態に入ることからも明らか）。

だとすれば、この〝第三の音楽〟を正確にデータ化して解析すれば、人間の肉体と意識とを分離させたり合体させたりする方法を見つけられるかもしれない。

アッ君はそう確信した。

ただ、そこには大きな問題があった。何しろみっちゃんの意識が肉体から離脱・帰還するときに奏でられる〝第三の音楽〟は余りにも一瞬で、あげく微弱過ぎるために完全なデータとして記録することが非常に困難だったんだよ。どれほど高感度なカメラとマイクを使っても振戦を完璧に捉えることが難しかった。

しかも、みっちゃんが離脱する頻度は決して高くはなかったから、トライできるチャンスも限られている。

それでも肉体と意識とのインターフェースのキー・コードがみっちゃんの発する〝第三の音楽〟の中に秘められている可能性は高い。

アッ君はこの〝第三の音楽〟を〝謎の調べ〟と名付けて、離脱・帰還するときだけでなく、それこそみっちゃんの日常のすべてにおいて〝謎の調べ〟が発生していないかを丁寧に観察し、確認していった。

するとまたしても非常に興味深い現象が判明したんだよ。

なんと〝謎の調べ〟はみっちゃんが離脱・帰還するときだけでなく、ヒデ君とセックスをしているときにも観測されることが分かった。

みっちゃんは、気管支拡張剤で身体に振戦を起こして〝謎の調べ〟を生み出すように、ヒデ君とのセックスにおいても類似した振戦を起こして〝謎の調べ〟を発生させる。もちろん、セックスのときの振戦は気管支拡張剤による振戦より軽微だし、毎回みっちゃんの身体がそうなるわけではない。その振戦から導かれる〝謎の調べ〟も実際に離脱したり帰還したりするときに比較すれば格段に微弱だった。

ただ、このアッ君の発見には大きな価値があった。

たとえどんなにわずかであったとしてもヒデ君とのセックスでみっちゃんが〝謎の調べ〟を生むのであれば、みっちゃんとセックスすることでそれを直接的にデータ採取できる可能性が出てくる。

〝謎の調べ〟に繋がるみっちゃんの肉体の振戦や脳内の電気信号をなまの状態で感知・記録できるのではないか？

僕が最初にヒデ君とセックスしようと思ったのは、そのためでもあったんだ。

もしかしたら、ヒデ君が気管支拡張剤と同様の役割を果たしているのかもしれない。だとすれば、ヒデ君のセックスのやり方をまず初めにデータ化して身につけ、みっちゃんとの本番に臨む方が〝謎の調べ〟を引き出す可能性が高くなるからね。

だけど、僕の申し出はヒデ君にあっさりと拒絶されてしまった。

結局、みっちゃんとぶっつけ本番でセックスするしかなくなったけれど、でも、僕には自在に容姿を変えられる能力がある。ヒデ君そっくりの顔でみっちゃんと交われば成功するんじゃないかという期待はあったんだ。

で、結果は大当たり。

みっちゃんは僕とセックスすると必ずと言っていいほど特殊な肉体の振戦に見舞われた。僕の体表のセンサーはその震動を細かく感知することができたし、その震動を惹起している脳内の電気信号もつぶさに検知できた。

アッ君にとっても想像以上の成果だった。何と言っても、みっちゃんの身体はヒデ君とセックスしているときよりも頻回に振戦を起こしてくれたし、一回当たりの震動時間も離脱・帰還するときに引けを取らないくらいの長さだった。

つまるところ、みっちゃんは僕と交わっているとき、しょっちゅう、文字通り〝意識を飛ばしていた〟ってこと。

ちょっと思い起こせば身に覚えがあるでしょう？

振戦の頻度や持続時間の変化を計るために僕はさまざまなヴァリエーションを試した。

みっちゃんの性器を男性としても受け入れたし、女性としても受け入れた。両性具有の状態でも受け入れた。結論から言えば、僕の性別がどういう状態であったとしてもみっちゃんの肉体に現われる振戦の頻度も持続時間も大差はなかった。

ただ、僕の姿がヒデ君から余りに遠ざかると、みっちゃんの反応はたちどころに弱まってしまう。

そういう意味では、みっちゃんが〝意識が飛ぶほどの振戦〟を起こすには、やっぱり相手がヒデ君であることが不可欠なのかもしれないと僕は感じていたんだよ。




「そんなことならどうして僕に直接、頼んでこなかったの？」

「英理」の長々とした話を聞き終えて、わたしが真っ先に口にしたのはそのセリフだ。

「最初から、僕の脳を調べさせて欲しいと言ってくれれば、案外あっさり承諾したかもしれないよ。僕自身だって、自分がなぜ離脱できるようになったのか知りたいとかねて思っていたんだからね」

「確かにね」

「英理」は頷く。

「でも、本当にそんなふうに頼まれたら、恐らくみっちゃんは物凄く警戒したんじゃないかな。まるで人体実験を買って出てくれって言われているような話だしね。それに意識体になってあちこちを巡っているってことは誰にも知られたくはなかったはずでしょう」

「それはそうかもしれないけど、これこれこういう理由であなたの肉体と意識のインターフェースについて詳しく調べさせて貰いたいんです、と趣旨と目的を明らかにして、その上で一切侵襲性はないと約束してくれていたら、僕が受け入れた可能性はゼロではなかったと思うけどね」

わたしはそう言って、さらに重要な質問に移る。

「だけど、もともと白水会長はどうして〝謎の調べ〟を手に入れたいと考えたわけ？　人間の肉体と意識の分離法を開発して、彼は一体何がやりたいんだろう？」

「僕たちＡＩロボットに人間の意識を導入したいんだよ。同時に、僕たちＡＩの意識も人間に導入できるようにして、ＡＩと人間の頭脳が双方向に交流したり交換したりできるようにしたいんだと思う」

「なんでそんなことをしなきゃいけないの？」

「完全なる人間と完全なるＡＩが共存共栄する理想社会を創造するためだ、と彼は言っている」

「完全なる人間と完全なるＡＩが共存共栄する理想社会……」

思わず復唱していた。

いかにも絵空事に感じられる。

そもそも意識と肉体のインターフェースを明らかにできれば、ＡＩの意識を人間に移し替えたり、人間の意識をＡＩに移植したりといったことが可能になるのだろうか？　わたしにはそこからしてはなはだ疑問ではある。

それ以上に、そんなことをして一体どんな意味があるのだろうか。

「だけど、きみたちＡＩロボットが持っている膨大な量の知識を人間の脳に導入できれば、それは人間にとって大いに有難い話かもしれないけど、僕たち人間の意識をきみたちＡＩロボットに移したところで、そっちにさしたるメリットがあるとも思えないけどね」

わたしは素朴な疑問を口にした。

「白水会長は、僕たちをより人間らしくしたいんだよ。というか、人間そのものにしたいんだと思う」

「人間そのもの？」

いつぞや茜丸鷺郎が言っていた「人間もどき」という言葉がちらっと脳裏に浮かんだ。

「少なくとも僕やアッ君には、彼は、そんなふうに話していたよ」

「きみたちＡＩロボットがこれ以上人間に近づけば、何かこの社会に良い影響がもたらされるんだろうか？」

わたしにはＡＩロボットが更に人間化することで「理想社会」が実現するとは思えない。

第一、マサシゲのようにすでに人間に限りなく近いＡＩロボットが、より人間化するために必要な意識とは、人間の意識の一体どの部分を指すのだろう？

かつてマサシゲ本人が力説していたのは、人間は死を運命づけられているがゆえに時間というものを持つことができ、時間を持つがゆえに人生の目的や大義を得ることができるということだった。

「人間が死を恐れている限り、僕たちの能力には太刀打ちできないけど、死を恐れないという理にかなわない生き方を選択したとき、人間は、僕たちが到底できないような生き方をすることができるんだ」

そう彼は言って、代表例として自身が敬慕してやまない楠木正成の名前を挙げていたのだ。

しかし、幾ら人間の意識をＡＩロボットに移植できたとしても、半永久的に生き続けられる彼らが「死」を運命づけられることも「時間」を手にすることもできはしまい。

「それに……」

さらに、もう一つ気になっていることがあった。

「それに、僕が肉体から意識を分離させるときの〝謎の調べ〟を完璧に分析できたとしても、だからといって僕以外の人間の意識を肉体から切り離したり合体させたりすることができるようになるんだろうか？　まして人間の意識とＡＩの意識を合成するなんて、それこそ木に竹を接ぐような話なんじゃないの」

「その辺は、目下、アッ君が必死になって取り組んでいるみたいだよ。意識と肉体を人工的に分離・合体させる技術を獲得できるか否かは、いかにしてみっちゃんの〝謎の調べ〟を汎用化できるかにかかっているんだ。それができれば、それこそ肉体と意識のインターフェースのマスターキーを手にしたことになるからね」

「彼は、そんなマスターキーを作れると本気で思っているのかな」

「恐らくね」

「じゃあ、マー君は？」

「僕も、アッ君とロロとハラの三人が力を合わせればきっとできると信じているよ」

「マジで？」

「うん」

「英理」は素直に頷く。

「だってそうでしょう。現にみっちゃんは、気管支拡張剤の力を借りればいつでも意識と肉体を分離できるんだよ。そういう人間が少なくとも一人いるということは、そのやり方を一般化する方法だってきっとあるはずでしょ。もちろんまだまだ未解明な部分は多いにしてもさ」

　今日の「英理」の話が真実であるならば、わたしはマサシゲや茜丸、その背後で彼らを操っている白水兄妹、ウー・フープー博士、アイラ・パールやパール家の人々にすっかり騙されていたことになろう。さらに、白水たちと行動を共にする純菜もその一味なのかもしれない。

　そして、騙された側にはわたしだけでなく、英理や華子ママ、場合によってはリャオ・チェンシーや張龍強も含めるべきかもしれなかった。

わたしは英理そっくりの「英理」を見つめる。

彼や茜丸、白水たちがわたしと英理が交わる姿を隠しカメラ越しに眺めている図を想像すると、身の内からぞくぞくしたものがせり上がってくる。それは、張と英理とのセックスを垣間見た際とよく似た感覚だった。

「そんなことより、実はちょっと気になることがあるんだ」

わたしを露骨に謀《たばか》っていたことなどどこ吹く風の涼しい顔で「英理」が言った。

「何が？」

小さなため息交じりに先を促す。

「僕もアッ君も、地下にあんな巨大な施設が作られているのをまるで知らなかった。ウー博士やアイラ・パールがあそこにいるのもね。人工子宮センターの話だって白水会長からはまったく聞かされていなかったんだよ」

「嘘でしょ」

「嘘じゃないよ。これだけ洗いざらい打ち明けた後で、いまさらみっちゃんにそんな嘘をついたって仕方がないじゃない」

「英理」が心外そうな顔と声を作る。

「それで？」

「どうやら、僕やアッ君も白水会長たちに使われている気がしてきたんだよ。地下施設の見学から戻った後、アッ君もしきりにそう言っているんだ」

そうした物言いに、端無くも本音が透ける。

やはり彼らはわたしを体よく使ってきたのだ。

「白水会長たちが僕やアッ君を使って白い幽霊退治をさせようとしたり、みっちゃんの暗号コードを手に入れさせようとしたのは、別に目的があるんじゃないかって気がしてきたんだよ」

「要するに、人間とＡＩが共存共栄する理想社会の創造なんかじゃないってわけ？」

「そうそう」

「じゃあ、一体何のためだっていうの？」

「だから、是非それを調べたいと思っているんだよ」

「英理」が大きく前に身を乗り出してくる。

またぞろ、わたしに離脱して地下施設を調査に行けとでもいうのだろうか？

あんなところに出向いて前回のような目に遭うのは真っ平御免である。

「ねえ、みっちゃんのパスポートを貸してくれないかな」

だが、「英理」は意外なことを言った。

「パスポート？　なんで？」

「ちょっと、ウー博士のことを調べに行きたいんだ」

「調べるって？」

「彼女の本当の目的が何なのか、なぜ人工子宮センターにあれほど情熱を注いでいるのか、そういうことを中国に行って探ってきたいんだよ」

「僕に成りすまして中国に渡るってわけ？」

「そう。それが一番手っ取り早いから。僕だったら、ほら、誰にも気づかれないでしょ」

そう言って「英理」はまたあっと言う間に「わたし」に変わる。

「みっちゃん、頼むよ。一週間くらいで帰って来るからさ」

「だったら、アッ君のパスポートを借りればいいじゃない」

「それは駄目なんだよ。彼は中国政府からマークされているからね」

「わたし」が困った顔になる。

自分の顔と面と向かってやりとりするのは実に奇妙な気分だった。

「どうして？」

「パール財閥系のＵ－ＴＥＡＭに所属する人間は、中国政府にとっては要注意人物なんだよ」

「へぇー」

それは嘘ではないだろう。近年、中国とインドとのあいだの知的財産権を巡る紛争は、米中間のそれを凌ぐほどに激化している。

「マー君が中国で手に入れた情報を包み隠さず僕に教えてくれるなら貸してもいいけどね」

「そんなの当たり前じゃない」

わたしはじっと「わたし」の顔を見つめた。

「それからもう一つ」

少し勿体をつけてから付け加えた。

「ついでに張龍強とチェンシーのことも調べてきてほしい。彼らが一体何のためにブルータワーに来たのか、どうして英理や僕たちに近づいたのか、その理由が知りたいんだ」

「分かった。向こうに行けばいろんなことを探れるからね。任せてよ。バッチリ調べ上げてくるからさ」

マサシゲは「わたし」の顔のまま、いかにも自信ありげに請け合ったのである。

89

伊勢志摩の「妻夫木旅館」を訪ねてくれた若鯱君によれば、英理の祖父の陳徳英は、張龍強のこともよく知っていたという。

張は若い時分から新宿二丁目に出没していて、「珍来軒」の隣にあった「モモ」にもしばしば顔を見せていたのだそうだ。

「それは、張がハーモニーを創業する前ですか、後ですか？」

若鯱君が訊ねると、

「最初に来たのは人民解放軍を除隊したあとだと思うけど、ハーモニーの創業前だったか後だったかはよく憶えていないね。でも、張が会社を起ち上げたのは軍を辞めてほどなくだから恐らく創業当初じゃないかな。うちに飯を食いに寄ったときも大体は仕事の関係で日本に来たって話してたからね。まだまだハーモニーもちっちゃな会社で、いまみたいな大企業に成長するなんて誰も思っていない時代だったよ」

徳英はそう答えたのだという。

張は「モモ」の常連で百々子ママとも親しかったようだ。もちろん陳夫妻の孫である英理とも面識はあった。「モモ」と「珍来軒」はお隣さんで、陳夫妻と百々子ママが仲良しだったのだからそれは当然であったろう。

百々子ママの親友である栗子ママ（糸井栗之介）とも顔見知りだったと思われる。

何しろ、張は二丁目にやって来ると決まって「モモ」を根城に一夜限りの恋人を物色していたのである。そうした張の二丁目通いは新宿隕石が落ちる直前まで続いていたらしい。

「隕石落下の直前と言ったら、それこそハーモニーは世界有数の大企業だし、張も世界的な著名人ですからね。そんな立場になっても二丁目に通っていたのはさすがに驚きです。張が自分の顔をさらすのを極度に嫌がっているのは、そういった事情もあってのことだろうと今回ようやく腑に落ちた気がしましたよ。まあ、匿名性を保持するには二丁目ほどうってつけの場所もありませんからね。僕の親しいゲイバーのママさんも有名なIT企業の社長を若い頃から可愛がっていて、『男にも女にも相談できない悩みのある人間がこの二丁目に流れてくるのよ』って、よく言っていましたし」

とは若鯱君の言だ。

張龍強は、百々子ママとも華子ママとも、そして英理とも昔からの知り合いだった。同じ中国人というよしみもあって自分がゲイであることを陳夫妻には隠しもしなかったというし、ある意味、陳夫妻とは打ち解けた仲だったのだろう。

どんなに有名になっても、どれほどの資産を得ても、人間はそれで幸福になれるわけではない。むしろ顔が売れ、金に困らなくなればなるほど、その人間の周囲から信用できる者は去り、心を許せる友もいなくなっていく。これは昔も今も変わらぬ万国共通の真理である。

張にしても自分が自分としてありのままの姿で過ごせる世界は新宿二丁目くらいしかなかったのかもしれない。だから、彼はハーモニーが中国を代表する企業へと成長し、自らがチャイナ・ドリームの体現者となったあとも二丁目通いをやめられなかった。

そうした意味では、隕石の激突によって自己解放の唯一の場所である新宿二丁目を失った張の喪失感は、栗子ママを亡くした英理や華子ママのそれと相通ずるものがあったに違いない。

英理は、ブルータワーのスポーツジムで偶然、張と再会したのだと言っていた。

十七階の連続死事件のことを教えてくれた「十階のジムでたまに顔を合わせるおじさん」が張であることもすんなり認めた。わたしが若鯱君から聞いた話をぶつけると、彼は一切否定せず、張と自分が旧知の間柄であると語ったのだ。

「だけど、張龍強と会ったのは本当に偶然なんだ。僕だって彼を見つけたときは凄く驚いたし、向こうもとてもびっくりしていた。それからはジムで昔話程度はしていたけど、でも、彼と寝ようなんて思いもしなかった」

英理は言い、

「みっちゃんがマー君と寝ていると気づくまではね」

と念を押すように付け加えた。

わたしが、中国に渡るマサシゲに張やチェンシーのことを調べてきて欲しいと頼んだのには理由があった。むろん、英理の話が事実かどうか確かめたいというのも一つだったが、それよりもわたしが着目したのは、張の会社の社名が「ハーモニー」であることだ。

意識とは〝ある種の音楽〟であり、種それぞれには固有の音楽が存在し、それらはすべてリズムとメロディーとハーモニーで構成されている——これがアッ君が突き止めた大発見なのだとマサシゲは言っていた。

張龍強の創業した企業の名前が、その構成要素の一つと同じである事実に、わたしは偶然以上の何かを感じたのだった。思えば、張を中心に人民解放軍の技術者たちが集まって軍事用通信機器メーカーとして発足した会社の名前が「ハーモニー」というのは、いささかそぐわない気がする。

——張龍強が「ハーモニー」という名前を冠したのには何かしら特別な理由があったのではないか？

マサシゲの告白と重ねるように彼の武骨な風貌を思い起こしながら、わたしはふとそんな気がしたのである。

〈北京空港に到着。セキュリティーのため、帰国まで連絡しません。〉

というマサシゲからのメールが入ったのは、一月二十六日日曜日の午後七時過ぎだった。

クイーンズ伊勢丹のイートインスペースでパスポートの貸与を依頼され、一緒にブルータワーに帰って五八〇三号室の玄関先でそれを手渡したのが午後一時頃。

マサシゲはその足で羽田空港に向かい、さっさと北京行きの便に飛び乗ったのだろう。疲れを知らず、食事も睡眠も不要で、着替えや薬も無用のAIロボットのタフネスぶりにはとてもついていけないと思う。

ウー博士や張龍強、リャオ・チェンシーの過去や背景、人間関係をマサシゲは徹底的に洗ってくると言っていた。中国の情報セキュリティーの鉄壁さは世界に冠たるものではあるが、彼のような超高度な電子頭脳と変幻自在の変装術を身につけたAIロボットの入国を許してしまえば、さしもの公安大国といえども、大方の情報源にやすやすと接近され、各種データベースへの侵入もあっさり許してしまうに違いない。

旅程は一週間程度と言っていたが、確かに一週間もあればウー博士たちの抱える事情の大半をマサシゲは「徹底的に」洗い出してしまうと予想される。

英理が帰宅したのは、そのメールを受け取った直後だった。

マサシゲにパスポートを渡したあと、わたしはすぐに英理に連絡を取り、手短に用件を伝えて必要なものを取り揃えるよう頼んだのだった。

秋葉原で買い物を済ませ、英理は大きな紙袋を二つ提げて戻ってきた。

「何とか僕たちの手だけでもうまくいきそう？」

紙袋の一つを受け取って一緒にリビングダイニングに入りながら訊ねる。

「お店の担当の人に説明して貰ったから、全然大丈夫」

英理は自信たっぷりだった。

ひとまず大手電器店のロゴ入りの紙袋をダイニングテーブルの上に載せた。

英理がそれぞれの袋から四角い小箱を取り出していく。

赤い小箱が六つ、青い小箱が同じく六つだった。

「こっちがカメラ用で、こっちがマイク用」

赤と青、順番に指さして彼が言った。

「みっちゃん、そっちのを全部出して」

赤い方の小箱を一つ持って英理が言う。彼はさっさと開封し中身をテーブルに置いた。一つ出すと次の箱に手を伸ばす。

わたしも見習って青い小箱を開け始める。

あっと言う間に十二個の赤と青のルーターのようなものがテーブル上に並んだ。

〝ルーター〟の大きさは煙草一箱分くらいか。

「何なの、これ？」

「最新式の盗撮、盗聴防止装置。さっきも言ったけど赤が盗撮防止で青が盗聴防止ね」

「で、これをどうするの？」

英理が赤い〝ルーター〟を一つ取って裏返し、底にある電源スイッチを入れる。てっぺんの小さな表示ランプが青く灯った。

「これでＯＫ。みっちゃんもそっちのやつを全部ＯＮにしちゃってよ」

わたしは青い方の電源を一個ずつ入れていった。こちらの表示ランプは赤だ。

十二個の赤青の〝ルーター〟のランプが灯る。

「で、これをどうするの？」

「赤と青それぞれセットにして、部屋のいろんなところに置けばいいんだって。電池は内蔵で三年間は持つってさ」

「部屋のいろんなとこって？」

「いろんなとこだよ。どこでもいいって。六セットあるから、とりあえずこのリビングとみっちゃんと僕の寝室、それに書斎、バスルームとかに置けばいいんじゃない」

「玄関は？」

「部屋の間取りと広さを店員さんに伝えたら、それなら四セットで充分にカバーできますよって言ってた。六セット置けば玄関なんて余裕なんじゃないかな」

例によって英理の話は実に大雑把だった。

「だけど、こんなもので本当に有効なのかなあ？」

〝ルーター〟は軽くてスカスカな感じだし、てっぺんの一つきりの表示ランプも安っぽい。製造国表示は「Made in Vietnam」だ。

隠しカメラやマイクの撤去には、探知機を使ってありかを見つけ、手ずから取り外す必要があるとばかり思っていたので、こんなちっぽけな装置で解決というのは予想外だった。

「これで、どうやって盗撮や盗聴を防ぐの？　この装置が妨害電波でも出してくれるの？」

「そうみたいだよ。よほど高性能のカメラとマイクでない限りは、これで完全に遮断できるって言ってたよ」

「ほんと？」

「そうだよ。そもそも店で一番グレードの高いのを買ってきたんだもん。値も張ったしね」

英理の口からまたまた意外なセリフが飛び出した。

「これ幾らだったの？」

「だいぶ値切って十二万円ぽっきり」

ということはこんな粗末な機械が一台一万円もするというわけか。

「これが一個一万ねえ」

わたしが呟くように言うと、英理が唇の前に人差し指を立てて小さく揺らした。

「違うよ。これ二台一セットで十二万円。全部で六セットだから合計七十二万円もしたんだよ」

「七十二万！」

わたしは思わず声を上げる。

「だって、みっちゃん、一番いいやつを買ってこいって電話で言ってたでしょう」

英理がすました顔で言う。

「心配しないでよ。僕も半分は出すつもりだから」

「だけど……」

確かに、茜丸たちが設置したであろうプロ仕様のカメラとマイクを防ぐとなれば、かなりハイレベルな機材は必須だろう。一セット十二万円というのは、まあ妥当な額なのかもしれない。ただ、この見た目の安っぽさが不安を誘うのだ。

「お金のことは別に構わないけど、ちゃんと遮断してくれないとね」

「大丈夫だよ。相変わらず、みっちゃんは心配性だねー」

英理はどことなくこの展開を楽しんでいるふうだった。

五八〇三号室の至るところに隠しカメラとマイクが仕込まれていると電話で伝えたときも、

「そんなことだろうとは思っていたよ」

英理は余り驚いた様子を見せなかったのだ。

彼にすれば、先だっての「みっちゃんはマー君のことを信じ過ぎている」という評がまさしく立証された形でまんざらでもないのかもしれなかった。

各部屋の片隅に〝ルーター〟を置いて、あっと言う間に作業は終了した。

時刻は午後八時になろうとしていた。

「晩御飯は？」

ソファでビールの小瓶片手に寛ぐ英理に訊ねると、

「まだ」

どうやら秋葉原で済ませてこなかったようだ。

「うどんでも茹でようか？」

わたしもまだだったが、さほど空腹ではなかった。中国から戻ったあと、英理は例によって減量モードに入っている。このところの夕食は簡単なものばかりで、わたしにとっても格好のダイエット期間となっていた。

「そうだね」

という返事にさっそく支度を始める。

常備している半生の讃岐うどんを大きな鍋で茹で、釜揚げにした。

鍋ごとダイニングテーブルに置き、つけ汁は市販のストレートのもの。薬味はたっぷりのおろし生姜と博多ネギのみじん切り、それにすりごまと揚げ玉。

差し向かいで鍋に箸を突っ込み、二人で熱々のうどんをすする。

「僕がウー博士の息子だっていうのはマー君、知ってるの？」

箸を止めて英理が言う。

「僕は何も話していないけど、多分、知っていると思うよ」

「そうだよね。この部屋の会話は全部筒抜けになっていたんだからね」

「それってやっぱりまずいかな」

「そうでもないよ。マー君が中国に渡ってウー博士のことを調べてくるんだったら、僕のことも
あらかじめ知っておいた方が好都合でしょう」

「なるほど」

「だけど、今後はこっちの情報を洗いざらいマー君たちに伝えるのは控えた方がいいよ」

「なんで？」

「向こうだってきっと情報操作をやっているし、現にこの部屋だってずっと監視していたわけだ
から」

英理が広いリビングを見回すようにする。

「まあね」

頷きながら、あの安っぽい盗撮・盗聴防止キットで本当に大丈夫だろうかとまたまた不安がよ
ぎる。

「連中、僕たちに監視を見抜かれて、次なる一手を打ってくるかな？」

英理が悪戯っぽい目になって言う。

「かもね……」

それからしばらくは二人で釜揚げうどんに専念した。英理は例によってビールの小瓶を立て続
けに空けていくが、わたしは一本だけにして、あとは緑茶だった。

鍋が空になったところでキッチンに運ぶ。英理が蕎麦猪口や小皿類を手にしてついてくる。

鍋や食器を手早く洗いながら、わたしは、

「今日、マー君にいろんな秘密の話を聞いたんだ。英理の耳にも入れておきたいから、いまから
ちょっとばかり時間を貰っていいかな」

ダイニングテーブルをアルコール除菌スプレーとキッチンペーパーで丁寧に拭いている英理に声を掛けた。

時刻はいつの間にか九時を回っていた。

コーヒーを淹れて英理と向かい合った。最近は食後のデザートは抜きで、いつもコーヒーだけだ。

わたしは姿勢を正して、英理の整った顔を見つめる。

「実はね、英理にずっと黙っていたことがあるんだ。最初にそのことを打ち明けようと思う。そうでないと、今日マー君が話してくれたことを正確に伝えることができないからね」

英理はぴんとこない顔でこちらを見ていた。

わたしは、それから二十分ほどかけて離脱について語った。夜な夜な（夜だけではないが）、英理の寝姿や入浴姿を覗いていたことも、十七階の各部屋を巡ったことも、純菜と拓海君の部屋に侵入したことも、ブルータワーの地下に潜り込んだことも、さらには屋上のヘリポートで白い幽霊を目撃したことも包み隠さずに伝えた。

むろん、一七一五号室での張龍強と英理のセックスをつぶさに鑑賞したことも告げる。その話をしたときだけ、英理の表情に微かな変化が生まれた。

黒い女性用の下着をわたしに手渡された瞬間に彼は張との関係が露見したと気づいたわけだが、その理由がようやく分かったというところだろう。

「いままで何度か打ち明けようと思ったことがあるんだけど、やっぱり警戒されてしまう気がしてね。でも、もうこれ以上黙っておくのもどうかと思ったんだ。離脱のことを言っていないせいでここの地下施設の存在もマー君経由でしか伝えられなかったし、それに、僕がどうやってマー君やアッ君と知り合ったかもちゃんと話せなかったしね。いままで、こんな大事なことをずっと隠していて本当に悪かったよ。ごめんなさい」

最後にわたしは深く頭を下げてみせる。

「そうだったんだ……」

英理は少しばかり間を置いて口を開いた。

「面白いね」

わたしにはその言葉の意味が分からない。

「正直なところ、何となく察するところはあったんだ。夜中にみっちゃんの気配を感じることもたまにあったし、セックスしているときも、みっちゃんが違う場所に飛んでいくことがよくあったから」

今日、マサシゲが言っていたのと同じようなことを言う。

「一昨日も、いたよね」

視線を強くして彼がわたしを見る。

「いた？」

「そう。僕が道場で久しぶりに弓を引いたとき」

図星だった。

一昨日、英理が錦糸町の大日本流心流東京本部道場に出かけた折、わたしは後をつけて道場に入り、その神業を目の当たりにしたのだった。

「どうして分かったの？」

「さあ……」

英理は素直な顔つきで首を傾げ、

「でも、僕の弓を見たんなら、そういうことも分かるんじゃないかって思わない？」

逆に訊き返してきたのだった。

なるほど、という気がした。何しろ英理は目を瞑ったまま五本の矢を連射して、霞的にきれいな真一文字を描いてみせたのだ。

今日、マサシゲから聞き出した話を詳細に伝えた。

英理はいつものように黙ってじっくりとわたしの言葉に集中していた。

「まあ、マー君がどこまで本当のことを喋ったのかは分からないけどね。とはいえ、この地下にウー博士がいることやパイロットプラントがあるのは本当に知らなかったんだと思うよ」

話し終えたあと、わたしが付言すると、

「今日のマー君の説明は、多分全部その通りだよ」

英理が言う。

「どうしてそう思うの？」

「だって、みっちゃんの離脱能力の秘密を使って人間の意識をマー君たちに移植するなんて意味不明でしょ。そもそもそんなことができるとは到底思えないしね。でも、そのマスターキーが手に入れば人間の意識に別の人間の意識を移すことは可能になるのかもしれない。マー君やアッ君もあの日、地下施設で一万基の人工子宮を見て、きっとそう思ったんじゃないかな。これは、自分たちの聞いている話と違うんじゃないかって。だから、みっちゃんに本当のことを言おうと考えたんだと思うよ」

「つまり、白水たちの真の目的は、あの人工子宮で生まれる子供たちの意識をどうにかしたいってこと？」

「たぶんね。マー君たちもきっとそう考えたんだよ。実際、白水会長やアイラ・パールが具体的に何をどうしたいと目論んでいるのかはまだはっきりしないけどね」

「ふーん」

わたしには英理の言っていることがいま一つイメージできない気がした。

ただ、今日のマサシゲの話がすべて事実だろうという英理の印象には同感だ。

「みっちゃん」

英理に呼ばれて、わたしは物思いから脱する。

「実はね、いまの話を聞いて思いついたんだけど、僕からもみっちゃんに是非頼みたいことがあるんだ」

英理はいつになく真剣な面持ちになっていた。




英理からの突飛な提案を受けて、わたしは返答を留保し、一両日考えた。

その上で、やはり気が進まないと彼には伝えたのだった。マサシゲの告白でも分かったように、ブルータワーの防犯カメラは、離脱したわたしの姿を捉えることができる。

当然、地下施設に配置されたカメラも同様だろう。

だとすれば、離脱していようといまいとわたしが地下に降りたことはすぐに白水たちに勘づかれてしまうのだ。

「心配ないよ。まさかウー博士のプライベートスペースにまでカメラが付いてるわけじゃないと思うから。肝心なのは博士に気づかれないことなんだ」

英理は、わたしの行動が捉えられても、ウー博士の部屋で何をしていたかまでは察知されないと楽観的だったが、それにしたって前回と同じような後遺症を負うリスクを冒してまで地下に潜入するのは割に合わない気がした。

しかも、ウー博士の部屋に入ってわたしにやって来て欲しいことというのが、およそ実効性があるものとはとても思えなかったのだ。

「そういう目的なら、純菜に掛け合ってみる方が得策なんじゃないかな」

わたしからの逆提案に、

「だけど、純菜さんが引き受けてくれる可能性は少ないんじゃないかなあ」

英理は否定的だった。

「とりあえず、純菜に連絡してみるよ。そのときの感触で判断すればいい。何にしろ、彼女がどうして白水たちのプロジェクトにあれほど深入りしているのか、親として理由を知っておきたいからね」

わたしは英理を押し切って、そういう結論にしたのだった。

そのあと、わたしはすぐに純菜のスマホに電話した。だが繋がらない。丸一日、時間を改めて何度か掛けたが留守電にも切り替わらないままだった。

翌日、不審に思って葉子に電話した。

「純菜はいま日本にいないのよ」

彼女から意外な言葉が飛び出す。

「仕事でインドに行っているの。しばらく向こうみたいよ」

「いつから？」

「今年の初めに出かけたわ。あなたには出発前に連絡しておくって言ってたけど……」

「だけど電話が繋がらないのはヘンだろう。番号を変えたわけでもあるまいし」

「電話番号は同じじよ。私も三日前に話したばかりだもの」

葉子の話は鵜呑みにできない気がした。純菜とは一週間前に地下で顔を合わせたばかりだったし、彼女は、アイラ・パールと共にウー博士の進めるプロジェクトを支援するのが日常業務のように見受けられた。インドに駐在しているというのはいかにも怪しい。

——本当はいまだ世田谷の実家にいるのだが、葉子は純菜から口止めされているのではないか？

そんな気がした。

地下施設でのよそよそしい態度からして、彼女はわたしを避けているようだ。あの日もしかじかとやりとりしなかったし、それ以前に、自分がブルータワーで働いていること自体をずっと隠し続けてきたのだ。

純菜はいまやすっかり〝あっち側の人間〟なのだろう。

次の日の夕方、わたしは思い立って世田谷の葉子宅に出向いてみることにした。

清水蛍子と一緒になるつもりで家を出て以来、葉子の住む南烏山の家には一度も足を踏み入れていなかった。足を踏み入れないどころか烏山界隈に近づいたことさえない。

午後五時頃、ブルータワーの車寄せで自動運転車に乗り込み、かつての我が家の住所を音声入力する。モーターの駆動音がして、車がゆっくりと走り出す。

到着予定時刻は五時三十五分。時間が時間とあって首都高速が幾らか混み合っているようだった。

五時半ちょうどに南烏山三丁目の角地に建つ二階屋の前に車が止まった。

久方ぶりに目にする家だが、門構えも塀代わりの生垣も以前のままだった。門扉や階段、玄関わきの鉢植えも手入れが行き届いていて、古びた印象はない。葉子は生来の潔癖症とあって一緒に暮らしているときも掃除や片付けに余念がなかったのを思い出す。

一階が幾つかの居室や風呂、純菜の部屋で、二階がリビングとダイニング、それに夫婦の寝室と小さな書斎という造りだ。一階の窓は暗かったが、二階のリビングの窓には明かりが灯っている。ガレージに車もあるから葉子は在宅に違いない。

二百メートルほど先にある公園の駐車場に向かうよう車に指示する。

すでに日は沈み、あたりは暗くなってきている。

公園駐車場にもまばらに車が置かれているだけだった。

ペットボトルの水で気管支拡張剤を飲み、車内灯を消してシートに身を預ける。数分でスムーズに離脱した。

車から出ると駐車場内で家並みの高さの倍くらいまで上昇し、葉子のいる家を目指す。上空からびっしりと建ち並ぶ戸建て住宅を見下ろしてもさほどの感慨はなかった。

東京郊外のどこにでもありそうなごくごく平凡な住宅街だ。

五分もせずにかつての我が家の二階ベランダに到着した。レースのカーテン越しに明かりのついたリビングルームを覗くが、人影は見当たらない。

窓を抜けて室内に入る。

部屋の内装はすっかり変わっていた。それはそうだろう。わたしが家を出てすでに十数年の歳月が流れているのだ。

この家を建てたのは父が存命の頃で、生前贈与を受けた父の遺産を頭金にし、葉子の両親からも多少の資金援助を受けた。敷地も建坪もそれなりで、邸宅とかお屋敷と呼べるほどではないが、近隣の住宅の中では大きな部類だった。

住宅ローンは、慰謝料と一緒にこの家を葉子に渡すときにきれいに片づけた。思えばあの頃は作家として一番勢いがあった気がする。収入もかなりの額に上っていた。

部屋に入ってみると人の気配がある。

応接セットやテレビ、サイドボードの置かれた二十畳ほどのリビングの隣が八畳程度のダイニングで、いまは間仕切りが半分閉まっているので見通せないが、どうやら葉子はそっちにいるようだ。夕飯の準備でもしているのだろう。

ダイニングのさらに奥にキッチンがある。

間仕切りの隙間を抜けてダイニングルームに入る。

まず驚いたのは、キッチンの仕様が変わっていることだった。アイランドキッチンになっていて、流し台の向こうに葉子が立っていた。わたしが住んでいた頃の奥まったキッチンスペースは取り壊されたようでダイニングルームと一つながりになっている。

どこかの時点で改築をしたのだろう。

――なるほどこっちの方が開放感があっていいな。

そんな感想を持つ。

葉子は真剣な顔で調理に勤しんでいた。

相変わらず料理は苦手なのだろう、と思う。日々の献立に汲々とし、そこに遊びや工夫、たのしみを見出すことができなければ料理の腕というのは決して上達してくれないのだ。

しばらく元妻の台所姿を眺めた後、わたしは階段を伝って一階へと降りた。

一階の造りは記憶の通りだった。

ドアの近くに広めのストレージとクローゼットがあって、クローゼットの向かいにゲストルームと仏間。純菜が使っていた部屋は一番奥で、その対面がわたしと葉子の蔵書を納めるためにわざわざこしらえた書庫だった。書庫にはデスクと椅子が置かれ、会社を辞めてしばらくはそこを執筆部屋として使っていた（一年ほどで近所に仕事用のマンションを借りた）。

真っ先に純菜の部屋を覗いた。

ベッドやライティングデスク、ドレッサーなどはそのままだったが、デスクの上には何もなく、ドレッサーの上にも何もない。鏡も閉じられていた。ウォークインクローゼットの中も確かめたが、クリーニング済みのスーツやワンピースが何着かぶら下がっているだけだ。

つまるところ、この部屋は現在は使われていないようだった。

怪訝な心地で廊下に出て、他の部屋を順々に見て回る。

書庫は、両壁一面に並べた本棚の中身が大きく変化していた。わたしが残していった蔵書は見当たらず、全部が別の書籍に入れ替わっている。一番驚いたのは、大きな書架二つがまるごと服飾関係の大型本やカタログ、雑誌で埋められていることだった。

——一体、誰の本なんだ？

およそ、葉子や純菜の趣味とは思えなかった。

玄関のそばにあるゲストルームを検《あらた》める。ベッドは取り払われ、壁際にＰＣとプリンターを据えたデスクと椅子、その横に背の高い書棚があった。一人掛けのソファと向き合う形で大きなテレビが置かれている。書棚には映画関係の書籍や雑誌が並べられていた。

どうやらここは映画ライターを目指しているという葉子の仕事部屋のようだった。

彼女は目の前のソファに腰を落ち着けて、古今東西の新作、旧作映画をチェックしているのだろう。

衣裳部屋にはたくさんの女性ものの服や靴、バッグが詰め込まれている。こまかく検分してみると、サイズも傾向も三種に分かれていた。葉子、純菜のものだけでなく、明らかに彼女たちとは体形や嗜好の異なる第三の女性のものが挟まっている。

わたしはますます面妖な心地になった。

この家には葉子と純菜だけでなくもう一人の女性が住んでいる、乃至は住んでいたとしか思えない。というよりも、純菜の部屋が空いている点からして、葉子は現在、その女性と二人暮らしなのではないか？

――一体誰だ？

一人っ子の葉子に姉妹はいないし、親しい叔母や従姉妹もいやしない。母親もとっくに亡くなっていた。

わたしは再び二階へと戻った。

リビングやダイニングへは向かわず、昔はわたしも使っていた十五畳ほどのベッドルームへと進む。きっちりと閉まったドアをすり抜けて部屋の中へと入った。

片側の壁に寄せてキングサイズのベッドが置かれていた。むろんわたしたちが使っていたベッドではない。

ベッドには枕が二つ並んでいる。上掛けはキングサイズ用の羽毛布団だ。ベッドカバーはなく、洗い立てのパジャマが二組、それぞれの枕のそばに載せられている。

ネイビーとベージュだが同じタイプのパジャマだった。

どちらも女性用と思われる。

枕二つと色違いのお揃いのパジャマ――このベッドで二人の女性が寝ているということになる。一人はむろん葉子。そして、もう一人は、一階の書庫で書架二つ分を服飾関係の書籍や雑誌で埋め、葉子や純菜とは異なる趣味の服や靴を衣裳部屋に大量におさめている女性……。

わたしは、想像だにしなかった葉子の私生活に触れ、愕然とした思いだった。

わたしが同性の英理と暮らしているように、葉子もまた同性の誰かと一緒に暮らし、こうしてベッドを共にしているのだ。

葉子の相手が誰かはおおよそ察しがつく。

長年の知己で、親友づきあいを続けてきたファッションに造詣の深い女性となれば、一人しか思い当たらない。

書庫の様子や衣裳部屋の服や靴の数、そしてこの寝室の有様などからして、葉子と彼女はもう長いこと、この家で同棲していると考えるべきだろう。

だとすれば、純菜が結婚を急いだのも、一度は出戻ったもののさっさとここから退散したのも頷ける気がした。

さらには、純菜が常識的な結婚生活や夫婦生活に背中を向け、人工子宮を使って自分好みの子供を作ることに情熱を燃やしている理由もなんとなく分かるような気がする。

父親が出て行った家に母親は同性の愛人を招き入れ、自分を捨てた父親はやはり同性の愛人と暮らしている。純菜がわたしと英理との関係にどこで気づいたのかは分からないが、それはそれとして彼女が結婚や家族というものに何一つ幻想や期待を持たなくなったとしても、そこを責めることは誰にもできないだろう。まして、わたしや葉子にあれこれ言う資格などあるはずもない。

鍵が回る音がして、一階の玄関ドアが開く音がした。

「ただいまー」

というほんわかした声には聴き憶えがある。

わたしは急いで寝室を出ると、階段のところまで飛んで、彼女を待ち構える。

大きなバケツバッグを肩に掛けた大柄な女性が階段を上がってきた。分厚いコートを着込んでいるせいで余計にふくらんで見える。長い髪は頭のてっぺんでお団子にしてまとめていた。

その髪には幾らか白いものが混じっている。

ずいぶん顔を見ていなかったが、彼女もそれなりに歳を重ねたということだろう。

わたしの鼻先を通過して、リビングのドアを開け、中へと入って行った。ドアは上半分にガラスが嵌っているので後ろ姿を目で追いかけることができる。

葉子が出迎えていた。

コートを着たままの彼女と葉子は抱き合い、頰をすり寄せ、二人は軽く口づけする。

会社の後輩である金村杏と葉子は、杏が入社して以来の親友だった。そのことはよく知っているし、彼女とは三人で何度も食事をしたことがあるし、自宅に招いたこともあった。だが、二人の関係は、一体いつから目の前のようなものに変わったのだろうか？

わたしと別れる前か？　それとも後なのか？

92

二月三日月曜日。

英理の予想は的中した。

わたしが地下施設に二度目の潜入を試みたのは、南鳥山から戻った翌日、一月三十一日の午後九時頃。首尾よくウー博士母娘の居室を見つけ（「28」番の部屋だった）、すでにベッドに入っていたメイの枕元に近寄り、彼女の耳元で英理の伝言を呟いた。

都合のいいことにウー博士は不在だった。

メイは目を閉じていたが、まだ眠ってはいなかったと思う。

わたしのささやきに目を開けたが、ベッドサイドに佇んでいたこちらの方へ顔を向けたわけでもなく、果たして無事に聞き取ったのかどうかは不分明だった。

そもそも声帯を持たない意識体のわたしに本物の声は出せない。

「大丈夫だよ。彼女にはきっとみっちゃんの声は届くから」

英理は確言していたが、わたしには半信半疑でさえなかったのだ。

だから、この日、昼の十二時を回ったところでインターホンが鳴り、コンシェルジュから来客だと告げられたとき、わたしはダイニングテーブルの前の椅子に座ってメイの来訪を待ち構えていた英理に思わず感嘆の視線を送ったのだった。

「メイは必ず時間通りに来るよ」

彼はずっとそう言っていたのである。

インターホンのディスプレーに映し出されているメイは、初めて見たとき（「18」番の部屋で基礎物理の授業を受けていた）や三日前の寝床の中の姿とはずいぶん印象が異なっていた。だが、彼女はメイ本人で間違いはない。

玄関まで出迎えたのはわたしではなく英理だった。

「やあ、よく来たね」

彼女を招き入れる英理の柔らかな声が聞こえた。

英理と一緒にリビングダイニングに入ってきたメイを見てわたしは目を瞠る。彼女はまだ小学四年生か五年生くらいのはずだが、とても背が高かったのだ。

さすがに英理には及ばないが、それでもすでに百六十センチくらいはあるだろう。

だが、目を瞠った理由はそれだけではない。

並んで部屋に入ってきた二人の雰囲気がびっくりするほどよく似ていたのである。

「彼女は間違いなく僕の妹だよ。だから、みっちゃんの声なき声だってきっと聞き取る能力があると思う。女の子である分、むしろ僕なんかよりそういう力は強いんじゃないかな」

純菜との連絡がつかないためやむなく英理の提案を飲む、と伝えると、英理はそんなふうに言

い、

「心配しなくても前回みたいなことにはならないよ。メイを見つけて伝言して、無理やり引っ張り戻される前にさっさと帰ってくればいいんだから」

英理はあくまで楽観的で、実際、メイの耳元で伝言を呟いたあとわたしは一目散に肉体へと帰還し、事なきを得たのだった。

そのほっそりとした体形も整った顔立ちも英理とメイはそっくりだ。

英理が女性のような面差しと身体つきをしているせいもあってまるで縮尺の異なる双子を見ているような趣さえある。

「間違いなく僕の妹だよ」との英理の言は正しい。

メイは、わたしを見るとすでに見知った顔に接するように、目くばせめいた視線を寄越し、軽くお辞儀をした。

「こんにちは」

わたしの言葉に、

「こんにちは」

きれいな発音で返してくる。

「日本語はできるの？　英語でも全然構わないよ」

前々回、基礎物理の授業を受けているときは金髪の若い教師と英語でやり取りしていたような気がする。わたしも日常会話程度なら支障はないし、英理の英語はかなりのレベルだと知っていた。

「日本語で大丈夫です。おかあさんに教わりましたから」

メイははっきりとした言葉遣いで答える。

彼女の知能が年齢を遥かに超えているのは、あの授業内容からも充分に予想していた。ウー・フープーと陳徳民の血を受け継いでいるのであれば、それは当たり前でもあろう。同じ血を引く英理の知能も非常に高いのだ。

英理の定席の隣にメイは座る。

「僕たちはいまからお昼ご飯を食べようかと思っているんだけど、メイはどうする？」

英理が兄貴然とした口調で訊ねる。

「昼ご飯と言ってもラーメンなんだけどね。ただ、福岡の久留米から取り寄せたとんこつラーメンだから味は抜群だよ」

わたしが言う。

「とんこつラーメンは食べられる？」

と英理。

「大好きです。ご馳走になります」

メイは小さな笑みを浮かべて言った。

三人でふーふー言いながらラーメンをすすった。

「ラーメンはやっぱり日本のが一番ですね」

大人びた顔と口調でメイが言う。

「メイちゃんはいつ頃日本に来たの？」

「去年の夏、八月の半ばです」

「それまでは？」

ウー博士とメイは中国捜査当局やメディアの追及を逃れて長年雲隠れしていたはずだ。ホーリーマザーが匿っているともっぱら噂されていた。

「ロンドン、チューリッヒ、バンクーバー、ウェリントン、ニューデリーとあちこち。ここに来る前は半年くらいアーメダバードに住んでいました」

「アーメダバードってパール家の本拠地だよね」

「はい。ずっとダミニおばあちゃんと一緒でした」

「ダミニおばあちゃん」というのは、パール財閥の総帥、ダミニ・パールのことだろう。

「そうだったんだ」

ウー博士とメイは一体いつからパール家の庇護を受けるようになったのか？

訊ねたいことは山ほどあるが、わたしは、余り質問攻めにはしないことにした。隣の英理は何も訊かずに黙ってわたしとメイのやりとりに耳を傾けている。

「こんなふうに自由に一人で外出なんてできるの？」

「あんまり……」

「じゃあ、今日は？」

「アリスと買い物に行くって言って出てきました」

「アリスって、あの金髪の先生？」

「そうです。アリスはおかあさんの教え子なんですけど、私との方が仲良しなんです」

そこでメイがようやく子供らしい表情を見せる。

「ずっとこの地下に住んでいるの？」

英理が初めて質問した。

「うん」

メイは隣の英理に顔を向け、しっかりと頷く。

食後、ソファに移動し、わたしと英理が三人掛けに座り、丸の内の高層ビル群が正面に見える一人掛けの特等席にメイを座らせる。メイにだけハーゲンダッツのクリスピーサンドを出した。

「おにいちゃんとおじちゃんは？」

と訊かれて、

「二人ともダイエット中なんだよ」

と答えるとメイは納得した表情でさっそくクリスピーサンドに齧りついたのだった。

しばらくおいしそうに食べる彼女の姿を眺めた後、英理が少し身を乗り出すようにして口を開いた。

「白い幽霊って、メイは見たことがあるの？」

英理がメイに会いたいと言い出したとき、わたしは詳しく理由を訊ねなかった。

「血を分けた妹だからね。会ってみたいんだ」

と言われて、そんなものかと思った。そもそも、地下に潜り込んで彼女の耳元で、

「お兄さんが会いたがっているから、月曜日の昼過ぎにブルータワーの五八〇三号室を訪ねておいで」

と呟くだけでいいと頼まれ、そんなことでうまく事が運ぶとは思いもよらなかったのだ。

白い幽霊の件をのっけに持ち出してきたことからして、英理はその話をメイとしたかったのだろう。単刀直入が彼の信条だし、たとえ相手が初対面の実の妹でもその姿勢が変ることはあるまい。

メイは英理の問いかけに、

「あるよ」

あっさりと言った。

「それっていつ頃のことかな？」

「一番最近だと一週間前」

「一番最近？　ということは何度か見たことがあるってこと？」

「おにいちゃんはないの？」

逆にメイが怪訝そうに訊き返してくる。

あの伝言通りにやって来た点からして、メイは自分に兄がいることや、それが英理であることを誰かから聞かされていたのかもしれない。少なくとも、初めてとは思えないほど二人は兄妹として打ち解けて見える。

「おにいちゃんはないんだ。知り合いの女の人で見たことがある人はいるし、この前沢のおじさんも去年の九月にここの屋上で一度だけ見たことがあるんだけど」

「そうなんだ……」

メイはわたしの方へ顔を向ける。

「メイは何回くらい見ているの？」

「一週間に一度くらいは見てるよ。ここに来てからずっと」

「場所は？」

「地下」

「メイたちが住んでいる、あのたくさんの部屋が並んでいるフロアで？」

「そこだけじゃないよ。HM2のスタジアムでも見かけたことがある」

「じゃあ、おかあさんや他の人たちも見ているんだね？」

するとメイが首を振った。

「違うよ。おかあさんたちにはあれは見えないの。見えるのは私だけ」

彼女はそう言い、

「それに、おにいちゃん。あれは幽霊なんかじゃないよ」

と付け加えたのだった。




「幽霊じゃないって？」

英理がすぐに反応する。

「幽霊って人間の意識でしょう。人間の意識だったら前沢のおじちゃんみたいに防犯カメラに写るもの。でも、あれは人間の眼には見えてもカメラには写らない。つまりは幽霊じゃないってこと」

メイは自信たっぷりに言った。

「じゃあ、あの白い幽霊は一体何者なわけ？」

するとメイは口ごもる。

残っていたクリスピーサンドを食べながら英理やわたしに思わせぶりな視線を送る。その顔はとんでもなく愛らしくて、一人前のおんなを感じさせてくれた。

「あれは、きっと神様みたいなもの」

アイスクリームを食べ終えて、メイが言った。

「神様みたいなもの？」

「そう」

わたしは彼女の言葉に、茜丸が話していた「地球の神様」を想起する。

茜丸は、地球に小惑星をぶつけようとした米ロ中の関係者たちを地球の神様が白い幽霊を使って殺させているのだ、と真面目に信じていた。メイが言っているのも似たようなことなのだろうか？

「メイはどうしてそんなふうに思うの？」

「思うわけじゃないよ」

不思議な答えが返ってきた。

「感じるの」

「そうなんだ……」

英理はたまに見せる思慮深げな表情になる。

「白い幽霊を目撃した僕の友達は、すごく邪悪なものを感じたって言っていたけど、メイもそんなふうに感じたことある？」

「全然ないよ。その人がそう感じたんだとしたら、その人の方に問題があるのかも」

神様みたいなもの――と表現するのだからその可能性は薄かろうとわたしは思う。

「問題？」

「そう。最初からあれのことを凄く怖いものだと信じていたとか……。そういう自分の感情がきっと投影されたんだと思う」

「なるほど」

英理が納得したような頷き方をした。

わたしが一度だけ白い幽霊を見たときも、邪悪なものは感じなかった。

「だとすると、アメリカやロシア、中国のミサイル技術者や軍関係者を殺したのも、あの白い幽霊ではないってこと？」

わたしが訊いた。

メイの話しぶりからして、彼女は外国人連続死事件のことも知っているような気がする。何しろ彼女は、わたしの離脱した姿が防犯カメラに写っていたことも知っていたのだ。

「彼らが死んだのは、あれのせいだと思う。ただし、殺したというのは適切な言葉じゃない気がするけれど」

案の定、メイは事件のことを知っているようだ。

「じゃあ、何と言えば適切なんだろう？」

そこでメイはちょっと考えるような様子になる。

「罰が当たったのよ」

きっぱりとした口調で言った。

この答えも茜丸のそれと奇妙に一致している。

「彼らは当然の報いを受けただけ」

「だけど、それだったらこの新宿二丁目に隕石をぶつけた張本人であるインドのミサイル技術者や軍人、政治家たちに罰が当たっていないのはなぜ？　白い幽霊が神様みたいなものだとしたら、インド人のことだって放ってはおかないんじゃない？」

英理が言う。

当然の疑問だし、白水たちも同じ疑問を口にしていた。

「だって、彼らはアメリカ人やロシア人、中国人とは違うもの」

「それってどういう意味なの？」

再びわたしが訊ねる。

「白水兄妹やダミニ、カイラ、アイラ、それに私のおかあさんや純菜さんたちは、自分たちの考えが正しいと深く信じて行動しているから、彼らに対してあれはあれ自体では何も影響を及ぼすことができないの。だって彼らは地球を攻撃しているわけじゃなくて、あれそのものを攻撃している存在だから」

「要するに確信犯だってこと？」

「その通り」

メイは深く頷いた。

「あれにとって彼らは本物の敵なの。だから天罰は下せない。戦うしかないのよ」

彼女は順番に英理とわたしの目を見据え、そう言ったのである。

94

二月九日日曜日。
ようやくマサシゲが帰国した。出発は一月二十六日日曜日だったので、ちょうど二週間の旅だったことになる。一週間程度で戻ると言って出かけたのだから、予定の倍の時日を要したわけだ。その間、彼からの通信は一切なかった。
心配はしていなかったが、十日を過ぎたあたりでこちらからラインかメールでもしようかと迷った。「セキュリティーのため、帰国まで連絡しません」というマサシゲの意思を尊重して思い止まったのである。
九日の夕方、
〈たったいま羽田に着いた。いろいろと収穫があったよ。〉
というラインが届き、
〈さっそく行っていい？〉

と訊いてきた。

〈今日は英理がこれからレミゼだから、明日にしない？　明日の夜なら英理もいるから。〉

と返信すると、

〈じゃあ、明日の夜、三人で会おう。〉

あっさりとマサシゲは了承したのだった。

先ずは英理抜きで二人で会いたいと言わなかったことでマサシゲのスタンスにさほどの変化がないのを確かめられた気がした。

月曜日にメイと会い、真偽はともかくも驚くべき彼女の話に英理ともども耳目を奪われ、今後は常に英理と二人三脚で事態に対処しようとわたしは心に誓ったのだった。

マサシゲや茜丸についても、英理ほど猜疑的ではないが、わたしとて全幅の信頼を置いているわけではない。二人は白水やパール家に雇われた者たちだった（マサシゲはそれ以上とも言える）。彼らが本当は何を知り、本当は何を考えているのかは、白水やアイラ・パール同様にいまだ判然としない。仮に、マサシゲたちと白水たちの利害が一致しなかったとしても、だからといってマサシゲたちがこちら側だと決まったわけではあるまい。

メイの話が真実であれば、むしろ彼女こそがわたしや英理の仲間ということになろう。

そして、白い幽霊もまたわたしたちの仲間ということになる。

というよりも、わたしにしろ英理にしろメイにしろ、白い幽霊の意思に従ってこの新宿二丁目という〝特別な場所〟に導かれ、彼（と呼んでいいのか分からないが）のために働くことを求められているようなのだ。

白い幽霊のために働くというのは、とりもなおさず彼にとっての「本物の敵」である白水やアイラ、さらにはウー博士と「戦う」ということでもあった。

白い幽霊は、白水たちと戦わせる目的でわたしたちを呼び集めたのだとメイは語る。

英理もわたしもメイの説明を聞いて、彼女の言うことが真実であるならば、白い幽霊のために一肌も二肌も脱ぐしかあるまい、と深く思いを致さざるを得なかった。

白水やアイラ・パール、ウー博士がこのブルータワーの地下で行おうとしていることは容認しがたいもののようだった。

それは人間の人間としての本然を冒瀆する行為であり、何より、わたしや英理の存在そのものを貶める行為に違いなかった。

白い幽霊が、白水たちの「神をも畏れぬ行為」（メイの言葉）を阻むためにわたしや英理、メイの力を必要とするのであれば、わたしたちは彼に協力するしかないのだ。

そこは自明のことのように思われる。

ただ、それにしても白水やパール家の人々、ウー・フープーはどうしてそのような大それた企てを実行しようとしているのか？

彼らには一体いかなる動機があるのか？

メイの説明をとくと聞いても、わたしにはどうにも得心がいかなかった。

その気持ちは一週間近くが過ぎた今も依然として同じ重さで胸の奥に居座ったままだ。

マサシゲの中国での調査結果が、白水たちの行動の動機を少しでも明らかにしてくれるものであればいいと願う……。

翌日の夜、わたしと英理は十七階のマサシゲの部屋を訪ねた。

いつもは五十八階にマサシゲがやってくるのだが、今回はわたしたちが訪ねると提案したのだった。監視装置はすべて機能不全にしたはずだが、そのあと、どんな方法で復旧されているか分からない。わたしたちの部屋は内密の話をするにはやはり不適当だった。

英理とも機微に触れる話題はできるだけラインでやりとりするようにしている。

マサシゲの部屋であればその点は心配無用だ。白水たちもまさかマサシゲの部屋に監視カメラは仕込んでいないだろう。彼のような高度なセンサーを全身に備えたＡＩロボットの挙動を盗撮したり盗聴しようとするのは余りにも無謀な試みと言わざるを得ない。

マサシゲの部屋の広いリビングにはうちにあるのと似たようなダイニングテーブルと椅子、さらには応接セットが置かれている。各居室に順々に大型ベッドを入れていったとき、マサシゲが一緒に購入したもので、当然ながらわたしの部屋を真似たものだった。

そのテーブルに向かい合って座る。わたしと英理が窓側、マサシゲがキッチンの側だった。テーブルには大きなポットとマグカップがある。マサシゲが自慢のコーヒーをそれぞれのカップに注いでわたしたちに差し出してくれる。

最近の彼のコーヒーはバリスタ顔負けの味わいだった。ふくよかなコーヒーの香りがわたしたちのあいだに立ち込める。

「予定より時間がかかったんだね」

わたしではなく英理が最初に口を開いた。

「うん」

マサシゲは頷き、

「インドにも足を延ばしてきたんだ」

何でもないことのように言った。

「インド？」

「うん。サルマン・カーン博士にも会ってきたよ」

サルマン・カーン？

「あの科学技術大臣の？」

英理の一言で思い出す。

サルマン・カーンはカイラ・パール政権で科学技術大臣を務める「ロケット工学の第一人者」で「インド・ロケット軍の事実上の創設者」だとアイラ・パールは言っていた。

インド軍のミサイルで０３１ＴＣ４を迎撃すべきだとカイラ・パール首相に進言したのもこのサルマン・カーンだったはずだ。

「もう大臣は辞めているけどね」

マサシゲは言う。

「いつ？」

「一年ほど前かな。カーン博士は幼少期からパール家の援助をずっと受けてきた人物なんだ。グジャラート州の貧しい農家に生まれた彼は、そのとびぬけた頭脳を買われてパール家に引き取られ、ダミニ・パールの夫、チャンドラ・パールにずいぶん可愛がられたらしい。チャンドラが死んだ後もダミニに庇護され、ダミニの娘のカイラとも兄妹のような関係を築いている。カイラが政権を獲得してからはずっと閣僚の一人として支え続けてきた。そのカーン博士がパール家と距離を置いたというのはインド政界では非常な驚きをもって受け止められたらしい。閣外に出たのは、表向きは病気のせいだとされているけど事実じゃない。実際、彼に会ってみたらピンピンしていたよ」

「インドにはカーン博士に会うために行ったわけ？」

わたしが訊ねると、

「それだけじゃないけどね。というより、インドに行ったのは、ホーリーマザー・カンパニーの幹部に会ったときに由々しき噂を耳にしたからなんだよ」

ホーリーマザー・カンパニー（聖母技術有限公司）は、あの人工子宮HMシリーズを製造販売している中国の企業だ。

「由々しき噂？」

「そう」

マサシゲが頷く。

「どんな？」

再び英理が訊いた。

「チャンドラ・パールは妻のダミニに毒殺されたというんだよ。しかも、ウー博士はその話を聞いて、ホーリーマザーの用意したヨーロッパの施設を出てパール家に身を寄せることにしたというんだ。そのホーリーマザーの幹部は、パール家に近づくのはやめた方がいいと釘を刺すつもりでその話をしたら、やぶへびだったと嘆いていた。チャンドラがダミニに殺されたという噂は確かにインド国内で根強くあるらしい。そもそも、パール家の血を引くのは妻のダミニで、チャンドラは婿養子に過ぎなかったからね。ただ、ホーリーマザーの幹部の話はそうした単なる憶測の類とはまるで違っていたんだ。ダミニがなぜ夫を殺したのか、その理由として一族のなかで密かに語られている話を彼は喋ってくれたし、それを聞いて、なぜウー博士がパール家のもとへ行くことに決めたのかが、僕にはよく理解できたんだよ」

わたしには、マサシゲの話がうまく飲み込めなかった。ダミニ・パールが夫を毒殺したというのは確かにショッキングな噂ではあろうが、しかし、その話を聞いてわざわざインドまで出向いたのはなぜだろうか？　恐らくはウー博士に関して集めた情報とすり合わせ、彼はその噂の真偽をどうしても確認しておかねばならないと判断したのだろう。

だが、ウー博士と、ダミニの起こした毒殺事件とのあいだに一体いかなる関連があるというのだろう？

「ダミニ・パールがチャンドラを毒殺したと聞いて、どうしてウー博士はわざわざダミニのもとへ行こうと思ったの？」

英理がわたしの疑問をストレートに口にした。

「ポイントはそこなんだよ」

マサシゲが思わせぶりな口調で言った。

「それを理解するためには、ウー・フープー博士がなぜあそこまで人工子宮の開発に情熱を注ぐことになったのか、その理由をまず知る必要があるんだ」

マサシゲは自分のマグカップを持ち上げ、自慢のコーヒーを一口すする。

それは人間の姿そのものだった。

——こんなマサシゲを見ても、英理にはやはりロボットにしか見えないのだろうか？

ふとわたしは思う。

「インドの話をする前に、まずは中国の話から始めるよ」

マサシゲはカップをテーブルに戻すと厳かにそう言った。

## 95

ウー・フープーが誘拐されたのは、彼女が十四歳、初級中学の二年生のときだった。

その日の放課後、フープーは仲の良い級友二人と貴陽市の繁華街に買い物に出かけ、夕方、バスで帰路についた。一人は手前のバス停で降りたが、フープーともう一人の友人は自宅近くの同じバス停で下車。彼女も友人も親が貴州大学の教員で、当時、同じ教員住宅（マンション）に居住していたのだった。

バスを降りたときはすでに日暮れ間近だった。季節は晩秋で、日没時刻がずいぶんと早まっていたのだ。

それでも楽しい買い物を終えた二人は、ぺちゃくちゃ喋りながらマンションまでの三百メートルほどの道を歩いていた。同じバス停で降りた客はおらず、道を歩く人の姿もまばらだったという。

誘拐犯たちの犯行は大胆不敵だった。

歩道を歩いている二人の脇にいきなり大きな黒いワンボックスカーを横付けすると、中から背の高い男が飛び出し、まずはフープーの親友を物凄い力で路上へと突き飛ばした。そして、叫び声も上げられずに固まっているフープーを抱え上げ、そのまま車の中へと連れ込んでしまったのである。ドアが閉まると同時に車は急発進し、あれよという間に走り去って行った。その間、ものの十数秒。周到に準備された手際のよい犯行だった。

押し倒されたときに腰を痛打し、座り込んだまま親友が拉致される場面をなすすべなく見送るしかなかったクラスメートは、遠ざかる車のテールライトを目で追いながら、すぐにスマートフォンで一一〇番通報している(中国も警察の番号は一一〇番)。

ただちに非常線が張られ、地元警察による大規模な捜査・捜索が開始された。

だが、逃走に使われたワンボックスカーは現場から数キロの場所で乗り捨てられ、そこから先の犯人と被害者の足取りは杳として知れなかったのだ。

フープーが上海市内の高層マンションの一室で発見されたのは、それから八カ月後のことだった。部屋の住人は、上海交通大学三年の劉東興。氏名不詳の何者かの通報に基づき、上海公安の特殊警察部隊が早朝の劉宅へ踏み込んだところ、寝室で眠りこけている劉と、別室に監禁されているフープーを発見したのだった。寝込みを襲われた劉はほとんど抵抗することなく捕縛され、全裸で部屋に閉じ込められていたフープーの身柄も無事に確保された。

公安に連行された劉の供述で犯行の全容が明らかになった。

主犯格は郭俊剛。劉は共犯だった。郭は貴州大学の四年生で、劉とは高級中学（貴陽市）の先輩後輩の関係だった。劉は先輩の郭に誘われて、フープー誘拐と監禁の片棒を担がされたのである。

郭俊剛は犯行の一年ほど前までフープーの家庭教師をしていた男だった。

呉家にも親しく出入りし、従ってフープーの誘拐事件が起きたときも真っ先に呉夫妻のもとへ駆けつけ、犯人の割り出し作業においては夫妻と共に警察に協力するといったことまでやってのけていた。まさか郭が誘拐の実行犯だと想像するものは呉夫妻を含めて誰一人いなかったのだ。むろん、教え子であるフープーと彼が良好な関係にあったというのもあるが、郭が〝真っ白〟と推定されたのは彼の家柄にも大きな理由があった。

郭の父親、郭俊敏はフープーの父親、呉宇辰の北京大学時代の親友で、貴州省長を務める党委員会副書記、つまりは貴州省政府の大幹部だったのだ。

俊剛が仲間に引きずり込んだ劉東興の父親はさらに凄かった。

東興の父親、劉文元は、上海市トップである上海市党委員会書記であり、中国共産党中央政治局常務委員を務める超大物だった。中央政治局常務委員は党中央委員会総書記の習近平を筆頭にわずか七人だけが選任される、文字通り、中国共産党の中枢メンバー（国家の最高指導部）である。

解放されたフープーは、迎えに来た両親と共に貴陽市の自宅へと戻ったが、誘拐犯である郭俊剛も劉東興も正式な裁判にかけられることはなく、また犯人逮捕に関しての報道も一切なされることはなかった。ただ、俊剛、東興の二人がそれ以降、貴陽市や上海市に姿を見せることはなかったし、学生の身分だった彼らが大学に戻ることもなかった。

マサシゲによれば、俊剛、東興どちらも逮捕後の足跡は一切記録に残っておらず、

「恐らく、二人とも内々で処刑されたか国外追放されたんだと思う。フープーの身体を弄んだ他の三人の学生も郭と劉の逮捕から一カ月もしないうちに全員、事故や原因不明の病気で死んでいるしね。つまりは、共産党幹部だった父親たち、とくに東興の父親の劉文元が保身のために誘拐事件のすべてを闇から闇に葬ったんだろうね。そういうことは中国ではままあるし、何しろ、当時の劉文元は習近平の後継者レースのトップを走っていたからね。ただ、その劉も二年後には失脚してしまったわけだけど」

ウー・フープーは上海の劉のマンションに監禁されていた八カ月間、貴陽市からたまに訪ねてくる郭や上海在住の劉、そして劉の同級生たち三人に性的暴行を繰り返し受けていた。身柄が保護されて故郷の家に戻ったあとも、彼女が精神的に立ち直るために両親の呉宇辰、楊莉華はあらゆる医学的、非医学的な治療プログラムを娘に提供し続けたという。

「この体験が、ウー・フープーを究極の男性嫌悪へと導いたんだろう。まあ、親しかった家庭教師の先生に拉致監禁され、八カ月間も若者たち五人にえんえんと強姦され続けたんだから、彼女が男性嫌悪になったとしても無理はないよね」

マサシゲはそう言って一旦、話に区切りをつけた。

「だけど、そんな話、マー君は一体どこから仕入れてきたの？」

英理が訊いた。

確かに、事件自体の記録が一切残っておらず、すでにほとんどの関係者も死亡乃至は行方不明になっている現在、マサシゲはどうやってその重大情報を入手したのか？　いまとなってはおそ

らく事件の全容を知っているのはウー博士本人と博士及び犯人側の近親者に限られるはずだ。

マサシゲは英理の問いかけに少しのあいだ返事をためらう素振りを見せた。

「それがね……」

彼は、英理とわたしを順番に見て、

「母親の楊莉華がまだ生きていたんだよ」

と言う。

「父親の呉宇辰は十年以上前に亡くなったものの、楊莉華の方は、とっくに八十を過ぎているんだけど貴陽市の高級老人マンションで元気に暮らしているんだよ。ついでに言うと、そのマンションの経営母体はあの聖母技術有限公司の系列企業でね、ホーリーマザーはウー博士だけでなく彼女の母親の面倒もずっと見てきたってわけ」

マサシゲの言の通り、わずか十四歳で男たちにかどわかされ、八カ月にわたって性の慰みものとされたのであれば、ウー博士が、男性全般を信じなくなるのも、男性との性交渉を忌避するようになるのも当然ではあろう。

「じゃあ、マー君は楊莉華に会ったんだ」

わたしの言葉にマサシゲが頷く。

「だけど、そんな話、よく訊き出せたね？」

嬰児殺しのスキャンダルにまみれ、世間から身を隠したウー博士については、様々なメディアが行方を追い、むろんその過去についても詳しく調べたはずだ。

だが、中学時代の誘拐事件に触れたものはなかった気がする。仮に事件のことがわずかでも漏れれば、強烈なフェミニストとして世界に認知された彼女に対して、アンチ・フェミニスト陣営がこぞって暴露攻撃を仕掛けてきたのは想像に難くない。

そうはならなかったのは、中国政府が徹底的に事件を隠蔽したからだろう。

中国共産党最高指導部メンバーの息子がしでかした事件なのだ。中国政府は、捜査関係者、犯人側、被害者側すべての関係者に厳重な箝口令を敷いたと思われる。記録の類が一切残っていないのもそのためだ。だとすれば、人工子宮開発者として注目の的であるウー博士の誘拐事件は、変わらず極秘事項のはずであり、母親である楊莉華への口止めもいまだ効力を発揮しているに違いない。

なのに、なぜ楊莉華はマサシゲに事件のことを告白したのか？

「実はさ……」

マサシゲが再びわたしと英理を順番に見て、

「薬を使わせて貰ったんだよ」

躊躇いがちに言った。

「薬？」

わたしが問い返す。

「自白剤だよ。といっても一番軽いやつね」

「えー」

わたしと英理が口を揃えて声を上げた。

八十を過ぎた老女に自白剤とは一体どういうつもりなのか。拓海君のときも思ったが、マサシゲは目的のためには手段を選ばないところがある。それもまた権謀術数に長けた軍神・楠木正成のアルゴリズムのなせるわざなのだろうか。

「自白剤って、楊莉華に注射したの？」

英理が呆れ口調で言う。いまはすっかり縁が薄れているとはいえ、彼女は英理の実の祖母でもあるのだ。

マサシゲは頷き、

「彼女のマンションの中には住民専用の診療所があってね。そこのドクターになりすまして部屋を訪ねたんだよ。ちょうど肺炎球菌の予防注射の更新時期だったから、その注射だと言って一発ブスリとやったんだ。でも、洗いざらい喋らせたあとで解毒薬も打っておいたから、多分健康面に問題はないよ」

「ほんと？」

マサシゲのしれっとした返答に英理が懐疑的な表情になった。

「ほんとだよ。最近の自白剤はすっごく洗練されているんだ。特に中国製はね」

そもそも、自白剤なるものをどうやってマサシゲが入手したのかが分からない。ただ、いかなる警察施設にも軍事施設にも自由に潜入できる彼のことだ、尋問用の自白剤を盗み出すくらい造作もないことではあろう。

「身柄が保護されたとき、ウー・フープーは妊娠四カ月だったらしいよ。すぐに堕胎させたって楊莉華は言ってたけど」

話を逸らすつもりもあるのか、マサシゲがまたまた驚くような事実を口にする。

「ひどいね」

英理が呟く。

「劉の同級生三人はともかく、劉本人と郭俊剛の二人はいまでも海外でピンピンしてるんじゃないのかな。共産党幹部の子弟だったらおおかたそんなところでしょう。だとすると、ウー博士も呉夫妻も無理やり泣き寝入りさせられたって話だよ。理不尽にもほどがあるね」

わたしにはそうとしか思えない。

――妊娠・出産は究極の性暴力被害であり、有史以来続いてきたこの性被害から女性たちを解放するには人工子宮が不可欠なのです。

失踪直前のインタビューでのウー博士の言葉は、決して極論ではなく、彼女の嘘偽りない本心だったというわけだ。

「いや、郭俊剛も劉東興もすでに死んでいると思うよ。事件後、恐らく他の三人と同じように当局から抹殺されたんじゃないかな。確証はないんだけど」

「確証がないのに、どうしてそう思うの？」

わたしが訊いた。

「郭と劉の顔写真を見つけ出して、ここ十年分の世界中の防犯カメラと衛星写真のデータをチェックしてみたんだよ。そしたら、二人の姿は世界のどの場所でも確認できなかった。ということは、ほぼ間違いなくすでに死んでいるってことでしょう」

「ふーん」

わたしと英理が再び声を揃える。

「誘拐事件のことを知って、ウー博士がホーリーマザーを捨ててパール家に身を寄せた理由が何となく分かった気がしてね。だから、インドに渡ってチャンドラ・パールの毒殺事件を詳しく洗ってみようと考えたんだよ」

マサシゲが言う。

96

楊莉華のときと同じようにサルマン・カーンに対しても自白剤を使った――というわけではな

かったようだ。

マサシゲは、意外な人物に紹介の労を取らせ、サルマン・カーン博士との面会を果たしたのだった。

その意外な人物とはあの張龍強である。

サルマン・カーンと張龍強が親しい間柄だと教えてくれたのは、聖母技術有限公司の幹部だった。例の、チャンドラ・パール毒殺の噂を教えてくれたのと同じ人物だ。楊莉華の話を聞いたあと、サルマン・カーンに会うにはどうすればいいかと改めて彼に問い合わせたところ、

「それだったら、ハーモニーの張会長に頼むのが一番だね。といっても、彼に近づくのは容易なことじゃないと思うけど」

とアドバイスをくれたのだった。

そこでマサシゲはさっそく張会長に面会を求めることにした。

「だけど、どうやって張に接近したの?」

わたしが訊ねると、

「ハーモニーの本社を訪ねたんだよ」

マサシゲはあっさりと言った。

「それで?」

「受付に行って、会長の友人の妻夫木英理だって名乗ったら、すぐに最上階の会長執務室に通されたよ」

何のことはない。マサシゲは英理の姿を借りたのだ。それならば張もすぐに会ってくれるに違いなかった。

「なるほど、その手があったね」

わたしが感心したように言うと、英理が隣で小さなため息をつく。

英理の突然の訪問に張は驚いたらしいが、たいそう喜んでくれたそうだ。

「そうそう。別れ際に張さんが、ヒデ君にくれぐれもよろしくって言ってたよ」

マサシゲが英理の方を見ながら余計なことを言う。

しばらく英理のふりをして張とやりとりした後、彼は正体を明かした。一瞬面食らった表情を見せたものの、張はさほどの動揺は見せなかったそうだ。

「さすがに元軍人だし、ハーモニーの総帥だけはあるね。肝が据わった人物だと感じたよ」

マサシゲがブルータワーでの外国人連続死事件を調べていること、その過程で英理とも親しくなったこと、中国で力を借りたくなったときは張龍強を頼ればいいと英理にアドバイスされたこと(英理はそんなことは一言も言っていないのだが……)などを告げると、張は快くマサシゲの相談に乗ってくれたという。

サルマン・カーンとの橋渡し役も二つ返事で引き受けてくれたのだそうだ。

「カーン博士とは古い付き合いみたいでね。ハーモニーがインドに進出するときに一番の力添えになったのが、当時、インド・ロケット軍の技術顧問を務めていた博士だったらしいんだ。そもそも中印間には度々軍事紛争が起きているし、中国の国策企業と見做されるハーモニーがインド市場に参入するのは民間でも政府部内でも反対論が大きかったらしい。しかも、その頃は、まだインド人民党政権が続いている最中だった。カーン博士は、まずダミニ・パールを口説いてパール財閥とハーモニーの合弁企業をインドで起ち上げるお膳立てをして、その会社を足掛かりにハーモニーのインド進出を実現させたんだ。張にとっての博士は、足を向けて寝られないような恩人だそうだよ。何しろ、いまやインドの巨大市場がハーモニーの収益のかなりの部分を担ってくれているわけだから」

「張に、理由は言ったの？」

英理が訊いた。

「理由？」

「だから、どうしてカーン博士に会いたいのかという理由」

「もちろん。ウー博士の誘拐事件の話も、博士がいまはブルータワーの地下にいることも、そこで何をしているのかも全部喋ったよ。ワン・ズモーが死んで以降、張自身がしきりにタワーに来ているわけだし、彼がどこまで知っているのか、一体何のために頻繁に来日しているのか、その辺も知りたかったからね」

マサシゲはそう言い、

「それに、張本人と会ってみて、信用できると感じたんだよ。信用できる相手には隠し事をしないのが僕の主義だからね」

と付け加える。

「ふーん。そうは言っても、マー君、僕たちにはいろいろ隠してたけどね」

すかさず英理が突っ込んだ。

マサシゲは苦笑いを浮かべて、「まあまあ」と彼に向かって両掌を広げてみせた。

「で、張はどれくらい知っていたの？」

わたしが話を本筋に戻す。

「ウー博士がパール家の庇護下にあることやレットビ・グループとパール家がチャンドラ・パールの時代から緊密な関係にあることは知っていたけど、でも、博士がアイラや白水と組んで、ブルータワーの地下に人工子宮のパイロットプラントを作ろうとしているのは全然知らなかったみたいだね」

「そうなんだ」

「ただ、人工子宮センター構想は、カーン博士から一度聞いたことがあると言っていた。だけど、そのパイロットプラントをわざわざ新宿二丁目に作る理由が分からないとしきりに首を傾げていたね。カーン博士のことは喜んで紹介するから、なぜウー博士たちがブルータワーの地下でパイロットプラントを動かそうとしているのか、その本当の理由を探って来て欲しいと頼まれたくらいだよ」

「張龍強がしばしばブルータワーにやって来ている理由は何なの？　彼は何か言っていなかった？」

「新宿二丁目は自分にとって約束の場所なんだって言ってたよ」

「約束の場所？」

「そう。ハーモニーを起業した直後、日本に商談にやって来て、仕事の合間に二丁目を初めて訪ねたらしいんだ。そのときは世界屈指のゲイタウンを覗いてみたいという単純な好奇心しかなかったんだけど、そこで、百々子ママや栗子ママと出会って、二丁目が特別な場所、彼のようなゲイにとって自分自身を完全に解放できる、許された約束の場所だと分かったって言ってた」

「許された約束の場所？」

「僕にもよく同じことを言ってたよ」

そこで、英理が口を挟んできた。

彼が張について具体的に触れるのはまったく初めてだった。「モモ」の常連で、英理とも昔からの顔見知りだという以外、わたしは何も聞いていなかったし、それ以上のことを訊き出そうとしたこともない。

「ハーモニーという社名も、百々子ママが付けてくれたそうだよ。起業したときはまったく別の名前だったらしい」

　意外な事実がまたマサシゲの口から飛び出す。

「百々子ママや栗子ママと付き合ううちに、二丁目が特別な場所だということが次第に自分にも分かってきたって言っていたよ。それもこれも全部、ママたちのおかげなんだってさ。経営のことで行き詰まると、彼は決まって二丁目にやって来てインスピレーションを貰っていたらしい」

「インスピレーション？」

「そう。彼のような男が完全に精神を解放できる、特別な、許された、約束の場所——二丁目は張にとって自らの能力を最大限に引き出せる、文字通り〝特別な〟場所だったわけだよ」

「英理にも張はそんなこと話していた？　ハーモニーという社名を百々子ママが付けたのも知っていたの？」

　わたしは隣の英理に顔を向ける。

　英理が小さく頷いた。

「だから、張はその二丁目を隕石で破壊したアメリカや中国、ロシアのことが許せないようだね。新宿隕石によって自分は心の故郷を根こそぎ奪われ、あろうことか恩人である栗子ママの命まで奪われてしまったって……」

「インドが発射した五発目のミサイルのことは？」

「例のウィキリークスNEOの一件の後、初めて知ったと。NASAの文書が暴露された直後に人民解放軍の幹部に内々で知らされたらしい。もちろんサルマン・カーンにもすぐに連絡して事実を確かめたと言っていたよ。白水たちが新宿二丁目でやっていることは、パイロットプラントの建設も含めて、インド政府やパール家の罪滅ぼしの一環だと伝えたら、そんなはずがないと一笑に付されたよ。あとはサルマン・カーンから詳しく聞けばいいと言って、その場ではそれ以上

ざブルータワーに顔を出すようになったのは一体どうしてなの？」

「だけど、隕石落下から五年も過ぎて、しかも三人の外国人が連続死したあと、張自らがわざわざブルータワーに顔を出すようになったのは一体どうしてなの？」

わたしが訊ねると、

「それは、僕から話すよ」

マサシゲが口を開きかけたとき、不意に英理が割り込んできたのだった。

わたしは英理の方へと顔を向ける。

「実は、ワン・ズモー副社長が死ぬ前に遺言を残していたんだよ。その遺言の中で白い幽霊のことに触れているんだ」

「遺言？」

わたしの呟きに、マサシゲが頷く。

それにしても、心室細動で突然死した男がどうやったら遺言を残せるというのだろうか？

「遺言といっても書いたものじゃない。文字通り、最後の言葉なんだけどね」

こちらの疑問を察したように英理が続ける。

「ワンは十七階のゲストルームで死ぬ直前、異変を察してスマホのレコーダー機能をオンにしていたんだよ。その中に、彼が、『なんだ、あの白いモヤのようなものは……』と呟く声がしっかりと録音されているんだ。さらに数秒後、息を詰めるような小さな呻き声と床に倒れ込む音がして音声は途切れている。その録音を聞いて、張会長はまずリャオ・チェンシーをブルータワーに派遣して〝白いモヤのようなもの〟について調べさせた。すると白い幽霊の噂がタワー内で以前から流れていることが分かり、さらにはチェンシー自身が白い幽霊と十七階で遭遇するという出来事が起きた。それで、張会長は自らブルータワーに乗り込んで、白い幽霊の正体を探ることにしたんだよ。僕はその話を彼から聞いて、もしかしたらその幽霊は栗子ママじゃないかと感じたんだ。張会長もそうだと思うと言っていた。栗子ママの幽霊であれば、どんな相手でも一瞬で射殺することができるだろうからね。会長と一緒にレミゼに行ったときに、華子ママにその話をしたら、ママもきっとそうに違いないって言って、それで僕たちは……」

「慌てて栗子ママの盆供養を始めたってわけだね」

わたしが言葉を挟むと、

「そういうこと」

英理が口許をわずかに歪める。

「で、張会長は白い幽霊のことをマー君には何て言っていたの？」

わたしはマサシゲに水を向ける。

「会長は、白い幽霊は栗子ママではないだろうって言っていたよ」

「どうして？」

英理が意外そうな声になった。

「ブルータワーに何度行っても、白い幽霊に会えなかったからだって」

「何、それ？」

「栗子ママだったら、自分があれだけ会いに行けば、きっと姿を見せてくれたはずだって……」

マサシゲはそこで肩をすくめてみせた。

「ましてヒデ君でさえ白い幽霊に遭遇していないんだったら、栗子ママのはずがないってさ。だって、栗子ママはヒデ君を守るために生きた人なんでしょう？」

マサシゲが奇妙なことを言う。

「ヒデ君を守るために生きた」というのは一体どういう意味なのだろうか？

英理は黙って何も言わない。

マサシゲと英理とのあいだに微妙な空気が生まれ、

「あれ？　みっちゃんに話してないの？」

今度はマサシゲの方が呆れたような声を出した。

「あんな大事なことを黙っているのはルール違反だよ」

わたしは英理の方へふたたび顔を向けた。英理は困ったように俯いてしまっている。

「僕から話してもいいの？」

マサシゲが声を掛け、英理はわずかに首を縦に振ってみせた。

マサシゲがわたしに目配せしてくる。その視線はリビングの東側の白い壁へと注がれ、すると彼は右手をゆっくり持ち上げて、開いた手のひらを壁へと向けた。手のひらの中心から細い光線が真っ直ぐにのびていく。

壁に一枚の写真が映し出された。スライド写真のようだが、画質は非常に鮮明だ。

二人の男性が並んで立っている。背景は何もないグレーの壁で、一人は若い青年。もう一人は三十絡みといったところか。青年はきっちりと濃紺のスーツを着こなしているが、もう一人は白いTシャツに薄手の青いジャンパー、下はスキニージーンズ。首に巻かれたゴールドの太いチェーンネックレスが一際目立っている。

身体つきも全然違った。青年はがっちりと骨太の体軀。隣の男は女性のような痩身だ。ことに長く細い足はとても男性とは思えない。

青年は張龍強だった。

そしてもう一人の男は……。

わたしは思わず、隣の英理を覗き見る。英理もいつの間にか顔を上げて、壁の写真を食い入るように見つめていた。この写真は初見のようだ。恐らくマサシゲが張龍強本人から借りるか、盗み出してきたものなのだろう。

写真の男と英理とは顔つきも体形もよく似ている気がした。

――張と並んで写っているこの男が英理の生物学的な父親、陳徳民ではなかろうか。

「みっちゃん、この写真の人物は誰だと思う？」

わたしの思いにかぶせるようにマサシゲが訊ねてくる。

咄嗟の当て推量は口にせず黙っていた。

「彼の名前は阿見百太郎。阿見祥蔵の甥で、大日本流心流の二代目を継いだ阿見直正の一人息子だよ」

しかし、マサシゲの答えは予想とはまるきり違う。

――阿見百太郎？

どうして、ここで阿見祥蔵や阿見直正の名前が出てくるのか？　阿見直正の一人息子が、なぜ、若い頃の張龍強とこうして親し気に一枚の写真の中に納まっているのだろうか？

わたしは、ふとさきほどの奇妙な言葉を思い出した。

「栗子ママはヒデ君を守るために生きた人なんでしょう？」

それは、張がマサシゲに語った話に違いない。

栗子ママこと糸井栗之介は阿見直正の直弟子で、華子ママと英理はその糸井栗之介の直系の弟子に当たる。つまり華子ママと英理は直正の孫弟子ということになるのだ。

自らの弟子である英理を、なぜ栗子ママは「守るために生きた」のか？

そして、直正の一人息子、阿見祥蔵の血脈を引いたこの阿見百太郎という人物の容姿が英理とよく似ているのは一体なぜなのだろうか？

頭の中が混乱してくる。

阿見百太郎とは一体誰なのか？

「みっちゃん。この阿見百太郎がね、百々子ママなんだよ」

マサシゲが言った。

97

サルマン・カーン博士はムンバイの私邸でマサシゲを歓待してくれたのだという。

重い肺の疾患ですでに一年以上、病臥しているという噂だったが、張龍強が言っていた通り、面会してみれば博士はいたって元気だった。

マサシゲは三日にわたって博士のもとを訪ね、聞き出すべきことの大半を聞き出した。その後の数日はアーメダバードに出向いての〝裏取り〟に費やしたが、博士の証言を裏切るような材料はまったく見つからなかったらしい。

「だから、サルマン・カーンの言っていることはすべて事実だと考えていいよ」

インドでの調査結果を語り始める際、マサシゲはまずそう前置きしたのだった。

98

チャンドラ・パールは異常性愛者だった。

彼は一人娘のカイラを偏愛したが、その愛情は情愛ではなく性的な好奇心によって強く支えられているものだった。カイラがまだ自我を育み始めるずっと前、つまり彼女が三歳にも満たない頃から、父親の娘への性的暴力は密かに開始されたのだ。

チャンドラの妻、ダミニが夫の性暴力に気づいたのは、カイラが中学生になった十一歳のときだった。

カイラは滅多に笑わない子供だったが、それは、彼女のずば抜けた知性のなせるわざなのだとダミニは信じ切っていた。ダミニは非常に優れた女性だったが、婿養子としてパール家に入ったチャンドラのことを深く愛していたのだ。

父親からの性的虐待にカイラが耐えたのは、そうした母の父への信頼を壊したくなかったのも一因だった。事実を知ってしまった母の人格崩壊をカイラは恐れ、さらには、そのことによってもたらされる自分と母との決定的な関係の破綻に怯え続けていた。

カイラがパール家の中庭にある深い井戸に身を投げたのは、愛犬のパトラッシュ（！）が死んだ日だった。

幼い頃から自分に笑顔を与えてくれた唯一の存在を失ったとき、彼女にはもう生きている理由がなかった。パトラッシュが死んだら自分も一緒に死のうと彼女はずっと心に決めていたのだった。

深夜、たまたま井戸のそばを通りかかった一人の少年が大きな水音を耳にし、誰かが身を投げたのだと知った。

そのあとこの少年の取った行動は驚嘆に値する。

身を投げたのが誰かも、そんなことをすれば自分がどうなるかも一切顧みず、彼は躊躇うことなく続いて井戸に飛び込んだのだった。

溺れかけていた少女を抱きしめ、それから夜が明けるまでの数時間、少年は冷たい井戸の底でひたすら耐えた。明け方、ようやく使用人たちが井戸の中に人がいることを知り、溺死寸前だった二人を救出したのである。

ダミニは、自殺を企てた愛娘の、涙を一切見せない告白の内容を疑うほど愚かな母親ではなかった。

次の次の日の午後、チャンドラの急死がパール家から公表された。

死因は心筋梗塞。

同時に、チャンドラが統括していたすべての事業を妻のダミニ・パールが引き継ぐことが発表された。

「チャンドラが優れた経営者であったのは間違いない。彼は財閥の事業を、彼が受け継いだ時の二倍にまで拡大させた。しかし、結果的にはあのときダミニがチャンドラを斥けて自らパール財閥を率いることになったのは幸いでした。なぜなら彼女は、チャンドラの大きくした事業をさらに三倍にすることができたのですから」

サルマン・カーン博士は、ダミニがチャンドラを毒殺したとは断言しなかった。

ただ、こう言ったという。

「チャンドラの急逝とカイラの自殺未遂に関連がないはずがない。しかし、カイラが父親に何をされていたかを知っているのは、ダミニと、井戸の中でカイラの震える声の告白を聞いた少年の二人きりだった。そしていま、あなたが三人目になったのです」

白水天元とパール家との関わりについてもカーン博士は詳しかったという。

「彼の言う、白水会長がアーメダバードで巻き込まれた事件のことは、現地に行って聞き込みをしたら意外なほど簡単に裏が取れたよ。似たような事件が頻発しているインドでも、それはとりわけ異常なものだったからね。地元の人間の中に事件を記憶している者がたくさんいたんだ」

事件の概要を語るマサシゲの、怒りを押し殺すような表情と声がわたしの印象に残った。

生みの親である白水天元に対する彼の特別な感情がひしひしと伝わってくる話しぶりだったのだ。

白水が事件に遭遇したのは、アーメダバードに来て三日目の夜だった。

街の繁華街をぶらぶらしたあと郊外の安宿に戻るためにバスに乗った。

その若い女性がバスに乗って来たのは次のバス停でだ。後に分かったことだが、彼女は繁華街の洋装店に自分が縫った服を届けての帰りだった。両親を早くに失って、得意の針仕事で幼い弟二人を養いながら、彼女はつましい暮らしを懸命に紡いでいたのである。

バスに乗り合わせていたのは白水と彼女を除けば五人。全員が若い男で、三人連れと二人連れの二組だった。最初に犯行に踏み切ったのは二人連れの方で、彼らは手始めに鉄パイプでバックパッカーの白水を殴り倒して気絶させ、それから女性に襲いかかった。

二人は過去にもレイプ事件を起こしたことのある札付きだったが、彼らに誘われるようにして強姦に加わった残りの三人は、アーメダバードの大学に通う大学生たちだった。

驚くべきはバスの運転手で、背後で乗客の一人が殴り倒され、もう一人の女性が輪姦されているというのにまるで何事もないかのようにバスを走らせ続け、あげく、五人に手を貸すつもりだったのか以降のバス停をすべて素通りしてしまったのだった。

女性の呻き声に白水が意識を取り戻したのは、すでに三人の大学生が犯行に加わったあとだった。

白水は揺れのひどい車中で立ち上がり、後部座席で起きている出来事に声を失った。

それでも彼は、意識朦朧の状態で男たちの中へと突進して行ったのだ。

女性は全裸にされ、局部には男の一人が持っていた鉄パイプが突き刺さっていた。彼女は放心のまま涙を流し、呻き続けていた。

次の餌食は白水だった。

男たちはあっと言う間に白水を取り押さえ、彼のズボンを引きずり下ろした。

そして、大学生の一人がポケットから取り出した万能ナイフを主犯格の一人が受け取ると、白水のペニスをわしづかみにして根元から切断したのである。

車内に凄まじい絶叫が響き渡った。それから三十分以上、バスは市中を走り続け、やがて人気《ひとけ》のない街外れまで来たところで停車した。男たちは全裸の女性と股間から激しく出血している白水を路上に投げ捨て、運転手に命じて市内にある自分たちの自宅までそのまま送り届けさせたのだった。

女性と白水は通りかかった人たちに発見され、ただちに救急車で病院に搬送された。

さいわい二人とも一命はとりとめたが、この事件の報道は徹底的に規制されることになった。被害者の一人が日本人青年で、しかもインドと縁の深い実業家の長男であることが明らかとなり、インド政府は対日関係の悪化をひどく恐れたのだ。

報道管制の理由はそれだけではなかった。

白水の父親、白水純一郎が、パール家を通じて事件を公にしないよう地元当局に強く申し入れたのである。

これは、性器切断という残忍な犯行内容が知れ渡り、息子の名誉が著しく毀損されることを強く危惧したゆえでもあったが、その一方で、今回の我が子の受難を契機にさらにパール家に食い込めると純一郎が算盤をはじいたためでもあった。

実際、パール家の足元で起きたこの悲惨な事件は、ダミニにとっても非常に不都合な面があった。アーメダバードの市長もグジャラート州の知事もパール家の一族乃至は関係者であり、当然ながら地元警察のトップもパール家の一党だった。すでに中央政界への進出を視野に入れていた彼女にすれば亡夫の親友である白水純一郎の申し出は渡りに船でもあったのだ。

ダミニは大怪我を負った白水天元をパール家の病院に移し、一定の治療が施されたあとは自邸に引き取って手ずから看護にあたったという。

被害に遭った女性の方はシンガポールの病院に転院させられ、メディアから遮蔽された。そこで彼女は最高水準の医療を受け、口を噤むことを条件に莫大な見舞金をダミニ・パールから与えられた。さらには、療養期間中の幼い弟たちの生活もすべてパール家が面倒を見たのだった。

五人の犯人は全員が逮捕拘束された。

これは、彼らが刑務所に送られて数年経って判明した事実だが、犯行に加わった大学生のうちの一人がパール家の一員だったのもダミニが事件の公表を嫌がった大きな理由だったようだ。

主犯格の男の陳述記録が、いまもグジャラート州裁判所の資料庫に眠っているという。マサシゲはその資料庫にも入って、直接記録を確認したようだった。

主犯格の男は公判で次のように述べている。

「まともな若い女は夜九時にうろついたりはしない。そもそも女がすべきは炊事洗濯で、夜間に盛り場をうろつき、ディスコやバーに出入りすることではないし、間違った服装をすることではない。だから俺たちは女に教訓を与えてやったのだ。俺たち男には女をそうやってしつける生まれながらの権利が与えられている」

被害者の女性は、性器や腸に重傷を負い、一部の臓器を摘出せざるを得なくなったのだが、その点について裁判官に問われると、彼はこう明言している。

「彼女は無理に抵抗すべきではなかった。泣き叫んだり暴れたりしなければ、あんなひどい目にあうことはなかったんだ」

さらに、こう付け加えた。

「もしも俺たちに死刑判決なんて出したら、この先、女をレイプした犯人たちは俺たちのように女を生かして放置するような真似はせず、必ず殺すようになるだろう。お前たちもそのことを充分に肝に銘じて判決を書いた方がいい」

そして、彼の弁護を担当した弁護士は法廷で以下のように述べて、犯人のやったことの正当性を主張している。

「確かに、被告の行いに少々の行き過ぎがあったのは事実でしょう。しかし裁判長。もしも私の娘や姉、妹が婚前行為に及んで自らを辱めるようなことをしたら、わたしは彼女を納屋に連れて行って、家族全員の目の前でガソリンをかけ、火をつけると思います」



「本当にマー君の言う通りでいいのかな」

意外な事実が幾つも明らかとなり、こうして英理と二人きりで向かい合っても頭の中はいまだ混線状態だった。

情報処理能力に長けていると自認する身としては、こんな状態は非常に珍しかった。生得的な資質と職業的訓練によって、近年のわたしは可及的速やかに意識をクールダウンできるようになっている。

それが今夜はなかなかうまくいかない。

マサシゲの部屋を出た後、久し振りに英理を飲みに誘った。

彼をファウンテンシティ以外の場所へと連れ出すのは一体いつ以来だろうか？　ここ数カ月絶えてなかったような気がする。

ブルータワーの前で待機している自動運転車に乗って旧皇居お濠端のパレスホテルに向かった。ホテルの正面玄関で車を降り、マサシゲのときと同じように六階のバーラウンジに英理を案内する。ここは清水蛍子が好きだった場所でもある。

わたしはあの日同様にマッカランの水割りをダブルで、英理はギネスの1パイントグラスを。マサシゲの部屋を訪ねる前に二人とも夕食を済ませていたのでつまみは頼まなかった。

「マー君にはマー君の思惑もあるからね」

英理が曖昧な物言いで返してくる。

自分が陳徳民ではなく百々子ママ（阿見百太郎）の息子だということを隠していたのが露見して少し気まずいふうだった。

車の中で、「どうして陳徳民の子供じゃないってことを黙っていたの？」と訊ねると、

「伊勢志摩のおじいちゃんたちは、いまでも僕が本当の孫だと思っているんだ。だから言えなかったんだ」

との答えが返ってきた。

それから英理は自分がどうやってそのことを知ったのか詳しく説明してくれた。

百々子ママの実子だと教えてくれたのは、百々子ママ本人ではなく栗子ママだったという。英理が中学生になった頃で、栗子ママに師事して数年が過ぎていた。英理の非凡な才能が大日本流心流の門弟たちのあいだでもすでに評判になり始めていた時期だという。

百々子ママが阿見直正の息子であるという事実と共に教えられた。

「陳徳民は、ウー・フープーに百々子ママの精子を渡したんだ。彼は、百々子ママが阿見家の血筋を残せないことに強い自責の念を持っているのをよく知っていたからね。むろん百々子ママも幼少期から弓を始めたらしい。父親である阿見直正の厳しい指導の下、めきめき上達していった

そうだよ。ところが、高校のときに重い早気《はやけ》を患って廃弓せざるを得なくなった。それ以降は直正の高弟だった栗子ママが流派を継ぐ形になったけど、やはり阿見祥蔵の血を絶えさせるのは忍びなかった。でも、百々子ママは生粋のゲイだから結婚も子作りもできない。それがママの大きな心の負い目でもあった。恋人の陳徳民が、中山大学に留学した目的はこの前の話の通りだけど、同じ研究室で人工子宮の研究をしているウー・フープー博士から精子の提供を求められたとき、彼は、自分の研究用に持参してきた百々子ママの精子をウー博士に渡すことにしたんだ。その精子を使って、万が一にもウー博士が子供を作ることに成功すれば、百々子ママの念願を叶えることができるからね」

「じゃあ、メイの父親も徳民ではなく百々子ママってこと？」

英理は頷いた。そして、さらに驚くようなことを口にしたのだった。

「徳民の血を受け継いでいるのはリャオ・チェンシー一人なんだよ」

「チェンシー？」

わたしには英理の言っている意味がよく摑めなかった。

「陳徳民は、亡くなる前にウー博士にそれまでの研究成果をすべて渡したんだ。彼は自分と百々子ママのゲノムを混ぜ合わせたハイブリッドゲノムをウー博士の卵子に移植することに成功していた。そうやって作製した何千個の凍結受精卵を博士に託して実験に使って欲しいと遺言したんだ。博士は彼の願いの通り、そのハイブリッド受精卵を使った実験を行ない、僕のときと同じように一例だけ成功例を得た。それがチェンシーなんだよ」

「ということは、チェンシーは徳民と百々子ママの子供だってこと？」

「そう。彼女にはウー博士の血は混じっていない。博士の遺伝子を除去し、徳民と百々子ママの合成ゲノムを挿入して作った卵子から生まれたのがチェンシーだからね。つまり、彼女は僕やメイと同じ阿見家の一員であると同時に伊勢志摩のおじいちゃんたちの本当の孫でもあるんだ」

「それも栗子ママに聞いたの？」

「いや」

そこで英理は首を横に振った。

「このことを教えてくれたのは張会長だよ」

「張会長？」

「チェンシーの育ての親の廖雲嵐（リャオ・ウンラン）は、ウー博士の中山大学の友人で、博士はリャオにチェンシーを託したんだよ。リャオ夫妻には子供がいなかったからね。このリャオ・ウンランは、太子党メンバー（中国共産党高級幹部の子弟たち）で、いまは湖北省の書記を務めている男だけど、もとから同じ太子党の張龍強の友人の一人だったんだ。そこで彼は友人の張に頼んで一人娘のチェンシーをハーモニーに就職させた。ところが採用した張会長はチェンシーの顔を見てビックリ仰天してしまう。何しろ彼女は、百々子ママにそっくりだったわけだから。慌てて友人のリャオにチェンシーの素性を訊ねたら、ウー・フープー博士から貰った子であることを打ち明けた。張会長はさらに調べて、チェンシーが陳徳民と百々子ママのハイブリッドだというところまで突き止めたんだ。だから、彼は、ワン・ズモーが死んだとき、チェンシーを最初にブルータワーに送り込んだ。ズモーが目撃した〝白いモヤのようなもの〟が仮に栗子ママの幽霊だとすれば、百々子ママと陳徳民の子供であるチェンシーならば正体を見極めることができるかもしれないと期待したんだ」

英理とメイは百々子ママとウー博士の子供で、チェンシーは陳徳民と百々子ママの子供だった。共に阿見祥蔵、阿見直正の血を引く「阿見家の一員」というのは英理の言う通りなのだ。

「だから、英理はチェンシーに弓を教えたんだね」

わたしが訊ねると、英理はちょっと照れたような顔をして頷いた。

「チェンシーの弓も相当なものだよ。身内びいきを割り引いてもね」

彼は誇らしげにそう付け加えたのだった。

「マー君の思惑って、どんな思惑だと思う？」

向かいのソファに深く腰を下ろし、黙々とギネスを飲んでいる英理にわたしは訊ねる。

マサシゲは一連の調査報告を終えると、今後は、白水たちの真の目的がさらにはっきりと見えてくるまでみだりに動かない方がいいと静観論を唱えたのだった。

「それに、これは人間同士の問題だからね。僕のようなＡＩロボットには張会長やカーン博士の言い分と白水会長やパール家、ウー博士の言い分と果たしてどちらが正しいのか現時点では判断ができない。実際、会長やアイラ、ウー博士たちがこのブルータワーの地下で何をしようと目論んでいるのか、その辺が明確にならない限りはどう動いていいのか見当もつかないよ」

と彼は言っていた。

その物言いに、わたしや英理が怪訝な顔をしてみせると、

「もちろん、みっちゃんたちが白い幽霊の側に立つんだったら、少なくとも僕はみっちゃんたちを応援しようとは思っているけど……」

彼は慌てたように言葉を足したのだった。

以前から、白水天元がインドのエージェントであることがはっきりすれば、たとえ自らの生みの親であったとしても「斬るしかないよね、そのときは」とマサシゲは断言していた。

白水の立ち位置についてとことん見極めたいと言外に言っているのだろうと、わたしは感じたのだ。

「マー君としては、白水会長を守るのが本来の役目だろうし、みっちゃんから暗号コードを引き

出すというミッションも完遂しているわけだから、よほど白水会長たちがとんでもないことをしでかさない限りは白い幽霊の側にはつけないと考えているんだと思うよ。張会長やカーン博士の言っていることが真実かどうかも今のところ定かではないしね。会長の不利益になるようなことには極力手を貸したくないだろうし、仮に白い幽霊側、つまり僕たちの側に加担するにしたって、それが果たして自分たちＡＩロボットにとって有利なのかどうか充分な検討を加えたいところなんじゃないかな」

「ＡＩロボットにとって有利かどうかが判断材料になるってこと？」

英理の意外な見方にわたしは問い返す。

「それはそうなんじゃない。マー君自身が、僕たちと白水会長たちの対立はあくまで人間同士の問題だと言っているんだから、ということはマー君たちＡＩロボットにはＡＩロボットなりのスタンスがきっちりあるってことでしょう」

「なるほどね」

わたしはその怜悧な観察力に感心せざるを得なかった。

「実際、マー君の調査結果でも、人工子宮センター計画自体はインド全土で進める予定みたいだし、タワーの地下プラントは白水やアイラ、ウー博士の説明の通り、そのための準備施設に過ぎないのかもしれないしね」

英理は言い、

「メイの話を聞いたときもにわかに信じ難かったし、それとほとんど同じことをカーン博士や張会長が言っているとしても、僕にはやっぱり実感が湧かないよ。彼らの話はあまりに荒唐無稽だし、リアリティーがないもの」

と付け加える。

「だけど、メイちゃんやカーン博士の話していることは、百々子ママや栗子ママが生前に話していたこととも見事に一致するわけじゃない。そこはメイちゃんの話を聞いたときに英理が真っ先に指摘したことでもあるよね」

「それはそうなんだけど……」

栗子ママは、この新宿二丁目が「地球の中心」であり「未来の地球」だとよく言っていたという。そして、彼女（彼）は、新宿二丁目を、

――地球の中軸が通っている場所。

と表現していたのだった。

英理の話では、百々子ママも似たようなことをしばしば口にしていたという。

カーン博士がマサシゲに語ったのも、この「地球の中軸」のことだった。カーン博士と張龍強の二人は、その中軸のことを「天軸」（Ｈｅａｖｅｎ Ａｘｉｓ）と呼んでいたという。

マサシゲはカーン博士と面会し、なぜ張が、白水たちの「罪滅ぼし」という言い分を一笑に付したのかがよく分かったと言っていた。

カーン博士が兄妹を超える太い絆で結ばれていたカイラ・パールと袂を分かった理由は、その罪滅ぼしの、まさに「罪」の部分に関わっていたのだ。

「インド・ロケット軍が撃ち込んだ潜水艦発射ミサイルの担当士官は、発射角の設定ミスなどしていないのです。彼は精緻な弾道計算を行い、カイラ・パールの命令通りにミサイルを発射した。そして狙い通りに隕石の軌道を変更させ、０３１ＴＣ４を新宿二丁目に激突させたのです」

カイラ・パールは、米ロ中が太平洋上に落下させようと企図していた０３１ＴＣ４を地球衝突直前にミサイルで進路変更させ、新たに設定した標的に計算通りに衝突させた――つまり、インド政府は、意図的に隕石を新宿にぶつけたのだとカーン博士は証言したのである。

「私が、その驚くべき秘密を知ったのは一年ほど前のことでした。カイラに確認したところ、彼女は私に黙っていたことを謝罪し、許しを求めました。私は、なぜそんな恐ろしい真似をしでかしたのかと理由を訊ねた。すると彼女はさらに驚愕すべきことを告白したのです。私はそれを聞いて、もはや彼女と行動を共にすることはできないと覚悟を決めたのです」

カーン博士が病気を理由に闇外に去ったのは、その直後だったのだ。

「みっちゃんは、天軸の存在って本当に信じられるの？」

ビールを飲み干した英理が真顔で問いかけてくる。

わたしは、ウエイターを呼んで「ギネスをもう一杯」と頼み、自分のグラスを指さして「これも」と言った。さらにチョコレートを追加する。甘いものが欲しくなっていた。

「どうだろうな……」

氷だけになった手元のグラスに目を落とす。

「霊感というのは恐らく遺伝するんだと思う」

そこは確かだろうとわたしは考える。

特殊な能力は遺伝する。小説を書くというのも特殊能力の一種だろうが、わたしの場合、それは明らかに遺伝の産物だった。父から受け継いだというありありとした実感がある。

「弓聖・阿見祥蔵の神技が英理に遺伝しているのは、この目で確認したしね。だとすると阿見の血を引く百々子ママやメイちゃんが、新宿二丁目に地球の中軸が通っていると感じたのならば、それは真実なんじゃないかな」

「だけど、パール家の女性たちや白水天元は、どうして二丁目に天軸があると知っていたんだろう？」

「うーん……」

その点についてマサシゲは何も言っていなかった。

ダミニ、カイラ、アイラが新宿二丁目に隕石をぶつけようとしたのは、天軸を破壊するためだったとサルマン・カーン博士は指摘し、

「パール家の女性たちは、天軸を小惑星によって破壊し、この地球の〝根本原理〞を作り変えようと考えたのです。つまり彼女たちや白水天元は、自分たちの手で新しい天軸を創造しようとしているのです」

ブルータワーの地下で白水たちが行っているのは、そのためのプロジェクトなのだとカーン博士は喝破したのだった。

カーン博士の話をマサシゲから聞きながら、パール家の面々や白水が、新宿二丁目に天軸が通っていると察したのは、それほど不思議ではないとわたしには思えた。

この地球の〝根本原理〞を司る天軸は、時代とともに世界各地を移ろっているのだという。そして、現在、その天軸が新宿二丁目を貫いているのだと……。

ここ数十年、世界一のゲイタウンとして発展してきた新宿二丁目に天軸が存在するというのはいかにも自然な成り行きだろう。

自らが生み出した人類によって天軸は居場所を次第に奪われていく。ことに二十世紀に入り、機械文明が急速に発達すると、天軸の司る〝根本原理〞は徐々に損なわれ始めたのだった。

カーン博士によれば、天軸は長らくインド亜大陸内に存在し続けていたのだそうだ。それが、ある時期（第二次世界大戦後）を境にインドから離れ、やがて日本列島へと移動した。そして、新宿二丁目に新たなる安住の地を見つけたのである。

「天軸が司っている地球の〝根本原理〞が一体いかなるものであるか、我々人間に完全に理解することは到底できません。天軸は、地球のすべてを統御し、万物を生々流転させる想像を超えた

パワーなのですから。所詮人間には、そのパワーを推し量ることくらいしかできない。それでも天軸の近くに我々が身を置けば、自ずと感覚されるものがあるのです。ゲイたちが群れ集っている場所だから天軸が宿ったのか、それとも天軸が二丁目に移ったことでゲイたちが集まってきたのか、そこははっきりしませんが、少なくとも新宿二丁目のゲイたちが、天軸のパワーに魅せられ、その強い影響下でより人間らしく生きられていたのは事実でしょう。

彼らは天軸のパワー、つまりは地球の〝根本原理〟を体現する存在だったということです。

その天軸が貫く場所をカイラ・パールは小惑星の力で破壊しようと試みた。これは六千五百五十万年前、やはり天軸のパワーによって地上を支配していた恐竜たちが巨大隕石の衝突で絶滅させられたひそみに倣うものでした。

あのとき、天軸は確かに破壊され、新しい天軸（根本原理）が生まれた。そうやって私たち哺乳類の時代が始まったのです。

米ロ中によって031TC4が地球へと向かう軌道に乗せられたと知ったとき、カイラは千載一遇のチャンスを得たと感じたのです。天軸を破壊するには、地球外に存在する小惑星を使うしかない。カイラはさっそく母親のダミニや娘のアイラ、白水天元と相談し、米ロ中によって地球に誘導された031TC4を新宿二丁目に激突させることにした。そうやって六千五百五十万年前と同じように現在の天軸を破壊しようと試みたわけです。

むろん、破壊と言っても天軸を完全に消滅させられると思っていたわけではありません。六千五百五十万年前に衝突した巨大隕石は、それまでの天軸を完全に蒸発させて、隕石の持っていた〝根本原理〟を地球に転写しましたが、031TC4のような小惑星にそんなパワーがないことはカイラたちもよく分かっていました。

彼女たちは天軸のパワーをコントロールしているプログラム（根本原理）を一時的にフリーズ

させ、そのあいだに自分たちの創ったプログラム（新しい根本原理）をインストールして、いわばOSを書き換えてしまおうと考えた。要するに古いOSと新しいOSの差し替えです。

新しいプログラム（根本原理）が、一体どのようなものなのか、私にも具体的には分かりません。ただ、その新しいプログラムを起動させるためにカイラたちは新宿二丁目に巨大な杭（ブルータワー）を打ち込み、地下に作った施設を使ってプログラムの書き換えを行なおうとしている。それだけは間違いないことだと思います」

カーン博士はこのようにマサシゲに説明したのだった。



「だけど、白水たちはあのパイロットプラントを使って、天軸を一体どんなふうに作り変えるつもりなんだろう？」

届いたばかりの二杯目のギネスに一口口をつけてから英理が言う。

わたしの方は一緒に届いたチョコレートをさっそく頬張っていた。

「マー君は、『HM2で育てられる一万人の胎児たちを生贄として天軸に捧げるつもりなんだろう』って言っていたけど、それってどういう意味なのかな？」

さらに英理が言葉を重ねる。

「さあねぇ……」

口の中で甘いチョコレートを溶かしながらわたしは呟く。

「アッ君の研究成果を使って何かやるつもりなんじゃないかなあ。天軸のプログラムを書き換えるっていうカーン博士の推測が確かだとすればね」

わたしの言葉に英理が怪訝な表情を作った。

「何かって何？」

「だから、一万人の胎児を使って新しいプログラムを組むんじゃないかってこと。マー君もきっとそんなふうに推理しているんだと思うよ」

「胎児を使ってプログラムを組む？」

「そう。だとするとまさしく生贄だよね」

ますます英理が分からない顔になる。

わたしは水割りで口の中のチョコレートを洗い流し、英理の目をしっかりと見る。

「僕から引き出した暗号コードをアッ君が汎用化できれば、それを使って意識を自由に作り変えることも可能だろうからね」

「意識を作り変える？」

「厳密には、入れ替えたり付け加えるってことだけど。汎用化された暗号コードがあれば、人間の意識の中に別の意識を入れ込むことができるし、場合によってはＡＩの意識だって挿入可能かもしれない。そうやっていろんな意識を自由に誰かの脳内で出し入れできるってことは、遺伝子工学と同様に人間の意識のゲノム編集ができるっていうことでしょう」

「意識のゲノム編集？」

「まあ、譬えて言うならばね」

「じゃあ、白水たちはあの一万基のＨＭ２で育てた一万人の胎児の意識を、みっちゃんの暗号コードを使って編集しようと考えているってこと？」

「そうかもしれない」

「さっきみっちゃんが言っていた胎児を使ってプログラムを組むっていうのはそういう意味なん

だね」

「まあね」

そこで英理は考えを煮詰めるときにいつもそうするように俯いて、首を少し横に傾けた。一分ほどその姿勢を続けたあと再び身体を真っ直ぐにして顔を上げる。

「みっちゃんのその予想、案外当たっているかもしれない」

英理の瞳に光が灯っている。彼はもとから、白水たちは、わたしの暗号コード（「マスターキー」と彼は呼んでいた）を使って「人間の意識に別の人間の意識を移す」ことを目指し、そのために地下の人工子宮で一万人の赤ん坊を育てようとしているのではないかと睨んでいたのだ。

「だけど、彼らは一万人の胎児の意識を一体どんなふうに編集するつもりなんだろう？」

英理が言う。

「それは分からないし、そもそもそんなことをして、どうやって天軸の〝根本原理〟を作り変えるのかも定かじゃないけどね」

「どちらにしろ、マー君やアッ君が白水たちのやろうとしていることを阻止するのか守護するのかは、まだはっきりしないよね」

「それはそうだね。だとすると僕たちも、しばらくは白水会長たちの動きを静観するしかないのかもしれない。実際に一万個の受精卵がＨＭ２で胎児の大きさに育つまでは、彼らが何を企んでいるのか詳細は分からないわけだから」

白水やカイラ・パール、そしてウー博士がこれからやろうとしていることに、彼らの過酷な体験が密接に関わっているのは間違いないだろう、とわたしは思う。

彼らがああしてがっちりと手を組んでいること自体がその何よりの証拠に違いない。

――一体、彼らは何をしようとしているのか？

——この地球の〝根本原理〟とは一体どんなもので、それを彼らはどのように書き換えるつもりなのか？

おぼろではあるが、わたしには白水たちがやろうとしていることが見える気がした。

「地下の様子は、これからメイちゃんが逐一報告してくれることになっているんだよね？」

意識を切り替えて、英理に確認する。

「うん」

英理は頷き、

「それは、彼女に任せておけば全然心配ないよ」

と言ったのだった。

101

メイからの連絡は電話だった。

家庭教師のアリスにスマートフォンを借りて英理に掛けてくる。

弓聖・阿見祥蔵の一族とあって、何か特別な忍術的手段を用いるのだろうと思っていたので、電話というのはちょっと拍子抜けだった。

二月の半ばに、ＨＭ２の培養タンクに培養液が充塡されたという報告が入り、三月一日日曜日、ついに一万個の受精卵が各タンクに着床されたとの連絡があった。

ウー博士の説明では、ＨＭ２は半年程度で受精卵を完全な胎児にまで育てられるということだった。

胎児の脳は受精後二十週で、ほぼ形態的な完成が終わるという。三十三週を過ぎると神経学的にもさらなる発達を遂げ、標準的な妊娠期間である四十週で成人と変わらぬ機能を保持するようになる。だとすれば、半年（二十四週）で妊娠期を全うするHM2の場合、おおかた十六週（四カ月）程度で胎児の意識は人間らしさを獲得し始めるのだろう。

白水たちが胎児たちの「意識のゲノム編集」を開始するとしたらその頃と察せられた。

七月の初めには、彼らが具体的に何を企んでいるのかが分かってくる。どうやってフリーズ中の天軸に新しい〝根本原理〟を書き込むつもりなのか、そのあたりも鮮明に見えてくるはずだった。

三月に入ると、わたしはたびたび離脱を試みるようになった。

アッ君が言うところの〝謎の調べ〟を自分なりに観察し、その特性を見極めたかった。

彼の研究によれば、動物や植物とは異なり、人間の意識には二種類の音楽が流れているという。動植物にも存在する固有の〝ある種の音楽〟のみならず、もう一つ〝別種の音楽〟が流れ、人間の意識は、二種類の音楽が織りなす二重構造になっているというのだ。そしてその二種の音楽を接着するための〝第三の音楽（謎の調べ）〟も存在するのだと。

この〝謎の調べ〟こそが「意識の暗号コード」であり、アッ君はわたしの意識を分析することで、〝わたしの謎の調べ〟（暗号コード）を突き止め、それの汎用化を図っているのだった。もしも、〝わたしの謎の調べ〟（暗号コード）を誰にでも適用できるようになれば、人間の意識の自由な「ゲノム編集」が可能になる。そうやって汎用化された〝わたしの謎の調べ〟のことをマサシゲや英理は「マスターキー」と呼んでいるのである。

アッ君の仮説を是とし、なおかつ〝わたしの謎の調べ〟から「マスターキー」を抽出することができたとしても、それでも消えぬ疑問があるようにわたしには思えた。

その第一は、〝わたしの謎の調べ〟（ある種の身体の震動であるらしい）によって二重の意識が分離し、〝別種の音楽〟だけで活動できるようになったとしても、七、八時間が経過すると必ず肉体へと引き戻されてしまうのはなぜなのか、という疑問だった。

マサシゲも言っていたように、「わたし」という意識は〝別種の音楽〟の方に宿っており、〝別種の音楽〟が抜け出てしまったあとの〝ある種の音楽〟（肉体側）に「わたし」は存在しない。取り残された肉体は休眠し、生命活動は維持されるものの、あたかも植物状態のようになってしまう。

アッ君によれば、人間以外の動植物、さらにはマサシゲのようなＡＩロボットは常にそうした状態にあり、彼らには人間のような意味での「わたし」は宿っていないのである。

いつぞや英理が、マサシゲのことを「彼はあくまでＡＩロボットだし、彼は楠木正成のアバターに過ぎない。彼に本当の意味で自分の意思があるとは思えない」と言っていたのは、アッ君の仮説に鑑みれば正鵠を射ていることになる。

従って、離脱を繰り返すことでまず確かめたかったのは、「わたし」という意識の独立性だった。人間だけに備わっているという〝別種の音楽〟が、「わたし」であるのは疑い得ない。だが、この「わたし」が肉体と分離して活動できるタイムリミットは七、八時間に限られる。

なぜそんなタイムリミットが設定されているのか？

さらには、地下施設に初めて潜入したときは、一時間足らずで「わたし」は肉体に帰還させられてしまった。

その理由は一体何だったのか？

要するに、人間だけに見られるという意識の二重構造は本当に「二重構造」と呼べるものなのかどうか？　加えて、〝ある種の音楽〟と〝別種の音楽〟は〝謎の調べ〟によって接着されたそれぞれ独立したものなのかどうかをわたしは何とかして確かめたかったのだ。

第二の疑問は、茜丸鷺郎の事務所「ＡＫミュージック」になぜ「わたし」は侵入できなかったのかということだった。

アッ君は、事務所で始終流されているロロコロとハラスカの曲が、「わたし」には耐え難いノイズに聞こえ、そのために侵入を諦めざるを得なかったのだろうと話していた。その理由は、本来は離脱すると抜け落ちるはずの性欲が「わたし」の意識には残存しているからで、それゆえ「セックスと愛を分離して、愛だけを抽出した」ロロコロとハラスカの曲が「わたし」には耳障りに聞こえ、事務所への侵入を躊躇させたのだろうと……。

「今度、離脱するときにクルクルオッテントを流してみたら分かるかもしれない。意識だけのみっちゃんには、ロロとハラの曲はすごく嫌な音に聞こえるんじゃないかな」

と彼は言っていたのだ。

わたしはこのアッ君の言葉を検証するため、気管支拡張剤を服用する前にロロとハラの曲をスピーカーで流し、離脱後の自身の感覚の変容を観察した。代表曲のクルクルオッテントだけでなく、他の作品も使って試したが、どの曲を選んだとしても、離脱前と離脱後で何らかの印象の変化を覚えることはなかったし、まして、耳障りに感じることなど一度もなかった。

どうやらアッ君の言っていることは正しくないようだった。

恐らく、彼は、〝わたしの謎の調べ〟を分析する過程で、「わたし」の侵入を拒むことのできる暗号コードを見つけたのだろう。だが、まさかそんなことを打ち明けるわけにもいかず、あのときは苦し紛れの嘘をついてみせたのに違いない。

二日か三日に一度は離脱を行ない、わたしは「わたし」のタイムリミットがやはり、七、八時間であることを確認した。それくらいの時間が過ぎると、どこにいても妙に落ち着かない心地になり、背中のあたりがむずむずしてくる。空中を浮遊していてもなかなか前に進めなくなり、ある瞬間、突然肉体に引っ張り戻される。

いかに遠く離れた場所にいても、帰還に要する時間は同じだった。いつもあっと言う間に身体に戻されてしまう。

ブルータワーの地下にも何度か降りた。

防犯カメラに捕捉されても構わないと割り切り、自由に地下施設の中を飛び回った。

メイの報告の通り、地下スタジアムの一万基のＨＭ２には培養液が充塡されていた。中央制御棟も稼働したようで、多くの人間たちが建物を出入りしていた。卵型のタンクの中に受精卵があるのかどうかまでは視認できなかったが、それぞれのタンクが緑色の液体で満たされ、一万基のＨＭ２が天井の明かりに輝いている様は、まさに荘厳の一語に尽きるものだった。

わたしは巨大なスタジアムの天井付近に浮遊して、見飽きることなくその光景を眺めた。

地下での滞在時間はおおよそ一時間が限界だった。一時間が過ぎると最初のときと同じように無理やり帰還させられてしまう。しばらくは初回同様の重い倦怠感に見舞われたが、それも、戻ってすぐに常備している黒高麗人参茶を服用するようになるとだいぶ軽減された。ふと思いついて人参茶を飲んでから離脱するようにしたところ、帰還後の一服と併せればほとんど肉体的なダメージは残らなくなったのである。

ただ、人参茶を飲もうが飲むまいが、強制帰還までのタイムリミットに変化はなかった。

こうして離脱を繰り返すことで、わたしは、幾つかの体験的知見を得ることができた。それらの知見を組み合わせ、入り組んだ道を辿るように、手の込んだパズルを解くようにして自らの離脱現象の仕組みを究明していったのだ。

二カ月ほど過ぎたところで、恐らくはこういうことだろうという一つの仮説を手にした。

それは茜丸が到達したであろう仮説と大部分重なるものに思えたが、一方で決定的に異なる部分があるようにも感じられた。

結論から述べるならば、茜丸が言うところの〝ある種の音楽〟（意識）と〝別種の音楽〟（「わたし」という意識体）は、それぞれが完全に独立した存在というわけではなさそうだった。意識と「わたし」は常に密接不可分の関係にあり、この両者を完璧に切り離すのはどうやら不可能だと思われる。

意識と「わたし」は本来は一つのまとまりとして人間の中に存在し、その二つが、ある種の神経系の震動（〝謎の調べ〟）によって一時的に分離するのが離脱現象のようだ。

そうやって意識と意識体（「わたし」）が離れたとしても、この両者の連絡が完全に遮断されるわけではない。

このことは、離脱に時間的な限界（タイムリミット）があることからも明らかだと思われる。何度離脱しても、「わたし」は最終的に肉体に引き戻される。ということは、「わたし」をコントロールしているのは「わたし」ではなく、やはり「意識」の方なのだ。離脱中、意識は睡眠状態に入るが、それでもタイムリミットが来ると必ず帰還命令を「わたし」に送る。そういう意味では「意識」は完全に眠っているわけではないとも言える。

だとすると、地下施設に降りたときのタイムリミットが極端に短縮する理由もそれなりの説明がつけられる。

離脱の限界時間は、意識体（「わたし」）が決めるのではなく意識が決めるのだから、地下施設への降下は恐らく意識にとってより負荷が大きいのだろう。譬えて言うなら電池の容量の問題だ。むろん電池は意識体ではなく意識の方にある。地下施設での離脱活動は、普段の離脱活動よりも七倍から八倍の量の電気を食ってしまう。そのせいで、わずか一時間程度で電池切れとなって「わたし」は意識に引っ張り戻されてしまうのではないか？

結局、意識と意識体は別々には行動できないのだ。

意識は「わたし」が抜けると自動的にスリープ状態になるが、一方、「わたし」も単独で行動しているわけではなく、スリープ状態に入った意識から「わたし」に関する情報を常に受信していると思われる。そのおかげで、わたしは離脱後もちゃんとした「わたし」として自由に活動することができるのだろう。

意識と意識体とのあいだの通信は途切れることはなく、意識からはそれまでのわたしの情報が「わたし」へと送信され、「わたし」からは「わたし」が対外活動で見聞した情報がリアルタイムで意識へと送信されている。

意識と「わたし」とのあいだの通信を担う送受信機の役割を担っているのが脳なのだろう。そして、その脳の送受信機としての電池容量が恐らく七、八時間で一旦切れるようになっているのだ。

ブルータワーの地下で電池切れが早くなるのは、いわば寒冷地で電池寿命が極端に短くなるのと似たような現象だと思われる。

102

要するに、意識が肉体から分離する——というそもそもの捉え方が間違いというわけだ。

わたしたちが意識の核心と捉えているのは「意識」それ自体ではなく、「わたし」（という意識体）のことなのだ。

茜丸鷺郎流の仕分けで言えば、意識とは〝ある種の音楽〟を指し、〝別種の音楽〟が「わたし」（意識体）ということになる。そして、「わたし」という意識体は、人間にのみ備わった〝機能〟

でもあるのだ。

「わたし」は、生まれた直後から意識内に存在するわけではない。わたしたちはある日、突然、「僕だ」、「私だ」と気づく。誕生から数年、わたしたちの意識に「僕」や「私」は宿っていない。その間のわたしたちの意識は、他の動物たちのそれと似通った状態なのであろう。

しかし、人間に対しては、脳の神経細胞ネットワークがある一定のレベルに達したときに唐突に「僕」や「私」が与えられるのである。

この〝一定レベル〟というのは決して情報量だけで規定されるものではない。情報量で「わたし」が獲得できるのであれば、AIロボットはAIが起動した瞬間に「わたし」を得られるはずだ。だが、彼らの意識に本当の意味での「わたし」が生じることはない。

「わたし」を与えられるためには、情報量と同時にもう一つの不可欠な要件があるのだ。

それが「生死の認識」である。

わたしたちの意識に、「僕」や「私」が降りてくるのは、「どうやら自分たちはいずれ死ぬらしい」と薄っすら気づいたときだと思われる。

生殖によって生命は繋がれていく。親は子供を生んで死んでいく――という認識をわたしたちが得た瞬間、わたしたちは「わたし」になる。

「わたし」を得る時期に個人差があるのも、女性の方が早く「わたし」になるのもそのためだろう。生命の循環に敏感なのは女性の方だからである。

動物たちが人間のような「わたし」を獲得できないのもそのせいだ。

動物にも人間と変わらぬ繁殖能力はあるが、しかし、彼らには〝生殖によって運命づけられた自らの死〟を理解することが難しいのである。

この世界は果てしのない情報の海だ。

物質もエネルギーもすべてが情報であり、人間の肉体も意識も全部情報によって形作られ、それらはやがてほどけてまた別の情報へと姿を変え続けている。情報はさながら宇宙という大海を泳ぎ回る無数の魚のようなものだ。そして、「わたし」とは、そうやって無数の魚たちが泳ぐ海に、ある日、突然放り込まれる投網なのだ。

この投網によって、「わたし」が生まれ、「わたし」が生まれることによって「時間」と「生死」が生まれる。

「わたし」を与えられた人間たちは、投網のなかを泳ぐ無数の魚を生死の時間軸に沿って整理するようになる。そうやって一人一人が固有の「わたし」という人生を構成していくのだ。この構成作業は投網が情報の海から再び引き上げられる寸前まで続けられる。

「わたし」という投網にわたしが存在するわけではない。投網はあくまで魚の群れの中でわたしを形作る。

「わたし」とは、意識という魚の群れを統御する一種のプログラムと言っていい。「生死の認識」という暗号コードを得た瞬間、人間の意識にこのプログラムがインストールされ、本物の生死が出現する。

離脱とは、本来は一体になって稼働している意識と「わたし」が一時的に分離した状態のことだ。むろん「わたし」が構成作業を行っている情報は意識の中に秩序立てて蓄積されているので、仮に「わたし」が離脱しても、「わたし」の体外での活動を支えるのは肉体に残してきた意識に他ならない。

「わたし」は、絶えず意識とのあいだで情報をやりとりしながら活動する。その意味で、離脱した「わたし」というのはリモートで外部を探索する情報端末のようなものだ。

ただ、ほとんどの人間は、わたしのように「わたし」と意識との長時間の分離を経験せずに生涯を終える。ましてわたしのように性的な欲求を保持したまま肉体から分離できる人間など滅多にいないと思われる。

茜丸鷺郎が言うところの「地球の神様」がなぜ「わたし」という投網を人間に与えようと思いついたのか、その理由は分からない。

神は無限の時間のなかで見境なく、のべつまくなしに情報を創造し続けている。もしかしたら、そうした自らの無制限の創造行為に変化を施したいと望んだのかもしれない。野放図に情報を生み出すのではなく、生み出した情報を回したり、いじったり、組み替えたりする便利な道具を情報の海に投げ込んでみようと思い立ったのではないか？

被造物に「わたし」を組み入れることで、部分的に時間と生死を創り出し、被造物全体を生きとさせたいと「地球の神様」は考えたのかもしれない。

103

六月半ばを過ぎた頃、純菜から電話が掛かってきた。

折入って相談があるので是非会いたいという。

純菜とは一月に地下施設で会ったきりだった。そのあとメイとの仲介を頼みたくて一度電話したが繋がらず、わざわざ世田谷の葉子宅まで所在を確かめに出向いた。そこで、彼女がすでに家を出ていること、さらには葉子と金村杏との同棲の事実を知って、結局、連絡をつけること自体を諦めたのだった。

純菜に会えば、どうしたって葉子と杏との関係の詳細を質したくなってしまう。特に、二人の付き合いがいつから始まったのかが知りたい。とはいえ、そういう話をするのが何かしら億劫で、無事にメイと繋がったのもあって、それ以降は何も連絡しなかったのだった。純菜の方からも一切の音信はなかった。

一万基のＨＭ２のタンクで育てられている胎児は、細胞分裂が始まってすでに十五週。自然妊娠でいえば倍近くが経過していることになる。六月の初めに一度見に行ったが、胎児はすっかり人間の形になっていた。

巨大なスタジアムにずらりと並んだＨＭ２の卵型タンクの中で一万人の赤ん坊がゆらゆらと浮いているさまは、無数のホルマリン漬けの生物標本を目の当たりにしているようで一種不気味だったが、やはり物凄い迫力があった。

胎児たちの脳の神経細胞ネットワークもあと一週間もすればほぼ完成されるはずだ。

七月初めには「意識のゲノム編集」が始まるとわたしたちは見当をつけている。

その直前に、折入って相談があると言ってきたわけだから、相談というのはそれに関わることなのかもしれない。地下施設を見学した後、マサシゲを通じて「白い幽霊」退治で共同戦線を張るつもりはないと白水たちに伝えていた。

「米ロ中の０３１ＴＣ４関係者を殺したのが白い幽霊なのかどうか、はっきりとした確証を摑むまではみだりに動けない」

そのようにマサシゲは白水たちに話したようだ。要するに、いましばらく調査を続けたいと結論を先延ばしにしたのである。

それ以降、白水たちの方からは何も言ってこないとマサシゲは話している。

わたしの返事に、

「いつでもいいよ」

「じゃあ、明日の午後は？」

と言うので、明日の午後三時にクイーンズ伊勢丹のイートインスペースで一緒にお茶をすることにしたのだった。

翌日の午後三時ちょうどにいつものイートインスペースに行くと、すでに純菜が席を見つけて腰掛けていた。広いテーブルの中央にはドリンクが二個置かれている。

純菜の正面に座った。

「こっちがアイスコーヒー、こっちがアイスチャイティーラテ。どっちにする？」

と訊かれて、

「じゃあ、チャイティーラテにするよ」

右側のペーパーカップを手元に寄せる。純菜が左のアイスコーヒーを引き寄せた。

間近にする顔がずいぶん日に焼けているのに気づく。

チャイティーラテといい日焼けといい、年初からインドに行っているという葉子の情報は事実だったのだろうか、と思った。

「お母さんが、純菜は一月からインドに赴任しているって言っていたけど本当なのか？」

やけに甘いチャイティーラテを一口すすってわたしは訊ねる。

「そうなの」

あっさりと頷く。

「ブルータワーの地下で働いているんじゃないのか？」

「デリーと東京を行ったり来たりしているのよ。お父さんと会った日は日本にいたんだけど、あれからまたすぐにデリーに戻って、こっちに帰ったのは二月の末。一万個の凍結受精卵をインドで集めて運んできたのよ。それからも行ったり来たりしている」

「住まいは？」

「こっちにいるときはブルータワーの地下に泊まっているわ。デリーではパール家の別宅にお部屋を一つ用意して貰ってるの」

「向こうでは何をしているんだ？」

受精卵を調達してブルータワーに搬入したのは分かるが、レットビの社員である彼女がインドで他に何かやるべきことがあるのだろうか？

「人工子宮センター開設の準備を進めているの。プロジェクト全体をパール財閥とレットビのJVが請け負っているのよ」

「なるほど」

インド政府の巨大プロジェクトはそうやってダミニやカイラたちパール家がほとんど牛耳っているのだろう。白水天元もちゃっかりおこぼれにあずかっているというわけか。露骨と言えば露骨すぎる利権構造ではある。

「ご覧の通り、私は元気にやっているわ。お父さんと英理君も元気だった？」

純菜がちょっと細工めいた言い方をしてくる。

「僕たちも元気にやっているよ」

わたしは当たり前に答える。

純菜は、わたしたちが一緒に暮らしているのを知っているのだろう。白水や房子にあれだけ食い込んでいれば、それは当然だ。わたしと英理の痴態動画を観せられた可能性だってなくはないのだ。

「実はね」

コーヒーに口を一口つけると、さっそく純菜が用件を切り出してくる。

「先週、また二人殺されたのよ」

「殺された？」

意表を衝かれる純菜のセリフだった。

「そう。今度はあの地下施設の中で。パイロットプラントの運転員と、もう一人はＨＭ２の栄養管理をしている栄養士。運転員が中国人男性で、栄養士はアメリカ人女性。先週の水曜日に仕事に出てこないからそれぞれの部屋を見に行ったら死んでいたの。死因は心室細動。これまでの事件とまったく同じ」

そこまで話して純菜が小さな吐息をつく。

「でも、これまでの事件とは明らかに違う点が二つあったの」

「違う点？」

「そう。第一は、目撃者がいたの。死んだ中国人の隣人で、その人が、前夜に被害者の部屋から出てくる人影のようなものを見ていたの」

「人影？」

「それがね、真っ白な姿をしていたっていうの。彼もずいぶん酔っ払っていたし真夜中だったから、さして気にも留めずに自室に入って寝ちゃったんだけど、翌日、隣室の同僚が死んだと知ってびっくりしてその話を報告してきたの。よくよく聞くと、彼には子供の頃から霊感があって幽霊なんかもたまに見ていたみたいで、その晩もきっと隣人のおじいちゃんとかおばあちゃんとか、友達とかが亡くなって、それで別れの挨拶に来たんだろうくらいに思ったんだって。そういうことがたまにあるのを知っていたから」

「じゃあ、前の晩に被害者の部屋から出てきた真っ白な人影が犯人だと……」

純菜が頷く。

「あともう一つは？」

違う点が二つあったと、彼女は言っていた。

「もう一つはね、殺された二人が、二人とも031TC4の衝突実験に直接関わっていなかったってこと」

「えっ」

わたしは思わず純菜の顔を見直した。

「中国人の運転員は、恋人が航天局のコンピュータエンジニアで、その彼女は031TC4のプロジェクトに参加していたらしいの。そしてアメリカ人の栄養士の場合は、彼女の父親が当時、NASAの幹部の一人だったみたい。だけど本人たちは031TC4とは一切関係がなかった」

「うーん」

目撃者の話よりも、こっちの方がショッキングだった。メイの話では、白い幽霊はあくまで031TC4の実験に参加した米ロ中の関係者に「天罰」を与える存在だったはずだ。

「いま地下施設では静かなパニックが起きているの。二人のスタッフの急死が分かって、するとあっと言う間に一連の外国人連続死事件の噂が広まって、それで二百人以上いる職員たちがみんな戦々恐々としている。特に亡くなった中国人運転員の場合は、前夜に白い幽霊を目撃した隣人がいるし、ブルータワーに住んでいる管理職の中には、タワーを徘徊している白い幽霊の噂や十七階の事件の噂を耳にした人もいたものだから、そういうもろもろの噂が一気に混ざり合って、おまけに、地下でも白い幽霊を見たという職員たちが次々に現われ始めて収拾がつかなくなりつつあるの。まだなんとかパイロットプラントの運転は続いているけど、これで、万が一、あと一人でも犠牲者が出たりしたら、本物のパニックが起きるのは確実だと思う」

純菜の顔は真剣だった。強い危機感がその表情からも窺われる。

「今日、お父さんに会うことは白水会長やウー博士には言っていないの。昨日、デリーに滞在中のアイラにだけ電話で伝えた。是非そうして欲しいって彼女も言っていたわ」

純菜がぐいと身を乗り出してくる。

「お父さんたちは、白水会長やアイラたちがウー博士と組んでブルータワーの地下で何かよからぬことを企んでいると思っているんでしょう？」

純菜はいきなり鋭い突っ込みを入れてきた。

「だから、私たちと協力して白い幽霊をやっつけるのは気が進まないのよね」

わたしは黙って純菜の顔を見る。

我が娘ながら目力が半端ない。葉子以上かもしれないと思う。これではなかなか彼女の向こうを張れる男は出てこないだろう。

「でも、そんなの邪推だよ。地下のパイロットプラントには、たしかに人工子宮センターの管理プログラムを作るだけじゃなくて別の目的もあって、実はそっちの方がメインなんだけど、でも、それってお父さんたちが考えているような大それた陰謀なんかじゃない。ていうか、お父さんたちだって白水会長たちが何をしようとしているのか知ったら、きっと、大いに賛同してくれると思う」

そこまで言うと、純菜は再び小さな吐息をつく。

「いま白水会長や房子常務は、地下のスタッフ一人一人に聞き取りをやって、家族や恋人、友人の中に０３１ＴＣ４の実験に関わった人がいないかどうか確認を取っているの。インド人も含めて。誰にしろ、あの隕石衝突に関与した人が身近にいるスタッフは、今回のプロジェクトから即刻外すことにしたのよ。もうこれ以上、犠牲者を出すわけにはいかないから。だけど、私が一番心配しているのは白水会長やウー博士やアイラ自身のことなの。もし、白い幽霊が彼らの命まで狙ったら、この大事なプロジェクトのすべてが水泡に帰してしまうでしょう。状況は切迫しているし、手をこまねいているわけにもいかない。だから、英理君やチェンシーの力をどうしても貸してほしいのよ」

純菜はさらに身を乗り出すようにして、

「私は、何が何でもこのプロジェクトを成功させたいと思っているの」

ますます強い目力でわたしを見つめてきたのだった。

「白い幽霊は、白水会長やアイラ、ウー博士には手を出さないよ。もちろん純菜にもね」

わたしは純菜の気を少し逸らしたくもあってそう言った。

「それはどうかな。いままで米ロ中の人間以外を一人も殺していないからといって今後も同じとは限らないわ。私たちの目的に気づいて、白い幽霊だってなりふり構わなくなってきたのかもしれない。直接、０３１ＴＣ４の実験に関わっていない人間まで殺し始めたのはその証拠だと思う。だとしたら、白水会長やウー博士、アイラの身に危険が及ぶ可能性だって充分にあるんじゃない？」

「マサシゲは、白い幽霊も彼らには手を出せないだろうと言っていたよ」

まさかメイの名前を出すわけにもいかず、わたしはそう言った。

「それって、白い幽霊が天軸の精霊だったらって話でしょう」

ここで純菜の口からいきなり「天軸」という単語が飛び出す。

「天軸の精霊？」

知らぬ顔でわたしは問い返す。

「お父さんたちもその話は聞いているでしょう？　天軸のことはマサシゲがカーン博士から聞いているはずだから」

　わたしが黙っていると、

「マサシゲの行動は、白水会長がきっちりチェックを入れているのよ。どこで誰と会ったかは全部分かっているんだから」

「そうなんだ……」

　わたしは意外な雰囲気を装って返した。メイがこちら側についていることには、少なくとも純菜は気づいていないらしい。

「でも、白い幽霊が本当に天軸の精霊かどうか確証はないし、それはお父さんたちも同じでしょう？　白水会長やアイラは、白い幽霊はやっぱり新宿隕石で亡くなった糸井栗之介の亡霊なんじゃないかって考えているの。だからこそ、阿見祥蔵の血を引く英理君やチェンシーの助けを借りたいと思っているのよ」

　どうやら純菜は、英理やチェンシーの素性をかなり把握しているようだ。ということは当然、メイのことも分っているのではないか？　メイもまた英理と同じように阿見家の血を引く者の一人だった。

「英理やチェンシーはそうは考えていないんだよ。白い幽霊は、その〝天軸の精霊〟だろうと見ているんだ。だとしたら、彼らの弓の力では歯が立たない可能性もある」

「それがそうでもないの。仮に天軸の精霊だったとしても、英理君やチェンシーの弓だったら勝てるかもしれないの」

　純菜が意外なことを言う。

「どうして？」

「チェンシーが白い幽霊と遭遇したときの防犯カメラの映像を細かく分析してみると、他の住民が遭遇したときとは全然違うのよ。もちろん白い幽霊自体はどこにも写っていないんだけど、ほとんどはただ怯えて逃げ出すばかりで、でも、中に二人だけ、白い幽霊に立ち向かっていった住民がいたの。そして、彼らは二人ともその場であっという間に昏倒している。幸い命に別状はなくて三十分くらい気絶しただけで済んだし、興味深いのは、目覚めた後は白い幽霊を目撃したことをすっかり忘れてるってことなんだけど。ところが、チェンシーだけはまるで別だったの。彼女は白い幽霊を非常口の方まで追い詰めて、なのに何一つダメージは受けずに無事に済んでいる。どうやら白い幽霊の方が彼女を恐れて逃げ出した気配なのよ。だとすると、やっぱり白い幽霊は糸井栗之介の可能性があるし、たとえそうじゃなくても阿見祥蔵の血を引く英理君やチェンシーの弓があれば、不射之射で白い幽霊を撃退できるかもしれない……」

「うーん。そんなにうまくいくとも思えないけどね」

「でも、やってみる価値はあるでしょう。だから今日は、私たちがブルータワーの地下で何をやろうとしているのか洗いざらいお父さんに話して、その上で、お父さんや英理君、チェンシーの判断を仰ぎたいの。このことは、白水会長やウー博士には断っていないけど、さっきも言ったようにアイラの了解は取ってある」

純菜の話していることに嘘はないと思った。

あの地下施設で二人のスタッフが急死したことも、白水たちが〝犯人〟である白い幽霊の動きに神経を尖らせているのも、HM2で育ちつつある一万人の胎児を使っての企てがいよいよ大詰めを迎えているのも事実だろう。

だが、一点、アイラ・パールの許可だけを得て、半ば独断でわたしのもとへやって来たというのは信用できなかった。

何としても英理やチェンシーの協力を仰ぎたい白水たちにすれば、マサシゲではなくわたしを通して二人を懐柔するのが最も有効な方法と思われる。そのために先ずは血の繋がった娘を送り込んでわたしを説得しようと試みるのは当然であろう。

とはいえ、いままで具体的に知り得なかった彼らの目的が分かるなら、話し合いまで拒絶する理由はどこにもない。

「あのパイロットプラントを作った白水会長たちの本当の目的は一体何なんだ？」

わたしは本題に入ることにする。

純菜はアイスコーヒーをゆっくりと飲み、手にしたカップをテーブルに戻してしばらく言葉を溜めていた。

「すごく簡単に言うとね……」

そこでもう一度、溜めを作る。

「会長や博士、パール家の人たちは、この世界からセックスを追放しようとしているのよ」

と彼女は言った。

「セックスを追放？」

「そう。私はそのお手伝いをしているわけ」

「セックスを追放するってどういうこと？　すべての子供たちが人工授精と人工子宮で生まれる世界を作るってこと？」

だが、それなら「出産を追放する」ことにしかなるまい。

人工子宮は、これからの夫婦が手にする新しい出産の選択肢の一つに過ぎないと、いつぞやA新聞の海老原一子も言っていたのではなかったか。

「そうじゃないのよ。セックスを追放するというのは、性欲そのものをこの世界から取り除くっていうこと。つまり、あの地下施設で作られる子供たちは、生まれつき性欲を持たない人間として誕生するわけ」

「生まれつき性欲を持たない人間？」

「そう」

純菜が厳粛な顔つきになって深く頷く。

「彼らは茜丸先生のような人間として生まれてくるのよ」

「茜丸のような人間？」

確かに茜丸には性欲自体がない。だが、そんな人間をどうやって作るというのだ？

「お父さんの離脱能力を活用することで意識の改変が現実になったでしょう。いまや、先生の作ったヘッドギアを使えば胎児の脳に、性欲を持たない先生の意識を導入することができるのよ。そうすればあの地下で生まれてくる一万人の子供たち全員がアセクシュアルな人間になれる」

「茜丸の作ったヘッドギア？」

「そう。お父さんの意識と肉体とを繋ぐ〝謎の調べ〟を使いこなせばどんな人間の意識にも自由に侵入できる。そして、〝調べ〟に茜丸先生の無性愛の意識プログラムを乗せれば、胎児たちの意識にそれを植え付けることができる。そうすれば彼らは、たとえ性差があったとしても先生と同じように生涯性欲を持たないで済む人間になれるのよ。ヘッドギアというのは、そのために作られた装置で、それを頭に被った先生が中央制御棟からＨＭ２の胎児全員の脳に特殊な脳波を送ることで彼らの意識を〝無性愛化〟できるわけ」

にわかには信じ難い話だったが、純菜の顔を見る限り虚言を弄しているとは思えなかった。

「じゃあ、茜丸鷺郎はわたしの〝謎の調べ〟の汎用化に成功したってことか？」

「もちろん」

純菜が自信たっぷりに頷いてみせる。

「お父さん、人間にとって性欲というのは最早必要のない欲望なのよ」

やや声の調子を高くして彼女は言った。

「必要のない欲望？」

「そう」

「どういうこと？」

「男と女は友達同士でいるのが一番なの。私自身も拓海と結婚してみてつくづくそう思ったし、お母さんと杏ちゃんを見ていて、内心、こういう関係がベストだなって感じてた。お父さんが出て行った後、二人がずっと一緒に暮らしているのはもちろん知っているんでしょう？」

一月末に世田谷の葉子宅を訪ねたことを純菜が知っているはずはないが、しかし、離脱能力を使えばそれくらい造作もないのだから、彼女は、母親と金村杏の同棲をとっくの昔にわたしが確認済みだと見越しているのだろう。

「お母さんと杏ちゃんこそが理想のカップルだし、男と女だってあんなふうにセックスのない関係を結ぶことができれば、きっとお母さんたちと同じか、それ以上のカップルになれるんだと思う。これは白水会長やウー博士がいつも言っていて、私も心から賛同するんだけど、この世界で最も尊い人間関係は夫婦ではなく友人なのよ。恋愛より友情の方がずっと価値があって重要だし、真実に人を愛するというのは性的な欲望を捨てて隣人を慈しみ、憐れむことなんだと思う。そのことはお父さんだって、よく分かっているはずだよね？」

純菜が心の内を見透かすような瞳でわたしを見る。

「同性同士でも、男と女でも、肉体の欲望を超越した精神的な繋がりで結ばれて、そしてそんな二人が未来に子孫を残していく——そういう時代が到来すれば、地上は楽園に生まれ変わることができるよ。だってそうでしょう。世界中から人身売買やレイプ、子供への性的虐待といった犯罪が一掃されるんだもの。人間は性欲という暴力的な衝動から解放されて、様々なコンプレックスから自由になれる。くだらない嫉妬や自己卑下の大半が一瞬で蒸発してしまう。茜丸先生のような性欲のない人間が基本形になれば、男女の性別は、人類の多様性の本質的な基盤としてより豊かに機能するようになる。男女は友情を育み、もちろん結婚もあり得る。その場合は卵子と精子を体外受精させて人工子宮で出産すればいい。夫婦は、これまでと同じように我が子を慈しんで育て、いさかいのないあたたかな家庭を築くことができる。セックスはしなくても、抱き合って眠り、手を繋いで街を歩く。まるで仲の良い子供たちのようにね。もちろん、男同士のカップルでもいいし、女同士でもいい。要するにホモとヘテロの区別自体が無意味になる。性的対象としてではなく、美意識やフィーリングで彼らはパートナーを選ぶ。ホモのカップルの場合は、合成生物学の技術を活かして、男同士でも女同士でも互いの遺伝子をミックスした合成ゲノムを卵子に埋め込んで人工子宮で自分たちの子供を作ればいいのよ」

純菜は歌うような軽やかな口調で自説を滔々と述べている。

「お父さん」

一度言葉を区切って、今度は諭すようなまなざしでわたしを捉えた。

「性欲さえなくなれば人間はみんな子供のようになれるでしょう。そしてね、そのうちの幾人かは第二、第三の釈迦やキリストにだってなれると思う。いずれ、そういう偉大な人物がきっと生まれてくる。つまりね、性欲の克服と放棄は、人類がさらに進化するためにどうしても必要なプロセスだってことなんだよ」

彼女は確信に満ちた口調で付け加えたのだった。

アイラ・パールによれば、彼女の母親であるカイラ・パール首相は常々、男性による女性への性的虐待は、ナチスによるユダヤ人虐殺やアメリカによる広島、長崎への原子爆弾投下よりもさらに非道で残虐な〝人道への犯罪〟だと語っているのだという。

有史以来、延々と続けられてきたこの大罪をカイラは「性別の闇」と呼び、その闇を一挙に振り払わない限り人類のこれ以上の繁栄は決してあり得ないと確信しているのだそうだ。

男たちが未来永劫、償うことの叶わないこの罪を犯し続ける原因は、ひとえに人類の存続がセックスでしかなしえないものだからだ。セックスに頼ることのない生殖を成就させることができるなら、この愚かな罪を地球上から一掃することが可能になる。そのためには、セックス以外の方法による繁殖技術の確立と、加えて人間たちの意識に生得的に刷り込まれてしまう性愛プログラムを無性愛プログラムに書き換えることが不可欠である――カイラ・パールは首相就任当初からのこの信念に従って政治活動を続けてきたのだった。

カイラが茜丸鷺郎という無性愛者に意識の研究を委嘱したのも、ウー・フープー博士をホーリーマザー・カンパニーから引き抜いたのも、すべてはそのためだった。

だが、カイラ・パールの望みは、人工子宮センターをインド全土に設置することで、インドの民を徐々に無性愛者に置き換えていくことではなかった。

人工子宮センターは、彼女の目指す〝性別を超克した理想世界〟が実現したあかつきに、無性愛者たちが子孫を残すための実際的な手段として利用するものであって、それによって「セックスを追放」するものではなかった。

案の定、彼女や白水たちは、「天軸」の〝根本原理〟の更新を目指しているのである。

だからこそ、彼らは「天軸」の貫通地点である新宿二丁目に031TC4を激突させ、「天軸」のフリーズ化を図ったのだった。そして、フリーズさせた「天軸」の〝根本原理〟の上に〝新しい根本原理〟を上書きしようと考えていた。

その〝新しい根本原理〟こそが、一万人の胎児に茜丸鷺郎が植え付ける〝無性愛による繁殖〟なのだ。

〝性愛による繁殖〟を〝無性愛による繁殖〟に転換させるために、いわばその生贄としてカイラや白水たちは一万人の無性愛者を「天軸」に捧げようとしていた。

「生贄といっても、地下の一万人の胎児たちのいのちを捧げるわけじゃない。あの子たちを一挙に無性愛化することで〝根本原理〟を書き換えることができるの。一万人の無性愛者の誕生によって、新宿二丁目を貫いている天軸の〝根本原理〟は無性愛生殖へとシフトする。そうやって新しいOSをインストールすることで、フリーズされていた天軸は再起動し、それ以降は地球上で誕生する子供たちがすべて茜丸先生のような無性愛者になる。この地球は一気に無性愛生殖の世界に生まれ変われるの。天軸の〝根本原理〟を書き換えるというのは、要するにそういうことなんだもの」

アダムとイブ以来のセックスと出産による繁殖形態を、人工授精と人工子宮による繁殖形態へと移行させる――つまりは地球の神と人類との契約内容の一部をそうやって修正することができるのだと純菜は言うのだった。

それどころか、彼女は、こんなことまで口にしていた。

「無事に〝根本原理〟を改めることができたら、今後生まれてくる子供たちだけじゃなくて、いまこの地上に存在する人類全員の意識変容も起こせるんじゃないかって白水会長やアイラは期待しているのよ。天軸が司っている〝根本原理〟のパワーは計り知れないものだから、その可能性も充分にあるんじゃないかって……」




六月二十一日日曜日。

昼過ぎにわたしは英理とチェンシーを伴って十七階のマサシゲの部屋を訪ねた。

事前に連絡してあったので、マサシゲは例によって自慢のコーヒーを用意して待っていてくれたのだった。

思えば、こうして四人で一堂に会するのは久し振りだ。それにしても三度目くらいだろうか。英理は華子ママにも声を掛けたいと言い、マサシゲはアッ君も呼ぼうと提案してきたが、どちらも却下した。華子ママもおおよその話は英理から聞いているだろうし、アッ君の場合はマサシゲと頻繁にやり取りしているはずだ。その点では、二人を混ぜても話に渋滞は生まれないが、とはいえ、今日は純菜からの申し出について検討するのが目的だから、少なくともアッ君は外しておくに越したことはない。

わたし自身が、純菜（つまりは白水たち）の要求に応ずるべきか否か、いまだ結論を出しかねていたし、もとから白い幽霊退治に否定的な英理やチェンシーが今日の話し合いで考えを改めるかどうかも定かではなかった。だとすれば、白水側の利害関係者であるとはっきりしたアッ君をこの場に招くのは不適切だろう。

大きなダイニングテーブルを挟んで、わたしとマサシゲが窓側、英理とチェンシーがオープンキッチン側に座る。

わたしは、十五分ほどかけて先日の純菜の告白をそっくりそのまま、何一つ端折ることなく丁寧に説明した。

三人は黙って、関心をそそられる様子でじっくりとわたしの話に耳を傾けていた。

「この話、みんなはどう思う？」

話が一段落した後、沈黙を破るためにわたしの方から切り出してみる。

「チェンシーは？」

あの地下施設見学のときもウー博士に真っ先に質問を発したのは彼女だった。

チェンシーは隣の英理にちらりと視線をくれたあと、正面のマサシゲとわたしの顔を順繰りに見やる。

「少し意外」

小さく咳ばらいをしてからそう言った。

「意外？」

わたしが問い返す。

彼女はもう一度咳ばらいをし、いつも真っ直ぐな姿勢をさらに真っ直ぐにする。

「何て言うんだろう……。彼らはもっと違うことをしようとしているのかと思ってた」

「違うこと？　たとえば？」

「うーん。よく分からないけど、もっと報復的なことっていうか……」

「報復的？」

今度は隣の英理が訊き返す。

「人間の数を一気に減らすとか、女性だけしか生まれない世界を作るとか……」

チェンシーは彼の方に顔を向けて答える。

白水たちが「地球の神様」(白い幽霊)に挑戦しようとしている、とメイは指摘し、神は彼らを「敵」と見做していると語っていた。だが、メイはインドのロケット軍がわざと新宿二丁目に隕石を激突させたことも「天軸」の存在についても何も話さなかった。

「白水会長やパール家の人たちは、おかあさんの人工子宮を使って人間を自由自在に生産できる体制を築き上げようとしているの。自分たちに必要なタイプにデザインした子供たちをたくさん作り出して、自分たちの都合のいいように使おうとしている。そうした生産体制のなかでは、当然、障害のある人々やゲイの人々などは自動的に排除されてしまうだろうし、人類の多様性はあっと言う間に損なわれてしまう。要するに彼らのやろうとしていることは、おにいちゃんや私がそうやって生み出されたように、人間を選別し、家畜化することなのよ」

彼女はそんなふうに言っていたのだ。

チェンシーも英理からそのような説明を受け、今日までいろいろな推理を巡らせてきたのだろう。「報復的」というのは、カイラ・パールやウー・フープー、白水天元が受けた過酷な性暴力を念頭においての発想に違いない。

「それで？」

わたしは言った。

「チェンシーは実際の計画を知ってみて、どう思うの？」

「悪くない気がする」

チェンシーは言った。

「だけど、人間から性欲を奪ってしまえば、繁殖そのものへの興味も恐らく失ってしまうんじゃないかな」

一番の懸念材料をわたしは持ち出してみる。ここ数日、純菜の話の吟味を繰り返して最もひっかかったのはその点だったのだ。

　他の動物とは異なり、人間にとっての繁殖というのは性の快楽とととことん密着しているのではあるまいか？

「そうかもしれない」

　チェンシーはあっさりと同意した。

「セックスがなくなれば、人間の数はいまよりぐんと減るでしょうね。でも、それでいいんじゃない？　子孫を残したくない人は残す必要なんてないし、天軸がフリーズ化されたおかげでいまや世界でセックスレスやノーブル・チルドレン化が広がっているのは事実でしょう？　だとしたら彼らがやろうとしていることは、その趨勢をさらにぐんと前に進めるってことだもの。そもそも、この地上は昔から宗教的なドグマや避妊の失敗で生まれた人たちで溢れ返ってきたんだし、そういう社会の歪みも、人類が無性愛化すれば一挙に修正できるような気がする」

「仮に、天軸の〝根本原理〟をそんなふうに書き換えられれば、確かに人口問題は一瞬で蒸発するよね」

　英理がすかさず合いの手を入れた。

「じゃあ英理の意見は？」

　わたしは正面の彼に訊く。

「いまのいま聞いた話だし、そんなに簡単に意見なんて言えないよ」

　英理は困ったように両手を広げてみせる。

「とは言っても、チェンシーと同じで、確かに悪くない印象はあるよね。以前、アッ君が言っていたんだけど、無性愛者だからといって性的なイマジネーションがまったくないわけじゃないらしい。空想の中で人間同士の恋愛感情を思い描いて楽しむ無性愛者も多いようだし、彼らにだって白雪姫やシンデレラを理解することは充分にできるんだ。子供たちのようにね。それどころか、中にはマスターベーションをする無性愛者もいるって言っていた。アッ君は違うみたいだったけど。ただ、彼らは現実の誰かを想定したうえでの具体的な性的欲求を持つことはないし、ましてや誰かとセックスしたいと望むことは一切ないんだ。そう考えると、白水会長たちのやろうとしている〝セックスの追放〟は充分に現実的だし、それほどの弊害は招かない気もするよね」

英理の肯定的な評価は、わたしには少し意外だった。

やはり、マサシゲが中国とインドで調べてきたウー博士やカイラ、白水の過去が大きな心理的影響をもたらしているのかもしれない。そこはわたし自身においても否定できない部分だ。

この世界に蔓延する性犯罪の深刻さは目に余るものだ。

カイラ・パールはそれを「性別の闇」と呼び、ナチスによるユダヤ人虐殺や米軍の原爆投下をはるかに凌ぐ残虐行為だと断じているというが、その点については何人も同意せざるを得ないだろう。

「性別の闇」は計り知れないほどに深く、その始まりは有史以前にまで遡る。通常の手段でこの闇を払いのけることができないのは歴史が証明しているのだ。

「マー君の意見は？」

無言でわたしたちのやりとりを観察していたマサシゲに問う。

彼の場合、茜丸と常に連絡を取り合っているはずだから、白水たちが何をしようとしているのかすでに知っていたかもしれないし、純菜がわたしのもとへ派遣されたことも承知だった可能性もある。

「白い幽霊に対してどんな態度を取るかはあくまで人間の問題だからね。天軸の〝根本原理〟がどういうものに変わろうと乃至は変わらないままであろうと、僕たちＡＩロボットに直接関わりがあるとは思えない」

例によってマサシゲは局外中立的な物言いだ。

「でも、最初から言っているように僕はみっちゃんやヒデ君たちの側に立って行動するつもりでいるよ。そこはアッ君のスタンスとはちょっと違うから一緒にはしないでほしい」

「そのことは有難いし、とても頼りにしているけど、それは別として、白水会長たちが企てていることをマー君はどう思うのかな？」

わたしに代わって英理が訊ねてくれる。

「うーん」

マサシゲは腕を組んで考え込む。やおら顔を上げて英理を見た。

「ヒデ君やみっちゃんは金輪際セックスできなくなっても平気なの？　あんなにすごい快楽は他ではきっと得られないと思うよ」

真面目な声で彼は言った。

「まあ、みっちゃんや僕はいままで通りだろうからね」

英理がしれっとした口振りで返す。

「でも、純菜さんの話だと、これから生まれてくる人間だけでなく、いまこの世界に生きている人間たちの性欲も消滅する可能性があるんでしょう？　天軸のプログラムを更新することでそうできるかもしれないって白水会長たちは期待しているわけだからね」

「幾らなんでもそんなことは無理でしょう」

「それは分からないよ。この地球を司っている神様がルールを変えるんだから。神様にすればいま生きている人間もこれから生まれる人間もすべて自分が生み出すものに過ぎない」

そんなふうにマサシゲに言われて英理は黙ってしまった。

「ということは、マー君は地下の連中と手を組んで幽霊退治をするのはやっぱり気が進まないってことだね」

わたしが念を押すと、

「だからそうじゃなくて、僕はあくまでみっちゃんたちの選択に従うってことだよ」

マサシゲがいささか呆れたような顔で答えた。

「ただ、僕が疑問に思うのは、人間は本当にセックスを手放しちゃっていいのかなってこと」

「まあ、最初から欲望がなければ手放す必要もなくなるよね」

英理が言う。

「それもそうだけど……」

チェンシーが英理の言葉を引き取るようにして、

「セックスもドラッグと一緒で、快楽としては素晴らしいけど、結局、そのことが社会にもたらす害毒の方がはるかに大きいってことでしょう。ただ、ドラッグは追放しても人類が滅びることはなかったけど、セックスは禁止してしまうと人類が存続できなくなる。だから私たちはずっとセックスを手放すわけにはいかなかった。でも、白水会長やパール家の人たちが考えているように、人工授精技術とウー博士の人工子宮を使えば、すでに男女がセックスをしなくても子孫を残すことは可能になっている。だとすれば、弊害の方が恐らくは大きいセックスをドラッグ同様に人間社会から追放するというのは正しい選択かもしれないよね」

と言った。

「とはいっても、そういうことは僕たちの次の世代からにして欲しいけどね」

英理がチェンシーの顔を覗くようにして言う。案外真顔だった。

「それにしたって、あの一万人の胎児を無性愛化したり、天軸のプログラムを書き換えたりなんことが本当にできるのかな」

と付け加える。

「マサシゲさんは、茜丸さんの作ったヘッドギアというのは見せて貰ったことはあるの？」

チェンシーがマサシゲに話を振った。

「ないよ。ていうか、そんなものをアッ君が作っていることさえ知らなかった」

別にとぼけた感じでもなくマサシゲが答える。

「一万人の胎児に無性愛の意識を植え付けるヘッドギアなんてあり得るのかな」

わたしが呟くと、

「アッ君はああ見えて正真正銘の天才だからね。彼ができると言っているのならきっとできるんだと思うよ」

マサシゲはちょっと自慢気に言うのだった。

107

純菜は、わたしと英理との関係をまさかプラトニックとは見ていないだろう。だが、本当のところはどうか分からない。

先だっての彼女の話しぶりからすれば、少なくとも葉子たちの関係はそのようなものと捉えている様子だった。

果たしてそんなことが現実にあり得るだろうか？

あの夜、帰宅した杏を二階のリビングルームで迎えた葉子は、彼女と抱き合い、軽い口づけを交わした。

あれは、欧米人に見られるような親愛のハグでありキスであったということか？

キングサイズのベッドの上に並んでいたお揃いのパジャマも、仲の良い姉妹のような関係を示唆しているに過ぎないのか？

にわかには信じ難いが、長年、世田谷のあの家で一緒に暮らした純菜が、二人についてそういうふうに見ているのであれば、案外、葉子と杏はセックスとは異なる次元で純粋な友情を育んできたのかもしれない。

翻って、わたしと英理の場合も、やがてセックスを介することなく共に暮らせる日々が訪れるのだろうか？　最も近しい友人同士として、嫉妬やコンプレックスに悩まされることなく生涯を共にする――そんなのってアリか？

セックスが追放されることで、そうした未来が約束されるのであれば、わたしは英理とのセックスを放棄できるだろうか？

到底無理なような気もするが、全然大丈夫な気もする。

セックスの存在しない世界では性的な衰えも、人種の違いも、老化でさえもがいまよりずっと取るに足らないものに感じられるだろう。

それは恐らく、わたしたちにとって途轍もない安らぎに違いない。

そして、そうした世界では、心の通い合った、純粋で自由で可塑性に富んだ豊かな人間関係だけが成立するように思われる。

108

離脱を繰り返すなかで意識（肉体）と「わたし」（意識体）とは密接不可分の関係にあるのを

実感したが、それに関連して得られた重要な知見がもう一つあった。

わたしたちは、わたしたちのデータベースでもあり送受信機でもある意識（脳）に「わたし」という投網を投げ入れられることで死と時間を手にし、その流れ（時間軸）に従って蒐集したデータを整理、秩序立てて「わたし」という認識を構築していく。

このやり方は、一時的に「わたし」が肉体を離れたときも基本的に変わらない。「わたし」は常に意識（脳）との間で交信を続けているのである。

意識と「わたし」を結び付けているのはある種の暗号コードで、この暗号コードは一人一人異なっているが共通点も多い。そして、「自分がいずれ死ぬ」という認識は、暗号コードに不可欠な常数でもある。

時としてわたしたちは、意識と「わたし」を分離することがある。そのときは金庫のダイヤルを回すときのように暗号コードが使われる。わたしの場合は、気管支拡張剤による振戦や英理とのセックスによってダイヤルが回り、しばしば離脱が起きるが、他の人々も何らかのきっかけ（歓喜や恐怖による震えだとか、激しい疲労だとか、何かを見るとか何らかの音楽を聴くとか）で意識と「わたし」を分離する。ただ、大方の人々は、わたしのように長時間にわたって離脱状態を継続することができず、ほんの一瞬で意識（肉体）に帰還するので、離脱そのものに気づかないことが殆どなのだと思われる。

アッ君は、入手したわたしの暗号コードを基にして、誰の意識にでも侵入できるマスターキーを作ったようだ（きっと音楽の一種だろう）。そのキーを使って彼はＨＭ２で成育しつつある一万人の胎児（まだ「わたし」は投入されていない）の意識に潜り込み、自らの「無性愛」を彼らに刷り込もうと考えているに違いない。そして、それによって一万人の胎児を無性愛化するのみならず、部分的な機能停止に陥っている「天軸」の〝根本原理〟にアクセスし、今後、人類すべてが無性愛者として生まれてくるようプログラムを書き換えようとしているのである。

わたしは今回、初めて自らの離脱現象そのものを子細に観察したわけだが、驚くべき発見があった。

それは、意識（肉体）から切り離された「わたし」が、わたしに関する情報を自分の意識から受信するだけでなく、ごくまれに他人の意識からも受信できるということだった。

わたしの情報はむろんわたし自身の意識に膨大に蓄積されているわけだが、それとは別に、わたし以外の人のなかにも蓄積されている。

わたしたちは自身の意識のなかにのみ生きるわけではなく、わたしたちを知る大勢の人々のなかでも同時に生きている。他人のなかで生きるわたしは、具体的には、わたしに関する記憶であったり、印象であったり、単なる履歴であったりするわけだが、とにもかくにも、わたしに関する情報はわたし個人だけでなくわたし以外の大勢の意識（脳）のなかにも存在しているのだ。

離脱したわたしは、わたしに関する情報の大半をブルータワーの五八〇三号室に残してきた意識（肉体）から受信していたが、たとえばタワーからある程度離れたりすると、それ以外の発信機からと思われる情報を受信することがあった。

それらは種々雑多な他愛もないものが多かったが、なかには思いがけないものもあった。

電車などに乗っていて、ふと車内広告を見るとわたしの作品の広告が載っていたりする。すると、そのポスターを眺めている人たちの意識から「わたし」に向かってわたしに関するイメージのようなものが送信されてくるのだった。それはある種の色であったり、ぼんやりとした音調であったり、ごく稀にははっきりとした言葉であったりした。

そして、その言葉というのは、わたしに関する論評などは案外に少なくて、わたしの書いた文章の一部がそのまま乃至はかなりデフォルメされた形で言語化されたものが多かった。

これは、実に興味深い発見だった。

要するに、わたしという存在は、わたし自身としてこの世界に存在するだけでなく、わたしが様々な形で影響を及ぼしている人々のなかにも存在し（そこは、まあ当たり前）、しかし、それだけにとどまらず、わたしはそうした人々のなかに存在するわたしからも、わたしを構築するための素材を直接自分の意識に取り込んでいるのである。

その種の〃取り込み〃が、「わたし」が離脱しているときだけに起きる現象なのか、それとも意識と「わたし」が一体化している状態でも起きているのか、はたまた、わたしたちが気づかぬうちにほんの一瞬離脱しているときに起きるのか、そのあたりはまだわたしにも分かってはいない。

ただ、一つだけ言えることがあるとすれば、「わたし」という意識体（及び意識）はわたし自身からだけでなく、時にわたし以外の人間からの情報も受信し、そのような現象が起きると、わたしたちには、それが〃わたし発〃なのか、それとも〃わたし以外発〃なのかうまく区別がつけられないということだ。

人生において、わたしたちは信じていた者に裏切られ、信じてくれていた人を裏切る。さらには自分自身をもしばしば裏切り、自分自身から裏切られる。

どうしてあんなに信頼していた人が自分を裏切ったのだろう？

どうしてあんなに恩のある人を自分は裏切ってしまったのだろう？

わたしたちはいつもそうやって驚き、悲しみ、嘆き、懺悔しながら生き続けている。

人は信じ合い、そして裏切り合うのだ。

その根本的な理由をわたしは長年見つけ出そうとし、結果、実はそうした信頼や裏切りには明確な理由があるにもかかわらず、それを常に覆い隠してしまうTという存在が暗躍しているのだと見做すようになった。そこから先は、Tの正体を暴きたいとずっと願ってきたのだ。

この「Tの正体」の一端が、今回の発見で露わになった気がしている。

何しろ、少なくとも「わたし」という情報端末は離脱中に別の電波を拾ってしまうことがあるのだ。自分の脳からではなく他人の脳から情報を得る。それを拾って、わたしたちは自分の脳に送信し、わたしという人間を形作る。これは極端に言えば、わたし自身を他人の内部に存在するわたしに変化させることでもある。つまりは別の人間になってしまうのだ。

その示唆するところは、

——わたしたちは、別の人間の動機によって、その人間に成り代わってわたしを演ずることがあり得る。

ということだろう。

もとよりわたしたちの脳には他者に支配されやすい傾向が普段から見られる。陶酔したり、心酔したり、狂信したりといった現象がしばしば起きるのはそのためだ。

わたしが誰かを愛するのは、その誰かが、わたしがその人を愛しているのをイメージしている（＝愛して欲しいと願っている）ためであったり、わたしが誰かを憎むのは、その誰かがわたしがその誰かを憎んでいるとイメージしている（＝嫌われていると思い込んでいる）ためであったりする。そうしたことがわたしたちの人生では頻繁に起きているがゆえに、わたしたちは自分の行動にも他人の行動にも明確な理由を見つけ出すことができない場合が多い——こんなふうに考えていくと、Tの正体が徐々に明瞭になっていくのをわたしは感じたのだった。

さらに単純化して述べるならこういうことだ。

わたしたちは、時折わたしたち自身以外のデータベースからの情報で判断し、行動することがあり、その現象こそがまさしく「Tの正体」なのだ。

これは逆の視点から見れば、わたしたち自身が、他人の意識に入り込んで行動するということでもある。

あの人は、なぜあんなことをしたのだろう？

わたしは、なぜあんなことをしたのだろう？

わたしたち自身が訝しく思うようなことが起きるのは、わたし自身が誰か別の人間のなかに入って何かを行なったり、誰かがわたしの中に入ってきて何かを行なったりすることがまま起きるからなのだ。

データベースとしてのわたしたちをわたしたち自身だけが独占しているわけではないところに、この世界が理解しがたいものに見える大きな理由が存在するのではないか。

ことに恨みや嫉妬、憎しみなどに基づいて生まれる我々の行動の大半は、そのような他人に操られた乃至は他人を操った感情によってもたらされる気がする。

マサシゲの言う、「情報に仕込まれた麻酔」というのは、要するにそうした現象を言い表している言葉なのかもしれない。

## 109

七月一日水曜日。

午前五時ちょうどにブルータワー一階ロビーで白水天元と待ち合わせ、彼が乗ってきたマイクロバスに同乗して地下施設へと向かった。バスにはすでにウー博士やアイラ・パール、純菜も乗り組んでいた。ハンドルを握っているのは白水房子だ。

こちらは前回同様、わたし、英理、チェンシー、マサシゲの四人。結局、華子ママは誘わなかった。

今回は、最上階の専用エレベーターではなく別のルートを使うようだった。バスは玄関の車寄せを出るとファウンテンパーク方向へと走り、パークの周囲を半周ほどして小さなトンネルへと入っていく。そんなトンネルがパークの端に穿たれているのをわたしは初めて知った。

ちょうどタワーに戻るくらいの距離を走ると、そこが行き止まりで正面に巨大なエレベーターが設置されていた。空母の戦闘機格納用エレベーターと同じで、白い枠線内にバスを停車させるとゆっくりと床が降下していく。

この資材搬入用のトンネルとエレベーターは、ブルータワー建設当初から作られていたという。

「といっても極秘工事なので、地下施設建設が始まったのはブルータワーが完成してしばらく経ってからでした」

白水は地下へと向かう車内で言った。

「ところでアッ君はどうしたんですか？」

それまで一同無言だったが、初めて英理が口を開く。

「彼は今日の主役ですからね。中央制御棟でいろんな準備をしているんです」

白水が若干昂揚した面持ちで答える。

わたしたちを乗せたバスは、午前五時半過ぎにＨＭスタジアム（わたしや英理はそう呼んでいる）の中央制御棟の玄関前に到着した。

バスから全員が降車したが、応接の職員もいなければバスを引き取りにくる者もいなかった。というより、スタジアム全体が静まり返り、中央制御棟にも人の気配がまるでない。

「今日は我々だけなんです」

こちらの雰囲気を察したのか白水が言う。その声が周囲にやけに大きく響く。

「何が起こるか分かりませんからね。これ以上の犠牲は出したくないのです」

「メイちゃんは？」

チェンシーが訊く。

「彼女もアリスと一緒に避難しているの」

ウー博士が言った。

「避難？　ということは上にもいないんですか？」

英理が天井を指さして訊く。「上」というのはウー博士や職員たちの居住用フロアのことだろう。

「一応、念のためにね」

ウー博士が頷いた。

「しかし、だとすれば、この地下施設のみならずタワーの住民たちも全員避難させた方がいいんじゃないですか？」

英理が言葉を加える。

「まあ、そこまでの心配は必要ないでしょう。何か不測の事態が起こるとしても、それで犠牲になるのは我々だけだと思いますから」

白水が言い、房子やウー博士、アイラや純菜が同調するように小さく首を縦に振った。そのお揃いの仕草から、彼らの危機感の強さを肌で感じた。

だが、マサシゲの話では六月初旬に二人の職員が犠牲になったあと、新たな死者は出ていないはずだった。

メイがいつぞや、白い幽霊を恐れるのは、

「最初からあれのことを凄く怖いものだと信じていたとか……。そういう自分の感情がきっと投影されたんだと思う」

と言っていたのをふと思い出す。

その伝でいくと、白水たちの心中には「地球の神様」への一抹の後ろめたさがあるのかもしれない。聖域を侵すというのは、たとえそれが正義だと信じていても当事者を不安に陥れるものだ。人間の高慢さや自信過剰の裏側には、常にその種の恐れがへばりついている。

「じゃあ、そろそろ入りましょうか」

アイラが皆を促して、わたしたちは中央制御棟の中へと入っていった。

ぎゅうぎゅう詰めのエレベーターに乗って中央制御室に向かう。中央制御室は最上階の五階にあった。

エレベーターのドアが開くと、そこは広い空間で、正面の壁は全面がガラス張りになっている。その手前に幾つものモニターや計器類がおさまった巨大な制御盤が備え付けられていた。制御盤に囲まれた中央、一段高くなったスペースには肘掛けのついた大きな椅子が一脚だけ置かれている。さながら戦艦のブリッジの艦長席のようだった。

その〝艦長席〟に茜丸鷺郎が腰掛けていた。

エレベーターの扉が開き、わたしたちがフロアに足を踏み入れると、彼は椅子を回してこちらへと身体を向けた。

豪華な〝艦長席〟は、童顔の残る細身の茜丸にはいかにも不釣り合いだ。

それでも彼は椅子から降りて出迎えるわけでもなく、ご満悦の表情を浮かべて座ったまま軽く右手を振ってみせる。

よく見ると両膝の上には金色のヘルメットのようなものが載っていて、左手が添えられていた。

あれが、彼が開発したというヘッドギアなのであろう。

白水を先頭にわたしたちが茜丸へと近づいていった。彼を取り囲むような形で全員が足を止める。

茜丸は笑みを浮かべ、わたしや英理、マサシゲに目くばせしてきた。

「どう？」

彼の正面に立ったウー博士が訊く。

「順調ですね。万事異常なしです」

茜丸はやや居住まいを正して言った。

「白い幽霊は？」

今度はウー博士の右隣にいるアイラが訊く。

「いまのところどこにも」

アイラが明らかに安堵した表情になる。

「昨日は、かなりの数の職員が白い幽霊を目撃したみたいなの」

彼女が茜丸から見て左の側に集まっているわたしたちに向けて言った。

「どこでですか？」

一番左のチェンシーが問うと、

「ここや上でも。襲われた人はいなかったけどね」

アイラは答え、

「０３１ＴＣ４に少しでも関わりのある職員は全員すでに退去させているしね」

と付け加える。

「不思議な話なんだけど、僕たちはまだ誰も彼を見たことがない」

右端に立つ白水が言った。

「このまま今日も僕たちの前に出てこなければ、英理君やチェンシーさん、マサシゲの出番も無くて済むんだけどね」

と言葉を足す。

「予定通り始められそう？」

ウー博士が茜丸に訊いた。

「もちろん。すでにあの子たちの意識は開放状態になっています」

茜丸がそう言い、椅子を回してガラス窓の方へ向く。

窓の向こうでは膨大な数のＨＭ２の培養タンクが階段状のスタンドをびっしりと埋め尽くしている。

茜丸はその光景に一瞥をくれ、膝に載せていたヘッドギアを持ち上げて無造作に頭にかぶった。

すると室内の照明がすうっと弱くなった。同時に制御盤のモニター画面が起ち上がり、無数の計器類が点灯する。バックライトはどれも透き通ったペパーミントグリーンだった。

薄暗くなった室内にスタジアムを照らすグリーンの光が正面のガラス窓から流れ込んできて、深い緑と新鮮な緑とが絡まり合い、混じり合っていく。何とも幻想的な光景だ。

やがて部屋は再び緑がかった明るさを取り戻し、室温も少し上がったようだった。

たくさんのモニターにはスタジアムの各部を映し出す映像が流れ始め、別の幾つかのモニターには数字やグラフ、脳波や心電図のようなものが次々と表示され始めた。

ウー博士が制御盤へ身を乗り出すようにして熱心に各モニターの画面を見つめている。

「予定通り、六時になったら始めます」

茜丸が博士に言う。

どの画面でも時間が秒単位で刻まれていた。いまは午前五時五十分十八秒。

「六時からあの胎児たちに茜丸先生の意識の転写を始めます。所要時間は六時間程度なので、昼頃には終了する予定です。皆さんにはそれまでこの部屋で待機して貰わなくてはなりません。空いている席のどこに掛けていただいても構いませんので、思い思いに寛いでいてください。飲み物や食べ物はエレベーターホールのベンディングマシンがどれでも自由に使えるようになっています」

純菜がやや緊張した声つきで言った。

その言葉を合図に各人が広い中央制御室に整然と配置されているたくさんの席に散っていく。

いよいよあと十分足らずで、あのＨＭ２の培養タンクで育つ一万人の胎児たちの無性愛化がスタートするのだ。



午前六時になると茜丸は〝艦長席〟の背もたれを大きく倒し、そこに仰向けに身を横たえ胸の上で腕を組んだ。目を閉じて一度深呼吸をすると、彼はすぐに微かな寝息を立て始めたのだった。

その姿は、仕事部屋のリクライニングチェアで離脱したときのわたしを彷彿させる。

離脱時と同じように彼の意識はいま肉体を離れ、ヘッドギアを通してスタジアムの一万基のＨＭ２へと送信されているのだろう。きっとＨＭ２にはそれを受信する装置が組み込まれているに違いない。

わたしは席を選ばず、制御盤の前に立って窓の外の景色を眺めた。

グリーンの光に満たされたスタジアムに目立った変化はない。それぞれの培養タンクに浮かぶ胎児たちの姿は、ここからだと確認できないが、何度もこの光景を眺めた経験があるからだろうか、培養液の中でゆらゆらと揺れている彼らの有様がはっきりと見える気がする。

十五分ほどしたところで、わたしはまた身体がぐらぐらしてくるのを感じた。前回、この地下施設を見学した折もスタジアムの荘厳さに息を呑んでいるうちに離脱する際のような身体の震動が起こって、肉体と意識とを繋ぎ止めるのに苦心した経験があった。今日もまたそれと似たような状態になりかけていた。

わたしは窓から目を離し、背後の〝艦長席〟に仰臥している茜丸の方を見やった。

彼はぐっすりと眠っていた。胸前で組んでいた腕はいつの間にかほどけて体側に伸びている。

胎児たちへの「無性愛意識」の刷り込みが順調に進んでいるのが感じられた。

その穏やかな寝顔に触れているうちに身体の震えがおさまってくる。

白水、房子、アイラ、ウー博士、英理、チェンシー、マサシゲ、それぞれが散らばるように広い中央制御室のあちこちの席に座っている。彼らは一様に窓の外へと視線をやっていた。

エレベーターホールに近い長椅子には純菜が座っている。

わたしはそちらへと歩み寄っていった。

「今日は本当にありがとう」

隣に腰を落ち着けると純菜が言う。これまでこんな素直な声を聞いたことがないような気がした。

「無事に終わるといいね」

「うん」

それからしばらく二人とも無言だった。

「何か飲む？」

純菜が訊いてくる。

「そうだね。コーヒーを頼むよ」

頷いて純菜が立ち上がろうとしたときだった。

制御盤の右側に距離をとって座っていた英理とチェンシーが同時に立ち上がる。彼らは一度顔を見合わせると、席を離れて一緒に窓の方へと近づいていった。

窓際から上方を覗き込むようにしたあと、英理が振り返ってわたしを見つけ、

「みっちゃん」

と手招きする。

当然、白水たちやマサシゲも英理たちのその様子に席を立ち、わらわらと窓辺に集まってきた。

私と純菜も英理のそばへと歩み寄る。

「ほら、あそこ」

英理が腰を落として天井の方を指さす。彼に倣ってわたしも中腰になった。

グリーンの照明で最初は英理の指し示す方向を見ても何も見えなかった。だが、しばし目を凝らしていると天井近くにひらひらと舞うように浮かんでいる白いものがある。さらに目を凝らせば、それは、はっきりと人の形になった。

いつぞやこのタワーの屋上へリポートで目撃した白い影と同じものだ。

「英理君、チェンシーさん!」

甲高い声が制御室内に響く。

アイラ・パールが緊張した面持ちで英理たちを見ている。

英理は一つ頷くと窓を離れ、エレベーターホールへと向かった。チェンシーもあとに続く。

エレベーターに乗って二人は制御室を出ていった。

その姿を見送った後、ふたたび天井の白い幽霊へと視線を戻す。

白い幽霊はゆっくりと降下を始めていた。スタンドに近づくにつれて、この中央制御棟との距離が摑めてくる。

白い幽霊がいるのは野球場でいえばちょうどライトの外野席方向だった。やがて彼はその中段あたりまで来て降下をやめた。

たくさんのHM2の培養タンクが整然と並ぶ一角でゆらめいている。

五分ほどすると英理とチェンシーが太いパイプが床を這うグラウンドに姿を現わした。二人は躊躇う素振りもなくまっすぐに階段状になったスタンドの方へと小走りで進んでいく。

右のスタンドのすぐ手前で揃って立ち止まると、正面の上空で浮遊している白い幽霊の方へと身体を向ける。

英理がチェンシーの傍らに片膝を立ててしゃがんだ。

チェンシーは真っ直ぐに背筋を伸ばし、半身の格好になって顔を上げ、白い幽霊を見定めるようにしている。と思うと、あっさりと立射の構えを取り、無形の弓を引き分け、作法通りの射法に従って無形の矢を白い幽霊目がけて放ったのだった。

無形の矢といっても、チェンシーが無形の弓を打ち起こしたあたりから胸元に薄っすらと光の泡のようなものが湧き起こり、引き分けたときにはぼんやりとした光の直線が彼女の両手の間に生まれていた。そして、会に達するやそれは明らかな矢の形を作って、離れと共にまばゆい閃光を発してまっしぐらに白い幽霊の漂う空間へと突き刺さっていったのである。

光の矢が命中したと見えた瞬間、白い幽霊はまるでガラスが砕け散るように小さな飛沫を周囲にまき散らし、消滅した。

「おー」

というどよめきが白水たちのあいだで湧き上がった。

グラウンドでは、チェンシーの隣に控えていた英理が立ち上がり、チェンシーの左肩に、ねぎらうように右手を置いていた。

白水、房子、アイラの三人がエレベーターの方へと向かう。

「お父さん、私たちも行きましょうよ」

純菜が促してきた。いつの間にか近くにいたマサシゲも、

「みっちゃん、一緒に行ってみようよ」

と誘う。

結局、またぎゅうぎゅう詰めのエレベーターに乗ってわたしたちは一階に降りたのだった。中央制御室にはスリープ状態の茜丸とウー博士だけが残る形になった。

「それにしても不射之射の威力は凄まじいですね」

エレベーターを降り、制御棟の出入口に向かって歩いていると、白水が近づいてきて話しかけてくる。

「やはりあれは糸井栗之介の亡霊だったのかもしれない」

興奮した面持ちだった。

「それはないと思いますけどね」

わたしは言った。

それより、わたしには白い幽霊の呆気ない最期が釈然としなかった。英理ならぬチェンシーの弓であんなに簡単に彼は消えてしまうのだろうか？　幾らチェンシーが弓聖・阿見祥蔵の血を引く者であったとしても、弓を始めたばかりの彼女の技量が英理の足元にも及ばないのは理の当然であろう。実際、一度見た英理の射法と比べてもさきほどのチェンシーのそれは格段にぎこちなかった。

中央制御棟を出てみると、スタジアム全体がグリーンからファウンテンブルーに変っていた。

誰もがうっとりとした表情で、ファウンテンブルーに染まった空間を眺めている。

「どうして光の色が変わったんだろう」

純菜が不思議そうな声を上げる。

「よく分からないね」

そう答えるしかなかった。

白水たちが先に英理たちのもとへと歩いていく。わたしと純菜、マサシゲはゆっくりとした足取りで彼らの後ろを追いかけた。

「みっちゃん」

不意に右隣を歩いていたマサシゲが足を止めて前方を指さす。

スタジアムのあちこちで白いモヤのようなものが立ち昇り始めていた。それは見る間に人の形へと姿を変えていく。

どれもが、さきほどチェンシーの矢で粉砕された白い幽霊と寸分変わらなかった。

盛大に数を増やした白い幽霊がライト、センター、レフト方向のスタンドの上段、中段、下段の各所でゆらゆらと揺らめいている。

英理たちの方へ歩いていた白水や房子、アイラも異変に気づいて立ち止まっていた。

彼らが、慌てたように踵を返してこちらへと駆け戻ってくる。

三人の血相が変っている。

「一体どうなっているんだ？」

白水はわたしたちのそばに来ると誰にともなく言った。

誰も答えられるはずがない。

英理とチェンシーは動じた様子もなかった。

今度は英理が先に不射之射を行う。彼の矢もチェンシーの矢と同じようにきらめく一閃を放って真一文字に標的に向かっていった。その矢速《やそく》はチェンシーよりもさらに速い。

光の矢を受けた白い幽霊の一つがまた砕け散る。

英理は次々と矢を放っていく。チェンシーも彼に倣って不射之射を行なった。英理がセンターからレフト方向へと狙いを定めて連射し、それを見たチェンシーはライト方向の白い幽霊に光の矢を連射し始めた。

二人の矢が命中するたびに白い幽霊が砕け散っていく。

白い幽霊が雲散霧消するごとにファウンテンブルーに染まった明かりが一瞬明滅する。

だが、目にも止まらぬ速さで英理とチェンシーが矢を放ち、百発百中で白い幽霊を撃退しても、砕け散った端からまた白い幽霊が出現するのだった。

ただ、彼らはちっとも攻撃に転じようとはしなかった。

スタジアムのスタンドのそこらじゅうで次から次へと姿を現わすが、飛んでくる光の矢をかわしながら英理たちへ襲いかかるといったことは一切なかったのである。

彼らはＨＭ２の培養タンクの隙間からみるみる湧き出し、そのたびにまともに射抜かれて消滅していく。ひたすらそれを繰り返している。

わたしはそうやって生まれては消えていく白い幽霊たちの姿を眺めているうちに、次第に彼らへの憐憫の情が胸中に湧き起こってくるのを感じた。

白い幽霊たちが、さながら英理たちの放つ必殺の矢から一個一個の培養タンクとその中で育ちつつある子供たちを自らが楯と化すことで懸命に守っているかのように思えてきたのだ。

「天軸の精霊」

という純菜が口にしていた言葉を思い出す。

白水や房子、アイラは、英理とチェンシーの矢が白い幽霊を破砕するたびに歓声を上げていた。彼らの心に巣くっていた怖れが急速に減衰し、不射之射の前になすすべを知らない幽霊たちへの侮りと嘲りが急激に昂じてきているようであった。

隣にいる純菜はさすがに白水たちのような勝ち誇った素振りは見せない。

「うーん」

マサシゲが小さく唸る。

「こういうのはいかん……」

彼は小さく呟いた。

わたしがマサシゲの方へ顔を向けると、

「みっちゃん、こういうのはいかんよ」

苦り切った表情で繰り返し、

「わしはこういうのは好かんね」

今度ははっきりと言い切る。

英理たちの速射によって徐々に白い幽霊の出現頻度が落ちてきているのが見て取れた。英理たちはかれこれ三十分近くは不射之射を続けているだろう。だが、彼らの弓に衰えの気配は窺われない。

むしろ二人は自らの神技に陶酔するかのように連射のスピードを上げている。放たれる矢の破壊力も更に増しているのが感じられた。

少しずつスタンド全体に散っている白い幽霊の数が減り始め、それに呼応するかのようにスタジアムを覆うファウンテンブルーの光が弱まってきていた。周囲は徐々にグリーンの光を取り戻しつつあるようだ。

「みっちゃん」

マサシゲが声を強めてわたしを呼んだ。

「みっちゃん、どうするの？　このまま白水会長やアッ君の思い通りにさせちゃっていいの？」

わたしは黙ってマサシゲの顔を見る。

「みっちゃん、何だかんだ言ったって、やっぱりセックスはなくならない方がいいよ」

彼は言い、

「これはあくまでみっちゃんたち人間の問題だから僕にとやかく言う資格はないけど、それでもセックスは素晴らしいものだと僕は思うよ。あれって神様から人間への最高のプレゼントなんじゃないかな」

と言葉を加えた。

そして、顔を上に向け首を回してスタジアムの全体を眺める。

「それに、このグリーンの光よりファウンテンブルーの光の方がずっときれいじゃない？」

わたしは彼から視線を離し、同じようにぐるりを見回した。

マサシゲの言う通りだった。

グリーンよりファウンテンブルーの方がずっと美しい。

ふと気づくと、マサシゲが後ろに立っている。長い腕がわたしの身体を背後から抱き締めてきた。

驚いて彼の方へと振り向こうとしたが、思いのほか強い力で抱きすくめられ、身動き一つ取れなかった。マサシゲはさらに両腕に力を籠めてくる。

だが、それは決して不快というわけではない。

前方では英理たちの矢が白い幽霊の数をぐんぐん減らしている。もう全部で十数体といったところではないだろうか。相変わらず幽霊たちは矢を避けるでもなく真正面に食らって粉々に砕け散っていた。砕けるたびに濃厚なファウンテンブルーの火花が飛ぶ。

わたしは後ろ抱きにされた状態でマサシゲの身体の感触を味わう。

それは、英理のようであり、葉子や蛍子、これまでわたしが肌を合わせてきた幾人かの女性たちの肉体のようでもある。わたしはこれまでのセックスの記憶を矢継ぎ早に、しかもこれ以上ないというほど鮮明に思い出していた。かつて経験のない不思議な感覚だった。

同時に身体が微かに震え始める。

最初は、さきほどのように自然に始まったのかと思ったが、震動が強くなるに従ってそうではないと気づいた。マサシゲが両腕でわたしの身体を細かく揺すっているのだった。しかも、その震動は離脱するときとまるきり同じものだ。

マサシゲはわたしとセックスすることで〝謎の調べ〟を克明に記録していたという。そうやって採取した〝謎の調べ〟をいまこうして再現しているのだろう。

「みっちゃん、まだ間に合うよ。アッ君を止めておいでよ」

耳元でマサシゲがささやく。

彼の声を聞いた瞬間、わたしは離脱していた。

肉体を脱したわたしはゆっくりと上昇していく。スタンドの方を眺めると、いよいよ白い幽霊は数を減らして数体をとどめるのみだった。

さすがに英理たちも疲れたのか、それとも自分たちの勝利を確信して手綱を緩めたのか、腕を下ろしてしばしの休息を取っている。

眼下に目を転ずるとマサシゲが睡眠状態に入ったわたしの身体を抱き締めて立っている。

彼も我が身もファウンテンブルーの光に包まれて青白く発光していた。

わたしは高度を上げ、方向転換してスタンドに背を向けた。

白い幽霊が英理たちに討ち果たされる前に、茜丸の作業を止めなくてはならない。

百メートルほどの距離に中央制御室の大きなガラス窓が見えた。

立派な〝艦長席〟に寝そべっている茜丸の姿も見える。制御盤の右端にはウー・フープー博士の姿もあった。

わたしはスピードを上げて五階の中央制御室へと向かう。

制御室の窓に近づくにつれて奇妙な音楽が聞こえ始めた。クルクルオッテントとよく似ているがまるで違う曲だ。接近すればするほどその音量はどんどん上がり、窓に到達したときには耳を聾するほどになっていた。音源がどこなのかも、他の人たちにこの音楽が聞こえているのかも判然としない。だが、わたしにとってはひどく耳障りな音だった。

わたしは形のない両手で形のない両耳を塞ぎ、目の前の分厚い強化ガラスを抜けて中央制御室に侵入した。

ノイズのような不快な音楽はますますボリュームを上げて耳に雪崩れ込んでくる。

その音楽に気を取られないよう心しながら、〝艦長席〟に横たわる茜丸鷺郎の華奢な肉体の真上に浮かんだ。

アッ君は目をしっかりと瞑り、微かな笑みを浮かべた穏やかな顔で眠っていた。

制御盤の前でモニター画面をじっと眺めているウー博士は当然ながらわたしの侵入には気づいていない。

一度深呼吸をして思念を集中させ、アッ君の頭にかぶさった金色のヘッドギアを見つめる。

いま彼の意識は一万基の培養タンクに浮かぶ一万人の胎児たちの意識へと侵入しているはずだ

った。彼の身体はいまは空っぽということになる。しかも、ヘッドギアによって胎児たちの意識だけでなく、彼自身の意識も「開放状態」に入っているのだ。

ということはわたしもまた、彼の内部に侵入し、このヘッドギアのパワーを利用して一万人の胎児たちの意識へと侵入できると思われる。

マサシゲが言っていた「アッ君を止めておいでよ」というのはそういう意味だ。

アッ君の離脱した意識体を追いかけ、彼が無性愛化させた子供たちの意識をふたたび一人一人性愛化させることがわたしにはできるに違いない。なぜなら、わたしは「わたし」となっても依然として性欲を保持する稀有な意識体でもあるからだ。

ヘッドギアの額の真ん中にある突起状のものを凝視する。

ここからアッ君の意識に入ればいい。

わたしは目を深く閉じ、さらに思念を集中させた。

初出
「週刊新潮」
二〇一九年八月八日号～
二〇二〇年十二月十日号

ファウンテンブルーの魔人《まじん》たち

発行　二〇二一年五月二〇日

著者　白石一文《しらいしかずふみ》

発行者　佐藤隆信

発行所　株式会社 新潮社
〒一六二―八七一一
東京都新宿区矢来町七一番地
電話　編集部〇三（三二六六）五四一一
　　　読者係〇三（三二六六）五一一一
https://www.shinchosha.co.jp

装幀　新潮社装幀室

印刷所　大日本印刷株式会社

製本所　大口製本印刷株式会社


ISBN978-4-10-305657-7 C0093